De zwarte

Boeken van Arthur Japin bij De Arbeiderspers:

Magonische verhalen (1996)
De zwarte met het witte hart (roman, 1997)
De vierde wand (verhalen, 1998)
Magonia (verhalen en filmscenario, 2001)
De droom van de leeuw (roman, 2002)
De vrouwen van Lemnos (choreografisch scenario, 2002)
Een schitterend gebrek (roman, 2003)
Alle verhalen (2005)
De klank van sneeuw (twee novellen, 2006)
De grote wereld (Boekenweekgeschenk, 2006)
De overgave (roman, 2007)

Bezoek ook de website www.arthurjapin.nl

Arthur Japin

De zwarte met het witte hart

Roman

Uitgeverij De Arbeiderspers · Amsterdam · Antwerpen

De auteur dankt het Fonds voor de Letteren voor de werk- en reisbeurzen die hebben bijgedragen aan de totstandkoming van deze roman.

Uitgeverij De Arbeiderspers stelt alles in het werk om op milieuvriendelijke en duurzame wijze met natuurlijke bronnen om te gaan. Bij de productie van dit boek is gebruikgemaakt van papier dat het keurmerk van de Forest Stewardship Council (FSC) mag dragen. Bij dit papier is het zeker dat de productie niet tot bosvernietiging heeft geleid.

FSC Mixed Sources
Productgroep uit goed beheerde bossen, gecontroleerde bronnen en gerecycled materiaal.
www.fsc.org Cert no. CU-COC-802528
© 1996 Forest Stewardship Council

Eerste druk mei 1997
Zevenenveertigste druk maart 2008

Omslagontwerp: Nico Richter
Omslagillustratie: Aquasi Boachi, Java, 1900
(foto Gemeentelijke Archiefdienst Delft)

ISBN 978 90 295 6334 4 / NUR 301
www.arbeiderspers.nl

Aquasi Boachi als student

Willem I
1772–1843
×
Frederica Louisa Wilhelmina,
dochter van Frederik Wilhelm II, koning van Pruisen
1774–1837

- Willem II
  1792–1849
  ×
  Anna Paulowna,
  dochter van Paul I,
  keizer van Rusland
  1795–1865
  - Willem III
    1817–1890
    ×
    1. Sophia,
    dochter van koning
    Wilhelm I van
    Württemberg en
    Catharina Paulowna
    1818–1877
    (drie zoons)

    2. Adelheid Emma,
    dochter van George
    Victor, vorst van
    Waldeck Pyrmont
    1858–1934
    - Wilhelmina
      1880–1962
  - Alexander
    1818–1848
  - Hendrik
    1820–1879
    ×
    1. Amalia Maria,
    dochter van hertog
    Bernhard van Saksen-
    Weimar
    1830–1872

    2. Maria Elise
    van Pruisen
    1855–1888
  - Sophie
    1824–1897
    ×
    Carl Alexander,
    groothertog van
    Saksen-Weimar-
    Eisenach
    1818–1901
- Frederik
  1797–1881
  ×
  Louise,
  dochter van Frederik
  Wilhelm III, koning
  van Pruisen
  1808–1870
  - Louise
    1828–1871
    ×
    Karel XV,
    koning van Zweden
    1826–1872
  - Maria
    1841–1910
    ×
    Wilhelm Adolf,
    vorst zu Wied
    1845–1907
- Marianne
  1810–1883
  ×
  prins Albert van Pruisen
  (huw. ontbonden 1849)
  1809–1872

Inhoud

DEEL EEN
Java 1900 · 13
West-Afrika 1836-1837 · 27
Java 1900 · 75

DEEL TWEE
Delft 1837-1839 · 91

DEEL DRIE
Delft 1839-1847 · 159

DEEL VIER
West-Afrika 1847-1850 · 229

DEEL VIJF
Java 1900 · 287
Nederlands-Indië 1850-1855 · 301
Java, Delft, Weimar, Java 1856-1862 · 339
Java 1900 · 371

Nawoord · 389

Deel een

Java 1900

19 februari

De eerste tien jaar van mijn leven was ik niet zwart. Ik was op veel manieren anders dan de mensen om mij heen, maar donkerder was ik niet. Dat weet ik. Er is een dag geweest waarop ik een verkleuring gewaarwerd. Later, toen ik dan eenmaal zwart wás, ben ik weer verschoten.

Op mijn theevelden heb ik altijd een paar kerststerren laten planten, ook wel wonderbomen of wolfsmelk genoemd. Om de driehonderd voet wat rood blad tussen het groen voorkomt blindheid bij de pluksters. Wanneer je lange tijd maar één kleur ziet, krijg je een waas voor ogen, alsof je te lang in de zon gekeken hebt. Eén blik op de tegenkleur herstelt het contrast.

Zo'n eenzame rode plant heeft een opvallend effect op haar omgeving. Al wat groent, trekt naar elkaar toe. Voor het oog mengen zich de schakeringen, die eerst duidelijk in het veld te onderscheiden waren, tot één egale tint zodra de vreemde stek ertussen wordt gepoot. Onderlinge verschillen verdwijnen. Het decor wordt eenduidig. Er valt plotseling niet meer over te zeggen dan: ja, het is groen. Een bepaald groen groen. Of beter gezegd: het is op een verontrustende manier niet rood!

De rode plant zelf daarentegen vlamt tussen het groen vuriger dan tussen haar gelijken. In de akker die ik voor de kerststerrenkweek altijd speciaal heb laten aanleggen, viel ze nauwelijks op tussen de andere exemplaren. Die kerstster was niet rood tot ik haar in haar nieuwe omgeving liet zetten. Kleur heb je nooit zelf, kleur krijg je door anderen.

Het is negentienhonderd. Geen jubileum ontsnapt dit jaar aan de Buitenzorgers. Zoveelste huwelijksdag, sterfdatum van grootmama, njonja draagt haar tiende nieuwe haartint. Alles is wel aanleiding tot feest. In feite viert men week na week de nieuwe eeuw om hem te bezweren. De mensen willen zichzelf verzekeren dat ze vrolijk zijn en niet aan het oude hangen. Uitgelaten tonen zij elkaar niet bang te zijn voor wat moet komen.

Zo zijn ze er dan achter dat ik een halve eeuw op Java ben. Proficiat met niets! En hoe ik de zaak ook wil omzeilen, Adeline Renselaar, de nicht van mevrouw Van Zadelhof, lijkt vastbesloten tot een feest. Ze heeft daartoe al drie families het hoofd op hol gebracht en is van de week zelfs in de hertenkamp gesignaleerd, rebbelend over deze kwestie met de gouverneur.

Vanochtend ontving ik met tegenzin een kleine feestcommissie die mij kwam polsen over tijd en plaats van mijn jubelviering. Ze vroegen naar de gevoeligheden van mijn bejaarde maag, waarmee ze rekening gaan houden bij de bereiding van een groots diner, alles in de stijl van 1850, het jaar dat ik hierheen verkaste. Ze doen maar. Of het niks kost.

'U houdt zich nogal afzijdig van onze *cercle*,' ratelde Renselaar, een vette harpij met een adelaarssnavel. 'Dat is uw goed recht, maar ontzeg ons niet het onze om u eens in het zonnetje te zetten als ons dat zo invalt. Plezier kan men iemand toch onmogelijk misgunnen? Bovendien, ik wil u leren kennen. Te denken dat wij elkaar al die jaren groeten zonder te beseffen wat er in het leven van de ander is omgegaan. Maar nu, nu mijn man mij eenmaal heeft verteld over, nu ja, over uw *kwestie*... Ik wil maar zeggen, het minste wat wij nu nog kunnen doen is toch wel een eerbetoon!'

Ik luisterde maar half, want zolang die hele klucht duurde, rook je het kaalbranden van mijn koffievelden. Ik zag Willem Gongrijp rillen van genoegen bij elke vlaag die binnendreef. Hij wierp zich als ceremoniemeester op, terwijl iedereen weet dat hij niet kan wachten tot ik crepeer, zodat hij mijn land kan naasten. Met zo'n commissie voor je feest heb je geen boze fee meer nodig. Ik heb naar alle vriendelijkheid geantwoord, maar toen ze eindelijk weggewerkt waren, bleef het besef voorbij te zijn zwaar in mijn kamer hangen. Ik ben de rivier overgestoken en heb, twee keer zelfs, in de schoot van Wayeng de eeuwigheid gezocht, maar geen liefde is nog sterk genoeg om mijn gedachten te verstrooien.

's Nachts ben ik uit haar omarming opgestaan. Ik zocht verkoeling. Aquasi junior, die tussen ons in sliep, ontwaakte en zeurde om mijn aandacht. Om Wayeng niet te storen, nam ik mijn zoon mee en samen zaten we enige tijd buiten. Uiteindelijk viel hij in slaap met zijn hoofd op mijn schoot. Ik ben dat niet gewend. Eerst durfde ik nauwelijks te bewegen, maar soms moest ik verzitten, want mijn spieren zijn stram. Het leek hem niet te deren. Hij draaide zich om en lag vertrouwd en volstrekt op zijn gemak. Ik bracht mijn hand naar zijn gezicht en voelde de contouren zonder hem aan te raken. Ten slotte durfde ik. Ik streelde hem over zijn haar. Het is zacht met los vallende krullen, heel anders dan het mijne. Ik streelde opnieuw en kon er niet mee stoppen. Zo innig had ik lief. Er was veel bewolking, maar af en toe brak de maan door en toonde mij heel even juniors gezicht.

Mijn zoon is negen jaar. Ik ben bijna drieënzeventig. Als hij van school komt ben ik zesenzeventig. Wanneer hij voor het eerst verliefd wordt... Een man zal ik hem niet zien worden. (Ik zou willen dat ook hij in Delft kon gaan studeren, maar de financiën schieten tekort. Ik zal onze jonge koningin binnenkort eens over deze plannen schrijven.)

Ik ben te oud. Ik weet niet eens of mijn kinderen in mij een vader zien, of alleen een vriendelijke oude man, die hun moeders soms bezoekt. Dat is de prijs, wanneer je het geluk pas zo laat in het leven in de ogen hebt durven zien.

Zo zat ik met mijn kind. Toen overviel mij deze gedachte: zal hij niet op een dag willen weten wat voor een man zijn vader is geweest? Ik vervloekte Adeline Renselaar. Het komt door haar gepook in mijn verleden dat mij zulke gedachten plagen.

20 februari

Nog in de nacht ben ik naar huis gelopen. Daar heb ik de dozen gevonden die ik ver had weggestopt. Niet ver genoeg. Vaak heb ik overwogen al die brieven en schriften te verbranden, maar ik heb er nooit van kunnen scheiden. Het is alles wat mij eraan herinnert dat ik ook andere mannen ben geweest.

Tegen de ochtend kreeg ik aandrang om te wateren. Ik had mijn porseleinen kamerpot al in de hand, maar ineens, nee. Ik keek in het Delfts blauwe craquelé en voelde me zo bespottelijk misplaatst in die donkergepolijste kamer met zijn trijpen draperieën. Ik ging op weg naar onze kleine, afgeschermde mandiruimte, maar kwam niet verder dan halverwege. Ik dacht niet langer, liep naar een boom, ontblootte me in de openlucht, waaraan ik een kinderlijk genoegen beleefde, en liet mijn water tegen de stam klateren. Het brutale blaffen van de kikkers, dat nooit is opgehouden, viel me voor het eerst in jaren op. Ik boog me om te zien hoe tussen de wortels het schuim bleef knisperen, nu eens donker, dan weer zilverwit in het schijnsel. Vlinders kwamen eropaf. Binnen enkele minuten was de plek ervan vergeven.

Het hoort niet, tegen bomen plassen, niet na je studententijd tenminste. Ik doe het dan ook nooit. Nooit. Dat is uitsluitend voor de inlanders. Maar vanochtend had ik die onbedwingbare behoefte. Gek genoeg kon ik geen ondeugd voelen.

De loot waaruit die pispaal van me is gegroeid, was geen inheemse, maar ontsproot uit een partij zaden, vruchten, scheuten en enten die ik heb laten overkomen van de Goudkust. Het grootste deel van die vracht verzoop in de regens. Maar deze staak wou me de eer wel doen. Hij is weinig gevoelig en, waar je hem ook poot, hij past zich aan elke omgeving aan. Het is een boom die door ons, in Ashanti, *kuma* genoemd werd. Daar, meen ik, plast iedereen tegen bomen. Ik kan me geen schaamte herinneren.

Het verhaal dat hierbij hoort is, kort gezegd, zo: Twee takken brak Osei Tutu van de *kuma*-boom. Hij plantte ze in de aarde, een eind uit elkaar. De ene tak paste zich goed aan. In die nieuwe grond – *asi* in het Twi – schoot hij wortel. Hij botte uit en droeg vruchten. De andere tak kwijnde weg, verdorde en brak. Osei Tutu bouwde zijn hoofdstad op de plek waar de *kuma* opbloeide. *Kuma-Asi*, de grond onder de *kuma*-boom, is mijn geboortestad. Kumasi, zetel van de machtige Asantehene der Ashanti.

Dit is ook het verhaal dat ik vanmiddag wilde vertellen aan mijn huisknecht. Ik zat in mijn werkkamer, gebogen over mijn papieren, te bladeren in mijn liber amicorum, toen dat ouwe kreng de veranda over sloop. Hij liet de blinden neer tegen de zon, die om vijf uur op de valreep onder de palmen door piept en naar binnen schijnt. Ik dacht hem te plezieren, vroeg hem bij me te komen en begon voor wat afleiding en zijn eigen vermaak over de boom die *kuma* genoemd wordt.

'Twee takken brak Osei Tutu daarvan af,' zei ik. 'Hij plantte ze in de aarde, een eind uit elkaar. De ene paste zich aan en schoot wortel. De ander verdorde en brak. Onze hoofdstad werd gebouwd op de plek waar de boom opbloeide. *Kuma-Asi*, zetel van de machtige Asantehene van de Ashanti.' Ik zag zijn blik wel afdwalen, dus boog ik me naar hem toe om hem op zijn gemak te stellen. Ik sprak vertrouwelijk tegen mijn bediende als man tot man.

'Die Osei Tutu was mijn over-overgrootvader. Heb ik je dat al eens verteld, Ahim?'

'Sinds vanochtend pas drie keer, toean,' spuugde dat serpent zijn brutaliteit in mijn gezicht.

'Je liegt,' zei ik. 'Het is dat ik mijn oude brieven voor me heb. Toevallig. Herinneringen. Ik heb aan die hele legende in geen jaren meer gedacht.'

Ahim zweeg en begon het portret van de kleine Wilhelmina af te stoffen, dat op de sierezel naast mijn bureau staat. Maar zijn glimlach irriteerde me als netelsap. Dus vroeg ik bits: 'Ben jij bij de post geweest?'

'Natuurlijk.'

'En?'

'Niets.'

'Je liegt!' Ik verhief mijn stem.

Ik verhef mijn stem verder nooit tegen bedienden, nooit. Meer bedienden heb ik dan ook niet. Ahim hoeft mijn ergernis met niemand te delen.

'Jij drukt ze achterover, die brieven. Je verkoopt ze op de roversmarkt bij de badplaats achter het gesticht. Denk niet dat ik daar geen weet van heb. Of via jullie illegale toko op Goenoeng Batoe. Je denkt dat er staatsgeheimen in mijn brieven staan, in code. En dat je daar geld voor kan maken bij de spionnen van de assistent-resident. Ik heb je door. Ik laat je vanmiddag nog oppakken en ranselen.'

Nu is het zeker een halfjaar geleden dat er post voor me gekomen is, dat weet ik best, en zelfs toen geen woord van onze jonge koningin, hoewel ik al drie keer, zeker drie, misschien wel vier keer naar Den Haag geschreven heb. Ook uit Weimar geen woord, terwijl ik daar elke twee weken een lang epistel heen zend. De groothertogin is dood. Al jaren. Dat weet ik van de Saksische gezant, met wie ik regelmatig op mijn bankje onder de casuaris in de Botanische Tuin van gedachten wissel in de laatste woorden Duits die ik nog machtig ben. Niemand heeft de moeite genomen mij haar overlijdensbericht te zenden. Hij verzekert me echter dat haar arme Carl Alexander nog aan mij denkt en wel eens naar me informeert. Sasja is een man van eer, een oude vriend die mij nooit zou vergeten, dus waar blijven dan zijn brieven?

Ik weet best dat Ahim niets achteroverdrukt – te dom om slecht te zijn –, maar op dat moment, dat brutale smoelwerk, ik had gewoon zin hem te beschuldigen omdat hij mij, een oude man, het bloed onder de nagels vandaan probeert te halen.

'Wat heb je vandaag buitgemaakt? Haagse post, vermoed ik. Valt zeker lelijk tegen?' beet ik hem toe. 'Er staan niets dan vriendelijke woorden in die koninklijke stukken. Eerbetoon. Van je vorstin aan je meester!'

'Er komen geen brieven meer,' durfde hij daarop. Hij had gelijk natuurlijk, maar ik hoef mijn verdriet niet uit zijn mond te horen. Ik begon ineens gevaarlijk zacht te spreken met de bedoeling hem angst aan te jagen.

'Weet je wat wij Ashantijnen met leugenaars deden?'

'Jawel, toean. Tong afhakken. Opspietsen voor het paleis en laten bepissen door het volk,' antwoordde de vlerk op een toon alsof ik hem begon te vervelen.

'Precies,' zei ik, zo kalm mogelijk. 'Dat waren tijden.'

'En toch ga ik elke postdag naar het kantoor. Hoewel ik weet dat er niets zal zijn.'

'Je liegt. Vanaf nu ga ik weer zelf.'

'U bent te oud, toean.'

'En noem me bij mijn titel, hondsvot.'

'Zoals u wilt: u bent te oud, Raden Aquasi, prins.'

Ahim boog zijn hoofd, maar mij niet ver genoeg. Het is verbazingwekkend hoe onverdraagzaam ik tegenwoordig zijn kan, als ik wil.

'Ik laat me niet sarren met die judaslach, Ahim, dat weet je. Nou, vooruit. De brieven. Er zijn er drie aan de jonge vorstin en twee aan de groothertog nog onbeantwoord.'

'Vergeten zijn zij u.'

'Als jij al bij de post geweest bent, dan zeker veel te vroeg. Wat interesseert het jou ook of jij je werk naar behoren doet? Ga nog een keer.'

'De koerier uit Batavia was allang geweest. Uw vrouw heeft het gezien. Vraag het haar.'

'Wayeng?'

'Nee, Lasmi. Zij liep met de kleine Quamina naar de arts. Voor hem was er wel iets gekomen. De beambte gaf het pakketje voor de dokter aan haar mee.'

Nooit heb ik gehoord dat post uit Batavia later dan twee uur Buitenzorg bereikt, zelfs niet in regentijd, maar wat kan mij dat schelen?

'Toch wil ik dat je gaat.'

'Ik ben de jongste niet meer,' wierp Ahim in de strijd. 'Voor mij is het te voet een uur. Moet ik soms door het donker terug?'

'Voor mijn part. Dat zal je leren onverrichter zake hier te komen en me voor te liegen.' Jammer dat een mens zwakker lijkt, naarmate hij zich sterk probeert te maken. Ahim was dan ook niet onder de indruk.

'Ik ga als de volgende post geweest is, zoals altijd, Raden.'

'Je doet niet wat ik zeg?'

'Het heeft geen zin.'

'Ik zal je slaag laten geven.'

Ahim zuchtte en legde verveeld uit, als voor de zoveelste keer aan een hardleers kind: 'Dan ga ik naar de resident. Dan komt er een proces van. Allemaal ellende. En wie gaat er dan volgende week naar de post? De tijden zijn veranderd, Raden Aquasi, prins. Behalve voor mij. Ik ben de laatste slaaf van Java. Dat heb ik weer.'

'Wat weet jij van slavernij, onnozelaar? Als kind had ik slaven. Niet één, maar een paar honderd. Dat waren mannen, breed. Die hadden geen vrouwenlijf als dat van jou. Met die polsjes! Sterke tanden hadden ze en niet zulke afgevijlde stompjes. Honderd krachtige mannen voor mij alleen. Weet je wat ik toen met je had laten doen?'

'Jawel, elke dag rolden hun hoofden.'

'En dacht je dat ze dat erg vonden?'

Zijn volstrekte onverschilligheid maakte me razend, dus riep ik: 'Dat ze dat erg vonden, dacht je dat? Welnee, ze waren tróts dat ze door mijn hand naar hun voorouders gingen. Ze stonden in de rij met afwachtende gezichten. Koppen met karakter, met daarop een echte lach, breeduit, niet die halve wijvengrijns van jou, die nog niet eens je minachting verbergt. Nee, ze stierven met plezier voor me. Dat waren mannen. Dat begrijp jij niet. Jij bent nou eenmaal geboren om dwars te liggen.'

En om me daarvoor meteen het bewijs te leveren, kwam er nog een antwoord ook. 'Als ik niet méér dan uw bediende was, prins, was ik toch allang verdwenen? Als ik hier was om de pracht van de betrekking of om een gezin te onderhouden, dan had ik toch mijn spullen jaren geleden al gepakt op Soeka Radja. Dan was ik gestopt toen mijn betaling stopte. Net als de anderen. En als ik het slecht met u voorhad... Nee, of u het nou prettig vindt of niet, wij zijn tot elkaar veroordeeld. Ik heb u zien komen. Ik heb u zien ploeteren. En ik zal u nog wel zien gaan ook.' Met deze woorden slofte de ouwe dwaas weg, alsof ik teken had gegeven dat het onderhoud was afgelopen. Hij sloot de laatste blinden en mummelde: 'Ik blijf, en morgen, morgen ga ik wel weer naar de post.'

Ik deed maar net alsof hij me met zijn sentimentele kletspraat had geraakt, kalmeerde en ging vriendelijker verder.

'Denk je dat Holland mijn brieven misschien nooit gekregen heeft?'

'Eerst zeggen dat ik lieg en dan mijn mening vragen? U hebt weer koorts gehad, vanmiddag, toen u lag te slapen. Ik hoorde u roepen. De wacht weet het ook. Hele gesprekken hebt u liggen voeren. Waar bent u bang voor?'

Moet ik mijn bedienden antwoord geven? Ik zweeg, maar dat onbeschaamd stuk wild hield vast.

'Wil ik in de toekomst kijken?' vroeg hij. 'Of in het verleden?'

'Dat zijn heidense gebruiken.'

'En koppen hakken niet?'

Ik haalde mijn schouders op.

'Dat breng jij in me boven. Met je gesar.'

Ahim vat verwijten op zoals een ander een liefkozing. Daar heb ik me bij neergelegd. Dan glimlacht hij en nijgt zijn hoofd als een ouwe juffer. Het maakt hem onuitstaanbaar onkwetsbaar.

'Nou, wat zal het zijn, de kaarten of de theeblâren?'

Ik wilde niet.

'Ik heb genoeg van het verleden,' zei ik. 'Er komt steeds meer terug.'

'We zijn oud,' zei Ahim, 'dan krijg je dat.'

'Het enige dat vandaag tot me doordringt zijn de slagen van de kapmessen. Op elke slag volgt een herinnering.'

'De plantage. Triest is dat. Nu rest ons niets dan rijst.'

'Omdat jij te besodemieterd bent om te werken, ja. Moet ik daar de toekomst ook nog bij aanhoren? Breng me briefpapier. En verbied ze vandaag verder te kappen. Ik verdraag het niet.'

Ahim slofte op zijn elfendertigst naar de secretaire, bracht me een vel en wilde weten: 'Wie is de gelukkige vandaag?'

Ik zei niets, maar zette hem op een dwaalspoor door over het papier te krassen en onder mijn adem een zogenaamde aanhef mee te brabbelen. 'Mijn zeer geliefde, oude vriend...' Daar onderbrak hij mij.

'De groothertog van Saksen heeft nog pas een brief gekregen.'

'Hoe weet jij dat? Misschien heb jij die wel zoekgemaakt. Hoogstwaarschijnlijk zelfs. Met opzet. Nu ingerukt of ik laat je geselen.'

'En wie kookt er dan vanavond, toean?'

In werkelijkheid nam ik me voor iets heel anders te schrijven. Sinds het bezoek van gisteren loop ik rond met het beklemmende idee dat, wanneer Buitenzorg dadelijk *en polonaise* op mijn feest danst of over mijn graf, de mensen enkel zullen denken aan een lief oud zwartje, dat je eens lekker door zijn grijze kroeshaar kroelt. Mij beving een brandend verlangen Willem Gongrijp en kornuiten op te zoeken om ze eens te tonen wie ik ben geweest. Ik heb de kracht niet meer. Uit dat besef werd het verlangen geboren de gedachten die mijn ziel nog heeft bewaard, te ordenen. Ik begon ze te verwerken tot een toespraak, die mijn uitgelaten gehoor tot nadenken moest stemmen. Dus zodra Ahim zijn hielen had gelicht, begon ik met de feiten, zo:

Ik ben Aquasi Boachi, geboren prins van het rijk van de Ashanti aan de Goudkust van Afrika. Ik werd opgevoed in Delft, maar woon nu vijftig jaar te Java en op Soeka Sari sinds 1888. Ik beheer dat part land, groot negenentachtig bouw, in de residentie Batavia, afdeling en district Buitenzorg, aan de oostzijde van de grote weg naar Gadok, tweeënhalve paal ten zuidoosten van het station Buitenzorg op een hoogte van negenhonderdnegenenvijftig Rijnlandse voet. Eigenaresse is mevrouw M. C. van Zadelhof, geboren Tietz, die mij haar grond verpandt voor eenentwintigduizend achthonderd gulden 's jaars. De bevolking op mijn land, die achthonderdvier zielen bedroeg bij de aanvaarding, is in de afgelopen twaalf jaar meer dan verdubbeld tot negentienhonderddrieënzestig zielen. Zij hebben het goed. Dat is geen geringe prestatie, aangezien de opbrengst door de jaren heen veelal gelijk gebleven is en enkele jaren zelfs is teruggelopen. De theebouw heb ik moeten opgeven. Mijn productie bestaat tegenwoordig uit rijst, en tot voor kort ook koffie. Produceerde ik in 1889 nog eenenvijftig pikol koffie, in 1891 was dat nog slechts dertig, en door tegenvallende regens en de armoede van de grond liep dat terug tot anderhalve pikol, 63 kilogram, in het hele afgelopen jaar, waarna ik heb moeten besluiten van koffiebouw verder af te zien in een poging de grond rijp te maken voor meer padi, waarvan de productie onverwoestbaar lijkt. Het is geen rooskleurig beeld dat ik schets, maar ik beroem mij erop geen van mijn zielen onder de tegenslagen te hebben laten lijden. Geen ziel tenminste, dan die van mijzelf. Ik word getroost door de liefde van mijn kinderen. Van de vijf zijn er nog drie in leven. Mijn zoon Quamin werkt op een theeland in de Preanger. De twee kleinen, Aquasi junior en mijn dochter Quamina Aquasina, werden geboren uit zielen die op mijn land leven en werken.

Verder kwam ik niet, want voor mijn geestesoog zag ik de dames al lachen, feesthoedjes op, achter hun waaiers weggedoken. Het is zoals het is, wanneer ze vieren dat ik een halve eeuw in hun midden ben, vieren ze in feite dat ik ze al die tijd nooit om stof tot praten verlegen heb gelaten. Ik ben ongehuwd. Mijn kinderen werden geboren uit zachtmoedige inlandse vrouwen met wie ik in vrije liefde leef. Zij vormen het onderwerp van gesprek in iedere Buitenzorgse binnenkamer. Mijn lust een gehoor van roddeltantes en lijkenpikkers toe te spreken was op slag verdwenen. Ik bedacht dat zij misschien minder zouden hoeven lachen wanneer ik hun zou durven zeggen hoe ik, zoals hun eigen Hollandse mannen hier, geprobeerd heb een blanke vrouw te bemachtigen op de gebruikelijke wijze in de Stadsschouwburg van Batavia. Dat is tenslotte de methode waarmee de juffrouwen eerst hun echtgenoten en vervolgens hun minnaars uitkiezen en waarop ze derhalve niets aan te merken kunnen hebben.

Dat gaat zo: de heer die zoekt, laat zijn hoed niet achter in de garderobe, maar zet hem op de rand van zijn loge. Hij trekt daarmee de aandacht en vangt de dame in kwestie in zijn toneelkijker, zij hem in de hare. Hij gebaart hoeveel hij wil betalen. Waaiert zij zich koelte toe met de linkerhand, dan gaat ze akkoord, waaiert zij met de rechter, dan dient het bod verhoogd dan wel de poging elders opnieuw te worden ondernomen.

Mij is zoiets nooit gelukt. Dat kan niet aan mijn hoge hoed hebben gelegen, dames, u bent met mindere modellen meegegaan. Maar bij het tempéstalletje aan de artiesteningang zijn voor ongelukkigen als ik godlof inlandsen te krijgen voor een handje rijst. Maar de liefde van Adi, Lasmi en Wayeng, de moeders van mijn erfgenamen, heeft mij gered van het minnen tussen voedselresten. Ik hou van hen zoals van mij gehouden wordt. Ik laat ze na wat ik bezit en vind meer verantwoording van mijn bestaan in onze kinderen dan ik een gehoor Batavieren met wat feiten duidelijk kan maken.

Ik verscheurde dus mijn toespraakje. Het was correct geformuleerd, maar wat stelt de opsomming van een leven voor? De gebeurtenissen staan nu eenmaal niet keurig langs je pad opgesteld als de haltepalen langs de Grote Postweg naar Soerabaja. Er is geen spoor terug. Waarom ziet iemand als hij zijn ogen sluit de een wel opdoemen en de ander niet?

Ahim heeft – geheel tegen zijn gewoonte in – gelijk, wanneer hij zegt dat ik 's middags onrustig lig te dromen. Al slaap ik niet, zodra ik het daglicht buitensluit, passeert van alles de revue. Maar zelden zie ik Java. Nooit bezoekt mij iemand die ik toch al dagelijks groet. Geen mens, geen dier, zelfs niet het dichte groen waartegen mijn leven zich toch grotendeels heeft afgespeeld. Als ik op mijn geheugen af moet gaan heeft een halve eeuw Indië korter geduurd dan een willekeurige valkenjacht op Het Loo, het bezoek van Adeline Renselaar en haar feestcommissie langer dan een weekeinde in Scheveningen. De archieven van je geest kennen geen index, hooguit een paar steekwoorden. Meer is waarschijnlijk ook van geen belang.

Ik stel me wel eens voor dat God alleen daarin geïnteresseerd is. Alleen in de grote lijnen. Wij maken onze vlekken op het witte linnen en zien niet meer dan de smeerboel die we achterlaten, maar Hij, scheppend kunstenaar als Hij is, doet een paar passen terug en ziet daarin een voorstelling. Als het Hem lukt mijn portret te ontdekken in het voorzichtige gepriegel dat ik achterlaat, is dat het beste bewijs van Zijn bestaan. Ik heb altijd gedacht dat, wanneer je bent als ik, je je leven in de kantlijnen moet tekenen, onopvallend. Maar nu ik teruglees valt mijn oog vooral op de lege bladzijden. Vijftig jaar al lijken mijn pagina's nauwelijks gevuld. Is dat reden voor een feest?

21 februari

Als we dan toch aan het jubileren zijn: morgen is het vijftig jaar geleden dat mijn neef Kwame stierf. Ik denk dat ik toen het vermogen ben kwijtgeraakt mijzelf in mijn daden te herkennen. Als het, zoals ik geloof, de verdienste van liefde is dat de ene minnaar de andere zichtbaar maakt, de een vorm krijgt omdat hij afsteekt bij de ander, dan hielden wij van elkaar. Ik werd zichtbaar in contrast met hem.

Ik weet hoe laat het is. Een mens raakt niet in die toestand van algehele herinnering als zijn sterven niet begonnen is. Mijn geboorte wordt geschat in 1827. Ik leef nog goed, maar mijn gezondheid neemt snel af. Het eerste wat me in de steek laat is de slaap, wat niet verwonderlijk is, aangezien ik daarvan mijn leven lang niet heb genoten. Die nachtelijke uren, waarin een mens gedwongen wordt te scheiden van zijn bewustzijn, boezemden mij angst in. De vrije toegang die ik de doden en demonen verschafte tot mijn ziel, simpelweg door het sluiten van mijn ogen, druiste in tegen mijn sterke verlangen alles om mij heen te doorgronden en beheersen.

Toegang hebben de schimmen tegenwoordig dag en nacht. Juist

slaap zou mij misschien af en toe van ze verlossen. Maar ik heb van de nood een deugd gemaakt en geleerd al mijn bezoekers lief te hebben. Ik betrap mij er soms zelfs op uit te kijken tot deze of gene in mijn mijmeringen weerkeert. Het plezier waarmee ik aan vroeger denk is de stuiptrekking van een oude man. Durven toegeven dat je wilt terugkeren, meer is sterven toch niet?

Afscheid nemen van een leven, dat is één ding, maar het afscheid van die eeuw van ons, dat laat me maar niet los. Wat daar om te feesten valt? Mij maakt het ongerust op een uitgelaten manier, lacherig van nervositeit.

De zaterdag en zondag vóór Kwame uitvoer en voordat ook ik besloten had Holland te verlaten, die warme septemberdagen van 1847, brachten wij in afzondering samen door op mijn kamer in Delft. Wij wilden niemand zien en nergens aan denken. Om deze beladen uren, bij voorbaat gedoemd onze laatste herinnering te worden, enigszins te verlichten nam ik me vrijdagnacht al voor de komende maandag het college van professor Oudshoorn te verzuimen. Dit idee gaf mij de rust mij twee dagen volledig op Kwame te richten, mijn neef, mijn broer, van wie ik hield, de man ooit voorbestemd mijn vorst te worden. Die ene gestolen dag, ontfutseld aan de tijd, maakte dat wij een weekeinde lang uitsluitend aan elkaar hoefden te denken en pas de maandag in volle zwaarte treurden om zijn vertrek.

Voor zo'n afscheid sta ik nu opnieuw. En ze gaan me er nog om fêteren ook! De laatste dagen voor een scheiding, zonder de mogelijkheid van de dood ook zelfs maar één dag nog te spijbelen. Dát is de nieuwe eeuw voor mij!

22 februari

Er zit mij iets niet lekker. Ergens tussen het braaksel van haar woorden heeft Adeline Renselaar van de week iets laten vallen dat mij onrustig houdt. Het drong langzaam tot me door, maar nu laat het me niet meer los. Ze deed nogal geheimzinnig. Haar man. Haar man heeft haar over mijn *kwestie* verteld? Mijn *kwestie*! Welke *kwestie*? Wat is dat voor roddelzieke kliek?

Vanochtend ben ik in alle vroegte naar de woning van Wayeng gegaan. Ze wist niet wat haar overkwam! Ik vroeg haar of ik de ochtend met Aquasi mocht doorbrengen. Zo kwam het dat ik samen met mijn zoon een wandeling heb gemaakt. Hij sprak tegen mij over van alles en nog wat, maar ik heb alleen geluisterd. Ik zag in hoe dwaas mijn voornemen was. Voor een kind van negen moet het iets onvoorstelbaars zijn, te horen over een jongetje uit Afrika van driekwart eeuw geleden. Hij werd moe en ik moest hem op de arm naar huis dragen. Dat viel mij erg zwaar. Mijn hart. Ik baadde in het zweet.

Zodra ik thuiskwam, heb ik de oude papieren uit hun dozen gehaald en voor me op tafel uitgespreid: diploma's, getuigschriften, het reisverslag dat Van Drunen maakte van de Hollandse expeditie naar Kumasi, zijn aantekeningen over onze opvoeding, brieven van Jan en Alleman, geknipte silhouetten, mijn liber amicorum. En hoewel mijn arts me afraadt nog te drinken, neem ik me voor nog minstens één keer erg dronken te worden.

23 februari, 4 uur 's ochtends

De beste staak groeit uit de stront, dat weet een kind. Zojuist heb ik, puur uit baldadigheid, ook de rest van mijn behoeften in de tuin gedaan. Daarna heb ik twee takken van die *kuma*-boom afgebroken. Dat kostte weinig moeite, want hoewel hij de ergste stormen doorstaat en meekleurt met de seizoenen, gedijt hij op vreemde kusten niet zoals in Afrika. Ik heb de stukken hout in de grond geplaatst, een eind uit elkaar. Mocht er onverhoopt één wortel schieten en opbloeien, dan zal ik Ahim opdracht geven op die plaats mijn graf te graven. Heeft hij ook eens een verzetje.

West-Afrika 1836-1837

1

Slapen ging niet. Klanken dreven af en aan. De gloed van allerlei vuren kleurde de hemel. Kwame lag naast me te woelen. Wij waren doodmoe van onze laatste tocht naar het heiligdom van Twi. Ik liet deuren en luiken sluiten. Mijn slaapkamer, die ik met mijn neef deelde sinds de dood van zijn vader, lag midden in het paleis, ver van de straat, maar de hoofdstad was zo in rep en roer dat het lawaai tot in onze familievertrekken doordrong. Ook de bedienden in de voorhof kreeg ik maar met moeite stil.

Al wekenlang hoorden wij de trommels uit Abonu berichten over de langzame nadering van een immense handelsdelegatie uit de kustplaats Elmina. Het hof bereidde zich voor op de ontvangst. Meer wisten wij niet. Ik stootte Kwame net zo lang aan tot hij met tegenzin overeind kwam zitten, want in slapeloze nachten heb ik me nu eenmaal altijd meer alleen gevoeld dan overdag. We deden raadsels en woordspelletjes, waarbij ik de gouden halsbanden van mijn waakhonden verspeelde, want Kwame was met woorden nu eenmaal altijd beter.

De vorige dag, toen wij terugkeerden uit het heiligdom van Twi, waren de wegen naar Kumasi al overvol en in de stad toonde zich alles wat Ashanti heette in zijn volle rijkdom. Overal kon je de parasols van stamhoofden boven het straatgewoel zien uitsteken. Aanvoerders met zilveren borststukken dobbelden met krijgers in tooi die wij niet kenden. Zij zaten onder vergulde daken, die de goudsmeden voor deze gelegenheid hadden opgetrokken rond ons koninklijk mausoleum op de heuvel van Bantama. Aan de platanen, die waren geschonken door Portugese pioniers, stonden rijpaarden en pakezels, maar ook kamelen en offergeiten gebonden. Ze produceerden een stroom uitwerpselen die van het paleisterrein naar het dal droop, waar de eethuizen uitpuilden. Zwetende koks kwamen naar buiten met meelballen *fufu* in hete saus, die ze uitdeelden aan vermoeide moeders met jengelende kinderen. Op strobalen lagen mannen die hun blaren insmeerden met spuug en ezelinnenmelk. Kooplui waren met de reizenden meegetrokken en overspoelden de markten met producten uit hun eigen streek, geurende oliën, dadelvijgen en taaizoet oosters snoep in vele kleuren. De alledaagse waar van yam en maniok, banaan, pinda en citrusfruit was opzij geschoven om plaats te maken voor de lokale kunstenaars met hun gouden sieraden, insignes, drinkkommen en scepters, vergulde hoofdstellen en met edelmetaal beslagen meubels, waar Kumasi over de hele wereld beroemd om was. Velden van saffraan en rode peper lagen uitgespreid op palmbladeren, maar werden verstoven door de menigte. Opengesperde bekken van de brede vissen uit de Volta, stroeve alen uit de Tano en glibberige reuzenslakken lagen naast purperen duivels uit de monding van de Pra en de gespierde staarten van de meerhond, die zelfs tegen de Ofin en de Birim op kan zwemmen. Oude vrouwen bogen zich over gomsoorten en heilzame wortelknollen, amuletten, ingebonden magisch leerwerk, roodgelooid en zwartbeschilderd. Overal hingen doeken en stonden wevers de symbolen op de stof te verklaren aan wie van ver kwam en hun betekenis niet kende. Er werd glanzend zwart verkocht voor een begrafenis, maar ook de fijnst geweven *kente*, in duizend banen rood en geel, en uitsluitend voor de hoofden van een stam waren er sandalen met een gulden teenknop.

Met het uur stroomden meer mensen toe. Mannen en vrouwen in sluiers, die bij de vleesstalletjes rund, aap, wildzwijn en antiloop zaten te eten, gaven een kleinigheid aan zangers van smartlappen of ze lachten ze uit en maanden ze tot stilte om ongestoord te genieten van de stoet die langstrok. Er waren lange mensen uit het oosten met hun slepende voeten en kaalgeschoren meisjes van over de rivier. De vrouwen van slavenkooplui uit Mali, die zelfs hun ogen achter doek verbergen, liepen tussen de naakte jagers van de savannevlakten rond Damongo.

Het Twi bleek ineens verrijkt met tongvallen uit alle hoeken van Ashanti, de scherpe medeklinkers uit het noorden, die door zandstormen moeten snerpen, het slissen van oevervissers langs de Volta, de nasale zang uit de bossen in het zuiden. En er was het Twi dat de lachlust opwekt van de zuivere Ashanti, het Twi zoals de slaven het spraken en de leden van de overwonnen stammen boven de rivier, die door hun meesters waren meegevoerd om in Kumasi van de hand te doen. Je hoorde het lijzige toontje van de Ga, het verwijfde piepen van de Ewe en de dwergen uit Talenso, overwonnen slapjanussen uit Dagoma, Dagaba, Fra Fra en Kusasi, die de klank *ouè* niet konden maken.

Het was deze kakofonie die ons een nacht lang uit onze slaap hield. Toen Kwame en ik het spelen moe waren, sukkelde ik wel zo af en toe een beetje weg, alleen om dan weer op te schrikken door het gekijf van een stel dronken priesters. Ik kreeg er uiteindelijk hoofdpijn van en vervloekte de taal van mijn geboorte, waarvan het op dat moment ondenkbaar was dat ik hem enkele jaren later al zou zijn verleerd. Ik drukte mijn vingers tegen mijn oren en mijn hoofd zo dicht mogelijk tegen Kwames rug.

Tegen de ochtend werden wij gekleed. In de schemering bracht men ons tot buiten de poort van Kumasi. Daar waar het bospad naar Accra begint, krioelde over de heuvels een mensenmassa. Damp van opeengepakte lichamen hing als een nevel rond de stad.

Voor aan de menigte zat mijn vader, de Asantehene Kwaku Dua de Eerste, op zijn troon onder parasols van goudbrokaat. In zijn rode, met zilvergalon afgezette mantel, armen en benen met sieraden omhangen, tuurde hij voor zich uit over de weg. Naast mijn vader nam op een ivoren zetel, ingelegd met diamanten, Kwames moeder plaats, mijn tante. Zij was, als zuster van de Asantehene, onze koninginmoeder en de belangrijkste van alle vrouwen.

Links van haar, overladen met juwelen, zaten alle leden van haar *abusua*: de *oyoko*, de gezinsleden verbonden door de vrouwelijke rode lijn van het bloed, die de opvolging bepaalt. Iedere grootmoeder en moeder had zich omgeven door haar *yafunu*, de *kinderen uit één buik*. Rechts van haar, in een brede kring op vergulde zetels en kostbare tapijten, zaten de gezinsleden die met onze koninklijke familie verbonden waren via de *ntoro*, de mannelijke verwantschap, de witte lijn van het zaad waarin de ziel wordt overgedragen.

Dicht bij mijn vader in de buurt zat Badu Bonsu de Tweede, de koning van Ahanta, een van zijn beste vrienden. Rond hen had zich de raad van wijzen verzameld: astrologen, rechtsgeleerden, fetisjpriesters, diplomaten, bewakers van de traditionele muziek, van de gebruiken en de tekens, magiërs, architecten, doktoren. Een uitzonderlijke plaats kregen de kenners van de aarde, die wisten waar zich in onze grond goud en edelstenen bevonden. Vóór hen knielden jonge slaven met gebogen hoofd, hun handen vol witgouden hangers en fetisjen uit amethist en smaragd. Vaandeldragers vormden een erehaag voor wie zijn plaats in de rangorde nog moest innemen. Velen werden opgehouden door muzikanten, potsenmakers en dansers, die allemaal zenuwachtig heen en weer dribbelden en met geweld hun eigen orde van belang bevochten. Daartussen wurmden zich vier Europeanen, grauwe mannen in zwarte pakken, wie de warmte slecht bekwam: de Britse missionaris Brooking en de ambassadeurs van Engeland, Portugal en die van de Nederlanden, Jacob Huydecoper, een rossige dikkerd, sinds november 1836 als diplomaat in de stad. Hij begroette ons, diep buigend, met de Nederlandse titel 'prinsen', terwijl hij zichtbaar moeite had ons en onze betrekking tot de troon uit elkaar te houden. Wij groetten niet terug. Deze mannen waren lage ambtenaren. Men had hen zo gek gekregen hun dagen op een door hun eigen God vergeten plek te slijten. Wanneer ze niet ziek waren van het klimaat, zorgden ze er wel voor dronken te worden van de palmwijn.

Aan weerszijden van onze familie stonden, als eerbewijs aan de Ashantijnse eenheid, militaire slagordes opgesteld uit alle staten van de Unie van Ashanti: Kumasi, Juaben, Bekwai, Nsuta, Mampong en Kokofu. Iedere kapitein, elke *asafohene*, droeg een gevechtsjas van in goud ingelegde amuletten en *gri-gri's* om geluk te brengen. Ieder hield onder zich een patrouille van tweehonderd bewapende *akwanrafo*, hun geweren in de aanslag. Daarnaast toonde elk een rechter- en een linkervleugel van honderdvijftig strijders. Deze werden begeleid door tientallen *asansafo*, oftewel 'leeghandigen', dragers die niet dienden om voorraden aan te dragen, alleen om het buitgemaakte af te voeren. Van de *kyidom*, die de rijen afsloten, waren de pluimen te zien die zij aan hun speerpunten knopen. In totaal stonden zes volledige legers opgesteld, zevenendertig pelotons in zevenenzeventig onderdivisies. Op vlonders, glooiend tegen de heuvels op, torende daar een menigte bovenuit, waartussen zich honderdtwintig gouden parasols bevonden van evenzoveel dorpshoofden. Behalve met de dorpsoudsten en hun opgedirkte vrouwen was ieder van hen gekomen met vierhonderd gewapende manschappen, tweehonderd slaven en honderd geschenken. Het uitgebreide ambtenarenapparaat, een volledige *oman* van iedere staat met aan het hoofd de *omanhenes*, en daaromheen iedereen die zich hoog genoeg had opgewerkt om mee te mogen, vulde de laatste ruimte tot de buitenwijken van de stad. Hierbij hadden zich de groothandelaren gevoegd en uit ieder dorp de hoofden van de clans. Geen van die laatsten kon over die honderdduizend koppen heen ook maar een glimp van de Asantehene opvangen. Achteraan verloor men zich dus in gemopper. Er waren kleine straatgevechten en handtastelijkheden met de bierverkoopsters. Die hadden geen idee van de ceremoniën aan de andere kant van de mensenzee.

Kwame en ik, Kwasi, volgens gebruik vernoemd naar de zaterdag en de zondag waarop wij het licht zagen, waren op deze dag in het tiende jaar van ons leven. Wij werden opgesteld tussen onze familie. Ik ter linkerzijde van mijn vader, Kwame, die als oudste zoon van de koningin-moeder de eerste opvolger van de Asantehene was, werd neergezet aan zijn rechterhand. Om onze schouders plooide men met zorg de kleurige adinkra-doeken, waarna we stil moesten zitten. Dat was te veel gevraagd en onze onrust leverde ons ieder een vuistslag van mijn vader op. We konden slechts afwachten. Om onze verveling te verdrijven, werd de verhalenvertellers gesommeerd in de toenemende hitte hun werk te doen.

'Twee takken brak Osei Tutu van de *kuma*-boom...' begon er een. Ik keek uit mijn ooghoeken naar Kwame, die zodra hij mijn blik ving in een zenuwgiechel uitbarstte.

Wij hadden het verhaal van de stichting van onze geboortestad al te vaak gehoord. De strijd waarmee Osei Tutu zijn stam aan het eind van de zeventiende eeuw had bevrijd van de overheersing van Denkyira, de tact waarmee hij zich verbond aan vijf andere vrijgevochten stammen en de sluwheid waarmee hij die vervolgens wist te onderwerpen en samensmeedde tot één natie met een gemeenschappelijke taal en eenzelfde geloof waren in onze tijd, ruim een eeuw later, teruggebracht tot het lieflijke beeld van de plantende stamvader. Ieder kind van Kumasi krijgt ze met de moedermelk mee, die vruchtdragende en die wegkwijnende tak.

Kwame Poku was als enige zoon verwekt bij de Asantehenes oudste zuster door de beroemde Adusei Kra, de *atene akotenhene*, aanvoerder van alle strijders van Ashanti. Die zag men alleen bij officiële gelegenheden. In vol tenue. Streng en dreigend.

Zeven jaar voor Kwames geboorte leidde Adusei Kra in een legendarische veldtocht De Tienduizend naar het zuiden. Daar, aan zee, had hij een van die Europese volkeren verslagen die Ashanti en omliggende West-Afrikaanse rijken *Goudkust* noemen. Adusei Kra dreef die witten terug in hun forten, waarna ze zich alleen nog buiten waagden om geschenken te brengen en door het stof te kruipen.

In zijn tweeënveertigste levensjaar werd de grote vechter ziek. Hij liet de fetisjpriester de ceremonie voltrekken waarbij hij zijn kracht en moed overdroeg aan zijn zoon, mijn neef Kwame, die was aangewezen als de toekomstige koning van ons volk. Daarna gaf hij zich over aan zijn sterven en zakte weg in een op de dood gelijkende slaap.

De kinderen van het paleis ontliepen Kwame. Zij waren bang voor de strenge blik die ook van de vader in de zoon leek te zijn gevaren. Om zich voor te bereiden op het koningschap, dat hem wachtte zodra mijn vader zou overlijden, bracht Kwame veel tijd door in onze vleugel van het paleis. Ik kwam hem wel eens tegen, maar altijd hield hij zijn ogen naar de grond gericht en ik keek wel uit hem aan te spreken. Ik had bovendien mijn eigen verdriet.

Ik miste mijn broers Kwadwo en Kwabena, de enige twee met wie ik dezelfde moeder deelde, de belangrijkste van mijn vaders vrouwen. Mijn broers waren iets ouder dan ikzelf. Niemand stond mij nader.

Zij hadden als enige kinderen vrije toegang tot mijn kamer. Op een dag kon ik ze nergens meer vinden. Het duurde drie slapeloze nachten voor men mij de waarheid durfde te vertellen. Mijn vader had zijn eigen zoons meegegeven aan de Engelse gezant, die hen naar Fort Cape Coast vervoerde.

Ik was ontroostbaar. Niet eerder had een Ashantijnse prins ons grondgebied verlaten. Hoe was het mogelijk dat mijn broers nu dezelfde weg door het oerwoud moesten afleggen, waarover de door mijn vader overwonnen slaven waren vervoerd? Werden Kwadwo en Kwabena soms ook met Engelsen of Hollanders geruild tegen jenever en musketten? In mijn dromen teisterden mij de vreselijkste beelden. Ik kreeg ten slotte een officiële verklaring te horen waarin werd gesteld dat de twee prinsen binnen enkele jaren als mannen zouden terugkeren met veel fortuin en mooie vrouwen, maar ik voelde dat ik hen kwijt was. Nog geen maand later kwam het bericht dat zij onderweg door Abessijnse karavaandrijvers om hun gouden sieraden waren gedood.

Ik kon niet begrijpen waarom mijn vader zijn kinderen de dood had ingejaagd en verlangde uit zijn eigen mond een verklaring te horen, zelfverwijt, desnoods alleen een schreeuw van verdriet. Hij vertoonde zich echter wekenlang nauwelijks in de familiekring, waarschijnlijk uit schaamte, en als ik hem zag, voerde hij veel staatsie en was hij onbenaderbaar. Ik werd geplaagd door vragen, maar een Asantehene spreekt niet. Vanaf het moment waarop de nieuwe koning driemaal op de Gouden Stoel wordt gedrukt, die door de priester van Osei Tutu uit de hemel werd getoverd en de ziel van Ashanti bevat, bedient hij zich van zijn spreker, een taalgeleerde, die zijn zijde nooit verlaat. De spreker geeft aan wat de Asantehene vindt, voelt en denkt. En hoewel Kwaku Dua in de meest afgesloten ruimten van het paleis soms nog wel weer even de vader werd die hij drie jaar eerder was geweest, voordat hij de troon besteeg, toen hij nog gewoon Fredua Agyeman heette en je met vuile voeten bij hem op schoot mocht kruipen of onopgemerkt hand in hand met hem over straat kon lopen, vertrouwen kon ik hem niet meer. Ik werd angstig. Achterdocht doodde mijn liefde. Wanneer mijn vader mij soms met rode ogen aantrof en bij mij wilde hurken om te troosten, hield ik me flink en zei dat er zand in mijn ogen was gewaaid. Een Ashanti kent de heilzame kracht van het taboe: verdriet dat niet genoemd wordt, bestaat ook niet.

Voorheen baadde ik altijd samen met mijn broers. Dat was een feest. We stoeiden met elkaar, spatten in het rond en dreven onze bedienden tot wanhoop. Voortaan werd ik alleen gewassen. Ik probeerde me altijd goed te houden, maar op een ochtend maakte een plens koud water, die onverwachts over mij werd uitgegoten, mijn verdriet wakker. Het gemis raakte me als een stomp in mijn maag. Ik vluchtte snikkend naar de kleedruimte en stuurde iedereen weg.

Daar zat ik ineengedoken in een hoek toen Kwame binnenliep. Hij had mijn bedienden zien vertrekken en meende dat de wasplaats onbezet was. Ik keek op en ving zijn blik. Direct zag ik dat zijn stugheid allesbehalve hooghartig was. Zonder te aarzelen zond hij allen die bij hem waren weg en kwam naast mij zitten. Hij troostte mij door zelf in snikken uit te barsten. Ik vertelde hem mijn verdriet en vroeg hem te vertellen over het zijne.

'Ach,' zei hij, 'de familie van een moedig man heeft altijd wel wat te huilen.'

Vanaf die dag baadden wij samen.

Niet lang daarna bezocht Kwame mij voor het eerst in mijn vertrekken. De lessen die hij volgde, brachten hem in contact met velen die dicht bij de troon stonden. Hen had hij uitgehoord over de redenen achter het vertrek van mijn broers en hij kwam met deze verklaring.

Kwaku Dua, mijn vader, lonkte naar Europa. Hij was de zevende Asantehene van de Unie van Ashanti, maar de eerste die meer uit de oude contacten wilde halen dan drank en wapens. Hij vermoedde dat de kennis en wetenschappelijke berekening van de witten ons volk van dienst zouden kunnen zijn nu de westerse machten – om voor ons onnavolgbare redenen – de slavernij hadden afgeschaft. De slavenhandel was door het verbod niet geheel verdwenen, maar toch al zo dramatisch afgenomen dat de welvaart in onze buitengewesten begon te verminderen.

Reverend Brooking, de zendeling, die zelfs rond het middaguur door Kumasi rondstapte in de hooggesloten zwarte boord van de Weslyan Missionary Society, speelde op mijn vaders belangstelling in. Hij stelde voor mijn broers in Londen te laten opvoeden, ongetwijfeld met de bedoeling hen te kerstenen en later, via hen, ons volk. Mijn vader hapte toe, hoewel hij de godsdiensten van Europa bespottelijk vond, de uitoefening ervan niet in zijn rijk tolereerde en jaren later zelfs Brookings kop, met boord en al, op een spies voor zijn paleis in de grond liet poten. Geloof, welk dan ook, kwam bij deze missie op de laatste plaats. De Asantehene was het om de wetenschap gegaan en de vooruitgang, de Engelse regering om de handelsbetrekkingen, maar door de roofmoord op mijn broers waren al deze ambities in de kiem gesmoord.

Kwame zag wel dat zijn informatie mij niet opvrolijkte. Hij kwam mij kort daarna opnieuw bezoeken en weldra maakten wij er een gewoonte van elke middag na de lessen enige tijd samen te spelen.

Langzaam, terwijl wij elkaars twijfels aanhoorden en wegnamen, voelde ik mijn eenzaamheid wegebben. Kwame, gebukt onder de hoge verwachting die iedereen van hem had, vond in mijn vriendschap afleiding van zijn onzekerheid. Hij groeide in zijn rol tot ons volk geloofde dat onze aanstaande Asantehene nooit meer ergens bang voor zou zijn.

We trokken zoveel met elkaar op dat er werd gezegd dat wij zelfs op elkaar begonnen te lijken. 'Zoals de hondentemmer op zijn hond,' zei Kwame. Toen wij uiteindelijk verzochten één kamer en één bed te mogen delen, keek niemand daarvan op. Mijn vader was blij met de positieve verandering die hij bij ons waarnam. Kwame verhuisde dus van zijn kamer in de oostelijke vleugel naar de mijne, die los van het hoofdgebouw was opgetrokken rond een bron die via een ingenieus systeem van nauw toelopende vaten zelfs in de droogste maanden water deed opspuiten in een klein bassin.

Hierna nam Kwame tot ieders tevredenheid zijn mannelijke taken op zich. Hoewel zijn moeder het hoofd van de familie bleef, was het Kwame die, toen de laatste adem van Adusei Kra niet ver meer was, de uitgebreide afscheidsceremoniën aanvoerde. Hij was formidabel en gaf geen krimp, hoewel hij werd gadegeslagen door de Asantehene. Af en toe stelde ik hem gerust met geheime tekens die we hadden afgesproken. Aangestaard door de overige kinderen van de stervende en zijn vrouwen, werd Kwame door de fetisjpriester rond zijn zieltogende vader geleid in de rituelen: drie cirkels met een brandende vetpot rond het gelaat dat zijn uitdrukking gaat verliezen. Water plengen over de handen die hun kracht opgeven, over de voeten die nergens meer heen hoeven. En drie laatste slokken over de tong gieten.

Een Ashanti ziet niet op tegen de dood. Door te sterven voldoet hij aan de hoogste verwachting die hij bij zijn geboorte heeft gewekt. Alleen moet er altijd een goede reden worden gevonden om een bepaalde dood op een gegeven tijd te verklaren. Wie jong sterft, is een vloek voor zijn omgeving. Ouders bespugen en verminken hun dode zuigeling en begraven hem op de vrouwenplasplaats om zijn geest te ontmoedigen ooit nog terug te keren. Hoge leeftijd getuigt van goed gedrag. Een grijsaard met veel kinderen wordt in de watten gelegd en onder goud bedolven. Maar sterven op de leeftijd van Adusei Kra is toch minstens wat verdacht. De voorouders, bijvoorbeeld, zouden hun afstammeling zo vroeg tot zich kunnen roepen, omdat hij ernstige zonden had begaan. Het was aan Kwame om die voortijdige vlucht van zijn vaders ziel te verklaren. Samen bedachten wij dat Adusei Kra gedood werd door een wraakzuchtig geestenleger. Dat is immers het noodlot van de krijger vanaf de dag dat hij begint te doden: hoe minder lichamen de vijand door zijn toedoen krijgt, hoe meer geesten tegen hem samentrekken. Gelukkig, stelde ik Kwame gerust, had Adusei Kra het ergste onheil dat de Ashanti kennen afgewend: hij was niet kinderloos gebleven. Niemand kon hem een *kote krawa* noemen. Hij was geen 'wassen pik'.

'De boom is omgevallen,' meldde Kwame ten slotte aan het volk. Tijdens de lijkwassing hielp hij zijn moeder, die met een grote spons zijn vaders lendenen besprenkelde en reinigde, zoals ze gedaan had in de nacht dat Adusei Kra hem bij haar verwekte. De slaven en het personeel van de overledene werden bijeengedreven en met één slag van het zwaard werden zij hem als begeleiders meegegeven. De voorouders moesten ondertussen verwittigd worden van de intocht van een nieuwe ziel. Het zware ritme van de stokken tegen de olifantsoren, die over de sprekende trommels waren gespannen, de mannelijke en vrouwelijke *atumpan*, zweepte de vrouwen en meisjes op: blij dat de dode zo goed geleefd had, blij dat de dode zijn leven met hen had gedeeld, blij dat hij zijn nieuwe reis begon, blij dat hij werd opgewacht, blij dat hij er later zou zijn om hen op hun beurt op te wachten. Blij, blij, blij.

Die nacht rolde ik me tegen Kwame aan en hield hem stevig in mijn armen tot het snikken ophield. Hij vertelde mij zijn vaders laatste woorden, waarin die hem het geheim der onoverwinnelijkheid verklapt had: achter iedere aanvallende falanx Ashanti-krijgers loopt een horde *afonasoato*, zwaarddragers. Zij doden van hun eigen strijders ieder die bij de aanval even aarzelt of wil vluchten.

Niet om hem te zeggen dat hij van hem hield, had Kwames vader zijn laatste adem gebruikt, maar om zijn zoon de Ashanti-strijdkreet in te prenten: 'Als ik verderga, sterf ik. Als ik terugga, sterf ik. Dan maar liever verdergaan en sterven tussen de kaken van de strijd!'

Het lijk van Adusei Kra werd in een huis geborgen, waar het volgens gebruik bewaard werd tot alle vlees van de botten was gevallen. Pas daarna zou het – in stilte – worden begraven bij de voorouders. In deze periode bracht ik met Kwame nog eenmaal een bezoek aan de overledene, wat geen geringe opgave was. Toen wij de deur openden zag de dode zwart van de vliegen. Met veel armgezwaai verjoegen wij die. Daaronder kwam toen het lichaam, dat alle pigment al had verloren, volledig wit te voorschijn. Wit was voor ons de kleur van de dood, van geesten, de kleur van wat niet leeft.

In deze gewijde periode groeide Kwames belangstelling voor de volwassen erediensten. Bovendien waren er voor ons beiden, nu de tekenen van onze mannelijkheid bij het baden begonnen op te vallen, nieuwe rituelen te leren. De fetisjpriester droeg ons kennis over die wordt achtergehouden tot het lichaamshaar begint te groeien. De goden, werd ons verteld, begroetten de beloften van ons lichaam met instemming. Vruchtbaarheidsgebeden moesten worden opgezegd om geesten gunstig te stemmen voor volwassen handelingen die, voorzover ze ons al duidelijk waren, nog zelden in onze gedachten waren opgekomen.

Wel wierp dit alles een nieuw licht op ons nachtelijk samenzijn, waarin wij een bepaalde troost vonden, die verslavend was en zeer vertrouwd. Het leek mij wijs over deze intimiteit mijn mond te houden en een kind te blijven. Ik merkte dat Kwame tot dezelfde ontdekking gekomen was, toen de onschuld en daarmee de zachtheid uit onze spelletjes verdween. We voelden dat ze voortaan vanzelfsprekender ontstonden uit een worsteling dan uit een omhelzing, maar nooit hebben wij er de woorden voor gevonden.

Wij gingen graag naar het heiligdom van Twi, niet uit vroomheid, maar omdat het ons een van de weinige mogelijkheden bood te ontsnappen aan onze leeftijdsgenootjes, die ons plaagden om onze zwijgzaamheid en onze stille vriendschap. Zelfs toen ik, jaren later, mijn oude geloof publiekelijk verketterde, hield ik heimwee naar de betovering van het animistisch pantheon aan het meer van Twi. Het verhaal dat daarbij hoort is dit.

Toen de geest Twi eenmaal door Osei Tutu van zijn land verdreven was en plaatsgemaakt had voor de stad Kumasi, zocht hij toevlucht in het dichtstbijzijnde meer. Daar leidt hij een teruggetrokken bestaan in visrijk water, dat de kleur van zijn bloed heeft aangenomen. De geest, die er volgens sommigen, die hem hebben ontmoet, uitziet als een mens, wil niet opnieuw gestoord worden. Daarom maken de vissers geen rimpeling en roeien zij voorzichtig met hun handen over zijn rustplaats. Om zeker te zijn dat Twi niets tekortkomt, zodat hij zijn schuilplaats zou verlaten om in Kumasi inkopen te doen, moet er rijkelijk aan hem geofferd worden in een door het regenwoud gevormde koepel, waar alle goden gelijkelijk worden aanbeden.

Onze pelgrimages naar Twi maakten ons vertrouwd met de meedogenloosheid en het mededogen, die beide in de natuur wortelen. Zulke overlevingstochten duurden drie dagen. Wurgende orchideeën, doodsbomen, parasietzwammen, spugende cobra's, brandzuur spuitende insecten en het melkgif van de struik met de zwangere borsten. Midden in dat woud, waar elk leven ontstaat uit dood, alles groeit ten koste van iets anders, ieder wezen op een ander teert, het wegduwt, opvreet en wil verstikken in de strijd om dat ene straaltje licht, ontstaan ook voedende verbintenissen. Als je goed kijkt, ontdek je dat te midden van alle geweld twee organismen soms hun krachten bundelen. Ongewone koppels vormen zich om zich samen door het gevecht te slaan. Nooit stond ik dichter in verbinding met het goddelijke dan op het moment dat de natuur mij zo de oorsprong van vriendschap toonde.

Onder leiding van de priester begrepen wij dat de natuur die om ons heen is, niet verschilt van de natuur die in ons zit. Durven afgaan op de een is durven afgaan op de ander. Wij leerden dit door middel van een spel. Hiertoe kreeg een van ons tweeën een blinddoek omgebonden, waarna de ander hem met aanwijzingen door het woud moest gidsen, aanvankelijk voorzichtig, dan sneller, en uiteindelijk in volle vaart voorthollend. De ziende leert zo verantwoordelijkheid, de blinde overgave aan de vriendschap. Uiteindelijk renden wij kriskras, blindelings en uitgelaten voort, zonder zelfs onze armen uit te strekken. Ook vertrouwen is een zintuig.

De ochtend na ons laatste bezoek aan Twi wachtten wij, buiten de poort, zes uur op de handelsdelegatie uit Elmina. Hoewel hier en daar in de honderdduizend koppen tellende menigte wel eens wat rumoer uitbrak, was de stemming over het algemeen waardig en trots. De vertellers hadden plaatsgemaakt voor de zangers, die de loomte van het middaguur verdreven met het opzeggen van rijmen die zo oud zijn als ons volk. Bij ieder rijm hoort een *adinkra*, een traditioneel symbool. Ieder patroon symboliseert zijn eigen wijsheid, die het kind wordt toegezongen vanaf het moment dat het de lijnen herkent in de omslagdoek van zijn moeder. Ik herinner mij deze:

De nkónsónkónsón zegt: er is een keten
In leven
In dood
Een keten van één mensheid
Eén bloed
Wij vormen nieuwe schakels
Bij geboorte
Bij sterven
Wie we ook zijn

De *nkónsónkónsón* bestaat uit niervormige schakels, als twee aan elkaar geplakte, licht gedeukte eieren, twee tegen elkaar gerolde lichamen. Er is een keten.

Ik stel me nu voor dat het die dag de *nkónsónkónsón* was die mijn staatsiekleed sierde en dat ik de gouden lijnen met mijn vinger volgde, luisterend naar het gezang. Maar herinneren kan ik het mij niet.

Ik weet alleen dat de zon ver voorbij zijn hoogste punt was toen een onbekend en schril gekrijs de vogels in doodsangst uit het woud deed opvliegen en aankondigde dat ons lange wachten beloond zou worden.

2

Uit het reisverslag dat ik tussen mijn meest persoonlijke documenten bewaar en dat werd opgetekend door adjunct-commissaris Van Drunen, officier der Nederlandsche zending naar de koning van Ashanti.

Ze wisten *dat de Negers niet meer dan zestig of hoogstens tachtig ponden dragen en toch hebben ze grote zware palankijnen laten maken. En ook de kisten en koffers zijn, op een enkele uitzondering na, allemaal te zwaar. Sommige wogen meer dan vierhonderd pond en moesten worden overgepakt. En nóg kan men de slaven alleen door straf en met geweld dwingen ze te dragen. Daar komt nog eens bij dat de palankijnen met de beste wil van de wereld niet door de wildernis te vervoeren zijn. Maar aangezien sommige officieren zich niet willen schikken in de naar 's lands gesteldheid meest geschikte manier van reizen, moet door de dichte bossen, de hele weg vanaf Elmina tot aan Kumasi, eerst een pad van meer dan vijf voet breed voor ons worden vrijgehakt. Wanneer men hierbij voegt het gemis aan kennis van de Negertalen, zal men toch overtuigd zijn van de grote moeilijkheden die de reis naar de binnenlanden van Afrika bood.*

De 13de september 1836 begaven wij ons vol goede moed op de rede van Hellevoetsluis aan boord van het Koopvaardijschip Prinses Marianne. De manschappen ontvingen instructies voor de reis, maar vragen naar de taak die ons in Afrika te wachten stond werden niet beantwoord. Onze missie bleef strikt geheim. Na twee dagen lichtte kapitein A. Plug het anker en zette koers naar de Nederlandse bezittingen aan de westkust van Afrika. Na Santa Cruz op het eiland Tenerife te hebben aangedaan, kwamen wij zonder buitengewone ontmoetingen op onze reis de 26ste van de volgende maand voor het fort Sint-Antonio te Axim op de kust van Guinea voor anker. De 31ste verzeilden wij naar het meer oostelijk gelegen Sint-George D'Elmina, dat sinds 1637 in Nederlandse handen is. Daar ontscheepten wij de volgende dag en zetten voet op de Goudkust.

Onze ambassade, aangevoerd door Generaal-Majoor Jan Verveer als Commissaris van de Koning, was te uitgebreid om in het kasteel te worden ondergebracht. Alleen wij officieren vonden onderdak in de genievertrekken. De meegebrachte manschappen werd een plaats gewezen in de uitgestrekte opslagkelders, in onbruik geraakt sinds wij geen slaven meer naar Suriname mogen zenden. Onze mannen morden over de benauwing, slechte reuk en kou in de donkere kerkers zonder ramen, en kregen twee vaten rum.

Fort Elmina raakt, sinds het verbod op de handel in West-Afrikanen, in verval. Het grote winstverlies, dat het ministerie van Koloniën probeert tegen te gaan door de West-Afrikanen nu te rekruteren voor het Oost-Indisch Leger, blijft onveranderd. In het eerste jaar werden slechts vierenveertig slaven voor de dienst geronseld. De taak van onze zending is het een vast rekruteringsdepot op te zetten voor de levering van ten minste duizend manschappen per jaar.

Enige dagen na onze aankomst werd een van de inlandse assistenten naar de Koning van Ashanti gezonden om de Vorst kennis te geven van de aankomst van de ambassade en om toestemming te vragen binnen zijn rijk te komen. Halverwege de maand december kwamen beide mannen terug, vergezeld van een Caboceër, een soort burgemeester, vier vaandrigs en een bende gewapende manschappen en slaven, door de Vorst aan ons tot geleide gezonden. Ze brachten de meest bevredigende tijdingen mee en meldden dat Zijne Hoogheid ons in de volgende maand bij zich hoopte te zien.

De 7de januari 1837, 's morgens om acht uur, verlieten wij het kasteel van Elmina. Generaal-Majoor Verveer en ikzelf werden vervoerd op palankijnen, getild door vier Negers ieder. De secretaris, een geneesheer, de resident van Fort Axim, een assistent van het kustbestuur en Welzing, een mulat die tolk is van de inlandse talen, werden in matten korven op de hoofden van twee Negers gedragen. Hiervoor waren zesendertig Negers bestemd, terwijl voor het dragen van de goederen, levensmiddelen en andere benodigdheden voor de reis honderdtweeënnegentig Negers dienden. Met de geschenken voor de Vorst van Ashanti waren reeds driehonderdentachtig slaven uit het binnenland vooruitgezonden, die in de nabijheid van Kumasi op ons wachtten.

Voor de palankijn van Verveer ging een onderofficier met het vaandel, gevolgd door het korps muzikanten, dertien man in getal, met twee Negerbedienden. Verder de stokdrager van Elmina, een brigade sapeurs, geniesoldaten, de wasjongens en mindere bedienden met een aantal vrouwen, gevolgd door de Caboceër, vier vaandrigs en zeventien gewapende manschappen, die ons door de Ashantijnse Vorst ten geleide waren toegezonden. Ons reisgezelschap telde zo meer dan duizend man.

Onze weg liep in het begin noord-oostelijk over de zoutvlakte, langs de plantage van de heer Simons, waar wij een ogenblik vertoefden. De ambtenaren van de voornaamste ingezetenen van Elmina, die ons hiertoe vergezelden, namen afscheid van ons, met de welmenendste wensen voor de gelukkige slaging van onze zending in een land waar zich tot dusverre nog geen regiment had gewaagd.

Daarna vervolgden wij onze weg tussen laag kreupelhout, waar men slechts hier en daar enig suikerriet en ananassen aantrof, tot aan het eerste Crom, een soort dorp, genaamd Ameeäno. Er wonen ongeveer honderdtwintig zielen, meestal in ellendige hutten van riet met klei toegesmeerd en met palm- of bananenblad gedekt. De muzikanten lieten zich horen bij het naderen van dit Crom, zoals bij alle op onze weg gelegen plaatsen. Ze speelden meestal ons Volkslied of Wien Neêrlands bloed in de aderen vloeit, enzovoort.

Wij trokken verder in noord-westelijke richting naar het Crom Simmiën, gelegen in de bevallige vallei waar Generaal Daendels vroeger een bezitting had. Onder het lossen van geweerschoten werden wij ontvangen. We gebruikten er een paar potten palmwijn die men ons had aangeboden en waartegen wij enkele flessen rum gaven. Door het grote aantal omgevallen bomen, werden wij genoodzaakt de weg tot het Crom Afatau te voet te vervolgen. We kwamen er rond één uur 's middags aan en besloten daar ons nachtverblijf te houden. De drie daarvoor ingerichte tenten werden opgezet. Twee ervan dienden als verblijf van de officieren, de derde was bestemd als keuken. We gebruikten gewoonlijk om vier of vijf uur het middagmaal, dat door een bekwame Negerkok werd toebereid. De avonden brachten we door met het aanhoren van onze muzikanten, die dan enkele uren voor de tenten speelden. Soms, als het de moeite waard was, bezochten we huizen.

Elke morgen bij het aanbreken van de dag werd de reveille geslagen en stonden de dragers en bedienden klaar. Maar aangezien bepaalde officieren niet altijd zo vroeg gereed waren om de reis te aanvaarden, wat vooral in die gewesten om de drukkende hitte van de dag te ontlopen noodzakelijk is, gebeurde het vaak dat wij pas om tien uur vertrokken.

Die tweede dag liep de weg door een met hoge bomen begroeid bos. Na een tocht van twee uur kwamen we in het Crom Sodoffer, waar ons de plaatselijke Caboceër met zijn groten en zijn fetishpriesteressen tegemoet kwam. Zij schonken ons palmwijn, in ruil waarvoor wij hun rum en Hollandse pijpen ter hand stelden.

Over kronkelpaden bereikten we het grote Crom Abakrampa, de residentie van het Fantijnse rijk. We hielden er om half drie onze intocht, die helaas door hevige regens bedorven werd. Een gewapende bende haalde ons binnen onder het afschieten van hun geweren, terwijl ze onophoudelijk heen en weer renden en krijgsliederen zongen. De Fantijnse Vorst, een groot en fraai man van omstreeks veertig jaar, wachtte ons op aan het einde van een plein, omringd door rijksgroten. Allemaal zaten ze in een bosje, onder enorme parasols die de slaven boven hun hoofd hielden. Wij gingen een voor een aan hen voorbij, de minsten in rang vooraan. We groetten ze allemaal, maar gaven alleen de Koning een hand. Voor hem stond een hansworst, die onder het uitschreeuwen van de titels, daden en krijgsverrichtingen van zijn meester, voortdurend een zwaard met zilveren gevest voor onze ogen heen en weer zwaaide. Omdat de regen aanhield, werden we uitgenodigd in 's Konings woning te komen. Door een smalle gang bereikten we een binnenplaats met vier tegenover elkaar gelegen open vertrekken, drie voet boven de grond. Ze waren allemaal zindelijk en ruim. De aarden muren waren witgekalkt, de grond was met rode aarde bestreken. Enige Negerbankjes en een leren leunstoel vormden het huisraad. Terwijl we daar zaten, bleef die hansworst uit alle macht schreeuwen en rondspringen. Zijn meester scheen daar nog genoegen in te scheppen ook. Onze tenten waren intussen opgezet. Daar ontvingen wij van de Koning twee schapen, een varken, vijftig yams en drie potten palmwijn. Na een reeks vervelende dankceremoniën zonden wij de Vorst twee paar paantjes of jakjes van chits zijde, bont katoenen kledingdoeken, ieder ter lengte van veertien of zestien el, wat snoeren koralen, een paar kruiken rum, tabak en Hollandse pijpen.

De volgende dag vertrokken we uit dat Crom, dat zich zeer voordelig onderscheidt van de andere door de netheid van de woningen en de zindelijkheid van de achthonderd bewoners. We passeerden het Crom Akroofoo, waar de inwoners met het afvuren van hun geweren onze komst vierden en vooral de vrouwen de vreugde over ons lieten blijken. De weg van daar tot Tuacua en Ed Jerri liep langs heuvels en was niet als de andere voor onze palankijnen opengehakt, waardoor we na een hoogst ongemakkelijke reis pas om vier uur het Crom Paintry binnentrokken. We begaven ons vroeg te ruste, maar het regende die nacht onophoudelijk en het gebrul van tijgers, luipaarden en andere wilde dieren in de nabijheid van de tenten, verontrustte ons zeer.

De volgende dag, 10 januari, bereikten we het Crom Jan Comadie, de residentie van de Koning van Assim. Driehonderd schreeuwende en rondrennende Negers vuurden hier gevaarlijk hun geweren af, terwijl de bevolking op de maat van ons muziekkorps danste en zong. Zijne Hoogheid werd geflankeerd door een fetisjpriester en -priesteres met beschilderde bovenlijven en een groot deel van zijn slaven in veelkleurige, met bellen behangen huizen. Hij ontving een Oost-Indisch chitzen paantje, kralensnoeren, rum, tabak, pijpen en wij alleen een cabriet, een Afrikaanse geit, en elf bananentrossen. Het doel van ons bezoek was een gerucht te ontzenuwen dat in Elmina een Hollandse generaal met veel officieren was aangekomen om de Assimmers uit te roeien. Enige door ons gevangen Ashantijnse slavenjongens bleken dat praatje verspreid te hebben. Dit palaver duurde vrij lang en nog keerden wij onverrichter zake naar onze tenten terug. Maar daar waren we nauwelijks aangekomen of de Koning kwam ons een rekruut aanbieden die we tegen betaling van twee ons goud (tachtig gulden) in dienst van Koning Willem engageerden. Hier ondervonden wij voor het eerst hoe moeilijk het is met die mensen de waarde van het goud te berekenen door hun eindeloze aanmerkingen op het gewicht en het gehalte.

Die avond onthaalden we Zijne Hoogheid op een glas punch, in de hoop hem gunstig te stemmen. Hij kwam vergezeld van acht muzikanten, die op trommels, uitgeholde olifantstanden of buffelhoornen en met keisteentjes gevulde kalebassen speelden. Zij wilden met onze muzikanten een wedstrijd aangaan! Toen die afgelopen was erkende Zijne Hoogheid echter dat, hoe fraai zijn muziek hem tot nog toe ook was voorgekomen, het die naam niet verdiende. Hij beval de zijnen zich niet meer te laten horen.

De Caboceër gaf zijn slavenjongens overigens op ongewone wijze te drinken. Zij hielden allemaal tegelijk hun mond open alsof ze schreeuwden, waarop hij een slok van de punch nam en hun die van een aanmerkelijke afstand in de mond spoot. Hij spoog met zo'n behendigheid dat we wel moesten geloven dat deze gewoonte bij hen niet vreemd was.

Na het vertrek van de gasten misten wij uit een van de reiscassetten een fraai glas. Men stelde de Koning hiervan op de hoogte. Een uur later bracht men het glas met het bericht dat de dader zijn straf reeds had ontvangen, die bestond uit het afsnijden van beide oren.

De volgende ochtend wachtte ons een ongelijke en niet opengehakte weg, waarover we maar langzaam vorderden. Na de Crommen Kakawassie, Enjorabiem, Etjuma, Eyanasie en Jowerom bereikten we uiteindelijk Mansau. De volgende dag was de weg tot het riviertje Curacio tamelijk goed, maar toen we het water waren overgetrokken moesten wij ons een moeizame weg banen door kreupelhout. Voor we het Crom Koochua binnen konden gaan moesten wij door een uitgestrekt moeras trekken en na nog een rivier te zijn overgestoken, kwamen we te Abandu en nog veel later in Fusu. Zo ging het dagenlang verder door rivieren vol zeer gevaarlijke dieren en over hellingen, met hoog Guinea-gras begroeid, dat de doortocht van lucht verhindert en bijna alle ademhaling belet. Langs Dua, Apronice, Endusa, Akonfode, Ennuaso, Borko, Damcu bereikten we door een dicht en drassig bos het Crom Prasso. Daar staken we de gelijknamige rivier over in een kano. Aan de overkant zetten we voor het eerst voet op Ashantijns grondgebied!

Een heuvelachtig, met poelen doorsneden land en een kleine, maar steile berg, de enige die wij op de hele tocht zagen, leidden ons de volgende dagen langs de Ashantijnse Crommen: Apetja, Atoviasi, Esselman, Ansam, Acrofrom, Aconseram naar de vlek Toman. Vandaar ging het door een dichtbegroeid bos en over zes riviertjes naar Dompassie, Tubosse, Sanguanta, Dachasu en Akankwassie. Vanaf daar is het plantenrijk een paar dagreizen lang aanzienlijk minder fraai rond Dadawassie, Asanfort, Quaram, Etsunosie, Amafor, Essumetja, Zuebiema, Bipolsa (waar wij een wijl vertoefden en men de inwoners op onze muziek vergastte, waarbij zij allemaal dansten; vóór wij vertrokken, wilden zij dat dit werd herhaald!), Adjomamu, Edunku, Asaquaca tot aan Eduabin.

In dat Crom wachtte ons een onaangenaam langdurig verblijf. Allereerst ontvingen wij een boodschapper van de Ashantijnse Koning, die ons hartelijk welkom heette bij het betreden van zijn grondgebied en tevens instructies voor de Caboceër meebracht. Waaruit die bestonden werd snel duidelijk. Korte tijd na onze aankomst zagen wij een grote toevloed van mensen en enkele vrouwen, die hun woningen uitliepen. Wij vernamen daarop dat de Koning van Kokofu, de eerste bestuurder van het rijk van de Koning van Ashanti, was overleden. 'Zijn boom is omgevallen,' zegt men hier. De wegvluchtende vrouwen waren zijn bloedverwanten. Al een ogenblik later kwamen twee Negers met groene takken om de hals en een groot mes in de handen het Crom binnen. Ze doorzochten alle huizen om de overleden Vorst toebehorende en gevluchte slaven op te sporen en te slachten. Men zei ons dat er in Bipolsa, waar men zich nog met zoveel blijdschap op onze muziek had vergast, reeds een zestigtal waren onthalsd.

Nog diezelfde avond zagen we hoe veertig mannen gevangengenomen werden om in Kokofu bij de lijkplechtigheid te worden geofferd. Die nacht te één uur kwamen verscheidene Ashantijnse groten en hovelingen aan en zij berichtten ons namens Zijne Hoogheid dat, door het overlijden van zijn eerste onderdaan, hij genoodzaakt was de hoofdstad Kumasi te verlaten en zich naar Kokofu te begeven voor de lijkplechtigheid met zijn gehele hof en tal van andere, voor onze intocht uit alle streken samengekomen groten. Zijne Hoogheid verzocht ons op deze plaats te blijven tot hij ons anders zou berichten.

Dagelijks kwamen er boodschappers van de Vorst die ons palmwijn en een schaap brachten en naar ons welzijn vroegen. In de hoop de Vorst enigszins tot haast te manen zonden wij de 24ste januari de stokdrager van Elmina en onze tolk naar Kokofu met 1 kist broodsuiker, 1 dito waskaarsen, enige ponden thee en een klein porseleinen theeservies als geschenken. Zij brachten bij hun terugkomst de weinig bemoedigende tijding mee dat wij ten minste nog tien dagen op deze ellendige plaats zouden moeten blijven. De 26ste stak de Travados op, een orkaan met zware onweders, en waren wij genoodzaakt onze tenten te verlaten en een woning binnen te vluchten. Ter afleiding van het geweld gaven ons diezelfde avond de palankijn- en goederendragers van Elmina twee serenades met dans, die tot laat in de avond duurden en waar de bevolking zich bij voegde.

De 29ste werden wij zeer aangenaam verrast. De Koning zond aan ons officieren een geschenk bestaande uit zes jonge vrouwen, allen bloedverwan-

ten van de Vorst, met de mededeling dat Zijne Hoogheid wenste dat zij ons tot tijdverdrijf en opbeuring zouden strekken in ons weinig aangename verblijf alhier. De vrouwen werden begeleid door een grote optocht met flambouwen, waarbij zich nog honderdtwintig slaven bevonden met bananen, twaalf met yams en één met een pot palmwijn. De volgende dag liet Verveer Zijne Hoogheid namens ons dank betuigen. De 31ste ontvingen wij opnieuw zes slaven, beladen met bananen, twee dito met palmnoten, vijf met bonen, drie met groenten, een schaap en een kruik palmwijn. De 1ste februari verblijdde de Vorst ons, in de verwachting dat het schenken van de vrouwen de officieren niet ongevallig was geweest, met nogmaals drie van zijn bloedverwanten.

Alles goed en wel, maar de 4de zonden wij een tolk met de stokdrager van Elmina opnieuw naar de Vorst om definitief te mogen weten op welke dag wij onze intrede in de hoofdstad konden houden.

Diezelfde middag kwam een neef van de Koning, een van de groten van het hof, met een aanzienlijk gevolg en bracht de volgende boodschap: dat de Koning, zijn meester, en de Ashantijnen in het algemeen (zei hij) de meeste eerbied voor de Koning van Holland en Hoogstdeszelfs onderdanen hadden; dat zij zich allemaal, zonder uitzondering, als zijn knechten beschouwen; dat niemand onder hen nog ooit een man van zo groot aanzien en hoge rang als de Commissaris van de Koning, Jan Verveer, had mogen aanschouwen met zoveel officieren en aanzienlijk gevolg; dat daarom het verlies van zijn bloedverwant de Koning dubbel verdriet deed, aangezien de intrede in Kumasi erdoor vertraagd werd, temeer omdat daar uitgerekend de kwade dagen een aanvang namen. Het schijnt dat een bijgeloof de Negers verbiedt in deze kwade dagen enig werk te verrichten of iemand te zien, vast gelovend dat alles wat men in die dagen doet een ongunstige uitwerking heeft. Z.H. werd nu daardoor belet de ambassade te ontvangen.

De Koning, vervolgde hij, had hem gezonden om de ambassade nederig te verzoeken hun geduld nog tot de 10de februari te rekken. 's Avonds kwamen onze boodschappers terug met het bericht dat Z.H. in deze kwade dagen de gezanten van iedere andere natie misschien zou hebben ontvangen en aan de kwade invloeden blootgesteld, maar niet zijn geliefde Hollanders.

Aangezien de markt voor de menigte van personen die zich bij ons bevonden zeer schraal van levensmiddelen voorzien was, kwam de volgende dag de Thjoucho, de koninklijke omroeper, aan alle bewoners van dit en de omliggende Crommen bekendmaken dat zij, zolang de ambassade zich hier bevond, verplicht waren dagelijks alle levensmiddelen en andere voorraad ter markt te brengen. De prijzen werden vastgesteld en men voegde er de bedreiging bij dat ieder die zich aan verzuim schuldig mocht maken ingevolge bepaalde wetten gestraft zou worden. Deze straf bestaat gewoonlijk uit het afsnijden van een of beide oren voor de eerste overtreding en het verlies van neus of lippen voor de tweede. De markt was nu alle dagen van ons verblijf ruimschoots van alle benodigdheden voorzien.

De 10de vertrokken we dan eindelijk. We trokken de Crommen Dedusue, Konkormassi en Eduassa door, passeerden op die tocht vijf riviertjes en kwamen te twee uur in Kasi aan. De volgende dag kregen we daar bezoek van de Koning van het landschap Becquin, het tweede in het Ashantijnse Rijk. Hij was in zijn oorlogskostuum gekleed, bestaande uit een veelkleurige huis, een dito spanbroek, sandalen met zware gouden randen en een muts van tijgervel met de staart eraan. De 12de trokken wij naar Faverhan, waar we bericht ontvingen dat wij de volgende dag in Kumasi konden binnenkomen.

De volgende morgen, 13 februari, begaven wij ons om zeven uur in groot uniform op weg naar de hoofdstad, gevolgd door degenen die de geschenken voor Z.H. droegen. Rondom die stad ligt een moeras waar 10 tot 15 duim water in stond, waardoor ons een verder oponthoud wachtte. Wij officieren werden een voor een over het water gedragen, een tocht van een kwartier elk. Eindelijk bereikten we de buitenpost van Kumasi, waar de vooruitgezonden slaven met de geschenken voor Z.H. zich bij ons voegden. We verlangden zo snel mogelijk verder te trekken, maar werden door een aanzienlijke garde verplicht te wachten. Verveer deed weten dat het dus niet paste om ons, na zoveel teleurstellingen, nog langer op te houden. Nadat vele boodschappers ons van tijd tot tijd hadden verzocht nog een weinig te wachten, omdat Z.H. of de groten van het Rijk nog niet gezeten zouden zijn, lieten we berichten dat, als wij niet onmiddellijk zouden mogen voorttrekken, wij naar Faverhan zouden terugkeren en zelfs liever onverrichter zake naar huis zouden gaan. Hierop antwoordde men dat Z.H. gezeten was, en dat na enkele ogenblikken de stoet voorwaarts zou kunnen trekken.

Wij gaven hun te kennen dat hun ogenblikken zeer onbepaald waren en wij niet begrepen waarom, als alles gereed was, wij nu nog langer moesten wachten. Wij besloten om, zonder hun toestemming, voort te trekken. We stelden de slaven op en lieten de vele geschenken zo fraai mogelijk uitkomen. Generaal-Majoor Verveer gaf het muziekkorps het bevel ons Volkslied in te zetten en we baanden ons met grote moeite een weg door de gewapende menigte. De wacht liet ons echter ongemoeid. We lieten de voorpost achter ons en voltooiden het laatste traject van onze reis in een kwartier. Ons wachtte op de velden buiten Kumasi een overweldigende menigte. Tot ieders ongenoegen bleek ons eerder oponthoud overbodig te zijn geweest. Zowel de Vorst als zijn groten bleken al de hele ochtend gezeten te zijn en hun verveling was zo gegroeid dat men begonnen was de lange wachttijd te verzachten met het zingen van onnozele kinderrijmpjes.

3

Dertien bleke muzikanten kwamen uit de bossen te voorschijn. Zij brachten een kabaal voort zoals Kwame en ik dat alleen kenden van de koperslagers op een drukke werkdag. Vogels stoven in doodsangst weg. Desalniettemin bracht het slepende ritme leven in de massa. Om ons heen strekte men zijn verveelde spieren en allerlei mensen begonnen op het geschetter mee te deinen.

De musici werden gevolgd door een korporaal met een vaandel, blanke bedienden in jagerslivrei en een groep zwarte slaven in twee rijen van honderd. Ieder paar torste een draagbaar vol geschenken. Chinese waaiers en reukwaren, Brussels kant en Keulse zeep, champagnewijnen, gember, confituren en ingelegde vruchten. Ook waren er kostbare stoffen, gouden franje, goudgalon en zilverdraad. Een ponceaurood laken was gedrapeerd rond een marmeren beeld van Psyche. Dit wezen, half vogel half mens, was zo helder wit dat het licht leek te geven. Drie baren droegen Schiedamse jenever in bruinstenen flessen. Er was malagawijn in overvloed en likeur in mahoniehouten kisten. Een fraai koppel pistolen met toebehoren nam mijn vader in ontvangst, een met zilver ingelegde wortelhouten kist, waarin een beslagen jachtgeweer, en ten slotte een opengewerkt kuras met zilver- en goudverguldsel opgelegd.

Toen de geschenken waren uitgestald, hief de militaire kapel een nieuw lied aan. In de bocht van de weg verscheen een rijkversierde palankijn, gedragen door zes slaven. Onder een stralend oranje doek, dat als parasol diende, toonde zich daarop een man in groot uniform. Een tolk annonceerde hem als zijne majesteits hoogste dienaar generaal-majoor Verveer, gouverneur-generaal van het Nederlands Oost-

Indisch Leger, afgezant van Koning Willem de Eerste der Nederlanden. Twee rood-wit-blauwe vlaggen wapperden achter hem en onttrokken de volgende draagstoelen gedeeltelijk aan het oog. In een daarvan zat een man, die minder dan de anderen bezig was indruk te maken. Hij leek eerder verlegen met de situatie en viel daardoor op. Hem riep men af als adjunct-commisaris Van Drunen.

Daar weer achter sjokten, ongeregeld, honderden pakdragers en woudkappers met bot geslagen messen. Een aantal slaven ten slotte droeg grote brokken steen mee, zo leek het, en hoge marmeren zuilen die ze met onbegrijpelijk gemak over een schouder hadden gegooid alsof ze de kracht van goden bezaten.

Tot dan toe waren de *uburuni* die wij kenden onschuldig en lachwekkend, witte mannen met immer bezwete gezichten, die ze vergeefs probeerden droog te betten. Ze hadden de kleur van een lijk. Er werd gezegd dat ze ook zo roken. Deze afgezanten spanden zich in een paar behaagzieke woorden Twi te leren in de hoop een restzending stofgoud binnen te halen of – tot het door hun regeringen verboden werd – een kleine lading overjarige slaven. En wanneer ze die eindelijk voor veel te veel geweren hadden losgekregen waggelden ze zielsgelukkig weg, dronken van de palmwijn die ze niet verdroegen. Ze hadden een zwakke gezondheid en je zag ze bij de mannenplasplaats achter de paleistuin vaker braken dan wateren. Verder liepen ze niet in de weg.

Dit keer echter werd een blanke hoog gedragen. Tot dan toe was dat mijn vaders privilege, waarop alleen voor Kwames vader ooit een uitzondering was gemaakt, toen diens manschappen er na een overwinning om vochten hun rug voor Adusei Kra te mogen buigen. Maar hier bogen zes zwarte ruggen voor een witte. Dat was voor het eerst in Kumasi. Ik keek naar de Asantehene en verwachtte dat hij strafmaatregelen zou nemen. Hij vertrok geen spier.

Toen de hele delegatie stond opgesteld, nam mijn vader zijn geschenken en gaf het teken tot vertrek, zonder Verveer een blik waardig te keuren. Dat gaf verwarring onder de Hollanders. Om aandacht te krijgen lieten ze hun muziekkorps weer inzetten. Dat hielp. Kwaku Dua bleef staan en luisterde. Verveer liet zeggen dat hij dit werk speciaal had laten componeren en dat het de titel droeg *Mars voor de koning van Ashanti*. Maar ik keek in de ogen van zijn officieren en wist dat het niet waar was. Jaren later heb ik het herkend als een deel uit *Der Freischütz*, een stevige deun van Von Weber die het goed deed bij parades in Wenen en Parijs.

Mijn vader was gewonnen. De gasten werd een stenen huis gewezen waarop een Hollandse driekleur wapperde. Het was, zo liet de Asantehene via zijn spreker nadrukkelijk weten, speciaal voor de Nederlanders gebouwd. Ook een leugen.

Toen de Hollanders die middag hun opwachting maakten, hebben wij ze een gepaste tijd laten wachten. Ze droegen hun eigen stoelen, die ze op het voorhof neerzetten, hoewel ze tegelijk dreigden naar huis terug te keren omdat die plek niet paste bij hun waardigheid en wij hen niet onmiddellijk ontvingen. Mijn vader zond enige groten om te vertellen dat de Europese berekening van de uren ons ten enenmale onbekend was. Vervolgens vroeg hij hun de volgende ochtend terug te komen.

Die tweede dag schonk Verveer mijn vader opnieuw een kuras. De resident van Fort Axim trok het aan en liep ermee rond om te tonen hoe fraai het was. Mijn vader stak zijn duim in zijn mond en gaf een paar schreeuwen van bewondering, maar hield zijn hoofd erbij. Hij vroeg of het eigenlijk wel zonder epauletten gedragen kon worden, waarop Verveer zijn eigen schouderstukken afnam en aan mijn vader overhandigde, die daar al van meet af aan op liep te azen. De Hollander overschatte zijn kansen. Hij liet weten dat men in zijn land gewoon is de deuren van vrienden open te vinden, terwijl ze die van hun vijanden door kracht van wapenen wisten te openen. Nodeloos te zeggen dat hierom de volgende ochtend, 15 februari, de paleispoort voor hen gesloten bleef.

*

Uit het reisverslag van Van Drunen.

De 16de toonde de Asantehene zich gewilliger en stuurde acht personen van het hof, vergezeld door vier sprekers. Ze brachten stofgoud mee: 6 ons 8

Engelse ponden voor de Gouverneur, 2 ons 8 Eng. voor zijn adjunct; de secretaris, resident en geneesheer samen 4 ons 8 Eng.; de assistent en tolk samen 1 ons 2 Eng.; de blanke bedienden 9 Eng., de Negerbediende 9 Eng., samen 16 ons 9 Eng. stofgoud, alles in fraai zijden lapjes. Dit is nog geen honderdste deel van de kosten van onze expeditie! Verder een os, een varken, zes schapen, tien poelepetaten, tweehonderd hoendereieren. Tien slaven kwamen aan, beladen met ananassen, acht met suikerriet, zesenveertig met yams, veertien met oraatjes, een soort noten, veertien met verschillende groenten. Eenduizendvijfentwintig slaven droegen bananen aan, eenentwintig brandhout en twee palmwijn, samen elfhonderdvijfentwintig dragers. Ondertussen waren er potsenmakers gearriveerd, voornamelijk afstotelijke dwergen en gebochelden, die heen en weer renden om Verveer te vermaken. Tevergeefs.

Maar op de 17de brak de Gouverneur-Generaal slim door de plichtplegingen heen. Na de Asantehene champagne te hebben geschonken, een suikerbanket, reukwater, twee penantspiegels, twee bloemenvazen en een pendule, verzocht de Generaal-Majoor ook de zoon van de Koning een geschenk te mogen geven. Een schuchtere jongen kwam naar voren, nog onvolgroeid. Verveer reikte aan dit kind, Kwasi Boachi, een degen uit met de wens die ter verdediging van zijn Vaderland en het Ashantijnse volk te gebruiken. Voor de grap sloeg hij het kind tot generaal. De Vorst was zichtbaar geroerd. Voor wij vertrokken, liet de Koning een orgel brengen, waarvan de luchtpijpen waren gebroken, met het verzoek het weer in orde te maken, aan welke uitnodiging natuurlijk niet kon worden voldaan. Toen verzocht Z.H. *ons voor hem te dansen; wij antwoordden echter dat de blanken niet gewoon waren heen en weer te springen op de aarden grond.*

De 19de februari om twee uur ontving Verveer bericht dat Kwaku Dua de Eerste in aantocht was. De muzikanten werden in een halve cirkel voor de tent opgesteld en de zogenaamde Mars voor de Koning van Ashanti werd aangeheven. Het gevolg van Z.H. *was zo groot dat de meesten buiten moesten blijven. Alleen Kwame Poku, de neef van de Koning en troonopvolger, en zijn zoon Kwasi Boachi gingen mee naar binnen met negen tot de vorstelijke familie behorende jonge meisjes. De Vorst en zijn volgelingen waren zo zwaar met goud overladen dat de eerste er letterlijk onder gebukt ging. Een porseleinen kan palmwijn werd gebracht en twee kalebassen met gouden oren. Toen* Z.H. *dronk hielden zijn vertrouwde slaven een schaal onder zijn kin, waarin hij opzettelijk enige wijn uit zijn mond liet lopen, die zij gretig opdronken. Wanneer* Z.H. *op de grond spuwde, zagen wij zijn lijfslaven er hun lichaam mee insmeren. Wij overhandigden* Z.H. *de portretten van onze Koninklijke familie en een camera obscura.*

De onderhandelingen werden geopend en de volgende dagen met wisselend succes voortgezet, maar in deze periode werd Verveer ziek. Zijn toestand verslechterde met de dag. Zijn lijden was groot en wij begonnen te begrijpen waarom deze streek de Hel der Europeanen werd genoemd.

De 26ste februari maakten wij een nachtelijke wandeling toen ik struikelde over een voorwerp op de grond. De bij ons zijnde ordonnance lichtte met zijn lantaarn en wij zagen met afgrijzen drie hoofden van jonge Negers. Ze waren kort voor onze komst afgeslagen. Het was de grote feestdag van de fetish, Ady genaamd, die elke maand gevierd wordt en bij welke gelegenheid het gewoonte is dat iedereen de Koning en de rijksgroten de hand komt geven. Voorafgegaan door onze muzikanten spoedden wij ons erheen, maar konden nauwelijks door de menigte Z.H. *bereiken. Heel wat mensen werden die dag op graven van de Koninklijke familie geofferd. Deze plechtigheid wordt alle maanden eens gevierd.*

*

(Het is waar dat in die dagen te Kumasi slaven, veroordeelden en overwonnen krijgers ter dood werden gebracht. Daarbij moet ik aantekenen dat het ons op dat moment niet bekend was dat de noordelijke stammen ook tot het menselijk ras behoorden. Het concept van één mensdom, waarbinnen een verscheidenheid van volkeren, in wezen gelijkwaardig, naast elkaar bestaat, kenden wij niet. Ook in Europa was dat idee overigens pas kort tevoren aan komen waaien en nog altijd is de uitwerking daarvan er inconsequent. Wij kenden slechts één volk, het onze, en de gevaren waardoor het werd bedreigd. Ik zag de alledaagse executies als het slachten van geiten. Daarover heb ik mij later diep en vaak geschaamd tot ik erachter kwam dat op datzelfde moment een mensenleven in Europa even weinig voorstelde. Alleen al voor de oorlogen van 1792 tot 1815 werden vijf miljoen vijfhonderddertigduizend mensen opgeofferd, de door de strijd verspreide epidemieën niet meegerekend. Daarna stierven weer tweehonderdduizend zielen in de oorlog tussen Rusland en Turkije en nog eens zoveel in de Poolse opstand. Op hetzelfde moment dat Van Drunen schrok van een paar hoofden, rolden ze bij tienduizenden tegelijk in de Kaukasus.)

Hoewel Kwame en ik op de hoogte werden gehouden van de onderhandelingen, liet de aard daarvan ons koud. Wij vermaakten ons met de geschenken en de aandacht. De Hollandse degen, die ik van Verveer kreeg, was mijn allereerste wapen. Kwame en ik droegen het ding om beurten. Ons vermaak deed mijn vader plezier. Juist dit geschenk maakte hem toegeeflijker en de Hollanders doorzagen dat ze de Asantehene via zijn zoon hadden bespeeld. Daarmee ontstond een onuitgesproken verband tussen mij en de onderhandelingen.

De gouverneur-generaal bleef twee weken door ziektes uitgeschakeld. Het werd opgevat als een teken dat onze goden niet achter zijn missie stonden. Desondanks wisten Van Drunen en de andere officieren de zaken tot een goed einde te brengen. Een contract werd opgesteld: in ruil voor vuurwapens verplichtte de Asantehene zich aan de Hollandse agent Huydecoper elk jaar duizend mannelijke slaven/rekruten te leveren. (Slaven *schuine streep* rekruten, een streepje dat de Hollanders later veel internationale verontwaardiging zou bezorgen en een officiële aanklacht, door Engeland ingediend, wegens overtreding van het verbod op de slavenhandel.)

Als teken van goede wil ontving Kwaku Dua direct tweeduizend geweren ter waarde van tweeëndertigduizendvijfhonderd gulden en achthonderdtwaalfeneenhalf ons goud. Voor vertrek van de delegatie diende hij echter, zo werd duidelijk gesteld, een soortgelijk teken van goede wil te overhandigen. Mijn vader stemde in en beloofde te zullen nadenken over een passend onderpand voor de nakoming van het contract.

Pas op 13 maart was Verveer voldoende aangesterkt om het overeengekomene met zijn naam te bekrachtigen. Mijn vader zette een kruisje. Nu het doel van hun zending bereikt was, wilden de Hollanders zo snel mogelijk weg. Mijn vader verzocht hun nog veertig dagen te blijven. Zo vriendelijk als hij kon, sloeg Verveer dit aanbod af en hun vertrek werd vastgesteld op zeven dagen na die dag.

Die tijd brachten Kwame en ik voornamelijk in de buurt van de delegatie door. Wij maakten elke dag onze opwachting bij het gastverblijf, waar wij met spelletjes werden vermaakt. Zo gaf men ons vrolijke speelkaarten met afbeeldingen van Holland om een kwartet van te leggen. In een verduisterde officierstent werden wij getrakteerd op onbekende sprookjes. Wolven en reuzen verschenen op onverklaarbare wijze uit de toverlantaarn op het tentdoek. De figuren bewogen heen en weer en hun streken werden ons net zo lief als die van onze spin Anansi.

Ook waren we druk in de weer op het bouwterrein dat de Hollanders hadden vrijgehakt uit het bos naast de paleispoort. Een enorme Griekse tempel richtten zij daar op. Acht Corinthische zuilen, rustend op vijf hoge treden. Zwaar en solide schenen ook het rijk bewerkte altaar, de vier gigantische urnen en het tot acanthusblad opengewerkte kapiteel. Wij hielpen mee en verbaasden andere kinderen van onze familie door boven ons hoofd grote marmeren brokstukken te tillen. In feite was de hele constructie van gemarmerd hout. Het was meegebracht uit Holland en vochtig uit het moeras gekomen. In de droogte van Kumasi was het gaan werken, zodat het kunststuk maar met moeite in elkaar te passen viel.

Onder de nieuwe speeltjes lokte mij één in het bijzonder, een glimmend bord met figuren van ivoor en ebbenhout. Van Drunen nam de tijd ons het spel bij te brengen, dat mij meer trok dan ons *wari*, dat Kwame altijd van mij won. Omdat wij nog niet één taal spraken en de tolk elders nodig was, legde deze man, die moeiteloos naast ons op de grond kroop, met handen en voeten de regels en handigheden uit. Al spelend leerde hij zijn eerste woorden Twi, die hij ons nabrauwde, en wij de eerste Hollandse begrippen, waarvan vooral de keelklanken – 'schaak', 'schaakveld', 'schaakmat' – ons eindeloos plezier bezorgden.

Kwames belangstelling ging niet veel verder dan het tot leven brengen van de figuren, die hij in zijn verbeelding namen gaf en tegen alle regels in elkaar liet kussen, in de echt verbond en pionnetjes liet baren. Ik ontdekte echter bij mijzelf de passie Van Drunens handelingen te doorgronden. Ik wilde ze leren voorspellen en verbeteren.

Van Drunen spendeerde ook een hele middag om ons op nog een andere manier voor het bord te interesseren. Met een enkel woord en veel handgebaar legde hij het wonder uit van de vermenigvuldiging van de graankorrel. Op het eerste, zwarte, veld legde hij één korrel, op het witte veld daarnaast een tweede, op de volgende vlakken vier en zestien korrels. Toen hij voor het vijfde veld er tweehonderdzesenvijftig begon uit te tellen en daarmee al snel een deel van het bord overspoelde, verloor Kwame zijn interesse en ging kijken of iemand hem nog een verhaal uit de toverlantaarn wilde vertellen. Maar ik liet Van Drunen verder spelen. Toen hij zag dat ik gegrepen was door het principe, tekende hij de voor mij loze tekens: 65.536 in het stof en wierp twee handen vol tarwekorrels uit zodat alle velden ervan overstroomden. Daarna veegde hij het bord enthousiast leeg, wees afwisselend op de korrels, de symbolen op de grond en op het vijfde veld, terwijl hij zijn vinger langzaam en veelbelovend naar het zesde bewoog. Ik sprong overeind, nam hem de zak tarwe af en kieperde die boven het schaakbord om. Van Drunen klapte op zijn dijen van plezier, schudde mij de hand en riep enkele sergeanten om ze te vertellen wat ik had gedaan. Zelf veegde ik het bord leeg en keek naar de vele velden die in dit spel nog gevuld zouden moeten worden en tevergeefs probeerde ik het mysterie te bevatten dat me zojuist was getoond. Hoewel ik er geen verklaring en geen naam voor vond, raakte ik even aan een wonder dat me werelden deed vermoeden buiten de grenzen die ik kende. Ik voelde dezelfde opwinding als wanneer de fetisjpriesters ons in de rituelen initieerden. Toen ik opkeek zag ik de soldaten alleen maar lachen om mijn ontdekking. Ik schaamde me en begreep dat ik pas aan het begin stond van een weg die zij al hadden afgelegd. Zoals deze hadden zij vele afspraken met elkaar. Nu hadden zij pret omdat ik buiten hun complot stond en het geheel en al in hun macht lag of ze mij hun volgende geheim zouden onthullen.

Ik liet het schaakbord en de korrels in de steek, holde weg en vond Kwame bij de toverlantaarn. Hoe vol ik ook was van mijn ontdekking, ik hield haar voor mijzelf. Stil schoof ik in het donker tegen mijn vriend aan en zag in mooie plaatjes hoe van ene Pieter Smeerpoets, een kind nog, om geen ander vergrijp dan niet helemaal brandschoon te zijn, in Nederland de vingers en de neus werden afgeknipt.

Op een ochtend gaf Van Drunen een aantal soldaten opdracht ons met handpoppen te vermaken. Half verscholen achter een doek, armen in de lucht gestoken, speelden zij voor ons een echtpaar dat elkaar voortdurend met stokken op hun grote houten hoofden sloeg. Kwame en ik rolden door het stof van het lachen, toen ik opeens merkte dat mijn vader zich, zonder aankondiging en zonder zijn entourage, bij ons had gevoegd. In zijn blik was geen spoor van vreugde. Hij stond alleen naar ons te kijken. Ten slotte knikte hij instemmend en vertrok, alsof ons grote plezier hem gerust had gesteld.

De avond voor het afscheid van de Nederlanders werden Kwame en ik bij mijn vader geroepen. De Asantehene ontving ons in de troonzaal, maar zonder de raad van rijksgroten. Er waren wel enkele bevriende stamhoofden aanwezig, onder wie Badu Bonsu, de koning van Ahanta, maar na wat vriendelijke woorden trokken deze zich terug. Mijn vader sprak voornamelijk tot ons via zijn spreker, zoals hij gewend was. Zij hadden de zaak van tevoren doorgenomen. Ons werd alles op formele toon, bijna een dreun, meegedeeld.

'Kwasi, Nana heeft een belangrijk besluit genomen, een heel gelukkig besluit voor jou,' begon de man tegen mij. *Nana* betekent papa. Dat was de gebruikelijke aanspreektitel, maar in de mond van de spreker gaf het me altijd het gevoel dat mij iets dierbaars werd afgenomen.

'...Belangrijk voor de toekomst. Nana geeft een grote opdracht. Hij heeft veel goeds gehoord over de rijkdommen van Europa, de kennis van de witten. Jij gaat die voor ons vergaren.'

'Als zij hier komen, gaan wij daarheen!' sprak mijn vader zelf. Hij keek me niet aan, maar hield zijn blik recht voor zich alsof hij een menigte toesprak.

Zijn spreker vulde aan: 'Nana heeft het zo bedongen. De Nederlanders zullen je eten geven en alles leren wat ze weten. Nana zal je missen, maar het troost hem dat jij begrijpt hoe belangrijk dit voor ons volk is.'

Ik begreep niets. Ik keek naar Kwame en, toen die niet reageerde, naar mijn vader.

'Vertel hem over de zoon van Adusei Kra,' zei hij tegen de spreker.

'Nana heeft in zijn grote wijsheid begrepen dat jij, Kwame Poku, nog altijd afleiding nodig hebt voor het verdriet om je vader. Hij wil je daarom niet van je vriend scheiden.'

Mijn vader verloor zijn geduld.

'Niet alleen daarom. Kwame is de zoon van mijn zuster.'

'Nana laat weten dat hij bijzonder belang in jou stelt, omdat jij de zoon bent van zijn geliefde zuster, onze koningin-moeder. Als de goden het willen, zal jij Nana opvolgen. Voor jou kan de kennis van Europa dus van nog groter belang zijn.'

'Maar Nana,' vroeg ik, 'waar zullen we dan zijn?'

'Overzee,' antwoordde de spreker.

'Ver weg?'

'Ver,' zei mijn vader. Hij zond Kwame met de spreker weg. Zodra ik met hem alleen was veranderde zijn houding. Hij stond op en drukte me tegen zich aan, kuste me, maar ik vond geen kracht zijn omhelzing te beantwoorden. Ik was zoals de doden op het uur van hun eigen begrafenis, verbijsterd over de waarheid, maar niet meer in staat te handelen.

'Kwasi, Kwasi...' bleef hij maar herhalen, terwijl hij heen en weer begon te wiegen alsof hij me in slaap wilde sussen, '...we zullen van je houden als je terugkomt. Zoals nu. Meer. Jij zal een belangrijk man zijn. Belangrijker dan ik. Kwasi...' Na deze woorden werd hij weggeroepen om de Hollanders te ontvangen.

*

Uit Van Drunens reisverslag.

Toen op de avond voor ons vertrek de poort van het paleis openging vluchtten de groten, die ons tot aan de binnenplaats hadden begeleid, aangezien niemand van hen 's Konings vrouwen mag aanschouwen zonder met de dood gestraft te worden. De Asantehene, door honderden van zijn vrouwen omringd, kwam naar ons toe, niet lopend, maar dansend! Hij bood ons de hand, waarop wij op de ons aangewezen plaatsen gingen zitten. Voor ons een honderdtal castraten. z.h. *ging tussen zijn meest beminde echtgenoten zitten. De meesten hadden hun bovenlijf en gezicht beschilderd en hun hoofd kaalgeschoren. Maar sommigen hadden hun haar op enkele plekjes laten groeien in de vorm van halvemaantjes, slangetjes, rozen enz. Zij dansten beurtelings voor ons en zongen toepasselijke liederen. Toen* Z.H. *ook weer begon te dansen, gaven al zijn vrouwen hun goedkeuring te kennen: zij snelden hem tegemoet, wervelden om hem heen en trachtten met doeken het zweet van zijn hoofd te vegen. Daarna zongen zij enige liederen die door henzelf gecomponeerd waren. De zuster van de Koning kwam wat later, gekleed in een geborduurd geel zijden paantje en een kanten sluier. Zij werd vergezeld door vijftig slavinnen, die ons met allerlei verdraaiingen van het lichaam een voor een voorbij dansten. Het geheel had een luisterrijk, zeer belangwekkend en vreemd aanzien, temeer daar zoiets nog nooit door enige Europeaan of inlander was bijgewoond.*

Na het eten begaf de Koning zich naar de tinnen van zijn paleis, waar hij in het duister van de nacht volledig verrast werd door het spektakel dat wij hem aanboden en dat ons veel geld en voorbereiding had gekost. In de verte lichtte als bij toverslag het witte tempelfront op, waarboven de Hollandse vlag wapperde. De illuminatie werd verricht met de modernste technieken. In de voorgevel van het Griekse bouwwerk stond een waaier die van achteren werd aangelicht door middel van spiegels. De zuilen werden van onderaf beschenen door gerichte bundels licht. Met behulp van verschillende lenzen uit de toverlantaarn werden de weerschijn van water, het uitslaan van vlammen en het overtrekken van wolken geprojecteerd. Achter de façade waren urnen opgesteld met Bengaalse vuren. Daarboven hing een brandende zon waarvan de stralen ronddraaiden. Aan weerszijden van de tempel was een uitgebreid vuurwerk geplaatst dat ter afsluiting werd afgestoken.

Tot driemaal toe liet de Koning nadrukkelijk weten hoeveel plezier hij had beleefd. Elke keer opnieuw vroeg hij of het bouwwerk nu werkelijk helemaal van hem was. De gouverneur-generaal had geen moeite daarmee in te stemmen. Helaas, enkele minuten nadat het schouwspel was afgelopen, stak een plotselinge, angstaanjagende storm op, die de tempel vernielde en de houten brokstukken over heel Kumasi verspreidde.

De avond werd afgesloten door de schatbewaarder die namens de Asantehene de geschenken presenteerde die de officieren voor Koning Willem de Eerste moesten meenemen: een gouden pijpenkop, een gouden roer, alweer een zijden paantje, met het verzoek aan Zijne Majesteit het als sjerp te dragen, zes tijgervellen, twee levende panters, twee ara's en een havik.

De Asantehene voegde er persoonlijk nog twee geschenken aan toe, die de Hollanders van zijn toewijding aan hen en het naleven van de gesloten overeenkomst moesten overtuigen: zijn zoon en zijn neef, Kwasi en Kwame. Hij verklaarde deze prinsen bestemd te hebben ons naar Holland te vergezellen. Hij zendt zijn neef, de troonopvolger, met zijn zoon mee, opdat zij in het verre land bij elkaar steun vinden. Hij verzocht ons voor beiden de uiterste zorg te dragen, aan welk verzoek wij beloofden te zullen voldoen.

Toen hij naar hen liet vragen om aan ons gepresenteerd te worden, waren de twee jongens onvindbaar, hetgeen Z.H. *zozeer ontstemde dat hij, na de nodige verontschuldigingen, de feestelijkheden afsloot.*

*

Kwame en ik waren het woud ingerend, zo ver mogelijk van het feest en iedereen vandaan. Daar brachten wij die avond door zonder woorden te vinden voor het ondenkbare dat ons te wachten stond. We renden rond en lachten hard en veel. We overschreeuwden elkaar, tot we op het verlaten bouwterrein tussen het latwerk van het tempelfront tegen elkaar aan in slaap vielen.

Daar werden we gewekt toen de wereld scheen te vergaan. Het vuurwerk dat de Hollanders rondom ons hadden opgesteld leek het gebouw en de natuur in vuur en vlam te zetten. De aarde trilde ervan. Een fenomeen dat wij niet kenden had ons omsingeld. Een uitweg was er niet. Wij twijfelden er niet aan dat op deze manier ons einde was gekomen en kropen dicht tegen elkaar. Helrood en goudgeel brandde de nachthemel, totdat er Hollandse soldaten naderden, die water op de vuurbronnen gooiden. We kregen enkele ogenblikken om tot onszelf te komen, maar nog was ons leed niet geleden, want amper waren we te voorschijn gekropen of de geluiden van het oerwoud, die na het kabaal juist weer op gang gekomen waren, vielen volledig stil. De soldaten merkten het ongewone op, maar wisten niet wat het betekende. Wij wel. Wij zetten het op een lopen. Een tel later denderde het geluid van een wervelwind al naderbij door de bossen. Takken vlogen in het rond. Bomen vielen. De tempel werd door de storm met geweld aan flarden gereten, en met de brokstukken op onze hielen vluchtten wij het paleis binnen.

Die nacht brachten Kwame en ik gescheiden van elkaar door in de armen van onze ontroostbare moeders. Meer dan haar gezicht herinner ik me de doek die mijn moeder droeg. De symbolen op de stof, waar ze mijn hoofd tegen haar lichaam drukte, strakgespannen door haar heftig ademhalen. Woorden van afscheid zijn evenmin blijven hangen, alleen de cadans van een lied, gezongen met horten en stoten. Ik stel het me tegenwoordig zo voor: zij op de grond, knieën over elkaar, ik in haar armen, suf, terwijl ze het *adinkra*-symbool van Anansi, een zon met vijf stralen, voor me zingzegt:

Kinderen van de spin Anansi zijn wij
En de wijde wereld is ons web
Liefde, lust of lot
Brengt ons naar de verste punten
Waarheen we in dat wereldweb ook gaan
Overal zijn er draden om te grijpen
En draden om los te laten

Tijdens ons vertrek zaten we hoog te paard, uiterlijk onaangedaan. Terwijl de Hollandse officieren ten afscheid nog meer goud en slaven ontvingen, stonden Kwame en ik klaar om af te reizen.

Met Van Drunen en de muzikanten, die als toegift hun *Mars voor de koning van Ashanti* nog maar eens aanhieven, gingen wij de lange stoet voor. Toen wij voorbij het paleis trokken stond mijn vader buiten op de omgang. Hij zwaaide met zijn hand.

Op onze weg vonden we meerdere delen van de tempel. Daar waar het pad in het woud verdwijnt, passeerden we twee pilaren en fragmenten van het losgescheurde fries. Het reliëf was geschilderd in grisaille. Het stelde krachtige witte strijders voor. Ze droegen zwierige borstplaten en wuifden vaandels rond een triomfantelijke vrouw. Zij zat op een troon en werd beschermd door een brullende leeuw. Ze droeg een helm en hoewel ze in één hand een speer had en in de andere een schild, zoogde ze twee kinderen aan haar grote witte borsten.

4

Ouders, familie en speelgoed, bed, kleding, bedienden, geloof en geboortegrond, onze wortels en onze toekomst. Voor kinderen die alles moesten achterlaten, bleven Kwame en ik onderweg naar het Hollandse Fort Elmina onbegrijpelijk rustig. Het voorbije was nog niet ver genoeg en het nieuwe nog te onvoorstelbaar. Ik geloof niet dat wij tijdens die reis naar de kust één traan lieten. Later hebben we dat ingehaald.

Wat de romantici ook beweren, reizen verdooft de zinnen. Een reiziger blijft zijn gevoelens één stap voor. Nieuwe indrukken verdringen de zorgen over wat hij achterlaat. Terwijl hij zich verrijkt met wat zich buiten voordoet, verarmt zijn innerlijke beleving. Die toestand is vol te houden tot hij ergens aankomt.

Op 1 april 1837, rond het middaguur, zagen Kwame en ik dan voor het eerst de zee. Wij sprongen van onze paarden en renden over het palmenstrand. Daar stopten we, geschrokken van het schuimende geweld. Zo boos hadden wij het water op het meer van Twi nooit gezien. Maar toen soldaten en dragers hun kleren afgooiden en zich na de lange, hete tocht joelend in de branding stortten, overwonnen wij onze angst en gingen hen schoorvoetend achterna. We dronken een paar slokken om onze dorst te lessen, maar moesten dat zilte bocht meteen terug in de golven spugen, tot vermaak van de Hollandse soldaten. Zij gleden door het water als vissen. Links en rechts van ons cirkelden grote witte lijven. In hun naaktheid bleken ze rondom rossig blond en bruin behaard. Dit kenden wij alleen van beesten.

Rood-wit-blauw wapperde een vlag op het fort, dat in de verte wazig opdoemde. Er hingen een zoute zeenevel en flarden zwarte rook. Dit laatste verontrustte Verveer. Hij wilde meteen naar het fort en zag af van de officiële opstelling. Zelfs *Wien Neêrlands bloed*, dat zijn intochten tot dan toe in elk dorp dat we passeerden een ceremonieel tintje had gegeven, liet hij niet aanheffen. Met stille trom en zonder te stoppen naderden wij het Fantijnse *crom* Elmina.

Het smeulde. Twee hele wijken waren onlangs afgebrand. Inwoners sloegen op de vlucht zodra ons gezelschap naderde. Zelfs een oude vrouw, die met brandwonden op de grond lag, werd door haar verzorgers in de steek gelaten. De Hollandse soldaten legden haar op een draagbaar, waarna wij ons door uitgestorven straten naar de haven haastten. Over twee ophaalbruggen reden we Fort Sint-George d'Elmina binnen. Direct trok Verveer zich met de commandeur terug om zich te laten informeren, gevolgd door diens adjudant Tonneboeijer en Van Drunen.

De manschappen laadden ondertussen af. De rekruten werden in de slavenkelders geborgen. Er werd een plaats gezocht voor de panters. Kwame en ik stonden verloren in de drukte. Hoewel de gepleisterde muren onaangenaam veel licht en hitte weerkaatsten, durfden wij onze plek nauwelijks te verlaten. Zo bleven we lange tijd wachten tot iemand ons zou vinden. De zeenevel zette kristallen af op onze wangen. Als je langs je bovenlip likte, smaakte het alsof je had gehuild.

Uiteindelijk keerde Van Drunen terug en wees ons een kleine kamer met één bed tussen de officiersvertrekken, hoog boven de binnenplaats. Die avond kregen wij een plek aan de tafel van de generaal-majoor, die ons – ik kan niet anders zeggen – altijd behandeld heeft als prinsen. Hij droeg adjudant Tonneboeijer op aan al onze wensen te voldoen en de tolk Welzing, de mulat, kreeg opdracht in onze buurt te blijven, zodat wij iets konden begrijpen van de toestand in Elmina.

Na het eten wees Van Drunen ons op een teken, dat met sierlijke krullen in het hekwerk van het balkon was verwerkt. Hij noemde het een *w* en vertelde dat dit de eerste klank was van de naam van de koning van Holland. Die liet hij ons net zo lang nazeggen tot wij hem uitspraken zoals hijzelf. Hierna pakte hij een flambouw en nam ons mee op een eerste verkenningstocht door de donkere gangen van het fort.

Het oude kasteel stamt uit 1482. Het werd door Portugezen gebouwd op een klip, die van oudsher voor de inwoners van Elmina een heilige plek was. Om hun gemoederen te kalmeren werd in een alkoof een heiligdom voor de heidense godheid ingericht. Van Drunen toonde ons dit altaar en bracht daar een offer van kokos en yam, vanzelfsprekend en zonder vertoon, alsof hij niet anders gewend was.

Toen de Hollanders na honderdvijftig jaar het fort op de Portugezen veroverden, maakten zij met ijver en volharding van Elmina het grootste slavendepot van de Afrikaanse westkust. Zij versterkten de vesting en breidden de opslagruimten uit. Zij bouwden een landingsplaats en bedachten een efficiënter schema voor aan- en afvoer. In de muren van de onverlichte kerkers sloegen zij ijzeren ringen, waaraan de koopwaar werd vastgebonden. Hier stierven alvast veel van de mannen en vrouwen, door mijn vader en voorvaders tegen betaling geleverd, aan uitputting, honger of verwondingen. Anderen sloegen te midden van de rottende, jammerende massa de hand aan zichzelf.

Van Drunen toonde ons een smalle spleet in de muur, waar zich met moeite een mens door kan wurmen. Deze gang was voor de mannelijke slaven de enige mogelijkheid om het fort levend te verlaten. Een voor een persten zij zich dan door die nauwte naar de aanlegsteiger waar ze werden gekeurd en gesorteerd, geteld, gebrandmerkt en in de scheepsruimen geladen. Op deze wijze werd van hieruit onder meer de hele kolonie Suriname van slaven voorzien.

De balustrade boven het vrouwendepot bood een enkeling een andere uitweg. Daar verschenen de officieren en op feestdagen ook lager geplaatsten, die te lang van huis waren om hun lusten nog te kunnen bedwingen. Ze keken van grote hoogte neer op de slavinnen. Deze verscholen zich niet, maar toonden zich aan hen. In hun wanhoop verdrongen zij elkaar zelfs om gezien te worden. Uit deze vrouwen maakte de Nederlander zijn keuze, waarna een touwladder vanaf de omgang werd neergelaten. Allen die daar bij konden, vochten zich een weg naar boven. Stuk voor stuk werden zij echter teruggeworpen. Alleen de gelukkige op wie de keuze was gevallen werd uiteindelijk omhooggehesen. Zij bracht de nacht door in het bed van de officier en zodra hij met haar klaar was, liet men haar weer neer in die zee van tranen.

Toch was zo'n vrouw beter af dan de anderen. Zij kreeg nieuwe hoop en wachtte angstvallig op de eerste tekenen van zwangerschap. Dienden die zich aan, dan werd haar transport uitgesteld tot haar kind was geboren. Had zij het geluk een halfblanke vrucht te dragen, dan werd zij in vrijheid gesteld. Zij kreeg in het dorp een hutje toegewezen en wat land. Daar leefde zij vervolgens, te midden van de Fante, samen met haar bastaard, die tegelijk haar schande en haar redding was. Het kind werd gedoopt en kreeg de naam van zijn vader. In Elmina is het nog altijd niet ongebruikelijk Afrikanen te ontmoeten die Bartels heten, Vanderpuye, Hensen, Bosman of Vroom.

Van Drunen bracht ons naar bed. Wij trokken onze kleding uit. Dat was het laatste wat wij bezaten. Hij hing de doeken met zorg over een stoel. Na zijn vertrek probeerden wij onze draai te vinden op de manier die wij gewend waren in Kumasi, maar we lagen lang wakker, geplaagd door het beuken van de branding tegen de vestingwal en de herinnering aan onze langgerekte schim tegen de kerkerbogen. Wij dachten echo's te horen uit die doolhof, voetstappen over de treden, die uit het niets naar nergens leidden.

Diezelfde nacht, 1 april, schreef generaal-majoor Jan Verveer in zijn werkkamer deze brief aan de minister van Koloniën:

Ik kan mijzelf de voldoening niet weigeren Uwe Excellentie de verzekering te geven dat mijn receptie te Kumasi de overspannendste verwachting heeft overtroffen en dat in het bijzonder het hele gedrag van de oppermachtige heerser van het Ashantijnse Rijk mijn innige erkentenis moet meedragen. De Nederlandse vlag is die der Ashantijnen geworden en gaat van het paleis van de Koning niet meer neer. De Vorst vindt er behagen in zich de onderdaan van onze geëerbiedigde Soeverein te noemen. En de onvoorwaardelijke wijze waarmee hij zijn geliefde Zoon en zijn Neef voor een Nederlandse opvoeding aan Zijne Majesteits Gouvernement heeft aanbevolen, spreekt – naar ik denk – boekdelen. Het contract dat ik sloot en dat Zijne Hoogheid de Asantehene der Ashanti ondertekende met een kruisje doe ik Uwe Excellentie hierbij toekomen, maar voor alle duidelijkheid en om onze toekomstige criticasters alle wind ogenblikkelijk uit de zeilen te nemen onderstreep ik in deze missive nog eens nauwkeurig waarin de rekrutering van deze duizend man zich onderscheidt van onze vroegere slavenhandel:

Deze rekruten krijgen te Kumasi een voorschot op hun soldij, waarmee zij zich van hun vroegere meesters kunnen vrijkopen. Zij vertrekken als vrije mannen naar Elmina. Na aankomst echter bij het depot aldaar worden zij belast met het bedrag van het hun gedane voorschot minus twintig guldens, welke hun als handgeld worden toegestaan. De rest, die zij ons schuldig blijven, zal worden ingehouden op hun soldij in Oost-Indië. Zij zijn onbekend met ons geld en zoiets zal hen voorzeker niet bezwaren.

De Ashantijnse manschappen worden ten gevolge van mijn instellingen, minstens voor 15 dienstjaren en verreweg het grootste aantal voor een onbepaalde tijd geëngageerd, waarvan zij menen dat het voor geheel hun leven is. Ik heb het geraden geacht dit niet te vermelden op de stamboeken om redenen die het Uwe Excellentie niet moeilijk zullen vallen te gissen.

De manschappen onder mijn oog te Kumasi aangenomen voldoen in alles aan Uw instructies. Meer dan de helft is van de taille van onze divisie Grenadiers, meest Noordelijke Negers, Donko's genoemd, schoon gebouwd, sterk, ingeschapen braaf, hartstochtelijk aan hun bevelhebbers gehecht en volkomen – in de volle betekenis van het woord – volkomen met hun bestemming tevreden. Bovendien is er in de engagementen niets onbillijks gelegen, want het is niet mogelijk, zelfs als ze zoiets zouden willen, om deze mensen, van wie sommigen zelfs van zover als de oevers van de Niger komen, ooit naar hun geboorteland terug te brengen; terwijl de man zelf zoiets niet kan verlangen aangezien hij de volle overtuiging heeft, dat hij onder de zijnen terugkerend ook daar wederom het juk van de afschuwelijkste slavernij zal moeten aannemen.

De slimheid van Verveers 'voorschot' wordt pas goed duidelijk bij lezing van het contract waaronder mijn vader vlekkerig zijn kruisteken kraste. Net als in zijn brief heeft Verveer daarin zijn meesterzetten onderstreept, zoals in artikel 4, dat bepaalt *'dat alvorens zo'n slaaf of lijfeigene definitief in Nederlandse dienst kan worden aangenomen, hij door het Nederlandse Gouvernement door geldelijke middelen in staat wordt gesteld om zijn vrijheid van zijn meester of eigenaar te kopen en te verkrijgen, zodanig en met het doel dat hij vóór zijn engagement kan en moet worden beschouwd als een persoon in het volle bezit van zijn vrijheid en dus bevoegd om over zichzelf naar welgevallen te beschikken, in alles zoals een vrijgeboren persoon zou kunnen doen'.*

Nog eens, voor alle duidelijkheid, want ik hecht er groot belang aan dat men de aard doorziet van de transactie waarvoor Kwame en ik als pand dienden: omdat de rekruten zich met het voorschot vrijkochten, waren het volgens de letter van de wet geen slaven. (Slavernij was immers sinds het Congres van Wenen in 1815 aan banden gelegd en het ronselen van onvrijen sindsdien verboden.) Voorwaarde om dat voorschot te krijgen, was voor deze ongelukkigen echter het ondertekenen van een contract. Die overeenkomst ketende de mannen aan het Nederlandse Leger, dat hen daarop direct naar Elmina afvoerde. Hun eerste en enige daad als vrij man bestond dus alleen uit het weer onmiddellijk en noodgedwongen opgeven van hun vrijheid. In Elmina aangekomen werd hun dat 'voorschot' dan als schuld aangerekend, waarna ze een onbepaald deel van hun leven bezig bleven die schuld af te betalen van hun – geringe – Oost-Indische soldij, waarop door de regering bovendien nog eens drastisch werd gekort als vergoeding voor de hoge investering en de moeite die gedaan werd voor hun 'bevrijding'.

Zo hebben velen hun leven gesleten in een slavernij die alleen van de oude verschilde doordat ze naamloos en dus onbetwistbaar bleef. Het is dan ook geen wonder dat de commandeur van Elmina bij het arriveren van de nieuwe 'Nederlandse soldaten' uit Kumasi zich soms in het logboek nog verschreef. Als hij zich daarop betrapte, haalde hij dat *slaven* snel door en verbeterde zich: *rekruten.*

Toen wij wakker werden misten Kwame en ik onze oude kleding, die Van Drunen de avond tevoren over de stoel had gedrapeerd. In plaats daarvan hingen er kleine pantalons, overhemden en twee jasjes met panden, door de foerier uit oude uniformen gemaakt. Wij hadden nog nooit een broek gedragen, laat staan het bijgeleverde lange ondergoed. We maakten elkaar gek van pret door uit te proberen op welke manieren we onze hoofden door gulpen en armsgaten konden wurmen. We hadden dus nog geen draad aan ons lijf toen Van Drunen op ons kabaal afkwam. Hij nam de verdwijning van onze doeken hoog op. Ze waren echter al voor zonsopgang met het keukenafval verbrand, zodat ons niets van thuis overbleef.

Die dag was het zondag, 2 april. Ongemakkelijk in de nieuwe kleding, die te warm was en langs onze dijen schuurde, werden we naar een gebouw gebracht dat midden op de binnenplaats uit rode baksteen was opgetrokken. We werden er vooraan op houten banken neergezet met naast ons de tolk. Achter ons namen officieren en manschappen plaats. De gepleisterde muren droegen geen versiering, behalve de nummers van gezangen. Om onze aandacht te krijgen deed Van Drunen alsof we een spelletje gingen spelen en vouwde onze handen. Zo zaten wij onze eerste kerkdienst uit, die de tolk voor ons vertaalde. Deze zondag had men gekozen voor psalm 2 ter ere van onze aanwezigheid op hun heilige grond:

Wat drift beheerst het woedend heidendom
En heeft het hart der volkeren ingenomen?
De koningen verheffen zich alom
Om God, de Heer, zelfs naar de kroon te steken,
En tegen zijn gezalfden op te staan.

Het leek ons niet half zo vrolijk als onze eigen liedjes.

Die middag om twee uur werd de zon boven het fort verduisterd door rookpluimen uit het dorp. Opnieuw stond Elmina in brand, en toen alles tegen de avond was geblust werden zestig verwoeste huizen geteld.

De voorgeschiedenis was deze. De commandeur van het Nederlandse fort had enige tijd tevoren een caboceër laten oppakken, die een slavin had geofferd ter nagedachtenis aan zijn overleden zuster. De man werd veroordeeld tot levenslange dwangarbeid, waarna zijn fetisjpriesters dreigden álle slaven ter dood te brengen als de caboceër niet zou worden vrijgelaten. De commandeur ontzette daarop de slaven met geweld en liet de priesters achter de ijzeren deuren logeren. Maar de onvrede bleef broeien.

Die avond aan tafel besprak de commandeur de zaak met Verveer. Deze stelde voor van de nood een deugd te maken. Hij wilde het werk van de branden voltooien door de resterende wirwar van steegjes af te breken om brede straten aan te kunnen leggen. Tenslotte had Napoleon het op zijn veldtochten niet anders aangepakt. Verveer was in zijn element. Hij dacht twee vliegen in één klap te slaan door boulevards aan te leggen die zijn leger makkelijk kon schoonvegen, terwijl de dorpsbevolking hem dankbaar zou zijn voor de stadsvernieuwing.

De volgende dag, maandag 3 april, werden wij naast de generaal-majoor in de ontvangstzaal opgesteld toen hij een delegatie uit het dorp ontving. Dat bracht Kwame en mij, ineens aan blanke zijde, in een ongemakkelijke positie. Men stelde de leiders voor hun medewerking te verlenen aan de verbetering van hun woonplaats. Zij weigerden. Ik kreeg, evenals Kwame, enkele niet mis te verstane blikken van de Elminezen toegeworpen.

Dinsdag 4 april maakten we met de gouverneur van Elmina en generaal-majoor Verveer voor het eerst een wandeling door het *crom*, terwijl de anderen onder leiding van Van Drunen en Tonneboeijer een plek zochten die geschikt zou zijn om huizen in geregelde orde, straatsgewijs, op te bouwen. De bevolking bejegende ons vijandig.

Woensdag 5 april, omstreeks zes uur in de morgen al, keerden we onder geleide naar datzelfde plein terug. Kwame en ik hielpen bij het afbakenen van straten door middel van bamboestokken, wat een aangename afleiding was. Zodra echter de plaatsen bekend werden gemaakt die niet meer herbouwd mochten worden, begon het volk, door de vrouwen aangezet, oproerige kreten aan te heffen. De mededeling dat zij in plaats van hun oude huizen fraaie boulevards en lanen door hun dorp zouden krijgen, maakte hen niet welwillender, zodat we overhaast naar de post moesten terugkeren. Voor ons was dit een spannend spel totdat Kwame lelijk geraakt werd door een steen. Hierna verbood de gouverneur ons die dag nog uit te gaan.

Om tien uur 's avonds hoorden we in de verte gejoel. Het kwam snel naderbij. De bruggen werden opgehaald. Vanaf de toren zagen wij een menigte Elminezen op het fort toe hollen. Ze wierpen met stenen en brandende takken. Luid schreeuwend wierp het volk de bakens, die wij 's morgens met veel zorg hadden geplaatst, voor de poort op een hoop.

Om twaalf uur marcheerden veertig man en twee stuks veldartillerie naar buiten om de koning en de negerregering op te eisen. Generaal Verveer stelde zich met andere officieren en twee kanonnen op voor het geval er gevechten zouden uitbreken. Wij volgden de troepenbewegingen vanaf de kantelen. Eenmaal hebben we ons nuttig gemaakt, toen de slagorde waarin Van Drunen meereed in de flank werd beslopen door een groepje Elminese speerdragers. Wij riepen en zwaaiden en sprongen zo driftig op en neer dat Van Drunens belagers op de vlucht sloegen.

Om drie uur keerden de Nederlanders in het fort terug zonder een schot gelost te hebben. Als gevangenen brachten zij acht regenten mee en de koning. Daarna werd het rustig in het dorp en de afbakeningen werden door de inwoners zelf teruggeplaatst. De gevangenen echter hield men in bewaring.

De koning van Elmina was niet de eerste zwarte vorst die wij in gevangenschap aanschouwden, integendeel, maar wel de eerste die we in een kerker geworpen zagen worden door witten. Het was iets dat ons onvoorstelbaar had geleken. Een nieuw teken dat onze wereld aan het veranderen was. Die avond verzamelden wij wat fruit en gingen ermee naar het cellencomplex om uit eerbied de Fantijnse koning iets te schenken. Van Drunen, geraakt door ons gebaar, vergezelde ons, evenals de tolk.

Rond de kerkers hing een ondraaglijke stank, die werd verspreid door de panters welke men in de dodencel bewaarde. Zij scherpten hun nagels aan de deurpost, die was versierd met een schedel en twee knekels. Daarnaast, door de tralies, zagen wij de koning. Hij zat op een houtblok, vastgeklonken aan de muur. Van Drunen opende zijn deur en bemoedigde ons met een duwtje in de rug. Ik droeg de schaal met vruchten naar binnen. De vorst keek mij strak aan. Ik groette hem met de nodige eerbied en probeerde in mijn blik iets van de verontwaardiging te leggen die ik voelde over zijn behandeling. Op dat moment nam Kwame de schaal van me over en liep op de man toe. De koning stond langzaam op en liet hem naderbij komen. Toen hij vlak voor hem was, verzamelde de man al zijn kracht en gaf zo'n harde trap tegen de schaal dat het fruit tegen het gewelf tot moes sloeg. Kwame deinsde achteruit en ik niet minder, toen de gevangene op ons afsprong, zo ver als zijn keten dat toeliet. Even stonden we oog in oog. Toen spuugde hij mij in het gezicht en begon een geweldige tirade in het Fanti, hoewel hij zag dat de tranen in mijn ogen stonden. Van Drunen probeerde ons bij de man weg te krijgen, maar we stonden aan de grond genageld.

'Wat zegt hij?' schreeuwde ik, inmiddels ook buiten mezelf, tegen de tolk. 'Ik wil weten wat hij zegt!' Op dat moment kreeg ook Kwame een klodder in zijn oog gespogen, waarop Van Drunen ons opnam, onder elke arm één, en in veiligheid bracht. 'Wat?' drong ik aan. 'Wat zegt hij!?'

'Een zwarte koning,' antwoordde de tolk met neergeslagen ogen, 'eet niet uit witte handen.' Intussen ging het schelden door. Kwame, verbijsterd, stak zijn armen naar de tierende man uit.

In de drie weken die ons in Elmina restten hebben we het fort niet meer verlaten. Op ons verzoek gebruikten we de maaltijden op onze kamer. Daar deed Van Drunen wat hij kon om ons op te monteren. Hij gaf ons enkele uren per dag les in de Nederlandse taal en vertelde telkens nieuwe eigenaardigheden over zijn volk. We verlieten onze kamer eigenlijk alleen nog om samen de pier, die vanuit het fort in zee steekt, op en neer te wandelen of wanneer het ons verplicht werd, zoals voor de kerkdiensten en eenmaal voor de publieke bestraffing van een Hollandse soldaat.

Die jongen was vier dagen niet op appèl verschenen. Hij werd uiteindelijk in een naburig dorp aangetroffen bij zijn inlandse geliefde. Tijdens een publieke zitting werd hij vastgemaakt aan de kerkmuur. Men ontblootte hem en gaf hem twintig gerichte stokslagen, die hem ernstig verwondden. Zijn wil leek echter ongebroken. Kwame was diep onder de indruk. Dat witten elkaar op deze manier afranselden nam zijn laatste vertrouwen weg. 'Niemand,' zei hij, 'is dus veilig voor ze.'

Die middag lagen wij op de pier te luisteren naar de zee, toen Kwame plotseling overeind schoot. Ik volgde zijn blik. Op de hoogste omgang van het fort, tussen de schietgaten, was de jonge soldaat te zien die 's ochtends was geranseld. Zijn wonden waren onbedekt. Zijn gezicht was gezwollen van het huilen. Hij strompelde naar de toren die uit zee oprijst. Daar sloeg hij zijn armen om een van de kantelen en met grote moeite hees hij zich verder omhoog. Bovenop bleef hij zitten met zijn hoofd op zijn borst en hij probeerde op adem te komen. Ik weet niet meer hoe lang wij naar hem hebben staan kijken. In elk geval spraken we geen woord. Ook niet toen de jongen kracht vond op te krabbelen, naar de rand te stappen en te springen.

Hij viel veertig meter lager op de scherpe rotsen, juist naast de pier. Ik stond al op het punt naar beneden te rennen, toen ik merkte dat Kwame omhoog bleef staren, naar de plaats van de afsprong, alsof hij daar iets wonderbaarlijks had gezien. Zijn mond was opengevallen en voor het eerst sinds we uit Kumasi vertrokken, keerde het leven terug in zijn ogen. Toen keek hij me aan en begon te lachen, zag dat zijn opleving ook mij goeddeed, haalde diep adem en produceerde het eerste wat van Van Drunens Nederlandse les was blijven hangen: 'Ja zeker gráág, mevrouw!'

We holden uitgelaten de pier af om het gebroken lichaam te bekijken. Dit was onze kennismaking met de liefde. De jonge soldaat stierf drie dagen later.

Op 26 april, enkele uren voor ons vertrek, meende Kwame voor de poort zijn moeder te zien. Hij had nooit getwijfeld dat ze hem zou komen halen. Toen hij ging kijken bleek het een Fantijnse te zijn die slakken kwam verkopen. Het lukte me nauwelijks mijn vriend te troosten. We gingen met Verveer, Van Drunen en de officieren aan boord van de Governor MacLean onder gezag van Captain Freebody. Om vijf uur lichtte het schip zijn anker en ging onder zeil. Ik zou Afrika niet terugzien.

Java 1900

Buitenzorg, 12 maart

Ahim is al dagenlang volstrekt onmogelijk, juist nu ik mijn gedachten moet dwingen om alles uit mijn jeugd boven water te krijgen. Ik zou hem weg moeten sturen. Hij heeft zich in zijn hoofd gezet dat ik me met mijn schrijverij te veel vermoei. Hij zegt dat ik er niet goed uitzie, wat van lef getuigt voor iemand met een kop als die van hem. *Als* ik getergde trekken vertoon dan zijn dat zijn cadeaus aan mij. Hij komt de godganselijke dag – en sinds ik besloot door te werken ook 's nachts – mijn werkkamer binnen met kulsmoesjes.

'Kan ik de prins dit brengen, kan ik de prins dat brengen?'

Als ik nee zeg, blijft hij aandringen. Als ik ja zeg, antwoordt hij dat ik er eerder om had moeten vragen. Ik stuur hem weg. Ik dreig hem te straffen als hij zijn facie nog één keer durft te laten zien, maar een uur later, voilà, daar heb je hem weer.

'Niet te warm? Niet te fris? Neem nog wat spuitwater!'

Soms staat hij midden in de nacht een uur in de keuken liflafjes te maken en vruchten uit te persen, die hij als voorwendsel gebruikt om mij te kunnen storen. Ik geloof verdomd dat hij jaloers is op mijn aandacht voor het papier.

17 maart

De beschrijving van mijn afkomst vanochtend voor zonsopgang afgerond. Ik schijn boven mijn woorden in slaap te zijn gevallen, maar toen ik ontwaakte lag ik op de sofa in een overdaad aan kussens. Ahim had mij er ongevraagd heen gedragen, ontkleed en toegedekt met een sarong, waarvan hij weet dat het blauw rustgevend op me werkt. Dankzij al die soesa heb ik zonder onderbreking geslapen tot hij het avondmaal kwam brengen. Ik heb gegeten als een jonge vent. Daarna, en dat gebeurt zelden, verlangde ik opeens naar gezelschap. Het was inmiddels echter donker en het plotseling toenemen van de wind kondigde regens aan. Ik liet een fles Châteauneuf brengen uit de partij die ik in de dekenkist bewaar voor speciale gelegenheden. De eerste glazen klonk ik met mijzelf. Bijna een maand heb ik geen noemenswaardig gezicht gezien, alleen dat van Ahim. Al die tijd heb ik aan het Afrikaanse deel van mijn memoires gewerkt. Een leven lijkt sneller geleefd dan herinnerd.

Het is opmerkelijk dat je iets waarover zo lang is gezwegen, iets dat je voor vergeten hield, zodra het is opgerakeld, wel uit zou willen schreeuwen. Nu het karwei gedaan was, vond ik geen rust, maar raakte ik in een uitgelaten stemming. Na mijn vijfde glas riep ik Ahim, liet hem bijvullen en schonk hem het restje uit de fles. Hij wist er niet goed raad mee. Ik hief het glas en droeg hem op te drinken. Hij keek erbij of ik hem op een citroen liet bijten. Het schijnt dat hij er niet tegen kan, dus na anderhalve slok zond ik hem weg om een looplantaarn te halen. Hij bracht hem, maar zodra hij doorkreeg dat ik nog wilde uitgaan, deed hij alles om me tegen te werken. Hij hield zelfs mijn arm vast, alsof hij ergens bang voor was. Toen ik me losrukte vloog een knoop van mijn overhemd. Ik herinnerde me met schrik een artikel in het jongste Aurora Jaarboekje, waarin werd gesteld *'dat alcohol het gevaarlijkst is bij Oost-Indiërs van galachtig gestel bij wie de minste slok een dodelijke wrok in de ziel teweeg kan brengen: amok!'*

Best mogelijk. Galachtiger dan Ahim kom je ze zelden tegen.

Ik maakte me dus uit de voeten en wandelde door de regen naar Wayeng. Zij had juist bezoek van Lasmi. Quamina Aquasina lag onder de klamboe met Aquasi junior te slapen. Zij hadden tegen het zweten hun armen en benen rond een goeling geslagen, die tussen hen in lag, en plotseling, oude dwaas die ik ben, ontroerde mij de volledige onbevangenheid waarmee die kleintjes dat grote kussen en elkaar omhelsden. Ik was niet weinig trots op mijn gezin en genoot ervan te merken dat de vrouwen oprecht blij waren mij te zien.

Wayeng maakte wat fruit voor me schoon en wekte de kinderen om mij te begroeten. Ik verloor me in die genegenheid en verweet mezelf mijn gemijmer zoveel weken boven al het andere te hebben gesteld. Ik begon mijn kinderen te vertellen wat mij bezig had gehouden, maar ik zag hun oogjes al na een paar minuten dichtvallen. Of nee, erger nog, ik zag ze hun best doen ze open te houden, waarop ik mijn lievelingen stevig tegen me aan drukte en knuffelde en zei dat ze maar snel weer verder moesten dromen. Het hele verhaal staat nu immers op papier. Als zij ooit interesse tonen, kunnen ze hun herkomst zelf naslaan. Ik voelde me te zwak om Wayeng tot man te zijn en viel in haar armen in slaap.

18 maart

Vanochtend weer bezoek gehad van Adeline Renselaar, dit keer zonder haar hele entourage. Ze had gedacht dat ik *à deux* wat toeschietelijker zou zijn. Ze hoopt nog steeds dat ik zal meewerken aan mijn jubileum. Ze wierp daartoe vandaag haar vrouwelijke charmes in de strijd. Dan moet ze vroeger opstaan. Twintig jáár vroeger. Adelientjes charmes moeten worden gezien om geloofd te worden en komen uit een potje. Zij is twee keer zo groot als een ander en draagt een punt-queue die haar belet in gezelschap te gaan zitten. Ze brengt zo'n hele audiëntie als vanmorgen door met het zoeken naar poses. Ze neemt er één aan, blijft er net zo lang in tot haar spieren beginnen te trillen, loopt dan, zwaaiend met die meterslange armen, quasinonchalant de kamer door op zoek naar tegenlicht, dat haar het best doet uitkomen en hup: tableau vivant! Het is nog een wonder dat er niets gesneuveld is.

Adelien is dan ook de prima donna van ons Buitenzorgs dramatisch amateurgezelschap en ze stond erop haar laatste rol voor me te reciteren. Desdemona! Even was ik bang dat ze me ging vragen een aftandse Othello neer te zetten, maar het ging haar alleen om het soleren. Ik kreunde luid en wendde voor onwel te worden, een plotselinge aanval van sint-vitusvuur, knokkelkoorts en beriberi, maar zij merkte niets vreemds. Haar publiek reageert waarschijnlijk niet anders. Toen de Moor haar dan eindelijk de strot had dichtgedrukt, wat hem voor mij tot het sympathiekste personage uit de toneelliteratuur maakte, kwam ze terzake.

'Mijn lieve prins, of wat zeg ik? Wordt het niet eens tijd om wat meer familiair te worden? Wat vindt u?'

'Liever niet.'

'Mijnheer Boachi, Aquasi, lieve oude man, ik wou dat u mij zo langzaamaan eens ging beschouwen als familie. Die narrigheid van u is maar een masker. Leg het af.'

'Mevrouw, aangezien u schijnt te denken dat iedereen op cothurnen loopt, even dit: mijn leven is niet een van uw schetsjes. U speelt er geen rol in. De kop die u ziet is erop gegrimeerd door de jaren. Staat hij niet aan, dan stel ik u voor naar het variété te lopen!'

'Kostelijk! Uw spielerei, een toneelstukje, dat ziet een kind!' Ze applaudisseerde dof in haar juchtlederen handschoentjes. Ik gaf het op en liet haar spreken.

'Uw feest. Wij hebben gesproken met de beheerder van de Sociëteit en met de eigenaar van Tjiwaringi, waar ze ook een mooie, hoge zaal hebben, die tegen een kleine vergoeding wordt opengesteld voor ontvangsten. Er is een beeldig podium. Hebt u een voorkeur?'

'Geen podium in de buurt te hebben lijkt mij ideaal.'

'U bent nog steeds niet serieus. Geeft niets, het is ook niet aan de jubilaris zich met de festiviteiten rond zijn eigen persoon te vermoeien. Daar ben ik voor. U hebt geen idee hoe ik me verkneukel bij het voorbereiden. En alles marcheert. Iedereen is enthousiast. Het ziet ernaar uit dat u beslist een van onze meest geliefde inwoners bent geworden. Wat is dat nou voor blik, mon prince? U bent cynisch. U gelooft me niet. Ik zeg u, de halve stad is uw lauweren al aan het vlechten, bij wijze van spreken. Die blik! Zal ik het dan maar verklappen... Er is een mogelijkheid – luister goed: een mógelijkheid, meer niet! – dat de gouverneur zelf zich ermee zal bemoeien. Een grote feesttent voor de hertenkamp, precies zoals op nieuwjaarsdag!' Ze sloeg een hand voor haar mond en keek naar een hoek van de kamer alsof daar het hele circus al stond opgesteld.

'Mevrouw Renselaar,' greep ik in, 'ik twijfel niet aan uw beste bedoelingen, maar die algehele euforie rond mijn persoon die u beschrijft – zelfs als die oprecht zou zijn – kan mij alleen maar meer verdriet doen. Gelijk hebt u, ik ben een narrig oud wezen. Vijftig jaar

Java hebben me dat gemaakt. En u wilt dat vieren? *Hoe* wilt u dat vieren, vraag ik u: door dezelfde mensen enthousiast te maken die mij een halve eeuw lang links hebben laten liggen?'

'Dat is niet waar.'

'Misschien niet dezelfde, maar ze lijken er verdacht veel op. Als ik hun sympathie win alleen door dichter naar mijn dood te kruipen, dan is dat bitter. Waar waren zij toen ik pas begon? Toen ik problemen had met mijn arbeiders? Toen ik een hypotheek zocht? Waarom bleven voor een donkere jongeman de deuren van hun bals gesloten en willen zij wel komen dansen als hij oud is en uitgebeten?'

'Als u bedoelt, als u insinueert... Ik zeg altijd, de prins, ónze prins, is een echte Hollander, Hollandser nog, zeg ik wel eens. Ach wat, u zou een prins van Oranje kunnen zijn, wanneer u niet, niet...'

Hier was ze haar tekst kwijt. Ik besloot te zwijgen en zo het moment te rekken.

'...wat ik bedoel is dit. Wij beschouwen u als een van de onzen. Hoort u? En dit is iets waar ik desnoods vurig over strijden wil. Wij hebben u in ons hart gesloten!'

'Hoera,' zei ik vals, 'dan is mijn leven toch de moeite waard geweest.'

'Die toon, die afschuwelijke toon. Ik geloof verdraaid dat u mij minacht. Mij! Terwijl juist ik, júíst ik... Vanaf het eerste moment dat ik over uw misère hoorde...'

'Misère?'

'Dat leven van u!'

'Welke misère?'

'U mag het rustig weten... ik heb geweend! Ik nam mij voor u te leren kennen en met mijn vriendschap misschien iets goed te maken.'

'Goedmaken?'

'Maar nee, u loopt liever met een lang gezicht ontevreden te zijn. U verkiest het mij buiten te sluiten. Mij! Ik die juist gekomen ben om u te leren kennen, echt te leren kennen.'

'Wat heeft u dan in 's hemelsnaam goed te maken,' riep ik, 'behalve dat u mijn tijd verdaan hebt met uw abominabele spel!' Ik moest mijn stem verheffen om ertussen te komen.

'Ik voel me verantwoordelijk,' zei ze plechtig en legde haar hand op haar boezem, 'voor uw lot!'

Ik imiteerde haar grote gebaar en haalde er spottend mijn schouders bij op. Eindelijk sloeg ze door.

'En uitgerekend mij... terwijl ik me zo op onze bespreking verheugd had. Vanaf het moment dat mijn man mij vertelde... Maar ik heb me vergist. Ik had niet moeten komen. Ik had me uw zaak, uw..., uw *kwestie* nooit aan mogen trekken. Maar zo ben ik, ten voeten uit, begaan met ieder onrecht. En nu... en nu... U gebruikt het tegen me. U bent kwaadaardig. U bent een monster, duivels, Mefistofeles in eigen persoon!' Ze had zich zo in de lorum gewerkt dat ze begon te huilen. Dit keer niet als de Desdemona van de desa met grote uithalen en zwellende boezem, maar als zichzelf, klein, onhoorbaar. En ondanks mijn vaste voornemen kreeg ik meelij met het mormel. Ik liet Ahim limonade voor haar maken en dwong haar met queue en al in de schommelstoel op de veranda plaats te nemen. Ik schoof mijn eigen fauteuil bij en ging naast haar zitten. We zeiden niets, maar ik wiegde haar met één hand heen en weer. De beweging kalmeerde haar, zoals ik hoopte. Na enkele minuten nam ze mijn andere hand, zweeg nog steeds en zo bleven we geruime tijd zitten, starend in de tuin.

'Ik had natuurlijk verhalen gehoord,' begon ze na verloop van tijd stilletjes.

'Natuurlijk,' zei ik. Er landde een kapucijnaapje in de flamboyant. We keken hoe hij voedsel zocht in de scheuren van de bast.

'Heel uiteenlopend,' ging ze fluisterend verder, 'wilde verhalen ook, die ik niet geloof, maar meestal vol respect.'

Zodra het beestje in de boom verzadigd was, sprong het op en verdween de dichte bosschages in. Adeline haalde een zakdoekje te voorschijn en snoot voorzichtigjes haar neus.

'Mijn man en ik hebben geen kinderen. God heeft dat niet gewild. Ik ben alleen thuis, hele dagen, nu met Richards nieuwe aanstelling meestal zelfs de hele week. Alleen. U weet wat dat betekent.' Ze dronk wat en hernam zichzelf. 'Richard werkt in Batavia. Een halfjaar geleden maakte hij een mooie promotie. Sindsdien vertrekt hij maandagochtend en ik zie hem pas vrijdagavond weer terug. U hebt kinderen. Dat is een geluk.'

Ze wilde opstaan, maar kon zich er niet toe brengen mijn hand los te laten. 'Ik ben aan de eenzaamheid gewend geraakt. Geloof het of niet. De schijn is tegen me, ik weet het, maar heus, ik begeef me met de grootste moeite onder de mensen. Elke keer moet ik mijn gevoeligheden overwinnen. Onze toneelvereniging is mijn enige vertier. Als ik speel, vergeet ik mezelf. En als ik uitga, zet ik me schrap. Ik zet mijn veren op als een kemphaan. Ik begeef me in de society als een krijger in vijandelijk gebied. Ik zie de dames en de heren stralen en gelukkig zijn, en ik weet: ik hoor niet bij ze! Maar ik laat me niet kennen. Ik overtref mezelf. Ik stijg boven mijn misère uit. Ik speel mijn rol en stel me daarbij aan als een dwaze oude vrouw. Het is een ballon die u met het scherp van uw venijn hebt doorgeprikt. Maar ik heb geen keus, ziet u, niet wanneer ik mij onder de anderen begeef. In onze Hollandse gemeenschap is het erop of eronder.' Ze begon weer te snikken. Dit keer liet ik me niet vermurwen.

'Waarom vertelt u me zoiets?' Ik klonk bijzonder koel omdat ik vreesde op een monoloog uit *De twee wezen* te worden getrakteerd.

'God heeft me het moederschap onthouden, maar Hij heeft me iets anders gegeven. Een eigenaardigheid, een handigheidje. Je zou er iets buitengewoons in kunnen zien, hoewel ik daar zelf nogal huiverig voor ben. Ik weiger te geloven in de goena goena, die ze je hier overal proberen te slijten. Nee, noem het mijn zesde zintuig.'

'Uw zesde zintuig,' zei ik om haar een plezier te doen, 'wat is het?'

'Het is de liefde!'

'Sinds wanneer is dat een zintuig?'

'Het is de liefde die zich in mij heeft opgehoopt, als, als... als losse haren op het rooster van de mandiruimte. Ze kan nergens heen. – Ik klink als een waanzinnige, volledig mataglap, ik weet het, quand même: zo voel ik het! – Mijn ongeluk heeft me hypersensitief gemaakt. Zelfs van onbekenden die ik in de verte aan zie komen raad ik de gemoedstoestand. Zijn ze nabij dan lees ik ze, zoals een ander de *Geïllustreerde Revue*. Als een open boek. Ik voel storingen aan met een precisie waar ze bij het Meteorologisch Instituut te Batavia jaloers op zijn.'

Ik vroeg me af of Ahim haar limonade misschien met suikerrum had aangemaakt. Tot overmaat van ramp zweeg ze hier en keek me aan, alsof ze zojuist een staatsgeheim onthuld had en nu een onderscheiding wilde hebben.

'Maar als de menselijke geest voor u zo doorzichtig is,' vroeg ik, 'waarom kost het u dan zoveel moeite u staande te houden in het Hollandse gezelschap?'

'Juist daaróm! Ik zie de dames en de heren het ene zeggen en tegelijk het andere denken. Over elkaar. Over mij. Niets ontgaat me. Ik hoor de gesprekken en tegelijk vang ik de bijbedoelingen op, het hulpgeroep van ieders psyche en alle onderliggende signalen daar dwars doorheen. Bij een eenvoudige theevisite registreer ik meer drukte en rumoer dan een ander op de pasar malam. Het is een zegen en een kruis, meer zeg ik er niet over.' Ze kwam overeind. Het hele verhaal nog eens uit haar eigen mond te horen had haar zoveel goedgedaan dat ze hersteld was.

'Ik vertel het u alleen...' zei ze, 'en aan u als enige en eerste, omdat...'

'Omdat?'

'...omdat ik u heb herkend.'

'Herkend?'

'Herkend!'

Ze stak haar bovenarm met de wijsvinger omhoogpriemend in de lucht. Het leek me beter niet door te vragen, want voor je het weet zit je met zo iemand rond een kloppende tafel in een spiritistische seance.

'De liefde heeft zich opgehoopt. Wij staan onszelf haar niet meer toe en denken ons zo te kunnen beschermen tegen het leven.'

Om te beletten dat ze uit ging weiden, nam ik haar bij de arm en steunde daar licht op terwijl we een rondgang door het gras maakten. Af en toe hield ze stil om een bloem te plukken, die ze vervolgens in haar haren vlocht.

'Het hele idee van dat feest komt van mij. Ik dacht dat u wat afleiding nodig had. Ik heb me vergist. Als u dat feest niet wilt, gelasten we het af.'

Ik stond op het punt om 'Graag' te zeggen, maar er was iets in haar toon dat me zei dat ik haar dit verzetje niet af mocht nemen. Ik mompelde met tegenzin mijn goedkeuring.

'Wat zegt u daar?'

Ik gromde hetzelfde.

'Vooruit,' zei ze, 'wat betekent dat? Luider! Ik ben gevoelig, maar niet helderziend!'

‘Ik zeg, mevrouw, dat als u zich al die moeite wilt getroosten om dat feest voor een oude man te organiseren, dan is het minste wat hij doen kan, in leven blijven tot het zover is. Maar ik waarschuw u, ik ben oud. Ik haal geen fratsen uit. En ik kom met het masker dat ik op heb.’

Ze boog zich naar mijn wang en kuste die. Ze stond stil en vlocht de laatste bloem op haar hoofd, dat er inmiddels uitzag als iets dat de inlanders vrezen tegen te komen op maanloze nachten.

‘Maar ik organiseer niets zonder uw goedkeuring. Ik zal elk detail met u komen doorspreken.’

‘Dat is niet nodig, heus.’

‘Jawel. En ik vraag niet meer van u dan dit: mij zo nu en dan iets over uzelf te vertellen.’

‘Nee,’ zei ik en meende het.

‘Narrig! Narrig!’ Lachend schudde ze haar vingertje naar mij. Ze zette enkele passen in de richting van het tuinhek, maar draaide zich om.

‘Tot ziens, mon prince, lieve Aquasi Boachi, en neem een eenvoudige vrouw alstublieft haar emoties niet kwalijk. O god, ik ben weer tekeergegaan als de gekkin van het rotsgebergte!’

Ze tilde haar rokken iets op en rende weg alsof ik haar op de hielen zat.

19 maart

Toen ik vanochtend mijn luiken opende, zat de kleine Aquasi gehurkt onder een boom op mijn erf. Ik wenkte hem. Hij zag me, maar durfde niet te komen. Ik werd kwaad. Het was tien uur in de ochtend. Ik heb veel moeite moeten doen om te zorgen dat hij werd toegelaten op de Hervormde School. Ik wil dat hij een opleiding krijgt die goed staat aangeschreven. Hij is er het enige kind van de kampong. En de intelligentste van allemaal.

Ik riep zijn naam. Ik probeerde hem naar zijn lessen te jagen, maar hij verroerde zich niet. Volgens Ahim zat de jongen daar zo al enkele uren. Ik kleedde me en liet het ontbijt op de veranda serveren voor twee. Maar mijn zoon kwam niet dichterbij. Ten slotte nam ik een bordje en bracht het hem. Hij had gehuild. Ik vroeg hem waarom hij niet op school was. Hij zei nog altijd niets, maar de manier waarop zijn blik de mijne ontweek, gaf mij het antwoord. Een scheut van woede en verdriet welde in mij op en ik moest hard op mijn lippen bijten.

'Word je geplaagd?' vroeg ik, en had daar ogenblikkelijk spijt van. Nu snikte hij. Ik drukte hem tegen me aan. Ik zei hem dat iedereen zoiets wel overkomt en dat hij sterk moest zijn. Toen vertelde hij dat de kinderen in de klas hem voor 'Sneeuwwitje' hadden uitgemaakt.

(Dat is een Hollandse grap. De Javaanse naam voor de Afrikaanse militairen in het Oost-Indisch Leger luidt 'blanda itams', zwarte Hollanders. Deze oude rekruten van mijn vader hebben zich na hun werkzaam leven teruggetrokken in eigen kampongs te Semarang en Poerworedjo. Hun halfbloed afstammelingen vertonen dezelfde trekken als mijn lieveling. De Hollanders, origineel, hebben om te schelden deze bijnaam omgekeerd: Sneeuwwitje!)

'Heeft jouw onderwijzer dit gehoord?' vroeg ik. Aquasi knikte. 'En zijn de schuldigen gestraft?' Hij schudde zijn hoofd.

Mijn eerste impuls was naar de school te gaan, de volwassene een pak rammel te verkopen en de klas de hoge afkomst van mijn kind te verduidelijken. Ahim ontraadde mij dit. De angstige blik van Aquasi gaf hem gelijk. Uiteindelijk kalmeerde ik. Ik ging weer onder de boom zitten, naast mijn zoon, en ik zei hem dat hij afstamde van een grote koning. Het was mijn bedoeling dat dit hem zijn zelfvertrouwen terug zou geven. Hij staarde echter naar de grond alsof hij zeggen wilde: Des te erger! Ik liet Ahim iets lekkers brengen. Toen hij het neerzette, deed hij dat met een diepe buiging, zoals hij ze al jarenlang verdomt voor mij te maken.

'Voor Aquasi en Aquasi,' zei hij stralend, 'de twee prinsen van Ashanti...' Ik geloof niet dat hij ons voor de gek hield. Het deed het gezicht van mijn zoontje in elk geval wat opklaren. Ik zei hem dat hij trots kon zijn, en vertelde hem voor het eerst allerlei details over zijn afstamming.

Vandaag heb ik een verontrustende ontmoeting gehad met mevrouw Renselaar. Ik wandelde weer eens naar de Botanische Tuin, waar ik wekenlang niet was geweest. Ik passeerde daarbij haar woning en kon dus voor mijn fatsoen niet anders dan er even binnengaan. Na enkele plichtplegingen drong het mens opnieuw aan te praten over mijn verleden. Nou ja, ik geef toe, dat was mij dit keer niet geheel onaangenaam. De materie blijft door mijn hoofd spoken. Ik droeg bij toeval mijn manuscript onder de arm. Het was tijd mijn woorden aan iemand te laten lezen. Om Adeline stil te krijgen, vertrouwde ik het haar toe. Zij reageerde als Salomé op het hoofd van Johannes de Doper.

Sinds haar laatste bezoek heb ik moeite mijn houding tegenover haar te bepalen. De afkeer die ze bij mij en elk weldenkend mens oproept is enigszins getemperd. De interesse die zij in mij toont, lijkt me – zeker vergeleken bij haar toneelspel – bijna oprecht.

Aan het eind van de middag kwam haar echtgenoot thuis, een vormelijke man. Hij was hoogst verbaasd mij aan te treffen. Ja, je zou zelfs kunnen zeggen dat hij schrok.

'Nee maar,' sprak hij nerveus. 'Nee maar, wat een toeval!'

Toen hij hoorde dat ik het verhaal van mijn eerste levensjaren voor zijn vrouw had neergeschreven en het haar nu ter hand kwam stellen (zo bracht zij het tenminste), nam hij haar streng terzijde. Wat er gezegd is, weet ik niet, maar zij was lijkbleek toen ze in de kamer terugkeerde. Kort daarop verliet mijnheer met een smoes het huis, sneller dan mij fatsoenlijk leek.

Ik vroeg Adeline of ik de oorzaak van hun onenigheid geweest was. Zij ontkende eerst, maar toen ik doorvroeg gaf ze toe. Ze vertelde me dat haar echtgenoot, die ambtenaar is, een of andere vertrouwenspost heeft, direct onder de gouverneur. Sinds hij zijn nieuwe functie heeft aanvaard, is zijn eerste taak het scheppen van orde in de zaken van zijn voorganger. Sinds enkele weken is hij zover ingewerkt dat hij toe is aan het ruimen van oude dossiers. Hij leest alles door, schift de belangwekkende documenten van de kattebelletjes en zendt alles wat voor de lopende zaken te Batavia niet langer van belang is, naar het ministerie van Koloniën te 's-Gravenhage.

Op een vrijdagavond, enige tijd geleden, heeft hij Adeline verteld over een dossier dat hem bijzonder had verrast: het mijne. Het wordt binnenkort naar Holland verzonden. Onlangs had zij er nog eens naar gevraagd, in de hoop enkele anekdotes te vinden voor mijn feest. Die tweede keer echter had hij pertinent geweigerd. Hij was inmiddels gestuit, zei hij, op materie die geclassificeerd was als geheim. Hij vroeg haar mijn zaak geheel te vergeten.

Ik was perplex. Ik wilde weten wat dat voor geheimen konden zijn. Nu had Adeline spijt dat zij gesproken had. Zij zei dat het nutteloos was haar man hiernaar te vragen en ze bezwoer mij hem hier niet mee lastig te vallen. Ze keek zo geschrokken dat ik haar dit beloofde. Zelf wist zij niet meer dan wat hij haar verteld had: dat het leven mij onevenredig zwaar gemaakt was en dat ik door de Staat der Nederlanden onheus behandeld ben.

'Dat is nauwelijks nieuws,' zei ik en begreep dat zij weer een berg maakte van een mierenhoopje. 'Dat hele verhaal staat in de papieren die u nu tot uw beschikking heeft.'

'Uw woorden zijn veilig bij mij,' verklaarde zij.

'Ik hoop niet dat het u teleurstelt. Het is droevig, maar een geheim verklapt het niet.'

Toen ik opstond, bood ze nogmaals haar excuses aan voor het gedrag van haar echtgenoot. Het schijnt dat hij ook afwijzend staat tegenover haar onzalige plan mijn jubileum groots te vieren. Dat maakte haar vastbesloten haar zin door te drijven.

Aquasi is vandaag gewoon naar school gegaan. Na afloop kwam hij even langs. We spraken niet over de kwestie, maar hij was levendig en stelde mij met zijn lach gerust. Toen hij wegging heb ik Ahim gevraagd morgen nieuw schrijfpapier en een bos pennen voor me te bestellen.

22 maart

Ik kreeg een briefje van mevrouw Renselaar. Tot mijn verbazing was het kort. Mijn verhaal had haar bewogen. Het kan volgens haar echter onmogelijk de stof zijn die in haar mans archieven is opgedoken.

Die bevatten namelijk alleen zaken die Nederlands-Indië betreffen. Ze heeft Richard uitgehoord met haar bekende vasthoudendheid, en hij – in een moment van zwakte (alles om maar van haar af te zijn) – heeft nu onthuld dat het geheim betrekking heeft op de voortgang van mijn Indische carrière, of liever op het gebrek daaraan.

Wanneer het niet het Afrikaanse is, welk onrecht dan? Ik dwing mijzelf aan andere dingen te denken. Mijn hoofd raakt er te vol van. De kleine Aquasi heeft mij bepaalde vragen gesteld. Ik ben nu verplicht de antwoorden correct te formuleren en toch zó dat ze hem niet al te verdrietig maken. Er is zoveel. De herinneringen, eenmaal op gang gebracht, zijn moeilijker te stoppen dan ik dacht. Zo schoot mij vannacht weer dit voorval te binnen.

Op een dag zat ik, als jongeman, op mijn vaste bank in het park bij Weimar, dat naar mij Ashanti's Höhe wordt genoemd. Ik liet twee van de kinderen, een jongen en een meisje, die daar altijd aan het spelen waren, paardjerijden op mijn knie. Het meisje streelde mijn wang en zei: 'Jij, zwarte met je witte hart.'

Ik wist niet wat te antwoorden van ontroering. Toen keek ze in de palm van haar hand of ik niet had afgegeven.

Deel twee

Delft 1837-1839

1

'Maar heeft het schip van staat dan toch eindelijk zijn laatste zeil fatsoen gestreken, mijnheer, of komen prinsen alleen nog in mijn droom met koetsen aan mijn deur?' De vrouw in de neepjesmuts die de voordeur aan de Oude Delft nummer 161 volledig vulde, speelde haar verontwaardiging breed uit. Zij keek Van Drunen tijdens deze tirade niet aan. In plaats daarvan plaatste zij haar dikke handjes op haar knieën en boog lachend naar Kwame en mij voorover.

'Te voet! Helemaal van de kazerne. Is dat ontzag voor wezentjes van koninklijken bloede?' Ze aarzelde of ze een revérence zou maken of een diepe buiging. Geen van beide machtig, zette ze daarop één voet maar wat vooruit, boog een knie, gooide haar derrière naar achteren, neeg het hoofd en zwierde een arm door de lucht alsof ze een aanval met floret pareerde.

'Zo meteen nemen ze de engel Gabriël zijn vleugels af en zeggen hem maar met een ladder af te dalen. Ik zeg, prinsen reizen per koets, en anders niet! En zo láát! Is me dat een uur om aan te komen zetten, lekkere darteltjes? Maar draai ze dan toch eens voor me rond, mijnheer, die prinsen van me! Laat ze me goed zien, vooruit.' Zonder haar gezicht van ons af te wenden, begon ze te schreeuwen: 'Mijnheer Van Moock! Mijnheer Van Moock, maar kom dan toch! De prinsen! Waar blijft die vent? Mijnheer Van Moock!'

Op dat moment hoestte ik. Mijn keel heeft het Hollandse klimaat van begin af aan niet goed verdragen. De vrouw schoot overeind of ze gestoken werd.

'Herenogantoe, waar denk ik aan? Die avondlucht! Beestjes, ziektes van allerlei soort. Een mens zou zich bedoen. Kom dan toch binnen, maar kóm dan toch! Ach, wát een bollewangenhapsnoet! En jij dan, negerprinsenkind, wat mankeer jij nou, ben je scheel?' Ze pakte mijn gezicht en schudde het heen en weer. 'Ach nee, het is de schrik, het trekt al bij. Kan het schelen, lekker wezen, ik ben ook moeders mooiste niet, of wel? Of wel soms? Laat iemand zeggen dat het anders is!' Ze draaide zich met veel geruis van rokken om en liep weg, terwijl ze in haar handen klapte ten teken dat we moesten volgen.

'De salon! De salon in! En dan chocolademelk natuurlijk.' Ze draaide zich ongeduldig om. 'Maar wat stáán ze daar, mijnheer. Zijn ze bang voor me of is men in Afrika gewend naar binnen gedrágen te worden? Ach nee, natuurlijk, ze verstaan me niet!' Ze dreigde weer lichamelijk te worden, waarop het mij raadzaam leek mijn lessen in praktijk te brengen.

'Jawel, mevrouw!' durfde ik.

'Hij praat! Hij praat, mijnheer Van Moock! Aantreden. Prinsen, prinsen die praten!'

Na Fort Elmina en de kazerne van Hellevoetsluis, waar we eind juni '37 aankwamen en de zomer hadden doorgebracht, leek alles bij de Van Moocks overvol en wollig. Hoewel overal de geur hing van boenwas, koperpoets en haardgit, waren alle hout, metaal en steen verstopt onder textiel. Doeken hingen over tafel, bank en vogelkooi, gordijnen voor deuren en boekenkasten. Draperieën verborgen de ramen, kussens de vensterbank. De muren waren betengeld met oranje laken. Dat landschap van stof wekte mijn verlangen onder het foulard te kruipen, maar Van Drunen zette ons op poefs waar we in wegzakten, terwijl mevrouw Van Moock joelend de gang op liep.

'Naar de salon, mijn heer en echtgenoot. Aaltje, chocola! En wek de jongens, allemaal! Hoog bezoek in de salon.' Ze luidde een bel in de hal, waarop het huis tot leven kwam. Voeten over de houten vloer boven ons hoofd. Stemmen op de trap en in het souterrain. Ramen en deuren schoven open. Een jongetje dook op achter het haardscherm, anderen verschenen in hun nachthemd, en voor we het wisten werden we omringd door jonge jongens. Zij waren van onze komst op de hoogte, maar deinsden desondanks terug bij de eerste aanblik. Ten slotte werd er een deur opengegooid door een jongeman die wat ouder was. Hij zag er opvallend onberispelijk uit. Geen smet op zijn hemd of vouw in zijn jak. Schoenen glimmend in het vet. Donker was hij en gespierd, en zijn kin had al schaduw. De anderen wachtten zwijgend zijn reactie af. Na een tel stak hij zijn hand uit.

'Cornelius de Groot!'

We bekeken de vingers, maar wisten niet wat we daarmee moesten. Er werd gegniffeld. Hoewel we officieren hadden begroet, zeelui en diplomaten van het ministerie van Koloniën, had geen van hen ons ooit een hand gegeven. Cornelius stelde mij met een blik gerust en seinde met zijn ogen dat wij zijn hand moesten pakken. Nog aarzelde ik en keek naar Van Drunen. Om ons niet verder in verlegenheid te brengen nam Cornelius zelf onze handen beet en schudde ze van harte.

'Namens de leerlingen,' sprak hij plechtig, 'heet ik de prinsen van Ashanti welkom op de kostschool van Van Moock.'

'Mijnhéér Van Moock, zult u bedoelen!' klonk het streng. In de deuropening stond een magere man. Twee jongens die waren gaan zitten, haastten zich overeind. De kostschoolhouder had een lang, benig gezicht met grote ogen. Zij gingen half schuil onder enorme wenkbrauwen, ongeveer zoals het meubilair onder de draperieën. Van Drunen introduceerde ons.

'Mijn hemel, *Kwasi* en *Kwame...*' zei Van Moock. 'Zijn me dat namen? Daar hadden ze ons bij de inschrijving wel eens van op de hoogte mogen stellen.'

Zijn vrouw kwam binnen met een koektrommel, gevolgd door een licht gebogen dienstertje met een blad vol melkbekers. Toen het kind ons opmerkte, slikte ze een gilletje ternauwernood in.

'Kwasi en Kwame...' Van Moock schudde zijn hoofd. 'Nee nee, dat voldoet niet, maar dan ook helemáál niet.' Hij nam twee leien uit de kast. Op de ene schreef hij, terwijl hij elke letter benoemde: A-Q-U-A-S-I en gaf het aan mij. Op de andere probeerde hij A-Q-U-A-M-E, las het terug, veegde alsnog een A weg en gaf dit bordje aan Kwame. Vervolgens deed hij een stap achteruit en keurde onze nieuwe namen van een afstandje.

Zijn vrouw brak een stuk speculaas. Ik vond de eerste happen weerzinwekkend, maar lachte vriendelijk naar haar. Tevreden pakte ze ons de leien af en gaf ze terug aan haar echtgenoot.

'Adel zetelt in het hart, mijnheer, niet op een visitekaartje.'

Die avond werd ons een kamertje gewezen op de tweede verdieping, waar Van Drunen afscheid van ons nam. Daarna schoof men onze lichamen in een lijflang hemd dat met veters rond hals en mouwen werd dichtgebonden. Men stopte ons ieder in een eigen bed onder strakgespannen lakens. Deze werden aan de hoeken diep onder de matras geschoven tegen het woelen. De omslag drukte op mijn keel. Ik vreesde dat ik zou stikken, maar hield mezelf voor dat alle mensen in dit huis de nacht zo doorbrachten en toch elke ochtend levend wakker werden. Ik wilde nergens voor onderdoen. Dat gaf me kracht. Ik nam me voor geen duimbreed te verschuiven en zag mevrouw Van Moock, wanneer ze ons bij het eerste daglicht zou komen bevrijden, al stralen van goedkeuring.

'Verdomde doeken overal!' bromde Kwame na een tijdje. Ik hoorde hem vechten met zijn lakens. Hij ontsnapte uit zijn bed, liep op het mijne toe, sjorde aan de stof en bevrijdde mij. Ik schoof op. Hij kwam bij me liggen, vouwde zijn armen onder zijn hoofd en zweeg. Ik dacht dat hij in slaap gevallen was.

De laatste tijd werd mijn eigen verdriet overschaduwd door een zekere zorg om Kwame. Ik begreep niet goed waarom. Hij had geen enkele aanleiding gegeven. We hadden ons beiden de hele bootreis goed gehouden, en wanneer een van ons wat somberde, leidde de ander hem af, speels, zonder de kwestie aan te roeren. Maar Kwame leek nu eenmaal altijd flinker dan ik, waardoor ik het gevoel kreeg dat ik tekortschoot en dat hij minder steun aan mij had, dan ik aan hem.

Ik dankte de goden dat wij samen waren. Als wij zo in bed lagen, voelde ik me veilig. Ik wachtte tot Kwames ademhaling met de mijne één geworden was, zoals normaal vanzelf gebeurde, zonder nadenken. Maar zijn borstkas bleef die avond onregelmatig. Om te horen of hij wakker was zei ik uiteindelijk zachtjes: 'Cho-co-laat.'

'Wat?'

'Het is net of alles mooier klinkt. Gewichtiger. Bonbon.'

'Het smaakt er in elk geval niet beter door,' antwoordde hij nors. 'A-quasi, Q-uame, Chi-ci-laat...' Hij was klaarwakker en vechtlustig.

'Bonbon,' proefde ik de klanken, '*bon-bon.*'

'Fufu,' zei hij. 'Ik heb trek in fufu. Fu-fu!' Dit was de eerste keer sinds ons vertrek dat wij over iets van thuis spraken. Ikzelf dacht al weken aan roosterzwijn in hete saus, zoals onze slaaf Kofi voor ons maakte, wanneer wij 's nachts bij het heiligdom waakten.

De matras was zacht en gaf geen enkele steun zodat we steeds in een kuil naar elkaar toe rolden. Om me te steunen moest ik op mijn rechterzij liggen, knieën opgetrokken. Ik dwong Kwame in dezelfde positie. Zijn nachthemd trok. Hij sjorde de koordjes los, trapte het uit en smeet het in een hoek. Ik niet.

'Dat hou jij aan?'

'Ja.'

Hij haalde zijn schouders op en zweeg tot hij niet meer kon.

'De hele nacht?'

'Ja.'

'En als je plassen moet?'

'Geen idee.'

Hij speelde dat hij opstond.

'Als jij geen idee hebt wat je gaat doen als je moet plassen, ga ik liever weer daarginds liggen.'

'Maar ik hóéf niet,' zei ik.

'O nee? Dat zullen we nog wel eens zien.' Hij gooide zich boven op me en begon me te kietelen, terwijl hij wist dat ik daar niet tegen kon. Ik vocht. Het bed kraakte of het in elkaar zou zakken. Hij hield niet meer op. Om mijn gegier te smoren, drukte ik mijn mond in het kussen.

De volgende ochtend verkenden wij de kostschool van Van Moock, die bij daglicht kleiner leek en minder imposant. Onze kamer bevond zich aan de grachtkant. Een smal raam bood zicht op veel bedrijvigheid. Venters, marktlui en bezoekers van de Oude Kerk aan de overzijde. Leveranciers duwden hun karren over de keien. Op het water dreven boten met handelswaar die door de schippers luid werd aangeprezen.

Onze kamer was verreweg de mooiste van de hele verdieping. Het was bovendien de enige waar slechts twee bedden stonden in plaats van zes, zeven bijeen. Op zolder sliepen Bertje en Aal, de meiden. De eerste, die mager was en eigenlijk te oud voor het zware werk, stofte wat en hield zich de rest van de dag bezig in de keuken. De ander, nog geen achttien, leek enigszins achterlijk. Zij werd door Bertje, die haar overigens als sloof gebruikte, tegen de jongens bewaakt als tegen een kudde wolven, belust haar tot op het bot af te kluiven. De eerste verdieping was verboden terrein. Het rook er naar amandel en petrolie. Daar bevond zich de echtelijke woning, een provisieruimte en de kamer van de zoon van de Van Moocks, die uithuizig voor dominee studeerde. Beneden kwamen op de hal vier deuren uit. Vóór bevond zich aan de ene zijde de sierkamer, waar de jongens familie mochten ontvangen, wat zelden gebeurde. Daartegenover, eveneens aan de grachtkant, lag het klaslokaal met brede ramen, die echter tot halverwege waren geblindeerd. In het achterhuis waren het eetlokaal en een kleine bibliotheek annex studieruimte, waar het altijd stil was en de vloer precies zo kraakte als ons bed, zodat je bij elke beweging dacht het hele huis te zullen alarmeren.

Vijftien treden daalden naar de keuken in het souterrain, waaruit de geur van kruidnagel, koffie en kandij opsteeg. Halverwege die trap gaf een poortje toegang tot de binnenplaats. Daar vonden, onder leiding van Van Moock, de excercities plaats. Het tochtte er onophoudelijk.

'Het waait in dit land toch zeker hard genoeg,' zei Kwame, 'je begrijpt niet dat ze molens neerzetten om nog meer wind mee te maken.'

Er was een onverwarmd washok met twee sekreten, waarvan er slechts één voor de leerlingen was, wat elke ochtend irritatie gaf. De andere was ruimer en gereserveerd voor het echtpaar en hun bezoek. Soms, als de deur niet afgesloten was, kon je zien dat er in de houten zitting maar liefst twee gaten waren uitgesneden, één voor de grote en één voor de kleine boodschap. Naast elk gat stond een emmer water, altijd vers geschept, te wachten. Vergeleken met onze doos, waarvoor je het spoelwater zelf op moest pompen, wat zowel in de zomer als in de winter enorme inspanning kostte en dus meestal achterwege bleef, was de plee van de Van Moocks een paradijs waar de jongens zich graag door een kiertje aan vergaapten. Maar, hoe lang de rij op het plaatsje ook was, niemand ging er stiekem binnen, en hoewel mevrouw noch mijnheer erover repte, was het duidelijk dat voor de leerlingen op gebruik van deze plee een lijfstraf stond.

Toen wij die eerste ochtend het klaslokaal betraden, waren we vooral nieuwsgierig. Van Moock begroette ons hoffelijk, maar streng. Ik wist meteen: die heeft vannacht bedacht dat het ten voordele van onze vorming is dat wij geen uitzonderingspositie krijgen. Daar was hij dan te laat mee. De klas gaapte ons aan. Ik was thuis gewend voor menigten te staan en toch was dit anders. Net als de avond tevoren werd er gegniffeld zonder dat je zien kon wie het deed. We wisten niet wat er van ons verwacht werd en toen ons een plaats werd gewezen, aarzelden we. Het duurde maar een tel, maar ik voelde dat de groep zich had gesloten en door dat enkele feit ontzag probeerde af te dwingen. Het leek me verstandig dat te erkennen. Ik sloeg mijn ogen neer, zoals ik tot dan toe alleen gewend was tegenover de priester van het Heiligdom of de Raad van oudsten. Uit mijn ooghoek zag ik dat Kwame demonstratief zijn hoofd geheven hield.

Er hing een dreiging die je niet kan zien of horen, die geen naam heeft en die ik slechts kende uit de natuur. Wanneer een groep dieren zich aaneensluit, hetzij ter verdediging, hetzij voor een aanval, komt er rust over ze. Dit geeft hun een zekerheid, die ik op dat moment verlangde te bezitten.

Laat ik het zo uitleggen: de houding van de klas werkte op mij zoals de spiegel van het meer van Twi, die kalm is en aanlokt. Je weet van de verschrikkingen daaronder en toch zou je de spanning willen breken. En springen. Je staat daar maar en fantaseert hoe het moet zijn de verlatenheid van de oever op te geven. Te worden opgenomen in het verboden water; opkijken en zien hoe de rimpels uitwaaieren tot de spiegel zich boven je weer sluit. Ik heb het nooit gedurfd. Mijn angst bleek altijd groter dan mijn verlangen.

Met gebogen hoofd keek ik naar de grond. Van Moock, die de hele strijd wel voelde, maar onmogelijk kon begrijpen, raakte meteen al wat geïrriteerd.

'Nou, schiet op. Of wou je wachten op je schaduw?'

De klas lachte. 'Als ik dan alle heren mag verzoeken hun Xenofoon open te slaan...'

We schoven in de bank die ons werd aangewezen en deden als de anderen, sloegen het werkblad op, kozen uit het kastje een boek en openden het. We hadden geen idee.

'Ja, nu ja goed,' mompelde Van Moock, 'zoveel "stadiën" en God weet hoeveel "parasangen" het leger verder trok, dat geloven we allemaal wel, maar dan?' Hij liet zijn wijsvinger over de klas zweven alsof hij niet kon kiezen. Uiteindelijk wees hij op een jongen met vlashaar aan de andere kant van het gangpad, die van alles deed om niet op te vallen. 'De jongeheer Verheeck.'

'Meester?'

'Ik zou graag vernemen hoe het de Perzen verging.'

De jongen sloeg een bladzijde om, toen een paar terug en ten slotte weer twee verder. Hij schraapte zijn keel, bracht een vinger tussen zijn boord, zocht steun bij zijn buurman en wierp uiteindelijk een blik op ons.

'Mankeert er iets of grijpen de woorden u zo aan dat emotie u belet te spreken?'

Verheeck keek van de tekst die voor ons lag op naar ons. Er trok een grijns over zijn gezicht.

'Tja, meester, weet u, het is alleen... de prinsen.'

'De heren Boachi en Poku, wat is er met ze?'

'Ze houden hun boek ondersteboven.' Er werd gegiecheld. Van Moock sloeg met een liniaal op zijn lessenaar.

'Dan zijn ze waarschijnlijk het Grieks nog niet machtig. Wat dat betreft,' zei hij, 'kunt u ze de hand reiken.'

'En bovendien,' overstemde Verheeck de hilariteit, 'het is Xenofoon ook niet, die ze voor zich hebben, het zijn de psalmen!' Van Moock trok zijn wenkbrauwen op.

'Aquasi Boachi, doopt u in en schrijf uw naam. Vooruit, schrijf hem in uw schrift.'

Ik keek om me heen. De blikken die op me gericht waren, honend, smullend, maakten me niet wijzer. Ik bladerde in het boek zoals ik Verheeck had zien doen en hoorde hem lachen.

'Ja,' zei ik. 'Ja ja. Ja ja,' en kreunde van onzekerheid.

Op dat moment draaide de kolos die voor me zat zich om. De klas viel stil. Het was de oudste van het stel, Cornelius de Groot. Zonder dat de anderen het merkten stelde hij me met een knipoog op mijn gemak, pakte mijn pen uit de gleuf, doopte hem in het inktpotje, vouwde mijn hand eromheen, legde zelfs mijn wijsvinger erop en opende mijn schrift. Ik keek hem aan. Met zijn hand, onzichtbaar voor de anderen, maakte hij een krullende beweging met zijn vingers. Ik zette de pen op papier en maakte zijn krullen na. Even bleef het stil, toen barstte Verheeck zo in lachen uit dat ik dacht dat hij erin zou blijven. Cornelius reageerde snel en gewelddadig. Ik schrok. Hij kwam nauwelijks van zijn stoel en toch greep hij in één beweging de treiterkop bij zijn jak en draaide de stof een kwartslag tot Verheeck rood aanliep.

'Spreek jij *hun* taal soms?' zei Cornelius en liet pas los nadat het vlashaar nee had geschud. Van Moock gaf Cornelius voor de vorm een reprimande, maar kon zijn goedkeuring niet verhullen. Links en rechts draaiden onze klasgenoten zich met tegenzin weer om in hun banken. De Groots ingrijpen had onze positie veranderd. We stonden nog steeds buiten de groep, maar niet langer onbeschermd. Ik slikte mijn schrik weg en keek Kwame opgelucht aan. Tot mijn verbijstering schoten zijn ogen vuur. Hij hield zich aan de bank vast alsof hij hem in tweeën wilde breken, trillend.

'U dan, mijnheer De Groot,' pakte Van Moock de draad weer op en spotte: 'Ik ben benieuwd hoe uw superieure intellect het antwoord van Artaxerxes vertaalt?'

Ik legde mijn hand op die van Kwame zodat hij ontspande. Zelfs jaren later kon ik nog aanwijzen waar zijn nagels zich in het hout hadden geklauwd.

Langzaam drong die dag onze enorme achterstand in zijn volle omvang tot Van Moock door. Na de lessen vroeg hij ons op de eerste etage te komen dineren, zonder erbij stil te staan dat onze afwezigheid beneden aan de jongenstafel scheve ogen zou geven. Mevrouw Van Moock had zich op de gelegenheid gekleed en kon er maar niet over uit dat ze haar dis met prinsen deelde. Bertje had, omdat ze onze smaak niet kende, zonder kruid gekookt en losse specerijen langs de schotelrand gelegd. Ze kwam zelf, hoewel Aaltje van het buffet af opdiende, herhaaldelijk met een smoes om de hoek kijken, waar ze dan met open mond naar ons bleef staren tot ze werd weggestuurd. Kwame proefde van alle gerechten, maar at uiteindelijk alleen puree met peper, wat nog het meest aan yam deed denken. Ik nam wat me werd voorgezet.

Van Moock vroeg ons te vertellen over thuis, waar we weinig zin in hadden. Gelukkig onderbrak hij ons om de haverklap met vragen naar topografie, geschiedschrijving en wetenschap, chemische samenstellingen, staatkundige, sociale, wettelijke aangelegenheden. Ik had nooit gedacht dat Kwame en ik op zoveel zaken het antwoord schuldig moesten blijven. Mevrouw Van Moock ontdekte op het gezicht van haar man iets van de passie die haar ooit tot hem had aangetrokken.

'O, Siem,' spoorde ze hem aan, 'het ís toch wat, zo'n taak als er voor je ligt, het ís toch wat, zo zo, mijn hemel, nou, ga d'r maar aan staan zeg, nee maar!' En Siem greep haar hand en beaamde dat. In plaats van moedeloos te raken, leek hij op te leven bij het grandioze werk dat hem te wachten stond. Hij liet een fles port komen en hief het glas op de ruwe diamanten die hem in de schoot waren geworpen.

Na het eten nam hij ons mee naar de bibliotheek waar hij het ene na het andere boek uit de kast trok, gebarend naar de schatten die wij ons binnenkort eigen zouden maken. Het plezier dat hij zichzelf daarmee deed, werkte aanstekelijk. Het deed me goed te voelen dat wij de bron waren van zijn enthousiasme en ik nam me voor hem niet teleur te stellen. Zo begon hij onze bijlessen diezelfde avond. Met liefde.

2

WOORDEN

De verwerving van een nieuwe taal was het enige waarmee wij al een begin hadden gemaakt. Zodra we Afrika achter ons hadden, zagen we ons genoodzaakt onze wensen kenbaar te maken zonder tolk. In de korte tijd die een kind daarvoor nodig heeft, raakten we vertrouwd met het Hollandse gegorgel. Het was als met het kwetteren van vogels: je verstaat ze niet, maar praat net zo lang tegen ze aan tot je betekenis denkt te horen in redeloos gezang. 's Avonds in bed bauw je ze zo'n beetje na, je lacht er samen om en voordat je het weet gaat je mond ernaar staan.

Toen wij in Hellevoetsluis aan land gingen, hadden we een kleine schat aan Nederlandse woorden, die we tijdens ons verblijf in de kazerne verder uitbreidden. We konden ons verstaanbaar maken. Verstaanbaar zijn is iets anders dan begrepen worden. Het is een aangename toestand voor een vreemdeling in een nieuw land. Hij kan voldoende voor zichzelf opkomen, maar is nog doof voor alle bijbetekenissen, kwinkslagen, intonaties en terzijdes. Het is een zwevende toestand die hem beschermt tegen verbale kwetsuren, terwijl het hem zo alert houdt dat hij van elk woord snoept tot hij smaak van bijsmaak heeft leren onderscheiden. Men doet zijn best voor de nieuwkomer en verwacht nog weinig van hem terug. Er is een overgave, alsof hij wordt gestreeld zonder iets terug te hoeven doen.

Simon van Moock volgde in zijn lessen geen vooropgezet patroon. Het was zijn taak kennis bij te brengen. Hij vatte die ruim op. Soms werd een les in mathematica onderbroken om een gebeurtenis uit de courant in het perspectief van de wereldloop te plaatsen. Een andere keer gelastte hij een overhoring af, waarnaar wij hadden toe gewerkt, omdat het weer nu eenmaal gunstig was en het zoeken van schelpen langs het strand van even groot belang was als de wortel-aoristus bij Homerus.

'Mijn kennis is als die van Montaigne,' koketteerde hij, 'ik weet van alles een beetje, met de Franse slag, en niets helemaal. *Wie op geleerdheid uit is moet dat vogeltje maar vangen waar het vliegt!*'

Een van zijn vele interesses werd gevoed door zijn correspondentie met ene dr. Wallace Evelyn, medelid van de Wesleyan Society te Londen. Deze doctor was bevriend geweest met de in 1829 overleden Jean François Champolion en had in de loop der jaren Van Moock in zijn brieven altijd op de hoogte gehouden van diens ontcijfering van de hiërogliefen. Terwijl de steen van Rosetta zijn geheimen prijsgaf en een oude taal toegankelijk maakte, voelde Van Moock zich op afstand getuige van een inwijding in de geboorte van het taalvermogen zelf. Hij liet zich ook later van alle nieuwgevonden tabletten de transcripties en wetenswaardigheden sturen, waarover hij dan uitgebreid filosofeerde met baron Van Westreenen en andere amateurs. Hij greep het unieke feit dat hij Kwame en mij taal en schrift vanaf de basis bij moest brengen met beide handen aan om er zijn stokpaard mee te rijden. Hoewel er bij de andere leerlingen weinig animo bestond voor de geschiedenis van het schrift en de herkomst van het alfabet, besteedde Van Moock hieraan in de klas vele dagen, zo niet weken. Het leidde de eerste tijd tot niets, behalve dat wij kraanvogels en scarabeeën leerden tekenen en elkaar 's ochtends begroetten met 'Heil Ptolomee, redder van Egypte!'

De kunst van het geheugen had totnogtoe ons leven beheerst. In Ashanti wordt de kennis van alle kunsten en van de wereld zelf bewaard in de herinnering van ieder mens afzonderlijk en in het geheugen van het volk als geheel. Geen menselijke omgang, handel of geloof zou denkbaar zijn zonder deze doorgegeven en opgeslagen wijsheid. Geen gedicht, geen handwerk, geen genezing, geen begrip van de eigen identiteit. Het geheugen wordt onafgebroken geoefend, en zij die er een speciale gave voor bezitten het culturele goed in zich mee te dragen, worden gekoesterd en geëerd. In Europa heeft men een andere manier om kennis vast te houden. Volgens Van Moock was de lijst van de verrichtingen van het volk in de loop der eeuwen zo groot geworden en gingen de ontwikkelingen zo snel dat men er hier al langgeleden toe over is gegaan alles op papier vast te leggen.

Hij vertelde enthousiast hoe met slechts zesentwintig letters, al vijfentwintighonderd jaar in gebruik, alle woorden die ooit werden gesproken en gedacht in welke taal dan ook, konden worden opgetekend en gereproduceerd. Hij beweerde dat het alleen dankzij dit schrift mogelijk was geweest uit barbarij tot beschaving te geraken. Toen Kwame er echter op wees welk oordeel hij met deze uitspraak over ons velde, bond hij wat in.

Toch hamerde Van Moock op de superioriteit van het schrift boven het geheugen van de mens. Hij hechtte er veel waarde aan dat men zijn gedachten kan vormgeven, dubbelvouwen en per post versturen, zodat ze aan de andere zijde van de wereld kunnen worden gelezen. Maar Kwame hield vol dat kennis alleen *in* de mens levend blijft, telkens weer anders naargelang van de geest waarin het wordt bewaard. Op papier echter houdt men de woorden gevangen, los van het lichaam. Zij verliezen het contact met de adem en de ziel van het volk. In een verhaal dat is vastgelegd, zit geen leven meer. Bovendien, zei Kwame, wandelt een mens makkelijker over de wereld dan een stuk papier, zodat het enige voordeel van de brief boven de mens het gemak is waarmee hij zich laat dubbelvouwen.

Lang hield Kwames verweer niet stand. We begonnen onze naam te schrijven.

'Maar het lijkt helemaal niet op me,' zei Kwame tot ieders hilariteit, 'waar zijn mijn armen en mijn benen?'

Kwame en ik werden overvallen door de snelheid waarmee een abstract concept benoemd werd en haarfijn voor ons uitgetekend. Die plotselinge schok de gedachte absoluut en het gedroomde zichtbaar te maken, ontlokte een schaamte, alsof je intiemste geheimen publiekelijk worden blootgelegd.

Ik herinner me één duidelijk keerpunt. Ik wandelde in de stad door een steegje – ik zie het nu nóg haarscherp voor me – toen voor mijn voeten een duif landde. Ik heb altijd een bijzondere liefde gevoeld voor die vogels, omdat wij ze in Kumasi ook hadden, zij het minder grauw. Ik had wat suikerwerk bij me, dus ik hurkte neer, voerde het dier en babbelde ertegen. Ineens realiseerde ik me dat ik in het Twi deze vogel een andere naam gaf dan in het Nederlands. Desondanks bedoelde ik *hetzelfde wezen*. Ik was verbijsterd. Nu lijkt het absurd, dat weet ik, maar ik moest zelfs houvast zoeken om tot de werkelijkheid terug te keren en de gevolgen van deze ontdekking te overdenken. De duif schrok zo dat hij niet meer van mij wilde eten.

Niet dat ik daarvóór veronderstelde dat elke verschillende klank een verschillend voorwerp vertegenwoordigde, welnee... ik maakte me daar eenvoudigweg geen voorstelling van. Maar nu ik wist dat ook in de vreemde taal deze vogel genoemd en herkend kon worden, voelde ik een dubbele emotie. Enerzijds verloor ik opnieuw iets uit Kumasi dat mij eigen was en dierbaar, anderzijds vond ik het opwindend dat ik mij met een nieuwe term verrijkt had. Ik besloot me ook de rest van die taal toe te eigenen.

In diezelfde periode van overgang onderging Kwame een ander, maar toch soortgelijk moment van ontdekking. Hoewel voor een buitenstaander ook dit voorval misschien onnozel lijkt, was zijn verbijstering bepalend en angstiger dan de mijne. Het ging hierom. Zoals de zangers van de heldendaden in Kumasi de geschiedenis in verzen opgeslagen met zich meedragen om die tot leven te wekken wanneer erom gevraagd wordt, zo erkende Kwame in de geschreven taal schoorvoetend een nuttig instrument om het gebeurde, wanneer dat inderdaad te veel werd om in één hart rond te dragen, te bewaren voor lange tijd. Op een middag nam Van Moock echter met zijn gebruikelijk enthousiasme de *Anabasis* weer eens ter hand. Hij bezong op geheel eigen wijze een geschreven opdracht van Artaxerxes aan zijn huurlingen, waarin die opdroeg het leger van zijn broer aan te vallen. Daarop was een strijd losgebarsten, die – Van Moock kreunde, rochelde en zeeg met een lans in zijn borst ineen – ontelbare levens had gekost. Kwame werd door dit wapenfeit heviger getroffen dan normaal valt te begrijpen. Hij werd onwel, verliet de klas, en hoewel hij eigenlijk de rest van de dag het bed diende te houden, schijnt hij helemaal alleen, zonder ophouden en tot verbijstering van de boeren uren door de velden buiten de stad heen en weer te hebben gehold. Niet de opdracht te doden joeg hem zo'n angst aan, die kan tenslotte ook mondeling gegeven worden, maar het onherroepelijke van dit bevel, wanneer het eenmaal is opgeschreven en verstuurd. Het verwijdert zich van de opdrachtgever. Die is zelf onthecht van zijn verwoestende woorden. Zijn slachtoffers vallen niet door zíjn hand, niet door zíjn directe wil, maar via levenloze tekens op papier. Dit eenvoudige feit verleende voor Kwame een mysterieuze wreedheid aan het schrift dat hij zich eigen probeerde te maken. Hij besefte dat niet alleen het verleden en de gedachte van het moment konden worden vastgelegd, maar blijkbaar ook de daden die in de toekomst worden verricht. Hierdoor leek het alfabet, dat kort daarna voor ons beiden zo eigen en vanzelfsprekend werd dat wij er geen gedachte meer aan wijdden, even heel gevaarlijk en destructief.

Kwames gewaarwording was al met al een kleine gedachte, lachwekkend, en duurde niet langer dan de flits die door mij heen joeg in die achterafsteeg, maar ook hij ontleende er zijn vaste besluit aan de taal onder de knie te krijgen. Beiden zetten we ons hierna met dubbele kracht aan de studie van de Nederlandse taal en tekens. Ik schepte er eer en genoegen in te weten te komen wat de anderen al wisten. Kwame ging het gevecht met de woorden alleen aan om ze te bedwingen.

Uiteindelijk begon alle aandacht die wij kregen de andere jongens te vervelen. Het duurde niet lang voor Karel Verheeck onze achterstand openlijk toeschreef aan barbarij. In een spreekbeurt stelde hij dat er in den beginne het woord was en dat dat woord God was. Het bewijs daarvoor haalde hij uit een weinig geïnspireerde opsomming van de geschreven aanwezigheid van dat woord bij, wat hij noemde, zelfs de meest achtergestelde volkeren. Cadmus leerde het alfabet aan de Foeniciërs, maar ook Jehova schreef eigenhandig de *Tien Woorden* en Brahma pende de heilige *Veda* voor de hindoes over op gouden blad. Ogmios, de Gallische Hermes, schonk de Ieren het schrift zoals Odin de runen aan de noordelijke volkeren. Nebo gaf zijn inscripties aan de Assyriërs, Thoth aan de Egyptenaren (een opmerking waarbij hij Van Moock plechtig aankeek). Maar zelfs Abessijnse amuletten, Nepalese gebedsmolens en de onderrokken van de priesteressen van de Kleine Dood droegen volgens hem het geheime teken voor 'God' en de passages in de koran waarin die naam voorkomt worden door ongeletterde bergvolkeren in een lederen zakje om de nek gedragen. Analfabete Palermitanen dragen de naam van de madonna gekerfd op hun hart en zelfs in de Achterhoek zijn sekten die elke ziekte alleen maar afweren door de patiënt frisse lucht toe te wapperen met de bladzijden uit het Boek der psalmen. Dat de prinsen van Ashanti de genade was onthouden de naam Gods te kunnen schrijven zei volgens Verheeck veel over de achterlijkheid van ons volk.

Dit was natuurlijk niet waar. Wij kenden symbolen voor precies hetzelfde, maar het vreselijke was – en mijn verdriet was te groot om dit ooit aan Kwame of iemand anders te bekennen – dat ik Verheeck geloofde.

Veel later, toen Kwame zelfstandig had leren studeren, in ons laatste jaar bij de Van Moocks, hield hij op zijn beurt voor de klas een briljant betoog over het gebruik van tekens bij primitieve volkeren. Hij probeerde te bewijzen dat zulke afbeeldingen niet onderdoen voor het alfabet. Zijn sterkste bewijs vond hij *'in het gebruik van de West-Afrikaanse Ardah om in smalle koordjes knopen te leggen, een vaardigheid die zoveel nuances kent dat elke geknoopte draad te lezen is als een verhaal. De boodschap wordt, als bij het alfabet, gecodeerd en door verzender en ontvanger op dezelfde wijze gelezen.'*

Verder brak hij opnieuw een lans voor het geheugen, dat hij nog altijd te verkiezen vond boven het geschreven woord. (De inconsequentie in zijn redenering was natuurlijk dat hij juist de kennis van dat geschreven woord nodig had om de argumenten te ontdekken die hij er nu tegen aanvoerde!) Hij citeerde Thomas van Aquino, die het geheugen een van de vier belangrijkste deugden schijnt te noemen. De heiligdommen van Europa, ten slotte, waren volgens Kwame volgekalkt met ideogrammen (en niet met woorden als in een moskee): *'Zolang het alfabet bestaat zijn schilders en beeldhouwers toch ook altijd blijven zoeken naar een beeld dat de wereld in één oogopslag zou weergeven. Het geschreven woord voldeed blijkbaar niet om de macht van God en Natuur voor te stellen. Zelfs Zijn woord heeft in Zijn eigen huis de geschilderde allegorie nodig, die appelleert aan gemeenschappelijke kennis. Het pad naar de deugd wordt namelijk niet in eerste instantie afgebakend door de Heilige Schrift, maar door de herinnering aan collectieve en individuele zonden, die van generatie tot generatie in de geest wordt overgedragen als een aangeboren besef van goed en kwaad.'*

Helaas was Verheeck toen al van school af en ikzelf was te ver van Kwames denkbeelden verwijderd geraakt om in zijn enthousiaste betoog zijn bittere verzet te herkennen. Ik herinner me vooral dat hij, na deze taak volbracht te hebben, opleefde alsof er een last van hem afviel. Wekenlang was Kwame opgewekt en levenslustig als vroeger in Kumasi. Daarna viel hij terug in zijn onvoorspelbare stemmingen. Rond diezelfde tijd merkten wij ook dat de herinnering aan ons Afrikaanse erfgoed ernstig door de nieuwe taal was aangetast. Zowel hij als ik was tegen die tijd de meeste woorden Twi vergeten.

geit, zeep, does, hout, roos,
wiel, haan, beuk, duif, schuur

We leerden snel. Met een hap en een snap, maar voorbeeldig. Tot verrukking van Van Moock haalden we de anderen in enkele maanden in. Over onze vorderingen gaf hij hoog op tegen zijn vrienden van de Weslyan Society. Het kwam voor dat, hoewel hij met de eerste koets al een brief naar Londen had doen uitgaan, wij hem 's middags zo verrasten met onze voortgang dat hij Aaltje met een tweede schrijven, soms nog gevolgd door een postscriptum, naar de postmeester zond. Zijn trots werkte op mij aanstekelijk, terwijl Kwame zich er, gek genoeg, aan ergerde. Pronkte ik met ieder feitje dat me ter ore was gekomen, Kwame beantwoordde elke vraag afgemeten, stug, bijna met tegenzin. Hij hield er niet van geprezen te worden. Nooit gaf hij zijn volledige kennis over een onderwerp prijs, terwijl hij, als wij elkaar op onze kamer overhoorden, minstens even snel en slim was als ik. Het leek wel of Van Moock hem beledigde met zijn verbazing en zijn lof. Voor mij werd het juist een spel mijn leermeester versteld te doen staan, zodat ik mijn verworvenheden met opzet doseerde. Ik oogstte liever voor elke parel afzonderlijk bewondering dan voor het hele collier ineens.

Dat was geen ijdelheid, integendeel. Ik had die bevestiging nodig als mijn dagelijks brood. De gedachte door de andere jongens te kunnen worden aangesproken op iets dat voor hen alledaags was, maar waar ik geen weet van had, beangstigde mij zo dat ik er nachtmerries van kreeg. Elke nacht bevond ik mij alleen en geblinddoekt in vijandig gebied. Bij het ontwaken wist ik dat ik me zo zwaar mogelijk moest bewapenen vóórdat de veldslag zou beginnen. Iedere kennis die de anderen op mij voorhadden, was mij als een kwade geest, waarvan je het gezicht niet zien kan. Zo stonden er tienduizenden geesten voor me, waarvan ik er elke dag zoveel mogelijk versloeg, maar altijd weer doken er nieuwe op, uit onverwachte hoek, van ongehoord belang, met ongekend gevolg. Dit waren vijanden die ik slechts met uiterste inspanning kon bedwingen en hun masker afrukken. Ik gaf ze een naam en een plaats en maakte hen tot vrienden.

Van Moock liet er geen twijfel over bestaan dat wij in alles wat wij aanpakten goed slaagden. En als hij het maar vaak genoeg herhaalde, geloofde ik hem ook nog wel. Toch bleef ik altijd voelen dat er plotseling hiaten zouden opduiken, zomaar op een dag midden in een conversatie, een aarzeling gevolgd door een leegte, juist wanneer ieders aandacht op me gericht zou zijn. Lange tijd speelde me dat parten en maakte het mij verlegen. Halverwege mijn leven heb ik het leren hanteren, maar dat gevoel elk moment tekort te kunnen schieten, nee, dat blijft. Elke dag. Tegenover wie dan ook.

Hoendiep, Reitdiep, Boterdiep, Damsterdiep
Winschoterdiep, Hoornsediep, Eelderdiep

Buiten de les vorderden we moeizamer. De jongens traden ons nooit individueel tegemoet, maar vormden een front. Zwijgend, ontoegeeflijk en log. Steeds opnieuw moesten wij een plaats bevechten. In de eetzaal bijvoorbeeld stonden onze bordjes elke middag een stukje verder naar de deur tot we op een dag aan het eind van de lange ruwhouten tafel zaten, waar het altijd tochtte. We vermanden ons, pakten onze borden, liepen naar voren en wurmden ons tussen de anderen. Ze schoven morrend op en aten verder, zonder onze aanwezigheid te erkennen. De volgende dag stonden onze tinnen bordjes op een oude kist bij de deur. Toen we binnenkwamen, staarde de hele congregatie ons aan. Ik ging zitten, maar Kwame trok me weer overeind. Hij pakte zijn bord op, maar ik durfde niet en liet het hem weer neerzetten. Zo bleven we staan. Er werd wat onderdrukt gelachen en niemand at verder, zoals ik in stilte smeekte. Ik durfde niet te kijken, maar uiteindelijk hoorde ik iemand opstaan. Het was Cornelius. Hij nam zijn eigen bord van tafel en ging achter de kist op de grond zitten. Twee anderen volgden hem en een derde kwam er aarzelend achteraan. Met zijn zessen vormden we een kleine kring in de hoek. Vanaf die dag konden we zitten waar we wilden.

Honderd vóór: aankomst der Batavieren.

Elke ochtend, half zeven, was er exercitie op de binnenplaats, tenzij Van Moock met ons ging wandelen of zwemmen. Wanneer hij aasde op een toelage, een donatie of gemeentelijk recht van vrije stook, liet hij ons soms het marktplein aanvegen of de stoep van een notabele. Ook bij fysieke oefening was er pikorde. De grootsten en de oudsten, Cornelius, Verheeck, Van Woensel en Termeeren, drukten zich wanneer ze konden. Zij zagen er geen been in anderen hun corvee te laten doen. Kleine types als Mus, Van Wersch en Tonnie Voorst lieten zij gerust drie, vier van hun schoonmaakbeurten op zich nemen. Wie zich in het spel zwak toonde, werd door hen als afsprong gebruikt of omvergelopen, als daarmee een punt kon worden binnengehaald. Exerceerden we in de natuur dan verdwenen de leiders van de groep soms helemaal, zonder dat Van Moock daar iets van zei. Vroeger dacht ik dat hij het niet merkte. Nu begrijp ik dat hij allang blij was ze niet in het gareel te hoeven houden.

Eerlijk gezegd stoorde die ongelijkheid mij aanvankelijk minder dan Kwame. Beducht voor de leiders waren we allebei, maar hun bravoure, die mij zo ontbrak, beviel me toch. En hoewel ik liever was gestorven dan me aan Van Moocks gezag te onttrekken, fantaseerde ik er heimelijk over dat ik bij hen hoorde. Dat ik met de oproerkraaiers mee mocht wanneer ze uit het zwemwater aan wal kropen. Dat wij in onze blote kont de weilanden in renden om boerinnen een doodsschrik te bezorgen.

De aanvoerder staat natuurlijk net zo los van de groep als de uitgestotene, ieder aan een tegenovergestelde zijde. De één bestaat bij de gratie van de ander. Die eenzame herkenning trekt hen in elkaar aan en stoot ze af, in gelijke mate. Zo geven ze de grijze massa, die een groep is, een gezicht en houden haar in stand. In die zin heb ik altijd iets van mijzelf in Cornelius herkend.

Al ben ik maar een kind,
wordt Nederland van mij 't hoogst bemind.
Ik heb er drank en spijs
en mag er onderwijs
van wijze meesters horen. Ik zal, worde ik eens man,
zo nuttig zijn voor het land
als ik maar wezen kan.

De andere jongens gingen elke woensdag- en zaterdagmiddag en soms ook zondagochtend na kerkdienst en bijbellezing enkele uren zonder begeleiding naar buiten. Ons werd dat niet verboden, maar wij voelden geen behoefte. Wij leefden om te leren en vice versa. De eerste maanden zagen we de anderen er wel op uit trekken, maar het idee ze achterna te gaan, kwam niet bij ons op. Binnen was ons vertrouwd geworden, en wat we uit ons raam van de buitenwereld zagen, was van steen, rechttoe, rechtaan en frisjes. We herkenden de stad en haar open velden eenvoudigweg niet als een plek waar we, zoals vroeger in het woud, zouden kunnen spelen. Reden om de school te verlaten was er dus niet, totdat mevrouw Van Moock op zo'n woensdagmiddag de klas binnenkwam waar Kwame en ik bijles kregen en op een toon die geen tegenspraak duldde tegen haar man zei: 'Simon, ik heb hier twee centen en ik vind dat een mens het leven niet kan leren uit een boekje en dus en dus...' – ze stoof op ons af en drukte ons ieder een munt in handen – 'en dús wil ik graag twee melkbroden, jongens, en een pondje sabbelaars en hou ze maar niet tegen, mijnheer, want als ik eenmaal iets onder mijn muts heb, nou dan weet je het wel!'

Van Moock sloeg de *Metamorfosen* waaruit hij had voorgelezen dicht. 'Jelui hebt het gehoord, twee melkbroden en een pondje sabbelaars. Daar is de deur.' En inderdaad hield mevrouw Van Moock die voor ons open. Ze zette ons in het voorbijgaan een pet op, strikte twee wollen dassen en bleef nog even op de stoep, maar werd door haar man aan haar rok naar binnen getrokken met de woorden: 'Wijfje, daar heb je nou eens verdraaid goed aan gedaan,' waarna hij de deur dichtgooide.

De nazomer van '37 was zonder waarschuwing overgegaan in een snerpende koude, die ons onbekend was. Wanneer je hoorde hoe iedereen klaagde over de weersverandering, zou je denken dat Nederlanders nergens tegen kunnen. Ik vond het niet onprettig. De kou trok ons gezicht strak. Het begon te tintelen. In Nederland maakt zelfs de wind je van je huid bewust.

De mensen bleven zoveel mogelijk binnen. Ze hielden hun gordijnen op een kier. Achter het raam aan de overkant van de gracht loerde een gezicht. Verderop veegde een straatveger afval in het water, waarin na de markt alle vuil naar de sluis werd afgevoerd. Wij stonden maar voor de deur en waren daar misschien wel blijven staan als we niet opzij hadden moeten springen voor een rijtuig. De koetsier schreeuwde ons een verwensing toe. Dat stelde me op mijn gemak, omdat hij tegen willekeurig wie precies hetzelfde gedaan zou hebben. Ik pakte Kwames hand.

Het maakt niet uit of mensen je aanstaren en nawijzen dan wel heel veel moeite doen om niet nadrukkelijk te kijken, beide zijn even opvallend. Een dame en een heer die ons tegemoet kwamen, stokten midden in een pas, stootten elkaar aan en bleven met open mond staan kijken tot we hen voorbij waren. Toen draaiden ze zich om en volgden ons, voorzichtig om niet op te vallen. Deden wij vijf passen dan zetten zij er vijf. Stonden wij stil, dan deden zij niet anders. Ik keek Kwame aan en wist dat wij hetzelfde dachten. We besloten het stel tot waanzin te drijven, staken de straat over en weer terug en weer over. We slenterden even, holden toen ineens vooruit en doken een steeg in om te kijken hoe onze schaduwen voorbij kwamen gepuft, terwijl ze een gezicht trokken alsof dit hun dagelijkse manier van wandelen was.

Het eind van die steeg bracht ons in een wijk waar huisjes waren opgetrokken uit hout en leem, gedekt met jute. Kinderen renden er, ondanks de kou, op blote voeten door het zand. Een stel vrouwen warmde zich aan een open vuur, waarop ze koolbladeren kookten. Zij nodigden ons uit van de pollepel te proeven. Kwame sloeg af. Ik dronk van de brij en toen ik opkeek, had Kwame zijn schoenen en kousen uitgedaan. Als een dwaas rende hij heen en weer door het zand. Ik riep hem tot de orde, maar hij was door het dolle heen en hoorde niets.

Ik liep weg zonder op hem te wachten. Hij haalde me in, maar zelfs toen in de volgende straat de klinkers weer begonnen, liep hij nog met zijn schoenen in de hand. Ik siste hem toe dat hij ze onmiddellijk aan moest doen. Het was niet de kou waarover ik me zorgen maakte.

We vonden een kleine bakkerij. Onze aanwezigheid trok nogal bekijks van passanten. Ze kwamen binnen en bestelden iets, alleen om ons even goed te kunnen zien. De eigenaar, blij met de plotselinge klandizie, stopte ons wat lekkers toe en vroeg ons nog even te blijven. Kwame wilde niet, maar ik was blij de man een plezier te kunnen doen... nu ja, in elk geval was ik bang hem voor het hoofd te stoten. Ik stuurde Kwame met de broden naar de Oude Delft vooruit.

Toen ik een tijdje later met twee warme appelbollen op zak weer buiten stond, zag ik ertegenop mijn vrijheid zo snel op te geven en direct naar huis te gaan. Ik beklom de wal die aan de bakkerij grensde en besloot een eindje rond de stad te lopen. Van die hoogte kreeg ik een indruk van de indeling van de straten en de ligging van de weilanden rondom.

Wanneer mensen de natuur naar hun hand zetten, trekken ze bij voorkeur rechte lijnen, alsof ze het werk van het leven zelf willen verwoesten. Het Hollandse land biedt geen troost. Grasland verbergt de waarheid niet.

Ik herkende de weg waarover we Delft waren binnengevoerd. Zulke wegen, zag ik, kwamen van verschillende kanten op de stad toe en ik vroeg me af over welke wij haar op een dag zouden verlaten. Zoveel windrichtingen om me eigen te maken. Ik sloot mijn ogen en draaide een paar keer rond tot ik duizelig werd. Toen keek ik en begon alles wat recht voor me lag in me op te nemen. Ik zag een windmolen die ik herkende van een gravure die in de hal van de school hing. Er waren boerderijen, werklui op de velden, kleine duinen in de verte. Dichterbij herkende ik tussen de vierkante velden zonder moeite de ronding van de Schie met het kleine boothuis, waar we toen het weer het nog toeliet verschillende malen met Van Moock hadden gezwo...

Een stomp in mijn rug benam me enkele tellen de adem. Toen ik die hervond, merkte ik hoe ijzig de lucht was die ik opzoog. Zij had de geur van gras. Ik rekte dit moment, alsof ik wist dat hierna voor mij niets meer hetzelfde zou worden. Te laat. Door vooruit te kijken, was ik niet bedacht geweest op wat er vanachter op me toegeslopen was. Verheeck sprong op me en belette mij weg te lopen. Hij had twee secondantjes bij zich, Gerrit Toorenaar en Kobus Mus, respectievelijk de kleinste en de domste van de klas. Ze draaiden mijn armen op mijn rug. Verheeck stelde zich voor me op, spreidde zijn benen en sloeg zijn handen achter zich ineen, zoals hij moet hebben afgekeken van de prent die in de klas hing en die de onderwerping van Vercingetorix voorstelde. Waarschijnlijk wipte Julius Caesar precies zoals Verheeck van zijn hakken op zijn voorvoet heen en weer, zijn hoofd wat achterover om van grotere hoogte op de overwonnene neer te kunnen kijken.

'Voortaan,' sprak Verheeck, 'voortaan, elke keer als ik je vraag: Wat ben je? dan antwoord jij: Ik ben een vieze, vuile zwartjakker! Begrepen?' Hij gaf alvast een voorproefje van wat ik anders mocht verwachten door me tussen mijn benen te trappen, nog voor ik iets kon zeggen.

'Dus, wat bén jij?' Hij klonk ijzingwekkend kalm en beheerst en wachtte geduldig tot ik mijn adem had teruggevonden.

'Ik ben een zwarte jakker,' zei ik, zonder te weten wat dat was en ik ontving direct een kaakslag.

'Fout!' zei Verheeck. 'Je bent dus nog dom ook. Een dómme, vieze, vuile zwartjakker. Wat ben je?'

'Een vieze, vuile zwartjakker.'

Hij sloeg.

'En een domme ook! Een domme ook!!'

'Ik ben een domme, vieze, vuile zwartjakker.'

'Mijnheer!'

'Mijnheer,' riep ik erachteraan en inderdaad lieten zij los. Ik dacht dat ze nu, om de spanning te breken, met elkaar om mij zouden lachen, zoals wanneer iemand in de klas voor gek werd gezet, maar dat gebeurde niet. Ze waren ernstig als volwassenen. Dit was geen spel. De zaak had voor hen evenveel gewicht als voor mij. Ze hadden hem beklonken en waren daarmee tevreden. Het was als een afspraak onder heren. Ook ik voelde me vreemd kalm, wandelde naar huis, liep de trap op en ging op de rand van het bed zitten. Daar pas kwam het gebeurde als een blok op me neer. Ik trilde. Moe was ik, zoals ik nog nooit vermoeid was geweest. Al had mijn leven ervan afgehangen, het lukte me met geen mogelijkheid vanuit mijn zittende positie tot liggen te komen. Zo zat ik een uur, misschien twee, misschien ook langer. In mijn hoofd repeteerde ik, opdat Verheeck me nooit meer wat kon maken: 'Ik ben een domme, vieze, vuile zwartjakker. Ik ben een domme, vieze, vuile zwartjakker.'

Mon chou, mon bijou, mettez vos jojoux sur mes genoux
et prenez des cailloux pour chasser les hiboux.

Toen ik wakker werd, vond ik mijn vechtlust nauwelijks terug, zo diep zonk hij in mij weg onder zijn eigen gewicht. Een dier dat wordt getemd leert zijn woede verstoppen. Zijn bewegingen worden trager. Zwaarder wordt alles. Ik voelde mijn verzet door mijn poriën naar binnen sijpelen, waar ik het kon bewaren en voeden, zonder dat het me in gevaar zou brengen. Dat was een kleine stap. Ik stond op en hervatte mijn leven waarin ik voortaan een nieuw gegeven meedroeg. De rest van de dag deed ik mijn best onaangedaan te lijken. Toch moet er iets aan mij zijn opgevallen. Van Moock zag mijn kromme berekening van Bartjens '*Hoeveel cents heeft Thomas Zwierbol op de kermis onnuttig doorgebracht?*' door de vingers. Zijn vrouw stond er even later op een vers aan mij voor te dragen. Zelfs Bertje stopte me na het eten twee griotten toe, zodat ik even twijfelde of misschien iedereen van mijn afgang wist, maar dat was godzijdank onmogelijk.

Die avond ging ik direct na de maaltijd naar boven. Toen Kwame enige tijd later volgde, hield ik me slapende. Daar trapte hij niet in en hij wilde weten wat er aan de hand was. Ik weigerde eerst te praten en toen hij aanhield zei ik dat ik mijn moeder zo erg miste. Dat kon hij goed geloven. Hij kwam in bed en sloeg een arm om me heen. We luisterden naar de laatste geluiden van het huis, naar het slaan van de kerkklok en naar het gelal van een dronkemansruzie op de brug, die langzaam wegebde. Het was enige tijd stil. Ik weet niet of Kwame voor mij begon te zingen of dat hij dacht dat ik al sliep en hij zijn eigen herinnering wilde plezieren. Hees, alleen op de stem van zijn adem, bezong hij de draden van de spin Anansi, maar hij raakte al halverwege het tweede couplet in de knoop. Daarna duurde het nog enige tijd voor hij onderuitschoof en tegen me aan rolde.

Ik droeg een van de nachthemden die sinds onze eerste avond in Delft ongebruikt in de kast hadden gelegen. Kwame hield zijn adem in. Zijn vingers betastten, heel licht, even de stof voordat hij met een boze zucht weer op zijn rug rolde. Ik had de koordjes rond mijn polsen en mijn hals dichtgebonden, zo strak mogelijk, in de hoop dat ik mijn schaamte zo bedekt en voor mezelf kon houden.

Verheeck zag bij onze volgende ontmoeting in één oogopslag dat hij kon rekenen op zijn overwinning, wat hem voortaan zachter maakte en dus wreder. Ik sprak de toverformule en kwam ongeschonden weg, dankbaar dat ik die merkwaardige woorden, die vrijheid schonken, in me droeg. Hun betekenis bleef me bezighouden. Zwart, dat kon ik, sinds ik witten gezien had, plaatsen, maar vies en dom...? Dat was ik niet, dat wist ik zeker. Toch herhaalde ik die woorden in mijn hoofd, de hele dag, dwangmatig, zodat ze me niet zouden ontglippen in noodgevallen. Die deden zich drie, vier keer in de week voor. Je zou denken dat de kwelgeesten na enige tijd wel verveeld zouden raken, maar de routine had op hen eerder een verslavende werking. De formule die ik paraat had, was meestal afdoende, maar niet altijd. Soms vonden mijn belagers dat ik er te laat mee kwam, dat ik niet ernstig genoeg was, te zachtjes bleef of te weinig eerbied toonde. Omdat zij niet precies wisten of mijn huid net als de hunne blauwe plekken gaf, sloegen ze voor de zekerheid vooral in op onderrug of lendenen, waarvan ze begrepen dat ik die voor Van Moock bedekt zou houden.

't Vrouwelijk toont u '-nis' en '-heid', '-ing' van een werkwoord afgeleid.

Alles went. Dat is de troef die onderdrukkers en onverdraagzamen in handen hebben. Hun slachtoffer buigt om niet te breken. De mens past zich aan om te overleven. De minderheid voegt zich naar de meerderheid. En terwijl je kijk op de wereld verhardt, blijkt je trots week en kneedbaar als de schedel van een pasgeborene. Het is mogelijk je persoonlijkheid op te splitsen. Terwijl één deel van je in angst en vernedering leeft, kan je het andere laten functioneren of er niets aan de hand is. Niets simpeler dan dat.

Ondanks alles wilde ik de stad verder verkennen. Aanvankelijk probeerde ik Kwame mee te krijgen, maar die had er geen zin in of geen behoefte aan. Ik wandelde dus alleen langs de grachten, keek in de fabriekjes en de winkels. De mensen waren vriendelijk. Ze gaven me een hand en vroegen me binnen. Ze verschaften me lekkernijen, net zo lang tot het verhaal dat ik ergens aanwezig was, rondging en klandizie had getrokken. Ik wist dat ik gebruikt werd, maar op mijn beurt kreeg ik de mogelijkheid met zeer uiteenlopende mensen te spreken. Ik leerde er zo tal van woorden bij, wist wat de dingen kosten en hoe je er winst mee kon maken, rekende het kasregister na en zag waarvan en waarmee de vaklui hun waren maakten of verwerkten. Ik bestudeerde hun ambachten en greep mijn kans mij zoveel mogelijk van de cultuur en aard van het volk toe te eigenen. Het werd een obsessie. Ik rustte niet voor ik wist wat de mensen in hun werkplaatsen en huizen bezighield. Ik wilde begrijpen waarin de Delftenaren zo van ons verschilden dat er altijd lui bleven die zich over mijn verschijning verbaasden. Die verbazing wilde ik wegnemen en daartoe moest ik mij de stad volledig eigen maken. Verheeck kon me daar niet van weerhouden. De angst dat hij overal ineens op zou kunnen duiken, maakte mijn avontuur groter en het feit dat ik een formule kende om hem te kalmeren, gaf me daarbij een gevoel van macht, hoe misplaatst dat ook was. Ik vermoedde dat er overal in deze vreemde samenleving formules bestonden om onverwachte situaties mee te bezweren, een bepaalde opstelling waarmee je mensen voor je kan winnen. Die wilde ik onder de knie krijgen.

Zo bracht ik de herfst en een deel van de winter door. Kwam ik Verheeck met zijn kornuiten tegen, dan deed ik wat er van me werd gevraagd, zonder na te denken.

Ik had me bij de zaak neergelegd en zou die zonder verzet hebben laten voortduren, als Bertje niet op een dag besloten had dat jonge jongens in de groei 's winters wel eens een krachtig getrokken soep konden gebruiken. Ze had daartoe op de vismarkt een voordelige partij scharrenkoppen aangeschaft, terwijl ze voor de Van Moocks, die een aversie hadden tegen alle vissoorten behalve de fijnste, een pondje tong apart liet inpakken. Dankzij veel geweekte broodresten, zout en pieterselie smaakte het brouwsel niet slecht. Diezelfde nacht echter kwam het huis in rep en roer, en toen ook ik met mijn vuisten in mijn buik gedrukt naar beneden rende, stonden al verschillende jongeheren op de binnenplaats in een rij voor het closet. Ik raakte in paniek, probeerde mijn aandrang te beteugelen door op de bevroren grond te gaan zitten, maar dat had een averechts effect. Ik rende rond en stond op het punt ten overstaan van iedereen neer te hurken en te doen wat moest gebeuren – iets waarvoor ik me vroeger nauwelijks zou hebben geschaamd –, maar de angst dat het me door kwade tongen zou worden nagedragen, overheerste. Een scheut van pijn dreef me naar de plek die even voor de hand liggend als ondenkbaar was: ik liep om en dook binnen in het privé-gemak van de Van Moocks. Ik vond er verlichting, maar die bleek van korte duur. De aandrang bleef maar komen en weerhield me van de snelle terugtocht die ik had voorzien. De pijn dwong me te blijven zitten, terwijl het aanhoudend persen me deed duizelen, zodat ik me uiteindelijk de gillende kop van mevrouw Van Moock al voorstelde, compleet met nachtmuts en gedraaide papillotten, wanneer ze mij de volgende ochtend op deze plaats levenloos zou aantreffen. Op dat moment werd de deur opengetrokken en keek ik in een gezicht dat zo verwrongen was dat ik al vreesde door de dood van Pierlala te worden gehaald. Toen herkende ik Cornelius.

'Verdomme, Boachi, schiet op, d'raf!' kreunde hij, maar ik kon helaas aan zijn verzoek onmogelijk voldoen.

'Ik moet schijten als een rund!'

'Kom er dan bij,' zei ik en wees op de tweede uitsnijding in het mahonie, bedoeld voor de kleine boodschap.

'Erbij?' vroeg hij, en even leek hij te verbaasd om aan zijn pijn te denken. 'Hoe bedoel je?'

'Gewoon, erbij,' herhaalde ik en werd meteen in beslag genomen door een nieuwe samentrekking van mijn darmen. Ik zag niets meer, maar hoorde hoe De Groot zó door geknepen lippen inademde dat hij ervan floot. Hij schoot naar binnen, deed de deur achter zich op de haak, nam naast me plaats en deed wat hij moest doen. Zo zaten we een tijd, een halfuur, misschien wel langer, zwijgend. Op een gegeven moment hoorde ik tussen alle geluiden iets dat ik in deze situatie niet kon plaatsen. Ik keek opzij en in het lantaarnlicht dat door het hoge raampje binnenviel zag ik Cornelius snotteren. Hij veegde met zijn mouw één grote dikke traan van zijn wang.

Totnogtoe was Cornelius de enige leerling geweest die ik durfde te benaderen. Het hoefde na zijn twee goede daden niemand te verwonderen dat ik nogal naar hem trok, alleen hemzelf scheen het te verrassen als hij werd aangesproken, of het nu door mij was of door iemand anders. Hij leek er niet bepaald van gediend en bleef altijd stug. Kwame zei dat ik me klein maakte door naar iemand op te zien, maar ook hij voelde sympathie voor de onbehouwen beer. Hij was ook de enige in wiens bijzijn Kwame nog wel eens een paar woorden Twi met mij sprak, alsof we met zijn tweeën waren. Ik groette Cornelius op de gang, en als hij zijn pen liet vallen, raapte ik die op. Dan gromde hij. Daar bleef het bij. Dat was genoeg.

Nu zat ik in zijn lucht en hij in de mijne. Een goede geest, zei mijn moeder altijd, verspreidt liever stank dan bloemengeur, want dan merken de mensen hem eerder op.

'Huil je?' vroeg ik, waarop Cornelius een kreet van minachting uitstootte.

'Ben jij gek?' zei hij en haalde zijn neus op. Het was weer even stil.

'Kan toch?' foeterde ik, even verongelijkt als hij.

'Nooit!' Hij werd weer overvallen door een kramp, perste en vloekte, maar hoewel zijn onderlijf zo rochelde dat de wachtenden buiten er commentaar op leverden, geloof ik niet dat er iets kwam. Hij wiste het zweet van zijn voorhoofd.

'Al jaren niet meer,' zei hij zacht, alsof hij iets blootgaf. Het was zo plechtig dat we geen van beiden de stilte meer durfden verstoren en we alles zoveel mogelijk probeerden tegen te houden.

Na verloop van tijd stond hij op, even plotseling als hij was komen zitten. 'Laat me jou een raad geven,' zei hij, terwijl hij zich met wat ijswater uit de lampetkan schoonwiste. 'Sta je d'r buiten, dan sta je d'r buiten. Punt uit. Binnen kom je niet. Maar wanneer ze bang zijn, zijn alle mensen gelijk. Vecht met ze. Sterker zijn. Da's onze enige kans op respect.' Hij sloot de deur achter zich en trok hem twee tellen later weer open. 'Als je wil, leer ik je dat een keertje. Ik ben goed.'

De volgende ochtend moesten we zonder ontbijt op appèl staan tot de bevuilers van het privé-closet zich hadden aangediend. Ik aarzelde of ik me zou melden, maar voelde Cornelius' blik op me branden. Door zijn medeplichtigheid durfde ook niemand mij aan te wijzen, zelfs niet toen een kleine groep, onder wie Verheeck, de opdracht kreeg de boel te reinigen.

Toen het leven op de kostschool weer op gang kwam, nam Cornelius mij apart en zei: 'Dat was verdomd fideel.' Hij schutterde een beetje. 'Dat van gisteravond,' snauwde hij, alsof hij me kwalijk nam dat ik hem dwong de zaak te preciseren. 'Zou d'r geen weten die hetzelfde voor me had gedaan. Daar zo zitten, samen.' Hij stak zijn handen in zijn zakken en liep door. Na een paar passen draaide hij zich om, zonder me aan te kijken. 'Als ze je pesten, zeg je het tegen mij!' Het klonk als een bevel en leek nauwelijks bedoeld om mij te helpen.

Ik twijfelde er niet aan of hij zou me tegen Verheeck in bescherming nemen, wanneer ik dat wilde. Ik had hem op dat moment alles kunnen zeggen en de treiterijen waren voorbij geweest. Ik zei niets, maar achtte mijn positie aanzienlijk verbeterd. Ik schatte mijn kansen in en woog alles nog eens zorgvuldig af.

De eerstvolgende keer dat Verheeck me met zijn kornuiten apart nam, twee dagen later, vermande ik mezelf. Het duurde ze te lang en

Mus schudde zijn vingers al los. Hij kraakte ze vol verwachting en probeerde zijn ene vuist eens in de andere.

'Ik ben een vieze, vuile, domme zwartjakker,' haastte ik me te zeggen en beteuterd zagen mijn belagers hun robbertje al verkeken. 'Maar...' zei ik en haperde. Ik voelde mijn stem wegzakken en begon van de weeromstuit bijna te schreeuwen: '...Maar dít moet afgelopen zijn...'

'O?' zei Verheeck laconiek. Toorenaar moest lachen.

'Ja,' ging ik zachter verder, 'want als Cornelius erachter komt, dan zijn jullie het die ervan langs gaan krijgen.'

'En hoe zou Cornelius daarachter moeten komen?'

'Van jou soms?' sprak Mus en hij ging op zijn tenen staan om in de buurt van mijn gezicht te komen.

'Ik zeg niks,' zei ik, en ik kantelde mijn hoofd, een beetje Caesar, en voegde er veelbetekenend aan toe: 'Nóg niet.'

Mus keek naar Toorenaar, die op zijn beurt Verheeck aanstaarde. Hun zwijgen gaf me moed.

'Dit is tussen ons gebeurd,' zei ik. 'Dat is spijtig. Maar nu zijn de kansen gekeerd. Het was mijn schande, voortaan is het die van jullie. Nog één keer en ik vertel hem alles.'

'Moet je doen,' lachte Verheeck, 'moet je zeker doen, dan weet hij meteen wat jij voor iemand bent.' En hij ramde erop los als nooit tevoren.

Nu had ik bewijzen. Kleren gescheurd. Wonden om te tonen. Ik plaste zelfs bloed. Ik strompelde naar huis, ging naar binnen en hees me de trap op. Er stormde een groepje naar beneden op weg naar een balspel. Halverwege, op de eerste verdieping, kwam Cornelius me tegemoet. Hij was laat en wilde de anderen inhalen. Ik stond alleen maar in zijn weg.

'Is er wat?' vroeg hij. De woorden vochten in mijn mond, maar alles wat ik deed was huilen.

'Hé vriend, vertel het eens!' commandeerde hij en legde zijn hand op mijn schouder. Hij was niet iemand die je makkelijk kon betrappen op een glimlach, maar dit keer krulde hij zijn mondhoeken om me aan te moedigen. Die hand op mijn schouder! Cornelius deed wat nog geen enkele witte had gedaan. Hij noemde mij zijn vriend.

Hij stelde zich aan mij gelijk. Zo voelde ik dat tenminste. Hij noemde mij zijn vriend en geloofde dat ik dat waard was...

Ineens was het ondenkbaar Cornelius de waarheid over mijn vernedering te vertellen. Ik zou hem diep teleurstellen! *Ik ben een domme, vieze, vuile zwartjakker!* Die woorden betekenden niets wanneer mijn aanvallers ze in hun domheid scandeerden, maar had ik ze niet zelf in de mond genomen? Ik had ze herhaald en vanbuiten geleerd. Ik had ze zelf bevestigd. Eindelijk, nu ons Nederlands al goed was, ons Frans en Duits redelijk te begrijpen was en wij Engels konden lezen zonder dictionaire, werd mij duidelijk welke macht taal kan hebben. Mijn klakkeloze herhaling van de leugens had ze waargemaakt. Zo had ik mijn eigen schande geschapen. Hoe kon ik ze nog eens uitspreken, zonder alle respect te verspelen? Ook al waren het wóórden, mijn angst was dat Cornelius ze zou geloven, zoals ik ze zelf was gaan geloven. Dat hij, dat iedereen me zou kunnen zien zoals ik was. En daarmee had Verheeck gewonnen. Daarmee wonnen de woorden.

Ik maakte me los van Cornelius, schudde mijn hoofd en liep zo recht mogelijk door. Hij haalde zijn schouders op en ging verder. Achter me versnelden zijn voetstappen, ratelend over de houten treden, op weg naar de cour waar op hem werd gewacht.

Batavia, Buitenzorg, Soekaboemi, Bandoeng, Garoet,
Semarang, Soerabaja, Madioen

Het duurde tot het voorjaar eer ik wakker werd. Ik moet blind geweest zijn. Op een ochtend stond ik op. Tegen onze gewoonte in bleef Kwame liggen. Meestal was hij eerder wakker dan ik. En eerder bij de tijd. Altijd wekte hij mij. Maar ook toen ik me gewassen en aangekleed had en de luiken had geopend – geen beweging. Ik vroeg hem hoe hij zich voelde, maar hij antwoordde niet. Ik kietelde hem, zoals we wel eens deden, onder zijn voeten. Hij trok ze in. Ik sprong op bed en veerde om de balken te raken. Hij zei er niets van. Ik liet me vallen, sloeg het dek open en wilde hem aan zijn schouders heen en weer schudden. Onmiddellijk schrok ik terug. Het waren brandblaren. Twee open en vochtig, de derde nog bol. De huid rondom had zich samengetrokken, zwart en hoornig. Ik herkende ze. Ik droeg zelf de littekens van zulke wonden op mijn enkel, enkele andere op mijn rechterbovenarm. Ik kromp ineen van verdriet en liet me van het bed rollen. Ik vervloekte mezelf en huilde onbedaarlijk, waarbij ik mijn hoofd tegen de beddenplank sloeg. Al die tijd had Kwame zijn ogen open. Hij bracht het niet op mij aan te kijken, maar staarde naar een plek op de muur.

De wil die hij verloren leek te hebben, hervond ik op datzelfde moment. Een enorme woede maakte zich van mij meester. Ik stormde de gang op en liep de slaapzaal binnen waar Cornelius net uit zijn bed kroop.

'Vanmiddag,' zei ik en maakte rechtsomkeert, en hoewel zijn aanbod inmiddels verstreken was, begreep hij zonder meer wat ik bedoelde. Ik haalde bij Bertje in de keuken warm water, schone doeken en een handje boter, waarmee ik Kwames wonden schoondepte en insmeerde. Ik wist uit eigen ervaring dat dit verlichting gaf. Daarna legde ik een kompres aan met koud water uit de kan. Nog altijd keek hij van me weg. Toen ik klaar was, drukte ik hem tegen me aan, maar het voelde niet vertrouwd. Nooit hadden we woorden nodig gehad, maar toen ze hadden kunnen helpen, hebben we ze niet gevonden. Ineens bleek de stilte, het zo lang uit schaamte verzwijgen, zich tussen ons in te hebben gedrongen. Ik legde Kwame terug in de lakens, meldde hem met een smoes ziek bij Van Moock, ging terug naar boven en gooide de deur naar de tweede slaapzaal open. Verheeck, die ik moest hebben, was al beneden, maar ik opende het kastje naast zijn bed, keerde alles om. Ik vond niet wat ik zocht. Daarop haalde ik zijn matras af en trok die open, waarbij ik het stro met plukken in het rond strooide. Daartussen lag een halve sigaar, dik en stomp, dezelfde soort waarmee hij ons gebrandmerkt had. Ik ging ermee naar de eetzaal en wierp het stuk tabak in het bord waaruit Verheeck zijn pap zat te eten. Zijn tafelgenoten hielden hun adem in. Hij keek niet meteen op, maar viste de bruine drab langzaam uit zijn eten. Zo bleef hij zitten alsof hij aarzelde of hij deze hap misschien toch nog zou nemen. Hij zocht een houding en schokschouderde kort alsof hij moest lachen. Toen schoot hij overeind en vloog mij naar de keel. Stoelen vlogen rond terwijl we hard de vloer raakten en over elkaar heen verder rolden. Die ochtend was hij sterker dan ik, maar ook al moest ik opgeven omdat het bloed me in een oog liep, toch was hij al aan de verliezende hand.

's Middags gaf Cornelius mij mijn eerste boksles en iedereen begreep waar het voor was. Dagen achtereen oefende ik op zandzakken, op bomen en op de onderrok van mevrouw Van Moock, die Cornelius van de waslijn had gehaald en gevuld had met een kussen, dat hij me op de vreemdste momenten naar mijn hoofd gooide om me alert te houden. Toen ik zover was vocht ik zesmaal tegen het duivelse drietal en toen ik me voor het zevende gevecht schrap zette, spuugde Verheeck voor me op de grond en draaiden ze zich van me af of het ze niet langer interesseerde.

"Ανδρα μοι 'έννεπε, Μουσα, πολύτροπον... *Vertel me, Muze, van een man die na verre omzwervingen, ver van huis...*

Tot ver in de zomer bleef ik met Cornelius oefenen. Mijn lichaam ontwikkelde zich. Ik vond het prettig spieren te sterken die mij van direct nut waren. Ik probeerde Kwame ook zover te krijgen dat hij met ons meedeed, tevergeefs. Ik hield Verheeck steeds nauwlettend in de gaten, maar ook Kwame werd niet meer lastiggevallen.

Een halfjaar later hadden we nog altijd met geen woord over onze vernederingen gesproken, evenmin als over de revanche, tot ik op een avond merkte dat mijn vriend de slaap niet kon vatten. Ik vroeg hem wat hij op zijn hart had.

'Dat boksen van je,' zei hij alsof dat een antwoord was.

'Wat is daarmee?'

'Het is stompzinnig.'

Meer niet. Ik zei niets maar maakte me boos. Kinderachtig wond ik me op over het feit dat mijn neef mij op geen enkele manier bedankte voor mijn inzet, nog niet met een blik. En toen hij na zoveel ondankbaarheid ineens in slaap viel, wond ik me zo op dat ik zelf geen oog meer dichtdeed. Ik maakte hem wakker.

'Het heeft ons anders goed geholpen!'

'Ach, kom nou toch, Kwasi!' zei hij of ik beter moest weten.

'We horen er nou toch bij, of niet soms?' Ik stompte hem. Hij werd niet kwaad, maar greep mijn pols, eerst stevig zodat ik hem niet los kon wrikken, toen zacht, nadrukkelijk, zodat ik niet wilde dat hij los zou laten.

'Wij worden geduld, dat is niet hetzelfde.'

3

'Ik kom uit een groot gezin en we hebben het nooit breed gehad, dat mag iedereen gerust van me weten, maar als er bezoek kwam, dan werd hun iets gepresenteerd!'

Mevrouw Van Moock droeg een japon van groene zijde, die ruiste als een uitgedroogde takkenbos. Ze veegde er driftig mee door de salon heen en weer. Het waren de zenuwen. Thuis was ze de hele ochtend bezig geweest ons te kleden. Toen de koets van het ministerie van Koloniën ons kwam halen, kreeg ze haast een toeval, rende naar boven en kwam terug in deze jurk, die haar eigenlijk te strak zat om in te reizen. Onderweg heeft ze de koetsier eerst bij twee uitspanningen en vervolgens bij een sluiswachter laten stoppen omdat ze er van het gemak gebruik moest maken.

'Wachten, wachten, wachten! En dat terwijl wij hier zijn op koninklijk verzoek. In zo'n geval is een plateautje petitfours toch wel het minste.' Ze nam mijn handen beet, strekte haar wijsvinger en duwde er een paar maal stevig mee tussen mijn vingers, zodat de witte stof van mijn handschoenen goed strak zou staan. Daarna deed ze bij Kwame hetzelfde, zette onze mutsen recht en maande ons de zijden parapluutjes losjes in de hand te houden. Zij had onze hele kledingtoelage, die het rijk haar tweemaal 's jaars uitkeerde, aan dit tenue gespendeerd.

'Zodat jouw vader, Aquasi, wanneer hij daarginds jullie portret te zien krijgt, zal uitroepen: Kijk eens hoe goed mevrouw Van Moock voor mijn lekkere darteltjes zorgt!'

De schilder werkte in een herenhuis aan een Haagse gracht. De ruimte waarin wij al een uur zonder attentie werden opgehouden, was zijn studiesalon. Er stonden wasmodellen en twee gipsen torso's. Tot afschuw van mevrouw Van Moock hing er een menselijk geraamte dat met ijzerdraad in alle houdingen gesteld kon worden. In glazen kabinetten langs de wand lagen schelpen en mineralen. Ook stonden er vochtige en droge preparaten. In glazen potten dreven vlezige insecten en kleine knaagdieren, waaronder uitheemse die wij van thuis kenden. Kwame staarde beduusd naar de beestjes, die daar zo te kijk stonden. Hun pels was gebleekt, de huid week en vlokkerig geworden. Mij echter beviel het dat ze open waren gesneden, zodat ik het binnenwerk kon bestuderen. Mevrouw Van Moock gruwde. Toen ik achter een gordijntje twee afgesneden babyhoofdjes op sterk water vond, gekleed in kanten kraagjes, rende zij naar de andere kant van de kamer en verbood ons verder rond te lopen.

Tegenover onze bank stonden drie doeken opgesteld. Er waren vulkanen op te zien, waarvan er eentje rookte. Hun zacht ronde hellingen werden omgeven door kleine, natte weilanden, waar paalwoningen in stonden. Hollandse dames wandelden met parasol tussen gebladerte dat ons aan thuis deed denken. Zolang we moesten wachten, staarden we naar de horizonnen van Java, en toen we eindelijk werden aangediend, konden we geen karbouw meer zien.

'Denk erom,' siste mevrouw Van Moock terwijl ze opstond en haar lijfje rechttrok, 'hij is in rang jullie gelijke, maar maak toch een lichte buiging. Hij is heel beroemd. Er is geen vorstenhuis in Europa dat zich niet door hem laat portretteren.'

'En nu wij dan!' zei ik trots en stootte Kwame aan.

'Wie betaalt dat?' vroeg hij.

Tegen de zon in, die door de serreramen binnenviel, zagen we het silhouet van een kleine man, rustend op een lage bank. Eén knie hield hij onder zich gevouwen, de ander was opgetrokken en ondersteunde de rechterarm, waarvan de hand losjes neerhing. Mevrouw Van Moock gaf haar versie van een revérence.

'Vooruit jongens, begroet de Raden Saleh!'

We kwamen dichterbij en bogen voor hem. Hij neeg zijn hoofd en wenkte ons naderbij. Een zacht gezicht met ronde vormen, dat door de kaling op het voorhoofd langer leek dan het was. Zijn haar was diepzwart als het onze en toch was het steil. Aan weerszijden was het getoupeerd zodat het uitwaaierde. Het meest opvallend aan hem waren zijn ogen. Nooit hadden wij zoiets gezien. Ze waren smal en liepen naar de hoeken af, als de staarten van een siervis. De pupillen hadden de kleur van zijn huid, die donkerder was dan van welke witte ook, maar aanzienlijk lichter dan de onze. Zijn blik gleed over ons gezicht zonder ons werkelijk aan te kijken, voorhoofd, jukbeenderen, kin en mond en terug omhoog.

Uiteindelijk verzuchtte hij zorgelijk: 'Zo *diep*zwart!' Zijn stem was hoog en zacht. Hij keek langs ons heen mevrouw Van Moock aan alsof zij het kon helpen.

'Donkere huid heeft nauwelijks nuance!' verduidelijkte hij.

'De jongens kennen een gedichtje,' probeerde zij om zijn ijzigheid weg te nemen. 'Misschien is het aardig als zij...'

'Blanke huid lééft tenminste. Daar kan je diepte aan geven.' Het was duidelijk dat hij zijn opdracht met tegenzin aanvaardde. 'Transparence. Mits men de kundigheid bezit kan men de toeschouwer door een blanke huid heen laten kijken.'

Mevrouw Van Moock deed een stap naar voren en legde haar handen op onze schouders. Ze gaf een klein kneepje van verstandhouding en sprak koeltjes.

'Ik heb het genoegen gesmaakt twee jaar geleden tijdens de expositie op het Voorhout uw zelfportret te bewonderen. Nu ik u zie, moet ik zeggen dat het treffend was, bijzonder geslaagd.'

'Dank u, mevrouw.'

'De huid van de jongens,' zei ze streng, 'is een tintje donkerder dan de uwe, verder zie ik geen verschil. Ik heb dus alle vertrouwen,' waarna ze zich omdraaide en ons alleen liet.

Eindelijk bewoog de Raden. De dunne vingers aan zijn ontspannen neerhangende hand gingen zachtjes heen en weer, alsof hij met zijn lange nagels kringen maakte in een denkbeeldige vijver. Uiteindelijk stond hij op, één vloeiende beweging.

Een enorm wit doek stond in de glazen uitbouw gereed. Het was zeker vier meter hoog en even breed. De Javaanse prins gaf een knecht, die hierop buiten stond te wachten, het teken de zonwering over het afdak te schuiven. Ons wees hij twee stoelen.

Daarna nam hij een schetsblok en begon ons te tekenen. Elk halfuur vroeg hij ons een nieuwe positie in te nemen, zodat hij ons in een ander licht kon zien. Uiteindelijk verduisterde hij de ruimte helemaal en plaatste een olielamp voor een bolle spiegel zodat een scherpe lichtbundel ons slechts van één kant bescheen. De schilder nam verfstoffen en mengde langdurig totdat hij voldoende nuance in ons had ontdekt. Daarna schetste hij opnieuw enige tijd. Ten slotte borg hij zijn blok weg, schoof zijn stiften in een huls, poetste met een wollen doek het grafiet van zijn handen, boog zijn hoofd en zond ons heen.

Nog geen week hiervoor had ik van Cornelius de Groot mijn laatste boksles gekregen. Ik was in een jaar tijd flink vooruitgegaan en oefende mijn spieren inmiddels ook zonder mijn vechtvriend door het heffen van ijzeren gewichten, het opdrukken van mijn eigen lichaam, en door touw te trekken met wie mij maar aandurfde. De pijnen in mijn borst waardoor ik alle wintermaanden werd geplaagd, waren in het nieuwe voorjaar verdwenen, wat ik toeschreef aan mijn lichaamsoefening. Regelmatig bekeek ik mijzelf in hemdsmouwen voor de spiegel, en met het leggen van knopen in verschillend gekleurde wollen draden, hield ik de groei van mijn armspieren, dijbenen, borst en andere ledematen bij. Ik schepte er eer in dat mijn overhemden moesten worden uitgelegd en was die zomer vaak te vinden op het terrein van de veldwachterij, waar ik de opgestelde apparaten mocht gebruiken. Ik vergeleek er de ontblote bovenlijven van de mannen met dat van mijzelf. Mijn achterstand zweepte me op.

Het verschil tussen Kwames lichaam en het mijne nam toe. Ik wees hem daarop en hield hem voor wat hij zou kunnen bereiken, maar ik slaagde er nooit in hem enig enthousiasme te ontlokken. Ook gaf hij van geen enkele bewondering blijk voor mij. Ik begreep niet hoe hij tevreden kon blijven met de kinderlijke vormen van zijn lichaam, dat een aanblik gaf waaraan ik mij, wanneer hij zich voor de nacht ontkleedde, stilletjes begon te ergeren.

Cornelius ving elke les aan als een heer, met ceremonie en inachtneming van de voorschriften en rituelen van het nobele spel, maar zodra hij de eerste klap moest incasseren, werd hij driftig en leek alles ineens geoorloofd. Hij vond zijn beheersing dan wel terug, maar volgde daarna toch een paar regels die voor hem alleen leken te gelden. Na afloop fatsoeneerden wij ons in stilte. Ik begon zijn onberispelijke kleding te imiteren. Hij leerde me hoe ik broeken moest persen, en toen ik beloofde ons beider schoeisel dagelijks te zullen onderhouden onthulde hij me het geheim van zijn glanzende schoenpunten: vers schapenvet, waarvan de doordringende geur voor mij echt bij mijn nieuwe vriend hoorde. Kwame vond dat vreselijk stinken.

Geen lichaam kende ik als dat van mijn neef, waartegen ik immers elke nacht in slaap viel, maar snel raakte ik met dat van Cornelius minstens zo vertrouwd. De verschillen die ik ontdekte waren even verwarrend als de overeenkomsten. Zeker, de nabijheid berustte in beide gevallen op vertrouwen, maar terwijl de intimiteit bij mijn oude vriend gewiegd werd en onbedreigd kon inslapen, hield mijn nieuwe vriend mij wakker en alert. Ik ontdekte dat vriendschap niet zacht hoeft te zijn en iets waarbij je rustig weg kunt dommelen, maar dat hij evengoed geladen kan zijn, zelfs dreigend. Je kan een vriendschap oprekken en spannen tot hij pijn doet, waarvan hij groeit, zoals zere spieren groeien, wanneer het uiterste van ze gevraagd is. Ik verkoos de ene intimiteit niet boven de andere, maar verlangde naar beide in gelijke mate.

De zondag voorafgaande aan ons bezoek aan Raden Saleh had ik mijn bovenkleding afgelegd om mij met Cornelius te meten. Ons boksen was worstelen geworden. Zand kleefde aan onze bezwete lijven. We rolden als wilden over de grond, toen een koets plotseling halt hield. Er sprong een heer uit die ons met geweld scheidde. Pas toen ik mijn naam hoorde, keek ik op en herkende Van Drunen. Ik viel hem om de hals, wat hij toestond, al bedierf het zijn uniform.

Ik stelde hem gerust omtrent de reden van mijn gevecht en hoorde dat hij op weg was naar Van Moock met een boodschap betreffende Kwame en mij. Hij bood mij aan met hem mee daarheen te rijden, dus ik graaide mijn kleding bijeen en stapte in. Cornelius volgde mij vanzelfsprekend. Tijdens de bokslessen deden hij en ik alles samen. Maar toen hij wilde instappen, hield Van Drunen hem tegen en zei dat hij er de voorkeur aan gaf met mij alleen te reizen. Cornelius trok wit weg, niet anders dan wanneer ik hem vol in het middenrif raakte. Hij keek mij strak aan en wachtte af wat ik zou doen.

Ik zweeg en liet de deurtjes van het rijtuig sluiten. Van Drunen voegde hem nog toe dat hij jong en sterk was en best dat eindje kon lopen, maar Cornelius stond als aan de grond genageld.

*

Uit commissaris Van Drunens 'Rapport aangaande de vordering der Ashantijnse prinsen, 1838'.

De 13de julij trof ik de beide prinsen van Ashanti, het toezicht over de welke aan mij werd toevertrouwd, vanwege zekere toenadering tussen die kinderen en mij ontstaan op de lange zeereis naar het Vaderland, te Delft in welstand aan. Hun ontwikkeling schijnt in vele opzichten zó voorspoedig, dat de heer S. J. M. van Moock, het hoofd van de kostschool waar zij op Staatskosten van 1000 gulden 's jaars intern verblijven, mij verzekerde nooit Nederlandse kinderen te hebben gezien die zich zo veel in zo korte tijd eigen maakten. Geen zijner leerlingen vorderde in enig onderwerp sneller dan de beide Ashantijnse prinsen. Hij heeft mij dan ook verzocht met spoed bij Zijne Koninklijke Hoogheid en het ministerie van Koloniën te informeren naar hun voornemens omtrent de toekomstige studiën van de jongens, opdat hij hun huidige educatie weldra in de gewenste richting zal kunnen verfijnen. Volgens de heer Van Moock is bij de beide prinsen, hoewel even excellent in hun voortgang, toch een duidelijke scheiding in interesse waar te nemen. Algemeen gesteld overtreft prins Aquasi Boachi zijn neef in vrijwel alle academische onderwerpen en stelt hij een bijzonder talent ten toon voor de wetenschappen. Quame Poku, erfprins van de Ashantijnse troon daarentegen, excelleert in de kunsten en tekent meer dan verdienstelijk, zoals hij ook buitengewoon de piano, trompet en klarinet bespeelt.

De bijbelstudie heeft hunne speciale interesse en de heer Van Moock verhaalde mij enkele voorvallen waarbij zij incidenten uit hun dagelijks leven interpreteerden naar analogie van de Heilige Schrift. De heer Van Moock, die de gevorderden ter stichting inmiddels heeft overgedragen aan de dominee van de Gereformeerde Kerk ter stede, beweert dat ook deze van mening is dat de doop der beide natuurkinderen allerminst wordt uitgesloten. Gezien het belang echter van het waarlijke begrip van de Goedheid van de Heer Onze God wordt de nadruk door voornoemde herder gelegd op het privilege dat hun is vergund boven hun landgenoten, die de ware God niet kennen, met alle gevolgen voor hun ziel van dien. Daar de jongens op verschillende punten nog vasthouden aan het oude natuurgeloof van hun volk, de prins Quame Poku hierin hardnekkiger dan zijn neef, wordt hun doop geenszins overhaast.

Persoonlijk heb ik mij een middag lang bijzonder prettig met de prinsen onderhouden, die zich zeer aanhankelijk toonden en verheugd waren mij weer te zien. Ook mijn indruk is die van een welvarende en gelukkige jeugd, hoewel de prins Quame Poku een zekere melancholie vertoont en vooral wilde spreken over de avonturen die wij in zijn oude vaderland hadden meegemaakt, waarbij de details die ik al doende oprakelde hem deden opleven. Zulk omzien lijkt mij niet abnormaal in een jong kind en aangezien hij verder vrolijk sprak over allerlei zaken die hij in zijn nieuwe vaderland heeft ontdekt en waarmee hij werd verrijkt, heeft hij mij ondanks enkele waterlanders niet verontrust over zijn algehele welzijn.

Aquasi Boachi zag ik in alles opgenomen door zijn leeftijdsgenoten, met wie ik hem bij mijn aankomst al spelende aantrof, en steeds gierig naar alle soorten kennis. Zo informeerde hij onder meer naar mijn bevordering in rang, wilde alles weten over mijn ervaringen in overheidsdienst en vroeg beleefd naar de voortgang van de koloniale zaken ter Goudkust die door hun overdracht in gang waren gezet. Ik gaf hieromtrent wijselijk geen andere dan algemene informatie prijs.

Zoals gelast door Zijne Majesteit bracht ik de prinsen op de hoogte van het verheugelijk voornemen van de Minister op korte termijn een beeltenis van hen beiden te laten vervaardigen door de vermaarde kunstenaar Raden Saleh, teneinde deze te verzenden naar de vader van Aquasi Boachi, de Asantehene te Kumasi, met als doel hem hun welstand te tonen, alsmede de goede wil der Nederlandse Regering en hem aldus zeer persoonlijk te herinneren aan de gemaakte overeenkomst, waaraan door de Koning van Ashanti, ondanks de door de Nederlandse Staat gemaakte hoge kosten, nog niet in voldoende mate gestand is gedaan.

*

Wij poseerden voor Raden Saleh – meestal eenmaal in de week, soms eens in de twee weken, altijd op donderdag. Het waren eigenaardige middagen. De Javaanse prins werkte zwijgend, en hoewel het ons niet werd verboden te spreken, moesten wij stokstil zitten, zeker toen hij definitief de positie had bepaald waarin wij zouden worden vereeuwigd.

Op een dag, terwijl mevrouw Van Moock hem de zorg voor ons zoals altijd met enige plichtpleging overdroeg, vroeg Raden Saleh: 'Zijn de jongens al ingelicht over de militair?'

'Wat voor militair, hoogheid?'

'Het doek wordt zeer groot. Om de compositie enig gewicht te geven, plaats ik hun weldoener in het midden.'

'Maar mijn man *is* geen militair,' protesteerde mevrouw Van Moock verbaasd.

'Niet uw echtgenoot, mevrouw, maar de generaal-majoor die hen uit Afrika heeft meegebracht. Hij doet ons de eer en wacht hiernaast.'

Verveer was in vol ornaat. Hij was dikker geworden. Het was moeilijk voor te stellen dat dit de man was die wij doodziek over de grond van Kumasi hadden zien kronkelen. Hij schudde ons de hand en bekeek de monogrammen op onze handschoenen.

'Zo zo, net echte heertjes.'

Raden Saleh, die nooit een emotie toonde als hij met ons alleen was, lachte met Verveer mee. Iets te hard.

'Ja,' zei hij, 'net echt! Net echt!'

Verveer zat aanvankelijk alleen voor het schetsen van zijn contour en eenmaal bij het bepalen van de definitieve compositie, waarna Kwame en ik het doodverven alleen hebben uitgezeten, zonder werkelijk van nut te zijn. Maar bij de uitwerking van de gezichten eiste Raden Saleh ieders aanwezigheid, vooral, zoals hij zei, vanwege de verduiveld lastige stelling tussen de huid van Verveer en die van ons.

De generaal-majoor zat tussen ons in op een houten stoel met rechte leuning, waarover een roodzijden gordijn was gedrapeerd. Links van hem zat ik, laag op een poef, mijn gezicht enigszins naar hem gewend. Mijn houding suggereerde dat ik naar hem opzag, mond open in verbijsterde bewondering als Mozes voor de brandende braamstruik, maar mijn ogen waren van hem afgekeerd en keken

Raden Saleh aan. Een bijzonder ongemakkelijke positie, die de zoon van Amram en Jokebed niet lang zou hebben volgehouden zonder spierpijn. Aan Verveers andere zijde stond Kwame, zijn hand op diens epauletten. De generaal-majoor had zijn handpalmen open op zijn knieën liggen, waarin Kwame zijn ene vrije en ik mijn beide handen had gelegd. De bedoeling was dat Verveer toonde hoe wij ongebonden waren en uit vrije wil dankbaar.

Die handen van hem waren ruw en meestal koud. Altijd stelde ik het moment uit waarop ik die vingers moest aanraken. Ook Verveer was er niet van gediend. Hem was van hogerhand om politieke reden opgedragen dit portret voor de Asantehene te laten maken. Niet één keer pakte hij onze handen werkelijk beet. Niet één keer kneep hij er even in, of omsloot hij met zijn grote vingers de onze. Nooit. Voor hem vormden de ledematen op zijn schoot een stilleven.

Verveer gruwde van het poseren en maakte schampere opmerkingen over de schilderkunst, die de Raden zwijgend incasseerde. Het was of de schilder door deze vernedering iets meer openstond voor Kwame en mij, en hoewel hij nooit liet merken onze meegaandheid te waarderen, kregen wij nu af en toe een glaasje melk met een flikje of een warme brioche. Om van de nood een deugd te maken, overhoorde Verveer onze kennis van de Schrift. Soms vroeg hij ons een psalm te zingen, die hij dan zelf onderbrak door te vragen naar de werken van barmhartigheid, de tien geboden of de zonen van Jakob. Wij dreunden alles op. Zonder te bewegen.

'Ruben Simeon Levi Juda Dan Nafthali Gad en Asser Issaschar Zebulon Jozef Benjamin...'

'En zijn dochter Dina,' vulde Kwame mij aan.

Verveer zuchtte. 'Ik zit liever een dag in het zadel dan een halfuur stil,' gromde hij.

'We zitten pas een kwartier,' zei ik, verongelijkt dat we voor onze overhoring niet eens een complimentje kregen.

'En stil hebt u nog niet gezeten!' zei Kwame.

'Touché, prins Quame!' zei Raden Saleh. 'Hoe meer u stribbelt, generaal-majoor, hoe langer het weer gaat duren.'

'Dit is verdomme de zoveelste keer.'

'Totnogtoe heb ik u zoveel mogelijk gespaard. Als ik het met de jongens alleen afkon, had ik u nooit gevraagd te komen. Maar nu ik aan uw gezicht begin... Hoor eens, u wilde zelf centraal gesteld worden.'

Verveer richtte zijn ergernis op ons. 'Vooruit, Aquasi, de plagen van Egypte!'

'Bloed en kikker, muggen, vliegen, pest en zweren, zwermen springers, duisternis, rouwbeklag...'

'En?'

'En hagelslag!'

Juist op dat moment werd er aan de deur geklopt, iets dat nooit gebeurde.

'Nee!' riep Raden Saleh dan ook bruusk en zonder op te kijken, maar tot onze verbazing verscheen achter zijn rug het timide gezicht van zijn bediende.

'Raden, er is bezoek.'

'Het is zoals het is, ik ontvang niet als ik werk.'

De man verdween, maar in plaats van de deur te sluiten, zwaaide hij hem wijd open om een formidabele dame binnen te laten. Een opgewerkt roodkastanje haarwerk onder een smalle omhooggeslagen witte hoed deden haar nog langer lijken dan ze al was. Ik voelde Verveer verstijven.

'Misschien wilt u een uitzondering maken?' De zachte lijn van haar Slavische ogen paste eigenlijk niet bij de strenge, smalle lippen. Ze had een neus als een pijl met vleugels als weerhaken, was een jaar of veertig en leek, anders dan de vrouwen die ik kende, in mannelijk gezelschap volstrekt op haar gemak. Raden Saleh keek verstoord om, maar schoot meteen omhoog, terwijl de generaal-majoor onze handen losliet en opstond om te salueren. Het was onze kroonprinses, grootvorstin Anna Paulowna.

'Ocharm,' zei ze en liet een stoel brengen. 'Kijk ze zitten!' Haar stem was sonoor als van een man. Ze sprak langzaam en schrapend. De Nederlandse taal kostte haar moeite. Sommige medeklinkers ploften, alsof ze achter haar lippen bleven hangen.

'Wij zijn op weg van de Kneuterdijk naar het Voorhout, en de koning raadde ons even langs te gaan om de Ashantijnse prinsen te ontmoeten. U hebt zijn bijzondere aandacht,' zei ze tegen ons, waarbij ze naar voren boog om ons te bestuderen. 'Bovendien, het leek hem aardig voor de prinses. Sophia? Sophia! Waar is dat kind, Sophia? Zij is weer op onderzoek uit. Onstuitbaar is de jeugd.'

Door de open deuren naar de studiesalon hoorden we haar trippelen en hollen over het parket.

'Het is een bijzondere eer, mevrouw, u hier...' hervond Raden Saleh eindelijk zijn decorum, maar zijn plichtpleging scheen haar niet te kunnen schelen.

'Is dat enorme doek voor hen? Maar dat is twee keer zo groot als uw portret van ons!' Zij speelde licht beledigd, waarbij haar ogen voor het eerst lachten.

'Geen doek bezit de afmeting uw grootheid weer te geven.' Raden Saleh boog, maar Anna Paulowna was niet iemand die zich door woorden of gebaren liet paaien.

'Ik heb de afbeelding van mijn vader en twee van mijn broers. Ik draag die op mijn hart. Nur zwei und ein halbes Zentimeter, aber es zeigt de drie Zaren zoals zij zijn. Wie sie sind! Genau.'

'Natuurlijk. Maar ik bedoelde ook niet...'

'Eenvoud is de grootte waaraan ik waarde hecht, mijnheer!'

Kwame schoot in de lach. We hadden de schilder niet eerder ongemakkelijk gezien. Die boog nog maar eens met de moed der wanhoop, stuurde zijn bediende om verfrissingen en probeerde de aandacht naar zijn werk te verplaatsen door er enkele zichtlijnen en het verdwijnpunt in aan te wijzen. De kroonprinses ondervroeg de Raden over penseelgebruik en de samenstelling van zijn verf. Ze leek goed op de hoogte en suggereerde een verbetering, die door de kunstenaar beleefd werd aangebracht. Toen draaide ze zich van hem af en kwam op ons toe.

'Zo, generaal, dus dit zijn de juweeltjes die u voor onze kroon heeft meegebracht.' Ze sprak zacht en ik geloofde graag dat zij dit compliment meende.

'Met gevaar voor mijn eigen leven,' zei Verveer, 'dat wel!'

Zij bekeek hem indringend van top tot teen en concludeerde: 'Een kleine inzet voor zo'n winst, mijnheer!'

De generaal-majoor hapte lucht om te protesteren, maar bedacht zich. De kroonprinses streek Kwame over zijn wang en drukte onze handen.

'Maar zég dan toch iets, jongens!' maande Verveer.

'Bevalt het hier, mes petits princes? Is Holland ook maar een béétje zoals thuis? Kinder, arme Kinder, kunt u een weinig aan ons wennen?'

Kwame en ik keken elkaar aan. Niet eerder was ons de vraag zo direct gesteld. Ik glimlachte een beetje in de hoop dat de zaak daarmee zou zijn afgedaan. Verveer sloeg met zijn vlakke hand op de stoelleuning.

'Maar spreek dan toch verdorie als je iets gevraagd wordt!'

Ik stond al op het punt te zeggen wat ik dacht dat ze wilden horen, toen Kwame het eruit flapte. 'Nee, mevrouw!' Hij klonk niet eens timide.

'Wat is dat nou voor antwoord?' beet Verveer hem toe.

'Een eerlijk antwoord, generaal.' Anna Paulowna kwam overeind. 'Geeft u soms de voorkeur aan een ander?'

'Welnee, natuurlijk niet.'

'Grijze lucht en platte polders, wind, water en spierpijn,' zei zij hartgrondig, 'zijn geen zaken die een mens de geneugten van zijn vaderland doen vergeten. Gelooft u mij!'

Op dit moment kwam prinses Sophie binnen. Zij was een jaar of veertien en droeg een glazen pot met een van de preparaten. Ze liep gehaast, maar voorzichtig omdat het klotste.

'Kijk dan, mama, hij heeft hiernaast een skelet en dingen achter een gordijn verstopt. En dit dan, hier zitten monsters in, maar kijk dan toch, mama, afschúwelijk, met haren en...' Ze wilde de pot aan haar moeder tonen, maar op dat moment zag ze ons. Alles gebeurde zo snel dat ik niet kan zeggen of ze van ons schrok of van het deksel dat losschoot en op de grond kapotviel. Alcohol spatte over haar witte jurkje, waarop het kind van schrik achteruit sprong en alles losliet.

'Sophia!'

Glasscherven vlogen in het rond. Een tel lang was het stil, toen stond Raden Saleh op en zei droog: 'Mijn anatomische objecten.' Hij veegde wat drab van zijn schoen en schelde om bediening.

'Het spijt me,' zei het meisje. Haar blonde haar, dat het voorhoofd vrijliet, hing aan weerszijden van haar gezicht neer in fijne pijpenkrullen. Ze dansten terwijl zij haar hoofd schudde over haar eigen onhandigheid.

'Het is niets, hoogheid, heus. Wat ongedierte op sterk water. Ik zal onmiddellijk laten vegen.' Saleh schelde om bediening, maar

Kwame viste het dode insect al van de vloer, waarop Sophie een gilletje slaakte.

'Mama, hij pakt die griezel met zijn blote handen.'

'Het is een spin,' zei ik.

Voorzichtig deed prinses Sophie een stap in onze richting. 'Zo'n dikke vlezige?' zei ze met een vies gezicht.

Kwame hield het beest voor haar neus en aaide de natte haren met zijn vinger. 'Hij is heel zacht. Voel maar.'

Sophie liet zich niet kennen, en al trok ze haar schouders van afschuw op en wendde ze haar hoofd af, toch voelde ze. We vertelden haar dat wij veel van spinnen wisten en ze bekeek ons met zoveel interesse dat wij er nog een schepje bovenop deden.

'Achter de kaak zitten de klieren,' zei Kwame. 'Heel nuttig. Twee druppels op vijf slokken water geneest maagpijn.'

'Wat knap!' riep het kind. 'Hoort u dat mama?'

'En onder de poten zitten blaasjes,' voegde ik er snel aan toe en toonde ze. 'Daar. Dat helpt tegen spierpijn.'

'Spierpijn?' zei haar moeder en gebaarde dat ze het insect van dichtbij wilde zien. Kwame kneep een van de blaasjes uit, zodat een hoopje kleurloze prut op zijn vinger spoot. Verveer wilde hem de vuiligheid uit handen nemen, maar Sophies moeder hield hem tegen.

'Wie weet,' zei ze. 'Baat het niet, dan schaadt het niet.' Ze trok haar linkerhandschoen uit en smeerde een likje over de gewrichten van haar vingers.

4

De zomer van 1838 eindigde abrupt. Begin september daalde de temperatuur vijftien graden in één nacht. Diezelfde week begonnen regens die aanhielden tot december. Het waren niet, zoals thuis, enkele hevige buien per dag of periodes van een paar dagen, zoals wij die in onze eerste Hollandse herfst hadden meegemaakt. Nee, over het hele land hing van de ene op de andere dag een vochtige kou. Deze uitzonderlijke weerssituatie leidde tot allerlei bakerpraat. Zoals bij een soortgelijke zondvloed, die zich twintig jaar eerder had voorgedaan in de zomermaanden van 1818, verkondigden onheilsprofeten in het hele land dat het zesde zegel geopend was en het einde van de wereld nabij. Elke zondag kon je vanuit onze kamer een oude man horen die met een bel rondging. Met overslaande stem schreeuwde hij dat de toren van de Grote Kerk te 's-Gravenhage door de bliksem was getroffen, omdat de drie Willems, koning, kroonprins en erfprins, op die gewijde plaats een concert hadden bijgewoond van wereldse muziek.

Kwame lachte iedereen uit en trok mij bij de eerste gelegenheid mee naar het park. We zochten een plek waar we niet gezien konden worden, kleedden ons uit en sprongen rond met onze armen gespreid. Thuis lieten we ons op deze wijze altijd strelen. Daar noemden wij zulke grote regendruppels: '*zachte vingers van de hemel*'. Ze waren er warm en roken zoet, maar hier liepen ze als koude tranen langs ons af. Kwame hield nog even vol, maar ik rende in mijn doorweekte kleding zo snel ik kon naar huis.

'Het is de post!'

Ergens aan het einde van november trok mevrouw Van Moock de klasdeur open en verstoorde tegen alle regels in mijn lezing van de brief van Paulus aan de Colossenzen.

'De post, mijnheer mijn man. De enveloppe, een kaart. Geschept papier. Over twee weken al. O herelief, en wat moeten ze aan?'

Ik had nog een hele verhandeling over *'het verdraagzame nieuwe leven zonder hoererij of afgoden'*, maar Van Moock had er geen oren naar. Hij probeerde zijn vrouw naar buiten te werken, zonder succes. Ze duwde hem een voorgedrukte kaart in handen. Hij las terwijl hij haar met lichte dwang de gang op voerde.

'Genodigd aan het hof. Ik wist het wel. Ik zei het toch meteen. Heb ik het niet gezegd? Laat niemand me tegenspreken. Mijn eigen jongens!'

Cornelius draaide zich langzaam naar ons om. Zijn gezicht droeg geen enkele uitdrukking.

Sinds Van Drunen mij wel, maar Cornelius niet wilde meenemen in zijn rijtuig was mijn worstelvriend stug als voorheen. Op mijn verzoeken onze krachtmetingen te hervatten, ging hij niet in. Als we per ongeluk ergens met zijn tweeën waren, verbrak hij, alsof hij zich schaamde, ons samenzijn door zich uit de voeten te maken of er anderen bij te halen.

'Hij is bang voor je,' zei Kwame, die blij was dat ik uit De Groots invloedssfeer raakte, maar ik vond dat onzin. Cornelius zou altijd de sterkste blijven en de grootste. Ik dacht dat het kwam omdat Van Moock er in de klas te veel nadruk op legde dat De Groot een matige leerling was en ik zoveel beter. Een tijdlang deed ik daarom mijn best wat minder te presteren. Toen ook dat mij niet dichter bij Cornelius bracht, beschouwde ik onze vriendschap als verloren. Ik liet mij er niet verder van weerhouden de beste van de klas te zijn, de enige sport die zijn eigen beloning in zich droeg.

Naar Russisch gebruik gaf Anna Paulowna haar familieleden hun cadeaus aan de vooravond van hun verjaardag. En omdat de vader van Sophie een sinterklaaskind was, begonnen de feestelijkheden voor kroonprins Willem Frederiks zesenveertigste verjaardag al op de avond van 5 december. Zijn vrouw greep elke gelegenheid aan om haar gezin om zich heen te hebben. Zolang de kinderen klein waren, maakte zij van de Sint-Nicolaasavond een dubbel feest.

Wij hadden van mevrouw Van Moock een frak met lange panden gekregen en een hinderlijk gesteven frontje. We zagen er bespottelijk uit, maar volgens de laatste mode. Er werd geld uitgegeven aan een koetsje met tweespan, dat ons in de middag door weer en wind naar Scheveningen reed, waar op een duintop een klein huis stond. Achter de ramen van de twee vleugels, weinig meer dan grote kamers, brandde volop licht. Beide schoorstenen rookten. Er klonk muziek. De zuilen van de colonnade waren versierd met guirlandes van droogbloemen, dennengroen en appelsientjes. De wind rukte eraan.

Het Pavillon de la Reine was een geschenk van de koning aan zijn echtgenote Wilhelmina. Na haar dood, een jaar tevoren, was het aan haar zoon Frederik vervallen, maar prinses Sophie mocht er, vanwege haar liefde voor het strand, van haar oom over beschikken wanneer zij maar wilde.

Voor het eerst sinds onze reis zagen wij de zee weer, maar nooit hadden wij haar zo gevaarlijk gezien. Zodra de deur van het feestende gezin voor ons geopend werd, holden we naar binnen, waar de gesprekken het briesen van de golven overstemden.

De jonge prinses begroette ons alsof ze oude vrienden terugzag. Wij waren er verlegen mee. Ze liet onze handen niet los en voerde ons de salon binnen, zette ons bij het haardvuur, liet warme chocolademelk komen en liep af en aan met vrouwen en kinderen aan wie ze ons voorstelde alsof ze hun iets heel bijzonders presenteerde. Wel zeven keer opnieuw vertelde ze het weinige dat ze over ons, onze afkomst en het doel van ons verblijf wist, waarna ze er zelf moe van leek te worden en ons simpelweg voorstelde als 'de Afrikaanse prinsen, over wie ik verteld heb'. Op die wijze maakten we kennis met mademoiselle Chapuis, haar gouvernante, en haar tante Marianne, een kleine, slanke vrouw met een bol blozend gezicht, die voor de feestdagen met haar zoontje Albert uit Berlijn was overgekomen. Hertog Bernhard van Saksen-Weimar-Eisenach was er met zijn dochter Amalia en zijn zoons Herman en Gustaaf. Deze jongens hadden onze leeftijd en waren zeer sportief. Nadat ik Herman in de vestibule in wurggreep had neergelegd, nodigde Gustaaf mij uit eens bij hen thuis in Wassenaar te komen schermen en paardrijden.

Kinderen waren die middag in de meerderheid en behalve aan de zoons en dochters van enkele vooraanstaande families uit 's-Gravenhage werden we voorgesteld aan prins Alexander, die erg op zijn moeder leek. Hij had Anna Paulowna's Slavische ogen, háár donkere haren, en zelfs enkele gebaren had hij geërfd. Zijn zuster zei ons dat wij hem Sasja mochten noemen. Daar stemde hij beleefd mee in, en op het eind van de avond drong hij er uit eigen beweging nog eens op aan dat wij elkaar zouden aanspreken als vrienden.

Speculaaspoppen en fondant werden uitgedeeld, maar de prinses bleef ongedurig. Ze wilde ons aan haar vader en haar twee andere broers voorstellen, maar zij kon hen niet vinden. Wel arriveerde Anna Paulowna met aan haar arm een grijs dametje.

'O!' gruwde Anna, 'die eeuwige wind hier!' en keek rond alsof ze een schuldige ging aanwijzen. Ze werd gevolgd door madame Koetsjelev, ook al zo'n struise Russin. Kwame vroeg Sophie hoe enorm de mannen in Rusland wel niet waren.

De kroonprinses loodste de oude vrouw, mademoiselle de Sybourg, haar dement geworden gouvernante voor wie zij nu op haar beurt de zorg op zich had genomen, naar een stoel met hoge leuningen, waar het mensje diep in wegzakte. De rest van de avond deed ze niets dan voor zich uit staren en speculaasjes soppen in een kopje thee tot ze week waren geworden, waarna ze de drab oplepelde met haar vinger.

Tegen zeven uur moest er gezongen worden. Men leerde ons versjes waarmee de heiligman kon worden opgeroepen, ongeveer zoals de geesten in onze tempel aan het meer. Na een halfuur werden de lichten getemperd en de deuren geopend. We kregen snoepgoed in ons gezicht gesmeten en iedereen, volwassenen voorop, joelde van verwachting. Kwame keek me aan alsof we in een krankzinnigenkolonie waren beland. Opnieuw werd er gezongen, ditmaal buiten de salon in de hal, die duister was. Kroonprinses Anna viel in, alle aanwezigen zongen mee. Een man kwam binnen in een lang gewaad. Op zijn hoofd het ordeteken van de katholieke bisschoppen. Iedereen juichte, waarop hij in zijn lange witte baard krabde en vroeg of wij lieve kinderen waren geweest. Allen riepen 'Ja', zelfs de volwassenen. Dat scheen hem niet tevreden te stellen, want hij vroeg het opnieuw en voegde eraan toe dat wie jokte zou worden afgevoerd naar Spanje.

Tegen deze tijd begon ik toch echt wat ongerust te worden. De Heilige Nicolaas dreigde ons opnieuw op een boot te zetten en dit keer in een zak. Op zee met dit weer! Alles was zo onheilspellend dat ik de tweede keer niet volmondig durfde beamen dat ik een jaar lang braaf was geweest. Ik werd benauwd bij het idee dat ik iets verkeerd gedaan had, terwijl ik altijd probeerde iedereen te plezieren door zo goed mogelijk te doen wat van me gevraagd werd! Het was een nachtmerrie, die hele Sinterklaas.

Op een teken van Anna Paulowna draaiden de bedienden de lampen op. Sint-Nicolaas nam plaats en sloeg een groot, in rood marokijn gebonden boek open. Toen riep hij om zijn Pietermannen, waarop uit de gordijnen twee zwart gemaakte kerels te voorschijn sprongen, zwaaiend met een twijgenbos. Er werd gegild! De twee sprongen als wilden rond op zoek naar stoute kinderen. Links en rechts stoven jongens en meisjes weg. Ik was verlamd van schrik, toen Kwame me aanstootte en zei dat het maar komedie was. Ik vond er niets aan, maar kalmeerde wel een beetje.

Op dat moment landde de grootste van de twee, die een immense groene pofbroek droeg, voor mijn voeten. Hij greep me bij mijn schouders, zoals hij links en rechts bij anderen had gedaan, maar nu hij goed keek, viel hij verbijsterd stil. Meteen liet hij los alsof hij zijn handen aan me brandde. Hij boog zich vol ongeloof voorover.

'Wel heb ik ooit!' stamelde hij. Ieders aandacht was op ons gericht. De zwarte man keek van mij naar Kwame en weer terug en deed twee stappen achteruit om ons beter op te nemen, waarna hij om zich heen keek, vertwijfeld of hij het spel in ons bijzijn nog wel voort kon zetten. Niemand wist het. Die ongewone stilte wekte mademoiselle de Sybourg uit haar lethargie. Ze haalde haar hand uit de thee, wees onze richting uit met een vinger waar klodders speculaas vanaf vlogen en schreeuwde met schrille stem: 'Het is Willem! Dat zie je zo. Guillot! Zien jullie het dan niet? C'est notre p'tit Guillot!'

Nu de spanning was gebroken, begon iedereen tegelijk te lachen en te praten. Maar daarmee was de zaak niet afgedaan. De grootste Pieterman stond nog steeds als aan de grond genageld. Het ontging hem niet dat hij de risee van het gezelschap was en zijn onhandigheid een bron van vermaak. Ineens rukte hij zijn pet en pruik af en gooide ze op de grond. Onder zijn blonde haar liep, midden over zijn voorhoofd, een scherp aangezette lijn die de witte en de zwart gemaakte huid scheidde. Wij wisten niet wat we zagen. Alsof hij half gevild was! Hij vloekte onbehoorlijk, hees zijn pofbroek op en beende met grote stappen weg, waarbij hij uit pure drift een tafel omtrapte, zodat een kristallen schaal aan scherven viel. Hij smeet de deur zo hard achter zich dicht dat een van de panelen scheurde.

Madame Koetsjelev redde de situatie door snel en met veel vertoon de Russische hofbakker een grote peperkoek te laten binnenbrengen, waarop Anna Paulowna bevel gaf die aan te snijden en rond te delen. Sint-Nicolaas schraapte zijn keel en nam het woord. Hij vroeg Kwame en mij als eersten op zijn knie plaats te nemen. Hij miste enkele voortanden en rook zo zwaar naar tabak dat het mijn gevoelige longen irriteerde. De heilige zei dat hij ons goed kende. Dat verbaasde mij. Ik kende hem absoluut niet. Dat zei ik ook. Hij lachte en beweerde dat hij ook mijn vader kende. Hij kende iedereen.

'Hoe is het met mijn vader?' vroeg ik. De sint bracht ons zijn groeten over. Kwame dacht dat hij hem verkeerd begreep en vroeg hem dat nog eens te herhalen, maar inderdaad... De mededeling sneed door mijn ziel. Nooit hadden wij sinds ons vertrek bericht uit Kumasi ontvangen en nu dan van een vreemde! Sint-Nicolaas mompelde dat hij overal ter wereld in de harten van mensen kan kijken en gezien had dat mijn vader ons miste, dagelijks aan ons dacht en het beste met ons voorhad.

Ik zag hem. Hij stond op de omgang van ons paleis in Kumasi, met zijn rug naar me toe, te staren in de verte. Het was me zo lang gelukt die man uit mijn herinnering te bannen en nu, ten overstaan van iedereen, draaide hij zich om en keek me aan. Ik geloof niet dat hij me herkende.

Ik kreeg een hoestbui. In het grote boek scheen de sint te lezen dat ik een keer in de klas had afgekeken, wat mij een leugen leek, en dat Kwame zich niet altijd goed gewassen had, wat me al waarschijnlijker voorkwam. Over het algemeen schenen onze vergrijpen zo ontzettend mee te vallen dat ze geen afbreuk deden aan onze goede daden zodat... Hij gaf ons een zware, felgekleurde doos en een snee peperkoek en stuurde ons terug naar onze plaats.

Ik wist niet of ik het beeld van mijn vader wilde vasthouden of uitwissen en maakte daardoor de verdere feestelijkheden maar half mee. De andere kinderen kregen een soortgelijke behandeling. De meesten hadden hun ouders niet geëerd, maar toch kregen ze een pakje, dat ze direct openmaakten.

Dat hadden wij met het onze niet gedurfd. Wij kenden de gewoonte niet geschenken te verstoppen in papier. Toen de anderen hun pakjes openscheurden, voelde ik me opgelaten dat wij het niet meteen hadden gedaan, maar nu wilde ik geen aandacht meer trekken.

Uiteindelijk kreeg ook de sint zelf een geschenk van Anna Paulowna, waarop een koor van Russische zangers een droevig lied aanhief en iedereen onderling begon te praten. Al snel kwam prinses Sophie op ons toe om haar cadeau te tonen. Het was een pop, niet meer dan twee handen hoog, die na een druk op een knop aan een bureautafel ging zitten, zijn pen in de inkt doopte en 'Sophia' op een velletje papier schreef. De prinses vertoonde deze truc twee keer en gaf ons ieder een van de blaadjes met haar naam. Ik bedankte, maar mijn hart was er niet bij en dat kon ik niet verbergen.

'Is het omdat Willem boos werd?' zei ze. 'Daar moet je niet op letten. Dat betekent niets. Mijn broer heeft temperament. Il y a du Paul dedans, zegt mama. Paul was mijn grootpapa. Tem-pe-ra-mént! Mijn broer Willem is een echte Romanov... Zoals de tsaar.' Ze keek me aan en voegde eraan toe: 'Van Rusland.'

'Begrijp ik,' mompelde ik.

'Wanneer zijn jullie jarig?'

'Wij?' vroeg Kwame verbaasd, 'wij zijn niet jarig.'

'Nu misschien niet, maar binnenkort toch wel of later?'

'Nee, helemaal nooit.'

'Wat een onzin, iedereen is wel eens jarig!' wuifde ze zijn opmerking weg. 'Nou ja, behalve misschien mademoiselle de Sybourg. Voor haar is elke dag hetzelfde en ze is al zo oud, ouder kan ze toch niet worden.'

'Wij zijn nooit jarig geweest,' hield Kwame vol.

'Hoe kan dat nou?'

'Nooit jarig geweest,' viel ik hem bij.

'Of vieren jullie alleen naamdag? Dat vind ik ook best. Wanneer valt die?'

'Zaterdag,' zei Kwame, 'ja, mijn naamdag is zaterdag.'
'De mijne zondag.'
'Zoiets bestaat toch niet! Zondag en zaterdag, en dat dan zeker élke wéék!?' Nu werd ze ongeduldig, draaide zich naar Kwame toe en vroeg hem recht op de man af: 'Nou, vooruit, op welke dag van het jaar bent u geboren?'
'Dat weet ik niet,' zei hij.
'Dat wéét hij niet!' richtte Sophie zich tot mij. 'En u, hebt u uw zaakjes beter bijgehouden?'
'Geen idee,' zei ik en ik moest om mezelf lachen. Het was voor het eerst dat ik mij niet schaamde een antwoord schuldig te blijven. Sophie trok haar wenkbrauwen op en sloeg haar ogen ten hemel. Haar verbazing was overdreven, maar rechtdoorzee. Haar vragen beoogden geen effect. En hoewel ze van alles een grap maakte, was dat niet bedoeld voor toehoorders, maar uitsluitend om ons te laten lachen. Er zijn mensen in wie je jezelf liever ziet dan in een spiegel.
'Geen idee!' deed ze me na. 'Weet u wel óf u bent geboren, of is dat ook niet zeker?'
'Niet helemaal,' zei ik. Ze trok haar neus op als ze lachte, zoals een hondje dat moet niezen.
'Ik geloof het omdat me erover is verteld,' zei ik, 'maar zelf kan ik er niet voor instaan, want ik weet van mijn geboorte niets meer.'
'Ik ook niet.' Ze dacht na. 'Eigenlijk...' zei ze, 'eigenlijk is mijn verjaardag het enige bewijs dat ik heb.'
'En wanneer is die?'
'Acht april.' Daar voegde ze aan toe: 'Dat is nog lang niet.'
'Dat weten we heus wel,' zei Kwame, die zich een beetje buitengesloten voelde. 'Wij kennen de maanden. We zijn niet onnozel.'
Sophie liep weg. Ik was bang dat ze boos was, maar binnen de kortste keren bracht ze de lange baard bij ons. Sint-Nicolaas boog door zijn knieën om met ons op ooghoogte te kunnen praten. Die tabakswalm! Ik deed mijn best om niet te hoesten.
'Wat hoor ik, vieren jullie geen verjaardag?'
'Nee, mijnheer,' zei ik.
'Maar dan moeten we ogenblikkelijk een dag kiezen.'
Anna Paulowna, die vertrouwelijk met madame Koetsjelev had zitten praten, kwam op de drukte af.

'Maar wát?' interrumpeerde ze. 'Wat mankeert hun? Ze hebben hun cadeau niet uitgepakt.'

'Ze zijn niet jarig,' zei Sophie.

'Sinds wanneer moet je jarig zijn om je nicolaascadeau open te maken?'

'U begrijpt het niet,' zei de sint, 'ze hébben geen verjaardag. Ze vieren hem niet.'

'Nooit?'

'Nooit.'

'Wat een rare manier om op te vallen,' zei de kroonprinses en wierp ons een afkeurende blik toe. De goedheilig man trok zijn jurk op en kwam naast ons zitten.

'Op welke dag hebben jullie Afrika verlaten?' vroeg hij. 'Is dat bekend?'

Kwame wist het precies. Van Drunen had het voor ons genoteerd, en zodra Kwame een kalender leerde gebruiken heeft hij die dag als eerste opgezocht en gemerkt. Ik herinnerde het me omdat hij dat voorjaar, toen die datum voorbijkwam, vrijwel de hele dag had gezwegen.

'Vierentwintig april,' zei hij.

'En de dag dat jullie in Nederland aankwamen?'

'Eenentwintig juni.'

'Dan vieren we voortaan úw verjaardag op vierentwintig april, prins Aquasi. En prins Quame, die van u op eenentwintig juni, hoe lijkt dat?'

'Prachtig, papa!' zei Sophie en schoot in de lach om die versprekking. 'Ik bedoel Sint-Nikki.'

Plotseling was daar Willem Alexander, de erfprins. Hij had het roet van zijn gezicht gehaald. Toch was er iets achtergebleven in de groeven die, jong als hij was, al rond zijn ogen lagen. Klein waren die, deels verscholen achter een plooi die het bovenste ooglid licht neerwaarts trok. Zijn wangen waren rood van het boenen en glommen van een of ander vet. Zijn pofbroek had hij verruild voor een kostuum. Hij nam een glas port en deed zijn best zijn eerdere uitval goed te maken met jovialiteit. Achter hem dook de andere Pieterman op. In uniform.

'Heini, zo geslaagd!' De prinses vloog op hem toe. 'Ik dacht de hele tijd wel dat jij die andere malle nikker zijn moest, maar ik kon je met geen mogelijkheid herkennen. Ik zocht je om je voor te stellen aan twee vrienden met wie jij, denk ik, veel te bepraten zult hebben. Prinsen, mijn broer Hendrik.'

Een bol gezicht, blozend. Hij gaf ons een hand én salueerde ter erkenning van onze stand, wat overbodig was maar vriendelijk bedoeld. Sophie stak haar arm door de zijne.

'Hij kent de tropen als geen ander. Ik heb hem zo lang moeten missen. Pas sinds de zomer heb ik hem weer terug. En nu laat ik hem niet meer gaan. Vooruit, Heini, vertel. Het is toch wat, zo'n kind nog, en dan de hele wereld al gezien!'

De prins vroeg een kleinigheid te eten, zonderde zich met ons af en vertelde vol vuur over verre oorden. Hij had met zestien jaren al de Kaap gerond, maar kende van het Afrikaanse land alleen de Tafelbaai. We spraken over het leven op zee en de gebruiken aan boord. Rio de Janeiro, Calcutta, Delhi, de Himalaya. De Indonesische archipel, die hij vorig jaar als eerste en enige Oranje had bezocht, beschreef hij met de meeste liefde. Hij liet zijn stem zakken, liet zijn polsen dansen in de lucht en zag zo nu en dan over onze hoofden de groene heuvels voor zich, een tempelhof, een enkele verdwaalde vriend. Celebes, Java, Ambon, Ternate, al die eilanden op Van Moocks blinde landkaart gaf hij met enkele streken een gezicht.

Sophie hing aan zijn lippen. Zij spoorde hem aan meer details te geven over de woestenijen die hij had gezien en de gewoonten van de volkeren die hij er had ontmoet. Het was geen sensatiezucht zoals we die van anderen kende. Bij haar leek het een passie zich te verdiepen in wat anders is.

Sophie vertelde haar broer over de spin in het atelier van Raden Saleh. Tot onze verbijstering kende de prins de verhalen van onze Anansi. Tijdens zijn verblijf te Suriname, twee jaar tevoren, had de gezant de jongen, die zich verveelde bij de officiële banketten, in een kring van zorgvuldig geselecteerde slaven gebracht. Die hadden zijn fantasie geprikkeld met de spin, zijn vriend Tseetsee de vlieg, zijn vrouw Zus Akoeba en hun kinderen. Die namen, waarmee wij waren opgegroeid, te horen uit de mond van een vreemde, ontroerde ons. Sophie zag in dit toeval een teken. Daar kwam ze steeds op terug. Ik hield ervan haar opgewonden te zien en verzweeg daarom de verklaring voor de verspreiding van het verhaal. Het was voor die feestelijke gelegenheid ook te ongepast en te onaangenaam. (In Elmina kwamen wij erachter dat de slaven die vanouds aan de Hollanders waren verkocht, vooral waren verscheept naar Suriname. Men had hun alles afgenomen, behalve hun persoonlijkheid en hun verhalen.)

Er werd ons geglazuurd gebak voorgezet en een glas bisschopswijn. Hendrik, daartoe aangespoord, vertelde een van de spin Anansi's avonturen. Af en toe keek ik naar Kwame. Hij scheen volledig op zijn gemak. Verhalen die je kan dromen, vervelen nooit.

De jarige kroonprins Willem Frederik vroeg zijn gasten te musiceren. Een jong gravinnetje met een scheef gebit haalde ogenblikkelijk een partituur uit haar lijfje te voorschijn en zong er al te gretig op los. Hierdoor overwonnen anderen hun schroom, want erger kon het niet. Na drie korte stukjes vroeg de kroonprins ons bij zich. De geur was onmiskenbaar – hij rookte de ene sigaret na de andere – maar van zijn bisschopsimitatie was alleen nog wat plaksel over. Sophie krabde het uit zijn lange bakkebaarden. Hij vroeg een proeve van onze muzikale vorderingen. Ik speelde op de pianoforte een etude, zonder veel talent, waarna Kwame liet horen hoe ver hij mij in de muziek, als in de andere kunsten, voorbijstreefde. Hij speelde variaties van Bach op het klavecimbel, gevolgd door een solo op de klarinet, die men inderhaast geleend had van een van de Russische muzikanten.

Voor mij applaudisseerde men beleefd, maar Kwame oogstte werkelijk succes. Dat ontging hem, want als hij musiceerde, vergat hij alles om zich heen. Eerlijk gezegd denk ik wel eens dat juist dát mijn kunstzinnige ontwikkeling belemmerd heeft: te zien hoe moeiteloos de muzen mijn hartsvriend bij mij vandaan leidden, een andere wereld binnen, die ze voor mij gesloten hielden. Begrijp me goed, ik misgunde hem zijn ontsnapping niet. Die intrigeerde mij genoeg om me in de kunsten te verdiepen, maar mijn wens hem daarin te volgen, maakte me te verbeten om tot de kern door te dringen. Je kan een droom nu eenmaal niet afdwingen door je ogen stijf dicht te knijpen.

Terwijl hij speelde werd ik gewenkt door Anna Paulowna, die met haar oudste zoon stond te praten. Erfprins Willem Alexander was inmiddels behoorlijk aangeschoten, maar daardoor gemoedelijk.

'Quelle émotion! Le prince Quame est vraiment talenté!' zei Anna Paulowna, toen de muziek was uitgeklonken.

'Ce sont des sauvages bien élevés, maman!' zei de erfprins vol bewondering.

Kwame, omspoeld door jongedames die hem complimenteerden, werd bij de kroonprinses ontboden. Het kostte hem moeite zich los te rukken en ik benijdde hem erom.

'Mais venez donc, mon tout petit grand homme, venez ici!' zei Anna en stelde hem aan Willem Alexander voor, wie het begon te dagen dat wij de Franse taal machtig waren. Hij keek tersluiks naar mij en scheen zich opnieuw wat ongemakkelijk te voelen.

'Le prince Quame zal op een dag op de troon komen.'

'De troon?'

'Precies als jij, mon fils.'

'Wat voor troon mag dat zijn?'

'Ver van huis!' zei Anna Paulowna, en ineens schoot haar gemoed vol. 'Zo ver, die Kleinen!' Ze wendde haar gezicht af. 'C'est la musique qui me touche!' verklaarde ze met geknepen stem, zonder ons aan te kijken. Willem Alexander stond er verloren bij.

Sophie verduidelijkte: 'Quame wordt koning van Ashanti.'

'Maar,' zei Willem, 'ik heb juist begrepen dat die ander...'

'Het zit daarginds zo,' begon Sophie alsof ze er wel wat in zag, 'dat de erfopvolging geregeld wordt via de vrouwelijke lijn.'

'Mon Dieu!' liet Willem zich ontvallen. 'Wat een wereld!' Hij schudde zijn hoofd en leegde zijn glas. In zijn toon lag iets spottends.

'Is Holland soms de norm waar de wereld zich aan meten moet, kindlief?' vroeg Anna Paulowna geprikkeld. 'God bewaar ons.'

'Is het voor een koning niet goed te meten met de maten van zijn rijk?'

Anna verhief zich van haar zetel, niet langer moeder, maar grootvorstin.

'Voorlopig is jouw grootvader nog koning. En dan jouw lief papá. En dan, wie weet...?' Ze haalde haar neus op en riep: 'Mouchoir!' Zelfs haar stem was steviger en strenger. Haar kamerdienaar gaf haar wens te kennen aan een lakei, die een zakdoek op een zilveren schaaltje legde, dat hij vervolgens aan de kamerdienaar gaf. Die bood dit de kroonprinses aan met een buiging.

Ondertussen sprak zij haar zoon toe met een lelijke glimlach om de mond: 'Elke tuinman, jongen, moet weten wat er in het bos woekert voor hij zelfs maar een grasveldje kan maaien.' Ze snoot haar neus, gooide de zakdoek, zoals ze gewend was, zonder te kijken op de grond en liep weg.

In de nacht keerden we terug naar Delft. Op onze kamer maakten we het pak van Sint-Nicolaas open. Hij had niet gelogen. Het kwam van mijn vader, al was het door het ministerie van Koloniën geopend, gecontroleerd en opnieuw ingepakt. Het bevatte een rapport uit Elmina waarin werd gesteld dat de Asantehene zes ons stofgoud had gestuurd, om te voorzien in ons onderhoud, en twee paar gouden kettingen en ringen als cadeaus. Die laatste troffen we inderdaad aan. We waren blij dat we niet vergeten waren, maar het metaal was erg koud, zodat we het niet omdeden.

Kwame wilde slapen, maar hij was te vol van de zwarte Pieten. Ik zei hem dat hij niet zo licht beledigd moest zijn, dat het hier een traditie betrof, zoals wij thuis zoveel tradities hadden. Ze behouden hun vorm, maar verliezen hun kracht. Kwame vond dat de domste en gevaarlijkste soort. Er was geen land met hem te bezeilen. Gelukkig viel ik wel in slaap en droomde van een schip met een grote groene pofbroek aan de mast. Het ding stond bol van de wind en vlóóg over het water. Ik hield het roer en zong luid een liedje zonder woorden.

'Ik weet het niet, mijnheer,' zei Cornelius de volgende dag tegen Van Moock, juist toen wij de klas binnenkwamen. Ons uitstapje was de jongens niet bepaald ontgaan. Mevrouw Van Moock sprak nergens anders meer over. Bovendien mochten we vanwege onze late terugkeer deze ochtend tegen alle regels in twee uur later in de les komen. Dat was genoeg voor scheve ogen, zelfs bij degenen die ons het best waren gezind. Tot overmaat van ramp arriveerden we net op tijd om te horen hoe Cornelius op zijn nummer werd gezet.

'Mijnheer De Groot, het is niet mijn gewoonte een onnozelaar zijn domheid na te dragen, maar met u is het anders. U bent slim genoeg buiten de les om. Slim genoeg om de anderen naar uw pijpen te laten dansen. Uw onwetendheid moet dus wel voortkomen uit luiheid.'

'Toch niet, mijnheer, ik weet het antwoord al.'

'Slim genoeg ook om de antwoorden op uw manchet te schrijven, zie ik. Nee, hartelijk bedankt. Aquasi, weet u het?'

Ik wierp een blik op het bord.

'Anderhalf maal het quotiënt van de korte zijden,' zei ik op goed geluk en was brutaal genoeg Cornelius daarbij triomfantelijk aan te kijken.

'Hoort u dat, mijnheer De Groot? Eén jaar zijn de Ashantijnse prinsen onder mijn vleugels. U bijna vier. Neemt u een voorbeeld aan ze.'

'Ik neem nog eerder stront voor mijn ontbijt,' antwoordde Cornelius halfluid en keek niet minder onbeschaamd terug. Een hardere klap had hij nog niet uitgedeeld. En hij had me nog zo geleerd mijn bescherming nooit te laten zakken, zeker niet op het moment dat je denkt een overwinning in je zak te hebben.

'Wat was dat?' vroeg Van Moock, die het óf niet verstaan had óf niet kon geloven wat hij hoorde. 'Had u nog commentaar ook?' Maar alles verdronk in het gelach dat was losgebarsten, luid en welbewust, als iets dat de klas te lang had moeten binnenhouden.

Cornelius had Verheeck cum suis een duidelijk sein gegeven. De excessen waren voorbij. Daarvoor was ik te sterk geworden, maar vrienden hebben Kwame of ik op school nadien nooit meer gemaakt. Gesprekken stokten als wij naderden. Bij sport en spel trokken we ons vrijwillig terug. Boeken werden onze wereld, en de genegenheid die ons aan het hof betoond werd, restte ons als enige vriendschap.

Dat ik ziek werd kwam door de kou en niet, zoals Kwame suggereerde, van verdriet. Eerst kreeg ik pijn aan mijn rug, bij elke inademing. Daarna begon ik te hoesten, vooral 's ochtends en 's avonds, maar na vijf weken viel het me ook overdag steeds zwaarder adem te halen. Uiteindelijk werd het piepen van mijn luchtwegen zo storend dat Van Moock me de toegang tot de lessen verbood tot ik beterde.

Kwame, die zich als altijd beter aan de natuur aanpaste dan aan de mensen, had van geen weersverslechtering last, maar weigerde zonder mij zijn lessen voort te zetten. Na enkele strenge straffen die elke uitwerking misten, gaf Van Moock toe en mocht mijn vriend mij op mijn kamer gezelschap houden, mits hij zijn werk meenam en elke middag enkele taken inleverde.

Het begon me moeite te kosten de trap naar de tweede etage op te lopen. De amechtigheid hield me wakker, waardoor ik hoofdpijnen kreeg en steken in mijn onderrug. De algehele lusteloosheid benam me de smaak van eten en ik verloor gewicht tot mevrouw Van Moock me op een ochtend in bed aantrof, badend in het zweet. Ze sloeg het dek terug en ik zag eigenlijk pas aan haar blik hoe slecht het werkelijk met me gesteld was. Er werd een dokter bij gehaald, die bronchitis constateerde en stoombaden voorschreef. Toen die binnen twee weken geen resultaat hadden gegeven, nam Van Moock contact op met Van Drunen.

Ik ontving een brief van prinses Sophie:

Ik vrees dat ik het was die uw gezondheid in de waagschaal heb gesteld door er zo op aan te dringen, die avond in het paviljoen te Scheveningen, dat u beiden mij naar het strand zoudt vergezellen. Ik vraag uw begrip voor het feit dat ik uitgekeken raakte op het gezelschap en zelfs op mijn mechanische cadeau. Toen ik de pop voldoende blaadjes met mijn naam had laten schrijven om aan het gehele Nederlandse volk uit te delen, kon ik mij nog maar één verstrooiing voorstellen. Buiten riepen mij de zware stemmen van de herfst. *De zee schreeuwde tot mij. Hendriks zee. Ik probeerde mijn broer te verlokken tot een wandeling door de storm, maar hij stribbelde tegen, overtuigender dan u en uw neef, die dunkt mij popelde zich, zoals vroeger, met de elementen te meten. Met niemand leek het mij gepaster de natuur te trotseren dan met u tweeën, die haar van geboorte zo nabij bent. Had ik geweten van uw gesteldheid, ik zou nooit hebben aangedrongen, maar zoals het was, draag ik de dierbaarste herinnering aan dat moment. Te leunen tegen de wind, gedragen op haar vleugels, alsof het lichaam zonder gewicht was en niet langer stoffelijk. De armen te spreiden als een vogel zijn veren en te vergeten, te vergeten, ach! Wij hebben zoveel gemeen, u beiden en ikzelf. Ik ween om de eenzaamheid waarin u moet verkeren. Maar u bent niet alleen. Dat zeg ik u. Wij moeten ons vertrouwen stellen in God.*

En nu bent u onwel! Uw longaandoening waarover men mij heeft be-

richt, is ook aan mij niet vreemd. Nog deze zomer heb ik daarvoor lange tijd zwaar ziek het bed moeten houden, waardoor ik tot mijn onnoemelijk verdriet in juli de thuiskomst van prins Hendrik heb moeten missen, omdat ik ter revalidatie was opgenomen in het Catshuis. Mijn moeder wijt alles aan het Hollandse klimaat, dat volgens haar niet geschikt is voor bewoning. 'Dat laat ik me door Sint-Petrus nog eens uitleggen,' zegt ze, wanneer ze in een van die buien is waarvan men niet weet of het haar scherts of ernst is, 'waarom de Here God een volk zo verward heeft dat het op het idee kwam intrek te nemen in een moeras!' De slechte berichten over uw gezondheid hebben haar en de kroonprins, die eveneens op u gesteld is, ten zeerste verontrust. Stappen worden ondernomen ter bevordering van uw herstel. Ik wens u van harte beterschap en vraag u mijn eerbiedige groeten over te brengen aan prins Quame en dezelfde eveneens te accepteren,

Sophie, prinses der Nederlanden.

P.S. *De verrijking van de geest kan ook het lichaam sterken. Ik stuur u daarom hierbij het toneelstuk* Mahomet *van monsieur Voltaire. Maman ziet niet graag dat ik van zijn ideeën kennisneem, maar ik acht enkele regels in het bijzonder voor ons van belang. Ik heb ze onderstreept en neem ze tot mijn motto:*

'Les mortels sont égaux, ce n'est pas la naissance
C'est la vertu qui fait leur différence.'

Direct na het lezen van deze brief arriveerde professor Everard, die prinses Sophie had behandeld. Hij was ook de lijfarts van kroonprins Willem Frederik, die sukkelde met een zwakke gezondheid.

De man verbood mij ogenblikkelijk de stoombaden, plakte me onder de mosterdpleisters en schreef omzwachteling voor van middenrif en borstkas met in sulfer gedrenkte lappen, waardoor binnen enkele uren de hele tweede verdieping stonk naar rotte eieren met zuur.

In onze kamer was de stank ondraaglijk. Ik ademde moeilijk en mijn hart sloeg onregelmatig, wat mij duizelingen bezorgde. Hoewel ik Kwame voorstelde de zwavel en mijn onrust te ontvluchten door tijdelijk naar een andere kamer te verhuizen, wilde hij toch liever dicht bij me zijn. In de nacht bleef hij vaak wakker om mij, wanneer ik mij in mijn slaap had omgedraaid, onmiddellijk weer op mijn zij te leggen, een houding waarin ik minder pijn had. Als hij sliep was het licht, en zelfs in zijn dromen bleef hij alert op de minste verandering in mijn ademhaling, zodat wanneer die ook maar eventjes vertraagde, hij wakker schoot en zijn oor op mijn borst legde om te luisteren zoals de dokter deed. Op mijn vraag wat hij hoorde, antwoordde hij: 'Een hart in galop dat de weg kwijt is.' Ik bespotte hem om zijn vergelijking, die hij ontleend moest hebben aan een van de moderne dichters in de bloemlezing die mevrouw Van Moock ons ter verstrooiing had gebracht, maar toch kreeg ik daarna een koortsdroom, waarin ik het tafereeltje levendig voor me zag, een hart met twee beentjes dat in de rondte rende.

Op een nacht kreeg ik een zware aanval, waarbij ik bloed ophoestte en ik zelf voelde hoe mijn borst zodanig dichtslibde dat ik meende weldra te zullen stikken. De in allerijl geroepen dichtstbijzijnde dokter reinigde met een spatel mijn keel van taaiig slijm, waarin ik–zo gaf hij toe–op een haar na was gestikt.

Na die behandeling viel ik uitgeput in slaap, waaruit ik even later werd gewekt door de schrapende pijn in mijn keel. Met dat plotseling ontwaken overviel ik Kwame, die naast me onbedaarlijk lag te huilen. Het was de enige keer dat ik hem hierop heb kunnen betrappen. Zodra hij merkte dat ik wakker was, vermande hij zich meteen om mij niet verder te verontrusten. Hij benadrukte zo sterk dat hij zeker wist dat ik zou genezen, dat ik begreep dat hij doodsbang was dat hij me zou verliezen. Hij wiegde mij in zijn armen tot ik sliep, en ik kan me geen voorval herinneren waarop we elkaar nog zo na gekomen zijn. Terwijl ik langzaam wegsufte, was ik mij er voor het eerst en voor het laatst volledig van bewust dat hij van me hield en dat hij de enige was van wie onmogelijk iets viel te vrezen. De volgende ochtend probeerde ik dat gelukkige gevoel terug te roepen, maar dat mislukte.

Zuurdeegpap en Spaanse vlieg werden aangelegd. Professor Everard zei me dat een zware aanval altijd een kentering inluidde, ten goede of ten kwade. Inderdaad bracht de broeiing en prikkeling van mijn luchtwegen, samen met enkele stroperige drankjes en niet te vergeten Kwames liefderijke zorgen, uiteindelijk verlichting, wat me mijn eetlust teruggaf en me aan deed sterken. Half februari was ik eindelijk krachtig genoeg om terug te keren in de klas en naar Raden Saleh te reizen voor de laatste portretzitting, die hij benutte om snel nog onze nieuwe Ashantijnse sieraden af te beelden. Maar helemaal verdwijnen zou mijn aandoening nooit en elke Hollandse herfst keerde zij in volle hevigheid terug.

De vijftiende verjaardag van prinses Sophie verstreek zonder dat wij de invitatie ontvingen waarop wij hadden gerekend. Later bleek dat het kroonprinselijk gezin in rep en roer was. Anna Paulowna had alles in het werk gesteld om het huwelijk van Willem Alexander te voorkomen, maar de breuk tussen de verloofden leek geheeld. Anna liep grommend door de gangen van paleis Kneuterdijk. De aanstaande bruid van haar oudste zoon was zijn eigen nichtje, Sophie von Württemberg, een dochter van Anna's minst geliefde zuster Katherina Paulowna. Het was een meisje in wie, volgens haar, de labielste trekken van de Romanovs, die haar aan haar eigen oudste zoon al zo stoorden, waren samengekomen.

Erger nog dan het dreigende huwelijk van Willem Alexander was het dreigende schandaal rond Willem de Eerste, Anna's schoonvader. De bejaarde koning had twee jaar trouw gerouwd om zijn overleden echtgenote Wilhelmina, maar nu was hij het weduwnaarschap beu. De oude man stuurde aan op een huwelijk met gravin Henriette d'Oultremont, die niet alleen een Belgische was en katholiek, maar tot overmaat van ramp ook nog eens hofdame!

Om dit alles stil te houden werd er op het paleis geen bezoek ontvangen. Kwame en ik hadden daar geen benul van. Wij voelden ons alleen teleurgesteld dat men ons vergeten scheen te zijn. Ons cadeau, een uitgave van de verzamelde werken van Voltaire, die we speciaal voor Sophie in groen geitenleer hadden laten binden, hebben we haar uiteindelijk met onze felicitaties toegezonden. Daarop volgde slechts een kort dankbriefje, waaruit geen bijzondere genegenheid bleek.

Op de middag van de vierentwintigste april echter, de dag die als mijn eigen verjaardag was geprikt, werden Kwame en ik opgehaald en naar Hellevoetsluis gereden. In het stadhuis aldaar ontving de burgemeester zelf ons. Hij leidde ons binnen in een zaal waar het enorme schilderij dat voor mijn vader was bedoeld, stond opgesteld. Hoewel ik Kwame wel geslaagd vond, had ik er moeite mee mezelf in de schichtige jongen te herkennen, die de toeschouwer met tegenzin aankeek. De suggestie was niet zozeer dat ik mijn gezicht naar onze 'weldoener' keerde, als wel dat ik me enigszins beschaamd van anderen afwendde. Voor het overige waren we welgedaan afgebeeld als het puikje van Afrikaans welvaren.

Om ons te verrassen klonk de zogenaamde *Mars voor de koning van Ashanti* en verscheen kroonprins Willem Frederik met Sophie aan zijn zijde, gevolgd door generaal-majoor Verveer, Van Drunen en Raden Saleh. Terwijl wij aanzaten aan een uitgebreide theetafel werd het doek aan boord gebracht van een schip waarmee Verveer diezelfde middag zou uitvaren met bestemming Elmina.

Het idee naar Afrika te moeten terugkeren stond de generaal-majoor zo tegen dat het hem moeite kostte beleefd te blijven converseren. Zelfs als de kroonprins sprak, dwaalden Verveers gedachten telkens af. Mompelend prakte hij een beetje in het gebak dat hem werd voorgezet, maar de hele middag nam hij er geen hap van.

Hij had de opdracht om vanuit Fort Elmina een grote strafexpeditie te leiden tegen Badu Bonsu de Tweede, de koning van Ahanta. Deze had een Nederlandse handelsmissie laten doden, nadat twee onervaren soldaten tegen de etiquette met getrokken wapens bij hem op audiëntie waren verschenen. Adjudant Tonneboeijer ondernam daarop met veertig man een poging om Badu Bonsu te straffen, maar zij werden allen in een hinderlaag gedood.

Na de thee begaf ons gezelschap zich op de rede. Verveer beloofde dat hij ons portret in goede staat te Kumasi zou afleveren en ging aan boord. Wij wensten het schip en zijn bemanning behouden vaart.

Twee jaar nadat Kwame en ik de Goudkust verlieten, keerden wij dus als portretten terug. Mijn hart rilde bij de gedachte dat mijn vader en onze moeders ons binnenkort zouden aanschouwen, maar Sophie stond naast me. Kwame en ik zwaaiden onszelf na en keken tot het schip het zeegat uit voer. Ik greep mijn vriend vast. We verlangden niets liever dan de plaats van onze afbeeldingen in te nemen. Maar we waren inmiddels goed opgevoed en zwegen dus.

Deel drie

Delft 1839-1847

'Heureux ceux qui n'ont point vu la fumée des fêtes de l'étranger et qui ne se sont assis qu'aux festins de leurs pères.'
François-René de Chateaubriand

I

'Op haar,' zei Kwame en wees recht de hemel in. Sophie deed hem na. Lak aan elk protocol! Het was Kwames verjaardag, 21 juni. We lagen met zijn drieën op de ronde bank in het park achter Het Loo onder een amandelboom. Voor het eerst, na een koud voorjaar, had de zon genoeg kracht om onze huid te verwarmen.

'Op haar was de spin Anansi verliefd. Anansi moest en zou naar haar toe. De aarde was toen nog kaal en onvruchtbaar. Hij maakte een web tussen twee stenen en klom naar het hoogste punt. Maar hij kon haar niet bereiken. Hij maakte een web tussen twee rotsblokken, maar bereiken kon hij haar niet. Toen beklom hij een heuvel en bevestigde zijn draad aan de top. Zo hoog was hij nooit eerder geweest, maar wat nu? Waaraan kon hij nu de andere punt van zijn enorme web vastmaken? Aan de horizon ontdekte Anansi een bergrug. Hij begon te lopen over de vlakten tot een rivier hem de weg versperde. Hij keek om. Hij was al ver van het land dat hij kende. Maar zijn liefde was sterker dan zijn angst. Hoewel hij niet kon zwemmen, stak hij het water over. Hij ging aan land en liet zich in de zonnestralen drogen. Voorbij de zoutvelden bereikte hij de bergketen die de vlakte van de kust scheidt. Daar beklom hij de hoogste top. Hij zag hoe lang zijn draad al was, en toen hij berekende hoe groot zijn web zou moeten worden, kreeg hij een duizeling. De tocht had bijna al zijn krachten gevergd. En pas één draad had hij gespannen. Op dat moment drong het tot de spin Anansi door dat zijn ambitie te groot was, zijn liefde onmogelijk. Nooit zou hij de zon met zijn web kunnen bereiken. Nee, hij zou nooit dichter in haar buurt komen dan hier op deze bergtop. Daar besloot hij dus te blijven. Vanaf zijn hoogte kon hij zijn geliefde 's avonds zien vertrekken. De nachten bracht hij huilend door, gebroken van verdriet. Maar 's ochtends kreeg hij weer hoop, omdat zij hem niet vergeten was. Hij at niet meer. Hij dronk niet meer. Hij droomde alleen nog maar. Uiteindelijk stak er een briesje op. In de verte stoof zand over de vlakten. Het begon te waaien en de wind groeide aan tot storm. Anansi verzette zich. Hij wilde niet wijken van de plaats waar hij het dichtst bij zijn geliefde was. Hij zette zijn poten schrap, kleefde zijn achterlijf aan de grond, maar hij was al te sterk verzwakt. De wind tilde Anansi op. En hij, die alleen nog met zijn lange spindraad vastzat aan de bergtop van zijn geboortegrond, kwam nu dichter bij de zon dan ooit. Had hij maar eerder losgelaten! Hoger zweefde hij en steeds langer spon hij zijn draad en warm kreeg hij het van spanning, en warm van de inspanning en warm... en warm... en warm van de liefde. En vol van geluk werd hij zo heet dat hij zijn pootjes schroeide, maar het kon hem niet schelen. En hij schroeide de haren van zijn buik, maar schelen kon het hem niet. En zijn schild raakte in vuur en vlam en brandde van liefde en hij schreeuwde het uit van genot, en op het moment dat zijn lief hem in haar vlammen opnam, stierf hij van geluk. Verkoold gleed hij, als een rokend vlammetje langs een lont, terug aan de draad die hij had gesponnen. Zijn as viel op de aarde. De wind verspreidde hem over de kale velden en de lege vlakten. En zijn as maakte de grond vruchtbaar. De zon ging onder en kwam op en zag dat uit Anansi's resten kleine sprietjes omhoog waren geschoten. Zij bescheen ze, zodat ze groeiden. Zij gaf ze zoveel kracht dat ze de aarde overwoekerden. En uit dat groene woud kwamen dieren te voorschijn en de eerste mens. En daaruit groeiden jij en ik en Kwasi en iedereen. Geboren uit Anansi's liefde. Zo is alle leven ontstaan. Uit onvervuld verlangen.'

Ik kneep mijn ogen dicht tegen het felle licht, maar zag zelfs door mijn bloedrode schellen heen dat Sophie rechtop ging zitten. Haar schaduw. Ze trok haar knieën op, sloeg haar armen eromheen en liet haar kin erop rusten.

'Dat heb je niet van jezelf!' zei ze. Ik opende mijn ogen, maar moest ze meteen weer sluiten. Tussen mijn wimpers door probeerde ik haar gezicht te ontdekken. Er schoten honderden vurige bolletjes voor langs.

'Zijn het verhalen die jullie moeders vertelden?'

'Van mijn moeder herinner ik me niets,' antwoordde ik. Ik wilde liever dingen horen die ik nog niet wist. 'Nou ja, ze zong.'

'Kofi leerde ons de sprookjes,' ging Kwame verder en hij vertelde over onze bejaarde slaaf met zijn rode waterogen en zijn oude wijsheden. Hij deed na hoe die met zijn spillebenen liep en legde uit wat hij ons leerde.

'Was hij blind?' vroeg Sophie bijna gretig. Een fluwelen haarband afgezet met parels hield de pijpenkrulletjes uit het ovaal van haar gezicht. Ze veerden en vingen het licht.

'Kofi blind, hoezo?'

'Ik dacht het soms. Een wijze, oude blinde. Dat heb je toch wel eens.'

'Heb je dat wel eens?' vroeg Kwame spottend, wat haar geneerde. Ze ging op zoek naar bloemen, die ze dan, wortel en aarde en al, uitrukte. Na een paar minuten gooide ze, om te pesten, een hele bos over ons heen. Korrel en blad raakten onder mijn hemd en bleven daar de hele middag kriebelen.

Sophie vroeg dóór. Over mijn moeder. Over die van Kwame. Over de eerste jaren van ons leven. Kwame scheen er geen moeite mee te hebben. Hij rakelde veel op. Gebruiken, beelden, mythen die niemand in Nederland kende. Hij straalde, maar de prinses was dan ook verrukt. Haar nieuwsgierigheid werkte aanstekelijk. Ik zette me dus over mijn afkeer van deze verhalen heen. Ten slotte streed ik er met Kwame om wie welke anekdote mocht vertellen. Sophie wilde vooral bijzonderheden horen waarvan ze zich in haar meisjeskamer al een romantische voorstelling had gemaakt. Ze hing dan aan onze lippen alsof er honing af droop, zodat je niet kon en ook niet wilde weigeren. Zo gaf ik, bijvoorbeeld, uiteindelijk maar toe dat mijn wiegje van mos was geweest en was opgehangen aan de bloeiende takken van een esdoorn, waar een briesje het heen en weer wiegde tussen de nestjes van jonge vogels. Na zoiets sloeg ze haar handen voor haar gezicht om haar emotie binnen te houden. Zulke beelden, die ze mij zelf in de mond had gelegd, deden haar rillen alsof ze ze herkende. Ik merkte wel dat Kwame zo'n leugentje niet kon waarderen. Hij hervatte ons ware verhaal, maar de prinses bleef hem onderbreken met de vreemdste vragen. Van Kwame wilde ze weten of hij wel eens een witte hinde in zijn dromen had gezien. Mij vroeg ze of de bomen van het geheime dal mij ook liefdesraad gaven. Kwame begon te denken dat ze misschien te lang in de zon had gelegen.

Drie dagen voor Kwames feestdag was het huwelijk van erfprins Willem Alexander met Sophia Mathilde von Württemberg voltrokken. Willem de Eerste reisde voor de plechtigheid van zijn kleinzoon naar Stuttgart. Hij werd begeleid door alle prinsen, onder wie de vader van de bruidegom, kroonprins Willem Frederik, maar kroonprinses Anna Paulowna wilde niet mee. Wegblijven bij het huwelijk van haar oudste zoon was de eerste daad waarmee zij haar ongewenste schoondochter een hak kon zetten. Sophie hield haar moeder gezelschap, en om de grimmige sfeer te breken, stond zij erop dat wij Kwames allereerste verjaardag op Het Loo zouden vieren.

Toen wij na een zware rit in Apeldoorn uit de postkoets stapten, bleek de stemming niet feestelijk. De kroonprinses hield zich verborgen wegens opgezwollen huilogen.

'Nu, jullie kunnen wel weer rechtsomkeert maken,' pruilde Sophie, 'want mamá weigert muzikanten te engageren. Wat is dat voor verjaarsfeest, waarop niet gedanst wordt?'

Taartjes waren er wel en drie kleuren friswater. Een van de tuinkamers was opgesierd met bloemstukken. Sophies leraar Cavin, een Zwitser, was de enige andere gast. Hij zat in een hoekje *Le génie du christianisme* te spellen. De schrijver Chateaubriand had Anna Paulowna's grote sympathie, omdat hij na de Franse Revolutie partij had gekozen tegen het nieuwe regime.

Toen de kroonprinses uiteindelijk in haar draagstoel de trap afkwam, was zij in vol ornaat. Haar jurk was even monumentaal als haar ongenoegen, dat te ruim viel voor Oranje en de maat had van hare keizerlijke hoogheid, grootvorstin van Rusland. Tot ieders verbazing droeg ze op haar gevlochten haren een vilten kroon met parels en om haar hals enkele van haar beroemde juwelen.

'Wat kijken jullie! Het hele land danst om het huwelijk van de erfprins en jullie zouden zijn bloedeigen moedertje willen beletten zich feestelijk te kleden?' Bewust van de indruk die ze maakte, nam ze plaats en liet de plooien van haar japon schikken. Ik was zo onvoorzichtig haar te feliciteren.

'Welja, u hebt gelijk mijnheer, laat ze toch trouwen, waarom zou een mens ook gelukkig willen zijn,' schamperde ze. Monsieur Cavin sloot zijn boek en trok zich onopvallend terug.

'Natuurlijk moet een neef zijn nicht uit de idiote tak van de familie tot vrouw kunnen nemen. Dat schijnt modern te zijn. En komen er kinderen van, tant pis. Wie weet brengen ze met zijn allen krankzinnigheid nog in de mode! Ik laat mij mijn plezier er in elk geval niet door ontnemen.' Daarop gaf ze alsnog bevel haar Russische zangers te halen. Men bracht haar een plateau zoetigheid, waarop ze aanviel als een gier op marktafval. Sophie loodste ons het park in.

'Wat doe jij nou!?' riep ze.

In mijn ijver haar te verrassen met nog meer folklore, brak ik twee takken af van de amandelboom.

'Mijn moeder heeft die boom meegebracht uit Sint-Petersburg. Als ze verdriet heeft laat ze hier de thee serveren uit een samovar. Zit ze uren met haar ogen dicht, te doen alsof ze de Neva hoort stromen.' Op het kruispunt van de wandelpaden klaterde de Neptunusfontein. 'Heb je haar wel eens gezien? De Neva?'

'Nee,' antwoordde Kwame.

'Nee,' zei ik, 'ik ken alleen mijn eigen land.'

'En Holland!' protesteerde Sophie. 'Holland kennen jullie nu ook.'

'Ik *bedoel* Holland,' zei ik.

Kwame keek me verbijsterd aan.

De zon verwaterde vroeg. Voor de schemer zaten wij al bij de hofdames rond de haard in de tuinkamer. Enkele bezoekers dienden zich aan om Anna Paulowna met het huwelijk van Willem Alexander geluk te wensen. Ze dankte zuinigjes met één opgetrokken wenkbrauw. Hoewel haar mening over de nieuwe erfprinses algemeen bekend was, sprak ze in gezelschap alsof de hemel zich had geopend om Sophia von Württemberg in ons midden neer te laten.

Het gemak waarmee ze loog, fascineerde me. Zij had de kracht zich over haar diepste gevoelens heen te zetten, daar bovenuit te stijgen. Zulke beheersing leek mij begerenswaardig. Die middag bestudeerde ik deze diplomatieke vaardigheid. Ik besloot dat zelfverloochening was aan te leren.

Dat Anna Paulowna ons eerder op de dag haar ware gevoelens wel had willen tonen, vatte ik op als blijk van vriendschap en vertrouwen. Maar Kwame was erdoor beledigd en dacht dat het haar niet kon schelen wat wij vonden omdat wij maar Afrikanen waren. Hij kon me met zijn donkere buien toch zo schokken. En hemzelf verwarden ze niet minder. Op dit soort momenten keerde hij in zichzelf, viel stil en zonderde zich af of hij maakte zich onmogelijk door te gaan zitten mokken.

De rest van de dag trok Kwame op deze manier de aandacht. Gelukkig arriveerde Bernhard van Saksen met Herman en Gustaaf. Niet één van de gasten verzuimde een woordje met mijn jarige neef te wisselen, maar de meesten gaven het snel op en wendden zich tot mij. Ik nam het vermaak van het gezelschap op me door hoofdberekeningen te maken met getallen die de aanwezigen mochten roepen. Vervolgens citeerde ik de *Rei der Klarissen* en op verzoek van Sophie het gedicht *Le Lac* van Lamartine, waarna mij papier gebracht werd om uit de losse hand, van wie dat wilde, een profiel te schetsen. Dat wilden ze allemaal wel en ik oogstte alom bewondering. Men prees Kwame en mij om onze studiedrift en ik zag in het applaus een welkome beloning, bevredigender dan de cijfers van Van Moock. Het was voor mij een eerste bekroning, die ons na jaren van hard werk toekwam.

Maar Kwame bleef onuitstaanbaar. Juist op dat moment waarin ik mijn gelijk haalde! Juist toen ik demonstreerde hoe wij, door onze welwillendheid en studie, als gelijken werden opgenomen in de hoogst denkbare kring, juist toen gedroeg hij zich als een wilde. Eerst ergerde ik me alleen, maar snel voelde ik ook een lichte misselijkheid opkomen.

Voor het eerst in mijn leven schaamde ik mij voor zijn gedrag. Zijn onwil. Ja, voor zijn aanwezigheid. Hoe vaak had ik me niet voor mezelf geschaamd? Dat laatste is maar half zo erg: het zweet breekt je uit, ja, het bloed stroomt uit de knieën weg, maar dat is een pijn waarmee te leven valt omdat hij zich nestelt en naar binnen slaat. Maar de schaamte om iemand die je liefhebt, klauwt zich, plotseling als een roofdier dat wil ontsnappen, een weg naar buiten door je borst.

'Wat mankeert jou!' siste ik. 'Je maakt ons onmogelijk.' Ik trok hem aan een arm mee naar de groep die zich rond de kroonprinses gevormd had. Zij speelden snip-snap. Voor wij onze plaats innamen, zei ik nog eens dat hij zich moest gedragen, waarop hij iets mompelde.

'Wat zeg je?' vroeg ik ongedurig, en hij, driftig, herhaalde: 'Als jij je maar niet altijd zo ontzettend aan zou stellen!'

Dat durfde hij te zeggen. Hij! Verbijsterend, nietwaar? Alsof hij zich moest schamen voor mij. Niet andersom, nee, hij voor mij! Ik probeerde uiterlijk onaangedaan te blijven, zoals Anna Paulowna zou doen, alsof deze absurditeit nooit was gezegd. De kaarten werden gedeeld, maar in plaats van zich in het spel te storten, zat Kwame alleen stompzinnig voor zich uit te staren!

Om me niet te hoeven ergeren, wendde ik me af en opende tegenover Sophie aan de schaaktafel het spel. Ik excelleerde, maar zij meende lange tijd dat ze beter was.

'Ik speel liever met jou dan met Willem,' zei ze. 'Die kan helemaal niet tegen zijn verlies.'

'Ik verlies niet.'

Ze sloeg met een pion mijn loper. Ik deed van alles om me te revancheren, maar Sophie bleef kalm. Ik zei dat haar zelfvertrouwen mij deed denken aan dat van Napoleon voor Waterloo.

'Kwame speelt niet,' observeerde ze. 'Hij zit wel met die kaarten in zijn hand, maar hij doet er niets mee. Durft hij niet?'

'Kwame kan het slechtst tegen zijn verlies van ons allemaal,' zei ik. 'Eens zien...' En tergend wees ik de vakken aan, die mijn paard zou nemen om boven op haar toren te springen.

'Jullie hebben ook al zoveel verloren,' zei ze en keek me aan. Roerloos. En ze scheen daar geen strategische bedoeling mee te hebben. Diep drong ze in mijn blik door. Alsof zwijgen tussen ons genoeg was en ze geen reactie verwachtte. Mijn lendenen spanden zich. Ik verlangde, maar liet niets merken.

'Het is waar,' zei ik. 'Ik denk dat ik er beter tegen kan dan hij.'

'Gelukkig maar,' lachte ze, 'want daar gaat uw paard! Ik zei toch al dat het recht de eerste zet te doen geen enkel voordeel biedt!'

Zwijgend speelden we weer enige tijd verder, want ik had al mijn aandacht bij het bord nodig. Toen ik haar dan schaak zette en zij diep moest nadenken, zei ik: 'Soms denk ik dat hij het *mij* kwalijk neemt.'

'Wat?'

'De afstand. Tussen ons en anderen.'

Ze knikte of ze het begreep, wilde een zet doen, maar ze trok haar neus op en bedacht zich.

'Mensen zijn dom,' troostte ze. 'Sta erboven.'

'Ik wil er niet boven, ik wil ertussenin staan. Zo min mogelijk opvallen.'

'Niets valt zo op als ergens bij te willen horen.' Ze klonk bestraffend en schoof haar raadsheer resoluut naar voren. Ik was aan zet.

'Die afstand ken ik net zo goed,' zei ze. 'Wat dacht je? Ons gezin verkeert in een eenzame positie. Iedereen kijkt naar je en oordeelt, maar zelden komen ze zo dichtbij dat ik *hen* kan leren kennen. Alsof ik een litteken in mijn gezicht heb meegekregen bij mijn geboorte, dat mij onderscheidt van alle anderen. Iedereen ziet het en niemand durft erover te praten.'

Mijn blik dwaalde over het bord zonder het nog te zien. Ondertussen zocht ik als een razende naar woorden om de volmaaktheid van haar gelaat te verdedigen, zoals zij verwachtte.

'Mama zegt,' ging ze verder, 'dat eenzaamheid het voorrecht is van de sterksten.' Ze bekeek het veld en lachte alsof ze al gewonnen had. Ik kon niet besluiten. Ik schoof heen en weer en deed maar wat. Dat was haar geluk.

De rest van de avond speelden we snip-snap aan de tafel waar het Kwame lukte iedereen nog verder te deprimeren.

'Speelt u iets voor ons op het klavier, prins Quame,' beval Anna ten slotte. Ze gaf tegen haar gasten hoog op over zijn kunst en nog durfde hij zo lang te weigeren dat ze aan moest dringen. 'Toe, een klein muzikaal intermezzo van de jarige zou onze viering completeren.'

'Ikzelf heb niets te vieren, mevrouw,' zei hij zonder haar aan te kijken. Er viel een stilte. Anna pakte zijn handen.

'Dat weet ik,' zei ze, 'dat weet ik.'

'Ach maman,' verzuchtte Sophie, 'ça c'est le mal de René!' Ik dacht dat ze René Labouchère bedoelde, die in de klas twee rijen achter mij zat en wel eens flauwviel, volgens mij omdat hij te strakke broeken droeg. Ik vroeg hoe zij die kende, maar ze wimpelde mij af, geërgerd, alsof ze niet gestoord wilde worden in gevoelens waar ze lang en diep naar had gegraven.

'Als ik aan thuis denk,' vervolgde Anna Paulowna, 'dan zing ik een liedje dat mijn moeder mij leerde.'

Kwame zweeg even, maar ontdooide wel en vroeg uiteindelijk: 'Hardop?'

'Hardop! Desnoods alleen een melodie.' Ze neuriede wat. Kwame trok zijn handen uit de hare.

'Wij denken niet aan thuis,' zei ik omdat ik de hele situatie nogal pijnlijk vond. 'Tenminste dat probeer ik. Zo min mogelijk aan thuis te denken.'

Anna schudde haar hoofd, krachtig maar met spijt, zoals Van Moock deed wanneer je een verkeerd antwoord gaf. Ze stond op en stapte in haar draagstoel.

'Mensen denken dat herinnering verdriet brengt.' Ze werd opgetild en zweefde al. 'Het tegendeel is waar. Verdriet komt met het vergeten.'

De zomermaanden op de kostschool waren altijd stil. De meeste jongens gingen naar hun familie. Van Moock probeerde ze nog met herexamens en taken vast te houden tot er werd geklaagd, waarna hij ze met spijt liet gaan. Hij drukte hun op het hart snel terug te keren. '*Kennis*,' schreef hij de ouders en verzorgers, '*is als het lichaam van een atleet. Het moet met regelmaat worden geoefend. Zonder onderhoud zakt alles in.*' Wij, die achterbleven, wisten dat zijn bezorgdheid uit armoede voortkwam. School- en melkgeld, linnenonderhoud en andere toelagen werden bij afwezigheid van de jongens stopgezet. De overheid bood geen steun. Toch moest juist in deze periode onderhoud worden gepleegd. Voor de achterblijvers werden de maaltijden teruggebracht naar twee per dag en het zondagse stukje vlees viel af, omdat dat slecht zou verteren bij warm weer. Wij haalden zonder moeite de broekriem aan, omdat ook de Van Moocks zelf het niet breed hadden. Mevrouw stuurde Bertje tot september met verlof en deed eigenhandig het verstelwerk. Ze poetste koper en zette de vloeren in de was. Mijnheer bleef ons onderwijzen tot half juli. De rest van de zomer kregen we 'tekenles naar de natuur des Heren', wat erop neerkwam dat we ’s ochtends met een appel, oud papier en waterverf de velden werden ingestuurd en niet voor de avondsoep werden terugverwacht.

De eerste dagen waren we druk als vogels die het deurtje van hun kooi open hadden gevonden. We schoten kriskras door de vrije ruimte, zonder doel en zonder ons te oriënteren. Getekend werd er niet, alleen gestoeid en rondgerold door korenvelden. Na een week echter wilde Van Moock resultaten zien.

Ik ging op mijn buik in het gras liggen, met mijn neus boven op een boterbloem. Met het puntje van mijn tong tussen mijn tanden trok ik wat ik waarnam, zo exact mogelijk na op het papier. Nerven en kroonblaadjes, klierharen en bloeistengels, ik miste er niet één. Daarna rukte ik de plant uit en tekende de wortelgroei, trilharen en al. Dan wroette ik met mijn vingers nog eens in de aarde om te kijken of daar niets was achtergebleven dat ik had gemist. Ten slotte nam ik een mesje en sneed de stengel in de lengte door, stroopte het vel van de blaadjes, schraapte de stamper kaal en tekende de hele bloem opnieuw, dit keer met de onderliggende structuur goed zichtbaar. Toen uiteindelijk mijn studieobject, verdroogd, versneden en verpieterd voor me lag, scheen het mij toe dat mijn eigen schepping verreweg te prefereren viel. Ik kopieerde zo netjes dat de natuur, grillig en onoverzichtelijk, bij mijn schetsboek welhaast tekortschoot.

Kwame ging te werk zonder enige regel. Zag hij iets dat hem beviel, dan trok hij zijn broek eens wat op, leunde losjes tegen een boom, kneep zijn ogen samen en tuurde. Zo bleef hij staan, soms wel een uur, tot hij er genoeg van had. Dan pas opende hij zijn boek en plaatste zijn indruk op papier. Daar kwam geen enkele regelmaat aan te pas. Nu eens hakte hij erop in als een dwaas, dan weer liet hij zijn penseel een tijd lang boven zijn compositie zweven, alsof hij wachtte tot die het werk vanzelf voor hem zou doen. Bij dit alles keek hij niet op of om, alsof zijn onderwerp in hem was, in plaats van om hem heen.

Ik kon er niet naar kijken! De druipvlekken die dat gaf en de doorvloeiingen! Soms nam de stakker een prop papier en veegde daarmee over zijn werk, zoals we Raden Saleh hadden zien doen met poetskatoen. Maar die werkte in olieverf. Onze aquareltechniek leende zich daar helemaal niet voor. Vegen over nat papier leidt tot een totale chaos. Als Kwame zijn hele vel zo had volgeklad dat je het wel als verloren moest beschouwen, legde hij zijn verf opzij en begon met krijt accenten aan te brengen, schaduw en iets dat bij hem door moest gaan voor perspectief.

Beiden kregen wij ontzag voor de natuur. Ik wilde weten hoe zij in elkaar zat. Graven wou ik. Determineren. De rijkdom blootleggen. Ik begon de groeiwijze te doorzien van de ontwikkeldste soorten, die mijn voorkeur hadden vanwege de volharding en de vindingrijke aanpassingen waarmee ze de eeuwen hadden overleefd. Ik leerde de kenmerken van de verschillende families onderscheiden en maakte er een spel van bijzondere exemplaren nauwkeurig thuis te brengen. Kwame ontdekte enkel de grote lijnen, het verdwijnpunt op de kruising van twee lanen, het kleurverloop in een veld bloemen. Hij lette nooit eens op meeldraden of kroonkafjes, maar vond bijvoorbeeld eerder contrasten in een verre schemering die mij gewoon groengrijs leek.

Onbegrijpelijk als het mag klinken, te midden van de chaos die Kwame op elk vel aanrichtte, zat aan het eind van de dag wel de essentie gevangen van de plek die wij hadden bezocht. Het was onuitstaanbaar, maar waar. Geen bioloog zou met Kwames weergaven op pad kunnen en toch werd iedereen erdoor geraakt. Bij het zien verzuchtte menigeen dat de natuur voorwaar Gods dierbaarste, meest wonderbaarlijke mysterie was. Dat ik dat raadsel op tientallen bladen haarfijn en met wetenschappelijke precisie had ontleed, scheen niemand veel te kunnen schelen.

Die zomer zagen wij Sophie slechts eenmaal en dat op een soiree bij vreemden, waar we niet uit vriendschap waren gevraagd, maar als bezienswaardigheid. De gastvrouw dwong ons steeds opnieuw te musiceren tot Kwame hardop vroeg of ze hem soms verwarde met de jonge Mozart. Maar ook daarna liet het gezelschap ons geen ogenblik met de prinses alleen. Zij had voor iedereen een plichtmatig vriendelijk woord. Ondertussen wierp zij mij blikken toe waaruit ik begreep dat ze liever met ons rond zou hollen door de tuin. Ik seinde terug dat wij elkaar begrepen en om onze band te tonen, reageerde ik, zoals zij, links en rechts op gemeenplaatsen alsof het diepzinnige trouvailles waren.

Over de huwelijksplannen van Willem de Eerste met hofdame 'Jetje Dondermond', die normaal het gesprek van de dag waren, werd die avond gezwegen. Onderwerp waren vooral de feestelijkheden waarmee erfprins Willem Alexander en Sophia Mathilde von Württemberg door het hele land werden ingehaald. Sophie van Oranje vertelde dat haar broer, prins Alexander, een grote reis naar zijn familie in Petersburg ondernam en dat zij zelf in de herfst voor de tweede maal naar haar tante Maria in Weimar zou reizen. De winter ging ze doorbrengen in Tilburg. Ik proefde uit haar woorden spijt zo lang bij ons vandaan te moeten zijn. Even later, tijdens een quadrille, fluisterde zij mij toe: 'De laatste woensdag van augustus ben ik in Scheveningen. Daar is het rustig. Professor Everard heeft mama zeebaden voorgeschreven.' Meer niet.

Na haar vertrek bracht een bediende mij een klein, in rood juchtleer gebonden boekje met daarin de lotgevallen van *Atala* en *René*. Dit werk van Chateaubriand bleek Sophies eigen exemplaar. Sommige passages had zij met potlood onderstreept. Op het schutblad stond in haar hand de raadselachtige opdracht '*Vrienden in het Verbond der Kreken*'.

De volgende ochtend trokken Kwame en ik de natuur weer in, maar getekend werd er niet. Wij lazen elkaar de verhalen voor waarin het natuurleven van Noord-Amerikaanse indianen werd verheerlijkt.

Op de afgesproken woensdag bracht een boerenwagen ons voor dag en dauw naar de residentie. Vandaar liepen we naar het Pavillion de la Reine aan het Scheveningse strand. Sophie ontving ons alsof zij er de scepter zwaaide. Anna Paulowna bleef op haar kamer, waar om het uur bakken met vers zeewater werden binnengedragen. Zij leed aan vage klachten die ze weet aan het Hollandse klimaat, en ze kwam ook niet te voorschijn voor het lichte zomermaal dat op het terras werd geserveerd. Monsieur Cavin las enkele gedichten voor van de heer Goethe, in verband met Sophies naderende bezoek aan Weimar. Hij hoopte dat zij haar tante daar kon verrassen met haar kennis van het werk van deze dichter, die de opvoeder was geweest van haar oom Carl Friedrich en haar neef Carl Alexander. Zo snel we konden, ontsnapten wij met de prinses de duinen in.

Sophie had alles voorbereid. Zij en ik waren twee Moscogulgen en Kwame een Siminool, zoals de indianenstammen in het boek *Atala*. Wij zaten met zijn drieën onder een dak van bladeren, dat een tent moest voorstellen. De Siminolen, zei ze, moesten met de Moscogulgen – namen die ze uitsprak of ze toverkracht bezaten – een verbond sluiten. Het Verbond der Kreken! De prinses nam dit alles hoogst serieus en liet ons allerlei eden zweren. Zo moesten wij in afzondering en trouw aan de natuur blijven leven. Zoiets. Ze trok een haarspeld uit, zodat losse krullen voor haar gezicht veerden, en ze probeerde hiermee op haar vinger bloed te prikken. Dat mislukte omdat de punt te stomp was. Toen ging ze op zoek naar doornen en liet Kwame en mij even alleen.

Er viel geen land met hem te bezeilen. Het ene moment zweeg hij, het volgende overlaadde hij me met verwijten. Hij wilde Sophies spel helemaal niet meespelen. Hij was echter te verlegen om het haar te zeggen en eiste nu van mij dat ik bij haar zou protesteren. Ik dacht er niet aan. Ik zag er geen enkel kwaad in. Daarop holde hij de duinen in, zo boos en overstuur dat ik hem achternaging. Ik denk dat hij zich voor me schuilhield, want ik vond hem nergens meer. Terug in de indiaanse hut sloot ik het verbond met Sophie, maar voor haar was, zonder Siminool, de aardigheid eraf. Alleen omdat ik aandrong stak ze maar eens stevig in mijn vinger en toen ik eenmaal bloedde, wisten we eigenlijk niet goed hoe Moscogulgen zoiets doen. Zuigen, dacht ze, maar dat leek haar smerig. We vingen dus een paar druppels van elkaar op in een bloemkelk, mengden alles zo'n beetje en begroeven de hele smurrie onder het zand. Dat was alles.

Over dat hele verbond heeft zij niet meer gesproken. Toch ben ik nooit vergeten hoe dat voelde, ergens bij te horen, waar Kwame buiten stond: eenzaam en spannend tegelijk.

Hebben we een kwartier, een uur, de hele middag daar in onze indianentent gelegen? Later ben ik eraan gaan twijfelen of zij wel was zoals ik haar zag, zei wat ik hoorde, deed wat ik dacht. Op dat moment meende ik dat wij ons verbond verdiepten door zo te liggen, zo te zwijgen samen, zo vanzelfsprekend. Waarschijnlijk hebben wij elkaar nauwelijks aangeraakt. Juist niet, maar zó herinnert zich een oude man zoiets.

Over haar zomerwitte jurk stuiven bruin de sporen van mijn geronnen bloed. Zij blaast die voort. Krabt met een nagel een hardnekkig klontje los en voert het aan de wind. Pakt mijn vinger en bestudeert mijn offerwond. Veegt hem schoon. Knijpt. Er volgen geen druppels. Met twee handen houdt ze mijn vingers vast, alsof ze groot zijn en een eigen leven leiden. Haar ogen tasten mijn huid af. Haar vingertoppen over de rug van mijn hand, trekken het vel glad, duwen het op, trekken het weer glad. Ze vergelijkt de structuur met die van haar eigen huid.

'Je ziet de poriën zoveel beter,' zegt ze, 'een legpuzzel van honderdduizend zwarte celletjes.' Dan draait ze mijn hand. Of het een bladzij is die ze omslaat en waarop ze snel wil verder lezen. De palm is een poel. Barsten in de gebleekte aarde. Het donkere water is weggesijpeld. Het pigment bleef bezonken achter langs de rand.

'Roze zijn ze vanbinnen, wit.'

Ze draait ze om en terug en om en terug.

'Zwart, wit, zwart, wit,' lacht ze. 'De buitenkant is nog uit Afrika en binnenin zit Holland al. Is het zo niet?' Ze legt mijn handen in mijn schoot. Zit tegenover me. Ze strekt haar arm naar me uit. Die vingers op mijn mond. Ze trekt mijn onderlip iets naar beneden.

'Ook al roze!'

Zo keur je koeien, denk ik nog, maar probeer dat beeld uit alle macht te verdrijven. Ze duwt de bovenlip omhoog en kijkt naar binnen. Zo keur je slaven.

'Ja hoor, je tong zelfs!'

Kaakklem. Ik hoor mijn tanden knarsen. Zij hoort het ook en schiet zo in de lach dat ze loslaat en met haar kin op haar borst moet nagiechelen. De speld heeft ze niet meer in gedaan. Los vallen haar haren over haar gezicht. Ik wil het weer te voorschijn halen. Een gordijn voorzichtig gespreid met mijn vinger. Zacht strijkt het haar langs de wond. Koel langs waar het gloeit.

2

OVER DE IDEALE WILDE

Uit een van de brieven die ik enkele jaren later uit Weimar aan Kwame schreef.

Met elke stap vooruit laat de beschaving een nieuwe voetafdruk achter. Ongemerkt hebben wij een lang pad gebaand. De afstand die we nog te gaan hebben, is niet te overzien. Wij houden dus goede moed dat het doel dat in de verte opdoemt het laatste zal blijken, het hoogste, en dat we daar vóór het donker onderdak zullen vinden. Als we omkijken, vinden we maar enkele stappen terug. Veertig, vijftig schreden achter ons is de weg die we met zoveel moeite hebben afgelegd al nauwelijks meer te onderscheiden in de omgeploegde aarde. We zijn blij dat we zover zijn gekomen en willen weer verder. Toch lokt, meer dan het onzekere, de weg terug, omdat daar het terrein bekend is. We voelen, even maar, heimwee naar de valleien waaruit we ons nog maar net hebben vrijgehakt. Tegelijk beseffen we dat de door ons kaalgeslagen vlakten en smeulende bossen geen enkele uitdaging meer bieden. Leven is nu eenmaal het onmogelijke aangaan.

Dat alleen prikkelt ons en houdt ons in beweging. We richten dus onze blik naar voren en ploegen verder. We stellen ons gerust met het idee dat we ons verleden bij ons dragen. Maar in werkelijkheid moesten we veel, dat te zwaar werd, langs de kant van de weg achterlaten. Zaken die ons eigen en dierbaar waren, liggen te ver terug om ooit nog op te halen. Onze bagage bestaat uit niets dan een herinnering. Die valt lichter te dragen naarmate wij haar meer waarde toedichten. De loop van de menselijke ontwikkeling vertoont dus opvallende gelijkenis, Kwame, met die van jouw en mijn leven.

Jij en ik zijn in de unieke positie dat wij deze lange weg in versneld tempo hebben afgelegd. Hollend. Buiten adem hebben wij in de tijd van een paar jaar dezelfde afstand overbrugd, die de westerse beschaving in de loop van millennia heeft afgesukkeld.

De snelheid dwong ons aan veel dingen voorbij te gaan. Maar als het ons iets heeft geleerd over de ziel van de Europese beschaving, dan is het dat ze heimwee heeft. Daarin verschilt ze in niets van jou en mij. En als ze zich jaloers toont op datgene wat ze voor onze ongerepte staat aanziet, dan zouden juist jij en ik dat moeten begrijpen.

Hoe verder de mens zichzelf temt, hoe sterker hij verlangt naar het wilde. Het nieuwe en het oude zijn daarmee tot elkaar veroordeeld. Door de eeuwen heen bestaat een hunkering naar voorbije tijdperken. In de schilderkunst, in smaak van kleding, meubels of architectuur, in zijn gedichten, ja, in zijn diepste geloof zelf, grijpt de mens steeds weer terug op wat geweest is. Zelfs de Grieken, die door allen na hen werden benijd om hun natuurlijke eenvoud en hun directe kennis van de bronnen van ons bestaan, ook zij hadden het gevoel het werkelijke, archaïsche Arcadië mis te zijn gelopen.

Omdat beschaving nu eenmaal nooit overal ter wereld gelijke vorderingen maakt, maar nu eens hier en dan weer daar opschiet, ongeveer zoals een besmettelijke ziekte zich verspreidt, ontdekte men in alle tijden ergens wel een volk, een stam of enkeling die wat achterop was gebleven bij de algemene voortgang. Die maakte men tot eenzaam symbool van de offers die onderweg werden gebracht. Men benijdde deze natuurwezens om wat zij hadden behouden. Achter hun hard en dagelijks streven vermoedde men een oerkracht. De afwezigheid van schaamte werd aangezien voor onbezorgdheid. Hun eenvoudige gebruiken ontroerden de Europeaan, zoals ons de onbevangenheid van een stamelend kind, omdat het herinnert aan wat is geweest en nooit meer terug te halen valt. Is dat gevoel, zacht en weemoedig, niet sterk verwant aan liefde? En kan men iemand zijn liefde voor jou kwalijk nemen?

Kan je Sophie kwalijk nemen dat ze ons bewonderde om wat wij in haar ogen waren, 'Mensen, zo uit Gods hand'*? Deze woorden van Seneca zond ze mij ooit, toen haar kinderlijke dweepzucht allang had plaatsgemaakt voor volwassen vriendschap. Zij wees mij ook op tal van voorbeelden, van Vergilius tot Montaigne, van Bernardin de Saint-Pierre tot Swift.*

Allemaal celebreren zij een leven volgens natuurwijzen, zo ver mogelijk van de beschaving. Alsof de mensheid een stuk vlees is en vooruitgang zijn bederf. Die verheerlijking kan ik enkel wijten aan hun onbekendheid met andere culturen. Uiteraard rotten die ook. Ze worden alleen op een andere wijze aangevreten.

Zaïre *van Voltaire was slechts het zoveelste werk in deze pastorale traditie van filosofen en utopisten, waarin christenen bij bosjes vallen voor de eenvoud van een natuurmens. Het was echter wel het eerste werk dat bij Sophie een snaar raakte, juist op het moment dat zij bij zichzelf gevoelens van liefde ontdekte. Verheugd over zoveel enthousiasme gaf men haar de* Incas *van Marmontel te lezen,* Paul et Virginie, Odérahi, *beschrijvingen van ontdekkingsreizigers als William Bertram, Jonathan Carver en de gravures in het werk van Marc Casteby.*

Haar leermeesters voedden haar voorliefde verder met Rousseaus Discours sur l'inégalité. *Daarin haalt ene Van der Stel, Gouverneur van Kaap de Goede Hoop, een kind weg bij de Hottentotten om hem volgens de christelijke leer en de Europese gebruiken op te voeden. Dat klinkt bekend, nietwaar? Deze jongen verwezenlijkt de droom van de Nederlandse missionarissen: hij wordt een nobele wilde! (Overigens zweert hij uiteindelijk alles af, smijt Van der Stel zijn kleren voor de voeten en rent naakt terug naar huis, maar dan is het voorbeeld al gesteld.)*

Chateaubriand was nummer zoveel in deze rij. Zijn Atala *en* René *ontketenden een rage in heel Europa. En hoewel de Atala-meubels, Atala-pendules en Atala-coiffures alweer uit de mode waren toen wij in Holland aankwamen, is Atala's drama toch moeilijk los te zien van wat onszelf is overkomen.*

Is het een wonder dat een jong meisje, onder de indruk van deze romantiek, affectie voelde voor ons, die als levende romanfiguren haar gesloten leven binnenwandelden? Kan je het haar kwalijk nemen? Neem je het mij kwalijk dat ik erdoor werd aangespoord en er serieus op inging? Neem het dan elke jongen kwalijk dat hij voor de eerste maal verliefd wordt.

Als Atala, verscheurd tussen twee culturen, zelfmoord pleegt, is de verklaring van haar ongeluk: 'Het is je opvoeding, wilde, die je te gronde heeft gericht.'

Natuurlijk, jouw persoonlijkheid en de mijne vormden zich ieder op hun eigen wijze en om mannen te worden moesten wij onze jongensvriendschap wel ontgroeien. Ik merkte dat al lange tijd, maar durfde er niet met je over te spreken. Wij brachten vierentwintig uur van elke dag in elkaars nabijheid door. Zoals bij een oud echtpaar, gaf dat steeds meer irritatie. Hoewel de verwijdering van onze geesten mij verdriet deed, zei ik tegen mezelf dat het beter was dat wij er eigen meningen op na hielden. Ik dacht dat we, door onze krachten en denkbeelden te verdelen, elkaar zouden verrijken, ondersteunen, corrigeren, elkaar konden aanvullen en doen groeien, maar in plaats daarvan groeven we ons langzaam in en verdomden het uiteindelijk iets aan de ander toe te geven.

Welke opvoeding is dat, die ons in het verderf heeft gestort? Gebrek aan educatie of een teveel eraan? Uit de hand gelopen stoeipartijtjes daargelaten, onze eerste echte ruzie volgde op het lezen van Atala. *Jij ging er zonder meer van uit dat de Indiaanse te gronde was gegaan omdat haar, als primitief wezen, de Europese leefwijze was opgedrongen. Zulke gedachten kende ik ook, maar ik stopte ze diep weg. Ik probeerde me er van af te maken met een grap en zei dat Atala haar 'tweede' opvoeding toch zeker niet zo erg nauw nam, aangezien ze het christelijk verbod op zelfdoding aan haar laars had gelapt. Maar jij ging er serieus op in en dwong mij steeds verder in de verdediging. Ik verketterde haar primitieve opvoeding, en daarmee die van ieder natuurvolk. Woedend werd je en ik liet je razen, maar ik gaf je geen gelijk. Zulk gelijk kan dodelijk verwonden.*

Jij verweet me dat ik een te dikke huid heb en me alles maar laat welgevallen. Het tegendeel is waar. Het schild dat mij beschermt, is te dun. Het laat de kleinste gevoeligheden door. Ik heb alleen afgeleerd kwaad te worden, waardoor het voor anderen lijkt of je niet te kwetsen bent.

En altijd zei ik 'Atala' om niet mezelf te hoeven noemen.

*

Aan het eind van die 'Zomer des Verbonds', zoals ik hem gewichtig bleef noemen om Sophie steeds te herinneren aan ons geheim, sloeg een Hongaars circus op het Malieveld zijn tenten op. De prinses wilde erheen, maar haar gouvernante, madame Chapuis, dacht er niet over haar verzoek met Anna Paulowna te bespreken.

Op een middag drongen de geluiden van een optocht, muzikanten, olifanten en al, die over de Kneuterdijk trok, tot de paleistuin door. Het werd ons zelfs verboden de voorvertrekken binnen te gaan om een blik op de komediantentroep te werpen. Ik broedde met Kwame een plan uit. Sophie zocht kleding bijeen waarvan ze dacht dat we er het minst in zouden opvallen, grote flaphoeden om ons gezicht te bedekken en voor haarzelf een schort, die we uit de keuken stalen. We kropen met zijn drieën achter de rododendrons, klommen over de tuinmuur en renden het Voorhout af alsof de duvel ons op de hielen zat. Alleen door luid jodelend op een trom te slaan hadden we meer aandacht kunnen trekken, maar niemand hield ons tegen.

De circustent was oranje-blauw gestreept en rondom afgezet met franje. Van ver hoorde je dat er geklapt werd, geroepen en gelachen. De geur van dampend zaagsel en olifantskeutels sloeg Sophie op de keel, maar toen de muziek inzette was ze toch niet meer te houden. Bij de entree hield een blonde dame in een glazen huisje wacht. Zij weigerde ons binnen te laten zonder toegangsbewijs en liet zich niet vermurwen toen Sophie, nogal verontwaardigd, onthulde wie ze was.

'Ja,' lachte het mens, 'en ik ben koning Humbaba van het Karstgebergte!' We draalden nog enige tijd bij de kooien met de wilde beesten en waren al klaar om af te druipen, toen we een wapperend stuk tentdoek ontdekten. Het lukte ons dat zo ver los te trekken dat we ons erdoorheen konden wurmen. We kwamen uit in een loze ruimte onder een houten tribune en zagen, tussen de benen van de bezoekers door, hoe boven de piste mensen als vogels door de lucht vlogen. Sommigen slikten vuur. Vrouwen in flonkerende pakjes stonden op dravende paarden. Ze buitelden en landden in het zadel. Die strakke snit, de sterke spieren in die zompige warmte, bezwete dijbenen die in de flanken porden... dat alles trok onze jongensfantasie ondraaglijk strak. Sophie keek met de hand voor haar mond, geschokt, maar zonder iets te missen. Twee olifanten, waar de natuur was uitgeslagen, deden wat er van ze werd gevraagd. Een man met een kalkwit gezicht haalde domheden uit, en ik herinner me nog dat ik dacht dat het witte volk op de tribune wel erg hard om zichzelf durfde te lachen.

Uiteindelijk kon de spreekstalmeester het ongeduld van het publiek niet langer op de proef stellen. Hij waarschuwde de eerste rijen voor het uitzonderlijk gevaar van de slotattractie en vroeg alle kleine kinderen naar achteren te wijken. Op vier plaatsen werden wachters met zwepen opgesteld en de muzikanten lieten een onheilspellende roffel rollen. Het publiek sidderde en de mensen stampten vol verwachting met hun voeten op de houten planken, waardoor alles om ons heen denderde en dreunde.

'Hier zijn ze dan...' riep de spreker en hij deinsde zelf met een sprong achteruit, 'in hun natuurlijke toestand...' Het gordijn opende zich. 'Denkt u eraan dat het ten strengste verboden is ze te voederen, ze komen namelijk zo uit het wild en eten slechts elkaar...' Een trom roffelde. 'Hier is het afschrikwekkende Nuba-volk uit Midden-Afrika!!!'

Toen ik Sophie jaren later probeerde uit te leggen waarom Kwame zich zo van haar vriendschap had gedistantieerd, heb ik dit verhaal in haar herinnering geroepen. Ze begreep de vernedering die wij gevoeld moesten hebben en, sterker nog, zij had op dat moment niet minder schaamte ervaren dan wij. Een kleine stam die in hun naaktheid tentoon wordt gesteld, door Europa trekt, gedwongen wordt zich over te geven aan uitzinnige dansen, grimassen maakt en zich joelend moet prostitueren, stond haar zo mogelijk nog meer tegen dan ons. Het idee van de nobele wilde, die zij in haar hart had gesloten, werd in één klap gelijkgesteld aan de vrouw met de baard, de Siamese tweeling en een veulen met vijf poten. Ze verzekerde me dat ze goud had willen geven als ons die ervaring bespaard was gebleven. De gedachte aan onze vernedering ontroerde haar zo dat ik haar niet heb durven vertellen dat Kwame zich door haar goedbedoelde bewondering voor onze oorspronkelijke staat niet minder vernederd heeft gevoeld.

Om haar weer op te vrolijken hielp ik haar herinneren hoe mijn huilen, daar onder die tribune, zo de aandacht trok dat we ineens het gezicht van een fabrieksmeid zagen verschijnen. Zij keek ons aan, ondersteboven tussen haar eigen rokken door. Het duurde tellen voor het kind begreep wat ze zag en het op een gillen zette. Ze vluchtte, roepend dat een stel zwarten was ontsnapt en klaar zat om haar op te peuzelen. Ik weet niet wie er eerder buiten stond, die meid of wij.

Later kwamen mij tal van voorbeelden ter ore van nobele wilden die, door de rage rond de exotische mens, in een groter rariteitenkabinet belandden dan wij. De Mohawk-indiaan Sychneta, die in de Amsterdamse herberg Blaauw Jan werd getoond, de Tahitiaan Omaï, de Hottentot Venus, die men voor weinig geld in haar billen mocht prikken. Sophie vertelde me hoe Willem in 's-Gravenhage een groep Bosjesmannen van de Oranjerivier bezichtigde, en zelf heb ik in een woedeaanval eens enkele affiches van de muur gescheurd waarop Carl Hagenbeck zijn tentoonstelling aanprees van Somaliërs, compleet met tenten, paarden, kamelen en schapen, terwijl er, volgens berichten uit de courant, *'zwarte kinderen alleraardigst als kleine aapjes rondscharrelden'*. Ik heb nooit meer een dergelijke tekijkzetting bezocht, ook al beleefden wij vroeger in Kumasi altijd het grootste plezier aan de tentoonstelling van overwonnen volkeren uit het noorden, die wij bespotten om hun afwijkende spraak, hun gewoonten en de bijzonderheden van hun ras.

Kort na het incident op het Malieveld werd ons in Leiden een andere eigenaardigheid getoond. De minister van Koloniën meende dat het voor ons leerzaam kon zijn de nieuwste volkenkundige aanwinsten van de universiteit te bestuderen. Die waren uit Elmina meegebracht door hetzelfde schip waarop wij Verveer met ons portret hadden zien vertrekken. Schijnbaar in de veronderstelling dat men ons er een plezier mee deed, werd ons de troon getoond van mijn vaders vriend Badu Bonsu de Tweede, de koning van Ahanta. Er hingen als trofeeën twee schedels aan, waarvan men de linker aanwees als die van adjudant Tonneboeijer uit Elmina. Wij kenden hem van vroeger en Kwame kon niet nalaten zijn gebeente nader te bekijken. De onderkaak was met een touwtje herbevestigd en kon op en neer worden bewogen. Dit gaf een komisch effect dat door onze begeleiders niet op prijs werd gesteld. Hierna nam men ons mee naar een volgende zaal. Op een lessenaar stond daar een studieobject dat tegen lichtinvloeden afgedekt was met fluweel. Toen men het doek wegtrok, zagen wij een glazen pot. Daarin dreef op sterk water het hoofd van Badu Bonsu.

Toen mijnheer Van Moock ons die avond zag thuiskomen heeft hij een krachtige brief geschreven aan het ministerie, waarna wij nooit meer voor dergelijke vertoningen zijn gevraagd. De beide objecten uit Ahanta zijn bij mijn weten nog altijd in Leiden te aanschouwen.

(Overigens was de strafexpeditie die Verveer naar Ahanta ondernam met gemengd succes verlopen. Nadat hij Badu Bonsu had onthalsd en geconserveerd, werd Verveer, die altijd al slecht tegen het klimaat kon, ziek. Enkele dagen later stierf hij te Elmina aan hevige koortsen. In plaats van hem ter plekke te begraven, kwam men op het idee het restant van de preparaatvloeistof te benutten, die in grote hoeveelheden was aangemaakt. Een forse scheepskoffer werd geteerd en gevuld met sterk water waarin men het dode lichaam van Verveer zorgvuldig onderdompelde. Om hem zo lang mogelijk goed te houden, werd het geheel afgesloten en verzegeld. De kapitein aanvaardde de reis in de hoop de dode onbedorven thuis te kunnen brengen, maar al op de derde dag rook men rotting aan boord. Halverwege de reis moest hij in het logboek melden: *'De Generaal-Majoor verspreidde de laatste dagen een stank die steeds ondraaglijker werd. Heden hebben wij hem na een korte ceremonie overboord gezet.'*)

*

Een jaar later, eind 1840, kregen Kwame en ik grote onenigheid. De oude koning was afgetreden om met Jetje Dondermond te trouwen. Sophies vader had, als Willem de Tweede, de troon nog maar een week tevoren bestegen. Anna Paulowna stond in een kleed van goud en zilver, bestrooid met edelstenen, aan zijn zijde tijdens de inhuldiging in de Nieuwe Kerk, waarbij wij aanwezig waren. Een nieuwe tijd brak aan op vele fronten. Er werden overal feesten georganiseerd in de traditie van de tsaren. Alleen al de jurken die koningin Anna daarbij droeg, gaven het volk het idee dat aan alle soberheid een einde was gekomen. Het hele land ademde vol verwachting. 's-Gravenhage kreeg een glimp van de toekomstwonderen te zien, toen op 5 december tientallen gebouwen als bij toverslag met gas werden geïllumineerd.

Opgetogen arriveerden wij die dag ten paleize. Sophies broer Willem Alexander, die nu dus kroonprins was, had net zijn eerste kind gekregen en leidde voor het eerst de traditionele Sint-Nicolaasavond. Ik was nog niet binnen of hij nam me apart, gniffelend als een kleine jongen. Hij was zo enthousiast... En trouwens, de broer van Sophie was niet iemand aan wie je makkelijk iets weigert. Misschien was ik ook wel gestreeld dat hij mij in vertrouwen nam, mij nodig had. Mij alleen! Ook hoopte ik natuurlijk indruk te maken op Sophie. Willem Alexander verfde dus mijn lippen en zette mij een pet op. De pofbroek paste mij, maar de zwartwollen maillot slobberde, zodat ik uiteindelijk met blote benen vanachter het gordijn te voorschijn sprong.

Pas oog in oog met het gezelschap, dat gilde van schrik, drong tot me door waar ik aan begonnen was. Er werd geapplaudisseerd om de oorspronkelijkheid van Willems idee een echt Moortje op te voeren. Sophie keek mij verbijsterd aan, maar al snel begon de muziek weer te spelen. Precies zoals andere jaren sloegen de gasten voor Pieterman op de vlucht. Zwaaiend met een roe zat ik het gezelschap brullend en springend achterna, tot ik Kwame op mijn weg vond. Hij stond stokstijf te midden van het tumult met gebalde vuisten. Misschien huilde hij ook wel. In elk geval sloeg hij mijn muts van mijn hoofd, rukte als een gek aan mijn jak tot het scheurde, waarna hij wegholde. Ik wilde hem wel achterna, maar alle ogen waren op mij gericht. Ik mat me dus een gek accent aan en rolde net zo lang met mijn ogen tot ik iedereen weer aan het lachen had.

Nooit had ik zo'n wonder gezien als de verlichte straten waardoor wij die avond naar huis reden. Ik probeerde ervan te genieten, maar Kwames stilzwijgen verpestte alles. Toen we in Delft aankwamen, vond ik de moed hem te vertellen dat ik mevrouw Van Moock binnenkort wilde vragen een slaapplaats voor mij op te maken in de dienstbodenkamer. Ik zei hem dat wij te groot waren geworden om als kinderen één bed te delen. Ik voelde dat allang zo, maar kon alleen uit ergernis de moed opbrengen het uit te spreken. Eerst leek hij niet te geloven dat het me ernst was, maar toen hij dat doorhad, verbrak hij zijn halsstarrige stilzwijgen.

'Dat is zeker háár idee?' riep hij, en het duurde even voor ik begreep dat hij niet mevrouw Van Moock bedoelde. 'Omdat je liever bij haar ligt, niet soms, niet soms? Zeg dan dat het niet waar is! Ik zíé het toch. Achter mijn rug. Gesmoes, gefleem. Ik weet het toch allang. Ga maar. Maar dan ook meteen. Nu, nu, nu!' Ik ontweek de spullen die hij me naar mijn hoofd smeet, ontkende de waanzinnige aantijging. En toch voelde ik me gestreeld dat hij mij zo volwassen achtte. Dat hij meende dat ik zo vertrouwd was met Sophie dat wij tot dergelijke dingen in staat zouden zijn geweest.

De volgende ochtend zat hij te mokken aan het ontbijt. Ik was te koppig om te spreken en floot een vrolijk melodietje, alsof ik mij de hele nacht, voor het eerst zo in mijn eentje, uitstekend had vermaakt. Zonder me aan te kijken, legde Kwame zijn lepel terug in zijn pap, pakte zijn bord en stond op om aan een andere tafel te gaan zitten. Die avond vond ik de rest van mijn spullen, die nog op Kwames kamer waren achtergebleven in, onder en uitgestrooid over mijn bed: enkele boeken en schriften, wat ondergoed en de Georgische waaier die Sophie op het kroningsbal had gedragen, alles opzettelijk verfomfaaid en besmeurd. Bovenop lag mijn schetsblok. Dwars over mijn studie van een vliegend hert waren met houtskool in driftige halen wat woorden gekalkt. Toen ik ze ontcijferd had – de stift was wel een keer of drie gebroken – bleek de boodschap bespottelijk formeel en min of meer Chateaubriand: '*Voor jou ben ik een wilde, die ze beschaving bij moeten brengen; jij bent voor mij een beschaafde, die wild geworden is.*'

3

–'Sinds enige dagen bemerk ik dat de mensen mij aankijken als of ik uit Artis was losgebroken...'t Moet al heel boos en slecht zijn, wat men mij ten laste legt.'
–''t Is boos noch slecht, 't is doodeenvoudig bespottelijk.'
–'Dat ik...wat? De Nederlandsche Bank bestolen heb? Of–op een van de Ashantijnse Prinsen verliefd geraakt was?'
Mr. Jacob van Lennep, *De lotgevallen van Klaasje Zevenster*

'Augen zu!' Herr Professor Deckwitz prikte de punten van zijn bolle passer aan weerszijden van mijn oogkassen. Hij draaide ze aan tot ze op het bot klemden. 'Aussergewöhnlich!'

De kleine man droeg een halflange witte jas, van achteren dichtgeknoopt, zoals bij een vleeshouwer of een chirurgijn. Zijn pinken hield hij omhoog en zijn ellebogen opzij, alsof hij thee schonk uit breekbaar eierporselein. Op deze wijze bepaalde hij mijn schedelinhoud en noteerde, klakkend met zijn tong, de breedte van mijn jukbeenderen. Kwame, die na mij aan de beurt was, volgde met Sophie de behandeling.

De Herr Professor was in Italië beroemd om zijn beschrijving van de vingerkootjes van Dante Alighieri, die zich in de bibliotheek te Florence bevinden. In Frankrijk werd hij populair na zijn onderzoek van de schedel van Descartes, waar hij een grote intelligentie uit aflas, en de herontdekking van de penis van Abélard, waarover hij verder weinig kon zeggen, omdat hij, als frenoloog, alleen conclusies trok uit botstructuur. Zijn *Zweming der Aangezigten*, waarin hij menselijke gelaatstrekken koppelde aan die van dieren en hun bijbehorende karakters, werd een internationaal verkoopsucces. Sindsdien trok Herr Deckwitz langs de universiteiten van Europa, waar hij lezingen gaf en zijn kunsten vertoonde voor de adel.

Sophie had hem bezig gezien tijdens haar laatste bezoek aan haar tante in Weimar. Gefascineerd als zij was door alle nieuwe ontdekkingen had ze, samen met haar neef Carl Alexander, haar schedel laten meten. Ze bleek '*opgewekt en vol talenten, zacht van hart en stevig van ruggengraat, uitzonderlijk intelligent en rechtdoorzee*'. Dat had ik hem ook zó wel kunnen vertellen.

Vol enthousiasme was de prinses teruggekeerd van dit bezoek aan Maria Paulowna. Wekenlang onderhield ze ons met verhalen over het culturele leven in een sprookjesslot tussen de bergen. Schilders en architecten, dichters en zangers. Elke avond gaf men er concerten en toneelvoorstellingen. Ze had er Andersen ontmoet, de Deense schrijver, die zittend in het door Goethe aangelegde park nieuwe parabels op haar uitprobeerde. Ze had gewandeld over bergen en door dalen, die de namen droegen van haar moeder en haar tante. In dichte wouden had ze zich alleen op de wereld gewaand en geprobeerd zich voor te stellen hoe het was om in de wildernis te overleven. Soms, als ze was uitverteld, vroeg ik haar gewoon opnieuw te beginnen, alleen om die opwinding nog eens in haar blik te zien.

Toen we in januari 1842 hoorden van de aankomst van Deckwitz te Den Haag, konden we niet anders: op een vrieskoude middag lieten we hem in het Pavillion de la Reine zijn studiecollectie verrijken met onze unieke schedels.

Nadat de professor de vorm van mijn hoofd had vastgelegd, nam hij me apart en deed uitspraken over de inhoud, hoewel hij zich indekte door te zeggen dat de Afrikaanse schedelvorm hem geheel vreemd voorkwam. De reden van zijn populariteit was duidelijk. Hij zei alleen wat je het liefste wilde horen. Daarbij was zijn houding die van het spiritistische medium dat zich onlangs na de geboorte van Willem Alexanders zoon Wiwill, de vierde Willem op rij, bij kroonprinses Sophia von Württemberg had aangediend. Deckwitz' woorden waren te vleiend voor herhaling. Tweemaal echter deed hij het bloed naar mijn kop stijgen: de eerste keer ('U bent standvastig in uw vriendschappen') omdat ik zijn ongelijk kort tevoren had bewezen, en de tweede keer – hij boog zich naar mij toe en fluisterde van man tot man – omdat hij in de roos schoot: 'U bent nogal geneigd toe te geven aan zekere verlokkingen des vlezes.' Bij nader inzien een trefzekere orakelspreuk over een jongen van bijna vijftien, maar ik hakkelde alsof hij me er op heterdaad bij betrapt had.

In die dagen had ik hoofdzakelijk oog voor Sophie, dan zag ik een hele tijd niets en pas in de verte ontwaarde ik Kwame. Ik richtte mijn eigen kamer verder in en dacht steeds minder aan mijn neef in zijn bed. Het stoorde mij vooral als ik 's ochtends moest zien dat Kwame gehuild had. Dan probeerde ik zíjn ergernis te prikkelen. Sinds de komst van Sophia von Württemberg naar Den Haag, bijvoorbeeld, was ik ertoe overgegaan omwille van het onderscheid de vrouw van Willem Alexander als 'kroonprinses Sophie' aan te duiden en onze eigen prinses als 'mijn Sophie'. Eén keer verdroeg Kwame zo'n annexatie, de tweede keer zag je hem zich verbijten en de derde keer barstte hij al uit. Zodra hij dus op mijn schuldgevoel speelde door een beetje verdrietig voor zich uit te zitten kijken, splitste ik hem nog vóór het ontbijt vierentwintig 'mijn Sophietjes' in zijn maag. Ik had één vriendschap ingeruild en richtte me volledig op de andere. De beslotenheid van een eigen bed leende zich daarbij tot het ontdekken van mijn lichaam, dat in die tijd tot volle wasdom kwam. Ik bezat een steigerende fantasie die zich richtte op Sophie. De beelden die ik overdag op mijn netvlies kreeg, sloeg ik nauwkeurig op, zodat zij in het donker moeiteloos terugkeerden om zich te voegen naar mijn wil.

Zoals een jongeman de spieren staalt van onderrug, bovenrug en armen om zijn lichaam voor te bereiden op het dragen van een volwassen taak, zo hoeft het niet te verwonderen dat hij ook andere functies dagelijks stimuleert teneinde er meer controle over te verkrijgen. Op de kostschool van Van Moock was dit een alledaagse praktijk, waarover door de leerlingen onderling zonder schaamte, ja, zelfs met enige trots werd gesproken. Cornelius de Groot, als oudste, diende daarbij voor de meesten van ons als referentie, en zijn reeds forse schaping, die hij op de wasplaats allerminst verborg, maakte zijn beestachtige verhalen aannemelijk. Hoewel we huiverden bij de gedachte zulke streken zelf ooit uit te moeten halen, kon niemand er genoeg van krijgen, zodat Cornelius ertoe overging ons illustraties aan te bieden. Voor enkele centen kocht ik die winter diverse voorbeeldgravures. Later kwam ik ze bij al mijn verhuizingen weer tegen; nooit heb ik er afstand van kunnen doen. Ze herinneren mij aan de zoetste ontdekkingen, die niet gehinderd werden door de werkelijkheid en die de indruk wekten dat alles op een dag mogelijk zou zijn. Ik geef toe dat die rauwe lieden op zo'n prent voor mij het fijne gezicht van mijn Sophie kregen, maar ik ontken stellig dat ik haar daarmee bezoedelde. Ik ontdekte het hoogste en het laagste tegelijkertijd. Het lichamelijk verlangen voedt het geestelijke. Liefde kan zich in beide vormen aandienen. Dubbel geluk is het wanneer die samenvallen, natuurlijk, maar bevrediging geven ze evenzeer afzonderlijk. Ontbreekt het één, dan resteert altijd het ander.

Na mij wilde Deckwitz mijn neef onderzoeken. Ik nam plaats naast Sophie. Mijn knie raakte de hare, maar zij ging niet verzitten. Ik was me er goed van bewust dat Kwame ons zag. De behandelstoel stond recht tegenover ons. De professor legde hem de instrumenten aan en noteerde de breedte van de kinderkaak vol ongeloof. Sophie kneep me. Ze wilde dat ik haar de uitkomst van mijn hoofdmetingen influisterde, maar ik veinsde dat mijn aandacht werd opgeslorpt door de voortgang van het onderzoek.

'En?' zei het ongeduld en stootte met haar knie tegen mijn been.

'Het zit wel goed,' zei ik.

Ze brieste en trapte als een te kort gehouden merrie tegen mijn schenen. Lachend. Alsof ik haar plaagde.

'Intelligent ben ik,' fluisterde ik in haar oor.

'Ja ja.'

'Intelligenter dan sommigen, zei hij met nadruk, intelligenter dan sommigen die hij vorig jaar in Weimar te meten had gekregen...'

Zij daagde me verder uit met een stoot van haar elleboog en als er niemand aanwezig was geweest hadden we binnen de kortste keren over de grond gerold. Kietelen, daar kon ze namelijk helemaal niet tegen. Ik hield me in, maar kreeg meteen spijt, want ze greep me in mijn nekvel en zei: 'Ik waarschuw je!'

De professor volgde ons uit een ooghoek, maar durfde niet verstoord te lijken.

'Au!' riep Kwame toen de passer te stijf werd aangedraaid. Deckwitz verontschuldigde zich en zei te zijn afgeleid door het kleine litteken dat op Kwames wang zichtbaarder was dan op de mijne. We informeerden hem over de inkerving die in Kumasi soms bij pasgeborenen wordt aangebracht. Ten eerste wordt het kind op deze manier minder aantrekkelijk voor geesten die het eventueel zouden willen opeisen. Ten tweede smeert men in de open wonde preventieve medicijnen tegen allerlei kwalen. Het leek de professor maar vreemd in een gezond mens te snijden om te voorkomen dat hij ziek wordt, maar Sophie leek het een gouden idee en de moeite van het proberen waard.

Het frenologisch onderzoek werd hervat. Sophies kleding ruiste toen ze haar elleboog naast de mijne plaatste.

'Serieus, Aquasi, ik wil het weten. Zei hij aardige dingen over je? Dat interesseert me. Heus.' Ze fluisterde, strak voor zich uit kijkend. Ik geloof dat ik even mijn ogen sloot om mijn eigen brutaliteit niet te hoeven zien.

'Heel iets aardigs,' zei ik en hoorde mijn slapen bonzen terwijl ik nadacht of ik wel durfde. 'Hij zei dat ik liefheb.'

Ze keek naar me, mond open. Ze sloot hem en keek weg, maar na een paar tellen werd haar blik weer naar me toe getrokken.

'Hoe kan hij zoiets zien?'

'Aan mijn oren.'

'Aan je oren?' Ze bekeek er één maar ontdekte niets bijzonders.

'Dat zei hij tenminste. Tot óver de oren verliefd.'

Op haar hoede, kneep ze haar wimpers samen.

'Zei hij ook op wie?'

'Nee, daarvoor moet ik me wenden tot een specialist inzake het hart.'

Ik had gedacht dat ze zou blozen of het tenminste uit zou proesten, maar in plaats daarvan viel ze terug in haar stoel.

'O, Aquasi!' Na een minuut herhaalde ze het nog eens met een zucht, hartgrondiger: 'O, Aquasi!' Meer heeft ze die hele verdere bijeenkomst niet gezegd. Na afloop zond ze ons zo snel als de beleefdheid toestond heen. Het kon me op dat moment niet schelen. Ik dacht niet langer na. Het hoge woord te hebben gesproken, deed me zweven over straat.

'Waarschijnlijk,' zei Kwame, 'benut ze nu de rest van de middag om zich ritueel te verwonden en al haar openingen met medicijnen in te wrijven, op en neer springend rond een houtvuur. Je moet zó oppassen wat je tegen haar zegt.' Ik heb hem voor straf in een greppel geduwd.

De kennis die mijnheer Van Moock op mij kon overbrengen, bereikte zijn grens. Steeds vaker bracht ik hem met mijn vragen in verlegenheid. Ik begon me zelfs af en toe iets dommer voor te doen dan ik was, alleen om zijn zelfrespect op te vijzelen.

Ondertussen bereidde dominee Molenkamp ons voor op onze doop, waarmee hij goede sier wilde maken bij zijn superieuren. Hij schoof ons naar voren als de ideale missionarissen om het woord Gods onder de Ashanti te verspreiden. Daarbij had hij echter buiten Kwames onwil gerekend. Die stelde hem zo teleur dat hij de doopplechtigheden voor onbepaalde tijd uitstelde. Ook de mijne, hoewel ik daar geen aanleiding toe gaf.

Kwame was niet dommer dan ik, maar hij gaf de indruk dat hij alle interesse had laten varen. Zelfs in de bijbel- en moraallessen, die het niet zozeer van intelligentie moesten hebben als wel van bereidheid tot filosoferen, liet hij het afweten. Braaf las hij de teksten, maar ideeën erover vormde hij zich niet. Zo wendde hij zich van alle wetenschappen af. Hij wijdde zijn tijd liever aan solitaire bezigheden als tekenen en musiceren. Zijn studieboeken ruilde hij voor literatuur. Ik probeerde tevergeefs hem aan te moedigen, te herinneren aan de wens van mijn vader. 'Denk je dat hij ons naar Holland heeft gezonden om hier te leren fröbelen, fiedelen en fantaseren?' daagde ik hem uit. Ik dacht dat hij zich in zichzelf terugtrok om mij te straffen. Uiteindelijk besloot ik dat ik vooral maar leren moest om hem te laten.

Nu het eind van Van Moocks opleiding in zicht kwam, nam de briefwisseling tussen hem, de Wesleyan Missionary Society in Londen en minister Baud toe in intensiteit. Die laatste wilde ons binnen twee jaar terugsturen naar de Goudkust, zodat men het geld dat wij de schatkist kostten eindelijk eens kon terugverdienen. Mister Beecham, secretaris van de Society, stelde voor ons vooral een praktische training te geven, een mengeling van medicijnkennis, bouwkunde en agriculturele vaardigheden. '*Hun model,*' schreef hij, '*zou dat van Peter de Grote van Rusland moeten zijn.*' Zelfs koningin Anna hebben wij met die zinsnede de slappe lach bezorgd.

Dat jaar werd aan de Oude Delft de Koninklijke Akademie opgericht. Kroonprins Willem Alexander was de beschermheer en op zijn aandringen liet Van Moock ons informeren over de daar te volgen studierichtingen. Directeur was de staatsraad Lipkens, die alle zendingswerk tijdverspilling noemde en liever voor zijn eigen schepping onze zieltjes won. Zo had hij Cornelius de Groot al geronseld voor een algemene cursus tot ingenieur, hoewel die zoiets alleen kon bekostigen, en dan nog slechts met grote moeite, door in de avonden als wachtmeester in dienst te treden. Kwame en ik spraken met enkele van de beoogde professoren. Gezien de rijke grondstoffen aan de Goudkust probeerden zij ons te interesseren voor regionale en praktische geologie, geofysica en mijnbouwkunde. Ik kreeg de indruk dat het om het prestige de heren niet onwelkom was hun Akademie het volgende studiejaar te verrijken met een buitenlandse prins. Onze jeugdige leeftijd – wij zouden dan pas zestien zijn – wilde men dan wel voor lief nemen.

Voor het eerst zagen wij een mogelijkheid de bevolking van ons land werkelijk vooruit te helpen. Kwame sprak zich eindelijk eens enthousiast over iets uit. Hij probeerde zelfs weer beter in de les zijn best te doen, maar de achterstand die hij inmiddels had opgelopen, haalde hij niet meer in. Ik begreep dat ik met een dergelijke studie, gericht op de situatie van de Goudkust, de verwachtingen die mijn vader van mij had, in zou kunnen lossen. Tegelijkertijd verontrustte het idee van terugkeer mij.

Al die jaren in Delft waren vage herinneringen het veiligst geweest. Schemerig verdriet is minder scherp. En als ik soms niet kon voorkomen dat ik heel precies mijn moeder zag, zoals ze zich over mij heen boog en haar lippen tuitte, hoe ze met haar neus de mijne raakte om een kus op mijn wang te drukken, dan kneep ik mijn ogen stijf dicht en probeerde ik uit alle macht aan andere dingen te denken, Hollandse dingen. Toen Sophie mij hierop eens betrapte, vond zij dat maar dwaas. En toch werkte het. Dat werkte steeds beter. Na enige tijd was het voldoende om wanneer mijn moeder voor mij opdoemde, mij van haar af te draaien. Uiteindelijk huilde ik om *een* moeder, niet meer om *mijn* moeder. Op deze manier verdrong ik ook anderen en ongemerkt namen schimmen voorgoed de plaats van mijn dierbaren in.

Als ik nog ooit over het weerzien met mijn verre familie droomde, hadden de gezichten die op mij afholden om me te begroeten, geen uitdrukking meer. Ik verstond hun woorden niet, evenmin als zij de mijne. Zwijgend holden we voort door een landschap waar ik de weg in kwijt was. In tegenstelling tot Kwame had ik me nooit een concrete voorstelling van mijn terugkeer gemaakt. Nu ik dat probeerde, kon ik me de Asantehene niet meer voor de geest halen. Zijn kleding, ja, de Gouden Stoel, en hoe zijn ringen in zijn dikke vingers sneden. Meer niet.

Op de avond dat ik merkte dat ik door het gordijn dat ik zelf had neergelaten, geen gezicht van vroeger meer kon onderscheiden, ben ik nog eenmaal naar Kwames kamer gegaan om in zijn bed te kruipen. Ik sloeg het dek open en lag er zelfs al onder toen hij zich van me af draaide.

'Nee, Kwasi,' zei hij, 'nu niet meer.' En hij bleef liggen luisteren hoe ik afdroop.

Mijn Sophie zag ik sinds ons bezoek aan de frenoloog niet weer tot half maart, wat niet wil zeggen dat ze niet uitbundig aanwezig was in mijn fantasie. Soms zag ik haar zo scherp voor me dat mijn verlangen haar in de ogen te zien erdoor bevredigd werd. De oude Willem van Oranje, de afgetreden koning, was in Berlijn in de armen van zijn Jetje Dondermond plotseling ernstig ziek geworden. Zolang het Haagse hof delibereerde of het de stervende moest negeren dan wel vergeven, waren er geen ontvangsten en werden er geen bezoeken afgelegd. In die tijd schreef ik Sophie drie lange brieven die zij hartelijk, maar volgens protocol beantwoordde, zonder te refereren aan mijn gedrag bij professor Deckwitz. Pas tegen Pasen ontvingen wij een uitnodiging voor een thé dansant bij de kroonprinses, waar mijn Sophie zou voorlezen uit een bundel Duitse gedichten. Al had ze scheepsberichten voorgelezen in het Midden-Mongools!

Hoewel iedereen die Willem Alexanders temperament moest verdragen onze sympathie verdient, heeft Sophie Mathilde von Württemberg nooit mijn hart gestolen. Het was duidelijk dat de nieuwe kroonprinses ons indeelde bij het kamp van haar schoonmoeder. Daartoe rekende ze ook haar zwagers en schoonzusje. Prins Alexander vond ze week en verwend. Prins Hendrik, die ik vanwege zijn onderzoekende geest en zijn oprechte interesse in ons graag mocht, kon zij niet uitstaan. Mijn Sophie, die ik nooit een onvertogen woord over haar naamgenote heb horen uiten, beschouwde ze als vijandin.

Toch heb ik geprobeerd de Württembergse, die tenslotte ooit onze koningin moest worden, zonder vooroordelen tegemoet te treden. Ze had haar man evenmin lief als hij haar, en juist in die dagen waarop ik jubelend over straat liep, voelde ik mee met iedereen die het geluk lief te hebben moest missen. Haar afkeer van Nederland echter, dat ze klein en lelijk vond en vol saaie mensen, ergerde me. Later heeft men mij verzekerd dat zij een goede ziel was, nodeloos gekwetst door een ongelukkig lot en een brute echtgenoot, maar haar weemoed wekte bij iedereen meer ergernis dan sympathie. Zo werd Maria Paulowna, de tante van beide Sophies, door die van Württemberg eens om raad gevraagd over haar voorgenomen huwelijk met Willem Alexander van Oranje, met wie zij nooit gelukkig dacht te kunnen worden. 'Ach kindje,' had grootvorstin Maria gezegd om ervanaf te wezen, 'welk recht heb jij om gelukkig te zijn?' Zulke reacties lokte ze nu eenmaal uit.

Enfin, als onze gastvrouw was ze onberispelijk. Met haar kleine zoontje Wiwill op de arm liep ze voorop bij het zoeken van de eieren. Dat was zó gebeurd, want de tuinen van het paleis aan het Plein waren niet meer dan een lapje grond achter een huis dat zich alleen in zijn sombere uitstraling onderscheidde van een gemiddelde stadswoning.

Mijn Sophie las voor uit Schiller. Hierna kwam ze bij me staan. Zij had mij iets te vertellen, zei ze, maar wij werden gestoord door mevrouw Van Moock, die ons begeleidde en de middag van haar leven had. Zij werd belaagd door de vrouw van de Pruisische gezant, die alles in het werk stelde om Kwame en mij op een van haar soirees te krijgen. Onder hun gekwetter durfde ik Sophies hand aan te raken, maar schijnbaar was dat haar te riskant. Ze stond snel op en vroeg Kwame haar bij enkele liederen op de pianoforte te begeleiden.

Koning Willem de Tweede arriveerde rond vieren. Hij droeg zijn favoriete Russische muts, wat meestal duidde op een goed humeur. Hij omhelsde zijn schoondochter hartelijk, hoewel zij terugdeinsde voor de sigarettenrook die nu eenmaal altijd aan hem hing. De koning kwam van de Kneuterdijk. Daar had hij de nieuwe aanbouw bezichtigd, die door hemzelf was uitgedacht, geheel volgens de moderne gotische mode. Hij ontvouwde zijn blauwdrukken en ornamentontwerpen. Ik vroeg hem naar de calculaties van constructie en de spankracht van de bogen, maar vermoedde uit zijn ontwijkende antwoorden dat het schetsen hem beter afging dan de berekening. Algauw sprak de vorst nog uitsluitend over zijn schilderijen, die hij er voor het publiek toegankelijk wilde stellen. Toen hij aanbood ons zijn collectie weldra eens te tonen, reageerde Kwame zo enthousiast dat wij daar niet meer onderuit konden.

In de tuin werd blindeman gespeeld. Ik deed alles om gepakt te worden en binnen de kortste keren was ik hem. Ik tastte grommend in het donker en kromde mijn vingers tot klauwen, zodat de kleinsten gillend uit de weg stoven. Ik snoof geuren op als een roofdier. Sophies witgoed was met lavendel gesteven. Na enkele tellen had ik beet. Ik bracht mijn prooi tot staan en jubelde een uitgelaten 'halali!' Ik eiste een kus als losgeld. Dat leek me bepaald niet te veel gevraagd, maar tot mijn verbijstering verstijfde zij. Ze probeerde zich vrij te vechten en duwde zelfs haar nagels in mijn vlees zodat ik los moest laten. Ik rukte mijn blinddoek af en zag dat ze bleek was weggetrokken, met bevende onderlip en tranen in haar ogen. Een verschrikte kinderschaar stond het tafereel gade te slaan.

'O, Aquasi!' zeiden haar lippen weer, alleen gaf ze er dit keer geen stem aan.

Het gezelschap waarmee kroonprins Willem Alexander arriveerde bedierf de feestvreugde. Niet alleen bracht hij zijn boemelvriend Jules van der Capellen mee en Raden Saleh, maar aan zijn arm voerde hij – voor de ogen van zijn vrouw – la Miranda de zaal binnen. Zij was actrice bij de Italiaanse Comedie, een van de vele gezelschappen die de residentie aandeden, sinds de koning de opera en de schouwburg met een ton per jaar steunde. Raden Saleh werkte aan haar portret op kosten van kroonprins Willem Alexander. Onze gastvrouw was zo sterk dat zij de comédienne een mandje snoepgoed aanbood, waarna de conversatie langzaam werd hervat.

De schilder kwam ons begroeten. Hij werd ogenblikkelijk aangeklampt door de vrouw van de gezant. 'Ik hoor dat u van het portret van de Ashantijnse prinsen een meesterwerk heeft gemaakt.'

'Te veel eer, gnädige Frau,' – Raden Saleh boog licht – 'voor een doek dat naar de Bosjesmannen is versleept.'

Mevrouw Van Moock trok haar hand venijnig uit de zijne, en terwijl de Pruisische hem een belofte trachtte af te dwingen haar portret te schilderen, maakte hij zich met een botte smoes uit de voeten.

'Pff,' snoof de vrouw, 'die loopt met zijn neus omhoog alsof hij nog altijd het gesprek van de dag is.'

'Die blik, zo ondoorgrondelijk!' Mevrouw Van Moock kreeg een koude rilling. Zij werd nu eenmaal zenuwachtig van iedereen die zich minder uitbundig uitte dan zijzelf. 'Ik ben bang dat die zich het tanen van zijn glorie maar al te goed bewust is.'

'Smaken veranderen,' orakelde de ander. 'Een gerecht kan nog zo exotisch zijn, maar als je het elke dag krijgt voorgezet, gaat het lekkere er snel af. Nou, wat denkt u, zou het schikken om volgende week zaterdag te komen? Met de beide prinsen van Ashanti uiteraard.'

Willem Alexander liep rond met Wiwill op zijn arm. Hij had gedronken en sloofde zich uit door het kind in de lucht te gooien en te spelen dat hij hem maar ternauwernood opving. De angstkreten van zijn vrouw deden hem bulderen. Zij probeerde hem de kleuter af te nemen, maar moest toezien hoe de kroonprins naast de knapste dames aanschoof om bij hen bewondering te vragen voor de vrucht van zijn zaad. Uiteindelijk liet Sophie Wiwill naar bed brengen, wat Willem Alexander er niet van weerhield met zijn zoon te blijven pochen.

Hij haalde uit zijn vestzak een lederen foedraal, waarin hij een zilveren schijf bewaarde. Daarop stond een afbeelding van Wiwill, te midden van wat speelgoed. Het gaf een nauwkeurige gelijkenis, maar was getekend noch geschilderd. De spiegelende prent, die was afgeschermd met glas, ging het hele gezelschap rond, terwijl de kroonprins zich vrolijk maakte over het ongeloof van sommigen die hem bekeken. De koning haalde zijn schouders op alsof er niets nieuws onder de zon was. 'Koningin Anna heeft uit Sint-Petersburg zo'n afbeelding van haar broer gekregen en nu wil ze dat ik zulke prenten van ons allemaal laat maken. Het is een nieuwe vinding.'

'De prent is vervaardigd volgens het procédé van monsieur Daguerre. Ik heb zo'n trucje onlangs in Parijs gezien,' zei Raden Saleh met minachting. 'Het *lijkt*, ja. Daar is alles mee gezegd. Maar is het kunst?'

'Ach man, gelijkenis is toch zeker het enige doel dat kunst kan hebben!' riep Willem Alexander geërgerd.

'Met alle eerbied, hoogheid,' ging de Javaan verder, 'men kan de hand van de kunstenaar toch beter herkennen in een doek waaraan weken, maanden is gewerkt, dan in een verzilverd stuk koper vol gevaarlijke chemicaliën, waar nog geen paar minuten arbeid aan zit.'

'Ik wil maar één ding herkennen,' zei de kroonprins, 'en dat is degene die staat afgebeeld. Zo'n gelijkenis krijg jij niet, Saleh, al priegel jij je hele leven verder aan één kop.'

De Pruisische viel Willem Alexander iets te gretig bij, zodat hij Saleh links liet liggen en ons de daguerreotypie kwam tonen. Het was inderdaad iets heel bijzonders. Alsof je in een spiegel keek waar nog de beeltenis van iemand anders in stond. Ik wilde precies weten welk procédé gevolgd was, maar daar had de kroonprins niet één, twee, drie een antwoord op.

'We laten binnenkort zo'n portret van onszelf maken. Ga mee. Dan kan je die kerel lastigvallen met je vragen.'

'Zo'n portret?' vroeg ik. 'Van ons?'

'Welja, ik sta erop. Doe het voor Sophie,' zei Willem Alexander. 'Dan kan ze jullie mee naar Weimar nemen.' En ik zag uit mijn ooghoek dat zijn zusje hem tot stilte maande. Tevergeefs. De kroonprins vond zo'n por in zijn zij juist vermakelijk. 'Misschien is het eigenlijk nog geheim, kleintje, maar mama is van plan zulke afbeeldingen van ons allemaal te laten maken. Bij wijze van cadeau. Aan jou. Als Quame en Aquasi ook willen...' Kwame zei dat hij beslist geen afbeeldingen van zichzelf meer wilde, maar als Willem Alexander aan het woord was, hoorde hij anderen niet praten. 'Zo'n prent meer of minder, het is zoals de Javaanse prins zegt, dat is maar een kwestie van een paar minuten. Dan heb je ons allemaal bij je, ma petite, en hoef je niet zo droef te zijn daarginds.'

Sophie zweeg en probeerde haar broer ook zover te krijgen. In de blik die ze hem gaf, las ik dat alles ging veranderen.

'Weg heimwee!' riep Willem nog voor hij aan de ongemakkelijke stilte voelde dat hij iets te veel gezegd had. Ik kon op dat moment onmogelijk spreken. Eigenlijk wilde ik niet eens iets vragen. Ik was alleen bang dat ik binnen enkele tellen alles scherp zou zien en probeerde de vaagheid zo lang mogelijk te rekken. Het was Kwame die me hielp.

'Gaat u bij ons weg?' vroeg hij zacht.

Sophie knikte.

'Heeft ze jullie niets verteld?' lachte Willem. 'Hoe is het mogelijk. Ons kletst ze de oren van het hoofd.'

'Guillot, je vous en prie!' Nu ze eindelijk sprak, was het furieus.

'Ik zwijg al,' zei hij en zweeg twee tellen tot hij het echt niet meer hield. 'Groothertoginnetje!'

'Groothertogin?' vroeg Kwame. Willem legde zijn vinger op zijn lippen.

De Pruisische hapte naar adem. 'Betekent dit dat wij mogen veronderstellen dat de geruchten uit Weimar waar zijn?'

Ik had een slag geïncasseerd omdat ik mijn verdediging had laten zakken. Langzaam werd er afgeteld, terwijl ik bij zinnen kwam. Mevrouw Van Moock wreef even met haar vlakke hand over mijn rug en loodste haar nieuwe vriendin toen snel bij mij vandaan. Kwame pakte mijn hand en kneep er broederlijk in. Dat was goed bedoeld, maar zijn streling was te onhandig, niet langer vanzelfsprekend, en isoleerde me nog verder. Het besef alleen te zijn bracht me langzaam bij mijn positieven. Niemand zou voor mij spreken als ik het niet zelf deed.

'Carl Alexander is een uitstekende partij.' Ik klonk beheerst en daardoor iets te hard. 'Mes félicitations!'

'Zo simpel is het niet,' zei Sophie, maar durfde me niet aan te kijken.

'De erfgroothertog schijnt ook nog bloedknap te zijn, als we Sophie moeten geloven; én erudiet; én romantisch.'

Willems overdreven toon noopte Sophie haar aanstaande te verdedigen: 'Hij is opgevoed door Herr von Goethe.'

Als een straatkomiek sloeg Willem met vlakke hand op zijn knie. 'Dáárom loopt ze hele dagen *Torquato Tasso* te citeren!'

Sophie stond op, keerde haar broer de rug toe.

'Het spijt me, Aquasi,' zei ze en keerde zich toen woedend naar haar broer. 'Ik had dat zelf willen vertellen!' Ze rende weg en liet Willem, die nog om zichzelf nalachte, verbijsterd bij ons achter.

'Die stelt zich aan alsof ze *jou* haar hand beloofd had.' Ook die gedachte scheen hem te vermaken. 'Dat zou me wat zijn zeg, stel het je eens voor!'

'Ja,' zei ik, 'het idee!'

Als je nooit de horizon gezien hebt, weet je niet dat er een grens is aan je blik. In de dichte wouden rond Kumasi kijk je niet verder dan een paar meter vooruit. Als je zoiets aan een Hollander vertelt, benauwt hem dat. Die wil de situatie overzien en kijken waar hij heen gaat. Als hij geen vrij uitzicht heeft, voelt hij zich gevangen.

Maar het tegendeel is waar. In plaats dat het ontmoedigt achter elke struik een nog dichtere te vinden, wekt dat juist de lust om verder te kijken. Je hakt je zo snel mogelijk een pad vrij om te kunnen zien wat verderop ligt. Het mes scherpt de blik, want hoe beperkter je zicht, hoe groter de wil om te zien.

Nergens hebben Kwame en ik dan ook zo aan moeten wennen als aan vergezichten. Nederland toonde zich graag. Het strekte zich in alle richtingen voor ons uit. Dat ontnam ons elk verlangen nog een stap te zetten. Alles lag al open.

Thuis was van onze ogen nooit het uiterste gevraagd, zodat we meenden dat zij de hele wereld zouden kunnen overzien, wanneer maar niet steeds al die bomen in de weg stonden. In Nederland ontdekten we de einder. We liepen erheen, maar kwamen nooit aan. Laf ontweek hij ons en altijd zou hij voor ons kapmes onbereikbaar blijven. Voortaan werd ons zicht niet belemmerd door een struik, maar door ons eigen onvermogen.

Een beperkt beeld doet een oneindigheid vermoeden. Weidsheid echter toont je dat er grenzen zijn.

Misschien is het daarom dat de Nederlanders naar binnen kijken. Bij elkaar en bij zichzelf. Ze schuiven hun gordijnen open. Ze schotelen passanten hun denkbeelden, motieven en problemen voor tot ze geloven dat je inzicht in hun wezen hebt gekregen. De scherven van hun hart verbergen ze echter in de kast en nimmer tonen ze zich in het hemd dat ze aan flarden scheurden van verdriet.

Het leven van de Ashanti speelt zich op straat af. Hun hut heeft geen ramen. Wanneer hun ziel hen benart, stormen ze naar buiten. Daar schamen ze zich niet hun emoties te uiten in de bescherming van het woud. Dit geeft Europeanen het idee dat Ashantijnen dicht bij hun natuur staan en dat zij handelen uit eenvoudige drijfveren. Ashantijnen houden hun gedachten echter in het duister. Liever storten zij zich in een diepte, dan dat ze hem peilen. De blik naar binnen wordt evenzeer belemmerd als de blik naar buiten.

De Hollander denkt dat hij zijn gevoelens toont, terwijl hij slechts zijn gedachten etaleert. De Ashantijn stelt zijn emoties tentoon, maar pijnigt zijn hersens in eenzaamheid. Beiden houden iets verborgen, de Hollander zijn hart, de Ashantijn zijn hersens. Dit heeft mij bij aankomst hier verward en heeft mij soms verhinderd de bedoelingen van de mensen om mij heen te lezen. Als ik meende dat ze mij hun gevoelens onthulden, gaven de Hollanders mij slechts openheid van zaken. Zelfs de zee hebben ze weggepompt om bloot te leggen wat eronder schuilging.

Staande in een polder heb ik me altijd gevoeld alsof er geen enkele hoop was, een vreemd element op vijandige bodem. Rondom is alles zichtbaar, maar er is niets te zien. Ik voelde heel sterk dat er in deze omgeving, die de mens niet toebehoort, voor mij nooit een schuilplaats zou zijn. Zo verloren als in de polders, stond ik te midden van de Hollandse gevoelens. Open in het veld. Niets in het vizier behalve mijzelf.

Diezelfde paasavond meldde ik Van Moock dat ik aan de Akademie mijnbouwkunde wilde studeren. Op zijn vraag hoe ik tot die keuze was gekomen, antwoordde ik: ‘Het minste dat een mens toch doen kan is graven.’

Al op 5 april werden te ’s-Gravenhage de verlovingsringen gewisseld tussen Sophie van Oranje en Carl Alexander, erfgroothertog van Saksen-Weimar. Ik was er niet bij. Zware bronchitis hield mij aan bed gekluisterd, maar drie dagen later was ik van de partij op het Malieveld, waar een wapenschouw werd gegeven. Sophie en haar moeder sloegen er vanuit een open calèche een charge van lansiers en dragonders gade toen de prinses mij opmerkte op de tribune. Zij zwaaide opgelucht. Ik zwaaide terug en allebei schoten we in de lach toen er plotseling hevig werd gevuurd. Na afloop was er een ontvangst waarop zij me voorstelde aan haar neef. Haar gevoelens van vriendschap schenen niet verminderd. Ze nam me bij de arm en verzekerde me dat mijn aanwezigheid veel voor haar betekende.

Het moet worden gezegd dat haar aanstaande echtgenoot zeer innemend was. Een rijzige man met droeve ogen, die hij zo lang op je liet rusten dat je wel je best ging doen ze op te vrolijken. Sophie had over ons gesproken, want de erfgroothertog bleek geheel en al op de hoogte van de toestand aan de Goudkust en de politiek achter onze komst. Hij, die zelf veel gereisd had, informeerde bezorgd naar onze gewenning aan Europa en nodigde ons uit, zodra we konden, een bezoek te brengen aan Weimar. Sophie bekeek ons geanimeerd gesprek met een hartverwarmende glimlach, gerustgesteld. Ik begreep niet dat mensen zo'n hoge pet op kunnen hebben van de liefde als die je niet in staat stelt door uiterlijkheden heen te kijken. Ik prees me gelukkig met mijn kleine pornografische verzameling, die in die dagen en nachten mijn enige troost was. Deze vrouwen hielden niets verborgen en handelden naar hun natuur. Sophie trouwde op 8 oktober in de nieuwe schilderijenzaal aan de Kneuterdijk.

Een week later mochten we meerijden in de hofstoet. Prins Hendrik drong, tegen het protocol in, erop aan Kwame en mij in zijn koets te hebben. Hij leidde ons af met allerlei grappen en anekdotes, snoeperij en zoveel medeleven dat ik gaande de rit begreep dat Sophie haar favoriete broer mijn verdriet had toevertrouwd en hem gevraagd had mij te troosten.

Het schoot niet erg op. Sophie kon maar moeilijk afscheid van haar ouders nemen. Onhandig als een kind overhandigde haar vader haar een bosje kamille, dat hij zelf had geplukt in de tuin. Hierna begeleidde Copes van Cattenburgh, de hoogbejaarde burgemeester, onze optocht stapvoets tot aan de Haagse stadsgrens. In elk volgend gehucht moest worden geluisterd naar een toespraak en een hoempapaorkest. In Rotterdam stond burgemeester Bichon van IJsselmonde de stoet met open armen en een lange voordracht op te wachten bij de marinewerf aan het Oude Hoofd. Achter hem lag de stoomboot Ludwig, gepavoiseerd met honderden vlaggetjes van Nederland en Saksen-Weimar. Aan dek stond onder een tentdak voor ieder een kleine versnapering, bereid door Hendriks marinekok. Zo rekten we het afscheid in gezelschap van het jonge paar en hun hofhouding. Toen het me te veel werd, stond ik op zonder aandacht te trekken. Ik liep naar de boeg van het schip om uit te kijken over het brede water.

Na enige tijd werden de stoommachines opgevoerd. Het staalplaat denderde onder mijn voeten. Het sein tot vertrek was al gegeven en ik zag Alexander weer in zijn koets stijgen, toen de nieuwe erfgroothertogin zich nog een ogenblik bij me voegde. Ze pakte met haar handen de reling vast, strekte haar armen en snoof haar longen vol zoute lucht.

'Beloof me dat je ons snel zal bezoeken. Ik heb het prins Quame ook gevraagd. Jullie kunnen samen komen.'

'We hebben al zoveel gereisd.'

De kruiser Pegasus kwam langszij en Sophie knikte vriendelijk naar de bemanning, die in het gelid stond. Toen ze verder zweeg, vertelde ik hoe de weidsheid van het landschap mij elke lust tot reizen ontnam. Ze keek me verbaasd aan.

'Meen je dat? Mij lijkt elke nieuwe horizon vooral een uitnodiging. Eentje die niet mag worden afgeslagen. Je zal zien dat de rivier verderop heel anders is. Over de grens wordt de Rijn steeds smaller. Eerst ligt ze ingebed tussen zachte heuvels, begroeid met druiven, dan slingert ze zich rond de rotsen. Achter elke bocht is het panorama weer anders. Je zal ervan genieten. Daar is de ongerepte natuur waarvan wij in de boeken zo genoten hebben. Ik wil dat je het met eigen ogen ziet. Toe, zeg ja, beloof het me.'

Voor ik kon antwoorden werd vanaf de Pegasus een serie saluutschoten afgevuurd, waarvan wij zo verschrikkelijk schrokken dat Sophie haar kalmte verloor op een manier die ik nooit eerder bij een vrouw gezien had. Ze smeet het kleine bloemboeket, dat ze van de directeur-generaal van de marine had gekregen, in het water, stampvoette op het ijzeren dek en schreeuwde de marinelui de ergste verwensingen toe. Die verstonden door het gebulder geen woord en bleven glimlachen, waarschijnlijk in de veronderstelling dat ze hun geliefde prinses het Nederlandse volkslied zagen zingen.

4

Op een avond in september '43 werd ik overvallen. Ik studeerde sinds enkele weken aan de Koninklijke Akademie. Kwame was vanwege zijn achterstand niet toegelaten en moest nog een jaar op de kostschool blijven. Ik hield bij de Van Moocks wel mijn kamer aan, die ik huurde voor de duur van mijn studie.

Ik had net het pand verlaten, toen twee kerels een jutezak over mijn hoofd trokken. Met een man of vijfentwintig, allen op dezelfde wijze gebonden, werden we bijeengedreven op de Grote Markt. Men dwong ons op de koude grond te zitten. Door omstanders werden wij bespot en bespogen terwijl men ons op wagens laadde en afvoerde. De rit duurde lang en leidde over onverharde wegen. We zaten dicht opeengepakt. Naast mij werd iemand onwel. Hij viel op de bodem van de wagen, waar een ondraaglijke stank van afsloeg. Het schudden van de houten kar deed de rest. Ik hoorde de jongeman braken. Hoewel mijn handen gebonden waren, lukte het me de zak van zijn hoofd te trekken en hem te bevrijden uit zijn zure benauwing. Hij bedankte mij en wilde hetzelfde voor mij doen, maar hij werd door onze strenge bewakers met een leertje terechtgewezen. Onze reis eindigde in een stenen stal, waar men ons de kappen afdeed en de boeien afnam. En al onze kleding. Zo liet men ons achter, naakt, zonder water of voedsel, met slechts een vetpot ter verwarming.

Enige tijd bleef ieder van de mannen beschroomd en stil op zijn plek, tot iemand een lied aanhief en we hem een voor een bijvielen. Terwijl mijn ogen aan de schemer wenden, herkende ik enkele jaargenoten. Alphons Wenckebach was de eerste die mij een wanhopige glimlach toewierp, waarbij hij zijn schouders ophaalde over zijn onterende positie. Hendrik Linse probeerde een van de hoge raampjes te forceren. Die waren echter alle gebarricadeerd. In een varkenstrog zat Cornelius de Groot. Hij maakte van de nood een deugd door het weinige stro dat hij kon vinden als een dekentje over zich heen te spreiden. Een lange, magere jongen waagde zich als eerste door de ruimte, de handen angstvallig voor zijn geslacht. Hij kwam op mij toe om me te bedanken voor mijn hulp onderweg. Hij stelde zich voor als Jacobus Lebret, maar aarzelde of hij wel een hand zou vrijmaken om mij toe te steken. Lacherig bespraken wij strategieën om de nacht door te komen. Na een halfuur zag je dat zich kleine groepjes vormden. Om warmte vast te houden, nestelden ze zich – zo stoer mogelijk – tegen elkaar. Zulke saamhorigheid was ongetwijfeld het doel waartoe onze beproeving diende.

Witte lijven hurkten en scholen bijeen als dieren. De meesten probeerden wat slaap te vatten. Mij lukte dat niet, omdat door de kou mijn longaandoening opspeelde. De groepjes mannen deden mij denken aan de lappenpoppen van Sophie waarmee we vroeger de mythologische scènes uit Van Moocks lessen naspeelden. De mannen van Odysseus, wachtend op de terugkeer van de Cycloop. Hun linnen ledematen waren stug, gestikt zonder verfijning, en lieten zich in elke houding vouwen. Pas nu, in deze stal, vroeg ik me af waarom het mij nooit had gestoord dat die witte poppen niet op mij leken. Het was me niet eens opgevallen tot Kwame op een dag een exemplaar naar voren schoof, dat hij zelf zwart had geverfd door er een pot inkt over te gieten. Sophie vond het prachtig.

Midden in de nacht werden we opgeschrikt door het gebral van onze belagers, die uit een of andere dorpskroeg kwamen gerold. Ze openden de poort. Een aantal kende ik van gezicht, onder wie de aanvoerders, die bekendstonden als De Vijf Kolommen. Zij leidden de operatie. Ze bevalen ons op rij te gaan staan, waarna enkele meiden die ze hadden gehuurd, ons inspecteerden op een wijze die zich raden laat, maar die zij snel zelf berouwden. Nooit heb ik over deze taferelen gesproken en het valt me moeilijk ze te beschrijven. Laat ik volstaan te zeggen dat het grofste die nacht is geschied, onder grote dwang en diepe vernedering van allen.

Tegen de ochtend lag het gros van onze kwelgeesten voor Pampus, maar de felsten kozen Cornelius uit voor een laatste straalbezopen spel. Hij had zich tot dan toe in alles, op één ding na, onwillig getoond en ze waren vast van plan zijn wil te breken. Daartoe dreven ze hem het aangrenzende kot binnen en probeerden hem op handen en knieën onder de varkens te laten wroeten in de mest, die als een koek over de vloer lag. Cornelius weigerde en kreeg een trap in zijn onderrug. Hij richtte zich op. Ik zag hoe hij met zichzelf in gevecht was. Op het bevel 'Wroeten, smerig varken!' verscheen er zo'n onverzettelijke blik in zijn ogen dat een van zijn belagers zich wapende met een eind hout. Ik was moe. Ik was gebroken. Ik wilde alleen nog maar dat alles op zou houden. Ik ging naar binnen en knielde naast Cornelius. Zonder mijn blik van hem af te nemen gaf ik hem het goede voorbeeld. Ik duwde mijn neus in de drek. Hij volgde mij niet. Toch loste de spanning zich op omdat de bullebakken zó om mijn vernedering moesten lachen dat zij hoestend en lallend naar buiten strompelden.

'Het is maar een spel,' zei ik tegen Cornelius, zo flink mogelijk.

'Voor jou misschien, maar jij was op school dan ook al gewend voor de eerste de beste te buigen.'

'Toen heb jij mij geholpen en nu...'

'Niet nodig,' zei hij en stond op. Ik bleef achter. De varkens gaven veel warmte en alles was achter de rug. Zodra het licht werd, kregen we onze kleren terug en werden we naar huis gebracht. Voor ik mijn kamer opzocht, waste ik me grondig op de binnenplaats. Kwame kwam met zijn wasdoekje naar beneden. Hij kon onmogelijk weten hoe ik me had verlaagd, maar hij wierp een blik op me waar zoveel minachting in lag dat ik hem slechter verdroeg dan die lange nacht van ontgroening.

Ik viel als een blok in slaap en kreeg een nachtmerrie waarin ik als een vlam rondkroop door een brandende schuur, maar ik werd wakker als lid van de Delftse studentensociëteit Phoenix en zei tegen mezelf dat dit veel goedmaakte.

Zodra ik enigszins was hersteld van mijn bronchitis werden Kwame en ik gedoopt in de Oude Kerk van Delft. Mijnheer en mevrouw Van Moock zaten in de voorste bank te glunderen en te snikken van trots alsof we hun eigen kinderen waren. Zij drukte mij een papier in handen: '*Gij waart duisternis, maar nu zijt gij licht. Wandelt als kinderen des lichts (Ephese 5, vers 8). September 1843, Uwe vriendin, Henriette van Moock.*' Er waren felicitaties uit Weimar van Sophie en Carl Alexander. Prins Hendrik kwam een bijbel brengen in opdracht van Willem de Tweede. Hij verzekerde ons dat zijn vader zeer was ingenomen met deze mijlpaal. Van Drunen hield een toespraak namens de minister van Koloniën, waarin hij benadrukte dat wij een voorbeeld waren voor ons volk, van welks barre grond hij ons zes jaar geleden wegvoerde om ons de vruchten van Holland te laten plukken.

'Wel,' zei hij en leek erdoor aangedaan, 'het zaad is gekiemd, het onkruid gewied, de boom onzer kennis draagt vrucht!' Daarna was er een koffietafel met rozijnenpannenkoekjes.

Kwame gedroeg zich die dag redelijk, hoewel hij dominee Molenkamp het laatste jaar het vuur na aan de schenen had gelegd. Ik moet toegeven dat hij bijzonder tendentieus preekte. Waarschijnlijk had Kwame gelijk dat de man neerkeek op ons ras. In de Europese welvaart zag hij een vingerwijzing Gods en in de eenvoud van Afrika zo niet een boetedoening, dan toch een oordeel. Zijn belangrijkste les was dat wij dankbaar moesten zijn voor de ons geboden kans de enige ware God te leren kennen, een privilege dat Hij zoveel van onze landgenoten onthield.

'Als Hij de Ashanti zijn Woord onthoudt,' riposteerde Kwame 'dan zal Hij dat wel het beste voor ze vinden.'

Ik was met mijn doop wel verguld, trots dat ik werd opgenomen in een zo oude traditie. En God? Hem heb ik de dwaasheden van zijn dienaren nooit aangerekend. Zij interpreteren zijn woorden, waarin veel schoonheid schuilt, op hun beperkte wijze. Zeker, Hij verjoeg overtuigend de natuurgoden aan wie ik in de tempels offers had gebracht. Maar een gezicht, zoals zij dat hadden, dat je eenvoudig kon herkennen in een boombast of de spiegeling van het water, nee, zo'n gezicht heeft Hij nooit gekregen. Dat mis ik. Hij heeft ook nooit tegen mij gesproken, zoals een vader tegen zijn kind, hoewel ik Hem daar vele jaren elke dag om gevraagd heb. Ik luisterde ingespannen te midden van de diepste duisternis, die spoedig op onze doop zou volgen, maar hoorde niets dan mijn eigen stem. Of die van Kwame, verwijtend. Verheffing, maar geen troost heb ik bij Hem gevonden.

Enkele dagen hierna hoorden wij, via het ministerie, dat te Elmina een boodschapper was aangekomen van mijn vader Kwaku Dua, die wilde weten hoe het zijn '*Europese familie*' verging. Kwame was door die plotselinge aandacht diep geraakt. Hij drong er bij mij op aan dat ik mijn vader een brief zou schrijven. Daar had ik geen zin in. Dit veroorzaakte een ernstige ruzie. Uiteindelijk dreigde Kwame zelf te schrijven om de Asantehene mijn weigering mee te delen. Ik beloofde dat ik de kwestie zou heroverwegen, maar bleef dralen. In gezelschap van mijn nieuwe vrienden verloor ik mij in het studentenleven, totdat in december de Sociëteit leegliep en ook Lebret, Linse en Wenckebach voor de jaarwisseling naar hun familie gingen zonder mij mee te vragen. Ik probeerde enkele avonden in mijn eentje dronken te worden. De kostschool was vol nieuwe jongens, die me niets te zeggen hadden. Ik werd verrast door een weemoed die zich in mijn botten nestelde.

Ik wierp mij op de studie. Was deze tot dan toe een probaat middel gebleken, dit keer bleven mijn gedachten somber. In een slapeloze nacht, waarschijnlijk ook enigszins dronken, ging ik door de knieën. In mijn oude collegeschrift staan deze woorden gekrabbeld rondom en tussen enkele ontwerpschetsen voor een ladderschacht met een hoek van achtenveertig graden:

Geëerde Asantehene / vader / mijn vader / Geliefde vader... enz. Nu wij bericht ontvingen van uw interesse in ons welzijn, kan ik melden dat onze vorderingen geheel volgens uw plan verlopen en hun voltooiing naderen, waarmede... / Draden / Gebroken vleugels [onleesbaar] *...veel verdriet gedaan met het stilzwijgen / Ons vertrek / onze verbanning / Vader, hoe kan het dat u uw kind wegzendt en zonder verdriet / Onmogelijk te beseffen wat het betekent voor een kind / soms niet beseft? / met als gevolg, vader / de pijn was voor mij slechts te dragen wanneer ik mij geheel en al afkeerde van mijn verleden. Ik heb wat voor mij lag omarmd, zoals Tseetsee de vlieg zich vastgrijpt aan de kleverige draden van Anansi, wanneer het leven hem de vleugels heeft gebroken. Het minste van twee kwaden / om te overleven. / nieuw leven / Wat mij het dierbaarst was geweest, zwoer ik af. Rigoureus. Om u allen minder pijnlijk te missen, om te begrijpen waarom mij dit lot was aangedaan, maakte ik al het nieuwe belangrijker/ mooier / beter dan het oude. Mijn kans zulk verdriet te boven te komen was* *enkel de schuld bij u te leggen, geheel en al, wreed en* [doorhaling] */ bij al wat ik kende en dat mij zo verraden had, hoe kon ik daar nog waarde aan hechten / ik zag niet welke redenen u kon hebben en verkoos het Hollandse, in de hoop dat zij mij meer trouw zou bieden dan mijn vader / vaderland / Vader, vader, help mij u niet te verloochenen. Red mij. Zend slechts één woord, dat mij houvast biedt, een teken dat mij zegt dat men mij niet vergeten is / opdat ik weet dat ook achter mij, in het verleden, troost te vinden is / te vinden was / Kan troost eigenlijk verloren gaan? / Kan een ziel verkleuren? Misschien is de breuk niet onherroepelijk / misschien / enz.*

Kortom: dronkemanspraat. Toch heb ik hieruit een keurige brief opgesteld met inachtneming van de juiste plichtplegingen en nauwkeurige melding van onze vorderingen, maar zonder mijn gevoelens te veronachtzamen. Deze brief bereikte Elmina in april 1844. Hij bleef onbeantwoord.

Toen Kwame in augustus, een jaar na mij, werd toegelaten tot de Koninklijke Akademie, had onze vriendschap een volwassen vorm aangenomen. Dat wil zeggen: zij was rustig en vertrouwd en niet langer onderhevig aan emoties. Zo nu en dan vroeg ik hem met mijn vrienden en mij uit te gaan. Linse en Lebret raakten zeer op mijn neef gesteld. Wanneer wij uit rijden of dineren gingen vroegen ze hem mee. Zij oefenden druk op hem uit toe te treden tot ons studentencorps. Zijn weigering was zonder precedent. Ze wezen hem erop dat hij zonder lidmaatschap geïsoleerd zou raken van zijn leeftijdsgenoten. Elk huis van betekenis en ieder feest zou voor hem gesloten blijven.

'Ik ben gesteld op jullie vriendschap,' zei hij. 'Ik ben er diep vanbinnen dankbaar voor, maar te zeggen dat ik een van jullie was, zou een leugen zijn, zowel voor jullie als voor mij.'

'Maakt vriendschap niet gelijk?'

'Kijk eens goed naar me en zeg dan of je tussen jou en mij geen onoverkomelijk onderscheid ziet.'

Ik kon hem wel trappen, maar Lebret nam het sportief op. Samen met Linse bedacht hij een plan dat hij de preses voorlegde, die het op zijn beurt besprak met het dispuut van De Vijf Kolommen. In de statuten van Phoenix werd een 'buitengewoon lidmaatschap' ingesteld, dat toegang gaf tot feesten, lezingen en partijen. Dat werd Kwame toegekend. Sindsdien hebben wij en anderen hem regelmatig de gelagkamer binnen kunnen tronen. Al zocht hij nooit gezelschap, gezelschap zocht hém wel.

*

Achttien werden we en het was tijd. Wenckebach liep mij er al sinds mijn verjaardag mee te plagen. Toen die van Kwame naderde en het broeiende voorjaarseinde er bij ieders gemoed op aandrong, mocht het niet verder worden uitgesteld.

'Elke dag dat je nu nog wacht,' zei Linse, 'ga je er alleen maar meer tegen opzien.'

'Over een jaar is het te laat, je wordt onzeker,' voegde Wenckebach eraan toe. 'Daarna durf je algauw niet meer en laat het erbij zitten. Ten slotte eindig je zoals de Stokvis.' (Dit was de bijnaam van Van Halsteren, onze wiskundeprofessor, in wie het leven was opgedroogd.)

Mijn vrienden hadden, hetzij openlijk, hetzij onder voorwendsel van een of andere liefdadigheid, van hun vaders geld losgepraat voor een '*Heerenuitspatting*'. Kwame en mij trakteerde men, omdat onze toelage van de Nederlandse Staat niet in bordeelbezoek voorzag.

Wij reden per diligence naar 's-Gravenhage en dineerden ergens zonder iets te proeven. We lieten ons vollopen en huurden een rijtuig, dat ons over de stinkende modderstroom van het Spui naar het zuidoostelijk stadskwartier bracht. Daar stopten wij voor een van de huizen van vermaak. Op dat moment sloeg onze overmoed om. Wij trokken alleen aan de bel omdat geen van ons voor de anderen wilde onderdoen. Op de stoep zat een Italiaanse familie te eten. De vader meende ik te herkennen als de orgeldraaier van het Voorhout naar wie ik vroeger met Sophie luisterde. Ik dook weg achter mijn kraag, maar niemand van het stel keek van ons op.

We werden ontvangen zoals het betaamt, al zag ik dat de eigenaresse Wenckebach apart nam om naar ons te informeren. Zij trok een bedenkelijk gezicht en haalde er een kerel bij die ons van top tot teen bekeek. Kwame zei dat ze waarschijnlijk geen meisje voorhanden hadden dat ons aan zou durven, zodat hij en ik maar beter meteen weer konden gaan. Ik hield de lafaard tegen en, zowaar, men nam onze mantels aan. Een juffrouw leidde ons een rode salon binnen waar het licht gedempt was. Zij pakte de zoom van haar rok op en stopte hem achter haar ceintuur, zodat wij een zwart rijglaarsje konden zien. Over de banken en op de grond lagen Turkse kussens. Aan de wand schilderingen van odalisken en een scène uit een oosters badhuis. Champagne werd gebracht door een keurige meid, die geen van ons aankeek en wegging zonder iets te zeggen. Zij leek in niets op wat ik van de prenten kende. Ik vroeg Wenckebach, die nog het meest op zijn gemak was, of ze allemaal zo schuchter zouden zijn. Een gongslag smoorde zijn lach. Twee deuren zwaaiden open. Een twaalftal meisjes kwam binnen. Zij waren schaars gekleed. Lijfje en onderrok, meer niet. Het was duidelijk dat ze waren gewaarschuwd voor onze aanwezigheid, want alle ogen richtten zich onmiddellijk op Kwame en mij. Onderdrukt werd er gegiecheld. Er vormden zich als vanzelf groepjes rond ieder van onze vrienden. Ik verbaasde me erover hoe jongemannen, zo even nog één in hun onzekerheid, elkaar laten vallen zodra er vrouwen in de buurt zijn. Of erger, andere mannen lijken voor hen zolang ze met de balts bezig zijn niet langer te bestaan. Kwame en ik werden onderhouden door twee kindvrouwtjes, die minder fors en bedreven leken dan de andere dames. Ik vermoedde dat ze nieuw waren en door de oudgedienden voor dit karweitje aangewezen. Ze talmden wat en wij deden het niet beter. We dronken met zijn allen een glaasje. Ze heetten Loulou en Naomi en stonden overdag model voor gerenommeerde Haagse kunstenaars. Kwame begon over de hoek van de torso-as ten opzichte van het standbeen, maar dat scheen hun niets te zeggen. Naomi vroeg of hij haar soms naar de natuur wilde tekenen, maar hij zei geen pen bij zich te hebben. Naomi giechelde, waarop Loulou ineens gierde dat mijnheer zijn kwast zeker te diep in de inktpot had gedoopt.

Een voor een verdwenen Linse, Lebret en Wenckebach met een of twee meisjes. Er was geen ontkomen aan. Ook wij beklommen, gevieren, de trap naar de eerste verdieping. Ik zag dat Kwame Loulou met zijn vingers tussen haar dijen kittelde. Hoewel ik smachtte bij het aanzien, trof het me onaangenaam. Zij liet hem begaan en kantelde zelfs even haar bekken naar achter om hem toe te laten. Zo lang dit tafereel duurde, keek Kwame mij over zijn schouder strak aan om te zien welk effect zijn brutaliteit op mij zou hebben. Als wilde hij zeggen: kijk goed, hiertoe ben ik wel degelijk in staat, ook in het laagste kunnen wij ons dus aan elkaar spiegelen.

Boven aangekomen verdwenen we twee aan twee in tegenover elkaar liggende kamers. Ik met Naomi, hij met Loulou.

Stroef ging alles. Naomi in dat ledikant, ik op de stoel daarnaast, worstelend met een in de knoop geraakte veter. Het kind vroeg me van alles wat niets van doen had met onze zakelijke overeenkomst. Beleefdheidspraat doet afbreuk aan elke impuls, daar blijf ik bij. Dat zei ik haar, waarna ze ondeugd begon uit te slaan. Ik schrok enorm. In mijn dromen spraken de meisjes van de prenten nooit, terwijl ik met hen bezig was, hooguit een enkel woord ter kennismaking. Hun accent en eruditie was dan altijd identiek aan die van mijn teerbeminde in de tuin van haar paleis. Het verbale braaksel van dit hoertje deed mijn zinnen snel verslappen. Het ontbrak mij niet aan lust, die eerste keer. Dat niet. Maar het idee van conversatie strookte niet met wat ik in gedachten had. Wie had ooit kunnen denken dat aan een geslachtsdaad woorden te pas konden komen?

Ik bestelde nog een fles om wat tijd te rekken, maar Naomi frunnikte verder aan mijn kleding. Tot mijn verbijstering greep zij me van onderen beet en begon mij te wassen boven de lampetkom. Dit werd me te veel. Ik schoot iets aan en dook de gang op onder het mom dat ik ging kijken waar de champagne bleef. Op de gang kwam de meid mij al met twee flessen tegemoet. Ik nam er een aan en draalde wat. Achter een deur hoorde ik Lebret grommen van genot en ik rekende uit hoe lang ik voor mijn fatsoen bij Naomi weg kon blijven. Op dat moment kwam Kwame naar buiten met dezelfde smoes als ik. Hij nam zijn fles en wij wachtten tot de meid vertrokken was. Toen lieten we ons op de vloer zakken en maakten daar gebroederlijk mijn fles soldaat. We namen ons met elke slok vaster voor de lichamen die ons wachtten te verkennen, maar stelden het telkens weer even uit. We openden ook Kwames fles en lachten onze twijfel weg. Toen Naomi en Loulou ons uiteindelijk kwamen zoeken, waren wij in een opperbeste bui.

Tegen vieren stommelde onze vriendenclub de trappen van het bordeel af. Met bovenmenselijke inspanning hesen we ons in het rijtuig. Hoewel ik niets liever wilde dan slapen, ondervroegen Linse, Lebret en Wenckebach ons uitgelaten over onze avonturen. Ze hadden Kwame en mij met de twee meisjes in één bed aangetroffen. De diepe slaap waarin wij gevieren lagen, suggereerde iets dat ons bijzonder in de achting van de anderen deed stijgen. Ik herinnerde mij echter niets en durfde er Kwame nooit meer over aan te spreken. Wij lieten het zo en pochten flink.

We waren nog niet ver gevorderd toen een opstootje ons plotseling de weg versperde. Een bezopen sujet was uit een of andere kroeg gegooid en raakte slaags met een straatmeid. Om haar stil te krijgen, smeet hij haar rakelings voor ons op de keien. De koetsier gooide de remmen los en de paarden steigerden van schrik. Lebret en Linse vlogen bij ons op schoot. Wenckebach foeterde de koetsier uit.

'Het is niks, meester,' riep die. 'Havenvolk. Dit is waar de vrouwtjes zitten, weet u.' Inderdaad zag ik een raam waar enkele ongelukkigen zich tentoonstelden aan mannen uit het volk. Die liepen met dezelfde behoeften als wij, maar zonder het geld om een gelegenheidshuis te bezoeken. Hier hielden zich de schaamteloosjes op die ik thuis onder mijn ledikant bewaarde!

Het gevecht werd beëindigd zonder dat ik er iets van had kunnen zien. De koetsier controleerde de tuigage en kalmeerde zijn knollen. Na enkele minuten vervolgden we onze weg. We sloegen stapvoets een straatje in, waar het maanlicht nauwelijks in doordrong, en ontdekten daar in een portiek opnieuw het vechtende stel.

'Niet op zijn Frans, vullis, heb ik toch gezegd!' verstond ik van de vrouw, maar de man dwong haar op de knieën.

Ik sommeerde de koetsier te stoppen.

'Laat ze toch, meester.'

'Maar die vent heeft een zweep,' zei ik. 'En die juffrouw heeft niemand.'

'Dat is geen juffrouw. Dat is Haarlemse Mie die een klant afwerkt, mijnheer. Twee spie een handje.' Hij leek niet van zins daarvoor te stoppen, dus sprong ik op straat en rende naar de kerel toe. Die dwong inmiddels zijn zin af, hoewel de vrouw er haast in stikte. Zonder na te denken sprong ik op zijn rug. Hij wankelde. Hoewel ik hem nauwelijks pijn deed, hoorde ik hem gillen. Pas toen de vrouw opkrabbelde begreep ik dat zij de verwarring had benut om venijnig in haar aanvaller te happen.

'Zo,' spuugde ze en veegde met een mouw langs haar mond, 'daarmee valt hij voorlopig geen dames meer lastig!' De koetsier kwam aangerend met een lantaarn, maar al voor die bij ons was, had ik de agressor aan zijn gekreun herkend.

Cornelius zat op de grond, ineengekrompen boven zijn gewonde schaamte. Hij richtte zijn hoofd op. Zonder iets te zeggen en zonder een poging overeind te komen, bleef hij mij aankijken. Verwijtend. Teleurgesteld. Ik kreeg het gevoel hem te hebben verraden. Nog bewoog hij niet. Ik ben alleen, zei mij die blik, en ik zal het blijven ook! Hij staarde mij maar aan. Ik verdroeg het niet en ik schopte hard om hem iets te ontlokken, wat dan ook. Maar hij zat en zweeg. Ik viel op mijn knieën en greep hem bij zijn revers, maar vond de kracht niet om hem dooreen te schudden. Veracht me niet, schreeuwde het in mijn keel, maar klank bracht die niet voort. Veracht me niet! Terwijl hij het was die elke achting had verloren.

De koetsier lichtte het tafereel bij in ongeloof. Absurd. Ik had De Groots enkels vastgegrepen en drukte mijn voorhoofd op de halfhoge laarzen, verslagener dan hij. Ik herinner me dat ze glommen van het schapenvet en dat ik één tel terugverlangde naar zo'n middag waarop ik naast hem zat te poetsen, terwijl hij mij zijn sterke verhalen toevertrouwde: ik was zijn slaaf en in gelijke mate, door te doen of ik hem geloofde, bleef ik hem de baas.

Ik kwam tot mezelf toen ik Linse, Kwame en Lebret hoorde naderen. Om Cornelius' schande niet groter te maken, hield ik hen op enige afstand tegen, overtuigde hen dat alles was opgelost en wij onze reis ogenblikkelijk dienden voort te zetten.

Drie dagen later, op een dinsdag, na de avondmaaltijd, kwam er een jongen aan de deur. Hij bracht een mondelinge boodschap van Lebret, die me vroeg met spoed te komen.

Ik was bezig met mijn tweewekelijkse brief naar Weimar. Sophie en ik correspondeerden over enkele filosofische stellingen. Haar toon was telkens uitgelaten en ik zocht meer balans. (Ik zie helder de zin voor me die ik middenin afbrak om mijn vriend te hulp te snellen. '*Werken onze tranen soms niet als valeriaandruppels?*' opperde ik. '*Zolang wij gelukkig zijn, blijven wij wakker om niets van dat korte moment te missen. Maar van huilen worden onze oogleden zwaar. Alles zijn we moe. Wij vergeten waarom het ging. Wij willen alleen nog onze ogen sluiten omdat verdriet ons meer vermoeit dan zware arbeid...*' Ja, de strepen waarmee ik de laatste rechte letters vormde, zelfs, zijn me bijgebleven.)

Ik legde mijn pen neer en schoot een overjas aan. Lebret deelde een studentenwoning met Wenckebach enkele honderden meters van de Schiedamse Poort. Ik was er bijna toen ik werd aangesproken door een man in een cape. Dat verbaasde me. Mijn donkere verschijning in de avond zet vreemden meestal meer tot haast aan dan tot vertrouwen. Deze man echter was onbekend in de stad en vroeg mij de weg. Terwijl ik hem die wees, leunde hij plotseling zwaar op mijn arm, alsof hij onwel werd. Ik ondersteunde hem. Hij strompelde naar een hoek, steeds verder van de straatlantaarn. Op hetzelfde moment dat ik gevaar rook, sloegen zijn kornuiten toe. Ik vermoed aan het geweld dat het er drie of vier waren. Aan weerszijden werd ik ruw beetgepakt, waarna de hoofdman zijn vuisten op mij losliet. Mijn geld werd mij afgenomen. Uiteindelijk zakte ik ineen. De keien waren vochtig. Ik herinner mij de weldaad van de kou tegen mijn gewonde hoofd. Ik hield mij zo stil mogelijk. Na enkele tellen lieten de bandieten mij voor dood liggen. Ik hoorde ze wegrennen. Eén echter aarzelde. Hij plaatste zijn voet op mijn slaap en ging er eenmaal met zijn volle gewicht op staan. Ik had hem niets misdaan en toch, uit wreedheid, verlangde hij over mij heen te lopen. Ik voelde dat er iets kapotging. Het leek of er bloed vanuit mijn neus mijn rechteroog in stroomde. Ik knipperde om het schoon te wassen. Een waas trok langs, waarin de laatste schimmen verdwenen. Ik proefde achter in mijn keel een zilte stroom, alsof ik vanbinnen huilde. Eén tel slechts, voor ook mijn reuk door het zoute bloed werd aangetast, sloeg van de schoen een geur van oude vriendschap. Ik greep de enkels vast zoals enkele dagen eerder, maar had de kracht niet mijn aanvaller gevangen te houden.

Ik kwam bij in het gasthuis te Rotterdam. Het eerste wat ik deed was aan mijn vingers ruiken. De geur van schapenvet was verdwenen. Men had mijn handen ontsmet met alcohol, uit vrees dat ik vuil in mijn doorbloede oog zou wrijven. Rechts van mij zat iemand aan mijn bed. Het was een diender. Hij vroeg mij naar de toedracht van mijn ongeluk. Hoe ik mijn hoofd ook keerde, het lukte me niet de man goed te onderscheiden. Kwame, die links van mij troostend in mijn arm zat te kneden, zag ik daarentegen wel. Ik vertelde de inspecteur de waarheid: dat ik geen van mijn aanvallers had gezien. Ik zei ook geen idee te hebben wie de rovers konden zijn en gaf het bedrag op dat ik miste. Hij vroeg of ik persoonlijke vijanden had. Toen ik dat stellig ontkende vertelde hij, beschroomd, dat op de knuppel die men naast mijn lichaam aangetroffen had, gekerfd stond: *'Voor de Apenprins'.*

Ik verklaarde de inspecteur dat ik in Holland nooit iets gemerkt had van antipathie jegens mijn ras en ried hem aan dit zijspoor van zijn onderzoek niet in te slaan. Toen snauwde ik Kwame toe dat mijn arm beurs werd van zijn geknijp. Hij liet los. Geschrokken.

De werkelijke verwonding was intern, zodat de geneesheer mij enkele nachten ter observatie wilde houden. Hij legde tegen verdere bloeding een drukverband aan. Om het uur bracht men koude kompressen voor mijn rechteroog. Die nacht en de volgende dagen bracht ik in duisternis door. Nergens vond ik afleiding voor de gedachten die zich aan mij opdrongen.

Toen Kwame naar huis ging, drukte ik hem op het hart het voorval stil te houden. Aan de inspecteur liet ik hetzelfde bericht brengen. De volgende dag echter ontving ik al bezoek van Linse, Lebret en Wenckebach, die daarvoor een college moesten laten lopen. Ik vroeg terloops naar het bericht dat mij de vorige avond naar buiten had gelokt. Zoals ik inmiddels vermoedde kwam het niet van Lebret. Ik bagatelliseerde de zaak om mijn vrienden niet te verontrusten en dankte de goden dat zij van de kwetsende leuze niets af wisten.

Die nacht zweepten de koorts en de afzondering mij zo op dat ik mij voorstelde hoe mijn schande uit zou lekken: mijn vader sloeg zijn handen voor zijn ogen; mijn moeder weende en viel met grote uithalen in de armen van mevrouw Van Moock; Van Drunen had zoiets altijd wel verwacht; Anna Paulowna drong stampvoetend bij de koning aan op doodstraf voor de daders; kroonprins Willem Alexander, die juist aan het walsen was met Loulou, haalde zijn schouders op, maar Sophie... Sophie ontdekte diep in haar middenrif hetzelfde doffe gevoel dat mij geheel verlamde.

Zwetend werd ik wakker. Het idee dat *zij* mijn verdriet zou delen was onverdraaglijk. Medelijden is pijnlijker dan slaag omdat het degene die het hééft evenzeer verwondt als degene die het kríjgt. Hoe goedbedoeld ook, sympathie werkt als het stevig strelen van een bloeduitstorting. Je wordt je bewust van verwondingen die je nog niet had ontdekt.

Vanaf het moment dat we in Holland aankwamen zijn Kwame en ik ons bewust geweest dat er achter onze rug gelachen werd. In die zin waren wij niet anders dan de mismaakte of de bedelaar, het schoolkind dat te dik is of rood haar heeft. Vergis u niet. Wij horen en zien alles.

De winkelier die je aankijkt, aarzelt, en dan besluit te doen alsof hem niets is opgevallen. Het gesprek dat bij je binnenkomst wordt voortgezet op kindertoon, zonder moeilijke woorden. Lippen die beleefd blijven onder een ontzette blik. Kom ik een eethuis binnen, dan voelen de heren, wellicht zonder het zelf te merken, even of hun portefeuille nog wel op zijn plaats zit. Moeders pakken hun kinderen beet als ik langswandel, alles met een knikje en een glimlach. Koetsiers kalmeren hun paarden. Boerinnen slaan een kruisje. Deze handelingen lijken onschuldig. Je zou haast vergeten je erover op te winden. En bekijk het eens van deze kant: zelfs in een uitverkochte concertzaal blijven om mij heen altijd plaatsen leeg, zodat ik heerlijk breeduit kan zitten.

Het onderscheid bestaat nu eenmaal. Zowel afwijzing als omarming benadrukken het verschil. Beide houden je op je qui-vive. Gevaarlijk wordt het pas, wanneer iemand je anders-zijn negeert. Hij spreekt er niet over, maar doet zijn best je te behandelen als gelijke. Hij doet alle moeite om je op je gemak te stellen. Je eigen schaamte ontdek je eerst in de ogen van een ander.

Wat kunnen we doen, wij die niet kleuren bij de massa? In het hospitaal zweefde mij die vraag voor ogen. Blind in de nacht overwoog ik elke uitvlucht en ieder compromis. Toen de ziekenhulp mij uiteindelijk het verbandgaas afnam, zag ik twee mogelijkheden.

1. Profileren. Dat, waarin wij van onze omgeving verschillen, cultiveren. Doorgronden waarin wij wezenlijk anders zijn, beter of slechter, maar hechten aan onze excentriciteit. Haar koesteren als een schat die ons unieke eigendom is. Dat leek mij een weg van eindeloze eenzaamheid. Elke stap zou opnieuw moeten worden veroverd op het lot. Gek genoeg is dat ook de weg die Cornelius propageerde: bijt van je af! Maar daarvoor is een rotsvast geloof in jezelf nodig. Hoe ik ook rondtastte, ik vond het niet. En een gevecht dat nooit zou eindigen schrikte mij af.

2. Egaliseren. De verschillen inventariseren en wegmoffelen waar mogelijk. Dat betekent dat je je persoonlijkheid onophoudelijk moet bijvijlen, vermommen, omvormen en die van de anderen overnemen. Het goede in je omgeving opmerken en imiteren. Accentueer alleen het weinige dat je met anderen gemeen hebt en hou al de rest zo goed mogelijk verborgen. Cornelius' bokslessen ten spijt, koos mijn natuur, op dat eenzame moment, er opnieuw voor zich aan te passen.

Kwame sloeg de eerste weg in, ik de tweede. Het een lijkt moedig, het ander laf. Dat is een vooroordeel, een makkelijke mening van wie nooit alleen hebben gestaan. Vechten tegen jezelf is bepaald niet makkelijker dan vechten tegen de rest. Alleen minder opvallend.

Maar hoe dan ook, nooit gaat de kerstster op in het theeveld.

Sindsdien is mijn zicht beperkt. Ik mis een deel in de rechterhoek van mijn blikveld. Over de rest hangt een waas, zoals wanneer men onder water zwemt. Men mat mij een bril aan, wat enige verbetering gaf. Zodra de glazen op juiste dikte waren geslepen, werd ik uit het ooglijdersgasthuis ontslagen.

Toen ik in mijn kamer aan de Oude Delft terugkeerde, trof ik daar alles aan zoals ik het achter had gelaten. Alleen troebeler. Op tafel lag de brief aan Sophie, waaraan ik bezig was. Ik ging zitten en doopte in. Ik herlas de laatste woorden die ik helder had gezien: '*Wij willen alleen nog onze ogen sluiten.*' Ik ondertekende met halen alsof ik dronken was.

Kort na dit incident gaf Kwame zijn studie aan de Koninklijke Akademie op. Hij maakte geringe vorderingen, dat is waar, maar mij leek zijn achterstand allerminst onoverkomelijk.

Tot mijn verbijstering trad hij in augustus 1845 toe tot de Militaire Akademie in Den Haag. Hij had deze stap niet met mij of een van onze vrienden besproken. Kwame, de meest zachtaardige mens die ik kende, toonde zich nooit meer zonder militair tenue. Eindelijk leerde hij zich te wapenen.

Ik vervolgde mijn studie met succes en zo vaak we konden zocht ik met Linse, Lebret en Wenckebach onze oude makker in 's-Gravenhage op. Onze indruk is altijd geweest dat Kwame onder de militairen weinig vrienden maakte. Soms begaf hij zich met hen in uitspattingen en drinkgelagen, maar nooit kregen wij de indruk dat het van harte ging. Hij verloor zich er niet in, zoals dat bij die leeftijd hoort. Gek genoeg leek hij desondanks bij het harde leven wel te varen.

Toen ik hem enkele maanden later in een lange brief feliciteerde met de manier waarop hij zich had leren aanpassen, antwoordde hij met een krabbeltje. '*De rots ligt onveranderlijk in de rivier,*' schreef hij. '*Onder het zachte mos of het geweld van de stortregens blijft hij altijd dezelfde. Het bamboe groeit er pal naast. Hoog wordt het. Beide krijgen hetzelfde te verduren. De een overleeft omdat hij solide is en onverzettelijk, de ander omdat hij hol is en meegeeft.*' Ik wist niet wat ik daarmee aan moest en stuurde hem per kerende post een zilveren potlood en een opschrijfboekje om in zijn plunjezak te steken, want de Almanak had dat jaar juist een prijsvraag uitgeschreven voor natuurbeschrijvingen.

In september 1846 nam een van de leden van het dispuut De Vijf Kolommen afscheid. Wij moesten als leden van sociëteit Phoenix uit ons midden een nieuw erelid kiezen en men droeg in eerste instantie kroonprins Willem Alexander voor, die in deze tijd de lessen van onze Akademie, waarvan hij immers beschermheer was, om de veertien dagen bezocht. Toen hij afsloeg – 'Ik kom voor uw kennis en uw partijen, niet voor uw rompslomp!' – ontstond er een heuse wedren, want de privileges die bij de eretitel hoorden waren, evenals de representatieve verplichtingen, niet gering. Bovendien waren De Kolommen met geheimzinnigheid omgeven. Sommigen meenden dat het om een maçonnieke loge ging. Vaststond dat men werd ingewijd in rituelen waarvan gezegd werd dat ze dateerden van de Spaanse bezetting en gewoonlijk bleven voorbehouden aan de adel. Linse en Lebret hadden nauwelijks interesse, maar waren wel bereid mij financieel te steunen. Ik wierp mij volop in de strijd. De privileges konden me gestolen worden, maar ik streefde ernaar als primus inter pares te worden uitverkoren, alsof mijn zaligheid ervan afhing. De erkenning van gelijken deed een ware strijd ontbranden. Gelukkig zagen de meesten, wegens gebrek aan pecunia en sympathie of door ongrijpbare en ordinaire roddels, hun kans al snel verkeken. Na enkele weken, die zwaar op mijn beurs drukten, waren alleen de jonkheren Alphons Wenckebach en Hendrick van Voorst tot Voorst, Cornelius de Groot en ikzelf nog in de race. Spreekbeurten en debatten werden georganiseerd, waarin Hendrick van Voorst tot Voorst zich met moeite staande hield. Toen hij eenmaal had opgegeven deed Alphons een meesterzet door de hele jaarclub uit te nodigen voor een drijfjacht bij zijn ouders. Hoewel Cornelius een hert en een everzwijn neerlegde, raakten hij en ik dat weekeinde toch ernstig achterop. Wij hadden geen van beiden familie die ons op dergelijke wijze bij kon staan.

Ik schreef Sophie en legde haar de situatie uit. Zij stelde me het gebruik van het Pavillion de la Reine voor, maar ik zag niet onmiddellijk hoe ik die natte herfst mijn voordeel kon doen met het geven van een strandpartij. Ook verwittigde zij haar moeder. Voor het eerst sinds een jaar ontving ik bericht van het paleis. Ik kreeg een uitnodiging de onthulling van het ruiterstandbeeld voor Willem de Zwijger bij te wonen. Na enig aandringen mocht ik enkele van mijn jaargenoten meenemen. Dat legde enig gewicht in de schaal, al viel het feest zelf in het water door een wolkbreuk. Het volk vluchtte weg, maar koningin Anna stond haar man niet toe de plechtigheid te onderbreken, zodat wij allen genoodzaakt waren doorweekt op de tribune voor paleis Noordeinde te blijven zitten. Haar kamerheer baron Mackay, die hare majesteit met een paraplu probeerde te beschermen, voelde zich zo vernederd dat hij om deze reden na jaren trouwe dienst ontslag nam. Enfin, de avond maakte veel goed. Het werd uiteindelijk droog en de feesten waren nog grootser dan die tijdens de kroning. De hofstad was geïllumineerd als nooit tevoren, dankzij de nieuwste gasverlichting die in rechte lijnen langs alle buitengevels straalde. Zelfs de orangerieën waren verlicht en door de stad gloeide een spoor van duizenden bougies en talloze carcel- en moderateurlampen.

Niet lang daarna werd bekend dat ik toe zou treden tot De Vijf Kolommen. Wenckebach en Van Voorst tot Voorst feliciteerden mij. Cornelius de Groot, beledigd, zegde zijn lidmaatschap op en verdween voorgoed uit onze kring.

Mijn inhuldiging zou op 1 maart plaatshebben, in aanwezigheid van Willem Alexander, en kwam voor mijn rekening. Ik vroeg en kreeg daartoe steun van de hertog van Saksen-Weimar, zo van harte dat ik mij niet bezwaard hoefde te voelen. Het laatste obstakel, een formaliteit, was een rede die ik zou houden op de avond zelf. Die diende onderhoudend en educatief te zijn. Ik werkte in gedachten al aan een verhandeling over boormethoden, toen mij een schrijven van de sociëteit bereikte waarin mij een onderwerp werd opgelegd. Uitgerekend van mijn land van herkomst wilde men alles weten. In de week die mij restte sliep ik niet één nacht meer.

Ondertussen moest een kostuum worden aangeschaft, mijn haar worden gemodelleerd, een herdenkingspenning geslagen en, zoals de traditie voorschreef, een klein portret worden gemaakt voor de eregalerij. Op aandringen van Willem Alexander werd gekozen voor het nieuwe procédé van Daguerre, waartoe hij ons al eerder had proberen te bewegen. Ik bood Kwame aan zo'n zelfde prent van hem te bekostigen, maar het idee stond hem nog steeds tegen. Mijn neef meende dat door deze techniek de ziel van de beeltenis werd gescheiden. Ik drong na enkele dagen opnieuw aan en zei hem dat ik, zolang hij in de kazerne woonde, zijn aanwezigheid erg miste. Dat was de waarheid. Ik schreef hem de datum en tijd waarop ik bij de portretstudio had afgesproken en vroeg hem met klem daarheen te komen. Ik wilde zijn afbeelding bij me kunnen dragen.

Op de dag van de zitting was Kwame niet aanwezig. Gelukkig begeleidde Lebret mij, zodat ik geen tijd had voor teleurstelling. Ik droeg een nieuw geel, fijnzijden vest met rode ruit en om mijn hals een rode sierstrik, geel geruit. Om mijn onbeweeglijkheid tijdens de lange sluitertijd te garanderen, snoerde de portrettist mijn ruggengraat in korsetbanden. Die bevestigde hij aan een houten stellage. Daaruit stak een klem waarin mijn hoofd moest rusten. Door mijn mouwen stak hij stokken. De ene werd bevestigd aan een hoge stoelleuning, de andere vastgeplakt op een lessenaar. Om de onnatuurlijke houding te verhullen kreeg ik een opengeslagen boek in mijn rechterhand, dat ik verstard vastklemde. Toen pas ging de man zijn camera obscura inrichten.

Terwijl ik daar zo stond opgesteld, werd bericht gebracht van Kwame. Ik verheugde me en dacht dat hij misschien alleen verlaat was. Lebret was zo vriendelijk de woorden aan mij voor te lezen, terwijl ik onbeweeglijk poseerde:

'Het spijt me, Kwasi. Ons leven is bedoeld om te vergaan, niet om te worden vastgehouden. Als je me wilt zien, schouw dan je herinnering. Daarin alleen ben ik wie jou het dierbaarst is.'

Gedurende de hele opname heb ik niet bewogen.

'Weledele Heeren, zeer Geachte Medeleden! Is de zaak die ik onder UEdelen heb aanvaard van de ene kant hoogst aangenaam en verstrekt ze mij niet minder tot nut en leering, zo is ze van de andere kant niet minder moeilijk. Wanneer ik een blik werp op mijn ongewoonte met de werkzaamheden gelijk ze door U allen met lof worden volbracht, wanneer ik het oog vestig op mijn verstandelijke vermogens en de moeite van arbeiden en ze vergelijk met de Uwe, zoo deins ik bijna terug om als erkend lid onder UEd. op te treden, dan bevangt mij onwillekeurig een huivering, wanneer ik voor mij zie liggen, al de moeilijkheden eigen aan zo'n taak. Doch ik ontwaar ook iets grootsers, iets edelers aan die werkzaamheden verbonden aan een gezelschap gelijk het de VIJF KOLOMMEN *is...'*

Ik geloof dat ik wel twintig aanheffen verzonnen heb voor mijn toespraak. Sommige duurden drie kwartier. Ze waren zo fraai dat ik er de slotregels achter had kunnen plakken zonder dat zou opvallen dat ik alleen maar vleierij had geuit. Dat was het makkelijkste gedeelte. Met enorme tegenzin zette ik mij hierna aan de beschrijving van mijn land. De feiten zocht ik op in de bibliotheek, zoals iedereen had kunnen doen.

'LUCHTGESTELDHEID. *Deze is weliswaar ongemeen heet en wordt buitendien nog vermeerderd door de zogenaamde Harmattan en Sammering, twee landwinden, die gewoonlijk enige weken lang duren en vergezeld gaan van allerlei ziekten als koorts, verlamming der ledematen, enz. Voorts wordt de hittegraad van het land verhoogd door de onvermijdelijke nabijheid van de zandwoestijn Sahara en van de Linie. Deze laatste veroorzaakt eerder het temperen dan het verhogen van het luchtgestel, want hoewel het land slechts zes graden benoorden de Linie is gelegen...'*

Op deze wijze behandelde ik ook de rest van het land, verdeeld in keurige hoofdstukken, zoals '*GESTELDHEID VAN DE GROND EN VOORTBRENGSELEN*', '*WATEREN*', '*BERGEN EN KAPEN*'. Ik herlas alles en kon me voorstellen dat dit iemand, die het land niet kende, zou kunnen interesseren. Ik probeerde het uit op Linse en Lebret. Ze reageerden welwillend, maar ik merkte hun aarzeling. Ik wist donders goed wat er mankeerde en zette mij aan het onvermijdelijke: te vertellen wat niet in de boeken was te vinden en waarvan ik kennis had: '*AARD EN GEWOONTEN VAN HET VOLK*'.

Die eerste maart 1847 was de sociëteit versierd met guirlandes. Voor de plechtigheid traden de jongeheren aan in vol ornaat. Ik was bijzonder nerveus. Lebret wees mij op de betrekkelijkheid van het geheel, maar ik wilde hem niet horen. Voor mij was dit een mijlpaal. Ik voelde dat er die dag een deur voor mij werd geopend, die totnogtoe voor mensen zoals ik gesloten was gebleven. Het feit dat ik Kwame, als een koppige ezel, voor de drempel moest achterlaten, kon mij niet weerhouden. Ik zou eindelijk stelling nemen. Om mijn lieve neef daarmee niet te kwetsen, had ik mij ervan verzekerd dat hij niet in het gehoor zou zijn. Zijn oversten informeerden mij dat Kwame deze avond op patrouille moest.

Willem Alexander arriveerde met Jules van der Capellen bijna een uur te laat en er was enige overreding voor nodig om die twee bij het buffet vandaan en de gehoorzaal in te krijgen, maar uiteindelijk kon ik na een korte introductie van wal steken, zoals ik me had voorgenomen. Ik worstelde me door de plichtplegingen en natuurkundige hoofdstukken heen. Midden in mijn opsomming van landbouwproducten werd ik gestoord door een deur die krakend op een kier werd gezet. Verstoord keek ik op. Een gezicht kon ik niet ontdekken, maar in een flits, vóór de deur weer werd gesloten, meende ik een donkere hand op de klink te zien. Ik haperde en was van schrik de draad kwijt.

'Planten, zijde,' ging ik verder, *'honing, rijst, maïs, vele graansoorten, suikerriet, doch het is onbekend aan de inlanders dat daaruit...'*

Een kuchje van Linse, die op de eerste rij zat, maakte mij duidelijk dat ik ditzelfde zojuist al had verteld. Ik sloeg voor de zekerheid een flink stuk over.

'Zoete en zure pisang.'

Zweet stond op mijn voorhoofd toen ik dit hoofdstuk afrondde. Daar pauzeerde ik even en dronk wat water. Op dat moment had Kwame, die niet wilde storen, gewacht. Met een lach van verstandhouding knikte hij me toe, glunderend omdat hij zijn commandant had weten te vermurwen tot een verlof. Onder zijn arm droeg hij een feestelijk pakketje, dat hij voor mij had meegebracht. Hij schoof aan op de vierde rij. Ik wiste mijn voorhoofd en merkte dat mij alle moed ontbrak. Uiteindelijk moest ik verder spreken.

'Ik heb mij dan voorgenomen U te onderhouden over de gewoonten in het land mijner geboorte. Vooraf wil ik daartoe uw toegeeflijkheid inroepen, mocht u zich vervelen bij het horen opsommen van voorvallen die de aandacht geenszins op aangename wijze boeien, waar men de gebreken, leefwijze, zeden, gewoonten enzovoorts van een ruw, onbeschaafd en weinig bekend volk...'

Ik pauzeerde opnieuw, maar durfde niet meteen van mijn schrift op te kijken. Enkele tellen overwoog ik of ik zou stoppen. Deze gevoelens, die ik zorgvuldig had opgesteld en maar liefst driemaal in het net had overgeschreven, had ik nooit eerder hardop uitgesproken. Eindelijk durfde ik de zaal in te kijken. Men hing aan mijn lippen. Kwame, die mijn aarzeling ongetwijfeld feilloos aanvoelde, knikte geruststellend en bemoedigend. Er was geen weg terug.

'Zij zijn heidenen! Fetisj-aanbidders. De Ashantijnen geloven aan een opperwezen, hetwelk zij Jan Kampong noemen, Heer-van-al-wat-bestaat. Voorts aan goede en boze geesten en aan voortekens. Zo hechten zij geloof aan voorwerpen, en brengen bijvoorbeeld verering aan de magneet of zeilsteen. Zij geloven ook aan een leven na dit leven, maar in die zin dat de koning in dit leven, na zijn dood, weer koning, de slaaf weer slaaf zal zijn en in het algemeen ieder zijn eigen rang of beroep in de hemel weer opneemt. En het is in dit licht dat men het gebruik moet zien om na de dood van koningen, priesters en andere groten, slaven te offeren, in het stellige denkbeeld dat de gestorvene hun diensten nodig zal hebben. Vandaar ook die

menigte van mensenoffers bij ziekte van deze of gene grote uit het rijk, bij krijgsondernemingen, bij troonsbeklimmingen of verjaardagen, bij feesten van oogst en zaaiing en bijzondere gelegenheden. Als het hoofd van een gemeenschap sterft wordt zijn troon zwart gemaakt door deze in mensenbloed te weken. Bij de dood van een lager geplaatste functionaris zal men volstaan met het offeren van een of twee kinderen. Toen mijn vader als Asantehene aantrad, werd echter ogenblikkelijk een groot aantal dorpen aangewezen waarvan alle inwoners, zodra mijn vaders tijd gekomen is, hem in de dood zullen moeten volgen...'

Kreten van afschuw en afkeuring stegen op uit de zaal, precies zoals ik had verwacht. De lach was van Kwames gezicht verdwenen. Eerst keek hij rond. Ik zag dat hij zich verbeet. Toen wierp hij mij een strakke blik toe. Nu hield ik vol ook.

'*Zo noem ik u het yam-feest* odwira. *Elk jaar begin september, wanneer de yams worden geoogst, zijn alle districtshoofden en militaire leiders verplicht om met hun gevolg naar de hoofdstad te komen. Terwijl zij in optocht langs de Koning der Ashanti trekken, dansen twee groepen van ieder honderd beulen langzaam en dreigend door de stad. In hun handen dragen zij ter afschrikking de schedels van hooggeplaatste slachtoffers, waarop ze ritmisch met hun messen slaan. Zo waarschuwen zij de notabelen dat velen van hen, voor het festival ten einde is, aan hen ten prooi zullen vallen. Om elke schijn van ontrouw aan de Asantehene weg te nemen, laten deze notabelen in alle buurten van de stad slaven slachten. Toch ontkomen degenen die zich in het afgelopen jaar niet voldoende achter de centrale macht hebben gesteld niet aan hun executie. Aan het eind van het feest worden de gaten die de geoogste yams in het veld achterlieten, gevuld met het bloed van de geëxecuteerden om voortdurende vruchtbaarheid te waarborgen.'*

Mijn gehoor schudde in ongeloof het hoofd en er klonken enkele ruwe opmerkingen.

'*Waarom Ulieden echter een schilderij ophangen van al de wreedheden van een bruut, woest en onbeschaafd volk? Waarom een schets leveren van gruweldaden bij welke gedachte alleen al ons menselijk gevoel ijst!*'

Waarom zweeg ik niet? Waarom spaarde ik Kwames gevoelens niet? Dit kan ik zeggen: zijn verdriet te zien spoorde mij alleen maar aan. Niet uit wreedheid, godbewaarme! Niet om hem pijn te doen, nee, juist om hem te troosten. Met zijn tranen welde in mij een onvermoede woede op. Om hem te tonen: zie, ze zijn niet waard om naar terug te verlangen. Dit onnoemelijke leed, deze eenzaamheid heeft mijn vader, heeft ons volk ons aangedaan. Hoe kon ik anders spreken? Het verdriet dat wij voor altijd met ons meedragen, wilde ik zeggen, getuigt dat niet van grenzeloze wreedheid en van onbeschaafdheid? De liefdeloosheid waarmee wij zijn afgestaan, verdient die nog enige achting? Schaar je toch naast mij! Geef me je hand, en samen laten wij deze barbaarsheid achter ons. We zweren haar af. Voorgoed!

Ik geef toe dat ik de woorden zo hard en onverbloemd had neergeschreven om mijn vrienden van Phoenix voor eens en voor al te overtuigen dat ik het leven van de wilden achter mij had gelaten. Dat ik nu een van hén was. Maar op het moment dat ik Kwame zag – ook al was ikzelf het instrument van zijn ontreddering – verbleekte ieder eigenbelang. Ik sprak uitsluitend nog tot hem. Via hem tot de rest.

Ik verketterde achtereenvolgens het geloof, de gebruiken en het denken van mijn voorvaderen. Wetenschap en traditie. De familie en de sociale omgang. De goden, de levenden en doden. Liefde en werk. Een voor een. Alsof ik mijn wortels uit mijn eigen vlees moest losrukken.

'Er bestaan gelijke rechten tussen man en vrouw, waaronder de mogelijkheid een scheiding aan te vragen. De man alleen echter heeft het wettelijk recht zijn vrouw te straffen en wel door het afsnijden van lichaamsdelen: bij overspel verliest zij de neus, na het verraden van een geheim haar lippen en voor het afluisteren van zijn conversatie worden haar de oren afgesneden. In Kumasi ziet men dagelijks vrouwen die zo werden verminkt.'

Hier moest ik stoppen. Mijn ogen joegen over het papier, maar mijn hart kon zijn eigen woorden niet langer aanhoren. Mijn gehoor was stilgevallen. Ik werd vol afschuw aangestaard. Ik trilde. In het wilde weg sloeg ik enkele pagina's over.

'Neen,' las ik, *'ik wil niet verdergaan, maar hiervan afstappen na Ulieden medelijden en vergevingsgezindheid afgevraagd te hebben voor uwe natuurgenoten, die in hun blinde woestheid zulke daden kunnen plegen, voor uw medemensen die in hun verkeerdheden nog een goed werk menen te doen. Het volk is dom en hoogst bijgelovig, en van deze twee gebreken trekken hun priesters meesterlijk voordeel, om de mensen allerlei vreemde*

en ongehoorde begrippen in te prenten en hen zo dus nog dommer en bijgeloviger te maken dan ze al zijn.'

Op dit punt was ik aangekomen toen Kwame overeind schoot. Zijn stoel viel om en kletterde op de marmeren vloer. Hij stond, maar wankelde. Zette enige stappen en leek te gaan vallen. Lebret wilde hem opvangen, maar Kwame herstelde zich al. Zijn spieren spanden zich. Hij gooide zijn hoofd in de nek en opende zijn mond. Een kreet slaakte hij als een wild dier. Als een epilepticus. Het was iets angstaanjagends. Geen eind kwam er aan, en toen zijn longen leegraakten, boog hij voorover alsof hij in zijn buik geraakt was en zo perste hij de laatste adem uit, kreunend, zingend. Schuim droop op de grond. Linse nam hem bij een arm om hem te kalmeren, maar Kwame sloeg hem van zich af. Hij rende in de richting van de deur, maar de gladde zolen van zijn soldatenschoenen schoten onder hem weg. Hij viel en schoof languit over de vloer. Links en rechts maakten aanwezigen zich uit de voeten, bang dat hij hen aan zou vallen. Jules van der Capellen trok een klein jachtmes en schermde met zijn lichaam Willem Alexander af, die lijkbleek wegtrok, maar Kwame krabbelde al op en stormde naar buiten zonder om te kijken, alsof hij pas op straat weer lucht zou kunnen krijgen. Linse wilde hem achternarennen, maar Lebret hield hem tegen met een blik naar mij. Langzaam herstelde de rust zich, al bleven er gefluister en geschuif van stoelen. Pas toen ik wilde drinken, merkte ik dat ik mijn waterglas zo stevig omsloten had gehouden dat er een scherf van afgebroken was. De binnenkant van mijn hand bloedde licht.

'Doch laat ons,' zei ik, bette de wond met mijn zakdoek en schraapte een laatste maal mijn keel, waarna ik tot het eind van mijn betoog niet één keer meer haperde, *'laat ons enkele ogenblikken stilstaan om een blik te werpen in de woning van zulk een kwakzalver...'*

Tegen de ochtend van de tweede maart verlieten de laatste gasten de sociëteit. Ik wilde nog blijven. Ik was dronken. Iedereen was dronken. Na mijn toespraak had ik Linse naar de Van Moocks gezonden. Een halfuur later keerde hij terug met het bericht dat Kwame thuisgekomen was met een lichte voedselvergiftiging. Mevrouw Van Moock had hem melk met krijt gegeven en in bed gestopt. Hij sliep. Alles was wel. Opgelucht liet ik de champagne ontkurken. Daarna genoot ik van de aandacht en vergat het tumult.

Ik werd gewekt door een bediende die de tafels af begon te ruimen. Een ander raapte glazen en scherven. Ik wilde hun niet tot last zijn en hees me in mijn jas. De regalia van het erelidmaatschap zaten in mijn zak. Ik woog ze op mijn hand. Zo strompelde ik naar de uitgang. Halverwege, om mijn evenwicht te hervinden, zocht ik steun tegen de wand, waarop de portretten van de ereleden prijkten. De schoonmakers hielden me in de gaten. Om me een houding te geven, deed ik of ik de prenten bestudeerde. Eerbiedig. Een twintig-, dertigtal jongemannen van Hollandse adel. Geschilderde miniaturen, een enkel silhouet, eentje te paard, een ander tijdens de jacht.

Toen men mij, eerder die avond, mijn daguerreotypie plechtig overhandigde, liet ik hem in zijn foedraal om niet ijdel te lijken, maar nu wachtte ik niet langer. Ik haalde het portret te voorschijn. De verzilverde koperplaat werkte als een spiegel. Ik kneep mijn ogen samen. In de juiste lichtval ontdekte ik mezelf, zoals ik geposeerd had.

Met behulp van kwikdamp is een positief beeld ontstaan van een trotse jongeman. Hij draagt een zijden vest en houdt zijn studieboek in de aanslag alsof hij zeggen wil eigenlijk geen tijd te hebben voor dit soort frivoliteiten. Zijn huid is diepzwart, slechts een tint lichter dan zijn pandjesjas. Hij heeft de brede jukbeenderen van de Ashanti en een vlasbaard rond de volle lippen.

Een aantal tellen was ik knap tevreden over de gelijkenis. Toen zag ik het! Achter de weerschijn lag nóg een afbeelding van mij verborgen. Ik geloofde eerst mijn ogen niet.

De inval van het licht verandert bij de minste trilling van de vingers. De afbeelding schittert dan, diepzwart-zilverwit. Op dat moment wisselen de plaatsen waarop het kwik is ingebrand van kleur met de zilveren gedeeltes; wat zwart is, wordt wit, wat wit was pikdonker.

Ik bewoog de plaat in mijn hand heen en weer. Het ene moment verbleekte de jongeman, het volgende versomberde hij. Zwart, wit, zwart, wit verscheen ik voor mijn eigen ogen, zwart, wit, besluiteloos. Het procédé van monsieur Daguerre, de positief-negatief werking van de spiegelplaat, had de werkelijkheid afgebeeld én het tegendeel. Het leven en de droom.

Ik kneep mijn slechte oog dicht. Ik doofde de lamp om de schittering te doen minderen. Maar wat ik ook probeerde, ze bleven allebei zichtbaar, Kwasi en Aquasi. Zwart, wit, zwart, wit, zwart, wit.

Zo draagt die ene afbeelding twee jongemannen in zich, een blanke met een zwarte schaduw, een donkere met een witte zielenschim. Twee mannen, de één gedoodverfd door de ander, in één portret vereeuwigd. Die mannen ben ik allebei geweest.

Deel vier

West-Afrika 1847-1850

31 oktober 1847

Wat ben ik blij dat ik uit Holland weg ben! Beste vriend, geluk is zoiets onvoorspelbaars! Zo ver weg te gaan van jou, die jarenlang mijn enige houvast was, mijn betere helft, van wie ik onafscheidelijk leek. En gelukkig te zijn! Je neemt het me niet kwalijk. Jij weet hoe mijn situatie was. Je kende mijn diepste verlangens. Je hebt ze gedeeld, al wil je dat niet meer weten. Je hebt gezien hoe het noodlot zich tien jaar lang met mijn ongeluk vermaakt heeft. Zo kon het niet langer. Maak je dus geen verwijten. Het is waar dat de onenigheid die ons de laatste maanden scheidde, de doorslag gaf voor mijn vertrek. Na jouw toespraak voor Phoenix kon ik niet langer verkeren onder hen die jou van mij hebben afgenomen. Wees gerust, nu is het een zegen! Het bracht me ertoe eindelijk te doen waar ik al tien jaar vurig naar verlang. O, was je maar hier om de lucht te ademen!

Vanavond ging ons schip uit de kust voor anker. De branding, herinner je je, is te gevaarlijk om in het donker een sloep uit te zetten. Ik moet dus tot morgen met het weerzien wachten. Het is me onmogelijk de slaap te vatten. Ik kan onze grond nog niet betreden, maar ik ruik hem al. Ik adem hem. De vochtige warmte, die de laatste weken met elke zeemijl toenam, heeft me omarmd. Het is of mijn huid er zich voor openstelt. Of die zich nu pas durft ontspannen. Ik word gewiegd op de golven. Als een pasgeborene lig ik aan de borst. Ik sluit mijn ogen en zuig me vol. Blindelings. Er is een aangeboren vertrouwen. Ik was het bestaan ervan vergeten en toch, binnen enkele minuten, is het als vanouds.

Er is geen maan vannacht. Soms denk ik een verre flikkering te zien. Gaat daar iemand met een lantaarn of zijn het sterren in het water?

Hoewel ik weinig te melden heb, laat ik deze brief bij de kapitein achter. Morgen wisselt zijn bemanning. Het regiment dat wij hier aflossen, komt aan boord. Ze nemen lading in te Abidjan en keren dan naar Hellevoetsluis. Van Moock zal mijn woorden snel aan je doorzenden. Met wat geluk bereiken ze je zo binnen zes weken. En dan te bedenken dat ik me vroeger alleen maar op mijn zij hoefde te draaien om je toe te fluisteren. Zo ver, vriend, en toch in mijn hart.

Ik probeer me voor te stellen hoe jij deze avond doorbrengt. Het lukt me niet. Ik weet niet waar je bent. Hoe woon jij daar? Wat eet je? Zend me gauw bericht! Wat zijn het voor mensen? Hoe heten je medestudenten, je professoren? Zijn ze vriendelijk voor je? Te weten dat jij zelf ook uit Nederland vertrokken bent, maakt het makkelijker voor me. Om de een of andere reden had ik je nu niet graag op je kamer in Delft geweten, onveranderd in de vertrouwde omgeving. Nee, de reis zal je goeddoen. Alleen al uit de polders weg te zijn, zal je helpen herinneren dat Holland niet de hele wereld is. Ik maak me dan ook geen zorgen om je. Ook jij doet nieuwe indrukken op. Je ziet nieuwe vergezichten. Kennis zal je vergaren. Jij maakt nieuwe vrienden. En één oude bekende zal je in elk geval terugzien. Ik hoop alleen dat het je geen verdriet doet, haar gelukkig te zien. Het idee dat zij zich daarginds in al haar goedheid over jou zal ontfermen stelt mij gerust. Breng Sophie mijn liefste wensen en schrijf me hoe het haar vergaat.

Er is ondertussen een landvogel aan dek gekomen. Ik voer hem. Hij is niet schuw. Witte veren heeft hij en een gele kuif. De meeuwen pikken naar zijn maaltje, maar ik jaag ze weg. Nu kruipt hij onder mijn stoel. Hij vertrouwt me.

Morgenochtend! Morgenochtend! O, lieve vriend, vanaf nu kijken wij alleen nog vooruit. Ik weet het zeker. Het heden lacht ons toe en wat geweest is, is geweest. Ik vergeef het lot. Bij dezen. Groothartig ben ik, vind je niet? Zo voel ik het heus op dit moment. Ik bijt me niet meer vast in het verleden, dat beloof ik je. Dat hoeft ook niet. Ik ben er. Mijn verleden ligt voor me. Morgen zie ik mijn toekomst terug.

1 november 1847

Helder is het in mijn hoofd. IJl. Schoon en scherp zie ik alles. Ik weet niet of het aan de lucht ligt of aan het licht. Of aan mijn ziel, die alles feilloos registreert en toch met afstand. Als een trekvogel. Van grote hoogte herken ik in een droge twijg de uitgebotte bloesem die ik achterliet. Elk nieuw detail dat ik herken, vertelt me hoe ik verder moet. *Dat* ik verder moet.

Gouverneur Van der Eb ontving mij vanochtend bij de landing allerhartelijkst. Het ministerie had hem verwittigd van mijn komst. Hij noemde me niet bij mijn militaire rang van korporaal maar bij mijn adellijke titel. Palmwijn schonk hij. Dat is een scherp goedje. Wist jij dat? Mijn tong schrok ervan omdat ze zich die drank zacht herinnert, als een likeur. Weet je nog hoe wij op een dag achter de vrouwenvertrekken een van de vaten openbraken en eruit dronken tot we flauwvielen? Toch was dat zoet, of niet? Ik weet het werkelijk niet meer. Herinnering versuikert.

Na een kort gesprek stond Van der Eb erop dat ik niet bij de manschappen zou worden ingekwartierd. Hij verzekerde mij dat ik, zoals beloofd, zal worden bevorderd en wees mij een ruim vertrek in de officiersvleugel. Toen ik niet toehapte, liet hij mij uit een aantal slaapplaatsen kiezen. Hij was verbaasd dat ik het kleinste krocht verkoos. Het is onze kamer, Kwasi! Dezelfde! Ik slaap in hetzelfde ledikant waarin ik tien jaar geleden met jou lag! Hoe had ik hem dat uit kunnen leggen? Het kraakt nog steeds en wiebelt, en het is me veel te klein, maar hier zal ik tenminste kunnen dromen. Wij hebben hier tijden gekend, nietwaar lieve vriend? Zo angstig. Zo samen. Wat mis ik je! Stel je voor, de stoel waarop ik zit te schrijven is dezelfde waarover wij op een avond onze doeken hingen om er 's ochtends pantalons voor in de plaats te vinden. Binnenkort – voor ik definitief naar Kumasi vertrek – zal ik er mijn uniform op achterlaten. Ik wil in een *kente*-kleed naar huis.

Ik had me voorgenomen hier onze traditonele kleding aan te schaffen, maar vond niets. De Ashanti-cultuur is in dit Fantijnse *crom* taboe. Wel werd mij verteld over een noorderling die vertrouwd is met de weeftechniek van de Ashanti, maar hem heb ik niet kunnen vinden.

Zoiets absurds: zojuist brengt men mij uit de scheepslading een kist waar een draaibank uit kwam. Wat een cadeau! Volgens Van der Eb heeft het ministerie, nu ik mijn opleiding niet volgens het nuttigheidsprincipe van de Wesleyan Society heb willen voltooien, besloten mij op de valreep nog iets van praktisch nut te schenken. Nee maar, stuur me dan verf en een ezel, marmer en een beitel desnoods. Ik vroeg Van der Eb het ministerie vriendelijk te bedanken voor het gevaarte en heb het laten opslaan. Toen gaf hij mij een fraai jachtgeweer, dat ik van de Nederlandse regering krijg als premie voor mijn vertrek. Zo blij zijn ze dat ze van mij en mijn toelage af zijn. De rest van de dag ben ik de omgeving rondgegaan. Zonder plan.

O, Kwasi, het is verbazingwekkend hoeveel van wat we dachten te zijn vergeten, ligt opgeslagen in de geest en bij het minste terugkeert. De zware warmte die aromatisch is. De rotting van de bossen, die meedrijft op een zuchtje landwind, brengt hele weken uit ons leven bij me terug. De rode aarde. De zonsondergang die alles op doet vlammen. De trots in de ogen van de vrouwen! Dat het mogelijk is trots te zijn wanneer je niet meer bezit dan je grond! O, liefste neef van me, had ik je toch maar over kunnen halen mij te vergezellen.

Ik heb de gouverneur aangesproken over mijn voornemen zo snel mogelijk naar Kumasi terug te keren. Zelf was ik van plan nog deze week een paard aan te schaffen en enkele dragers. Van der Eb luisterde vriendelijk, maar was niet onmiddellijk enthousiast. Hij raadt me aan eerst te *acclimatiseren*. Hoe vind je zoiets? Alsof een man zou moeten wennen aan zijn eigen land!

's Avonds

Ik keer net terug van het diner. Ik moet je iets waanzinnigs vertellen. Iets dat mij de adem benam zodra ik de eetzaal binnenkwam. Iets ongelooflijks. Je herinnert je die ruimte, de zaal waar het balkon aan is? Je weet nog onze plaats aan de officierstafel? Welnu, aan de hoge wand, die altijd leeg was, je weet wel, recht achter de eetstoel van de commandeur...? Ik wist niet wat ik zag. Daar hang jij. Hangen jij en ik, wij samen, meer dan levensgroot! Ik vroeg me af of ik niet droomde, maar nee, de volle maaltijd lang heb ik je aangekeken. Zo was je bij me. Blijf je bij me. Je dierbare gezicht. Ik kon niet eten. Emotie kropte in mijn keel. Begrijp je? Ben ik duidelijk? Ik bedoel, daar hangt dat bakbeest van een schilderij dat Raden Saleh van ons maakte. Verveer in zijn stoel, jij links van hem, ik rechts. Dat portret voor de Asantehene, dat ons zoveel zitpijn heeft gekost!

Men heeft het doek eerst met grote moeite door het oerwoud vervoerd. Het was zo enorm dat er speciaal een pad naar Kumasi voor moest worden vrijgehakt. Toen het uiteindelijk de hoofdstad bereikte en het tijdens een speciale ceremonie aan je vader werd getoond, heeft het hem verschrikkelijk overstuur gemaakt. Hij dacht dat jij en ik samen met de generaal waren vermoord en dat hij nu onze afgestroopte en opgespannen huid retour kreeg. Men heeft het hem wel uitgelegd, maar hij hield zo'n afkeer van het schilderij dat men niet anders kon dan het mee terug naar de kust nemen.

Hier hangen wij dan! Men heeft van de nood een deugd gemaakt en de kale muur met ons versierd. Is dat een lot! Voortaan kijk ik elke maaltijd in de ogen die ik zo heb liefgehad.

We zien er niet best uit, dat niet. Je kan je voorstellen wat het vocht en vooral de zoute nevel, die hier altijd rond het fort hangt, met vernis en verf hebben uitgespookt. Er vallen gaten in het canvas. Alles vergaat. Grote stukken van Verveer zijn weggevreten en een eigenaardig zoute schimmel heeft delen van ons aangetast. We hebben een bepaald ongezond uiterlijk gekregen, wit uitgeslagen als we zijn.

17 november 1847

Wat is de wereld ontzagwekkend. Ze brengt me in een roes. Iedere dag loop ik urenlang rond. Zonder doel. Of nee, om me te laten overweldigen! De meeste mensen brengen hun leven op één plaats door. Ze hebben ongelijk.

Op straat word ik nagekeken. Ik ben het gewend. De Fantijnen verbazen zich een Ashantijn te zien in Hollands uniform. En toch nodigen zij me binnen en offreren wittebrood met suiker. Een nieuwigheid. Afgekeken van de regimentsbakker. Zo neemt de plaatselijke bevolking steeds meer eigenaardigheden over.

Als de dorpsbewoners hun eigen taal spreken, versta ik geen woord van wat ze zeggen. Was dat altijd al zo? Vroeger konden we toch nog wel íéts van de Fantijnse klanken maken? Nu lukt me dat niet meer. Sommigen spreken gelukkig wat Nederlands, de Hollandse bastaarden voornamelijk. Ze houden je op straat staande met een 'Goed morgen, meester' of een 'Kopen, kopen? Klein Geld!' Hun oude weerzin tegen de soldaten heeft in tien jaar plaatsgemaakt voor handel.

En weer is alles nieuw voor me. Gebruiken, gebaren, geloven. Hoe meer onderscheid je tussen mensen ontdekt, hoe duidelijker je ziet dat ze in wezen allemaal gelijk zijn. Zoveel eigenaardigheden zijn niets anders dan verschillende uitingen van hetzelfde gevoel. Het is of ik er dwars doorheen heb leren kijken en alleen nog zielen zie. Merk jij zoiets als vreemdeling in Weimar ook?

In Weimar! In Weimar! Kwasi, wanneer bereikt jou eindelijk mijn eerste brief? Wanneer zal ik van je horen? En God weet wanneer ik je deze brief zal kunnen zenden. Zoveel te delen. Zoveel. Zo traag. Ik richt me tot je als in zo'n droom, waarin je hard wilt rennen en maar niet vooruitkomt. Ik zie je duidelijk voor me en omhels je, maar jij voelt mij pas over twee maanden.

Vanmiddag opnieuw bij Van der Eb mijn vertrek aangekaart. Nu voert hij aan dat het pad naar Kumasi door overstroming onbegaanbaar is. Toch wil ik niet wachten. De natuur is mijn enige vriend. Die zal mij niets in de weg leggen. Ik vroeg de gouverneur of hij soms vond dat Mozes zich had moeten laten tegenhouden door de Rode Zee, maar Van der Eb bleef talmen. Hij is eenmaal als gezant in Ashanti geweest. Hij heeft je vader niet ontmoet, maar had toch een mening over zijn persoon. Voorzichtig zei hij dat er in de tien jaar van onze afwezigheid veel is veranderd. Na de tocht van Verveer hebben meer Europeanen de weg naar Kumasi aangedurfd. Zo schijnt er nu een Britse, een Duitse en een Portugese missie- en handelspost te zijn. De Asantehene is door zoveel belangstelling minder gesteld geraakt op Europese invloed dan hij vroeger was. Ik antwoordde Van der Eb dat ikzelf van Europa genoeg had om er zonder moeite afstand van te doen. Mijn gedecideerdheid deed hem lachen.

Hij gaf toe, maar stelde me voor eerst een brief te schrijven aan je vader om mijn komst aan te kondigen. Zodra een boodschapper bereid gevonden wordt naar Kumasi af te reizen, kan die mijn vurige wens aan de Asantehene brengen.

Ik ben hierna direct naar mijn kamer, onze kamer, gegaan om een brief te beginnen, maar ik heb uiteindelijk vijf, zes kladschriften moeten vernietigen. Ik verklaarde steeds het land en volk mijn liefde. Dat deed ik niet zozeer in woorden, maar in schreeuwen. Kreten. Kernachtig, maar weinig welsprekend. Hoe zeg je iemand die je is vergeten dat je van hem houdt? Door hem bij zijn revers te pakken en door elkaar te schudden! Maar tegelijk wil je teder zijn en hem aan je borst drukken. Hoe verklaar je dat je terugverlangt naar wat je niet meer weet? Een uitdaging is dat, naam te geven aan wat je redeloos ten diepste voelt, aan wat je weet zonder het te kennen. Ik heb geen haast. Ik stel de oplossing nog wat uit. Mijn pen leg ik voor vandaag neer. Over een uur zal het donker zijn. (Weet je nog hoe de avond je hier overvalt? Plotseling, hevig. Ik ben niet iemand om te schemeren. Nooit heb ik me zo verloren gevoeld als bij de Van Moocks rond theetijd!) Ik heb me aangewend om in dit laatste zonlicht als een gek de branding langs te rennen. Ver, zo ver mogelijk! Hijgend en met kloppend hart. Eenmaal buiten het *crom* leg ik alles af, en naakt laat ik me wiegen door de golven. Zij weten wel wat in mij woedt. Over grote afstand voeren zij mij mee en gooien mij terug.

30 november 1847

Vandaag is de brief die mijn terugkeer aankondigt zijn reis naar Kumasi begonnen. Vertrok ik maar vast in zijn plaats!

Enkele dagen geleden ging een fregat uit de Oost voor anker. Aan boord was een lading theebladeren voor de Asantehene. De kapitein ronselde Fantijnen voor de doorlevering naar Kumasi. Ik gaf de leider van die expeditie tegen (te) ruime vergoeding mijn brief aan je vader mee.

Ik heb mijn verlangen terug te keren dus uiteindelijk kunnen verwoorden. Emotioneel en toch overtuigend, gretig maar eervol. Tijdens het schrijven stelde ik me voor hoe het gemoed van de oude man onder het lezen vol zou schieten. Ik zag je vaders verbaasde gezicht, oud geworden, maar vooral verlangend ook van jou te horen. Ik heb dus enkele fikse paragrafen aan je gewijd, waartegen je geen bezwaar zal hebben, neem ik aan. Aangaande mezelf: trouw is het sleutelwoord geworden. Verbondenheid. Lotsbestemming. O, lieve vriend, ik sterf als ik het Ashantijnse leven niet hervat! Dat zei ik hem. En meer. Zoals ik het voelde. Toen ik Van der Eb mijn schrijven voorlegde, bleek hij verbaasd dat het geheel in het Nederlands was gesteld en niet in het Twi. Ik legde hem uit dat wij onze moedertaal verleerd zijn. Nu is er niets te doen behalve wachten.

Eindelijk kom je binnen mijn bereik! Ik geef vandaag nog mijn brieven mee aan de kapitein van het handelsfregat. Ik omhels je en mis je. Schrijf me als het in je macht ligt.

15 december 1847

Het is te vroeg voor bericht uit Kumasi, dat weet ik heus wel. Elke ochtend prent ik dat mijzelf in, maar mijn hart heeft lak aan die boodschap! Ik ben ongeduldig, ja zeker, en toch vol vertrouwen. Te lang ben ik van mijn volk weg geweest. Nog niet helemaal thuis, ben ik hier in Elmina ver genoeg van mijn doel verwijderd om me te verheugen, maar toch zo dichtbij dat mijn verlangen mijn geluk al niet meer in de weg staat. In het voorgeborchte. Zo zeker ben ik van mijn terugkeer dat mijn geest me toestaat rust te hebben.

Ik lees. Ik wacht en wandel. Pen en papier draag ik altijd bij me. Op de mooiste plaatsen ga ik in de schaduw zitten en richt ik me tot jou. Ik eet wat het land voortbrengt en bestudeer het ambacht van de handwerkslieden. Ik speel wat met hun kinderen. Vorige week timmerde ik een rijtuigje voor ze van een sigarenkist en enkele kurken. Deze week leren zij mij vissen met levende prooi. 'Maar ben je gelukkig?' zal je vragen, jij met je onderzoekende geest. Het blijft een dilemma. Hoe zou ik gelukkig kunnen zijn zonder jou in mijn buurt? Het wachten, het nadenken en het lezen van de klassieken, dat alles brengt me tot een inzicht dat jou, met je voorkeur voor de ratio, te mystiek zal zijn. Ik kom hier hoe langer hoe meer tot de conclusie dat geluk niet bestaat, alleen het verlangen ernaar. Geluk lijkt mij de afwezigheid van ongeluk, de afwezigheid van ieder verlangen. Ik hoop spoedig in die gelukzalige toestand te zijn. Het is een oud idee. Ik heb je er wel eens eerder over aangesproken en je raakte geërgerd, geschokt, buitengewoon fel, zoals een ouderling aan wie je vertelt dat onderzoek heeft uitgewezen dat zijn Oude Testament bij nader inzien toch een schelmenroman blijkt te zijn geweest.

'Elk mens wil wel gelukkig zijn, maar om het te worden moet hij er eerst maar eens achter komen wat het is.' Was dat Rousseau niet? Of ben ik dat al zelf? Ik hou het best voor mogelijk dat ik alleen maar *denk* dat geluk voor niemand bestaat, gewoon omdat ik het niet uit eigen ervaring ken. De mensen die beweren gelukkig te zijn, vertonen daarvan, in mijn ogen, geen enkel teken. Maar wie ben ik om de tekenen van geluk te herkennen?

22 december 1847

Ik heb je brief in handen! Kwasi-lief, ik heb hem gelezen en herlezen en nog en weer. Woorden zijn toch alles wat we hebben. Ik zeg het maar meteen: gehuild heb ik, het is niet anders. Van gemis, wanneer ik je door het Buchenwald zie wandelen, maar van geluk vooral, omdat het jou goed gaat.

Jij bent dus regelmatig bij onze Sophie in Weimar en ondertussen heb jij je intrek in Freiberg genomen. Had ik hier maar een kaart van dat gebied. Hoe dicht is Freiberg bij slot Ettersburg? Kennelijk niet te ver om er geregeld op bezoek te kunnen gaan.

Je gastheer Lingke is Bergmechaniker schrijf je, maar wat is dat? Betekent het dat hij in de mijn werkt? Of geeft hij ook les? Vertel me alles, maar vermijd al te technische bewoordingen. Die verwarren me, dat weet je.

Je woont in het Geudtnerschen Hause. Wat betekent dat? Is dat Thürings dialect? Je beschrijft Freiberg zo beeldend, de brede straat waarop je uitkijkt, Konditorei Hartmann, de Nicolaï-kerk, het park, je woning. Ik zie je gewoon tussen je slaapvertrek en de gemeenschappelijke ruimten heen en weer lopen. Hoe ligt je kamer ten opzichte van de Bergakademie? Stuur mij een plattegrondje, stuur me er meerdere. Ik wil je voetstappen kunnen tellen. Heus, ik maak geen grap, ik verlang hevig alles mee te beleven. 'Hoek Rinnengasse-Peterstrasse'. Het heeft de melodie van een populair wijsje en zit de hele dag in mijn hoofd. 'Daar woont hij!' zeg ik tegen mezelf, 'Rinnengasse-Peterstrasse'.

Nee, ik hoefde niet te lachen om de anekdote. Die deed me denken aan te veel soortgelijke voorvallen. Dat Lingke je de allereerste dag met een stel Bergbeambten en professoren te eten nodigt, doet me natuurlijk deugd, maar dat je er, toen je aanbelde, werd aangekondigd door het gegil van de huismeid, die meende dat de duivel voor haar deur stond, nee, daar zie ik de humor niet van in. Jijzelf lacht evenmin om dit soort incidenten, Kwasi, ik wou dat je dat eens toe kon geven.

Zo levendig als je Sophie beschrijft, zie ik haar voor me staan. Zelfs iets voller en iets ouder kan ik me haar voorstellen. Ik geloof zeker dat je blij bent met haar geluk. Zo ben jij wel. Dat zij jou met open armen zou ontvangen, daaraan heb ik nooit getwijfeld, maar dat je na zo'n korte tijd ook over Carl Alexander al rept als over een vriend, dat is toch buitengewoon. Ik ben haar en haar 'Sasja' dankbaar voor de genegenheid die ze je bewijzen. Ik zal hun aanstonds ook eens een paar woorden sturen. Dat de jonge hertogen van Saksen in je buurt zijn, is een verder geluk. Jij hebt Herman en Gustaaf altijd graag gemogen. Het hofleven zoals je dat beschrijft, is rijk en ongetwijfeld aangenaam, maar ruilen met je zou ik voor geen goud, dat wil je wel begrijpen. Ieder het zijne. Ik wals liever op blote voeten door het zand.

Nee, je genegenheid voor de kleine Carl August verbaast me allerminst. Vanmiddag nog zag ik bij de badplaats een vader met zijn dochtertje, ook zo'n jaar of drie, in het water gaan. De manier waarop het kleintje, hoewel angstig, zich vastklampte aan zijn hals, zal ik nooit vergeten. Dat was van een puur en ongeschaad vertrouwen dat mij jaloers maakte! Een kind, waarom zou zulk geluk voor ons niet zijn weggelegd? Het is zo geruststellend te denken dat met elke nieuwe generatie een onvoorwaardelijk vertrouwen opnieuw geboren wordt. Ook al kan je het zelf niet meer schenken, wekken kan je het altijd nog. Wij hebben die leeftijd, Kwasi, en ik beken je dat bij mij – gewoon door hier in het dorp rond te kijken – het verlangen naar het vaderschap geboren wordt. Het is waar wat ik je hoor zeggen, dat ik in mijn jonge leven nog niet één vrouw heb ontmoet die de ware hartstocht in mij deed ontbranden. Ik wijt dat aan mijn ontheemding. Al mijn verlangen richtte zich op één doel. Nu ik dat heb bereikt, beloof ik je dit: zodra ik in Kumasi aankom, stel ik mij voor de volwassen liefde open.

Ik begrijp uit wat ik lees dat je nog niet een van mijn brieven hebt ontvangen, zelfs niet de allereerste. Opnieuw moet ik dus onder ogen zien hoezeer ik mezelf hier aan mijn schrijftafel voor de gek hou. Ik kan me tot je richten wat ik wil, zo'n afstand overbrug ik met geen pen. Wanneer ik zo meteen in Kumasi ben, zal zelfs onze trage correspondentie vrijwel onmogelijk worden. Twee-, driemaal per jaar zal mij bericht bereiken. Vanavond kan ik niet geloven dat ik die stilte leer verdragen, hoe vol mijn nieuwe leven ook zal worden. Gelukkig zit je in mijn hoofd. Daar hou ik lange gesprekken met je. Alles maak je mee en, geloof me, we lachen samen heel wat af.

Ik verwacht nu elke dag bericht en kan me hier intussen weinig nuttig maken. Ik doe zoveel mogelijk mee aan excercities, die echter maar sporadisch worden gehouden. De mannen hier zien sinds de meeste handelsbelangen zijn stilgevallen weinig nut in hun aanwezigheid en vermaken zich met kaarten, palmwijn en de vrouwen die hun door de inlanders tegen betaling worden geleverd. Verder is hier geen bijzonder nieuws.

24 december 1847

Een wonderlijke stemming hangt er rond het fort. De plaatselijke bevolking weet sinds jaar en dag dat de Hollanders ontvankelijk zijn voor deze datum. Talloze kraampjes worden opgeslagen voor de ophaalbrug, zodat een kleine markt is ontstaan. Het kerstfeest mist ook zijn werking op de manschappen niet. Stoere kerels zijn als kinderen zodra ze denken aan de feestelijkheden die ze thuis moeten missen. Het zijn, op de officieren na, allen ongetrouwde jongens die van hun moeders of hun liefjes dromen. Zodra ze wat te drinken hebben, schamen ze zich er niet voor te zingen over thuis en hun tranen de vrije loop te laten. Onder hen maak ik nu af en toe een vriend. Wisten ze eerst niet wat ze met mij aan moesten, nu – aangespoord door drank – leren zij mij kennen. Ze zijn eenvoudig van geest en zo treed ik hen ook tegemoet. Mijn verhalen over Kumasi interesseren hen, maar dat ik er ooit de troon zal bestijgen, daarover wijd ik niet uit. Evenmin vertel ik over het Nederlandse hof. Zij vertellen intiem over hun meisjes. Ik zit tussen hen in en dein mee op de deuntjes, maar ondertussen denk ik: als ze mij maar niet vragen te vertellen wie of wat ik mis. Ik weet het niet. Ik ben immers bijna thuis. Missen doe ik jou, maar leg dat maar eens uit. Zij willen horen over ranke middeltjes en volle derrières. Ik heb wel eens een vrouw gekend en droom er wel eens van, maar toch... Waarom heb ik eigenlijk nooit liefgehad, zoals zij? Zoals jij? Geduld. Dat alles vind ik in Kumasi.

31 december 1847

Te veel nachten wacht ik nu op toestemming om naar huis te reizen. Ik wandel veel en als ik niet wandel lees ik. De commandeur heeft nog wat lectuur en zelf heb ik gelukkig veel filosofisch werk meegebracht.

Iedereen viert de jaarwisseling. Op de binnenplaats is het de mannen voor één keer toegestaan te feesten. De militaire kapel speelt. Onder gejoel dansen enkele inlandse vrouwen. Ze zijn daarbij nagenoeg naakt. Ik begrijp niet dat zij zich niet schamen. Vanavond aan het diner – ik staarde waarschijnlijk wat naar jouw beeltenis aan de muur – zei de gouverneur dat ik in het nieuwe jaar eens wat vrolijker moest leren kijken. Een van de officieren riep dat ik mokte vanwege hun eenvoudige aardewerk en hij vertelde dat iedereen in Kumasi gewend is van gouden borden te eten. Dat was het laatste waaraan ik dacht. Ik was het zelfs helemaal vergeten, maar ik lachte mee en zei dat hij mij lelijk doorhad.

Als ik alleen maar zeker kon zijn dat ik je ooit zou weerzien, dan zou ik misschien iets van feestvreugde voelen. Zoals het is, ben ik voornamelijk gelijkmatig van geest. Het lukt me vanavond niet blij te zijn met mijn terugkeer naar de kusten die ik zo gemist heb. Voor de tweede maal heb ik alles wat ik ken in de steek gelaten.

's Nachts

Het is 1 januari inmiddels, 1848, en ik stuur je alle geluk en beste wensen toe.

22 januari 1848

Weldra verzend ik die nieuwjaarswensen ook daadwerkelijk, samen met al mijn brieven aan jou van de laatste drie maanden. Vanmiddag is hier eindelijk een brik voor anker gegaan die Vlissingen als bestemming heeft. Ik eindig mijn postzending met de belofte weer te schrijven zodra mij dat mogelijk is. Lieve vriend, nogmaals: van mijn gang naar Kumasi benauwt mij slechts het idee afgesloten te zijn van nieuws. Wat als je ziek wordt? Wat als je me iets te zeggen hebt? Ik kan me niet heugen dat wij ooit onbereikbaar voor elkaar waren. Ik weet dus niet wanneer ik me weer tot je kan richten en neem de gelegenheid te baat te zeggen dat ik van je hou. En wat nu we mannen zijn geworden misschien belangrijker is: dat ik je keuzes respecteer. Ik denk dat je begrijpt wat ik bedoel. In liefde, je Kwame.

P.S. 23 januari en al mijn hoop is vervlogen. Uit Kumasi is een boodschapper gekomen met verpletterend nieuws. Je vader zal mij niet ontvangen. Hij stuurt me twee ons goud en verder niets. Mijn brief is verkeerd gevallen. Het feit dat ik het Twi verleerd ben, heeft hem ernstig geschokt. Voordat ik mijn moerstaal weer vloeiend machtig ben, heeft hij geen interesse mij te zien. En er is hier niemand om mij die te leren. Onze woorden kan ik me alleen weer eigen maken te midden van ons volk in Kumasi, waartoe de toegang mij juist ontzegd wordt. Ik ben dus feitelijk verbannen!

De afgezant van je vader kwam vergezeld van twee bedienden. Een van hen had geen lippen en geen oren meer. Die waren hem afgesneden voor een of ander vergrijp. Het was afgrijselijk. Even kon ik me niet voorstellen dat dergelijke wreedheid voor mij weer alledaags zou kunnen worden.

Neem me mijn wanorde niet kwalijk. Ik ben in de war en bezegel nu snel je briefpakket. Wanneer ik zelf nog naar de rede ren, haalt het juist de laatste sloep die naar de Maria uitvaart.

Waar ben je nu toch?

30 maart 1848

Zorgelijke berichten uit Europa bereiken onze kusten. Men zegt dat er revolutie is uitgebroken in Parijs en dat Louis-Philippe gedwongen wordt om af te treden. Van der Eb is schaars met informatie om ons niet te verontrusten, maar bereikt daarmee het tegendeel. Sommigen zeggen hier dat de onrust zich snel over Europa verspreidt. Ik maak me zorgen. Zit je daar wel veilig? Is de wereld gek geworden? Niets is zoals ik dacht dat het zou zijn.

6 april 1848

Wat een leven leid je! Je brief van 16 februari heeft mij vandaag in goede orde bereikt en de beschrijving die je geeft van bals, ontvangsten en concerten stelt me gerust. De gesprekken! Wat een rijkdom moet dat zijn. Je raakt verwend, jij! De nonchalance waarmee je meldt dat Franz Liszt zojuist de *Martha* van Flotau dirigeerde... Wil je wel geloven dat ik je benijd, alleen al om het genot echte muziek te kunnen horen. Ik bezit enkele partituren, die ik lees wanneer mijn ziel behoefte heeft aan indrukken. In mijn hoofd vinden de noten hun plaats en het lukt me enigszins te genieten van een melodie of zelfs een samenspel. Maar in plaats dat mijn natuur zich kan laven aan klanken, moet ik elke noot uit mijn fantasie persen. Jij kunt twee-, driemaal in een maand genieten van het allerbeste nu dat Hongaarse genie kapelmeester van Weimar is geworden. Laaf je eraan voor twee! Als ik dorst naar schoonheid, drink ik uit een stilstaand reservoir, waarvan de bodem in zicht is.

8 april 1848

Er vertrekt een boodschapper naar Holland. Ik sluit een lijst met boeken bij die ik je vraag mij toe te zenden, want je weet dat de literatuur een van de weinige verworvenheden is, waarvan ik toegeef dat ze me verrijkt heeft.

Ik heb je op dit moment niet meer te zeggen. Maak je alleen niet te veel zorgen om mij. En blijf schrijven. Dat doet me goed.

17 april 1848

Ik dank je voor je reactie op mijn postzending van eind januari. Je medeleven verwarmt me enigszins. Wat moet ik je over mijn toestand vertellen?

Het nieuws uit Kumasi heeft mij ziek gemaakt. De maand februari bracht ik met verhoogde temperatuur door op bed. De hospik behandelde mij met kruiden en kompressen tegen moeraskoorts. Ik legde hem uit dat ik zijn *mal aria* van mijn geboorte af lange tijd in volle gezondheid geademd had, maar hij hield vol dat ik, zoals zoveel Hollanders hier, overgevoelig ben voor het klimaat. Toen ik hem ten slotte in een vlaag van woede voor gek verklaarde, zag hij daarin het beste bewijs dat ik niet tegen de Afrikaanse lucht kan.

Zolang ik het bed hield, kwam gouverneur Van der Eb mij elke avond opzoeken. Hij opende het raam, hoewel de dokter dat nadrukkelijk verboden had, en samen luisterden we naar de zee. Toen hij mij daarvoor niet langer te zwak achtte, vertelde hij nu en dan over zijn bezoek aan Kumasi. Een ontmoeting. Een maaltijd. Onnadrukkelijk viste hij zo naar mijn gevoelens. Ik hoorde het en had op zijn indrukken wel willen reageren, maar vond de woorden niet. Hij drong niet aan, maar neuriede zo wat melodieën die hem waren opgevallen. Soms sloeg hij enkele ritmes op de smalle leuning van zijn houten stoel. Op een avond herkende ik er één. Hij schrok en stopte onmiddellijk toen mijn ademhaling versnelde. Ik greep zijn elleboog en gebaarde hem door te gaan. Hij speelde zoveel hij zich herinnerde en ik viel hem bij. Toen vroeg hij mij opnieuw waarom ik de brief aan de Asantehene in 's hemelsnaam in het Nederlands gesteld had. Ik antwoordde dat ik me juist in mijn eigen handschrift tot je vader wilde richten. Van der Eb zei niets. Pas in die stilte begreep ik dat we beter hadden kunnen wachten tot er eens een boodschapper zou zijn gekomen die het Twi machtig was. Die had mijn woorden voor me kunnen vertalen. Ik ben te enthousiast geweest. Te ongeduldig.

Met mijn gezondheid herstelt langzaam ook mijn hoop. Ik heb wel begrip voor de Asantehenes aarzeling en heb Van der Eb gevraagd of er in Elmina mensen te vinden waren die Twi spraken. Ik wil het leren. Hij dacht van niet, maar liet tot in de wijde omtrek informeren. Alleen van Fort Cape Coast kwam bericht over een tolk, die echter voor onbepaalde tijd op binnenlandse missie is. Verder spreekt er overal wel iemand enkele woorden en formules, maar nooit genoeg om mij de taal te leren. Toch keren mijn krachten terug. Ik heb bij de foerier een schrift gehaald om alle woorden Twi te noteren die ik hoor of me herinner.

Van der Eb ondertussen doet alles om mijn opgelaaide enthousiasme te temperen. Nu hij ziet dat mijn voornemen tot terugkeer ongebroken is, legt hij de onheilsboodschap anders uit. Niet het Twi zou de inzet zijn van mijn verbod naar huis terug te keren, maar een zeker politiek spel. Volgens hem zijn de priesters fel gekant tegen nieuwe buitenlandse invloed, en ik zou voor hen als troonopvolger onacceptabel zijn. Bovendien zou Kwaku Dua zich bedreigd voelen door mijn nabijheid en vrezen dat ik meer kennis bezit dan hij. Wat een ironie. Hij bezit juist alle kennis waar ik naar verlang, en alles wat ik weet wil ik daar graag voor geven. Dát zal ik hem schrijven. Maar ja, met welke woorden?

18 april 1848

Laat Van der Eb maar praten. Ik ben niet kwaad te krijgen. Met zijn liefdevolle aandacht voor mijn ziekte heeft hij mij voorgoed voor zich gewonnen. Ook nu meent hij ongetwijfeld het beste met mij voor te hebben. Hij zegt dat ik de realiteit onder ogen moet zien en moet aanvaarden dat ik, hoe dan ook, voor lange tijd in het fort zal moeten blijven. Hij stelde voor dat ik mij in die periode nuttig maak in de hoedanigheid waarin ik hier gekomen ben, als militair. Sinds enkele weken sta ik dus weer op met de manschappen, exerceer en loop patrouille. Eenmaal in de week vertel ik ze een uur lang wat ik weet van het land, de temperatuur, bodemgesteldheid en gebruiken, waarna we gaan zwemmen en tot zonsondergang het dorp onveilig maken. Alles welgezind. Ik ben zuinig met mijn informatie en zo af en toe verzin ik er gewoon wat bij. Ten eerste heb ik veel van wat ik me herinner al verteld, ten tweede hoeven ze nu ook weer niet álles te weten. Stel dat het over enkele jaren ooit eens tot een conflict komt en ik, als nieuwe Ashantijnse koning, de Nederlanders tegenover me zal vinden. Ik moet zeggen dat ik in het gezelschap van de mannen meer plezier schep. Hun eenvoudige, ruwe omgang heeft ook iets bevrijdends. Alleen in kracht kan een man zich hier van een ander onderscheiden, of met sterke en scabreuze pocherij. Ik beken dat ik er soms voorzichtig aan meedoe. Ik leen hun volksrauwe woorden en schilder daarmee het soort lijfsavonturen dat ze willen horen. Het is een spel. De mannen reageren uitgelaten, dankbaar dat ik het met hen meespeel.

Mijn militaire rang is voor iemand van mijn status uiteraard te laag. Van der Eb heeft opnieuw beloofd mij tot officier te bevorderen zodra daartoe goedkeuring van het ministerie binnen is. Hij stuurt hun voor de derde keer een brief over deze zaak. Ondertussen stelt hij mij allerlei taken, in een doorzichtige poging mijn gedachten van mijn enige doel af te brengen. Zo heeft hij mij de sleutel ter hand gesteld van de archiefkast waarin de oudste stukken van het fort worden bewaard en vroeg hij mij de komende tijd eens haar geschiedenis te schrijven. Wist jij dat Michiel de Ruyter hier is geweest en dat Christoffel Columbus Elmina aandeed tijdens zijn reis naar de Amerika's? Maar wat kan mij dat schelen? Ik kijk vooruit, niet achterom! Voor me ligt de enige afleiding die ik zoek.

Meen je werkelijk dat Sophie de liberalen steunt? Het verbaast me niet dat zij de redelijkheid van de onderklasse inziet. Zij kan zich immers in *iedereen* verplaatsen, maar dat ze haar schoonvader heeft durven overhalen, toe te geven aan hun eisen... Goddank heeft het gewerkt en is het gevaar voor jou geweken. Zolang de studentenopstand te Jena nog niet gesust is, lijkt het me het beste dat jullie op je hoede blijft.

In Nederland dringt men dus opnieuw aan op herziening van de grondwet. Hoe is daaronder onze arme koning? Vertel me alles wat je weet. Verdomd, wat ben ik, als het erop aankomt, toch geïsoleerd.

Had ik maar beter nagedacht over mijn brief aan je vader. Kende ik nog maar genoeg woorden Twi. Vandaag schoot mij de pijnlijke waarheid van dit oude spreekwoord te binnen, waarmee mijn moeder mij vroeger waarschuwde na te denken voor ik sprak: *Woorden zijn als braaksel, je kan ze niet meer inslikken.*

20 april 1848

Ik heb vandaag een vriend gemaakt. Het is de noorderling over wie men mij verteld had. Joa heeft als slaaf in een Ashantijnse mijn gewerkt. Nu heeft hij een ververij en levert hier de Fantijnen stof voor hun beroemde banieren. Bovendien probeert hij doeken te vervaardigen volgens een nieuw wasdrukprocédé, dat afkomstig is van Java. Deze Indische stof, *ba-tik*, wordt de laatste jaren als geschenk naar hier gezonden door dezelfde mannen die door jouw vader en Verveer werden geronseld onder het contract waarvoor wij het onderpand vormden. De doeken oogsten veel lof van de plaatselijke bevolking. Joa wil erin gaan handelen.

Hij leerde wat Portugees van de Angolese mijnslaven. Die taal is niet ongelijk aan Latijn, dus we begrijpen elkaar. Van het Twi is hij helaas alleen enkele vermaningen machtig. 'Die bak is te licht!' kan ik inmiddels zeggen, en: 'Als je nog eenmaal spreekt, krijg je geen eten!', maar ik denk niet dat ik daarmee mijn laissez passer tot Kumasi verdien.

Hij heeft hier een Fantijnse ontmoet, die voor hem kookt. Hij ziet er nogal versleten uit, maar leeft helemaal op zodra zij in de buurt komt. Hij is verliefd als een jongen. Het doet me goed in de nabijheid van geluk te zijn. Ik neem me voor hem regelmatig op te zoeken. Vanmiddag alleen al ving ik twee-, driemaal iets op waarvan ik vergeten was dat ik het wist. Eenvoudige Ashantijnse gewoonten als het afscheren van okselhaar, wat al onze volwassen mannen en vrouwen dagelijks doen. Ik wist het en ik wist het niet. Zulke dingen. En Joa gebruikte, zoals Ashanti doen, na elke maaltijd een borstel om de tanden schoon te houden. Waarom zijn wij daar in Holland mee opgehouden? Waarschijnlijk om niet op te vallen. Ik heb nu mijn lichaamshaar verwijderd en een twijg bewerkt, waarmee ik borstel tot mijn tandvlees bloedt.

24 april 1848

Twee dagen geleden heb ik een ruil gedaan. Ik liet de draaibank, mijn cadeau van de Nederlandse regering, uit de opslag halen en schonk hem Joa. Hij zei dat zoiets van nut kon zijn bij het vervaardigen van klossen en spinrollen. Daarvoor in de plaats kreeg ik van hem een klein weefgetouw. Ik heb het in mijn kamer geplaatst, links onder het raam. Inmiddels kan ik opzetten, al verknoop ik nog wel eens iets. Ik oefen en vind er enige voldoening in.

27 april 1848

Als ik mijn ogen sluit, dan nog zie ik de klossen heen en weer schieten. Ik heb in korte tijd een zekere vaardigheid gekregen in het weven. Aan deze techniek staat mij alleen de rechtlijnigheid tegen. Een geweven kunstwerk ontstaat niet gaandeweg, zoals een tekening, maar moet in je hoofd al kant en klaar bestaan. Het kan ontrafeld worden en opgedeeld in losse steken, waarvan je plaats en aantal vooraf kan berekenen. Dat is niets voor mij. Ik wil niet weten dat mijn droombeelden een patroon volgen. Dat je ze kan uittellen en reproduceren. Dat je van tevoren kan weten wat er te voorschijn zal komen.

Toch is het een van de grote kunsten van ons volk. Alleen al daarom verdient het weven mijn respect en toewijding. Ik wil de vaardigheid doorgronden en beheersen. Ik heb dus het plan opgevat mijn eigen *kente*-doek te maken. Op papier ontwierp ik een ingenieus patroon voor het kleed waarin ik Kumasi zal binnentrekken. Het draad dat ik bij Joa besteld heb, zal ik nog deze week ophalen en betalen. Ik laat het hem verven in de kleuren die ik me het sterkst herinner: oranje staat me bij. Geel. En bruin.

30 april 1848

Er zijn twee missiven gekomen, kort na elkaar, die aangeven in wat voor draaikolk Europa zich bevindt. De eerste vertelt over een complot van Hollandse arbeiders tegen de monarchie. Men schijnt in Amsterdam de republiek te propageren en de dood van Willem de Tweede te eisen. Er werd geplunderd en vernield. Van der Eb heeft bevel eventuele onrust onder de manschappen met harde hand neer te slaan. De tweede missive meldt echter dat een nieuwe grondwet al zou zijn aangenomen, waarbij het koningshuis afstand doet van veel macht. Hierbij ging een persoonlijke brief van de minister van Koloniën aan Van der Eb, die nogal cynisch aantekent dat de koning binnen vierentwintig uur van conservatief liberaal geworden is. Is het mogelijk dat Sophie haar vader ook heeft overgehaald tot haar ideeen? Of zou hij zo weinig vertrouwen in kroonprins Willem Alexander hebben dat hij zijn volk voor een tirannie probeert te behoeden? Ik begrijp trouwens dat de koning zijn zoon zo ongeveer als laatste Nederlander over de grondwet heeft ingelicht, nog ná de Staten-Generaal, en dat dit bij de kroonprins veel kwaad bloed heeft gezet.

Wat een drukte. Het is allemaal zo ver weg. Ik kan me er nauwelijks om bekommeren. Ik heb hier mijn eigen gedachten.

Geen verandering hier. Ik werk met de mannen aan de versteviging van de oostzijde van het fort. Sinds het voor de slavenhandel in onbruik is geraakt, vervalt het aan alle kanten. Als niet tweemaal per jaar alle buitenmuren werden gewit, zou men zien wat een bouwval het eigenlijk is.

De belangstelling voor Nederlandse handel is miniem. In de laatste zes maanden zijn slechts twee transacties via Elmina gedaan. Het bospad naar Kumasi is weer overwoekerd. Nu kan nog slechts klauterend en uitsluitend te voet de hoofdstad worden bereikt.

Zodra we klaar zijn met het metselwerk, beginnen we aan de ophaalbrug. Je ziet, de aanstaande koning van Ashanti is timmerman. Toch nog een beetje Peter de Grote, zoals de Wesleyans wilden. De zware lichamelijke arbeid vind ik niet erg, integendeel, afleiding herstelt het gemoed, maar het uitblijven van mijn bevordering ergert me. Dat is kleinzielig en daaraan erger ik me nog meer: dat ik belang ga hechten aan futiele zaken. Zo klein is mijn wereld dat formele erkenning iets wordt om naar uit te kijken.

Van der Eb zegt dat half maart arbeiders zijn opgetrokken naar paleis Kneuterdijk, maar dat koning Willem, door op het bordes te verschijnen en te doen alsof ze hem hulde kwamen brengen, het ergste heeft afgewend. En de volgende dag opnieuw. Arme man. Hij schijnt werkelijk blind vol te houden dat het joelende gepeupel hem niet komt afzetten maar eren. Die stugheid, die trotse bluf moet hem door de tsarendochter zijn ingegeven, denk je niet? Maar zullen zij het daarmee redden?

1 mei 1848

Wanneer je met professor Cotta en je medestudenten uit de schacht van de Reiche Seege boven komt en je ogen gewend zijn aan het daglicht, kijk dan eens omhoog. Ik zie dezelfde zon.

5 mei 1848

Opnieuw houdt nieuws uit Holland ons bezig. Dit keer heeft het me verpletterd. De dood van prins Alexander te Madeira. Verschrikkelijk. Negenentwintig. Goed, hij was altijd al zwak, maar hoe is zoiets onrechtvaardigs mogelijk? Die jongeman, daar zat geen kwaad bij. Wat worden de Oranjes getroffen. Wat zal Sophie treuren om haar broer! Ik zal haar ogenblikkelijk schrijven. Jullie zijn zeker allen naar Delft afgereisd voor de begrafenis?

1 juni 1848

Vandaag, toen ik met Joa, die veel lichter van huid is dan ik, op de markt van Elmina een guave en drie kippenpootjes kocht voor zijn liefje, passeerde ons een Hollandse patrouille. 'Kijk, daar gaan Licht en Donker!' riep de commandant om zijn mannen aan het lachen te maken. 'Licht en Donker!' antwoordden zij in de maat van hun mars, 'Licht-en-Don-ker!' alsof het zo afgesproken was. Het klonk niet eens kwaadaardig. 's Avonds bij de maaltijd kwam het voorval Van der Eb ter ore. Volgens hem maakten de mannen slechts een toespeling op de heren Lightenvelt en Donker Curtius, aan wie de koning de formatie heeft opgedragen van een onafhankelijke regering. Het kan waar zijn, maar ik denk het niet. Het deert me niet meer. En toen ik Joa zei wat er naar ons geroepen werd, haalde hij zijn schouders op. 'In een mijnschacht is van geen mens de kleur te onderscheiden,' zei hij, 'maar geef mij toch het daglicht maar!'

16 juli 1848

Er is een nieuwe scheur verschenen in ons portret. Ik zag dit tijdens de avondmaaltijd. Het rafelt over de gehele breedte. Van der Eb verontschuldigde zich voor de verwaarlozing. Wat kan hij doen? Het linnen is door en door vochtig en het vernis lost in de zoute lucht gewoon op. Hier zijn noch de middelen, noch de kennis om dit proces te keren. En een meesterwerk is het niet. Eerlijk gezegd moet ik er alleen om lachen. Arme Raden Saleh, hij moest eens weten! Toen ik de schade 's avonds nader wilde bekijken met een kaars en ik onze contouren met mijn vinger volgde, lieten schilfers verf zó los. Schimmel kruipt tussen het doek en de grondlaag. Eerst ontstaan blaasjes. Dan barsten ze open. Ik ben bang dat Verveer op deze manier enkele hoge decoraties is kwijtgeraakt. Wijzelf raken meer en meer melaats.

17 juli 1848

Vanmiddag, toen ik aan het weven was, herinnerde ik mij dat mijn moeder mij vertelde hoe kleding in haar tijd gemaakt werd van de zijden draad van de spin *okomantan*. Bij gebrek aan een web, haalde ik enkele zijden zakdoeken uit en bespande met die draden mijn getouw.

26 juli 1848

Dat Hans Andersen zich mijn lot aantrekt! Mijn hart leeft op. Ik heb hem in Den Haag slechts één avond meegemaakt, ruim een jaar geleden, toen hij in l'Europe gehuldigd werd. Het is een zachte man. Hij draagt alle droefheid van de wereld in zijn ogen, die daardoor vol mededogen zijn. Ja, aan zo iemand heb ik hier behoefte. (Aan jou daarbij niet minder.) Te weten dat hij naar mij informeerde en dat mijn lot hem raakt, dat sterkt mij. De vertaling van zijn nieuwe verhalen is mij zeer welkom. Is het misschien ook mogelijk mij de notatie te zenden van die opera die Liszt op Andersens tekst gemaakt heeft? Nu die bij jullie zo aanslaat, wordt ze waarschijnlijk ook wel uitgegeven.

Zeg hem dat onze ontmoeting, vorig jaar te 's-Gravenhage op de vooravond van mijn verjaardag, diepe indruk op mij heeft gemaakt. Ja, als ik erover nadenk, staat zijn persoon bepaald niet los van mijn besluit hierheen te vertrekken. Nee, zeg hem dat niet. Hij zou zich schuldig kunnen voelen. Zeg hem...

Hij stelde zijn doorreis naar Engeland uit, hoewel Jenny Lind daar op hem wachtte, en een invitatie van mr. Jacob van Lennep sloeg hij af om mij op te zoeken. Sophie had daarop aangedrongen. Hij durfde zich pas aan te laten dienen nadat ik haar introductie had gelezen. Zo'n man! Wat een voorrecht, Kwasi, wat een voorrecht. Als ik me jullie nu samen voorstel, twijfel ik ten zeerste aan de juistheid van de positie waarin ik mijzelf gebracht heb.

Zeg hem dat hij gelijk had, ongeacht wat de geleerden beweren. Hier zijn ze wel degelijk elke nacht te zien: regenbogen rond de maan.

Misschien vraag jij je af waarom ik Andersen die dag niet bij jou geïntroduceerd heb. Ik heb zelfs geen bericht naar de Akademie gezonden. Dat had geen zin. Het ging hem niet om jou of mij persoonlijk. Hij wilde alleen dat ik hem enkele van onze mythen vertelde. Zacht vroeg hij het, alsof hij bang was iemand wakker te maken die wilde blijven slapen. Ik dacht niet dat jij daarbij zou willen zijn. Het was kort na je toespraak tot de leden van Phoenix.

Aarzelend begon ik over Anansi, stokte toen algauw en moest bekennen dat ik te veel verhalen was vergeten. Andersen reageerde niet teleurgesteld, noch drong hij aan. Nee, eerst dronk hij rustig thee alsof hij thuis was, en vertelde toen een van zijn eigen sprookjes. Ik meende aanvankelijk dat hij mij gewoon trakteerde op een voorlezing, zoals hij die gewend was te geven. Na enkele minuten echter drong het tot me door dat hij zeer persoonlijk tot mij sprak. Zijn plotselinge emotie verontrustte mij. Ik probeerde zijn verhaal af te kappen. Hij hield echter aan. Op deze manier stelde hij me op mijn gemak, alsof hij wilde zeggen: u en ik, wij staan tegenover de gehele wereld, laat de dieren ons verhaal vertellen. Ogenblikkelijk daarna, alsof hij een sluis open had gedraaid, hoorde ik mezelf een avontuur oprakelen van Anansi, Tseetsee en de tijger. Direct gevolgd door een tweede, een derde en nóg meer verhalen, terwijl Andersen notities maakte. Op dat moment was ik werkelijk verbaasd over de vaart waarmee de ene anekdote na de andere me zomaar te binnen schoot. Later leek het op een roes, waarin ik geen onderscheid meer maken kon tussen wat ik me herinnerde en wat ik er nu zelf bij verzon. Beschaamd hield ik op en zei hem dat. Hij lachte en antwoordde dat dit er niet toe deed. ‘Schrijven,’ zei Andersen, ‘is per ongeluk de waarheid liegen.’

Zo zaten we tot laat in de nacht. Sinds ik uit Kumasi weg was, had ik haar straten en gezichten niet meer zo levendig voor me gezien. Ook daarna niet meer. Zelfs nu ik er zo dichtbij ben niet. Nu *juist* niet.

De tweeëntwintigste vertrok zijn boot. Ik reed naar Rotterdam om hem uit te zwaaien. Misschien had ik gehoopt hem eventjes alleen te spreken, maar hij was in groot gezelschap en moest beleefd de ene na de andere toespraak aanhoren. Toch lukte het mij hem de hand te drukken.

In de nacht

Het verlangen, dat zo lang had gesmeuld, was die dag door Andersen aangewakkerd. Mijn verjaardag bracht ik alleen door. Jij stuurde me je felicitaties en tot mijn opluchting ook de verontschuldiging dat je niet komen kon. We stonden op dat moment te ver van elkaar. Desalniettemin was ik voor het eerst sinds lange tijd in de wolken.

4 oktober 1848

Een ongeval in de mijn van de Nederlandse Goudwinning te Dabokrom heeft aan veertien mensen het leven gekost, onder wie twee Nederlandse ingenieurs. Hun lichamen zijn vanuit Ahanta overgebracht naar Elmina en vanochtend in Nederlandse aarde begraven. De rouwdienst in de kerk van het fort was stemmig, maar de geruchten overstemden alles. Algemeen wordt de kans van slagen voor de hele mijnbouwonderneming niet groot meer geacht. Natuurlijk hoop ik nog altijd dat jij op een dag je wetenschap op deze grond komt beoefenen, maar de onveiligheid van deze onderneming maakt me bijna blij dat jij hier niet bent. Elf van de dertien Hollandse ingenieurs die er in 1845 mee begonnen zijn, hebben nu de dood gevonden. Van de tweede ploeg van dertien, die vorig jaar arriveerde, zijn er nog zeven in leven. Goud is niet aangetroffen.

5 oktober 1848

Het verschil tussen vriendschap en liefde is dat vriendschap afwezigheid verdraagt. Als vrienden elkaar na enkele jaren weerzien, is het als vanouds. Liefde laat zich echter niet opsparen. Je verbruikt het even snel als je het ontvangt. Elke dag opnieuw heb je er bevestiging van nodig. In die zin, Kwasi, heb ik je lief. Heb ik je nodig. Ik raak door de reserves heen.

18 december 1848

Bedankt voor Goethes werk. Ik meende dat Sasja's leermeester de reputatie had voornamelijk jongejuffers aan te spreken. Ik ken zijn Werther slechts uit Sophies verhalen. Nogal een opgewonden standje, niet?

Je verwijt me dat ik te weinig schrijf. Wat dacht je? Dat ik veel te melden heb?

25 december 1848

Een man in de kwellende nabijheid van zijn grote liefde, die hij gelukkig ziet met haar echtgenoot. Langzaam begin ik te begrijpen waarom Werther jou aanspreekt. Goddank ben jij geen romanticus en sta je met je beide benen op de aarde.

26 december 1848

Een man als Werther is een toeschouwer, ontroerd door een toneeldecor. Voor hem is de natuur een luxe. Ik ben uit haar voortgekomen. Vrolijk kerstfeest.

1 januari 1849

En gelukkig nieuwjaar.

2 januari 1849

In Cape Coast en Accra zijn vluchtelingen aangekomen uit Kumasi. Het zijn allen Europeanen, handelaren en missionarissen, die gruwelijke verhalen vertellen over vervolging van christenen die er plaats zou hebben. Het tij is definitief gekeerd. De Asantehene en de priesters hebben het offensief tegen de westerse invloed ingezet. Wat rest mij voor hoop zolang dit duurt?

12 februari 1849

Pas op voor Raden Saleh. Hij is gevaarlijk, ondoorgrondelijk als een slang. Jammer dat hij overal weer opduikt en vorstelijk wordt ontvangen, nu dus zelfs door het erfgroothertogelijk paar. Zijn er soms geen andere portretschilders te vinden? Hij past niet in de zachtaardige beschrijvingen die je van het hofleven te Weimar geeft. Moet zo'n man aan één tafel met Andersen eten? Sophie heeft toch voldoende mensenkennis om hem te doorzien. Dat hij de gast is van haar schoonouders, alla, maar zijzelf zou hem beleefd doch stellig moeten wegzenden. Let, tot het zover is, wat op je woorden. Achter die glimlach huist een sluwe onvrede.

Met recht verdedigde jij tegenover hem jouw vader. Natuurlijk! Wat gaat het die Javaan aan of de Asantehene zijn overeenkomst met Verveer voldoende nagekomen is? Hij vergeet zeker dat het de Engelsen waren die bezwaar maakten tegen deze verkapte vorm van Hollandse slavenhandel, waarvoor wij het onderpand waren.

Vertel hem, als hij er je ooit opnieuw op durft aan te spreken, dat volgens Van der Eb de Hollanders, toen het tot een internationaal conflict dreigde te komen, de zaak stilletjes hebben laten doodbloeden. Zijzelf hebben op leverantie niet langer aangedrongen. Laat de prins, als hij zich met andermans zaken wil bemoeien, zich liever opwinden over onze behandeling. Hij koos eens vrijwillig voor Europa, wij niet. Hij zocht gewin, wij werden om gewin ontvoerd.

Laat je niet provoceren. Gelukkig schrijf je dat hij binnenkort terugkeert naar waar hij thuishoort om er de sultan van Djokjakarta te vereeuwigen. Good riddance. Zeg hem maar – beleefd – dat zijn werk in de tropen niet bijzonder duurzaam blijkt. Mijn gezicht althans heeft elke uitdrukking zo onderhand verloren. Jou herken ik nog aan één oog, een onderlip en anderhalve wenkbrauw.

Opnieuw een dode te Dabokrom, zij het door natuurlijke oorzaken. De man had in de buurt van de mijn kamp gemaakt op het pad van een mierenleger. Het viel aan en hij is na drie dagen aan zijn verwondingen overleden. Met het lichaam kwam een eerste proeve goudstof mee, nog geen anderhalf ons.

10 april 1849

Onze hele gemeenschap is in diepe rouw, maar niemand zozeer als ik. Het vreselijke nieuws bereikte ons twee dagen geleden pas. Ik stuur hierbij mijn diepst gevoelde condoleances aan Sophie en aan prins Hendrik en natuurlijk aan de arme, arme koningin. Zag je ooit zoveel huiselijke liefde? Alles vergaat dus uiteindelijk in pijn. Vertel me zo snel je kan alles wat je weet. Van Van der Eb en uit de courant vernam ik dit, dat de koning te Tilburg onwel geworden is tijdens een inspectie van de bouw van het nieuwe paleis. Dat hij in het huis van een lakenverver overnachtte – hoe typerend – en daar onwel geworden is. Dat zuurdeegpap werd aangelegd om het darmkanaal te bewerken. Er werd om Everard gezonden, maar te laat. Als Anna uit Den Haag aankomt, laat men haar niet toe, daar zij te overspannen is. Om de zieke niet te verontrusten, stemt zij toe alleen te luisteren aan de deur. De koning sterft zonder te weten dat zijn geliefde echtgenote op enkele meters afstand is.

Zulk verdriet doet dat van mijzelf verbleken. Het kan altijd erger, dat zie je maar. Ik schaam mij vanochtend om de manier waarop ik mijn lot de laatste tijd beklaagd heb, aan niemand anders denkend dan aan mijzelf. Zelfs heb ik gebeden, iets waar ik nooit eerder uit vrije wil toe over ben gegaan. In zulke tijden kan men van alle zijden steun gebruiken.

15 mei 1849

Uit eigen beweging heb je me bericht over de misère en zodoende de meeste van mijn voorgaande vragen wel beantwoord. Betreurenswaardig dat jij, uitgerekend tijdens het onheil, met professor Cotta in Zwitserland verbleef, zodat je Sophie niet ter zijde kon staan. Ik bewonder haar moed. Zij is een opmerkelijke vrouw.

Willem de Derde nu dus op de troon en Anna Paulowna ten prooi aan de grillen van haar schoondochter, onze nieuwe koningin. Ze zal vechten, die Russische, en dat zal haar over haar ergste verdriet heen helpen, let op mijn woorden. Voorlopig lijkt mij de erfenis de grootste zorg. Kan de koning werkelijk in acht jaar tijd het fortuin van zijn vader hebben veranderd in een schuld van vier en een half miljoen? De schitterende Rembrandts verloren aan Petersburg! Alle andere kunstschatten, die mij zoveel troost hebben gegeven, per opbod verkocht. Meubels, serviezen, alles. Het is te erg. Ja zelfs de gehuifde kinderwagen, die wij als indianen overvielen. Steeds opnieuw vergaat alles waaraan wij hechten. Men zegt hier dat Anna, tijdens haar laatste gang door de lege zalen van paleis Kneuterdijk, uitriep: 'Nooit meer, vadertje, nooit meer!' Ik geloof dat wel. Pathetisch, maar wat voor haar geldt, geldt voor ons.

20 mei 1849

Ik heb, zoals je vroeg, Joa uitgehoord over de Ashantijnse mijnbouw. Geen enkele moeite. Ik kan me op die manier eindelijk eens nuttig voor je maken, maar veel bijzonders kon hij niet vertellen. Het is een eenvoudige man, die weinig van techniek begrijpt. Zijn gevoelige aard maakt hem ongeschikt voor het leven in de mijn. De slaven verblijven er dag en nacht ondergronds, evenals de paarden. Ze werken met handbeitels en elke ploeg vordert een centimeter of zes per week. Het kost Joa moeite over die tijd te spreken. Alles wat hij heeft onthouden heb ik in een apart cahier voor je opgetekend. Ook voeg ik daar een reconstructietekening bij van de schacht waarin hij heeft gewerkt en wel een dwarsdoorsnede op vijftien meter diepte. Veel dieper gaat men niet. Volgens Van der Eb zijn er door het hele land bovendien nog zo'n *veertigduizend* kleinere mijnen in bedrijf.

Ik vertelde Joa dat jij ook regelmatig in de aarde afdaalt. Hij kon niet geloven dat een koningszoon zoiets zou doen. Ik verbluftte hem met jouw verhalen over de Elisabeth-schacht en de Reiche Seege. De methode van drainage kennen ze, maar de automatische treden waarmee jullie afdalen en klimmen, daar begreep hij niets van. Hier wordt men neergelaten aan een touw. Hij wil graag van alles van jullie weten. Vooral hoeveel mannen er jaarlijks omkomen.

Ik hoop dat je voor je proefschrift iets aan onze eenvoudige informatie hebt. Mocht je meer willen weten, stuur me dan gerichte vragen. Ik kan proberen een mijn voor je te bezoeken. Het zou me een reden geven het fort voor een tijdje te verlaten. Ik heb het al met Van der Eb besproken. Hij vindt dat geen probleem. Een doel te hebben lijkt hem goed voor me. (Nog steeds blijft bevordering uit. Het ministerie zwijgt gewoon, hoewel Van der Eb telkens opnieuw aandringt. Dat het me is toegezegd, schijnt niemand iets te schelen. Begrijp me goed, hun aarzeling steekt, maar al maakten ze me generaal-majoor, het brengt me geen meter dichter bij huis.)

Intussen weef ik door. Na enkele probeersels heb ik nu een doek volgens fraai patroon, al zeg ik het zelf. Het ding groeit elke dag en is inmiddels groot genoeg om een huisgezin in te wikkelen. Wat als het af is? Cadeau doen en opnieuw beginnen? Aan wie? Jou doe ik geen plezier met iets dat je herinnert aan je afkomst. Zo wordt alles een probleem als je er maar lang genoeg mee bezig blijft. Vannacht, toen ik niet kon slapen, overwoog ik serieus enkele centimeters uit te halen, alleen om de voltooiing even uit te stellen. Toch twijfel ik evenmin als Penelope aan een gelukkige afloop. Alleen al voor zijn vertrouwen moet een mens een keer beloond worden. Gebeurt dat niet, dan kan ik altijd nog een kledinghandeltje beginnen.

21 mei 1849

Dit nog: volgens Joa hebben de mijnwerkers maar één beveiliging: een vlinder. Elke dag krijgt iedere man een exemplaar mee in een klein glas. Deze insecten hebben grote zilverblauwe vleugels, die het minste schijnsel reflecteren. Ze worden speciaal voor dit ondergronds gebruik gekweekt. Bij instorting, bodemgas of andere ademnood, laat men het diertje los. Dat vindt feilloos de geringste luchtstroom. Zo wijst het de weg naar de vrijheid.

Eenmaal liet Joa zich verrassen door een onweer. Het plotselinge drukverschil trok de gangen vacuüm. Als enige van zijn ploeg bereikte mijn vriend de oppervlakte, zijn hoofd omhuld door de flonkering van de vleugels van al de vlinders.

1 juni 1849

Vandaag keren onze soldaten terug naar Holland. Ik geef ze mijn post mee. Voor deze mannen, met wie ik hiernaartoe gekomen ben, zit anderhalf jaar tropen er ruimschoots op. Ik ben blij voor ze. Al maanden merkte ik dat het hun moeite kost discipline op te brengen. Sommigen zijn voortdurend ziek en vrijwel iedereen is aangetast door die steeds terugkerende darminfectie. Nu worden zij dan afgelost door een nieuw regiment.

Van der Eb blijft hier en hij heeft mij uiteraard gevraagd wat ik nu wilde. Hijzelf ziet ook wel in dat we op toestemming voor de promotie, die mij beloofd was, niet meer hoeven rekenen. Het spijt hem oprecht en hij kan naar de reden van de weigering uit 's-Gravenhage alleen maar raden. Kans op goed nieuws van die andere machthebber, in Kumasi, acht hij al evenzeer uitgesloten. Zo blijft mijn leven in de schemering. De gouverneur raadt mij dringend aan naar Holland terug te keren. Hij wijst op mijn capaciteiten en maakt pijnlijk duidelijk dat ze hier onnut zijn. Diep heb ik nagedacht. Ten slotte heb ik hem (en mijzelf) toegegeven dat ook mijn laatste hoop zo onderhand vervlogen is. Toch stuur ik je een brief en kom niet zelf. Dit is mijn land. Of hij van mij zal zijn of niet, hier staat mijn Gouden Stoel. En wat heb ik in Holland? Dan loop ik liever de nacht in.

29 juni 1849

Wat moet ik je raden? Niets zou ik liever willen dan dat je hierheen kwam natuurlijk. Overweeg je het werkelijk? Een jaarsalaris van zesentwintighonderd gulden lijkt me niet slecht. De belofte van de promotie tot chef-ingenieur met militaire rang zou ik met een korreltje zout nemen. Elmina is ver van 's-Gravenhage. Beloften reizen makkelijker dan hun inlossing.

O Kwasi, je vraag verscheurt me. Mijn hart roept: Hier! Kom

hierheen! Snel! Al was het alleen om mij te redden. Maar goede berichten over de mijnonderneming te Dabokrom heb ik niet.

30 juni 1849

Vandaag ontstond een woordenwisseling tussen mijn enige vriend en mij. Ik had van hout een stempel gesneden: het symbool van de spin Anansi. Herinner jij je dat? Het is een zon met acht stralen, rechttoe, rechtaan, als de spaken in een wiel. Terwijl ik deze afbeelding op een doek stempelde dat Joa voor de verkoop volgens de nieuwe wasdruktechniek had geprepareerd, kwam zijn geliefde Fantijnse binnen met een verfrissing. Hij liep op haar toe en nam haar hand. Verder niets. Zo bleven ze staan, alsof de wereld om hen heen in puin kon vallen. Dat vanzelfsprekende samenzijn van de liefde. Om ze niet te storen ging ik door mijn afdruk op het doek te plaatsen, volgens de regelmaat en het patroon dat hij mij zelf geleerd had. Hij dronk zijn beker, en toen zijn wederhelft vertrok na ook mij een kom te hebben aangeboden, sloeg hij haar nog eens zachtjes op haar derrière. Ze speelde dat ze kwaad werd. Toen keerde hij zich pas naar mij om. Ondeugend lachte hij. In die blik lag één tel het begrip dat een man alleen een andere man kan geven. Vervolgens realiseerde hij zich dat ik zijn geluk niet kende. De lach verdween en liet mij achter. Hij bekeek mijn werk. Hij wees mij erop dat ik één straal van de zon vergeten was. Hij had gelijk. Het doek was onbruikbaar. Ik weigerde dat echter toe te geven, onredelijk en met een venijn waar ik zelf van schrok. Joa hield vol, net zolang tot ik zei dat hij als vreemdeling een Ashanti zijn cultuur niet hoeft te leren. Daarop zweeg hij met een blik vol verwijt. Ogenblikkelijk bood ik mijn verontschuldiging aan en zei dat ik de stof vergoeden zou.

Mij lijken man en vrouw nog altijd van verschillend ras. Ik begrijp niet hoe zij het bij elkaar uithouden. Je kan twee soorten samenbrengen, maar één worden zij nooit. Rode en gele draden vlecht je tot bruine stof, maar ook dan liggen ze haaks op elkaar. Ze verstrengelen zich, maar mengen doen ze niet. Toch is het Joa en zijn geliefde wel gelukt. Hij uit het noorden, zij Fantijn. Moslim en heiden. Man en vrouw. Twee watervaste kleuren in één bad zouden mij hoop moeten geven, geen wanhoop. Blij ben ik voor hen, heus, toch blijf ik voor mezelf vrezen.

Dat onvermogen van ons! Waarin schieten wij tekort voor ieder soort verbintenis? Ik durf nauwelijks in mijn hart te kijken, Kwasi. Als ik het doe, zal ik zo'n leegte vinden. Bij gebrek aan kennis stel ik me de liefde onvoorwaardelijk voor, veilig als de genegenheid van mijn moeder, maar toch spannend als een vriendschap. Ach, wat dan nog? Jij hebt liefgehad. Toen werd jou het geluk ontzegd. Draadjes die dicht bij de spoel worden afgebroken zijn te kort om nog iets mee te weven.

1 juli 1849

Het beangstigt mij soms hoe wij hier in het fort langs elkaar heen leven. Het nieuwe regiment bestaat uit prima kerels, daar niet van. Alleen, ze lijken me zo jong. Vier, vijf jaar verschil ik van ze en toch bezie ik al hun uitgelaten drukte als een oude heer, die zulke liefdetjes en leventjes al zoveel vaker zag verlopen. Dat is toch niet gezond? Mijn lijf wil wel met ze ravotten, niets liever, en zaterdagavond mee uit slempen gaan, maar mijn hart wil maar zo lang niet wakker blijven.

Beleefd heb ik opnieuw mijn positie uitgelegd aan wie mij daarom vroeg. Men schudt zijn hoofd eens, klakt zijn tong en proost op mijn spoedige terugkeer. Ze zullen het best menen, maar het valt op dode grond. Ik bedank vriendelijk en verder is er stilte. Wat ik niet geef, mag ik ook niet terugverwachten.

14 juli 1849

Twee stierven door verstikking te Dabokrom. Dat brengt het aantal Nederlandse overlevenden op vier. Ik meld het je. Dat is mijn plicht, ook al betekent het dat je niet naar onze kusten komt. Met alle gevolgen van dien.

21 juli 1849

Het kleed waar ik Kumasi mee had willen binnengaan is allang af. Zonder reden heb ik het maanden op het getouw laten zitten. Vandaag heb ik de draden doorgeknipt en de randen omgezoomd. Ik heb het gewassen en weggeborgen. Mijn weefgetouw liet ik naar Joa terugbrengen. Hij kon geen woorden vinden om me te bedanken. Zijn vrouw heeft hem verlaten voor een handelaar uit een naburig *crom*. Een Fantijn zoals zij.

26 juli 1849

Wat doen je brieven mij opleven! Het is frappant hoe mijn hart nu tekeergaat. Zelfs de manschappen valt het op. 'Zo zo, bent u eindelijk verliefd?' zei een van die kerels bij de waterplaats tegen me, en toen ik ontkende, riep die snoodaard er een kameraad bij: 'Pieter, jij ziet het toch zeker ook, hoe onze prins loopt te glunderen alsof hij een geheim heeft!' Ik schoot toen in de lach en speelde met hen mee. Het zijn goede jongens, ze doen altijd hun best mij op te beuren.

Je beschrijving van de pianoconcerten in de Hof Gärtenerei doet me wegdromen. Dat men Liszt de padishja noemt en zijn leerlingen zijn Moren, daarin zie ik, als gewoonlijk, niet het eerbetoon dat jij in je onnozelheid suggereert, maar goed. De korte muziekfragmenten van de *Lohengrin*, die je na de generale repetitie in de schouwburg aan de meester hebt ontfutseld, zijn zeker opmerkelijk, evenals de mythen die je erbij vertelt. – Wat is het toch een animistisch volkje! Al die wezens die uit de modder van de Rijn gekropen komen... – Het genie dat Liszt in deze tonen meent te horen, ontgaat me. Waarschijnlijk mis ik het vermogen een dergelijk zware partituur in zijn geheel in mijn hoofd ten gehore te brengen. Toch doet de indruk op deze manier nog deel te hebben aan levende ideeën mij goed. Wees zo vriendelijk mij meer te zenden. Je kan nauwelijks vermoeden wat een afleiding je mij daarmee geeft.

Voor het eerst sinds lange tijd heb ik een avond met Joa doorgebracht. Hij merkte ook mijn opgewekte stemming en begreep meteen dat er weer een brief van jou moest zijn gekomen. Hij vroeg naar je, en toen ik hem vertelde over de ongehoorde diepte waarnaar jij tegenwoordig afdaalt in de Elisabeth, was hij vol bewondering. We dronken en hij was enige tijd stil om de gegevens tot zich door te laten dringen. Toen zei hij dat het hem verbaasde dat wij zulke onafscheidelijke vrienden waren geweest.

'Waarom?' vroeg ik verongelijkt. Hij haalde zijn schouders op alsof het antwoord voor de hand lag en zei: 'De één zoekt het in de aarde en de ander in de wolken.'

14 augustus 1849

De tijd is weer aangebroken om de muren van het fort te witten. De zoute zeenevel dringt zo diep in de stenen dat er nog geen verf is samengesteld die langer dan enkele maanden houdt. Het is een weinig geliefde klus, die vele weken in beslag neemt. Ik heb mij ervoor aangemeld. We zijn met vier man. Mij zijn de zuidelijke buitenmuren toegewezen, ver van de bewoning. Ik begin vroeg in de ochtend, neem rond de middag rust en benut dan de laatste uren wanneer de zon langs de stenen strijkt, zodat je alle oneffenheden goed kan zien. In dit tempo zal die klus twee maanden in beslag nemen. Door zo met één ding bezig te zijn, denk ik echter niet in uren of in dagen, maar in vierkante meters. Ik voel mij niet gehaast. De muur is geduldig.

Ik werk van boven naar beneden, hangend van de kantelen in een soort stoel van touw, waar ik mijn benen door steek. Ik plaats mijn voeten tegen de muur. Om nauwkeurig te kwasten buig ik mijn knieën en dan, wanneer er een stuk gedaan is, neem ik afstand door ze weer te strekken. Dan laat ik het touw vieren en begin iets lager opnieuw.

Het geeft een onnozele voldoening. Je ziet niet meer van de wereld dan enkele vierkante meters tegelijk. Die zijn rot en bladderen af. Er bestaat geen misverstand over wat je te doen staat. Je wit tot alles oogverblindend is. Het resultaat is onontkoombaar. Je bent tot nut en je vordering is voor iedereen te zien.

De zon op de kalk heeft een betoverende werking. Het maakt de gedachten los. Het wordt mogelijk je te concentreren op je werk en tegelijk met je hoofd elders te zijn. Geen enkel detail van de steen ontgaat je, en tegelijk overzie je alles vrijer, als van een grote afstand. Heel aangenaam. 's Avonds is mijn lichaam er moe van, maar mijn geest juist heel wakker. Ik was de kalk van mijn huid en val op bed. Ik slaap voor het eerst sinds lange tijd zonder wilde dromen. Dromen doe ik overdag, verblind door het pleister.

2 oktober 1849

Een dag verloopt. De stand van de zon verraadt hoe ver hij heen is. De maan heeft een cyclus. Ze maakt vrouwen en landbouwers attent op vruchtbare periodes. Omdat maan en zon altijd in dezelfde richting draaien weet iedereen dat zijn leven voortgaat. Na de regens komt het hoge water, gevolgd door de droogte. Dat is zo ongeveer alle begrip van tijd dat een mens werkelijk nodig heeft.

Meer gedachten hadden wij daarover als kind toch ook niet? Hoewel jouw vader astrologen in dienst had om feestdagen uit te rekenen en het verloop van hemellichamen, werd van ons niet verwacht daar weet van te hebben. In Delft werd ik daarom overvallen door de strikte indeling van dag en week, maand, jaar en mensenleven.

Van Moock was duidelijk: een man die zijn leven meet aan het wassen van de maan, de loop der seizoenen en het verstrijken van de dag is een gevangene van de natuur. Het tijdloze, dat wij voor onbezorgdheid hielden, zag hij als ketenen van het primitieve. Ineens mochten wij een mijmering niet meer tot een oneindigheid rekken of een onplezierige middag reduceren tot een zucht. Aan elke hartslag werd een exacte waarde gehecht.

Zo werden we in de tijd geplaatst als in een landschap. Met elke stap die we deden, vergleed het panorama. De leegte kreeg een dimensie, de tel inhoud. Niet langer stond ons leven stil terwijl de wereld langstrok, maar wij werden zelf in beweging gezet en trokken voortaan aan de tijd voorbij. We wonnen het besef vooruit te komen, maar waren ons ook ineens bewust dat wat we tegenkwamen, achtergelaten moest worden en verloren ging. Ook in stilte en bij afwezigheid van gedachten vertrapten we de velden die nog voor ons lagen en groeide de leegte die we achterlieten. We waren verbijsterd. Het verglijden van schaduwen was altijd onze maat geweest.

Vandaag volg ik de schaduwen weer. Ze trekken over de kalk. Ze maken een grote reis door de paar vierkante meter van mijn witte wereld. 's Ochtends wijzen ze mij voorzichtig de oneffenheden aan, 's middags maken ze de beitelsporen zichtbaar die de bouwers achterlieten, en tegen de avond strijken ze over elke korrel en ieder braampje lange zwarte vegen.

Nu echter weet ik wat ik mis. Ik weet: mijn uren zouden van elkaar te onderscheiden moeten zijn. Ik kan ze nergens aan meten. Er is geen schaal. Geen enkel voorval markeert mijn tijd. Ik verstrijk dus tegenwoordig zelf.

12 oktober 1849

Er komen steeds meer beelden van vroeger in mij op. Wanneer er rondom niets te verwachten is, keer je naar binnen. Alles wat nog van waarde is, bevindt zich daar.

Onder het werk kwam mij het moment voor de geest waarop het tot me doordrong hoezeer de tijd het leven van de Europeanen was gaan beheersen. Het was herfst. We wandelden met de Van Moocks door de bossen met onze botaniseertrommel. Bij elke paddestoel noemde mijnheer de Latijnse naam, de groeiwijze en eventuele medicinale waarde. Mevrouw schatte ondertussen hun eetbaarheid in. Ze watertandde bij de wildrecepten die deze zwammen konden begeleiden. Tegen het middaguur hadden we door dit alles een behoorlijke trek ontwikkeld. Toen er een uitspanning in zicht kwam vroeg mevrouw Van Moock dan ook hoopvol: 'Simon, wat denk je ervan, heb je al honger?' Waarop hij zijn horloge uit zijn vestzak haalde. Hij opende het front, dat een doodshoofd voorstelde om hem telkens aan zijn sterfelijkheid te herinneren, wierp er een blik op en zei alleen maar: 'Het is een kwart uur voor twaalf, mevrouw!' En dus passeerden wij de pannenkoeken met rammelende maag, omdat hij zijn lichamelijke behoeften niet liet regelen door de natuur maar door de wijzers van de klok.

Wij konden om dit soort dwaasheden gelukkig lachen. De begrippen duizelden ons, en samen bauwden we de volwassenen na. Die hadden – als je er eenmaal op ging letten – een eindeloze variatie bedacht om hun tijd op te delen. Zei ik: 'Tot zo!', dan vroeg jij: 'Tot wanneer?'

'Tot over net zo lang als het duurt om achtendertig onzevaders te zeggen.'

'Dus als de haan drie keer gekraaid heeft?'

'Nog voor de avondeditie van de courant.'

'Vlak na de ouverture.'

'Maar voor de oogst, want tijdens bladzij dertien ben ik even weg.'

'Toch niet rond etenstijd?'

'In elk geval na Jezus Christus.'

'En in driekwartsmaat.'

'Binnen vijftien jaar.'

'Van de vorige eeuw.'

'Sinds mijn ziekte.'

'Voor mijn ontmaagding.'

'O? Ik dacht tijdens.'

Waarna we ons giechelend en proestend haastten om de avondklok voor het diner of de bel voor de eerste les nog te halen.

Jij wierp je in die dagen op alles wat met het fenomeen tijd te maken had. Jij ploos almanakken uit, beklom de kerktoren om de minuten weg te zien tikken en vroeg Van Moock zo uit dat hij een boekwerk over de verschillen tussen de gregoriaanse en de Babylonische kalenders aan moest schaffen. Jij oefende je erin om zonder op de klok te kijken, het exacte moment aan te voelen waarop hij slaan zou. Na enkele weken was je niet alleen op de hele uren, maar zelfs tot op het kwartier nauwkeurig. Lange tijd dateerde ik echter mijn brieven, ook de officiële, alleen met het aantal levensjaren: 'in mijn twaalfde jaar', 'te Delft, in het veertiende jaar sinds mijn geboorte'. Elke andere telling vond ik irrelevant.

Maar om mij op te vrolijken bespotte je gelukkig ook de Hollanders die irrationeel met hun tijd omsprongen. Zo was het bekend dat in Delft waanzin te genezen was door de naam van de gek op de kleine wijzer van de kerkklok te krassen. En toen voor een bepaalde dag een meteoorinslag op het westelijk halfrond was voorspeld, probeerde men het onheil af te wenden door alle uurwerken vierentwintig uur vooruit te draaien. Vijlsel van een klok zou helpen tegen vallende ziekte, het drinken van water waarin een klepel was schoongemaakt tegen steken in de zij.

Wat mij betreft is ook het idee dat tijd verloopt bedacht, en dus een bijgeloof.

In Kumasi was het verloop van de dingen iets dat in stilte plaatsvond, misschien zelfs alleen maar in de geest. Geboorte, vruchtbaarheid, maancyclus, sterven. De zaken die ons leven ritme gaven en impuls, waren die waarbij wij nauw betrokken waren en waardoor we werkelijk werden geraakt. Ze waren privé.

In Nederland is het verstrijken van je leven een publiek gebeuren. Op pleinen, aan kerken, van schoorsteenmantel of console wordt het je toegeschreeuwd. Met het idee dat hun horloges een autonoom bestaan leiden in een oneindige beweging, bezweren de Nederlanders hun angst voor het moment en hun eigen voorbijgaan. Bij de Ashanti doodde de tijd de mensen. In Holland, en hoe vaak hoor je het ze niet verzuchten, doden de mensen de tijd.

Het fort blinkt. Mijn taak zit erop. Nu is het wachten tot de natuur mijn werk tenietdoet. Ik heb Van der Eb al laten weten de muren over een halfjaar opnieuw te willen kalken.

12 november 1849

Je brief van 7 oktober heb ik in goede orde ontvangen. Ik respecteer je beslissing. Zeggen wat die mij doet is mij op dit moment niet mogelijk. Een stille hoop is weggeslagen. Ik neem het je niet kwalijk. Waarschijnlijk heb ik zelf met mijn berichten de doorslag gegeven. Wat kan ik anders zeggen dan dat je gelijk hebt de benoeming tot ingenieur te Dabokrom te weigeren. De kans van slagen is daar nihil. Vorige week opnieuw een dode. De totale opbrengst van de onderneming, waarvoor eenentwintig Nederlanders stierven en meer inlanders, staat nu op minder dan vier ons goud, oftewel honderdvijftig gulden.

De storm van reacties op je weigering is interessant. Maar wat had je dan verwacht? Nu zitten ze met je! Hun hele opzet om jou, zoals mij, terug te zien gaan, ligt in duigen. Je wilt niet eens uit Freiberg naar Holland terugkeren, voor men je uitsluitsel geeft over je positie. Natuurlijk maakt hun dat nerveus. Hoewel jij je eigen studie bekostigt, drukken de kosten voor je onderhoud jaarlijks zwaarder op de begroting van het ministerie. Je schrijft dat je nu al met de huidige tweehonderd gulden per maand geld tekortkomt om in gepaste stijl het hofleven van Weimar vol te houden.

We maken hem ingenieur te Dabokrom, heeft een van die ambtenaren gedacht. Als hij goed is in zijn vak, verdient hij goud voor ons en als hij net is als de rest, lijkt de kans dat hij het overleeft niet groot.

Maar jij weigert. Ze vragen professor Cotta om raad. Hij antwoordt dat je zo geacccultureerd bent dat je liefde voor thuis en familie is uitgedoofd. Is me dat nieuws! Ze vragen Molenkamp zijn domineesmening (hij geeft hem waarschijnlijk ongevraagd), en die wijt jouw *'verlies van moed'* aan de vleierij van de Weimarse aristocratie, waar jij *'verwend'* geraakt zou zijn en je *'religieuze denkbeelden verworden'*. Ha! Nu tonen zij dan hun gezicht: *'Alweer een voorbeeld van nutteloze opleiding en teleurgestelde verwachting.'*

Het spijt me wel, maar met de gevoeligheden van de wereld kan ik me niet langer bezighouden. Ik heb al mijn aandacht nodig om dit nieuwe verdriet te verwerken.

's Avonds

Toch nog iets. Wat heb ik eraan te zwijgen en de stilte nog meer op mijn hart te laten drukken, dat al nauwelijks meer klopt onder de zware wetenschap dat ik je nooit meer zal zien. Bijzonder pijnlijk, Kwasi, zijn de redenen die jij zélf aan de minister opgeeft om niet naar Ashanti terug te keren: je angst verlaten achter te blijven en te moeten *'verkeren tussen mensen wier mores, gebruiken, gewoonten en religie mij niet alleen vreemd geworden zijn, maar waartegen ik tevens een afkeer heb van de hoogste orde'*. Ben ik hier soms niet? Ben ik niet zoals zij? Ben jij niet zoals ik? Waarom schrijf je zulke dingen, als je weet hoe ze me kwetsen?

13 november 1849

Bij het ontwaken moest ik sterk denken aan het sterven van mijn vader. Ik heb daarover nooit verdriet gevoeld. Integendeel. Ik hield van hem en toch heeft zelden iets mij zo blij gemaakt. Er vond tussen hem en mij iets prachtigs plaats.

Er was een kracht. Hoe moet ik je dat zeggen? Herinner jij je dat wij de ruimte binnengingen waar hij lag opgebaard? Ik durfde eerst niet. Ik voelde een angst met de dood in één kamer te moeten zijn. Maar nauwelijks was ik binnen of er kwam een grote rust over me. Uit het overleden lichaam stroomde energie. Dat was geen suggestie, nee, het was een storm die recht op mij aan waaide. Ik opende mijn armen en spreidde mijn handen om er zoveel mogelijk van op te kunnen vangen. Als een sterke waterstraal die tegen je hoofd en schouders klatert. Toen ik ervan verzadigd was en de goden dankte voor deze ervaring zei ik mijn vader gedag en vertrok. Ik was echter nog niet buiten of ik wilde het wonder opnieuw meemaken. Ik keerde in zijn nabijheid terug en meteen was het daar weer, op volle sterkte. Zo ging ik die middag zes, zeven keer opnieuw naar binnen. Ik raakte in extase. Zijn liefde was vloeibaar geworden.

'Zo leerde ik de dood kennen op de lippen van degeen die me het leven had geschonken,' zegt René ergens. Verder heb ik er nooit iemand over gehoord en toch geloof ik dat elk mens tegenover de dood hetzelfde meemaakt.

Vergeet vooral nooit, Kwasi-lief, hoe verwant verdriet aan vreugde is.

's Avonds

Over mijn vader nog dit: korte tijd later, toen ik daaraan behoefte had, ging ik naar zijn graf. Ik spreidde mijn handen, richtte ze op de aarde en vroeg hem in gedachten om zijn wonder nog éénmaal te vertonen. Er gebeurde niets. Nee, klonk het in mijn hoofd, voortaan moet jij eigen kracht vergaren. Zo sterkt de dood de gedachten van de levenden. Zou dat niet het natuurlijke doel van onze sterfelijkheid zijn? Mij lijkt het praktischer dan wat dominee Molenkamp getracht heeft ons bij te brengen. Ik voel er althans meer voor dan voor een wederopstanding.

Wordt het mij dan niet gegund ergens rust te vinden? Waar ik kijk zie ik verschrikkingen. Vandaag! O god, ontzettend.

Gisterochtend bezocht Van der Eb me op mijn kamer. Ik verschijn al ruim een week niet op appèl en heb mij ziek gemeld. Hij vroeg naar de aard van mijn klachten en ik heb hem naar waarheid geantwoord dat ik in mijzelf geen kracht kan vinden op te staan. Hij liet bouillon halen, hielp mij met wassen en aankleden, en aan zijn arm liep ik tweemaal rond de binnenplaats. Ik zag de manschappen vanaf de omgang wel naar me kijken. Zodra ik kon, ben ik weer gaan liggen. Maar 's avonds heb ik in de eetzaal gedineerd. Dat deed de gouverneur plezier en vanochtend had hij een nieuwe taak bedacht om mij bezig te houden. Of ik bericht kon brengen naar de Engelse commandant in Fort Coenraadsburg. Van der Eb is een beste man, maar zó doorzichtig.

Ik was lang niet verder dan de ophaalbrug geweest. Nadat ik mijn taak had volbracht, liep ik in de namiddag voor het eerst weer eens even langs de zee. Alles was triest. De zoutnevel hing dik als mist. Ik liep voorbij de laatste nederzetting en ging de rotsen over in de hoop daar alleen te kunnen zijn. Ik zat maar net toen uit de nevel een figuur opdoemde. Een man in lendendoek, vuil, schuifelde gebogen langzaam naderbij. Hij zocht iets op de grond, stond af en toe stil, nam een kiezel of een schelp op, bekeek hem, schudde zijn hoofd en wierp hem weg. Pas toen hij vlakbij was, zag ik dat het Joa was. Ik legde mijn hand op zijn schouder. Hij keek op en glimlachte toen hij mij herkende.

'Ik zoek edelstenen,' zei hij, 'maar ik kan er geen vinden.' Zijn haar was lang geworden en vol stof.

'Voor edelstenen moet je dieper graven,' lachte ik. Ik dacht dat hij een grap maakte, maar de manier waarop zijn blik maar aan mij bleef kleven, had iets angstigs.

'Soms zie je iets flonkeren. Zelfs in het donker. Er zitten heel fraaie tussen. De kunst is om ze mee te nemen zonder dat de opzieners je snappen.'

'Misschien heb je voor vandaag lang genoeg gezocht,' zei ik vriendelijk en probeerde hem bij de arm te nemen, maar hij maakte zich met zachte hand los en boog weer voorover.

'Ik heb mijn liefste iets moois beloofd.'

'O,' zei ik, 'dat is wat anders,' en verweet mezelf bitter dat ik hem niet eerder had opgezocht. 'Zal ik je dan helpen?' Ik hurkte en rommelde wat tussen de stenen, zoals hij. Direct schoot hij overeind, beledigd dat ik hem voor de gek hield.

'Als de belasting maar voor iedereen gelijk was, dan waren ze wel vrolijk!'

Ik wist niets te zeggen, en toen hij boos verder liep, liet ik hem gaan. En toch, in een vlaag van egoïsme, benijdde ik mijn vriend. In zijn ontreddering hield hij hoop iets moois te zullen vinden. En ik, ik keerde naar het fort terug, zonder iets.

6 december 1849

Had men ons gekneveld en openlijk tekortgedaan, dan hadden we kunnen vechten. Dan waren we sterk geworden. We hadden ongetwijfeld verloren, maar verloren hebben we toch. Nu heeft men ons getolereerd. Dat is onvergeeflijk. Als je iemand niet van harte kan omarmen, heb dan de moed hem te verstoten.

Vannacht werd ik, leek het, wakker met een voorstelling zo helder... mij stond ineens het beeld voor ogen van de soldaat die zich, toen wij hier als kinderen waren, kort na onze aankomst van het leven beroofde. Hij lag in mijn halfdroom op de rotsen, precies zoals wij hem vonden, maar dan schuddebuikend van het lachen.

'Ja,' zei ik hem, 'de mensen proberen je in te lijven bij het leven, maar jij bent ze te slim af!' Er leek mij geen rigoureuzer verzet denkbaar tegen de christelijke opvoeding.

'Zo is het,' gierde hij. 'De echte vrijheid ligt voorbij dit heiligste gebod!'

Daarop hakte ik hem met een bijl zijn hoofd af, wat immers de straf is die in Ashanti op deze zonde staat, en ik begon wel door te krijgen dat dit een droom moest zijn. Toen werd ik pas werkelijk wakker, dodelijk verschrikt. Ik ging uit bed, dronk iets en schudde de naargeestigheid van me af.

Maak je geen zorgen. Dit waren slechts gedachten van de nacht. En het wordt al licht. 'Als ik verderga sterf ik. Als ik terugga sterf ik. Dan maar liever verdergaan en sterven tussen de kaken van de strijd!' Dat is hier immers het devies.

19 december 1849

Ik heb een uitstekende afleiding gevonden voor mijn gepieker. Ik ken nu elke steen van mijn kamer, elke meter van het fort en alle hutten van het *crom*. De zee brengt elke dag dezelfde nevel. Alleen de vissers halen de ene dag wat meer vangst binnen dan de ander. Dat is dan langs het strand het gesprek van de dag. Ik vermoed dat er veel meer voorvalt tussen mensen onderling, maar ik heb de wil verloren mij in hen te verdiepen. Mijn grootste plezier is het de laatste tijd te wandelen door de zoutbassins op het heetst van de dag. Dan laat ik me verblinden door de felle weerkaatsing van de zon op de kristallen. Dat is een feest. Eerst kijk ik langdurig in het licht. Dan richt ik mijn blik op het donkergroene woud, waartegen de witte vlakte doodloopt. Eerst zie je even niets. Dan verschijnt alles wat je zag in negatief, witte bomen tegen een zwarte vlakte. Dan lost dat beeld langzaam op. Op die manier komen er vlekken voor mijn ogen, waarin ik vormen meen te zien. Geometrische figuren. Soms daartussen ook gestaltes. Ik volg ze als de zilverzwarte flonkering van vlinders, die mij een uitweg wijzen. Ze vliegen af en aan, zoals ze in een droom wel doen. Het zijn maar zinsbegoochelingen, dat weet ik ook wel, maar ze zijn tenminste nooit hetzelfde. Na een minuut of twintig komen mijn ogen tot rust. De figuren trekken zich terug tussen de bomen, waarna ik de hele handeling herhaal. Het is verslavend. Meestal blijf ik tot de vlakte meekleurt met de avondhemel. Dan keer ik naar Fort Elmina terug in mijn eigen voetafdrukken. Ik verdraag mijn cel beter als ik weer weet dat er buiten leven is.

24 december 1849

Vandaag stond Joa voor de poort. Hij vroeg mij te spreken. Het gaat beter met hem. Om van zijn liefdesverdriet te genezen, wil hij terugkeren naar zijn vaderland. Hij kan het doen.

Hier heeft hij niets meer. Zijn werkplaats is door verwaarlozing gesloten. De mannen die hij in dienst had zijn ieder voor zichzelf begonnen. Joa is niet bitter. Verdiensten interesseren hem niet meer. Wat hij met mijn weefgetouw moest doen, wilde hij weten. Ik zei hem dat hij het kon verkopen. Het geld zal hij onderweg nodig hebben. Ik gaf hem daarbij mijn soldij van deze maand. De reis is niet zonder gevaar. We namen lachend afscheid, maar liefst had ik hem tegen willen houden.

Dit wordt mijn derde kerstfeest te Elmina. De mannen zijn uitgelaten. Zij mogen volgende week voorgoed naar huis. Het nieuwe regiment is al te Accra. Opnieuw moet ik dus een wisseling van de wacht meemaken. Van der Eb deed nieuwe pogingen mij met de afzwaaienden naar Holland terug te zenden. Hij heeft mij niet gespaard.

'U bent intelligent, gestudeerd, belezen, u hebt zoveel talenten die u gelukkig zouden kunnen maken. Vergooi ze toch niet aan een volk dat u erom minacht! Wees een vent!'

Ik antwoordde dat ik mij niets mannelijkers voor kon stellen dan hoop houden op het onmogelijke. Hij pakte mij bij de schouders.

'Zie toch onder ogen dat u zichzelf wat wijsmaakt. Met open ogen marcheert u naar de afgrond.'

Ik heb hem bedankt. De uitzichtloosheid van mijn situatie is mij volledig duidelijk. Toen hij mijn treurigheid zag, kreeg hij spijt en begon over de levende kerststal, waarmee enkele katholieke jongens vannacht hun viering opluisteren. Os en ezel hadden zij al. Toen vroeg Van der Eb of ik misschien voor zwarte koning wilde spelen. Dat leek hem een mooie gelegenheid mijn *kente*-doek eens te dragen. Ik heb geantwoord dat ik uitsluitend zwarte Pieten speel.

1 januari 1850

Een noodlot als het mijne, Kwasi, dat vind je toch alleen bij de klassieken? Die herlees ik. Daar vind ik de laatste woorden waarin ik mezelf nog herken. Ach, er hebben zoveel mensen ongeluk gekend.

4 januari 1850

Wat een geluk! Ik heb mijn moeder teruggezien. Wat een verdriet! O, Kwasi! Vannacht, toen ik rondliep over de balustrades, zag ik een schim voor de poort. Ik dacht, vergeef me, dat het een van de meisjes uit het dorp was, dat een afspraak had met een soldaat. Ik gebaarde dat zij moest vertrekken voor ze werd ontdekt. Toen riep ze mijn naam: 'Kwame Poku!' En nog eens. Ik kon het niet geloven. Die stem! 'Kwame Poku!' Blootsvoets rende ik naar buiten, maar daar zag ik niemand meer. Even dacht ik dat ik gek geworden was. Ten slotte vond ik haar zittend onder een boom. Ze huilde eerst, maar wilde dat niet tonen. Ze hernam zich en wiste haar gezicht. Toen pas mocht ik haar omhelzen.

Ze is nauwelijks ouder geworden, terwijl ze mij van top tot teen moest bestuderen voor ze wilde geloven dat ik werkelijk haar kind was. Haar vingertoppen over mijn ongeschoren wang! Ze praatte honderduit, maar ik kon haar niet verstaan. Dat deerde niet. Ik begreep haar toch. Ik zei haar alles wat in me opkwam. Zoveel dringende zaken tegelijk dat ik me erin verslikte. De zinnen die ik in mijn hoofd vaak repeteer wanneer ik over ons weerzien fantaseer. Ze knikte alsof ze mijn gedachten las en huilde door haar glimlach heen.

Zo zaten we een uur, misschien wel twee, tot vanbinnen alles rauw was. 'Ben je gekomen om me mee naar huis te nemen?' vroeg ik ten slotte, maar ik had het antwoord al gelezen in haar ogen. Kwaku Dua is onverbiddelijk. Toen drukte ze mij tegen haar borst. Mijn god, wat ben ik groot geworden! Onhandig als het was, wiegde zij me heen en weer. Mijn hoofd tegen haar omslagdoek. Nu pas zag ik waar ik het patroon van mijn eigen weefsel vandaan had... Ik kwam verbijsterd overeind en wilde mijn zelfgeweven doek uit mijn kast gaan halen, haar mijn huisvlijt tonen, maar ze liet me niet gaan. Daarna zeiden we lange tijd geen woord, zonder dat dat pijnlijk was. Ten slotte begon ze te zingen. De melodie herkende ik. Het was ons ochtendgebed op de dag van de *Ady*. Ik verstond het!

Geest van de Aarde, jij hebt verdriet
Geest van de Aarde, jij hebt ellende
Aarde met je stof
Zolang ik dood ben
Zal ik van jou afhankelijk zijn
Aarde, zolang ik leef
Zal ik op jou vertrouwen
Aarde, die mijn lichaam ontvangt
Wij richten ons tot jou en jij zal dit begrijpen
Wij richten ons tot jou en jij zal dit begrijpen

Ik legde mijn hoofd in haar schoot. Ik schaam me daarvoor niet. Zo moet ik in slaap gevallen zijn. Toen ik 's ochtends wakker werd, was ze verdwenen. Ik heb overal navraag gedaan, maar niemand had een Ashantijnse opgemerkt. Niet in het dorp, niet bij het fort en zelfs de nachtwacht beweert dat hij mij met niemand heeft gezien. Deert niet. Ik weet wat ik weet.

15 januari 1850

Tegen beter weten in hoop ik haar terug te zien. Ik hou elke nacht mijn oren en ogen wijdopen. Eenmaal slechts zag ik iemand langs de branding lopen. Ik riep, maar er kwam geen reactie. Ik begrijp wel dat ze weg is. Ze kon niet zonder gevaar uit Kumasi wegblijven en is direct na onze ontmoeting teruggegaan. Vannacht probeer ik wat te slapen.

4 februari 1850

Vandaag ben ik teruggekeerd van een lange wandeling. Twee nachten heb ik doorgebracht in het woud. Ik had nauwelijks iets bij me. Geslapen heb ik op de grond, gegeten van de bomen en gebaad in de rivier. Het was zeker niet mijn bedoeling voorgoed te verdwijnen. Ik liep over de zoutvlakten en werd steeds dichter naar die groene muur getrokken. Toen ik er eenmaal voor stond, was het alsof er in het duister iets was dat mij wenkte en de weg wees.

Het kwam me op een reprimande te staan van Van der Eb. Woedend beet hij me toe dat ik niet moest vergeten dat ik nog altijd in dienst sta van het Nederlandse leger. Ik antwoordde dat die instelling mij nog een promotie had beloofd en dat ik, zolang zij in gebreke bleef, haar niets verschuldigd was. Hij reageerde door voorlopig een einde aan mijn uitzonderingspositie te maken en mij te verplichten aan alle exercities en corvees met de gewone soldaten mee te doen. Hij bedoelt het niet kwaad. Hij heeft zich natuurlijk ongerust gemaakt, zoals een vader zou doen.

Misschien stond mij zo'n avontuur voor ogen als ik ze met jou wel heb beleefd. Bomen klimmen, bladerhutten bouwen, vruchten eten, verscholen en veilig in een eigen wereld spelen dat je alles zonder anderen redt. Dat viel niet mee. Ik ben geen kind meer.

Ik had mijn mes, maar kwam op de grond eerst nauwelijks vooruit. Ik bewoog me verder op de tweede verdieping, boven de dichte begroeiing, zoals Kofi ons leerde, van tak op stronk op tak. Zo verdween ik uit het licht de duistere zalen in. Nog had ik alom tegenslag. Binnen enkele uren werd duidelijk hoezeer ik de natuur ontgroeid ben. Ik struikelde en schaafde beide benen. Ik werd gebeten door muskieten en het schuren van mijn uniform verwondde mij zo dat ik dat af moest leggen. Ik stootte mijn hoofd en moest het verbinden tegen de parasieten. Ik wilde enkele bloedzuigers van mijn flanken branden, maar het lukte me door het vocht niet om vuur te slaan. Toen ik die volgezogen krengen met mijn mes lospeuterde, namen ze stukken van mijn vel mee. Gehavend, moe en teleurgesteld stuitte ik ten slotte op een verdacht kreupelbos, waarin ik een slangennest vermoedde. Om er veilig aan voorbij te komen, greep ik een luchtwortel en zwaaide naar de overkant. Het ding kraakte en bezweek halverwege onder mijn gewicht, zodat ik midden in het bosje neerviel dat ik had willen vermijden. Daar lag ik, geen slang te bekennen, en ineens stelde ik me voor dat jij kon zien hoe ik hier in de weer was als de potsenmakers van het circus op het Malieveld. Ik kon nog om mezelf lachen en, gebroken, besloot ik die nacht geen stap meer te verzetten. Ik vond vruchten en hout dat droog genoeg was om vuur te maken en viel in een slaap die licht bleef door het oorverdovende lawaai.

Halverwege de nacht schrok ik op door een janken dat verschilde van de andere geluiden. Er scharrelde iets in mijn buurt. Ik maakte wat kabaal, maar het verdween niet. Ik kon het nu zelfs horen piepen. Ik nam een brandend stuk hout uit het vuur en vond in het struikgewas een apenjong. Dadelijk op mijn hoede dook ik weg, in de veronderstelling dat zijn ouders niet ver zouden zijn. Maar het blad bleef stil en op het gejammer van de kleine volgde geen reactie. Nu durfde ik hem beter te bekijken. Hij was van het soort dat te Boabeng en Fiema voor heilig wordt gehouden. Hij was ongelukkig, sleepte met één poot, en van zijn staart ontbrak het puntje. Misschien had hij zich gemeten met de sterksten van zijn kudde, misschien ook was hij ternauwernood ontkomen aan een aanval. In elk geval moet de groep hem na zijn verminking, als kansloos, hebben uitgestoten.

Het mormel was erg mager, maar de natuur had haar werk nog niet gedaan. Het keek me aan met een angst die zo groot was dat die op mij oversloeg. Ik durfde niets. Ik vreesde het beestje, door het op te pakken, een hartstilstand te bezorgen. Toch liep het niet weg, want het wist: vooruit of achteruit, verloren ben ik toch.

Ik opende een kokosnoot en plette enkele vruchten op een bananenblad. Dat legde ik, bij het vuur vandaan, voor het dier neer. Zelf bleef ik op enige afstand zitten wachten. Het aarzelen van de stakker duurde eindeloos, waarbij hij zijn blik niet van mij afhield. De neus echter hield het voedsel onophoudelijk in de peiling. Ten slotte vond het vertrouwen en at in mijn bijzijn. Die nacht probeerde ik verder niets en toen ik 's ochtends opstond, deed ik of ik niet zag dat het arme ding mij vanuit een bosje in de gaten hield.

De hele dag volgde het wezen mij, zo goed en zo kwaad als dat ging. Met opzet vorderde ik slechts langzaam, om hem niet achterop te laten raken. Ik kreeg er plezier in. Voor het eerst sinds lange tijd hield ik me niet met mezelf bezig.

Tegen de middag lukte het mij het dier met wat voeder tot op een meter afstand te lokken. Daar ging het zitten om het fruit op te peuzelen. Zijn blik bleef onophoudelijk op me rusten, maar de angst was eruit verdwenen. Om zijn grote ogen en de plukken haar rond zijn kin noemde ik hem Willem, want veel mooier dan onze vriend de nieuwe koning was hij niet.

Nog voor het eind van de middag had ik zijn vertrouwen zo gewonnen dat hij niet meer achter me aan liep, maar met me mee. Soms hinkte hij zelfs voor me uit. Als ik dan niet snel genoeg volgde, keek Willem achterom en wachtte op mij.

Die tweede nacht sliep ik niet. De aanhoudende zorg om het kleine wezen hield me alert. Er was wild in de buurt. Ik vond grote, verse sporen, maar kon ze niet meer determineren, zoals vroeger. Ik hield het vuur groot en wist het kleintje toch vlak bij me te houden. Eenmaal slechts passeerde een groot beest, dat ik niet kon zien. Ik maakte zoveel mogelijk geluid en zwaaide met een toorts. Verder geen last. Toen het gevaar geweken was, drong pas tot me door dat Willem direct achter mij stond. Hij had in mijn geschreeuw geen schrik gevonden maar bescherming.

Het was duidelijk dat mijn uitstapje bijna ten einde was. Wat in een vlaag was opgekomen, hield ik alleen nog vol uit koppigheid. Spieren, huid en hoofd schreeuwden om een bad, huidzalf, schone kleding, zachte kussens en een bed met koele linnen lakens. De natuur, die ooit mijn liefde en mijn leven was, heb ik in de jaren dat ik van haar was gescheiden, geïdealiseerd. In werkelijkheid ben ik haar vreemd. Een splinter in haar huid ben ik. Het lukt me niet om dieper door te dringen. Zij valt mij aan en stoot mij af.

Ik besloot zodra het licht werd op mijn schreden terug te keren, maar wat moest ik met Willem de Derde? Zou hij mij volgen en zo ja, wat dan? Alsof hij mijn gedachten raadde, kroop hij op dit moment dichter naar mij toe dan ooit. Als een vroegoud kind posteerde hij zich op een meter afstand tegenover mij. Zijn hoofd wat schuin houdend, keek hij mij bijna vragend aan. Het leek me eigenlijk wel aardig om hem als gezelschap in mijn kamer te houden. Van der Eb zou mij zulke afleiding zeker toestaan. Het beestje zou buiten gevaar zijn en zijn mismaaktheid kunnen overleven. Zijn natuurlijke omgeving echter zou het nooit terugzien, evenmin als ik de mijne. Ik gaf hem wat te eten en klapte een paar maal in mijn handen, wat Willem de rest van de nacht op afstand hield.

’s Ochtends zocht ik mijn weg terug. Na een uur al ontdekte ik een zoute neerslag op de bladeren en ver voor de middag stond ik aan de rand van de vlakte. Waarschijnlijk was ik in twee dagen tijd het oerwoud niet meer dan enkele honderden meters binnengedrongen. Ik keek om, en toen mijn metgezel aanstalten maakte mij te volgen, vloog ik op hem af. Ik gaf hem enkele rake trappen. Hij ontblootte zijn tanden, en toen ik door bleef gaan, beet hij gemeen. Ik trok mijn mes en viel opnieuw aan. Geschampt schrok hij terug. Hij lachte van angst en toch bleef het stomme dier nog op veilige afstand stil verbijsterd op mij wachten. Nu werd ik fel. Ik wierp een steen en raakte zijn manke poot. Hij vloog een boom in. Ik nam mijn riem en sloeg. Raak. Hij hoger. Ik op een tak. En nog eens mepte ik voluit tegen zijn flank. Dat volstond goddank. Gillend verdween de koning tussen de bomen.

Uitgeput viel ik op mijn knieën in het zout. Ik was ontroostbaar en tevreden tegelijk. Tranen houden deze bekkens gevuld.

10 februari 1850

Osei Tutu's priester Anokye heeft de Gouden Stoel, *Sika Dwa*, uit de hemel getoverd. Hij daalde neer op de knieën van de Asantehene in een donkere wolk en met rollende donder, terwijl de lucht dik was van het stuifzand. Het is de troon waar ik door mijn geboorte recht op heb. Hij bevat de ziel van ons volk. Vandaag komt er bericht uit Kumasi dat een van mijn jongere broers tot opvolger van jouw vader zal worden benoemd. Ik heb de Asantehene onmiddellijk een protestbrief geschreven en een andere brief aan mijn moeder, waarin ik vraag waarom zij zoiets heeft laten gebeuren. Van der Eb gelooft nog steeds niet dat ik haar werkelijk gezien heb. Wel ziet hij de ernst van mijn situatie in, en hij is bereid zodra dit kan een speciale gezant naar Kumasi te zenden.

12 februari 1850

Je stuurt me je silhouet. Het is kunstig geknipt. Ik begrijp dat zo'n papieren aandenken in Weimar een nog grotere rage is dan het in Delft was. Al je vrienden en kennissen heb je zoiets gestuurd. Ze dragen het bij zich of hangen het aan de muur. Blijkbaar wordt het gezien als kunstvorm. Maar wat moet ík ermee? Van alle afbeeldingen is dit de meest stompzinnige. Het is plat. Het toont geen gelaatstrek of gemoedsstemming en vertelt me minder dan je voetafdruk zou doen.

Neem me mijn ondankbaarheid niet kwalijk. Ik ben mijzelf niet de laatste dagen. Bij het zien van je beeltenis werd het me te veel. Op een wit vel papier had men je schaduw gelijmd. Een uitgelopen inktvlek zonder karakter. Ik vind het onverdraaglijk. Juist nu.

Ook het schilderij van Raden Saleh heeft elke menselijke uitdrukking verloren. Hier heeft het zout gewonnen. Wij zijn opgelost. Schimmels overdekken de laatste herkenbare lijnen. Op veel plaatsen komt het linnen door de verf heen. Je kan onze contouren nog zien. Van jou resten nog een linkeroog met wang en schouder, van mij een neus en knie. De kleur is eraf. Zo zwart als je in Weimar rondgaat, zo wit ben je hier.

De dames in Weimar. De dames in Freiberg. Ze komen mij de strot uit. Ze willen allemaal een stukje van je haar. Zo lief, hoe het kroest. En jij laat je plukken als een kip! Nu hebben ze hun wekelijks kransje ook nog naar je vernoemd, het Ashanti-Kränzchen, toe maar, wat een eer! En jij stelt je daar tentoon. Nog steeds doe jij er alles aan jezelf tot bezienswaardigheid te maken. Bekijks, Kwasi, is geen acceptatie! Geduld worden betekent niet gelijk te zijn.

Al je bals en jachtpartijen, de groten der aarde die je over je bol aaien, je studentikoze lidmaatschap van de Sachsisch-Bayrischen Kneipverein, godbewaarme, ik geloof het verder wel. Bespaar me voortaan de eindeloze beschrijvingen van het hofleven, de avonden met je adellijke vriendjes en de onderonsjes met Liszt. Ik weet het nu, je hebt het naar je zin in dat Athene aan de Ilm! Genoeg daarvan!

O, liefste, meest beminde vriend, enige met wie ik alles deelde. Als jij niet voelt als ik, wie wel? Maak je geen zorgen. Bij mij is je vriendschap veilig en ik kastijd je slechts omdat ik de gedachte niet verdraag dat zo'n nufje jou tentoonstelt aan haar vriendinnen en dan, wanneer je afscheid hebt genomen, jou, die ik liefheb, in haar heksenkring bespreekt... Luister niet naar me. Ga je eigen weg. Dat vervloekte wantrouwen van me, wat je ook doet, neem het niet over. Je bent gelukkiger zonder. Niet veilig, maar tenminste onbevangen.

En onthoud dit: als ik mijn leven opnieuw zou moeten leven, zou ik het geluk jou bij me te hebben tijdens een ellendige ballingschap verkiezen boven een onbezorgd leven in Kumasi.

16 februari 1850

Sinds ik in het woud geweest ben, bezoekt mij in mijn dromen steeds vaker mijn moeder. Zij verschijnt levendig, maar haar omarmen lukt me niet. Ze brengt beelden mee en veel woorden. Ze gaat op mijn bed zitten, half verscholen achter de gordijnen, en begint mij versjes te leren. In het Twi. Ik zeg ze na. Prent ze mij in. En als ik wakker word, schrijf ik de woorden op die ik nog niet kende. Is het niet iets wonderbaarlijks? Over de oorzaak of de toedracht van dit fenomeen probeer ik niet na te denken. De wereld van de geesten leeft niet in het verstand. In mijn cahier noteerde ik zo in korte tijd al honderdvijftig nieuwe woorden, die ik overdag repeteer en waarmee ik nieuwe zinnen probeer te maken.

Ik ben op een punt gekomen waarop ik het terugdenken aan gebeurtenissen plezieriger vind dan ze mee te maken. Ja, de herinnering heeft mij meer te bieden dan het echte leven.

20 februari 1850

Wat mij het meest verbaast, is de blindheid van de mensen. De wereld zit zo simpel in elkaar, maar ze lijken het niet te zien. Er is goed en er is kwaad. Dat is alles. Die twee zijn op een kilometer afstand te onderscheiden. Maar zelfs de paar mensen in wie ik heb geloofd, halen ze door elkaar.

Wie goeddoet, heeft een goed leven. Wie met opzet kwaad berokkent, zal een slecht leven leiden. Daar zorgt de natuur voor. Ik zie het gebeuren en wil de kwaden waarschuwen voor het onheil dat ze over zich afroepen, maar juist op het moment dat ik de mensen aan wil spreken, denk ik aan mijzelf. Nooit heb ik iemand kwaad gedaan en zie mij nou eens...

De waarheid is deze: koning Willem paste niet meer in de groep. Daarom moest hij dood. Daar is de natuur heel duidelijk in. Ik wilde mij daar niet in mengen. Niemand weet beter dan jij en ik wat er gebeurt wanneer de mensen zich bemoeien met wat is voorbestemd. Een koning is een koning, dood of levend, hier of daar. Wie niet sterk is, moet sterven. Ik heb daar geen spijt van. Ik hielp de natuur. De ene tak kwijnt weg, de andere leeft op, dat wist Osei Tutu al.

In drie dagen tijd maar liefst vijfenveertig nieuwe woorden Twi genoteerd, waaronder de benamingen voor verschillend keukengerei en enkele medische termen!!! Dat voorspelt toch veel goeds.

21 februari 1850

Je had hun gezichten moeten zien! Ik heb de officieren vanmiddag verrast door aan tafel uitsluitend Twi tegen ze te spreken. Dat ging wonderbaarlijk goed. De woorden en begrippen kwamen me zomaar aanwaaien. Je luiken openzetten en de vergezichten volgen, dat is alles!

Aantekening in het gouvernementslogboek van Fort Elmina.

22 februari 1850

Hedenochtend hebben wij, in onze kleine kring, een allerverdrietigst verlies geleden. Om half negen heeft de Ashanti prins Quame Poku zich van het leven beroofd door zich in zijn slaapvertrek door het hoofd te schieten. Het schot was zo krachtig dat het ongelukkige schepsel onherkenbaar werd verminkt.

De vier muren van de kamer, de bedgordijnen en het plafond waren alle bespat met bloed en hersenweefsel. Hij droeg geen andere kleding dan het staatsiekleed dat hij voor zichzelf had geweven.

Waarschijnlijk legde hij het schot aan direct achter zijn linkeroor. Het jachtgeweer dat naast zijn lichaam werd aangetroffen, was hem bij zijn aankomst hier door het Ministerie zelf geschonken. Het schijnt dat een losse lading kruit werd gebruikt, aangezien er geen enkel spoor was van een kogel.

Men kan geen andere reden bedenken voor deze wanhoopsdaad dan dat hij de laatste drie dagen vreemd verward scheen. Gistermiddag aan de tafel van de commandant bijvoorbeeld, deed hij niets dan brabbelen.

Deel vijf

Java 1900

Buitenzorg, 3 augustus

Voor dag en dauw diende zich gisterochtend mevrouw Renselaar aan. Zij was in reiskostuum, ik nog in ochtendjas aan het ontbijt, hetgeen haar bijzonder scheen te ergeren.

'Wij hebben weinig tijd,' beet ze me toe. 'We gaan naar Batavia!'

'Wel dan, een goede reis,' zei ik, 'en haast u niet om terug te komen.' Ze bleef met open mond staan kijken hoe ik mijn mangistan zat te schillen. Ik verdeelde de vrucht zorgvuldig in acht gelijke delen en probeerde eens een partje.

'Maar kleedt u zich vandaag nog aan, of hoe zit dat?'

'Ja zeker wel, maar tegen die tijd bent u al halverwege.'

'Ik denk er niet over om alleen te gaan. U gaat mee.'

'Ik? Naar Batavia? Met u!?' Het vruchtvlees werkte zich in mijn keel een weg terug naar boven. Ik spuugde het in mijn servet. 'Mevrouw, de verste reis die ik de laatste jaren maakte, voerde me naar het eerste plateau van de Salak, daarginds. Ik kon vandaar mijn woning en plantage makkelijk zien liggen en zelfs toen al wist ik niet hoe snel ik weer naar huis moest komen.'

'Onzin, als kind stak u al de halve wereld over.'

'En zie eens hoe me dat bekomen is.'

'Kriskras rond de aardbol, zonder morren, uw leven lang.'

'En dat is nu ten einde. Ik ben op mijn bestemming.'

'Stelt u zich niet aan. We gaan per spoor. U kunt vanavond weer terug zijn.'

'Mens, schei toch uit, ik ben te oud voor pleziertochtjes.'

'Aha,' zei ze, 'maar wij gaan niet voor ons plezier!' Ze draaide zich even van me af, graaide in de halsopening van haar blouse en toverde een kleine koperen sleutel te voorschijn. Ze hield hem triomfantelijk omhoog en bleef staan alsof ze applaus zou oogsten. Teleurgesteld liet ze haar arm zakken, nam een stoel en legde het sleuteltje voor mij op tafel.

'Luister goed, vanochtend is mijn man van huis gegaan op weg naar zijn departement. Een halfuur geleden arriveerde bij mij thuis een bode met de opdracht dat mijnheer Renselaar zich voor spoedoverleg bij de gouverneur diende te voegen, die zich met een delegatie hoge Haagse ambtenaren te Bandoeng bevindt. Ik zei hem dat mijn echtgenoot al op weg was naar Batavia. De zaak bleek zo dringend dat de jongeman het nodig vond hem achterna te gaan.'

'Heel boeiend allemaal,' zei ik verveeld.

'Ja, vindt u niet?' Ze glom.

'Welnee, en wat heb ik daarmee te maken?'

'Mijn man heeft een kleine voorsprong. Hij zal amper tijd hebben om achter zijn bureau te kruipen of daar staat de bode van de gouverneur voor hem. Hij hoort dat hij wordt verwacht, graait in allerijl wat spullen bij elkaar, verwittigt zijn naaste medewerkers van zijn overhaast vertrek en spoedt zich naar Bandoeng.' Ze speelde me de hele scène voor. Ik stopte haar op het moment dat haar man zich tegelijk zijn haren uit zijn hoofd trok en op zijn zakhorloge keek.

'Ja, prachtig,' zei ik. 'En?'

'En dan, nauwelijks is hij weg of *ik* kom aan. Men zegt mij dat hij is weggeroepen. Kan ik dat soms helpen? Ik word boos. Men probeert mij te kalmeren. Zonder succes. Ik heb een afspraak met hem, maar ik kom voor niets.'

'Maar in 's hemelsnaam, waarom gáát u dan?'

'Ik eis dat men mij even laat rusten in zijn kamer. En u.'

'Mij?'

'Ja zeker. U komt ook helemaal voor niets. Staat daar maar te staan. Een stokoude man! Men kan u toch na zo'n lange reis zeker niet zomaar weer wegzenden? Waar moeten we heen? Wat zijn dat voor manieren? Ik krijg een vapeur. Ik trap een scène.'

'Ongetwijfeld.'

'Om er vanaf te zijn laat men ons rusten, een halfuurtje. Aan *zijn* bureau. We nemen plaats.'

'Goddank.'

'We laten ons een verfrissing brengen en zeggen dat we niet gestoord wensen te worden. Dan haal ik dit sleuteltje te voorschijn. Het ontsluit zijn laden. Daarin bewaart hij het foedraal met de dossiers die hij in behandeling heeft. Daaronder bevindt zich het uwe! U heeft een halfuur om het in te zien.' Ze greep het sleuteltje en liet het terug in haar hals glijden. 'Een halfuur en dan zijn alle mysteries opgehelderd.' Als beloning trok ze mijn bord naar zich toe en verslond de vrucht waar ik mijn zinnen op had gezet. Ondertussen drong haar plan traag tot mij door.

'U hebt dus voor mij uw man zijn sleutel ontroofd?'

'Welnee, ik heb er alleen een bij laten maken, onlangs, toen hij een middagdutje deed. Je weet tenslotte nooit wanneer zoiets van pas komt. Wel...' – ze lachte zo breed dat het sap van de mangistan in straaltjes over haar kin liep – '...trekt u nog iets fatsoenlijks aan of wilt u dat men in de hoofdstad uw onderkleding bewondert?'

Verdoofd ging ik naar mijn kamer. Ahim kwam aangesneld om mij te wassen en te kleden, maar ik kon zijn aanraking niet verdragen en stuurde hem weg. Ik schokte van de spanning over mijn hele lichaam. Zoals gewoonlijk verwenste ik dat mens om de drukte die ze maakte, maar tegelijk was ik geraakt door alle moeite die ze voor mij nam. Ik had enkele momenten nodig om tot mijzelf te komen. Om buiten niet gehoord te worden, moest ik het rolkussen stijf tegen mijn mond drukken.

De waarheid is dat ik de laatste tijd geen mens heb willen zien. De taak die ik mij gesteld had, hield mij volledig in haar greep. Na het opstellen van mijn eigen herinneringen – wat me geen plezier deed – begon ik de brieven van Kwame te herlezen. Het lukte me niet er meer dan één per dag te openen. Aangekomen bij de laatste episode was ik door dat werkje zo aangeslagen dat mijn maag geen voedsel meer verdroeg. Zo probeerde mijn lichaam mijn geest wakker te schudden. Stop ermee! Maar gedachten gisten als jenever, je neemt er telkens nog eentje in de hoop dat hij de smaak van alle vorige weg zal spoelen. Het bloed verstroopt. Hoe ouder je wordt, hoe meer moeite het hart heeft de kwade stoffen weg te pompen.

Een week geleden heeft Ahim al mijn bevelen botweg genegeerd. We hadden onze zoveelste aanvaring over het middageten. Ik kreeg het weer niet door mijn strot. Hij weet dat aan mijn memoires en mijn afzondering. Ik wijt het eerder aan zijn kookkunst, maar was zo slim dat niet hardop te zeggen. Ik zei hem alleen zich met zijn eigen zaken te bemoeien. Toen sloeg hij door. Hij liet alles achter en is de kampong ingegaan. Daar heeft hij mijn dochtertje bij haar moeder weggehaald. Met het mormel op zijn rug kwam hij mijn kamer binnen. Hij schoof de papieren waarin ik bezig was van tafel en zette Quamina voor me neer. Zomaar, zonder iets te zeggen! Ze was druk en uitgelaten me te zien. Ze strekte haar armpjes naar me uit. Ik wist nauwelijks te reageren. Ik nam haar op schoot, voorzichtig, want ik ben bij kinderen en dieren altijd bang dat ik iets aan ze zal breken. Ahim opende de blinden, bracht kleurkrijt en karton. Mij gaf hij de speeldoos. Ik wond het ding op en keek hoe een paar heldere klanken alle aandacht van het kind gevangen hielden. Ten slotte gingen we met haar de tuin in en een paar uur lang vergat ik alles. Toen het tijd was Quamina naar haar moeder terug te brengen, moest Ahim ons uit elkaars omhelzing trekken. Om hem een plezier te doen, heb ik die avond gegeten wat hij me voorzette. De volgende ochtend werd ik voor het eerst sinds tijden wakker zonder hoofdpijn.

De plotselinge aandacht van mevrouw Renselaar drong zich nu op dezelfde wijze aan mij op als het verschijnen van Quamina. Ik schoot de kleding aan die Ahim op het bed had uitgespreid.

De drukte in Batavia was ongelooflijk. Misschien komt het doordat ik menigten slechter verdraag dan vroeger, maar het lijkt wel alsof iedereen elkaar naar het leven staat. De waroengs zijn opgedrongen tot over de rijweg en vormen een ononderbroken lint. De ondernemers proberen de aandacht op zich te vestigen met een chaos aan wervende leuzen op borden en vlaggen. Rondom persen de mensen zich langs elkaar. Iedereen schreeuwt. Iedereen holt. Hiertussen spelen kinderen en slapen ouden van dagen op de grond. De open riolen zijn vuil en verstopt. Kippen, ratten en zwerfhonden kruipen eruit. Het is een gekkenhuis! Nergens vindt je oog nog rust. Het stof dat de dragers, de paarden en wagens doen opwaaien, krijgt geen kans om neer te dwarrelen zodat over de straten een geel waas hangt dat op je keel slaat. Op elke hoek smeult bovendien een berg afval. Geen inademing is vrij van deze zware, ongezonde rook.

Adeline liep voorop. Ze hanteerde haar parasol als een zeis. Met grote halen maaide zij een pad voor mij vrij. Zo lukte het ons het stationsplein over te steken en een rijtuig aan te houden. Toen we eenmaal zaten, deed ik mijn beklag.

'Dit is nu eenmaal de nieuwe eeuw,' zei ze. 'We kunnen haar niet tegenhouden. U komt het verval schrijnender voor omdat u Java heeft gekend toen het nog paradijselijk was.'

'Tot mijn enkels in plantenrot en modder, geplaagd door moessons en muskieten? Nee, ik heb mijn verwachting van het paradijs toch wat hoger gesteld.'

'Onzin. U bent verslingerd aan dit land. Waarom zou u anders zijn gebleven?'

'Een goede vraag, mevrouw.'

Ons rijtuig kwam tot stilstand voor de kantoren van het gouvernement. Adeline steeg als eerste uit om mij met de afstap te helpen. Op dat moment hoorden we een gil. Direct voor onze wagen werd een oudje, dat de weg probeerde over te steken, omvergelopen door een koelie. De jongen keek niet op of om, en niemand scheen van zins de inlandse overeind te helpen. Integendeel, ze kreeg een grote mond van een riksjaloper, die moest uitwijken om niet over haar benen te rijden. Ik wist het wel, elk ontzag voor het leven wordt gesmoord in de massa. Het is in Batavia voortaan ieder voor zich.

Mevrouw Renselaar was er snel bij. Ze probeerde de vrouw op te tillen. Die was iel, maar gaf niet mee. De aanblik van dat enorme witte lijf, dat zich over haar heen boog, gaf de bejaarde ongetwijfeld meer schrik dan het ongeval zelf. Ze probeerde zich vrij te rukken, maar Adeline is niet iemand die loslaat. Ze verloor haar evenwicht en viel boven op de ongelukkige. Er ontstond een goedbedoelde worsteling midden tussen het verkeer. Toen ze het oudje eindelijk rechtop had, zaten de slijkspatten de twee vrouwen in het haar. Ik nam mijn zakdoek om Adeline wat te fatsoeneren, maar ze wilde het niet hebben. De verwildering, zei ze, kwam haar wel van pas. Ze veegde haar handen eens goed af aan mijn kostuum, zodat ik ook besmeurd raakte, nam me bij een arm en in deze verlopen toestand trok zij mij de poort van het departement binnen.

De ontvangst verliep aanvankelijk volgens plan. Mevrouw Renselaar overdonderde de wachtsergeant zonder zelfs haar pas voor hem in te houden. Ze opende eigenhandig de gietijzeren deur en doorkruiste de marmeren hal, waarop drie gangen en een houten trap uitkwamen. Ze koos zonder aarzeling de eerste verdieping. Ik sloop, zij kloste naar boven.

'Denk erom,' zei ze, 'u en ik zijn hier vandaag de baas! Prent dat uzelf in en handel ernaar, dan stelt niemand nare vragen.' Inderdaad opende ze twee, drie kantoortjes, zonder kloppen, en zonder dat de klerken opkeken. Toen ons op de gang iemand passeerde, knikte hij verbaasd maar vriendelijk. Adeline informeerde waar wij het archief konden vinden. Hij wees het ons en liep door. Adeline morrelde aan de klink. Die gaf niet mee, zodat ze haar heup tegen het slot plaatste en haar volle gewicht ertegenaan gooide. Op dit punt gekomen eisten slechts twee dingen mijn volledige aandacht op: het in bedwang houden van mijn knieën en het suizen in mijn oren dat mij verhinderde eventuele aanvallers te horen naderen. Angstig keek ik links en rechts, en juist vroeg ik mij af hoe ik toch in deze situatie was beland, toen de deur onder Adelines gewicht meegaf. Ze struikelde de ruimte binnen en keek midden in het magere gezicht van de archivaris. Hij zag ons over zijn bril aan als iemand die eerstens niet gewend is aan en tweedens niet gesteld is op bezoek.

'U zoekt?'

Nu hoorde ik toch ook haar naar adem happen. Ze bedacht niets beters dan, iets te luid, haar naam te noemen. De archivaris stond op en onderzocht met een vinger of er schade aan het deurslot was.

'Mijnheer Renselaar is uitgegaan.'

'Nee toch,' zuchtte Adeline, 'nee, zoiets zou hij mij nooit aandoen, niet na zo'n lange reis...' Vanaf hier speelde ze haar scène zoals ze zich had voorgenomen, maar het lukte haar niet de ambtenaar te vermurwen. Hij liep met ons naar Renselaars kantoor. Toen hij daar niemand aantrof, liet hij ons er niet zomaar onbewaakt achter, zoals het plan was, maar ging zijn superieur erbij halen. Adeline stelde me gerust door te fluisteren dat ze Richards afdelingshoofd wel eens had ontmoet en om haar vinger had gewonden, maar toen hij klein en mager voor haar stond, gaf de man geen ander blijk van herkenning dan nerveus te zijn en op te zien tegen een gesprek met haar. Eerst legde hij ons de situatie uit: de plotselinge oproep, die niemand had kunnen voorzien. Hij begreep dat wij het slachtoffer waren van deze omstandigheid en bood ons tegen het ongemak wat water aan. Toen dat geen uitkomst bracht, stelde hij ons voor bij zijn echtgenote in Weltevreden het middagmaal te gaan gebruiken.

'Hélas, mes nerfs!' zei Adeline. 'Ils ne permettent pas que je me déplace... Zojuist, voor uw deur, zijn wij slachtoffers geworden van een verkeersongeval. U ziet toch hoe wij erbij lopen! Ons nu onmiddellijk die wildernis weer in sturen zou onvergeeflijk zijn.'

'Ik zal u mijn rijtuig ter beschikking stellen.'

'Neen, een ogenblikje tot onszelf komen, meer vraag ik niet, en de slag verwerken dat de prins, op zijn leeftijd, en ikzelf helemaal voor niets van Buitenzorg komen...'

'Kwam u om bepaalde zaken met de heer Renselaar te bespreken?' vroeg de man aan mij. 'Misschien kan ik u helpen?'

Ik aarzelde.

'Dat lijkt me sterk,' hernam Adeline het woord. 'Nee, er is werkelijk niets anders te doen dan hier even uitrusten en dan de terugreis maar aanvaarden...'

'Het is alleen dit, mevrouw: de overheidsgebouwen zijn niet zomaar toegankelijk voor het publiek.'

'En terecht, zeg. Stel je voor!' Ze zette haar parasol tegen de muur, haalde haar hoedenpen los en begon op haar gemak haar handschoenen uit te trekken. De afdelingschef zonk de moed in de schoenen. Hij zuchtte.

'Of denkt u soms dat mijn echtgenoot bezwaar kan hebben tegen mijn aanwezigheid in zijn eigen kantoor, tussen zijn eigen spullen?'

'Dat is het niet; alleen hebben wij strikte regels.'

'Dit lieve klokje hier heb ik hem zelf geschonken voor zijn veertigste verjaardag. En die prent en dat vloeiblok, handbewerkt. Mijn hemel, de halve inrichting hier is van mijn hand en nu wordt mij de toegang ontzegd!'

'Dat is het niet, mevrouw, en ik weet zeker dat als uw man... maar ik ben verantwoordelijk en ik heb strikte opdracht.'

Adeline zweeg beledigd en wierp mij een blik toe. Ik dacht dat ze zich erbij neer ging leggen dat haar opzet mislukt was. Juist op dat moment gaf ze mij een knipoog. Tegelijk zag ik haar fysiek veranderen. Ze kromde haar rug, kromde haar vingers, trok haar schouders op en werd jaren ouder.

'Ik...' Ze greep de stoel, viel neer achter het bureau van haar man en begon te snikken.

'Ik wou...'

'Mevrouw, alstublieft.' De afdelingschef brak het zweet uit. 'Windt u zich nou niet verder op. Alstublieft, gaat u in alle rust naar huis. Ongetwijfeld komt uw man, zodra zijn zaken in Bandoeng geklaard zijn, regelrecht naar u toe, ongeduldig alles uit te kunnen leggen. Hij zal u thuis verwachten.'

Ze keek de man met vochtige ogen aan, smekend. 'Hij wou niet weg – en met me éígen handen heb 'k – heb 'k zijn handen van mijn deurpost lósgemaakt...' Ze kermde zachtjes. '...Voor-ie ging heb 'k 'm de ringen van z'n vader in z'n oren gehangen – als 'n – als 'n offerdier...' In de verbijsterde stilte die hierop volgde, legde ze haar ellebogen op tafel, boven op een stapel formulieren, en borg haar gezicht in haar armen.

De afdelingschef deed een pas naar voren om haar te troosten, maar durfde niet goed. Hij keek mij aan, vragend, onthutst. Ik had onmiddellijk de toneeltekst herkend die zij zat te declameren. Ze had mij onderweg al lastiggevallen met haar nieuwste amateurrol in een vissersdrama, dat in Holland op het moment succes schijnt te oogsten. Ik haalde mijn schouders op, lachte schaapachtig en seinde met mijn wijsvinger aan mijn voorhoofd.

'Het hele voorval heeft haar nogal aangegrepen,' zei ik ten overvloede.

Toen ze dat hoorde, kwam Adeline overeind, alsof ze berustte in haar lot. Ze keek het hoofd van de afdeling aan of hij zojuist een doodsbericht had gebracht en mompelde verslagen: 'M'n man en víér zoons... Nou is m'n énige hoop – 't kind van m'n nichtje.'

Hierop maakte de afdelingschef zich met een korte verontschuldiging uit de voeten. We kregen thee en spekkoek en alle tijd die we maar nodig hadden om tot onszelf te komen. Adeline sloot de deur aan de binnenkant, knoopte haar vestje los en ontsloot met haar koperen sleutel het bureau van haar echtgenoot.

Tussen de dossiers die zich daarin bevonden, ontdekten we er slechts één met mijn naam. Het bevatte een veertigtal documenten uit mijn eerste Javaanse periode. Het vroegste dateerde van september '50, een notitie over mijn aankomst, aanstelling en voorlopige verblijfplaats, het laatste (september '57) was een afschrift van het koninklijk decreet over mijn benoeming tot titulair mijnbouwingenieur met levenslang pensioen van vierhonderd gulden 's jaars en de bepaling dat men mij op de hoogte moest houden van de veranderingen in de staf van het koninklijk huis, zoals gebruikelijk bij prinsen van een bevriende staat.

Uit de periode hiertussen bleken veel van mijn eigen brieven bewaard gebleven. Ik herkende de meeste in een oogopslag aan het handschrift. Er zat een aantal werk- en reisverslagen tussen, maar merendeels waren het petities aan de gouverneurs-generaal om aandacht voor de onhoudbaarheid van mijn positie in Nederlands-Indië, aan Rochussen aanvankelijk voorzichtig en beleefd, later aan Duymaer van Twist onverbloemd en dringend. Ik besteedde aan het oude zeer niet veel van onze kostbare tijd. Dat alles kan tenslotte na zoveel jaren voor mij niet langer van belang zijn.

Interessanter waren de rapportages, soms van mensen die ik had vertrouwd, over mijn doen en laten. Ze hadden zowel betrekking op mijn functioneren in overheidsdienst als op mijn privé-aangelegenheden. Aangezien ik toen, zoals nu, een gematigd leven leidde en ik van nature probeer niemand aanstoot te geven, was er in de feiten weinig opzienbarends. In de lijst van aangevers des te meer. Ik herkende namen van buren en bedienden, van een oude vriend, de postbeambte van het departement voor de mijnen, zelfs de leverancier van mijn spiritualiën. Een enkele maal werd er melding gemaakt van een vergoeding voor deze spionage, meestal echter bleek de informatie belangeloos verstrekt te zijn.

Tot zover leek het dossier geen grote geheimen te bevatten. Ik begon al te geloven dat de hele soesa voor niets was of om een kleinigheid die door Adeline en haar man was opgeblazen, toen ik een korte brief vond van niemand minder dan Van Drunen! Het was een afschrift, maar door zijn eigen hand geschreven, officieel gesteld en gericht aan de minister van Koloniën. Hij biedt daarin zijn ontslag aan uit overheidsdienst en liet weten naar Nederland te willen terugkeren. Als reden voor zijn besluit gaf hij op:

[...] mijn betrokkenheid bij het lot van de prinsen van Ashanti, die immers onder mijn verantwoording naar Holland zijn overgebracht. Na de gruwelijke dood van prins Quame Poku te Elmina, leef ik in vrees voor het welzijn van de resterende prins, de heer Aquasi Boachi. Na alle persoonlijke miserie bevindt deze zich, zonder hiervan zelf op de hoogte te zijn, op dit moment te Java in een uitzichtloze positie. Ik ben van mening dat het een onrecht is enig mens moedwillig te hinderen in zijn ontwikkeling. Het geheimhouden van de beschikking die van hogerhand over de prins werd afgeroepen laat zich bovendien met mijn geweten en moraal niet rijmen. Het is daarom dat ik u verzoek [...]

Van Drunen was, vanwege zijn liefde voor de tropen, eind 1852 door het ministerie van Koloniën van 's-Gravenhage naar Batavia gepromoveerd om er de dienstjaren tot aan zijn pensioen te slijten. Hoewel deze man Kwame en mij de beginselen van de Nederlandse taal geleerd had en ons ook in de jaren daarna houvast bood, ontwikkelden wij met hem nooit een volwaardige vriendschap. Hij wekte ons vertrouwen en volgde ons vol oprechte zorg. Toch lag zijn loyaliteit niet alleen bij ons, maar evenzeer bij de Nederlandse Staat en de machten die ons uit ons vaderland hadden weggevoerd.

Ik had met hem in de jaren vijftig dan ook slechts twee ontmoetingen, beide te Batavia. De eerste keer spraken wij een avond lang voornamelijk over Kwame. De tweede keer maakte ik hem deelgenoot van de problemen die ik op Java ondervond. Ik vroeg hem mijn zaak bij de minister te willen bepleiten. Hij beloofde mij zijn best te doen en berichtte zelfs de eerste stappen in die richting te hebben gezet. Korte tijd later echter werd hij ontheven uit zijn functie en keerde terug naar Holland zonder mij nog iets te laten horen. Dat stelde mij ernstig teleur.

Eind jaren zeventig ontving ik een brief van hem uit Semarang, waarin hij schreef dat hij zich daar als burger had gevestigd in een kampong, die vrijwel uitsluitend werd bewoond door oud-'rekruten' van de Afrikaanse Goudkust. Deze mensen verbaasde hij met zijn kennis van hun vaderland en hun gewoonten. Hij maakte plannen om deze 'zwarte Hollanders' te helpen, die na afloop van hun contract in hun ouderdom amper middelen van bestaan hielden. Hij ondersteunde ze bij de fabricage van hun batik, en via de weinige contacten die hem restten, zond hij af en toe een partij naar Elmina, waar grote vraag naar deze stoffen was. De baten hiervan vielen (en hij onderstreepte dit) volledig toe aan de werkers. Van zijn kleine maandgeld kocht hij medicijnen, en aan de jongste kinderen in die gemeenschap gaf hij Nederlandse les. Zodoende, zei hij, dacht hij vaak aan mij. Deze mensen nu had hij over mij verteld en zij verlangden mij te zien.

Ik heb niet geantwoord op deze brief, noch op twee die volgden. Moest ik me daar voor hen tentoonstellen? Wat had ik ze kunnen zeggen? Hierna schreef Van Drunen mij niet nog eens. Ik heb hem niet meer gezien.

Nu, bij eerste lezing van zijn toenmalige ontslagaanvraag, begreep ik dat ik hem onrecht had gedaan. Blijkbaar bracht hij indertijd niet alleen mijn zaak onder de aandacht, maar zette hij zelfs zijn carrière voor mij op het spel. Adeline merkte mijn schrik. Ze begon over mijn schouder mee te lezen en hijgde in mijn oor: 'Voilà, de geheime beschikking!' Toen pas drong het raadsel tot mij door dat Van Drunens brief bevatte.

De resterende documenten, uitsluitend officiële stukken met betrekking tot mijn functioneren in dienst van het ministerie van Koloniën, verdeelde ik onder Adeline en mijzelf. Onze aandacht richtte zich erop eventuele andere verwijzingen te vinden naar de door Van Drunen genoemde *'beschikking die van hogerhand over de prins werd afgeroepen'*. Dat gebeurde nergens ronduit. Eenmaal echter werd in een interne nota een van mijn vele verzoeken om overplaatsing afgedaan met *'door de bijzondere omstandigheden als vanzelf kansloos'* en een andermaal als *'spijtig vergeefs, gezien de voorbeschikking'*. Zoals altijd wanneer een mens iets zoekt, vonden we de helderste aanwijzing pas in het allerlaatste document van de stapel. Het was een kort bericht van minister van Koloniën Pahud aan gouverneur-generaal Rochussen. Hij reageert daarin op een verbaal van 24 juli 1850 (waarvan een afschrift opvallend in de verzameling ontbrak) met deze woorden:

'Uw uitgesproken bezwaren tegen de benoeming van de prins van Ashanti in aanmerking genomen hebbende, ben ik tot besluit gekomen dat deze door de uitzonderlijke maatregelen, in besloten overleg met Zijne Koninklijke Hoogheid getroffen, afdoende worden weggenomen. Ik zie derhalve geen reden in te gaan op uw aandringen de komst van de prins naar Batavia te heroverwegen.'

Laat keerden we in Buitenzorg terug. Mevrouw Renselaar stond erop mij bij mijn huis af te zetten. Ze had mijn stemming aangevoeld en vrijwel de hele rit gezwegen. Ik bedankte haar voor al haar moeite.

'Veel wijzer zijn we niet,' zei ze en drukte stevig mijn hand. 'O, ik vind het onuitstaanbaar!'

Ik vroeg haar even te wachten en haalde uit mijn kamer het manuscript waaraan ik werkte. Ik vertrouwde het haar toe. Dit deel nam ze in ontvangst zonder aanstellerij.

'Wat betreft de viering van uw jubileum, als u ervan af wilt zien...'

'Doe wat u wilt, het raakt me niet.'

'Dan gelasten we het af.'

'Na al die moeite?'

'Al die moeite is voor u. Ik wil niet dat u erin toestemt om mij te plezieren.'

Hier was mijn kans en ik greep hem niet. In een moment van zwakte deed het me goed haar dat plezier te gunnen.

'Fijn,' zei ze opgelucht, 'want ik heb mijn zinnen op een bepaalde datum gezet. De negende september, schikt u dat?'

'Alle dagen zijn mij eender.'

'Het is de datum van uw eerste aankomst op Java.'

'Ach ja.'

'Tenminste, volgens de stukken.'

'Dan is het zo.'

Toen ze wegreed, ging ik naar binnen. Ahim wilde mij het eten brengen dat hij voor me had bewaard, maar ik had geen geduld en liet het staan. In mijn zak brandde het papier dat ik had buitgemaakt.

Het was eigenlijk te laat om uit te gaan, en toch ging ik op weg naar de kampong. De spanning van de dag had in mij de energie opgebouwd van een jonge vent. Ik verlangde naar ontlading, maar halfweg sloeg ik de velden in. Het was een heldere nacht met volle maan. Ik vond voorbij mijn tuinen mijn weg door de begroeiing tot aan het meertje en ging zitten aan de rand van het zilveren water. Als een kind dat een greep in de snoeppot heeft gedaan, durfde ik mijn vangst pas in deze eenzaamheid te voorschijn te halen.

Het waren niet meer dan twee velletjes, vertaald en opgetekend door een militaire klerk, waarvan ik in het kantoor alleen de eerste regels had gelezen. Zij hadden niets te maken met de feiten die wij zochten. Toch besloot ik in een impuls dat ze in mijn bezit hoorden te zijn en niet in een archief. Ik stopte ze in mijn broekzak zodra Adeline zich even van me had afgewend.

Aan zijne Excellentie de heer Schomerus,
Gouverneur van Elmina,
de dato de tweede maart 1854,

Ik heb uw vriendelijke brief ontvangen betreffende mijn zoon Kwasi Boarche [sic], *die ik naar Engeland* [sic] *zond voor scholing om daarna naar huis terug te keren. Ik heb gehoord en uit uw brief begrepen dat hij weigert naar huis te komen, en u stelt dat dit mij niet al te zeer vermag te verdrieten, in werkelijkheid is het me een groot verdriet dat hij heeft afgeslagen; en aangezien ik verlang naar het zien van zijn gezicht, zal ik u zeer dankbaar zijn als u uw opperste best wilt doen aan zijn meester te schrijven en te vragen hem hierheen te laten komen om mijn gezicht te kunnen zien en daarna terug te keren naar zijn bureau. Ik smeek u mijn verzoek alleen in te willigen opdat ik zijn gezicht kan zien en zijn natuur, om daarna terug te keren tot zijn werk.*

Getekend te Kumasi,
Kwaku Dua, Asantehene der Ashanti

Hieronder had mijn vader niet zoals vroeger een kruis getekend, maar zijn naam in kinderlijke halen.

Niemand heeft mij ooit van dit verzoek van mijn vader op de hoogte gesteld. Ik had de betekenis wel dieper op me in willen laten werken, maar het geheel nog eens lezen kostte mij te veel moeite.

Het schijnsel van de maan deed de letters af- en aandrijven. Mijn ogen waren misschien vermoeid, maar mijn bloed bleef onrustig. Ik besloot mij in het meertje te baden. Toen ik mijn kleren had afgelegd, vouwde ik ze zorgvuldig op. Het oude briefpapier borg ik diep tussen de plooien van mijn pantalon, een eind bij het water vandaan. De Asantehene had inkt gebruikt op waterbasis. Die verdraagt zich slecht met vocht.

Nederlands-Indië 1850-1855

–Kann uns zum Vaterland die Fremde werden?
–Und dir ist fremd das Vaterland geworden.
–Das ist's, warum mein blutend Herz nicht heilt.
Goethe, *Iphigenie auf Tauris*

I

Ze kwamen mee met de harmattan. Turfstrootjes, een zoete geur van hout en stuif van rode zandgrond. Ik zat aan dek in de Golf van Guinee, tweeënhalve dagreis voorbij Dakar. Er was geen ontkomen aan. Op de droge landwind bereikten ons vogels, wit met gele kuif, zoals Kwame die in zijn eerste brief uit Elmina beschreven had. Hoewel ik me voor dit deel van mijn reis had schrap gezet, werd ik er toch door overvallen. Ik viel midden in de conversatie stil. Linse en Lebret, die mij naar Batavia vergezelden, raadden mijn sombere gedachten. Zij schonken mij wat port bij en gunden mij mijn overpeinzing.

Die dag koerste de Sarah Lydia naar São Tomé om water in te nemen. Op aandringen van Linse bleef gezagvoerder Van der Tak zo ver buitengaats dat ik geen glimp van de Goudkust zou kunnen opvangen. Een enkele keer informeerde ik op welke breedte wij ons bevonden, maar niemand wilde mij zeggen wanneer wij Elmina precies zouden passeren. Ik drong niet aan.

Ik voelde geen behoefte Kwames graf te bezoeken. Het was eind mei, drie maanden na zijn overlijden. Hij was inmiddels in mij teruggekeerd. (De dood brengt iemand soms nader dan het leven. Je draagt wat je lief was voortaan bij je. Nooit schiet je meer tekort. Niets valt er nog te verliezen. Niemand komt er nog tussen. Zo stelt de dood dat wat hij ons afneemt, ook voor altijd veilig.)

Linse en Lebret hadden hun opleiding afgerond in Londen. Met drie andere van mijn medestudenten uit Delft stonden zij daar onder leiding van Cornelius de Groot. Ik hoefde dus niemand uit te leggen waarom ik Freiberg had verkozen voor de voltooiing van mijn studie.

Om mij wat uit mijn mijmeringen te wekken, begonnen ze mij uit te vragen over de vorderingen die ik had gemaakt, over het Ertsgebergte, mijn kennis van de mijnen, mijn ondergrondse onderzoek. In het bijzonder wilden ze horen over mijn vriendschap met de beroemde professor Cotta, wiens theorieën zij in Londen slechts schriftelijk hadden kunnen bestuderen. Ik kon hun nog heel wat wetenswaardigheden van mijn mentor overbrengen. Verder ontliepen onze bevindingen elkaar niet veel, hoewel ik meer praktisch onderwijs genoten had en zij meer academisch. Ze gaven toe dat mijn kennis het meest direct van nut zou zijn wanneer wij eenmaal in Indië aan het werk zouden gaan. Zijzelf zagen zich eerder achter een bureau. Wij waren alledrie sinds enkele weken als aspirant-ingenieur in dienst van het ministerie van Koloniën.

'Ik heb gehoord,' zei Lebret tegen me, 'dat jij bij die titel de aantekening "buitengewoon" gekregen hebt. "Buitengewoon" aspirant-ingenieur.'

'Ja, zo staat het op mijn aanstelling.'

'En wat mag dat betekenen?'

'Ik weet het niet. Ik denk...'

'Wat had je dan gewild?' vroeg Linse. 'Dat ze Aquasi met ons over één kam zouden scheren? Jíj bent gewoon, Lebret. Dóódgewoon. Ik al iets minder. Maar Aquasi... onze Aquasi. Die is nu eenmaal buitengewoon. Altijd al geweest. Zal het altijd blijven ook.' Hij bedoelde mij te plezieren.

'Welnee,' zei ik gegeneerd.

'Ik vroeg me gewoon af waarín hij zich dan onderscheidt.'

'Koninklijken bloede,' zei Linse, alsof hem voor de zoveelste keer naar de bekende weg werd gevraagd. Hij was al aangeschoten, maar hij schonk zich nog eens in. Lebret hield zijn glas bij.

'Of heeft het met je studieresultaat te maken? Aquasi, ben jij soms cum laude?'

'Ik ben toch zeker ook cum laude,' zei Linse. 'Ben ik soms niet cum laude? Wou je dat zeggen? Nou en of ik cum laude ben. En hoe!'

'Ik vroeg het me gewoon af. Zo'n aantekening. Waar dat op slaat.'

'Ik heb er niet bij stilgestaan,' antwoordde ik. 'Ik dacht dat ik in alles net als jullie...'

‘Maak je geen zorgen.’ Het gesprek begon Linse te vervelen. ‘“Buitengewoon” klinkt mij verdomd goed in de oren. Of niet soms?’

‘Zo is het. Goed klinkt het, verdomd goed.’

‘En buitengewone dienst vraagt een buitengewone honorering, Aquasi, help ze daar maar aan herinneren!’

Vooral Lebret maakte zich lieve voorstellingen van het leven van een rijksambtenaar in koloniale dienst, zeker als vrijgezel. De eerstvolgende maanden, zo stelden we ons voor, moesten we ons vertrouwd maken met het ambtelijk apparaat te Batavia. Vervolgens zouden we in staat gesteld worden over de archipel uit te zwermen voor zelfstandig onderzoek op het terrein van onze kunde. Van ons werden publicaties verwacht, specifieke studies over land en bodem. Wij zagen ernaar uit onze kennis toe te kunnen passen. Daar aan dek maakten we wilde plannen en fantaseerden over onze toekomstige posities. Eenmaal nog rakelde ik iets op uit onze dagen in Delft, een van de laatste vrolijke avonden waarbij Kwame aanwezig was geweest, maar Lebret bracht het gesprek, bijna onmerkbaar, weer snel op onze toekomst. Mijn vrienden deden erg hun best mijn aandacht af te leiden zolang wij de West-Afrikaanse kustlijn volgden.

Professor Bernhard Cotta had mijn studie bekroond door mij mee te nemen op een inspectiereis langs enkele mijnen in de Tiroler Alpen, die de hele zomer van ’49 in beslag nam. Daarna hield mij weinig anders in Freiberg dan de vele vriendschappen. Altijd was ik welkom ten huize van Von Beust, Breithaupt, Gätschmann, Reich en tal van anderen. Elke vrijdag- en zaterdagavond maakten wij de stad onveilig met onze Kneipverein, waarvan ik Ehrenmitglied was, en iedere dinsdag en donderdag werd ik verwacht bij de dames van het Ashanti-Kränschen. Dat alles én de nabijheid van Sophie in Weimar leek mij veel meer waard dan wat mij elders wachtte. Toch kon ik mijn vertrek met goed fatsoen niet uitstellen. Ik ontving bij mijn laatste maandgeld een brief van minister Pahud van Koloniën waarin hij mij vroeg mijn terugkeer te bespoedigen. Ik draalde nog wat in Dresden, maar nam uiteindelijk met pijn in mijn hart afscheid van Freiberg. Ik wisselde met mijn vrienden silhouetten uit en lokken haar en kreeg tal van briefjes en vriendschapsverklaringen, die ik in het fraaie liber amicorum plakte dat ik van Sophie en Carl Alexander kreeg. Ik gaf opdracht tot het maken van een gravure naar mijn gelijkenis, die hun te zijner tijd zou worden toegezonden. Hierna ging ik eerst naar Weimar om afscheid te nemen van het erfgroothertogelijk paar, maar zij lieten mij niet gaan. Nog enkele weken bleef ik hun gast op Ettersburg.

Wanneer er op het slot brieven van Kwame voor mij arriveerden, werden ze gewoonlijk naar mijn kamer gebracht. Ik nam ze dan mee naar de stenen bank achter het kasteel aan de rand van het bos. Het uitzicht over het brede Thüringerbekken gaf mij altijd het gevoel ver te zijn van alles. Daar durfde ik ze wel te openen.

'Is er nieuws van onze lieve vriend?' vroeg Sophie als zij mij op haar dagelijkse wandeling zag zitten. Aanvankelijk vertelde ik haar dat met Kwame alles redelijk ging, ondanks enkele hindernissen. Ik wilde haar niet verontrusten. Zij rouwde zelf om de dood van haar vader. Maar uiteindelijk las ik haar toch eens enkele passages voor. Deze bevatten verwarde gedachten, waarvan ik de bedoeling niet begreep. Sophie schrok en vroeg mij de hele brief te mogen lezen. Ik gaf hem haar. Ze las en las opnieuw. Toen legde ze hem neer en zei: 'Beloof me dat u hem nooit of te nimmer achterna zult gaan!' Ze nam mijn hand en liet pas los toen ik haar dat beloofd had. Sindsdien lazen wij al zijn brieven samen en probeerden daaruit zijn gemoedstoestand te begrijpen. Soms gaf Sophie mij raad bij het schrijven van mijn antwoorden. Ze vond dat ik niet steeds maar moest proberen hem op te beuren, wat mij vanzelfsprekend leek en me het makkelijkst afging. Nee, ik moest op elk van zijn zorgen afzonderlijk ingaan, zelfs als ze mij futiel leken. Op die manier, dacht ze, zou hij zich minder alleen weten.

In oktober zond ik, op aanraden van Sophie en bijna door haar gedicteerd, een petitie aan haar broer, de nieuwe koning van Nederland, Willem de Derde. Ik schreef hem onder geen beding te willen terugkeren naar de Goudkust. Ik bracht Kwames uitzichtloze situatie onder zijn aandacht, de christenvervolging te Kumasi, de slechte vooruitzichten voor de mijnbouw daar, de vele doden en de minieme opbrengst van de onderneming te Dabokrom. Ik schreef dat het idee van terugkeer mij vervulde met afschuw en vroeg hem om een aanstelling, welke dan ook, die mij in de Nederlanden zou houden. Toen daar geen bevredigend antwoord op volgde, kwam Sophie in opstand. We hadden de dag tevoren juist een angstaanjagend schrijven uit Elmina ontvangen, waarin Kwame beweerde mijn tante te hebben ontmoet, zijn moeder. Sophie vond dat ik dan maar moest weigeren naar Nederland terug te keren zonder garanties voor mijn toekomst en de persoonlijke belofte van de koning dat ik in Nederland kon blijven. 23 Januari 1850 deed ik een brief van die strekking uitgaan.

Een week later kreeg ik de toezegging. Meteen schreef ik dit heuglijke feit aan Kwame, in de hoop dat het hem op zou beuren. Ik dacht dat hij misschien zou inzien dat nu ook voor hem de terugweg openlag. Dat zijn tweede vaderland hem goedgezind was en met open armen wachtte.

Hierna kon ik mijn terugkeer naar Holland niet langer uitstellen. Sophie nam me bij de arm. We hebben samen enkele uren door het Buchenwald gelopen.

Ik arriveerde eind februari in Delft. Met het nieuws van Kwames dood maakte men meer haast dan met zijn brieven. Het bereikte mij per ijlbode al op 6 maart. Direct maakte ik mijzelf verschrikkelijke verwijten. Ik heb hemel en aarde bewogen om te achterhalen of hij mijn laatste bericht nog heeft ontvangen en zo ja, of mijn nieuws slecht gevallen was. Niemand wist het. Geen van mijn brieven werd tussen zijn bezittingen aangetroffen. Een sergeant die met hem te Elmina was gelegerd, heeft mij later het volgende verklaard. Eén dag voor zijn dood trof hij Kwame aan op de omgang van de linkertoren van het fort. Naast hem lag een opengeslagen portfolio met daarin alle documenten die hij bezat. De sergeant herkende onder andere zijn officiële militaire aanstelling, enkele diploma's en stukken correspondentie. Een voor een wierp hij ze uit over zee. Gevraagd naar de reden, gaf hij geen antwoord. 'Ik,' zei hij alleen, 'laat alle woorden vrij!'

'Waarom,' vroeg ik de sergeant, een onervaren jongeman, een kind nog, 'waarom hebt u hem na deze waanzin niet binnenskamers gehouden en tegen zichzelf beschermd?'

De militair had geen ander antwoord dan dit. 'Ja,' schutterde hij, 'ja, maar u begrijpt het niet, de prins zat daar zo tevreden.'

'De boom is omgevallen,' schreef ik aan Sophie, en radeloos vroeg ik me af hoe ik zo dwaas had kunnen zijn om Weimar te verlaten. Nog de avond van de doodstijding keerde mijn hart zich tegen Delft. Na alle moeite die ik had gedaan voorgoed in Holland te mogen blijven, begon de schim van Kwame mijn verblijf ondraaglijk te maken. Ik sliep op onze oude kamer in de kostschool. Alles, maar dan ook alles, zelfs het piepen van de springveren wanneer ik mij in de nacht omdraaide, deed mij aan mijn overleden vriend denken. De spiegels waren afgedekt. De gordijnen bleven gesloten. En dan dat gebroken hart van mevrouw Van Moock. Het halsstarrig zwijgen van haar man. Hij had alle lessen gestaakt en bleef hele dagen lijkbleek bij de haard zitten. Bertje liep van de vroege ochtend tot de late avond op de gang te snotteren. Ik had meer afleiding gevonden in een grafkelder.

Er werd een rouwdienst gehouden in de Oude Kerk. Ik zat op de voorste bank, alleen. Mevrouw Van Moock stond erop met haar man achterin te blijven, zodat ze weg kon vluchten zodra het haar te machtig werd. Onze vrienden waren uit Delft vertrokken. Enkele banken achter mij zag ik slechts belangstellenden uit de middenstand, die ik verdacht van ongezonde nieuwsgierigheid.

Toen onze oude dominee de kansel besteeg, verbaasde mij zijn strenge blik. Hij legde zijn handen om de houten balustrade. Stevig. Ik zag de knokkels wit worden. Hij zette zich schrap en opende zijn mond. Er was iets aan zijn houding dat mij zo verbijsterde dat ik de eerste zinnen van zijn herdenkingsrede miste. Toen wist ik het: er was nergens een glimlach. Ik keek nog eens om. Niets. Alle gezichten even uitgestreken. Zelf had ik om Kwames dood geen moment van opluchting gevoeld, dat niet, laat staan enige blijdschap, maar de ernst van deze bijeenkomst leek mij ineens zo harteloos. Ik keek omhoog en zag mijn vriend boven op een van de steunberen van het transept zitten. Hij zat wijdbeens en bewoog zijn hele lijf vanuit zijn middenrif op een onhoorbaar ritme. Die aanblik verzachtte mijn gemis. Eén vrolijke tel was daar in mij uitgelatenheid. Toen drong de stem van Molenkamp tot mij door.

Zijn toon had iets verongelijkts. Alsof hem persoonlijk onrecht was gedaan. Hij koos als tekst 'De uitzending der apostelen ter verkondiging van het Woord Gods'. Hij benadrukte, zelfgenoegzaam, dat hij ons als missionarissen had willen uitzenden, 'gelijk Christus de apostelen, twee aan twee'. Prins Quame, zei hij, had dit echter pertinent geweigerd. Hij roemde de toewijding waarmee Kwame ons geloof had bestudeerd, maar liet er geen misverstand over bestaan dat zijn geloof niet sterk genoeg, zijn oude dwaling te hardnekkig was gebleken. Het is niet anders, zelfmoordenaars wacht de hel. Molenkamp zei het niet met zoveel woorden, maar schudde wel zijn hoofd en vroeg ons zoveel mogelijk voor zijn vergiffenis te bidden, waarna hij zijn ogen sloot en stilviel. Ik deed mijn best, maar mijn blik werd omhooggetrokken. Hoewel ik daar niets meer zag, gaf ik in het wilde weg een knipoog.

Na de dienst ontdekte ik tussen de belangstellenden Van Drunen. Hij wist zich geen houding te geven. Ik heb hem gezegd zich geen verwijten te maken. Datzelfde hield ik de Van Moocks dagelijks voor. Zelfs de gezant van het ministerie heb ik gevraagd die boodschap over te willen brengen aan zijn overste en hetzelfde aan koning Willem de Derde, die tot mijn verbazing bij de plechtigheid verstek liet gaan. Alleen dominee Molenkamp heb ik niet getroost. Bij het uitgaan van de kerk greep hij mijn hand, maar uitgestoken had ik hem niet.

De volgende dag richtte ik een uitdrukkelijk verzoek aan de minister van Koloniën om een aanstelling in Nederlands-Indië. Dat leek mij ver genoeg van mijn verdriet verwijderd en toch niet helemaal vreemd.

Ik werd ontvangen door staatsraad De Veer. Hij was zonder sympathie voor mijn zaak en wilde mij alsnog overhalen naar de Goudkust terug te keren. Hij somde op hoeveel geld ik de Nederlandse Staat de afgelopen dertien jaar had gekost. Of ik nog van plan was mijn schuld eens te vereffenen. Toen ik antwoordde dat ik Nederland beschouwde als mijn vaderland en niet anders verlangde dan mij er nuttig voor te maken, lachte hij schamper.

'Ik bezit andere informatie!' zei hij minachtend, maar weigerde bron of feit te noemen. Misschien, als ik toen tactvol had doorgevraagd en ontdekt had welk spel er met mij gespeeld werd... Maar ik verloor mijn zelfbeheersing. Een woordenwisseling volgde en uiteindelijk werd mij onder zware beschimping de deur gewezen. Hierna bleef het enige tijd stil. Een audiëntie die ik bij Willem de Derde had aangevraagd werd mij door mijn oude vriend niet toegestaan. Ik stuurde hem, licht verontrust, een brief, vertelde hem van mijn onderhoud met staatsraad De Veer en vroeg hem of hij soms iets wist van aantijgingen tegen mij. Ik betuigde ten overvloede mijn oprechte aanhankelijkheid, maar een antwoord ontving ik niet.

Ten slotte kwam van het ministerie van Koloniën toch het aanbod als buitengewoon staatsbeambte naar Indië te vertrekken. Ik was al blij dat mijn verzoek werd ingewilligd, toen mijn oog viel op het bedrag dat mijn beloning zou bedragen: zeventig gulden per maand. Ter vergelijking: mijn maandgeld te Freiberg bedroeg al tweehonderd gulden, uitsluitend voor mijn levensonderhoud. Had ik de post aangenomen op de Goudkust dan zou ik uiteindelijk vijfduizend gulden 's jaars hebben verdiend. Wat kon ik zeggen? Ik wilde weg.

7 Mei ging ik scheep. Aan boord van de Sarah Lydia trof ik, tot mijn geluk, mijn oude vrienden Linse en Lebret. Nog op de rede stuurde ik aan de graveur in Freiberg, die mijn portret voltooid had, mijn goedkeuring die prent aan al mijn kennissen rond te zenden. Ik gaf hem opdracht er nog een onderschrift aan toe te voegen en wel dit: *'Die Freundschaft ist unabhängig von Stand, Entfernung, Volk, Religion, Sitten und Gebrauchen; Sie verbindet den kalten Norden mit dem glühenden Süden; Ohne sie wäre die Erde eine Wüstenei.'*

We zeilden niet ver voorbij São Tomé of het bericht ging rond dat Neptunus aan boord gekomen was. Volgens oud gebruik zou hij iedereen dopen die voor de eerste maal de evenaar passeerde. De bemanning had naar dit evenement uitgezien en kwam ons halen. De zeegod zat op een troon van vaten. Hij was geel en groen gevlekt en droeg een kroon van touw. De jongste matrozen werden ingesmeerd met pek en geschoren met een balein. Daarna werden de stakkers gedoopt. Men liet ze aan een touw van bakboord neer. Voor de passagiers had men een lichter corvee. Linse vermaakte zich wel en bood zich als eerste aan. Zijn bovenlichaam werd ontbloot. Zijn handen werden achter zijn rug geboeid. Enkele vruchten waren in een waterton gegooid en overdekt met stroop. Men dwong hem te knielen en er met zijn mond een appel uit te halen. Toen dit hem uiteindelijk gelukt was, boende men met een borstel de kleverige massa van zijn gezicht. Hierna was Lebret al minder happig. Hem boende men zo hard dat zijn wangen er zowat van bloedden.

Toen mijn beurt kwam, liep ik als verdoofd op de ton toe. Ik ontdeed me van mijn hemd en stak mijn handen al uit om ze te laten binden. Toen zag ik Kwame tussen de joelende scheepslui. Hij sprong uitgelaten op en neer en schimpte met de anderen mee. Ja, hij spoorde hen aan mij tot het ritueel te dwingen. Toen men mij wilde laten knielen, vond ik de kracht mij hiertegen te verzetten. Met luide stem eiste ik te worden losgemaakt. Ik verklaarde niet aan gebruiken mee te willen doen die niet de mijne zijn. Men maakte mij voor lafaard uit, maar ik volhardde. Ik kocht mijn doop af met een fles jenever voor elke drie man. De rest van de dag gunde men mij enkel minachtende blikken, maar ik was bijzonder tevreden met mijzelf.

Dat gloeien van het zuiden viel nogal mee. De Sarah Lydia vorderde traag. Na enige schade te hebben opgelopen in een storm voor de kust van Angola, gingen we van boord in Lüderitz, Zuidwest-Afrika. Het was er bitter koud, maar wij werden vriendelijk ontvangen door de Duitse bevolking. Men gaf te onzer ere een bierfeest rond een kampvuur in de woestijn. Een blaaskapel speelde. Ik at de gebraden worstjes met krakeling, waar ik in Freiberg zo op gesteld was geraakt en heb gedanst op enkele volkswijsjes die ik van de kinderen in het park van Freiberg had geleerd. De Duitse kolonisten waren verrukt dat ik hun eenvoudige dansen kende. Ieder wilde mij de hand schudden alsof ik een oude vriend was, want zij kenden mij van naam. Nog geen vijf weken tevoren had de kleine boerengemeenschap namelijk bezoek gekregen van een drietal ontdekkingsreizigers, die aan het hof van Weimar waren ontvangen. Ik kende hen wel. De Bürgermeister wist te vertellen dat zij alledrie, twee mannen en een vrouw, niet ver van daar waren opgegeten. Ik ben die avond aan boord gegaan en wilde er de rest van ons verblijf niet meer af komen.

De kou van de zuidelijke winter maakte het ons de hele maand juli onmogelijk aan dek te zitten. Elke avond was ik enkele uren met Linse en Lebret in de eetzaal. De portwijn en het schaakspel leidden ons wat af, maar slecht weer en ongezelligheid dreven ons steevast voor tienen terug naar onze brits. Zo was ik lange dagen en nachten veroordeeld tot mijn kleine kajuit. Ik probeerde wat te lezen, maar hield mijn gedachten er niet bij. In afzondering vond ik nergens afleiding voor mijn twijfels.

Opnieuw liet ik alles achter. Alweer zou ik mij een nieuwe cultuur eigen moeten maken. Het hart van een nieuwe bevolking zou door mij begrepen en gewonnen moeten worden. Hoe zou men op mijn verschijning reageren? Weer wist ik dat alles voorgoed voorbij was, zonder te begrijpen wat mij wachtte. De eerste keer verborg ik mij nog met Kwame in een tempel van karton. Nu kon ik bij niemand schuilen. Ik kroop onder de dekens om niet te zien wat voor mij lag.

Er is mij eens iets grappigs overkomen in een herberg in Tirol. Professor Cotta en ik hadden er juist onze intrek genomen en zaten te dineren toen een kamermeid hem in zijn oor kwam fluisteren. Zij vroeg of het wel zin had mij een bed met schoon linnengoed te geven, aangezien het toch helemaal zwart zou worden wanneer ik ging liggen. De professor wuifde het wicht weg. We hebben er samen hard om gelachen, maar 's nachts overviel me een enorme mensenmoeheid. Alsof ik mijn leven lang door een moeras gewaad heb zonder een meter vooruit te komen. Dat zijn voor mij de angstigste momenten, wanneer ik het vechten liever op zou geven. Met het ouder worden nemen die in frequentie en hardnekkigheid eerder toe dan af.

Nadat de Kaap gerond was en wij naar Madagaskar koersten klaarde het weer op. De Indische Oceaan is echter verraderlijk. Wij werden getroffen door twee zware stormen, die we overleefden door af te meren in de haven van Saint-Denis op het Franse eiland Réunion. Daar trof ik een eigenaardig paradijs. Vele volkeren leven er samen in volstrekte harmonie. Hindoe, mohammedaan, boeddhist en katholiek vieren er hun feestdagen gezamenlijk. Ze nemen elkaars heiligen over en zelfs de Franse bisschop gaat de animisten voor bij het offeren van vruchten, rum en tabak aan de geesten van de overledenen. De slaven, die sinds twee jaar vrij zijn, hebben geen bloed vergoten en lijken niet rancuneus. Ze bewerken hun eigen stukje land, samen met Chinezen en creolen. Er zijn twee vulkanen, waarvan er een voortdurend werkt. Regelmatig en zonder enig gevaar verlengt deze het eiland met vele meters vruchtbare grond, zomaar, alsof God gedacht heeft: ja, dit experiment verdient te worden uitgebreid. Het klimaat is er zo divers dat alle planten van de wereld er gedijen. Men leeft van de vanilleteelt. De welvarende vrolijkheid van dit zoete eiland haalde mij uit mijn sombere gedachten.

Twee dagen zeilden we alweer, toen – geloof het of niet – in de netten een jong hert werd gevangen. Het leefde nog, en toen het van de schrik was bijgekomen dartelde het over dek. Op Réunion komen geen herten voor en wij bevonden ons op open zee! Niemand begreep hoe dit wonder kon geschieden. Ik was euforisch. Leven dat gedijt waar het is terechtgekomen!

7 September voeren we dan eindelijk Straat Soenda binnen. Wij zeilden voorbij de eilanden Krakatau, Dwars-in-den-weg, Toppershoedje en Brabandshoedje. Omdat de wind niet gunstig was, gingen we bij de Menseneter voor anker. Direct naderden schuitjes met Javanen, die waar wilden verkopen. De eerste die aan boord kwam ventte pisangs. Hij bracht een papegaai mee en twee kinderen, van wie de jongste met noten rondging. De man droeg lang haar en een wijde rok. Zijn bovenlijf was naakt. Hij sprak met Linse en Lebret, met Van der Tak en alle Nederlanders die hij kon vinden. Mij echter bood hij zijn waar pas aan nadat ik hem uitdrukkelijk had gewenkt. Hij leek zeer verrast dat ik een eigen beurs droeg en met munt betaalde. Toen zond hij ook zijn zoontje op me af, van wie ik een handvol kocht.

De volgende ochtend stak een wind op. Met de rede van Batavia al in zicht passeerden wij nog Middelburg, Amsterdam, Haarlem, Rotterdam en Onrust. Daar raakten wij verzeild in een mastbos en een veelkleurigheid van aller lande schepen. In een wemeling van prauwen moesten wij voor anker. Onze reis had vier maanden geduurd, maar formaliteiten en medische controle hielden ons nog een dag langer aan boord. De haven was grauw zover wij konden kijken. De handelshuizen waren in verval. De hele benedenstad leek te bestaan uit pakhuizen en kantoren. In de verte stak het groen van de heuvels zwart af tegen de lucht. Overal was rook. Dit panorama miste het roze azuur en de zachte contouren van de Indische eilanden onderweg.

Gustaaf van Saksen had vanuit Weimar voor mij logies geregeld bij zijn vader, hertog Bernhard, die tot mijn grote vreugde op dat moment te Batavia commandant was in het Oost-Indische Leger. Ik liet onmiddellijk een brief voor hem aan wal bezorgen. Gezamenlijk lieten wij bovendien onze aankomst berichten in *De Bataviasche Courant.* Linse verwachtte dat hierop de invitaties van de families met huwbare jonge dames zouden binnenstromen. Daar klonken wij op en nog eens en steeds weer.

9 September lieten wij ons met een snijdende koppijn neer in de sloep. Die voerde ons door een lang en stinkend kanaal, de Tjiliwoeng of Grote Rivier. Links en rechts stonden grachtenhuizen. Ze waren verlaten en zagen eruit als na een veldslag. Achter de Uitkijk, een seinpost, zette men ons aan een modderige wal, waar we ons met moeite overeind hielden. Lebret werd onwel bij het zien van een waroeng met geroosterde vis, gaf over achter het stalletje en vroeg de ventster om water, dat hem niet gebracht werd. Nadat onze koffers door enkele ambtenaren waren geopend, liet men ons gaan. Daar stonden we, wankel, in het gekrioel buiten het poortgebouw. De zon was veel te fel, de drukte te luid voor onze geteisterde hoofden. Goddank kwam uit de menigte een officier naar voren. Hij meldde dat de hertog van Saksen mij verwachtte in het oude stadhuis om mij vandaar naar de bovenstad te brengen, waar ik in zijn woning aan het Waterlooplein te gast zou zijn. Enkele koelies droegen onze bagage al die richting uit. Ik zag mijn koffer nog juist tussen een menigte Chinezen verdwijnen, zwiepend aan een eind bamboe.

De hertog heette ons hartelijk welkom. Wij dronken thee in een kamer op de eerste etage, die hem voor zijn werkzaamheden ter beschikking stond. Hij informeerde naar de reis en onze plannen. Lebret en Linse wilden logement gaan zoeken, maar Bernhard van Saksen gaf hun het adres van de weduwe van een Dresdener koffieplanter, die hun graag verblijf aanbood tot zij passende bewoning hadden gevonden. Mij vroeg hij zijn huis als het mijne te beschouwen.

Hij vertelde ons deze anekdote. Het jaar tevoren, na de slag bij Djagaraga, had hij bij zijn woning een slametan, een dankmaaltijd, georganiseerd voor zijn mannen. Zij zaten gerangschikt naar compagnie aan grote tafels op het Waterlooplein. Onder hen, vertelde hij trots, bevond zich een regiment van meer dan vijfhonderd Afrikaanse soldaten, rekruten van mijn vader in het Koninklijk Nederlands-Indische Leger, die zich in de Balinese strijd bijzonder moedig hadden getoond. Maar liefst eenenveertig van hen werden onderscheiden met een Medaille voor Moed en Trouw. (Deze werd speciaal voor hen ingesteld, in plaats van de gewoonlijke Militaire Willemsorde voor Moed, Beleid en Trouw. *Beleid* werden de Afrikanen namelijk niet geacht te hebben.)

Toen gouverneur Rochussen die avond met hertog Bernhard een ronde maakte om zijn mannen te bedanken, waren de 'blanda itams' als één man opgestaan om een eredronk uit te brengen. Een van de Afrikaanse officieren had daarbij uitgeroepen: 'Koelit itam, ati ati mas!', wat zoveel wil zeggen als: Wij hebben een zwarte huid, maar harten van goud!

Na een klein uur diende zich iemand aan met wie de hertog een gesprek moest voeren. Om ons niet langer op te houden, liet hij een rijtuig inspannen dat ons alvast naar Weltevreden zou brengen, de nieuwe wijk waar alle fatsoenlijke bewoning zich bevond. We namen kort afscheid en spraken af voor het avondmaal, waarna we hem aan zijn werk lieten.

Aan de overkant zagen wij enkele rijtuigen wachten, waaronder wij het onze vermoedden. Wij staken het plein over. Ik was nog niet op de helft, toen ik van opzij stevig bij mijn pols gegrepen werd. Ik schrok en probeerde te zien wie mijn aanvaller was, maar hij had de zon in zijn rug. Een forse gestalte met een krans van blond haar. Linse herkende hem als eerste: 'Cornelius! Man, je lijkt wel een kreeft!'

Ik maakte me los en schermde mijn ogen af. De Groot droeg een witlinnen pak en was roodverbrand. Hij veegde zijn voorhoofd met een doek. Er lieten enkele schilfers los.

'Hoe is het mogelijk,' zei Lebret. 'De eerste die we tegenkomen, en het is meteen raak!' Ze schudden hem de hand, sloegen hem op de schouder en wisselden enkele woorden over Londen en hun studietijd aldaar. Ze wilden hem de reden van onze komst uit de doeken doen, maar daarvan was hij op de hoogte.

'Het mag jullie verbazen,' zei De Groot, 'maar ik ben hier niet toevallig.' In zijn linkerhand had hij een wandelstok waarmee hij onrustig tegen de hiel van zijn laars tikte. Toen hij zag dat mijn aandacht erdoor getrokken werd, hield hij op. 'Ik wist dat jullie in aantocht waren.'

'Zie je nou!' zei Lebret. 'En jullie nog twijfelen of zo'n dagbladannonce wel zijn werk zou doen!' Hij keek rond of er nog anderen op hem wachtten, bij voorkeur jonge dames zonder chaperonne. De Groot liet nu de greep van zijn stok enkele malen zachtjes op de palm van zijn hand neerkomen. Het ding was verguld en had de vorm van een varaan.

'De komende tijd,' zei hij, 'zullen jullie nog meer van me zien dan je lief zal zijn.' We lachten vriendelijk.

'Dat lijkt me sterk,' zei Linse.

'Van jou ziet een mens niet gauw genoeg,' vleide Lebret en ik vroeg me even af of hij het meende. Ik hield het voor mogelijk dat er in Engeland een vriendschap tussen de mannen en hun supervisor was gegroeid. En waarom ook niet? De jaren veranderen een mens. Kijk alleen maar eens hoe het leven mij in enkele maanden had veranderd.

'Aquasi?'

'Wat?'

Alledrie keken ze me aan en verwachtten iets van mij.

'Cornelius vraagt,' schoot Linse me te hulp, 'of het je bevalt terug in de tropen te zijn.'

Wist ik het? Ik kon hier toch onmogelijk gevoelens over hebben. Alles gebeurde mij te snel. Ik wilde ter zake komen.

'Wij komen als aspirant-ingenieurs,' zei ik. 'Wij zijn in dienst van het nieuwe departement van de Mijnen.'

'Is dat een antwoord?'

'Ik bedoel, vraag me nog eens hoe het mij hier bevalt wanneer we ons hebben ingewerkt. Misschien, als we onze plaats hebben gevonden, misschien dat ik dan...'

'En als we dan misschien een lief wijfje hebben gevonden,' nam Lebret het over. 'Ja, kom me dan nog eens vragen of ik het hier niet naar mijn zin heb.'

Cornelius klemde zijn wandelstok onder zijn arm en trok opnieuw zijn zakdoek te voorschijn. Hij bette omstandig zijn hoofd.

'Nog maar niet te hard van stapel lopen, jongens,' zei hij uitgestreken. 'Voorlopig zijn jullie nog aspirant.'

'Ja,' grinnikte Lebret. Hij had in zijn naroes nooit door wanneer zijn gemoedelijkheid te ver ging. 'En jij bent zo te zien voornamelijk transpirant!'

Cornelius borg zijn zweetdoek weg, pootte zijn stok in de grond en ging er eens goed voor staan. 'Dat departement van de Mijnen van jullie, wel, daarvan sta ik aan het hoofd.'

'Krijg nou wat!' Linses mond viel ervan open. 'Knelis toch! Nee, is het heus? Knelis, jongen!' Hij greep zijn hand en feliciteerde hem. Lebret volgde en ik deed niet anders.

'Dan stel ik voor dat wij vertrekken,' zei Cornelius. 'Ik verwacht jullie morgenochtend op mijn bureau. Bekijk de stad nu het nog kan. Na vandaag hebben jullie al je tijd nodig om je in te werken. Hou er rekening mee dat jullie snel zullen worden doorgezonden, waarschijnlijk al volgende week. Linse wordt voor het eind van de maand verwacht op Sumatra.'

'Sumatra, goeie God!'

'We hebben daar uitbreiding in de bauxiet. De stukken liggen voor je klaar.' De Groot leek plezier te hebben in de verwarring die hij zaaide. Hij kon een glimlach niet onderdrukken. 'En Lebret, jongen, jou zend ik nog een eindje verder. Hoe lijkt jou Borneo? De gezant daar maakt melding van kopervondsten buiten Balikpapan. Iemand moet proefboren en daarna die hele operatie leiden.'

'Maar Cornelius, serieus, we hebben net vier maanden gereisd.' Lebret was op slag nuchter.

'Volgens mijn informatie hebben jullie...' – De Groot haalde een notitieboekje uit zijn vestzak en sloeg het open – 'ja, ...al op de eerste mei een voorschot ontvangen. En een ruim ook, als ik het zeggen mag. Klinkt het nu dan onredelijk als wij daar eens iets voor terugeisen?'

'Goeie God, De Groot, ik vraag ook niet meteen verlof of iets, maar alsjeblieft, zeg, kijk, mijn benen zijn nog niet eens gewend weer op de grond te staan.' Linse zwabberde met zijn knieën ter illustratie. 'En dan direct al naar Sumatra.' Lebret viel hem bij.

Zolang ze aan het soebatten waren, verwachtte ik ieder moment ook mijn bestemming te horen. Het maakte me op dat moment weinig uit waar ik terecht zou komen. In de drukte om mij heen ving ik bepaalde blikken op. Ik was ze ontwend. De nieuwsgierigheid van vreemden was mij tijdens mijn reis bespaard gebleven. Nu ik weer onder de mensen was, zo midden op het plein, stak het bekijks mij. Een of andere rijksambtenaar liet zijn riksjaloper inhouden om mij te kunnen bestuderen. Achter een parasol, die nu al zijn derde rondje over het plein maakte, ontdekte ik de grote ogen van een ouder echtpaar. Ik kon er niets aan doen: ik trok mijn lippen op en deed alsof ik naar ze gromde. Ik zag ze niet meer terug. Een groepje Chinezen keek mijn richting uit en was daarbij in druk gesprek. Een diender, die Linse en Lebret zag gesticuleren, kwam kijken of ik geen amok maakte. Toen hij zijn vergissing inzag en merkte dat ik bij de heren hoorde, bleef hij toch in de buurt hangen, voor de zekerheid.

Afzondering, bedacht ik, zou mij niet onwelgevallig zijn. De verpletterde aanblik van Lebret, die zijn kans op huwbare jonge dames van stand verkeken zag, gaf de doorslag. Zonder goed te weten waar ik aan begon, stelde ik voor in zijn plaats naar Balikpapan af te reizen. Lebret keek me dankbaar aan, maar De Groot leek het niet gehoord te hebben. Toen ik mijn verzoek herhaalde, zei hij, zonder de moeite te nemen me hierbij aan te kijken: 'Dat zal niet gaan, prins Aquasi, met u heb ik andere plannen.'

'Andere plannen?' vroeg ik, maar Cornelius ging er niet op in.

'Jullie hebben logies?' vroeg hij.

'Aquasi heeft het voor elkaar, die logeert bij de hertog van Saksen.' Lebret liet hem de aanbeveling zien die Bernhard had geschreven. 'En wij gaan hier ons geluk proberen.'

Cornelius las het adres op de enveloppe zonder interesse.

'Tja, wat Aquasi's logement betreft' – hij sprak nog steeds alsof ik niet aanwezig was – 'heb ik een advies.'

'Wat voor advies?' Ik ging voor hem staan, zodat hij me wel aan moest kijken. 'Wat voor advies, Cornelius?'

'De hertog van Saksen is een drukbezet man. Hij is hier met een bepaalde opdracht. Daarbij is het van belang dat hij zo min mogelijk gestoord wordt.'

'Ik zal eraan denken.'

'Om je nuttig te kunnen maken, moet het voor mij mogelijk zijn elk moment van de dag een beroep op je te kunnen doen.'

'Geen probleem.'

'Bernhard van Saksen is kleinbehuisd. Het zou bijzonder onrustig voor hem worden. Schrijfwerk in de nacht. Bodes over de vloer op ieder mogelijk uur. Onderbreking van de maaltijd.' Hij wachtte even of zijn bedoeling tot mij doordrong. 'Ik heb op mijn erf een kamer voor je laten inrichten. Heel vrij. Je zal je wel thuis voelen.'

'Dat is genereus, maar ik wil mijn "goede vriend" liever niet teleurstellen.'

'Ik ben misschien niet duidelijk.' Hij nam mijn arm en voerde mij een eindje bij de anderen vandaan. 'Laat ik het zo zeggen. Je staat onder mijn gezag. Dit is de eerste dag van een heel lange periode waarin je aan mij verantwoording verschuldigd bent. Ik ben van mening dat het onverstandig is die "goede vriend" van jou met jouw aanwezigheid te belasten.'

Er klonk venijn. Zijn vingers drukten stevig in mijn vlees.

'Ik neem aan dat je het wel met me eens bent?'

Ik keek om naar Linse en Lebret, die onhandig probeerden niets te merken. Ik hoorde de een tegen de ander zeggen: 'Dat is dan zeker wat met "buitengewoon" bedoeld wordt.' Het leek me onverstandig Cornelius direct na aankomst tegen te werken. Tevreden keerde hij zich om.

'Het is voor elkaar! We zijn eruit.' Charmant opende hij de deur van een rijtuig, liet Linse en Lebret instappen en zwaaide ze na. Toen ze uit zicht waren, sloeg hij een arm om mijn schouder en sprak gemoedelijker.

'Zie je, vriend, het gemak van een secretaris is nu juist dat hij je dag en nacht ter zijde staat.' Ik dacht een tel oprecht dat hij mij een secretaris toe zou wijzen. Toen drong het tot me door.

'Ik ben niet opgeleid voor bureauwerk,' zei ik kalm. 'Mijn terrein ligt ondergronds.'

'Heel ongezond, dat onderaards gewroet. Daarvoor ben je ons te kostbaar.'

'Ik ben ingenieur, dat weet je best.'

'Aspirant. Natuurlijk. Daarom is wat ik in petto heb juist zo gepast. We trekken allebei profijt. Ik heb een klerk die ik onder het dicteren niet elke term en techniek hoef uit te leggen, en jij kunt je vertrouwd maken met de finesses van alle ondernemingen in de Oost. Wat een verantwoordelijkheid! Wat een uitstekende voorbereiding! Alle administratie zal door je handen gaan. Je leert de juiste mensen kennen. Krijgt inzicht in geheime missiven. Geen detail zal je ontsnappen. Er zal in de koloniën niemand zijn die zo'n toegang heeft tot nieuwe bouwplannen. Expertise. Nieuwe technieken. En dan het cijfermateriaal. De kosten van beheer. Een onschatbare leerschool.' Hij stapte in zijn rijtuig. Ik volgde hem en ging tegenover hem zitten.

'Ik ben uitgeleerd, Cornelius.'

'Dat denk ik niet.' Hij leunde naar me over. Zijn blik schoot van links naar rechts over mijn gezicht en hij kreeg plezier in het weerzien. Hij nam mijn handen in de zijne en schudde ze nog maar weer eens. 'Jij en ik, weet je nog, in het zand langs de vliet? Hele middagen. En nu weer hier! Wie had dat gedacht, wie had dat gedacht! En nu hier!' Hij liet zich terugvallen in de kussens en genoot van de herinnering. 'Weet je dat jij de enige bent die ik ooit heb leren vechten? Ja, ik was daar gek, ik ga toch een ander niet leren hoe hij mij moet verslaan. Maar jou, ja. Jij had het nodig. En je was niet slecht. Niet slecht. Het had zelfs iets kunnen worden. Maar ja, je hebt het opgegeven.'

'Helemaal niet. Jij wilde niet meer.'

'Is dat zo? Ik dacht het toch niet, jongen. Is dat zo?'

De koetsier wilde het deurtje, dat nog openstond, sluiten. Cornelius liet hem daarmee wachten.

'Hoe dan ook,' zei hij, 'de lessen worden hervat. Dus als u zo vriendelijk zoudt willen zijn...' Hij gebaarde mij weer uit te stappen. 'Mijn secretaris rijdt op de bok.'

Ik lachte omdat ik dacht dat hij een grapje maakte. Maar het was hem ernst. Hij tikte zelfs met zijn wandelstok tegen mijn schenen om me te haasten. Het bloed schoot naar mijn hoofd. Ik had me op hem gestort als ik niet uitgerekend op dat moment alle ogen op me gericht wist. In een flits zag ik toeschouwers, die elkaar achter hun hand dingen toefluisterden. Ik stond op, zo kalm als dat ging, stapte uit, smeet het deurtje achter me dicht en klom naast de koetsier op de bok. Zo reden we langs de Molenvliet naar Weltevreden. Ik heb van de hele route niets gezien, zo klopte het tegen mijn slapen.

Mijn kamer was klein en eenvoudig, maar voldeed. Hij bevond zich achter de villa van De Groot aan het eind van het erf en was alleen door de mandiruimte gescheiden van de bediendewoning. Na aankomst heb ik enkele uren in bed gelegen. Tegen zessen nam ik een bad en kleedde mij voor het avondmaal. Aan boord had ik wat pap gegeten, verder niet. Ik was bijzonder hongerig en rook de keuken. Toen ik een blik naar binnen wierp, zag ik daar een overvloed aan vis, vlees, gevogelte en vruchten. De keukenhulp schrok toen ik naar binnen wilde gaan en hief zijn mes om mij te verjagen, maar ik toonde hem de binnenkant van mijn handen ten teken dat ik ongevaarlijk was. Nadat ik hem enkele complimenten had gemaakt, vertelde hij dat zijn meester vanavond groot gezelschap te gast had. Ik betrad de veranda en maakte kennis met Oerip. Zij was de njai, dat wil zeggen: de vrouw des huizes. In de ruimste zin van het woord. Zij was de eerste inlandse die mij zonder aanmoediging durfde aan te spreken. Ze bleek veel van mij te weten en informeerde naar mijn welzijn. Ze leek me zachtaardig, en toen ik haar vroeg naar de aard van haar taak, prees zij Cornelius om zijn goedheid.

Hierop hoorde ik in huis een gezelschap. Ik vroeg of de gasten voor het diner waren gearriveerd. Zij weifelde, maar ik ging gewoon naar binnen. Er waren twaalf gasten. Toen hij mij zag, wenkte De Groot mij verder te komen. Joviaal stelde hij mij voor als zijn goede oude vriend en nieuwe rechterhand, de Afrikaanse prins Aquasi Boachi. Aanwezig waren de heer en mevrouw Dijkstra, ambtenaar van 's staats belastingen; de heer Galant, tekenaar bij 's lands Plantentuin in Buitenzorg, in gezelschap van zijn vrouw en dochter; twee officieren en een aalmoezenier. Verder een mondaine verschijning in een japon die de schouders onbedekt liet. Zij stelde zich voor als jonkvrouwe Van Ketelaar, hoewel ik nooit van zo'n familie had gehoord. Dan had je Verwer, een adjunct voor de civiele geneeskundige dienst, en de heer Van Ophemert, handelaar in koffie, met zijn oudste zoon.

Voor men aan tafel ging werd een aperitief gedronken. Cornelius bood mij het sap aan van een papaja, vermengd met een schiedammer. Op mijn lege maag kwam dat hard aan, maar het animeerde ons gesprek. Toen Cornelius iets te luid mijn connecties met het koningshuis onthulde, wilde men van alles weten. Gelukkig ben ik zeer discreet.

Tegen zevenen werd de gong geluid. Men stond op en ging naar de eettafel. Ik was juist in gesprek met juffrouw Galant. Ik bracht haar naar haar plaats en schoof haar zetel aan. Toen pas keek ik goed rond. Iedereen zat. Voor mij was er geen stoel. Ook lag er geen couvert open. Cornelius, die tegelijk bevel gaf op te dienen, zei luid en over tafel tegen mij: ‘Kokki heeft op je gerekend. Je zal zeker van allerlei heerlijks vinden. Eet smakelijk!’

Er restte mij niets anders dan het gezelschap bon appétit te wensen.

Het was donker. Op het veldje voor de keuken zag ik een kring bedienden gehurkt op de grond, vrolijk rond een grote pan. Ze lachten en kwetterden met hoge stem, terwijl ze met één hand het voedsel naar binnen schoven. Het water kwam me in de mond. Ik schepte moed en liep op ze toe. Toen ik naderde vielen zij stil. Oerip stond uit hun midden op. Ze nam een kom en vulde die met rijst. Daarna schepte ze een lepel roodbruin draadjesvlees. Ze gaf mij dit, maar hield haar ogen van schaamte neergeslagen. Ik bedankte haar vriendelijk. Zij ging weer zitten, maar at niet. Ook de anderen vergaten hun voedsel. Sommigen keken naar mij op, anderen juist recht voor zich uit. Ik aarzelde of ik naar mijn kamer zou gaan. Maar ik trok mijn broekspijpen op en liet mij op de grond zakken. De jongste maakte wat plaats voor mij en lachte vriendelijk. Hij deed voor hoe ik met mijn hand mijn rijst het best kon eten. Ik deed hem na, waarna hij knikte en verder at. Twee stonden op en zonderden zich af, later volgde een derde hun voorbeeld. De anderen hervonden hun eetlust, maar ze spraken niet meer. Ik nam enkele happen. Het was niet onsmakelijk, maar de saus was zó heet dat mijn ogen volschoten en mijn neus begon te lopen.

2

'Je hand! Je hand, verdomd, Boachi, hou me dan in jezusnaam toch beet, man! En zeg die krontjong dat ik zijn kop afsla als we die rotsen raken. Is-ie blind? Daar heb je het! Heregod, te laat, we gaan! We gaan! Maar laat me dan verdomme toch ook los. Moet ik jou als we verzuipen ook nog om mijn nek hebben hangen?'

Er zijn twee dingen die Cornelius nooit zijn gelukt: zonder brokken zijn wijn ontkurken en zijn waardigheid behouden op zee. In beide gevallen was ik onmisbaar. Van een eenvoudig liploodje tot een champagnedop, met een trekker of een schroef, een fles kreeg hij onmogelijk open. Niet dat Cornelius' handen te grof waren, maar zijn kracht en ongeduld zaten iedere zorgvuldigheid in de weg. Toch probeerde hij het ontkurken altijd eerst zelf. Daarna douwde hij mij alles in handen, morrend alsof men hem had gevraagd iets onmogelijks te volbrengen. Als ik dan de kurkrest had verwijderd of de glassplinters gezeefd, gromde hij, geërgerd door zijn eigen onhandigheid, een woord van dank. Dat wel. Ik deed het zonder tegenzin. Hij had mij hiervoor werkelijk nodig.

Onmisbaar voelde ik me ook op zee. Al was het water glad als een spiegel, zodra we uit de haven waren, zat Cornelius lijkbleek en ingesnoerd aan dek. Hij tuurde gespannen of hij niet ergens plotseling een vloedgolf aan zag komen. Als een windje de zeilen liet kraken, vroeg hij met geknepen stem: 'Hoort dat?' En bij slecht weer was hij het eerste wrak.

'Ben je waanzinnig, Boachi, man, je houdt me niet, je houdt me niet. Godlief, dit is het einde!'

Toen we op 22 juni 1852 de binnenbaai van Amboina invoeren, hadden we al een moeilijke reis achter de rug. Gehinderd door valwinden manoeuvreerden we uiteindelijk, met de hoofdstad in zicht, gevaarlijk tussen een klip aan de ene en een zandbank aan de andere zijde. Het scheepje dat ons van Banda bracht, was eigenlijk te licht voor het natte seizoen, dat op de Molukken later komt dan elders en er de zeeën hevig opstookt. Onderweg waren we daarbij onophoudelijk geteisterd door de kwade moesson. Cornelius was dan ook in een allerslechtst humeur. De hele onderneming achtte hij van het begin af aan zinloos. De extractie van tin, waarvan hier sprake was, zou te gering zijn voor gewin, en het was al helemaal niet de moeite er zijn leven voor te wagen.

Eenmaal in de haven van Amboina, aan de noordzijde van het schiereiland Ley-Timor, hervond Cornelius langzaam zijn houding. Binnen enkele minuten zou hij zijn lafheid betreuren en tegenover de bemanning op de een of andere manier zijn gezag doen gelden. Ik hield me op de achtergrond. Als secretaris had ik hem op inspectiereizen al begeleid door tal van mijndistricten. Samen bezochten we gouverneurs en residenten over de hele archipel. Ik wist inmiddels feilloos wanneer ik aan zijn zijde moest zijn en op welke momenten je hem beter uit de weg kon gaan.

De zware regen had de meeste mensen van de landingsplaats gejaagd. Men zag ze in bosjes schuilen onder de poort van het Fort Van der Capellen. Niemand trad naar voren om ons te begroeten, op enkele Chinese venters na en de loodsopziener, die index maakte van aangekomen waren en personen. Omdat ons anker geen houvast vond op de rotsbodem van de baai, zekerden wij ons aan een van de zware walankers. De plank werd neergelaten. Omdat ik, door mijn dagelijkse maaltijden met de bedienden, inmiddels beter Maleis sprak dan hij, zond De Groot mij om te zien waarom wij niet werden opgewacht. Via het kasteel kwam ik op een groot plein waarop vele loodrechte straten uitkomen. Voor mij lag het gouvernementshuis. Ik meldde mij, maar de heer Visser, gouverneur van de Molukken, was niet in het gebouw. Van onze komst leek men niet op de hoogte. Toen ik doorvroeg, bleek dat wij ons zouden moeten wenden tot de assistent-resident, maar waar die zich bevond wist niemand. Zijn woning, zei men, lag op de weg die van Tanah Tinnggi naar het militaire hospitaal leidt, vlak bij de brug over de Wai Tomo. Ik vroeg om een rijtuig, maar kreeg alleen twee gezadelde paarden mee.

Toen ik bij de landingsplaats terugkwam en draalde om Cornelius van het ongemak te vertellen, viel mij een inlandse jongen op. Hij stond op enige afstand van het schip ineengedoken in de regen. Hij hield ons in de gaten, maar leek niet van plan naderbij te komen. Ik wenkte hem. Hij deed enkele passen in mijn richting, maar aarzelde toen weer en deed of hij mij toch niet goed gezien had. Toen ik op hem afkwam, groette hij met tegenzin. Het kind was doornat. Zijn sarong kleefde ongemakkelijk aan zijn benen en zijn lange haren plakten aan zijn borst en in zijn ogen. Hij leek bepaald niet snugger. Ik wist niet of hij zweeg uit verlegenheid of brutaliteit. Pas na drie keer aandringen was hij van zins toe te geven dat hij tot het huishouden van de assistent-resident behoorde. Hij was gestuurd om te waken over onze spullen tot een rijtuig ons zou komen halen. Op dat moment stapte De Groot aan wal. Ik zei hem dat er een wagen onderweg was, maar hij wilde geen tijd meer verdoen. Hij steeg op en sommeerde het jong bij hem te komen. Die was duidelijk schuw voor paarden en gehoorzaamde schoorvoetend. Ik hoorde aan De Groots stem dat hij kortaangebonden was en probeerde de onnozelaar voor hem te waarschuwen. Toen die niet dicht genoeg naderde, gaf Cornelius zijn paard de sporen, zodat het de jongen briesend voor de voeten sprong. Dit alles deed hij met het oog op de bemanning, die over de reling het spektakel gadesloeg. Hun lach spoorde hem verder aan. Spottend bootste hij de verschrikte blik van het kind na en droeg hem op de bagage te dragen. De stapel die hij aanwees was omvangrijk. De jongen keek naar mij. Toen ik hem niet te hulp kwam, zei hij: 'De resident, hij vraagt mij op uw koffers te passen, toean, tot zij worden opgehaald.'

'Het zijn er maar drie, en dan nog die pakken daar,' zei Cornelius. 'Je kan ze wel dragen.'

'Minta tolong, de kar komt zo.'

'Je mankeert toch niks? Pak ze op en volg!'

De jongen keek diep ongelukkig. Uiteindelijk liep hij op onze spullen toe. Hij tilde een koffer op, en alleen die ene al was hem bijna te zwaar. Over zijn schouder keek hij of wij dit wel hadden gezien. Hij probeerde nog een pakket, dat niet lichter was. Zo bleef hij even staan, met zijn rug naar ons toe, zijn hoofd gebogen over zijn last. Toen deed hij wat hem door zijn baas was opdragen en hurkte neer naast onze bezittingen. Hij keek daar ernstig bij, zodat er geen twijfel over kon bestaan dat hij ze voor ons met zijn leven zou bewaken.

Dit was Cornelius niet genoeg. Misschien had hij het erbij laten zitten als onze scheepslui niet hadden toegekeken, maar nu wendde hij zijn paard. Hij bracht het opnieuw tot vlak voor de jongen, voetje voor voetje dit keer, om te dreigen. De jongen wendde zijn hoofd af voor de benen, die vlak voor zijn gezicht waren, maar gaf zijn plaats niet op.

'Silakan, toean!'

Eindelijk werd het me te gortig. Ik greep het beest bij zijn hoofdstel.

'Toe, die is nog geen vijftien,' zei ik. 'Laat hem, Cornelius. Ik kan de documenten wel meenemen, dan komt de rest van de spullen straks. Wat maakt het uit?'

Hij gaf geen antwoord. Met een driftige ruk liet hij zijn paard het hoofd wenden, zodat ik los moest laten. Daarop porde hij het opnieuw in de flanken met de bedoeling dat het dier het kind omver zou lopen. Het paard tilde zijn voorbeen op, voelde het obstakel en weigerde. In een flits zag ik hoe de jongen zijn kleine overwinning vierde met een hondsbrutale glimlach. Ik verklaarde hem voor gek, maar tegelijk jubelde mijn hart voor hem. Iemand van de bemanning beloonde hem met handgeklap. Dat was genoeg. Cornelius nam zijn zweep en hief hem op. Zonder na te denken schoot ik naar voren en schermde het gezicht van de jongen met mijn arm af. Het leer sneed dwars over mijn linkerhand. Het was een diepe wond en toch duurde het enkele tellen voor ik iets voelde en nog langer voor er bloed kwam. Cornelius wachtte dat moment niet af. Hij reed de kade langs zonder zich te haasten en verdween onder het fort. Ik verbond mijn hand met een zakdoek, liet de jongen waar hij was en volgde mijn overste.

Direct na mijn aankomst op Java had ik mij nog voorzichtig tegen de grillen van Cornelius verzet. Bernhard van Saksen, verbaasd dat ik het kippenerf van De Groot boven zijn eigen gastverblijf verkozen had, vertrouwde de zaak niet. Toen Cornelius telkens nieuwe redenen vond om mijn omgang met de hertog te verhinderen, raakte deze bovendien verontwaardigd over mijn behandeling. Hij zou spoedig terugkeren naar Europa en stelde voor mijn belang te bepleiten bij Willem de Derde, maar ik weerhield hem ervan. Om geen medelijden te wekken, deed ik het tegenover mijn vriend voorkomen of ik het wel naar mijn zin had in mijn secretarisfunctie. Hierdoor verward, liet Bernhard zijn boosheid varen, maar voor zijn afvaart regelde hij toch voor mij pension bij een vriendelijke Duitse familie, al was ik door mijn drukke werk weinig op mijn kamers.

Teleurgesteld over mijn gebrek aan zelfstandigheid, schreef ik enkele brieven naar de gouverneur-generaal. Eerst verzocht ik herplaatsing, later onderzoeksbevoegdheid, maar zonder resultaat. Altijd kwam er antwoord, waarin een of andere klerk serieus op mijn klachten inging, maar hun oplossingen draaiden telkens fijntjes om de zaak heen. Zo werd mij voor mijn ongemak een kleine onkostenvergoeding geboden, een ereplaats in de nieuwjaarsparade en een uniform met stiksel van gouddraad op revers en mouwomslag. Telkens schreef ik terug dat dit niet helemaal was waar ik naar verlangde.

Na enkele maanden ontving ik een kort bericht uit 's-Gravenhage, waarin ik werd benoemd tot administratief hoofd van het departement van de Mijnen. De hertog van Saksen had toch het ministerie over mij ingelicht. Toen ik de volgende ochtend enthousiast bij het departement informeerde naar de inhoud van mijn nieuwe functie, bleek de taakomschrijving simpel. Het administratief hoofd had als belangrijkste opdracht Cornelius de Groot ter zijde te staan. Als secretaris.

Hierna had ik dan eindelijk door dat men in Nederlands-Indië niets bereikt zonder connecties. Linse en Lebret waren ver weg. Buiten mijn werk ontmoette ik weinig mensen, en wanneer een van de ambtenaren mij eens wat nader kwam, volgde steevast binnen enkele weken zijn overplaatsing of herindeling. Ik vermoedde een verband, maar kon niets bewijzen. Na een tijdje zorgde ik ervoor met geen mens nog een avond lang gesprek te voeren of al te opvallend met iemand over straat te gaan. Om niemand in moeilijkheden te brengen, sprak ik, juist met de mensen die ik mocht, zo min mogelijk over andere zaken dan mijn werk.

Maar toch konden Cornelius en ik soms ook een avond lang op de veranda zitten mijmeren. Hij rookte wat en tuurde voor zich uit. Ik koos een boek. Als hij me vroeg waar het over ging, las ik passages voor. Hij lachte om mijn gevoeligheid, zodra ik hem verraadde wat mij in een bepaalde roman raakte, maar dat deerde me niet. Als we alleen waren zei hij de dingen omdat hij ze meende en niet om er iemand mee te imponeren.

Naarmate zo'n avond vorderde, dronken we tegelijk op en raakten samen boven ons theewater. Dan kwam hij werkelijk los. Hij begon over vrouwen en liet mij delen in zijn fantasieën. Een enkele keer zong hij voor me. Liedjes over liefde. Hij had een goede stem, in tegenstelling tot wat je zou denken als je hem hoorde schreeuwen.

Als hij zich echt op zijn gemak voelde, vertelde hij over het dorp langs een van de grote rivieren, waar zijn vader een pontveer beheerde. Dan glunderde hij, alsof hij alleen maar hoefde over te varen om de uitspanning te bereiken, waar hij in de stallen gespeeld had en waar zijn lusten waren ontwaakt in handen van een zekere Frieda. Maar als hij een sombere dronk had, sprak hij bitter over de armoede die het gezin in de winters gekend had, wanneer de rivier bevroor en het werk stilviel. Dan zamelde de schoolmeester door de week bij zijn klasgenootjes centen in en op zaterdagmiddag mocht Cornelius de opbrengst voor de klas in ontvangst nemen, waarna hij alle kinderen die iets hadden gegeven moest bedanken met de pet in de hand.

Wanneer Cornelius zich de volgende ochtend dergelijke openhartigheid herinnerde, kon ik erop rekenen dat hij die dag geen kans voorbij zou laten gaan mij ten overstaan van anderen mijn plaats te wijzen. Maar eerlijk is eerlijk, zelf was ik ook niet makkelijk. Onze verwrongen verhouding bracht streken in mij boven die ik niet van mezelf kende. Wanneer hij mij en plein public slechter behandelde dan mij lief was, strafte ik hem. Door onze lange omgang en zijn nachtelijke ontboezemingen kende ik zijn zwakke plekken. Ook in zijn werk wist ik precies waar hij tekortschoot. Zodra hij dus in een grote vergadering een stilte liet vallen, zoals hij altijd deed wanneer hij de lijn van het gesprek bijster was, vroeg ik hardop of hij het gezegde voor mijn notulen even wilde samenvatten. Ook kon ik hem in bijzijn van zijn meerderen – vooral bij inlandse vorsten werkte dat goed – plotseling vragen hoe het toch met zijn vader, de graaf van

Veere, ging. Dan brak het zweet hem uit. Als een familie uit de kampong kwam soebatten om voedsel, stelde ik hun Cornelius juist voor als iemand die zelf honger had gekend, waarna hij zulke sloebers slechts met de grootste moeite iets kon weigeren. In Hollands gezelschap bracht ik hem het meest trefzeker in verlegenheid door zijn geboorteplaats te noemen, waarop altijd wel iemand inhaakte en doorvroeg, zodat De Groot zich met zijn leugens meestal in de nesten werkte. Het was kinderachtig verweer, dat geef ik toe, maar op deze manier hielden wij elkaar lange tijd in pijnlijk evenwicht. Zo kon het bestaan dat wij anderhalf jaar met elkaar opgetrokken waren zonder dat het nog tot een ernstig gevecht gekomen was.

Op weg van de haven van Amboina naar Tanah Tinnggi reed ik zwijgend achter mijn overste aan. De wond over mijn hand schrijnde zó dat ik de teugels niet strak kon houden. Eenmaal hield De Groot in en wierp even een blik op de zakdoek, waar het bloed inmiddels doorheen sijpelde. Ik kreunde eens en deed een beetje stram en moeilijk, maar hij dacht er niet over zijn excuses te maken.

Na enige tijd door een stadsdeel te hebben gereden, waar nogal wat huizen waren verwoest als gevolg van een van de aardbevingen die Amboina met regelmaat plagen, zagen wij aan de rivier een woning, die, op het dak na, uit vast materiaal was opgetrokken. De galerij lag aan de straat en was van het gazon gescheiden door een openbare weg, die Nekkenbrekerssteeg genoemd werd, zoals men mij had aangeduid. We werden echter niet meteen onthaald, en pas na enkele malen roepen kwam een bediende aangesukkeld. Zijn meester was niet thuis, zei hij, en zijn meesteres was juist met de wagen uitgereden om gasten af te halen aan de haven. Men liet ons in het voorhuis en bracht suikerwater. Omstandig bette ik mijn wond met de koele vloeistof. Cornelius drukte zijn glas tegen zijn slaap, sloot zijn ogen en deed alsof hij, na alles te hebben gehad, nu ook nog werd geplaagd door een van zijn migraines.

Na een halfuur hoorden wij een wagen over de brug komen. Onder het lederen scherm van een open karos zat naast de menner een enigszins verregende verschijning, die ons niettemin vriendelijk toe zwaaide. Achter deze vrouw lagen over de banken onze koffers en pakken gestapeld. Daarbovenop, hevig dooreengeschud maar triomfantelijk, zat de jongste bediende. Toen hij ons zag, lachte hij vrolijk naar ons. Hij aapte zijn meesteres na en zwaaide brutaal, met twee armen zelfs, alsof hij niet wist dat hij de oorzaak van onze onenigheid was geweest. Ik begon spijt te krijgen van mijn heldhaftig gedrag.

De vrouw van de assistent-resident stapte zonder zich om haar kleding te bekommeren in de modder en haastte zich ons te begroeten. Mevrouw Douwes Dekker schudde de ergste nattigheid van zich af. Cornelius had me ingefluisterd dat zij baronesse was – de nabijheid van adel wond hem altijd op –, maar kennelijk hechtte ze niet aan etiquette. Ze knoopte haar kapje los en reikte hem van harte de hand.

'Mijnheer De Groot! Wat een consternatie. We hadden u eerlijk gezegd vandaag niet verwacht met dit weer. Als de regens zo wild zijn, zijn de lokale schippers meestal zo voorzichtig niet in of uit te varen.'

'U weet toch hoe het is, mevrouw. Voor de inlanders is het van weinig belang of ze vandaag uit vissen gaan of morgen. Elke dag is voor hen hetzelfde. Maar wij hebben een doel. We maken een lange reis en volgen ons schema zo strak als wij kunnen.'

Onze gastvrouw bekeek de modder op haar laarsjes en veegde een hak af aan het gras. 'Het is óns anders altijd goed bevallen de inlanders in hun gebruiken nauwkeurig te volgen,' zei ze nonchalant. 'Wij profiteren van hun ervaring. Zo stoten wij niemand tegen het hoofd, en we overleven als het stormt. Maar gelukkig, u bent veilig aangekomen. En wie is uw vriend?'

Ze draaide zich naar mij toe. Ik verborg mijn linkerhand achter mijn rug. Het leek me verstandig daar geen aandacht mee te trekken.

Voor ik mijn naam kon noemen, haastte Cornelius zich te zeggen: 'Mijnheer hier is mijn secretaris. U zult geen last van hem hebben.'

'Nee, waarom zou ik ook?' Ze keek Cornelius niet aan, zoals hij met zijn toon probeerde af te dwingen, maar bleef mij in de ogen kijken: 'En hoe hebt u de reis doorstaan, mijnheer...?'

'Boachi,' zei Cornelius kortaf, 'Aquasi Boachi.'

'Ik heb totnogtoe al mijn reizen overleefd, mevrouw.'

'Dan wilt u ons vanavond met uw verhalen vast wel vermaken. Wij wonen hier nu enkele maanden en zitten om afleiding verlegen. Het spijt mij dat mijn man u niet meteen begroeten kan. Hij heeft dringend overleg met gouverneur Visser op Batoe Gadja.' Ze wees naar een groot huis op een tegenoverliggende heuvel.

'Iets ernstigs?'

'Het zijn geen zaken van bestuur.' Ze nam mijn arm. 'Kom, ik wijs u uw kamers.'

'Mijnheer Boachi slaapt bij de bedienden.'

'Geen denken aan.' Ze schatte nog in of Cornelius misschien een grapje maakte, maar klonk stellig.

'Daar dineert hij ook. Dat is nu eenmaal onze gewoonte,' hield De Groot vol.

'Ach mijnheer, als wij hier alles naar gewoonte deden...'

'U hecht schijnbaar meer aan de inlandse gebruiken dan aan die van uw landgenoten?'

'Wij staan voor alles open, mijnheer De Groot, waar wij het nut van inzien.' Haar glimlach bleef zo beminnelijk dat Cornelius de zaak voorlopig liet rusten. Hij keek weg, inspecteerde zijn laarzen en schraapte de ergste modder er omstandig onder vandaan.

'De wereld zelf,' zei hij verongelijkt, 'heeft mij van jongs af aan op het nut gewezen van onderscheid en rang. Onderschat u haar belang in de koloniën niet. Dat zou uw leven hier meer rust geven.'

'Ons leven misschien, maar onze ziel is ons liever.'

Inmiddels had de jongste bediende onze spullen uit de regen op de veranda gebracht. Nu was hij klaar om zijn taak als wachter weer op te nemen. Hij klom op de koffers en kruiste zijn benen. Cornelius gebaarde hem van zijn bezittingen af te gaan. Toen de jongen niet reageerde, joeg De Groot hem persoonlijk weg.

Onze gastvrouw maakte van de gelegenheid gebruik. 'Komt u, mijnheer Boachi, u krijgt de vroegere slaapkamer van François Valentijn. Kent u hem, de grote geleerde? Mijn man kan over hem vertéllen... Bent u bekend met onze zeventiende eeuw?'

Die avond kwam mevrouw Douwes Dekker mij persoonlijk aan mijn kamerdeur ophalen voor het diner, alsof ze bang was dat ik niet zou durven komen. Samen gingen wij de kleine eetzaal binnen, waar Cornelius al met haar man in gesprek was. Hij werd door haar entree gedwongen op te staan. Mijn aanwezigheid was De Groot onaangenaam, dat zag ik wel, maar hij wenste me desalniettemin een goedenavond. De regens waren eindelijk opgehouden en door de hordeuren bracht een briesje iedereen verkoeling.

'Staat uw geloof u toe het glas met ons te heffen?'

'Ik ben gedoopt, mevrouw,' antwoordde ik.

'Kijk aan,' zei ze en liet mij een glas brengen, dat haar man vulde met gekoelde claret. Cornelius sloeg nooit af en de assistent-resident schonk rijkelijk, hoewel hij zelf weinig dronk.

Douwes Dekker was vriendelijk, maar telkens kort van stof, alsof zijn gedachten elders waren. Hij leek me niet sterk en zijn melancholieke blik wekte de indruk dat hij kwijnde. In de korte tijd dat hij te Amboina in functie was, vertelde hij, was zijn gezondheid, die door de tropen al was aangetast, verder verslechterd. Bovendien waren hem in die tijd zijn ouders, zijn zuster en broer en andere geliefden ontvallen. Geplaagd door heimwee probeerde hij al lange tijd een Europees verlof te krijgen.

'Dertien jaar in de tropen,' vulde zijn vrouw aan, 'dat zijn koortsen die komen en gaan. Infecties. Onregelmatige nachtrust. Constante afweging.'

Die dag echter had Douwes Dekker eindelijk eens iets te vieren. Hij onthulde dat hij zojuist te horen had gekregen dat hem een verlof van drie maanden werd toegestaan om te Batavia zijn zaak persoonlijk te gaan bepleiten. Zijn vrouw was door het goede nieuws geroerd en zat lange tijd naast hem met zijn hand in de hare, zonder iets te zeggen. Ik vond dat prettig om te zien. In die dagen was ik het nogal ontwend in de nabijheid van genegenheid te zijn.

Douwes Dekker informeerde naar mijn land van herkomst. Ik vertelde, zeer summier, onder welke omstandigheden ik er was vertrokken. Hij reageerde hierop verrast en antwoordde mij dat hem te Poerworedjo, waar hij tot voor enkele jaren werkzaam was als commies voor de resident van Bagelen, eens twee mannen waren opgevallen met Afrikaans uiterlijk. Toen hij ernaar vroeg vertelden zij hem afkomstig te zijn uit West-Afrika. Zij leken trots op hun Nederlandse dienstjaren, maar hadden toch de voorkeur aan zelfstandigheid gegeven, zodra hun contracten waren verlopen. Zij leefden onder moeilijke en eenvoudige omstandigheden in een dorp aan de monding van de Progo, waar zij inkomsten hadden uit de handmatige aanmaak van zout. Ik beaamde dat deze mannen door mijn vader moesten zijn gestuurd.

Er werd opgediend. Wij gingen aan tafel en ik moest bestek gebruiken, waardoor het mij niet lukte mijn gewonde hand nog langer te verbergen. Ik had hem zo goed mogelijk verpakt en liet mijn mouw ruim vallen, maar het vlees trok en het lukte mij niet mijn vork vast te houden.

'Een ongelukje,' zei ik, maar mijn gastvrouw stond erop de wond goed te bekijken.

'Zo'n lelijke snee, hoe krijgt u dat nu voor elkaar?'

'Ja, prins,' zei Cornelius met dikke tong, 'wat bent u toch onhandig!'

'Het is niets, echt.' Om dat te bewijzen nam ik mijn vork beet als een spies en at.

'Maak dan ook geen soesa! Mijnheer was midden in een mooi verhaal,' zei Cornelius en nam daarna wel een halfuur zelf het woord. Hij verveelde iedereen met onze bevindingen op Madoera, een woest eiland waar al te lang en tevergeefs naar delfstoffen werd gezocht.

Mevrouw Douwes Dekker richtte zich tot mij. 'Ik had vanochtend nog geen idee dat wij aan onze tafel een prins zouden ontvangen. Kokki heeft haar best gedaan, maar zoals u ziet, wij hebben niets bijzonders. Kom, vertelt u mij nog wat meer over uw volk.'

Ik was verlegen met haar aandacht en hield uit mijn ooghoeken Cornelius in de gaten. Hij duldde geen onderbreking van zijn monologen, maar de tafel was ruim en hij scheen geen hinder te hebben. Ik deed haar mijn verhaal en zij luisterde aandachtig. Slechts eenmaal rechtte zij haar rug en onderbrak me toen haar man een nieuwe fles liet openen om Cornelius alweer bij te schenken.

'Vergeet niet,' waarschuwde ze lachend, zodat niemand aanstoot kon nemen, 'dat de lucht ons hier sneller naar het hoofd stijgt dan elders.'

Bewijs daarvan leverde Cornelius vrijwel onmiddellijk. In zijn dronken palaver was hij aanbeland bij een van zijn favoriete Madoerese anekdotes, die ik hem al vaker had horen vertellen, maar niet eerder in het bijzijn van een dame.

De zaak was deze. Geïmponeerd door Cornelius' interesse in zijn arme grond, probeerde de loerah van Bungbungan ook zijn oudste dochter onder De Groots aandacht te brengen met het doel haar uit te huwelijken. Hieraan verbond hij een aantal strenge voorwaarden met betrekking tot het bestuur van het gebied. Cornelius had de onderhandelingen niet onmiddellijk verbroken, maar er juist zo op ingespeeld dat deze jonge vrouw ter keuring naar zijn vertrekken werd gezonden. Hier zweeg Cornelius altijd even om zijn gehoor nieuwsgierig te maken. Ik voelde de schaamte op mijn kaken en durfde de vrouw des huizes niet meer aan te kijken.

'De volgende ochtend,' zei Cornelius met een blik van verstandhouding naar Douwes Dekker, alsof ze met zijn tweeën waren en één van geest, 'heb ik haar naar haar vader teruggezonden met de mededeling dat ik niet begreep waarom de "gojang madoera", zo geroemd werd. Dat ik betere liefdesmassage had gekregen in de sloppen van Batavia en dat een Nederlander zijn integriteit niet in ruil geeft voor wat spasmen.'

Hij had zelf zoveel plezier dat hij pas na enkele tellen merkte dat niemand anders lachte. Douwes Dekker schelde om bediening.

'Ik breng u in herinnering,' zei hij, 'dat u onze gast bent. Wij zijn niet gewend aan de taal van de officiersvertrekken.'

Toen Cornelius de omvang van zijn blunder voelde, keek hij zo ontredderd dat onze gastvrouw hem te hulp probeerde te schieten door een ander onderwerp aan te snijden. Ze hakkelde echter en vond niets.

'Ik noem het voorval alleen,' zei Cornelius langzaam, 'om aan te geven hoe men korte metten maakt met zulke corruptie.' Niemand zei iets.

'Het getuigt van erg weinig respect,' siste ik. Cornelius wendde zich tot mij.

'Respect?' zei hij zacht en vilein. 'Me dunkt dat gebrek aan respect *uw* privilege is!' Hij vloog overeind, klaar om te vechten. Ik deed hetzelfde. Onze gastvrouw aarzelde niet. Alsof het diner voorbij was, stond ze op en nam mijn arm.

'Prins,' zei ze, 'die hand van u, dat kan zo niet. Loopt u eens mee, dan laat ik de huisjongen een verbandje leggen.'

In één gebaar schoof ze mijn stoel naar achteren en voerde me naar buiten. 'Alles broeit hier. We moeten de zieke plekken aanpakken voor ze ontsteken. Als het vuur er eenmaal in zit...'

Haar huisjongen bleek niemand minder dan het brutale kind dat onze aankomst had vergald. Hij kwam met water en een kistje kruiden. Ik had er weinig vertrouwen in. Hij hurkte voor me neer en met één haal trok hij de zakdoek van de wond.

'Au!'

'Ma-afkan saja. Die wond, zo diep!'

Hij stroopte mijn mouw op en goot het water in grote scheuten over mijn hand. Hierna depte hij, en met gedroogd blad desinfecteerde hij de wond. Aandachtig, met zijn tong uit de mond, was hij bezig. Hierna nam hij een poeder, dat kwalijk prikte. Toen ik van pijn verstarde, blies hij er zijn adem overheen.

'Pijn zo, toean?' klonk het vriendelijk.

'Geen pijn.'

Hij keek me aan en pas toen hij zag dat ik het meende, gaf hij het blazen op en begon van palmboter een zalfje te prepareren. Enige tijd roerde hij diverse ingrediënten dooreen. Hij keek me aan, en schatte in of hij durfde spreken.

'Zo lelijk, die wond,' zei hij uiteindelijk en boog zich weer over de kom met zalf. Hij sloeg de pap afwisselend snel en slepend.

'Als de boer zijn buffel slaat,' zei hij ten slotte, 'weigert die verder te lopen.' Grote likken zalf smeerde hij in de wond. Hij keek me strak aan om te zien of ik zijn bedoeling begreep.

'De buffel heeft een dikke huid,' antwoordde ik kortaf. 'Hij vergeet wel weer.'

'Een man is geen buffel.'

'Nee, een man kan de oorzaak en de reden proberen te begrijpen.'

'De buffel is sterk, maar hij is dom. Daarom laat hij zich slaan.'

Ik liet me niet verder uitlokken en vroeg: 'Praat jij altijd zoveel?'

'Altijd, toean!'

'Dan zal jij je wel vaak in de nesten werken.'

'Altijd, toean!'

Cornelius en ik waren eens te gast bij de Soesoehoenan van Soerakarta. Daar had men in korte tijd enkele tijgers gevangen, zodat de kooi te klein werd en hun onderhoud een probleem. Alle pluimvee, apen en honden waren aan die monsters opgevoerd. De beesten vermagerden. Een enkele was van honger al gestorven, wat voor het hof een schande werd geacht. Nu wilde men zich van het grootste exemplaar ontdoen.

Alle beambten kwamen in gala, officieren en prinsen in uniform. Met groot vertoon trokken wij in een stoet naar de kraton en werden tot het tweede binnenplein van het paleis toegelaten. Daar wachtte ons de Soesoehoenan, gezeten op zijn troon.

Een ronde kooi, opgetrokken uit boomstammen en bamboe, stond midden op het plein. Binnen die omheining bracht men een karbouw, getooid met bloemslingers. Toen werd een wagen naar de kooi gesleept. Daarin liep een grote koningstijger achter tralies langzaam heen en weer. Het publiek hield zijn adem in. Slechts de gamelan klonk. Er was ontzag voor wat ging komen.

Cornelius, die naast mij zat, rechtte zijn rug. Ik zag hoe zijn linkerhand zich afwisselend samenbalde en weer strekte, zoals hij deed wanneer hij zichzelf voor een gevecht prepareerde. Zijn onrust trok de aandacht. Om hem verdere verlegenheid te besparen, stootte ik hem aan. Hij merkte niets. Ongestoord kraakte hij in één gebaar alle gewrichten van zijn vingers.

Een valdeur werd geopend, waarna niets meer tussen de sierlijk gespierde tijger en de vleesklomp stond. Niets hield de enorme lijven uit elkaar en toch begon het gevecht niet. De tijger ging door zijn knieën en bleef liggen. Met zijn blik onafgebroken op de buffel, hield hij zijn kop laag op zijn voorpoten, niet van zins te springen. De karbouw voelde het gevaar. Traag hief hij zijn brede kop, de bolle ogen opengesperd. Met zijn neus in de lucht, keerde hij zich naar de tijger. Stap voor stap, zonder zich te haasten.

'Kijk,' riep Cornelius, 'wat een majesteit! Die toont geen angst.'

De karbouw richtte de punten van zijn horens naar zijn vijand. Zo bleef hij staan. Er gebeurde nu een tijdlang niets. Toeschouwers begonnen heen en weer te schuiven. Hier en daar werd voorzichtig wat gefluisterd. Alleen Cornelius verloor zijn aandacht niet. Zijn ademhaling was hoog en snel. Hij zweette. Voor hem was het gevecht al aan de gang. Anders dan de anderen vond hij avontuur in deze stilte. Zijn mond was halfopen en zijn lippen droog. Toen hij slikte, kostte het hem moeite omdat zijn concentratie zo volledig op de beesten gericht was. In zijn wang trilde een spier. Ik volgde zijn blik en ontdekte een spanning in de flanken van de buffel. Dit leek alle anderen te ontgaan, maar ik wist dat er meer geweld in de dreiging schuilt dan in de aanval.

Op een teken van de Soesoehoenan klommen vijf bedienden op de kooi. Vanuit hun veilige positie wierpen ze brandend stro naar de tijger, die pijn kreeg en opschrok. Maar tot de aanval liet hij zich niet verlokken. Hierna wierp men kokend water over de buffel, die loeide en enkele passen achteruit deed. Maar de tijger viel hem niet aan. Ten slotte strooide men buffelkruid op beide dieren. De netelbrand zette hen in wilde beweging. Hierbij trad de tijger uit zijn hoek en haalde naar de buffel uit. Ik hoorde Cornelius van schrik door zijn tanden inademen. De buffel week niet. Hij volgde het roofdier dat om hem heen sloop. Steeds bleven zijn horens naar het gevaar gericht, maar één prachtige sprong bracht de koning van het oerwoud op en over de buffelkop, waar hij zich vastbeet in de hals en niet meer wilde loslaten. De lobbes had de doodsangst in de ogen, maar gaf geen geluid. Met machtige gebaren slingerde de karbouw zijn kop heen en weer, waarbij hij zijn belager links en rechts tegen de kooi smeet. Maar de tijger liet zijn prooi niet los.

Even hield de buffel stil en kwam op adem. Toen, opnieuw, probeerde hij het wilde beest van zich los te scheuren. Hij sloeg het enkele malen zo krachtig tegen de grond dat de tijger los moest laten. Nu draalde de buffel niet, neeg het hoofd en duwde de ander met zijn horens voor zich uit. Over de grond schuurde hij hem. Vlak voor hij tegen de omheining zou worden fijngedrukt, sprong de tijger weg en bleef aan de overzijde van de kooi staan, verbaasd dat hij het logge beest niet zomaar meester was.

'Dat zal hem leren!' schaterde Cornelius. En toen ineens bloedernstig: 'Maak hem af! Maak hem af! Laat zien wie je bent!' Hij sloeg op zijn dijen, niet van plezier, maar om, door dat beetje pijn, meer in het gevecht te raken.

De koningstijger viel de karbouw opnieuw aan, frontaal, en weer verwondden hem de horens. Geschrokken sprong hij nu tegen het dak van zijn gevangenis, waar de bedienden in paniek vanaf vluchtten. Daar bleef hij tellen hangen en liet zich toen met gespreide klauwen op de buffel vallen. Die ving hem met zijn horens op, waarna de kat ternauwernood het vege lijf redde. Hij waagde geen grote aanval meer, maar haalde alleen nog lelijk uit en bleef zo rondjes draaien, wijkend, blazend, tot hij van vermoeidheid neerzeeg en door de karbouw met één haal in genade werd gedood.

Rondom klonk instemming. Men begon het gevecht te bespreken. Ook ik gaf blijk van mijn waardering, maar naast mij kwam er geen reactie. Ik keek naar Cornelius. Hij was buiten zichzelf. Het hoofd had hij in de nek gegooid, alsof hij de hemel aanriep. Hij kreunde, zachtjes en lang en diep van opluchting. Zijn ogen waren vochtig en hij rilde van een zinnelijk genot. Toen kwam hij tot zichzelf. Langzaam verscheen een glimlach, terwijl hij het dode roofdier, dat werd weggesleept, nog één keer goed in zich opnam. Hij wiste met zijn vuist het zweet van zijn kin, van zijn lip. Zijn middenrif schokte. Zo heftig begon hij te lachen dat hij op zijn vingers beet om niet te schateren. En hij beet door. Hij leek krankzinnig. Ik zag een straaltje bloed uit zijn mondhoek lopen en keek om me heen in de hoop dat niemand hem zo bezig zag. Ik pakte Cornelius bij zijn arm en schudde hem door elkaar. Zoals hij zich kon overgeven aan zijn woede, gaf hij zich ongeremd over aan zijn plezier. Uiteindelijk kwam hij tot zijn positieven. Hij keek me aan of hij voor het eerst zag dat ik het was die naast hem zat. De afdruk van zijn tanden stond in zijn hand. Hij merkte het, maar het deerde hem niet.

'Machtig, niet, Boachi?' zei hij, 'hoe de onverzettelijkheid het wint van de aangeboren macht!'

'Mij leken ze gelijkwaardig.'

'En toch verliest de tijger. Hij onderschat de karbouw omdat hij meende van nature boven hem te staan. Prachtig! Prachtig!'

'Onzin! Die twee wilden helemaal niet vechten.'

'Maar door de omstandigheden komen ze tegenover elkaar te staan.'

'En dan nog hadden ze elkaar gerespecteerd en was de een de ander uit de weg gegaan. Maar ze werden door de omstanders gedwongen. Driemaal moesten ze worden opgestookt!' Ik schreeuwde nu. 'Driemaal! Begrijp dan toch dat die twee samen maar één vijand hebben!'

'Toean Douwes Dekker slaat zijn buffels niet,' zei de huisjongen. Zijn zalf had de vlammende pijn snel gedoofd. Hij drukte nu de randen van de wond naar elkaar toe, hield ze op hun plek door de rug van mijn hand tussen zijn blote knieën te klemmen. Behendig sloeg hij ondertussen een dun verband kruiselings over en weer.

'Maar nu? Hij gaat naar Holland. En dan?'

'Aan elke nieuwe situatie kan je je aanpassen.'

'U misschien. Ik niet, toean. Ik hou te veel van mij.'

Hij scheurde de uiteinden van het verband met zijn tanden, bond ze in een strik en vroeg mij mijn vingers te strekken en te buigen. Het verband bewoog niet. Hij was tevreden, nam de hand opnieuw en hield hem even vast, zonder duidelijke reden.

'Ik kijk naar u en naar uw vriend en ik zie meteen.' Ik trok mijn hand uit de zijne. 'U mag zoiets niet dulden,' zei hij dringend.

'Het zijn jouw zaken niet. Ik waarschuw je!'

Ik stond op en wilde weglopen. Hij legde de kruiden terug in zijn kistje en lachte of hij niets gezegd had.

'De wikkel, is hij niet te strak? Denk eraan: elke twee dagen wisselen, ja? Gaat u terug naar tafel? Kokki heeft dessert, zo lekker.'

'Hoe weet jij dat?' vroeg ik gespeeld streng om vriendelijk te wezen.

'Dat weet ik zeker toch, omdat ik daarvan heb geproefd.'

Ik bedankte hem en vroeg zijn naam.

'Ahim,' zei hij. 'U zal heus niet vergeten.'

Java, Delft, Weimar, Java 1856-1862

JAVA

Ik ben nooit ontmoedigd geraakt door het geweld dat tegen mij gebruikt werd. Integendeel. Pijn sterkt het zelfbewustzijn. Zelden ben ik van mijn eigenwaarde meer doordrongen geweest dan tijdens een vernedering. Uit zulk verdriet ontstaat een geestelijk inzicht, een helder zien. Macht die wordt afgedwongen schept niet de fraaiste maar wel de duidelijkste band tussen twee mensen. De gijzelaar en de gijzelnemer hebben elkaar bitter nodig. Zij bepalen elkaars positie. Tussen hen wordt de minste welwillendheid dankbaar aangegrepen.

Zo bleven er in de jaren die ik in dienst van Cornelius doorbracht altijd dagen waarop wij haast als vrienden konden optrekken. Wij deelden niet alleen onze reiservaringen, maar formuleerden soms dezelfde mening in vrijwel identieke zinnen. Na enige tijd lachten wij om hetzelfde. Onderweg maakten wij plannen voor nieuwe boormethoden of efficiënte distributie. Samen bedachten wij zelfs een machine waarmee erts met minimale inspanning boven de grond kan worden gebracht. We bezochten de tempels die we tegenkwamen en bespraken met plezier hun ornamenten en hun bouwstijl. Wij ontwikkelden een gelijke smaak voor het landschap en een voorkeur voor deng deng oebi, een gerecht van gedroogd vlees met zoete knol, hoewel wij altijd gescheiden bleven eten, hij aan tafel, ik buiten, zelfs wanneer niemand ons gezelschap hield. Op lange dagtochten verrasten wij elkaar om beurten met kwee kwee of goelali; de koeken waren Cornelius' favoriete lekkernij, het suikerwerk de mijne.

Dergelijke genegenheid tussen de cipier en zijn gevangene is voor een derde zo onnavolgbaar dat ik door het te vermelden misschien begrip verspeel. Toch was ook dit de waarheid: bij het oversteken van een kolkende rivier greep de een de arm van de ander zonder aarzeling.

Nee, mijn moed is mij ontnomen door de overheid. Men bevorderde mij tot ingenieur derde klasse, maar aan mijn positie veranderde niets. De toevoeging 'buitengewoon' bleef gehandhaafd. Toen ik daarvan een uitleg eiste, antwoordde het ministerie: '*Aangezien u het politieke kind bent van de Nederlandse Staat en tot ons land in een bijzondere, oftewel* buitengewone *betrekking staat is dat woord juist opzettelijk tot uw bestwil gebruikt, opdat de Regering in Indië u een aangenamer standplaats, een voordeliger of prettiger werkkring en zelfs meer traktement of toelage dan uw collega's kan verschaffen, zonder dat dit bij hen haken en ogen kan geven.*'

Maar op al mijn verzoeken om zelfstandigheid kwam geen enkel antwoord.

In 1853 werd de Nederlandsch-Indische Levensverzekering en Lijfrente Maatschappij opgericht voor jonge ambtenaren in de Oost. Nu ben ik van nature spaarzaam en voorzichtig, dus meldde ik mij aan. Per kerende post ontving ik een afwijzing. Als reden gaf men op dat er voor mij geen enkele promotiekans bestond en mij dus geen lange loopbaan in overheidsdienst beschoren kon zijn. Ik antwoordde dat mij hiervan niets bekend was. Ik vroeg ze hun bewering te motiveren of anders te herzien, maar ik ontving alleen enkele laffe uitvluchten en de prospectus van een beleggingsfonds.

Steeds opnieuw kreeg ik dit soort vage signalen, als speldenprikken in een zere arm. Ik voelde dat er iets ernstig mis was, maar vond geen bewijzen. Er bleef een ongelijkheid die geen naam kreeg. Hoe bepaalt een man zijn houding tegenover het verborgene? Hij voelt zich gekleineerd en verliest zijn vertrouwen. Zonder vertrouwen bestaat er geen toekomst.

Ik was nog geen zevenentwintig jaar. Mijn verleden had ik afgewezen. Ik móést wel voor een toekomst vechten.

Toen ik in mijn zesde jaar in Indië nog geen enkele zekerheid had gekregen, vroeg ik verlof mijn zaak in Holland te bepleiten. Op 24 mei 1856 ging ik scheep te Batavia. Alleen, zonder spijt, zonder verwachting.

Op de kade heerste een nerveuze drukte. Ik herkende enkele gouvernementsbeambten. Even dacht ik dat zij voor mij gekomen waren, maar toen ik hen groette, bleken ze weinig spraakzaam. Ik richtte mijn kajuit in, gebruikte het middagmaal aan dek en vermaakte mij met de drukte van de haven, toen ik een gesloten rijtuig aan zag komen. Daaruit stapte een heer, die zich aan boord haastte. Hij vertoonde zich niet aan tafel, maar het gerucht ging snel dat zich in ons gezelschap Duymaer van Twist bevond, de afgetreden gouverneur-generaal, die twee dagen tevoren zijn taak had moeten overdragen aan de voormalige minister van Koloniën, Pahud.

Duymaer van Twist, die zich tijdens zijn regeerperiode verlicht had getoond door bijvoorbeeld de herendiensten te beperken, het onderwijs te verbeteren en de pacht voor de pasar te verlagen, was een zachtaardig mens. Zo'n aard paart zich helaas zelden aan daadkracht. Hierdoor kon het gebeuren dat in de laatste maanden van zijn ambtstermijn zijn verdiensten voorgoed werden overschaduwd door zijn houding in een zaak, waarbij hij Douwes Dekker niet had durven steunen tegenover enkele inlandse hoofden en de Raad van Indië. Dit verraad had het hart van Duymaer van Twist nauwelijks minder gebroken dan dat van Douwes Dekker, die deze affaire-Lebak een paar jaar later nauwgezet heeft weergegeven in zijn schandaal verwekkende roman. Ik weet het niet. Natuurlijk heb ik bewondering voor Dekkers humane ideeën, maar zo onverzettelijk daarin te zijn dat men moet worden verwijderd van de post van waaruit men, met wat meer diplomatie, het onrecht juist van binnenuit had kunnen intomen... dat staat te ver van mijn inschikkelijke natuur. Al kan ik niet stellen dat ik met geduld en beleid meer heb bereikt.

Ik hoopte tijdens de reis Duymaer van Twist over mijn eigen zaak te kunnen aanspreken, maar hij vertoonde zich niet aan dek tot Madagaskar en daarna slechts sporadisch. Af en toe kwam ik hem 's nachts tegen, wanneer wij geen van beiden de slaap konden vatten. Als hij mij herkende groette hij beleefd, maar meestal zat hij verzonken in gedachten. Ik stoorde hem niet, maar zocht een plaatsje en doofde mijn lamp, waarna wij ieder in het schijnsel van de maan op de golven onze eigen spoken zagen.

Op een van deze avonden, nog vóór de Kaap, vond ik hem achterovergeleund tegen de reling, zijn ellebogen losjes steunend. In zijn hand een sigaret. Door een scheepsjongen liet hij zich uitleg geven over de positie van het Zuiderkruis ten opzichte van de Plejaden. Ik nam plaats op een rol touw en luisterde en leerde. Nadat de jongen was weggeroepen, bleven we lange tijd zwijgen onder de brede sluier van de zuidelijke melkweg. Toen zijn vraag uiteindelijk kwam overviel die mij.

'Verlangt u naar het vaderland, Boachi?'

'Het vaderland?'

'Het heeft u teleurgesteld.'

'Ik heb, denk ik, een vaderland te veel.'

'En welk is dat?'

'Ik weet het niet.'

'Nee,' zei hij en stak een nieuwe sigaret op.

'Ik ben te vaak van loyaliteit gewisseld.'

'Ik niet vaak genoeg.'

Een paar maal had ik in deze gouverneur-generaal, ongevraagd, een vriend gevonden. De eerste keer was kort na ons bezoek aan Amboina. Duymaer van Twist en Douwes Dekker stonden nog op goede voet. Ze vonden elkaar in hun vooruitstrevende ideeën en Dekker kreeg voor elkaar dat Cornelius werd ontboden voor een officieel gesprek. Wat daar gezegd is, weet ik niet, maar – zoals ik had kunnen voorspellen – de goede bedoelingen hadden een averechts effect op mijn behandeling. De wreedheden werden meer geraffineerd en kropen onderhuids, waar ze niet lichter te dragen, alleen moeilijker te duiden werden.

Al die tijd hield Cornelius zijn woede-uitbarstingen binnen onder hoge druk. Een jaar later te Celebes ging het mis. Tijdens deze moeizame reis over ruw terrein, waarbij wij vanwege een bezuiniging zonder begeleiders op elkaar waren aangewezen, verwondde hij mij zwaarder dan hij had bedoeld. Ik brak een rib. Geschrokken door mijn geschreeuw en het bloed dat uit mijn zij kwam, liet hij mij zonder verpleging langs de weg achter. Een groep kinderen vond mij en hielp mij door een bergpas naar het gehucht Tembamba. Daar werd ik, als zwarte bezienswaardigheid, zo liefdevol verzorgd dat ik slechts vier weken later dan Cornelius weer te Batavia opdook. Daar kwam aan het licht dat hij mij had opgegeven als '*vermist, waarschijnlijk verloren*'. Dit voorval werd op bevel van Duymaer van Twist onderzocht. Hoewel ikzelf, uit een gevoel van schuld aan ons gevecht en uit schaamte over mijn zwakheid, met niemand over de mishandeling gesproken had, leverde het incident De Groot een reprimande op die zijn carrière ernstig schaadde. Hierna keerde ik met schroom in mijn oude functie terug, maar lange tijd was mijn Nemesis voor zijn doen goed te spreken.

'Wij lijken nou eenmaal geboren om elkaar als lood om de nek te hangen, Boachi!' lachte hij joviaal, vroeg mij een fles van zijn beste claret te openen en bood mij een glas aan. 'En vrienden hebben we niet. Jij en ik moeten dus nergens bij willen horen. Dat probeer ik er maar bij je in te slaan, dat jij voor jezelf eens een plaats verovert.'

Wij dronken die avond te veel en zongen arm in arm soldatenliederen. Nooit heeft hij mij enig verwijt gemaakt over het gezichtsverlies dat hij leed door onze aanvaring op Celebes, en lange tijd was mijn bestaan niet slecht. Hij demonstreerde dat je de tegenstander nooit moet sterken door het tonen van zwakte. Ik was nog steeds Cornelius' leerling.

Als direct gevolg van deze affaire bracht Duymaer van Twist uiteindelijk verandering in mijn situatie. Hij bepaalde dat ik, te beginnen in april 1854, zeven maanden van het jaar werd vrijgesteld van mijn diensten aan De Groot, in welke tijd ik een beperkte onderzoeksbevoegdheid kreeg.

De eerste weken van mijn – tijdelijke – vrijheid voelde ik mij volstrekt verloren. Ik durfde nauwelijks naar buiten, en nu ik initiatief ontplooien kon, had ik geen idee in welke richting ik mij wilde ontwikkelen.

Ik vulde mijn tijd, zoals daarvoor, met schrijven, maar nu ten behoeve van mijzelf. Niet alleen begon ik voor het eerst dagboeknotities te maken, ook durfde ik mijn correspondentie met Sophie, sinds kort de groothertogin van Weimar, nieuw leven in te blazen. Ik zette enkele onderzoeken op en schreef hierover in de zeven maanden die mij gegeven waren diverse artikelen. (Zo publiceerde het *Natuurkundig Tijdschrift voor Nederlandsch-Indië* mijn 'Onderzoek naar de kolen, gevonden langs het strand der Meeuwenbaai, residentie te Bantam' en verschenen 'Notizen über die Chinesen auf der Insel Java' in het

Zeitschrift der deutschen Morgenländischen Gesellschaft.) Gedreven door de droogte van deze teksten dorstte ik naar fantasie. Ik ging op zoek en vond een kleine bron, waaruit ik enkele gedichten putte en drie korte sprookjes voor volwassenen, die ik naar Sophie stuurde. Ook begon ik een toneeltekst op rijm, die ik niet voltooide. Vervolgens schreef ik enkele essays, waarna ik een eerste poging deed de geschiedenis van mijn jeugd te schrijven. Die stond mij echter nog te na.

Toen ik in november '54 terug in Cornelius' dienst moest, stelde ik mij eigenzinniger op dan tevoren. De Groot deed alles om mijn verzet te breken, maar ik wilde en kon mijn herwonnen terrein niet zomaar prijsgeven. Binnen twee maanden zag ik geen andere uitweg dan de hulp in te roepen van Duymaer van Twist, die mij al uit eigen beweging zo ver had geholpen. Ik vroeg hem om overplaatsing naar Holland. Ik bleef het hem vragen. Een jaar lang. Niet één keer kwam er antwoord.

'Er speelden belangen, zo groot. Met alle respect, zelfs u heeft daar geen weet van.'

'Toch wel,' zei ik.

Duymaer van Twist had twee stoelen aan dek laten brengen, zoet water en wat brood. In het oosten werden enkele wolken door de allereerste zonnestralen vuurrood aangelicht. Het was alsof brandende schepen de nachthemel langs de kim voortjoegen. Binnen enkele tellen was het licht.

'Ik ken dat soort belangen,' zei ik. 'Men heeft mij erom uit Afrika ontvreemd. Ze zijn niet door één man bedacht. Ze leiden een eigen leven. Ongrijpbaar. Ze tarten elk begrip, iedere wet. Vroeger zouden we ze hebben toegeschreven aan het lot.'

'Ik heb er uitdrukkelijk voor gezorgd dat uw verlof geregeld was vóór Pahud mijn functie overnam. Ik hoop dat u in Holland kunt bereiken wat in Indië onmogelijk was. Beslissingen die in Europa zijn genomen, kan men in Batavia niet ongedaan maken. Zet al uw hoop op de koning en keer niet terug zonder de garanties die u van hem eist. Ik waarschuw u, van Pahud als gouverneur-generaal heeft u niets te verwachten.'

'Waarom niet?'

'Geloof me.'

'Het lot. Dat idee lijkt mij wel zo rustig. Aan het lot heeft niemand schuld.'

'En daar legt u zich bij neer?'

De buik van het schip ontwaakte. Een luik werd geopend en een aantal mannen dook uitgeslapen op. Ze zwermden uit en zetten zich aan hun taken.

'Ik ben moe,' antwoordde ik. 'Ik heb er geen mening meer over. Politiek en rechtvaardigheid zijn nu eenmaal onverenigbaar. Ik zie alleen dat het belang van een groep altijd boven dat van het individu gaat.'

'Daarom streven wij het Griekse voorbeeld na. In een democratie heeft ieder gelijke zeggenschap.'

'Dat zal de enkeling niet redden.'

'Hij krijgt een stem.'

'Eentje maar. Wie zal hem horen zolang de anderen in koor zingen? De mensen modelleren hun mening nu eenmaal het liefst naar die van hun buurman, van hun vrienden. Zo is de natuur. De angst af te wijken van de norm blijft altijd groter. Eerst stellen ze die normen zelf vast en dan worden ze bang er niet aan te kunnen voldoen. Daarom klonten ze samen. Ze vinden hun identiteit door zich met elkaar af te zetten tegen alles wat afwijkt. Zij kunnen niet anders dan elkaars vooroordelen bevestigen. Nee, groepen zullen zich blijven vormen. Democratie rechtvaardigt alleen de terreur die zij uitoefenen.'

'Wat wilt u dan, de terreur van een tiran?'

'Die is tenminste openlijk. In dat geval is men óf wel óf niet in de gratie. Zo niet dan moet degene die uit de gratie is zich stilhouden. Hij kan schuilen of vluchten, maar hij kent zijn vijand. Hij hoeft niemand anders te wantrouwen. Dat jaagt mij in elk geval minder angst aan dan de tolerantie van de massa, die wisselvallig is, onpeilbaar en niet meer dan een masker.'

'Maar ziet u het dan niet als een hoog goed wanneer in alles de mening van de meerderheid zal gelden?'

'Juist niet, want de minderheid zal zich ook daaraan moeten aanpassen. Voor hen verandert er niets.'

'Dat zou betekenen dat het recht van allen, voor de eenling een onrecht is?'

'Ik weet het,' zei ik. 'Ik hoor bij geen enkele groep, groot noch klein. En toch ben ik voor allen onmisbaar. Men vormt zich immers het eenvoudigst een mening ten koste van iemand die in alles zichtbaar anders is, iemand die niemand achter zich heeft. Nee, voor mensen als ik lijkt mij een democratie wel het minst leefbaar.'

Duymaer van Twist draaide zijn stoel, zodat hij niets van de zonsopgang hoefde te missen, die nu zelfs het schuim van de golven oranje kleurde. Toen hij sprak was het fluisterend: 'Denkt u dat ik niet gelukkiger zou zijn als ik die eenzame zekerheid bezat?'

'Zekerheid?'

'Van u. Van Dekker. Van het gelijk.'

'U hebt niets van ons begrepen,' zei ik, zocht mijn spullen bij elkaar en stond op om naar mijn kajuit te gaan. 'Dekker staat alleen omdat hij heeft gekozen. Ik omdat ik dat niet durf.'

*

DELFT

Over de Oude Delft hing een lage mist. De augustuszon stoomde de keien na een stortbui droog. Ik liet mijn huurkoets halt houden voor nummer 161. Terwijl ik uitstapte vielen mij meteen de afgebladderde kozijnen op, in de hal de hoge stilte. Ik vond mevrouw Van Moock in de huiskamer, die half verduisterd was. Haar ogen waren slecht.

'Maar kom dan toch eens hier, prins van me, dichter bij het raam, dichter, dichter!' Ze opende het gordijn, zette me in een kier licht, plaatste haar handen op mijn schouders en bewoog me heen en weer op armlengte afstand. Ze kneep haar wimpers samen en gaf het op.

'Nee, een zwarte vlek. Meer wordt het niet.' Ze trok me aan haar borst en hield me even vast. Ik was vergeten hoe klein ze was.

'Hij is dood, weet je?' fluisterde ze in mijn oor. Ik wist het al en condoleerde haar. 'Ach wat, hij is gegaan zoals hij wilde. Midden in de verwoesting van Troje. Hij had Anchises al op zijn schouders getild. Vader en zoon huilen omdat ze hun stad achter moeten laten. Nog één keer kijkt mijnheer om en hup, hij blijft dood van pure verontwaardiging. Toen ie in zijn kist lag, zei ik: Nou Van Moock, u hebt tenminste één klas zover dat ze de verschrikkingen van de ballingschap begrepen heeft.'

Hierna liet ze iets lekkers halen en vroeg mij te vertellen. We besloten dat ik voor enkele weken mijn intrek bij haar zou nemen en ik stond erop daarvoor te betalen. Ik liet mijn bagage uitladen en richtte mijn oude kamer in. Daar schreef ik aan koning Willem de Derde, kort, vriendelijk, met een verzoek mij spoedig te ontvangen. Ik sloot een presentexemplaar bij van mijn laatste publicatie, 'Het aanwezen van steenkolen in het terrein van de Tjilaloekbaai, Preanger Regentschappen', gaf het een vriendschappelijke opdracht, verzegelde alles en liet het wegbrengen.

Ik zond de meid eropuit om vlees te kopen, een pastei en verse groenten, en ik vroeg haar voortaan elke dag een stevige bouillon voor de oude dame te trekken.

Die avond aan tafel had mevrouw Van Moock geen tijd voor conversatie. Ze boog zich met geknepen ogen over de borden en rook uitgebreid aan alles voor ze het naar binnen sloeg. Slechts één moment liet ze haar lepel zakken, plotseling, alsof haar iets te binnen schoot: 'Zeg eens, u bent vandaag toch met een koets gekomen, nietwaar?'

'Ja, mevrouw.'

'Dat is goed, ja. Ja, met een koets, een koets of anders niet!'

Op mijn brief liet ik na enkele dagen snel een tweede volgen, waarna ik mij te 's-Gravenhage vervoegde bij het kabinet des Konings. Er was een wachtzaal, waar langs de wanden enkele burgers zaten. Zij keken op toen ik de deur opende, hoopvol eerst, toen teleurgesteld, waarna zij met hun blik mijn voetstappen over het parket volgden. Aan de overzijde van die zaal stond een kleine bureautafel. Daar zat een ambtenaar, die mij niet opmerkte. Hij bladerde rustig door enkele stukken die voor hem lagen. Ik schraapte mijn keel, maar hij keek niet op. Toen ontdekte ik een tafelbel en schelde. Ik stelde mij voor en zei dat zijne koninklijke hoogheid mij verwachtte.

'Dan bent u de veertiende vandaag. En het is pas half elf.'

'Ik heb hem van mijn komst op de hoogte gesteld.'

'Ja?'

'Ik heb een lange reis achter de rug.'

‘Ja?’
‘Wij zijn bevriend.’
‘Ja ja.’
‘Ik weet zeker dat hij mij wil spreken.’
‘Ongetwijfeld.’ Hij zocht in alle rust zijn bril, zijn pen, opende met een diepe zucht een groot cahier en vroeg mij daarin mijn naam en verblijfplaats te noteren. ‘Wat ik kan doen, is een audiëntie voor u aanvragen. Gesteld dat u zich kunt legitimeren.’
‘Geweldig. Het gaat om zaken van belang, weet u.’
‘Ik weet het,’ zei hij, ‘ik weet het.’
‘U heeft ervan gehoord?’
‘Dat niet, maar al ’s konings zaken zijn zaken van belang.’
‘Hoe laat denkt u dat ik ontvangen zal worden?’
‘Binnen enkele weken...’
‘Weken?’
‘...krijgt u bericht of uw verzoek wordt gehonoreerd.’
‘En zo niet?’
‘Dan ben ik bang dat u hier terugkomt. Dat doen de meesten. Goedemorgen.’

Een vol jaar vocht ik tegen de bierkaai. Veertien maal meldde ik mij bij het kabinet des Konings. Tweeëntwintig brieven schreef ik zijne majesteit, eerst als een oude vriend, toen als smekeling, ten slotte verontwaardigd. Niet één beantwoordde hij persoonlijk. Ik werd dankzij Gustaaf van Saksen geïnviteerd op een valkenjacht op Het Loo, maar de koning was er niet aanwezig. Ik probeerde het via het ministerie van Koloniën en via directeur Simons van de Koninklijke Akademie te Delft, alles zonder enig bevredigend resultaat.

Ten slotte vond ik genoeg moed – of verloor ik genoeg trots – om mijn weg naar Willem Alexander te zoeken via zijn familie. Ik liet mij aandienen bij het nieuwe landgoed van de koningin-moeder, dat in de volksmond al het Paleis der Eenzaamheid heette. Daar kreeg ik te horen dat zij haar zuster en haar dochter in Weimar bezocht. Ik stuurde hun een brief. In afwachting van antwoord wendde ik mij tot Willems echtgenote, koningin Sophie. De Württembergse herinnerde zich mij als kennis van haar schoonmoeder, maar gaf mij desalniettemin vriendelijk gehoor. Zij toonde sympathie voor mijn zaak, maar zij leefde al lange tijd van haar man gescheiden en had geen enkele invloed meer. Nogal bitter sprak zij dat ik de meeste kans maakte hem te treffen in een van de 'huizen' die hij bezocht. (Sinds Willem haar op een dag voor een bordeel had laten wachten, terwijl hij er zelf een bezoek bracht, liet zij geen gelegenheid onbenut zijn gedrag te schande te maken. Heel 's-Gravenhage wist hoe zij het 'incognito' van de vorst had geschonden door hem eens bij zo'n hoerenhuis op te laten halen met een staatsiekoets, getrokken door een gepluimd zesspan.) Ik vertrok met het begrip dat het dédain dat zij Kwame en mij vroeger had getoond, in feite álle mannen gold. Na een week ontving ik een kort bericht van haar met de goede raad mijn opwachting te maken bij een galavoorstelling in de Koninklijke Schouwburg. Ik ging, maar werd niet tot Willems loge toegelaten.

*

WEIMAR

In september '57 reisde ik op uitnodiging van Sophie naar het groothertogdom om de onthulling bij te wonen van een standbeeld, voorstellende Goethe en Schiller. Zum Elefanten, het beste logement, was volgeboekt met gasten voor de plechtigheid, en ik vond ternauwernood een kamer bij het aangrenzende Zum schwarzen Bären. Hoewel ik moe was van de reis, maakte ik eerst een wandeling langs de Ilm. Onderweg kwam ik op het Frauenplan het hoofd van de Anna Amaliabibliotheek tegen, die zijn hoed afnam toen hij mij herkende, terwijl het dienstertje van de Konditorei am Horn naar buiten kwam om mij bij wijze van welkom een tuit boterbrokjes te brengen. Veel plaatsen vond ik terug waarvan het weerzien mij op een andere manier ontroerde dan Holland, dat mij overal aan Kwame herinnerde. Hier, waar ik iets gekend heb dat geluk benadert, bracht alles mij in een uitgelaten stemming.

Die werd gevoed toen ik bij de receptie van mijn hotel een bericht vond op Sophies paarse postpapier. Men had haar, zoals gevraagd, direct over mijn komst bericht. Zij verontschuldigde zich mij deze avond niet persoonlijk te kunnen verwelkomen – op het hofslot was een ontvangst voor de koningen Frederik van Pruisen en Maximiliaan van Beieren. Voor mij, schreef de groothertogin, was op slot Ettersburg mijn oude hoekkamer in gereedheid gebracht, met uitzicht over het jachtveld. Aangezien dit het vertrek was waarin Goethe zijn *Iphigenie* had geschreven, werd het tijdens de feestelijkheden door veel van haar hooggeplaatste logés begeerd, maar Sophie had hen allen afgewezen ten gunste van mij. Een koets stond klaar om mij erheen te brengen.

Daar aangekomen wachtte mij een souper, maar de opwinding had mijn eetlust weggenomen, zo dierbaar was mij alles. Ik vroeg om een lantaarn en haastte mij ermee naar buiten. Op de ronde bank die naar mij vernoemd was, nam ik plaats. Hoewel de nacht bewolkt was en van de vlakte beneden, waarop mijn ogen altijd rust vonden, niets was te zien, bleef ik zitten. Ik doofde de lamp en tuurde in het zwart. Ondertussen betastten mijn vingers elke centimeter van het koude steen. En zo waarlijk helpe mij God, ik zweer dat het was alsof uit dat dode materiaal een kracht tot mij kwam. Ik heb er geen redelijke verklaring voor. Er was een verbinding met het goddelijke. Het trok als een rilling door mij heen. Misschien ook was het niets anders dan dat, gesterkt door deze plek en de nabijheid van vriendschap, alle hoop zich in mij samenbalde. Ik voelde dat weldra over mijn toekomst moest worden beslist. Alweer bereidde ik mij voor op een verandering, zonder te weten welke.

Ik stond op en liep de donkerste schaduwen van het Buchenwald binnen. Eens kende ik van deze heuvels ieder pad en alle lanen, wist ik waar de greppels lagen en op welke punten een helling overging in afgrond. Ik wilde maar één ding. Iets anders paste niet bij mijn extase. Ik sloot mijn ogen en begon te rennen, op goed geluk, schreeuwend, uitgelaten als een kind. Blindelings doorkruiste ik het bos. Ik sprong, ik draafde. Ik hield me niet in en voelde toch geen angst. Nooit had ik zo'n vertrouwen.

Voor ik de rooksalon betrad, moest ik uit alle macht het lachen onderdrukken, dat maar uit mijn borst opwelde. Onder aan de trap hernam ik mij, maar toen ik werd aangediend en in de wandspiegel snel even mijn voorkomen fatsoeneerde, zag ik nog steeds een brede grijns. Ik beet op mijn lip en ging binnen.

Het gezelschap was niet groot. Van de aanwezigen kende ik alleen

Hans Christian Andersen. Rond hem had zich een kring heren verzameld. Zodra de schrijver mij opmerkte, richtte hij zich tot mij en wilde weten hoe ik het maakte. Ik antwoordde ontwijkend. Hij begreep meteen, vroeg niet door en introduceerde mij bij zijn gehoor.

Ik voelde dat ik onder hen niet welkom was. Zoiets gebeurt. Ik ben eraan gewend. Het is niet meer dan een smalend opgetrokken mondhoek, een opmerking die voor mij onverstaanbaar blijft, gevolgd door een lach, een intonatie, een korte toevoeging, een kring die zich met tegenzin opent. Ach, als ik zulke dingen nú nog moest vermelden... Dit keer echter trok ik mij niet terug met een of ander voorwendsel. Ik deed nu eens niet of ik plotseling grote aandrang voelde alle schilderijen langs de wand van nabij te bestuderen. Nee, ik was niet van plan te wijken op zo vertrouwde bodem.

'Ik ben bang dat onze conversatie u niet zal boeien,' zei een van de heren in het Frans. 'Ons onderwerp is nu eenmaal typisch Duits.'

Toen ik hem in die taal antwoordde dat ik met de Germaanse sagen waar zij het over hadden goed bekend was, kon hij niet anders dan mij in het gesprek betrekken. De spreker bleek een Oostenrijker, ritmeester Friedrich von Schiller, kleinzoon van de schrijver. Ook diens schoonzoon, Freiherr von Gleichen Russwurm, en zijn zoon Leopold maakten deel uit van het gezelschap.

Het kwam erop neer dat dit drietal die dag in Eisenach de Wartburg had bezocht, waar de restauratiewerkzaamheden hun voltooiing naderden. Zij waren vol van de legenden die met dat kasteel verbonden zijn. Nu ken ik de waarde die Duitse volkeren aan hun mythologie hechten, maar dit gesprek nam zo'n vlucht dat Tannhäuser en de zijnen niet als helden, maar als heiligen werden vereerd. De ritmeester voerde hen op als emblemen van een of andere unieke Duitse zielenadel. De Freiherr gaf erover op als een kracht die te lang onderdrukt was, met name door de Kerk, maar nu dankzij groothertog Carl Alexander aan een glorieuze terugkeer was begonnen. De toon was verhit, schreeuwerig. Ik wees hun erop dat zij spraken als soldaten voor een veldslag en dat niets verder afstond van de natuur van de groothertog zoals ik hem ken, die het erfgoed slechts bewaakt uit liefde voor de geschiedenis en de kunst. Ik weet zeker dat hij, als hij aanwezig was geweest, hun gebral niet had getolereerd. De sprekers zweepten elkaar op en schermden met citaten van de grote schrijvers die wij morgen gingen eren. Champagne deed de rest. Na de zoveelste fles probeerde de ritmeester aan Andersen steun te ontlokken.

'Ik, heren, heb slechts verstand van sprookjes, niet van mythen,' antwoordde hij diplomatiek. 'Ik probeer eeuwige waarden te verkleinen tot een niveau waarop ze voor eenvoudige mensen na te voelen zijn. In de sagen waar u het over heeft, worden eenvoudige menselijke gevoelens uitvergroot tot ze het belang krijgen van eeuwige waarden. Dat is iets anders.'

Er viel een stilte, maar Hans bleef ongrijpbaar achter zijn charme. Von Gleichen Russwurm pakte de draad op. Hij wist te vertellen dat Richard Wagner morgen uit Zürich op de eretribune verwacht werd, waarna men de bewieroking hervatte van de verhalen die de hofkapelmeester op muziek gezet had. De een gruwde van de klanken, de ander begon enkele strofen voor zich uit te zingen. Het eindigde ermee dat de ritmeester, struikelend over zijn tong, bralde dat via deze muziek de godin Holda, vanuit haar berg bij Eisenach, alle Germanen opriep tot vruchtbaarheid, teneinde andere volkeren in aantal te overtreffen, en hij sjorde aan zijn broek, alsof hij ter plekke aan haar oproep gehoor ging geven.

'Het spijt me uw enthousiasme te moeten temperen,' zei ik, 'maar uw Duitse legenden verschillen niet wezenlijk van de verhalen die in ieder ander volk leven. Men vindt precies dezelfde avonturen en symbolen weergegeven op de wanden van boeddhistische en hindoetempels, in de graven van Egypte of bij de vertellers van Afrika. Hoewel men dáár zo verstandig is wonderen niet voor waarheden aan te nemen maar ze alleen te bewaren als schat van een gezamenlijke historie, is mij toch, híér in Europa, bijgebracht dat verhalen over vrouwen die in een rivier leven en dwergen die goud uit modder smeden, voortkomen uit onwetendheid en onbekendheid met de christelijke leer.'

Hierop deed Leopold, de jongste van het stel, een stap in mijn richting. Over zijn wangen droeg hij de rituele littekens van de Mensur-studenten. Bij het initiatieduel was waarschijnlijk een zenuw doorgesneden, want op zijn gezicht was geen emotie te bekennen.

'U zult merken,' snauwde hij mij toe, 'dat sinds uw laatste bezoek aan Weimar de verhoudingen hier veranderd zijn. Men heeft zijn verleden herontdekt.'

‘Daar kunt u toch onmogelijk bezwaar tegen hebben?’ vroeg de Oostenrijker.

‘Integendeel,’ antwoordde ik, ‘uit uw verleden zijn wijze lessen te trekken.’

‘Inderdaad is het zo rijk dat wij ons door anderen niet hoeven te laten onderwijzen.’ Leopold klonk nu zo dreigend dat ik zijn vader aankeek in de verwachting dat hij zijn zoon terecht zou wijzen.

‘U hebt gelijk, prins,’ zei de oudste glimlachend, ‘soms is het belangrijk dat wij niet vergeten waar we vandaan komen,’ waarna hij een stap opzij deed, zodat ieders aandacht viel op een klein glazenkabinet, met schildpad ingelegd, dat achter hem stond. De poot was uit ebbenhout, fijn gesneden, en stelde een jonge Afrikaan voor, geknield, die met zijn gebogen hoofd de kast ondersteunde. Deze grap doorbrak de spanning. Iedereen vond hem kostelijk. Ik kreeg een goedlachse klap op mijn schouder en voor ik kon reageren was het gesprek alweer vrolijk op gang.

Hans Andersen nam mij bij de arm en voerde mij mee naar het bordes, waar hij in beslag werd genomen door Goethes schoondochter, de oude Ottilie uit Dresden, en haar zuster Ulrike von Pogwisch. Zij wilden alles weten over zijn reis naar Engeland en bepaalde eigenaardigheden van zijn gastheer Dickens. Ik bleef in hun buurt, maar luisterde slecht.

De volgende dag werd ik liefdevol ontvangen. Voor de schouwburg waren twee tribunes opgesteld. Mij werd een ereplaats gewezen, op één rij met de vorsten van Pruisen en Beieren. De eerste schonk het granieten voetstuk voor het nieuwe standbeeld, de tweede het brons, op voorwaarde dat de dichters in hun gewone kleding werden afgebeeld en niet in Griekse toga. Ze kibbelden goedmoedig, want ieder vond dat zijn bijdrage het meeste belang had. Ik opperde dat juist deze verdeling mij ideaal leek: Pruisen de rots, Beieren het sierlijke metaal, waarna ze allebei tevreden waren.

Anna en Maria Paulowna arriveerden in Sänftes, de draagstoelen die in Weimar nog in zwang waren, maar Sophie en Carl Alexander kwamen te voet door een juichende haag van onderdanen. De hele familie nam de tijd mij uitgebreid te groeten, tot chagrijn van de Schillers, die verder weg zaten.

De plechtigheid begon met het nieuwe volkslied van Saksen-Weimar-Eisenach, getoonzet door Liszt: *Von der Wartburg Zinnen nieder...* Je kon Leopold von Gleichen Russwurm overal bovenuit horen. De nationalistische woorden leken hem volledig in het gelijk te stellen. Vervolgens sprak de rector van het gymnasium op dezelfde overspannen toon. Snel werd mij duidelijk dat ik niet was uitgenodigd om Goethe en Schiller te eren, maar, zoals professor Heiland stelde, ter ere van *'Weimar als middelpunt van een geestelijke ontwikkeling zoals sinds de dagen van Pericles niet meer op een door de goden gezegende plek op aarde had bestaan'*. Ik hield mij stil, maar trots rechtop, om de mensen achter mij niet het plezier van hun triomf te gunnen.

Hoewel die avond tijdens het bal velen de aandacht van groothertogin Sophie opeisten, lukte het ons korte tijd samen naar het park te ontsnappen. Wij hadden zo lang naar dit moment uitgezien, dat ik, nu het eenmaal gekomen was, nauwelijks de woorden kon vinden die ik voor haar bewaard had. Zij schitterde als altijd, en ik vulde de lege ogenblikken door gewoon naar haar te kijken en mij aan het weerzien te laven. Het blonde haar was strak naar achteren getrokken en de wrong rustte in een netje tegen haar nek. Onder haar ogen was de huid zachter dan vroeger, en toen ze om mijn staren in de lach schoot, verschenen daar twee heerlijke rimpels. Tegelijk echter ontdekte ik rond haar mond een lichte nervositeit, die mij het spreken niet makkelijker maakte. Het was alsof wij allebei wachtten op een oude vertrouwelijkheid en wij, heel licht, schrokken nu wij dat gemak niet direct konden oproepen. Sophie hernam zich als eerste, met een charme en een vaardigheid die zij zich de laatste jaren ongetwijfeld had eigen gemaakt tijdens diplomatieke ontvangsten. Ze raadde mijn gedachten en verzekerde mij dat een vriendschap zo oud als de onze niet méér verlangt dan samen wat te luisteren naar het ruisen van de Ilm. We wandelden naar het Romeinse huis en vandaar door Goethes parkaanleg terug langs zijn buitenverblijf. Aangekomen bij de Grot van de Sfinx namen we plaats op een bankje, recht tegenover het stenen beeld. Het wezen kijkt je niet hoogmoedig aan, zoals die van Gizeh, maar ligt schuins in de spelonk, afgewend, onzeker over zijn halfslachtige lijf. Daarlangs ruist een beekje en in de vlierbosjes wonen zangvogels. Ik had aan die plek, zoals aan zovele daar, een aardige herinnering, maar toen ik die anekdote begon op te halen, onderbrak Sophie mij en kwam ter zake.

'Ik heb uw brieven met aandacht gelezen,' zei ze, 'en inmiddels heb ik Willem geschreven dat hij een eind moet maken aan uw ongeluk.'

'Ik ben bang dat hij geen gehoor zal geven.'

'In dat geval zal hij mij compromitteren. Uw hele ellende vindt namelijk hier zijn oorsprong.'

'In Weimar?'

'Zo is het. Zoekt u niet verder. Herinnert u zich dat u tijdens uw studie eens bij ons te gast bent geweest samen met Raden Saleh?'

'Maar al te goed.'

'Er was tussen u onenigheid.'

'Ja, hij bracht het contract ter sprake dat mijn leven heeft bezegeld, en verweet mijn vader zijn toezeggingen niet te zijn nagekomen.'

'U heeft daarop het ministerie van Koloniën aangevallen en verwijten gemaakt over uw behandeling.'

'Misschien. Ik werd geprovoceerd. Ik verdedigde mijn vader, meer niet.'

'Wat u en ik niet wisten, is dat Raden Saleh in die jaren informant was voor de Nederlandse regering. Als kunstenaar had hij toegang tot alle hoven van Europa. Onverdacht. En hij was eerzuchtig genoeg om een dubbelrol te spelen en met beide goede sier te maken.'

'Hij bespioneerde mij?'

'Hij rapporteerde negatief. Ondankbaarheid verweet hij u, en hij trok uw loyaliteit aan de Staat in twijfel, waarna u uit de gratie bent gevallen bij het ministerie.'

Zij aarzelde even en keek nog eens of wij wel alleen waren.

'Ik weet niet wanneer wij weer de kans krijgen elkaar onder vier ogen te spreken. Daarom...'

Zij voelde in de plooien van haar jurk en haalde een briefje dat zij klein had opgevouwen, te voorschijn.

'Ik wil u dit geven.' Zij toonde mij de kopie van een verbaal uit 1849, waarop een Haagse relatie die zij niet wilde noemen, de hand had weten te leggen. Op voorwaarde van geheimhouding liet zij mij Raden Salehs woorden lezen.

'Weet u wat mij van Boachi verwondert: Het is dat hij in gezelschap verhaalt dat het Nederlandse gouvernement zijn vader, de koning van Ashanti, heeft misleid of bedrogen in de zaak van de rekruten *en dat de Generaal* Verveer *zijn vader* veel goed *ontstolen heeft. Aan zijn vrienden te Weimar en Dresden heb ik gezegd dat dit leugentaal was en aan Boachi heb ik doen weten dat hij op zijn woorden moest passen want dat hij dadelijk zou worden teruggezonden naar zijn land, zonder traktement, wanneer men in Nederland van zijn vertellingen onderricht werd.'*

'Maar waarom heeft niemand mij om toelichting gevraagd?' vroeg ik.

'Ik heb u verdedigd, gelooft u mij, en professor Cotta even vurig, maar de twijfel was gezaaid. Toen ik vanuit Java over uw erbarmelijke omstandigheden hoorde, heb ik Willem direct geschreven dat ik niet wil dat dit onnozele voorval uw verdere leven nog beïnvloedt. Ik voel mij verantwoordelijk voor wat onder mijn dak is gebeurd. Ik heb hoog ingezet. Hij zal mij uw rehabilitatie niet weigeren.'

'Maar gelooft u werkelijk,' vroeg ik, 'dat deze kleinigheid de oorzaak van zoveel tegenwerking kan zijn?'

'Is het soms niet genoeg? Ik zeg u dat hier de kiem ligt en dat uw problemen zullen worden opgelost. Wat wilt u meer? Kwel uzelf niet verder, in godsnaam.'

Op dat moment werden wij gevonden door enkele gasten. Onder hen was ritmeester Von Schiller. Hij kwam Sophie van mij opeisen voor de quadrille die zij hem beloofd had. Zij merkte mijn ongenoegen wel en stuurde hem vooruit met de belofte snel te zullen volgen.

'Ik heb gehoord dat u nu ook een aanvaring met de Schillers heeft gehad.'

'Zij denken over wezenlijke zaken anders dan u of ik.'

'Dat kan zijn, maar u moet goed begrijpen dat zij een erfgoed beheren dat voor Weimar zeer belangrijk is. Let wel, het werk en de ideeën van Goethe en Schiller vormen het hart en de ziel van ons volk.' Ik zweeg, tot haar ongemak. 'En bovendien, ik had hem deze dans nu eenmaal al toegezegd.'

'Zij bewaren het gedachtegoed van hun voorvader misschien in een archief, maar niet in hun gedrag.'

'Er bestaat een gevaar dat de manuscripten, ja Schillers hele bibliotheek, met de ritmeester naar Oostenrijk zullen verdwijnen. Dat wil ik voorkomen, koste wat het kost.'

'Doet u dat,' zei ik kortaf. 'Ontferm u over Schillers erfgoed. Papieren ideeën lijken mij op dit moment te prefereren boven de ideeën die hier leven.'

Zij stond op, deed twee passen en wachtte toen tot ik haar mijn arm aan kwam bieden. Terwijl wij op het slot toe wandelden, hield ze mij stevig beet en af en toe kneep ze nog eens, alsof ze zeker wilde zijn dat ik wel naast haar liep.

'Daar hebt u als vriend wel begrip voor, nietwaar? Alleen omdat iemand u onheus bejegent, hoeven wij hem toch niet direct tot vijand te nemen.'

'Ik waarschuw u, geen melancholieke praat! Dat kan ik er niet bij hebben.' Anna Paulowna tikte mij met haar waaier op de vingers, maar haar ogen hingen dankbaar aan de mijne en met een handgebaar dwong ze haar hofdame voor mij plaats te maken op een stoel direct naast de hare.

'Wat dacht u, die weduwvrouw zal ik eens in de put helpen door haar te herinneren aan gelukkiger tijden?'

'Als mijn aanblik dat effect heeft, helaas, ik kan aan mijn verschijning niets veranderen.'

'Dat moet u ook niet durven, zeg! Ik zou op het moment geen voorkomen weten dat me dierbaarder is. Een baken in een zee van nieuwe gezichten! Jong en nieuw zover je kijken kan. Maar wie zijn het allemaal en wat doen ze hier, dat is wat ik zou willen weten!'

Voor ons wervelde Sophie in de armen van de ritmeester.

'Maar ach, het is tenminste feestelijk, dus mij zal niemand horen klagen. Tegenwoordig kom ik nergens meer. Ik zit thuis, alleen met mijn gedachten. U zult het merken, mon prince, als u tijd van leven krijgt. In de ouderdom heeft de herinnering twee kanten: men teert op de herhaling van de lieve feiten en tegelijk is het om te huilen dat daartussen nooit meer eens iets nieuws valt te ontdekken.'

De quadrille werd afgerond en een gavotte ingezet. Sophie changeerde niet.

'U moet mij binnenkort in Holland komen bezoeken. U moet! Er is een schilderij van Pieneman dat ik u wil tonen. Schilderkunstig is het niets. Mij kan men er amper op herkennen, maar het stelt de

Nieuwe Kerk in Amsterdam voor tijdens de inhuldiging van mijn man. Dát was een dag, nietwaar? Alle aanwezigen staan erop afgebeeld. Rij na rij na rij. U staat er ook tussen. Met prins Quame. Ach, die wereld, daar is niets van over. Zegt u zelf, u hebt ze toch meegemaakt, die dagen. En nu, elke keer als ik naar dat schilderij kijk, streep ik nieuwe doden af. Wat dat betreft, en natuurlijk door die erbarmelijke kwaliteit, doet het denken aan een adventkalender, maar dan één waarvan men telkens een raampje dicht moet doen. Op den duur wordt men gewoon ongeduldig te weten hoe het af zal lopen. Dan is het alleen nog een kwestie van wachten tot iemand de luiken voor mijn eigen portret komt sluiten...' Zij dwaalde enkele tellen af in haar gedachten om dubbel sterk terug te komen. 'Ziet u nu wat u doet! U praat mij regelrecht in een crise de nerfs!'

Ik verontschuldigde me, maar kon daarbij mijn ogen niet van de dansenden afhouden. Zij vermaakten zich kostelijk. Anna Paulowna volgde mijn blik.

'Vraagt u niemand ten dans?'

'Ik heb in geen jaren gedanst.'

'Des te meer reden. Ik beveel het u. Vooruit dan toch!'

'Bovendien heb ik geleerd geen dames meer met zo'n verzoek in verlegenheid te brengen.'

'In verlegenheid? Hoezo in verlegenheid?'

'Niet iedereen ziet mij zoals u.'

'Ik geloof verdraaid dat u zich heeft voorgenomen mij te deprimeren. En die blik daarbij! Terwijl ik zo uitdrukkelijk vrolijkheid beveel! Zal ik dan in niets meer gehoorzaamd worden? Maak plezier, mijnheer, iets anders verdraag ik op mijn oude dag niet meer.'

'Dus u wilt dat ik dans?'

'Nee maar, bent u soms nog doof ook?'

'In dat geval,' zei ik brutaal, 'zullen u en ik samen dansen.' En voor haar verbijstering in verontwaardiging kon omslaan, voegde ik daaraan toe: 'In gedachten. Zonder dat de anderen het merken. Uitsluitend in ons hoofd.'

Ze keek me even aan en, beschaamd dat ze moest lachen, bracht ze haar kin naar haar borst. Schalks loerde zij onder haar wimpers door, als een jong meisje.

'Dat kan niemand ons beletten,' antwoordde ze. Ze kreeg er zowaar zin in en rechtte haar rug. 'Bij God, laat iemand eens proberen ons ook dat plezier nog af te nemen!'

De volgende dans, een wals, zaten wij samen uit. Na enkele maten hoorde ik de oude vrouw naast mij zachtjes neuriën en onder haar japon wipte op elke derde tel haar knie.

De volgende ochtend vertrok ik uit Weimar, sterker dan ik kwam.

Elke band die wordt doorgesneden brengt een mens sneller bij zijn doel, daar ben ik van overtuigd. Mijn wezen streeft van jongs af aan naar eenzaamheid. Wanneer ik alle moeilijkheden van mijn leven in dat licht bezie, hebben ze zin gehad. Is het misschien daarom dat elk verlies ook een bijzondere opwinding in mij teweegbrengt? Weer een stap verder verwijderd te raken van andere mensen heeft mij altijd evenveel wanhoop als extase gebracht.

Een soortgelijke ervaring had ik na Kwames dood. Er ontstaat een roes waarin alles helder is. Het leven toont korte tijd zijn ware gezicht. Het kijkt je recht in de ogen. Ineens is het een gelijkwaardige tegenstander wiens zetten je doorziet. Dat is niet iets zwaarmoedigs, integendeel, het maakt licht. Letterlijk. *Ver*licht. Ja, denk je, nú heb ik, heel even, een helder inzicht in het bestaan. Ik vermeld dit met schroom. Wie het herkent zal me begrijpen, ieder ander moet het snel vergeten.

In elk geval kwam ik zo gesterkt uit Weimar terug dat ik de volgende dag een brief schreef aan de minister van Koloniën, mr. P. Meijer. Onomwonden eiste ik door huur van landerijen op Java schadeloos te worden gesteld, voor het onrecht dat mij was aangedaan.

*

JAVA

Begin '58 keerde ik te Batavia terug. Mijn verzoek om land lag bij gouverneur-generaal Pahud en zijn Raad van Indië, die de toewijzing nog enkele jaren wisten tegen te houden. Al die tijd moest ik leven van mijn toelage, vierhonderd gulden in de maand.

Cornelius de Groot zag ik nog eenmaal. Hij riep mijn hulp in toen de Billiton Maatschappij, die jaren eerder mede dankzij mijn bemoeienis door prins Hendrik was opgericht, zo weinig tin bleek op te brengen dat de onderneming in gevaar kwam. Ik had indertijd alles in kaart gebracht, kende het terrein en had in die buurt op diverse plaatsen bodemonderzoek verricht.

De Groot bezat inmiddels een fraaie woning in Weltevreden, waar hij mij uitnodigde, niet uit gastvrijheid, maar om mij te tonen hoe ver hij het had gebracht. Bij die gelegenheid was hij voor zijn doen zeer innemend en informeerde naar mijn welzijn. Ik zei hem onomwonden dat ik in een pension woonde en hoe slecht mijn zaken er verder voor stonden. Hoewel ik had opgezien tegen onze ontmoeting, merkte ik dat zijn goedkeuring noch afkeuring mij meer kon deren.

Hem hadden de laatste zes jaar evenmin geluk gebracht. In korte tijd was hij tweemaal gehuwd en beide echtgenoten had hij binnen een halfjaar na het huwelijk moeten begraven. Terwijl hij hierover vertelde, deed hij zijn best uiterlijk onaangedaan te blijven. Al zijn aandacht ging naar een kostbare bourgogne die hij, vanwege de ouderdom van de wijn, zelf probeerde te openen. Eerst wilde het loodje er niet af, en toen het eindelijk meegaf, sneed Cornelius zich in zijn vingers. Hij vloekte, zoog het bloed uit de wond en begon de fles te ontkurken.

Hij vertelde hoe hij gehoopt had op een gezin. Nu hij ze kon bieden wat hij zelf in zijn jeugd had moeten ontberen, verlangde hij naar zoons om zijn kennis aan door te geven.

De kurk werkte niet mee en Cornelius had beide handen nodig. Hij nam plaats op het puntje van zijn stoel. Hoewel hij over de fles gebogen zat, die hij voorzichtig tussen zijn knieën klemde, merkte ik toch iets aan zijn oogopslag. Ik vroeg hem of hij soms opnieuw verliefd was. Verbaasd dat ik het had geraden, keek hij op en schoot in de lach. Op dat moment brak de kurk af en hij zat daar zo beteuterd en onthand dat ik – precies als vroeger – hem alles uit handen nam, de losse kurkdeeltjes wegblies en de fles opende. We dronken twee glazen terwijl hij mij zijn problemen bij de tinwinning uiteenzette en ik hem beloofde over een oplossing na te zullen denken.

Uiteindelijk arriveerden er gasten die bij hem kwamen dineren.

Hij liet ze naar een andere salon brengen terwijl hij afscheid van mij nam. Hij zei me dat ik me niet hoefde te haasten en rustig mijn glas in zijn afwezigheid mocht opdrinken. Wij wensten elkaar voor de toekomst veel geluk. Daarop liep hij weg, maar met de deurklink al in zijn hand draaide hij zich toch om. Ik dacht dat hij mij alsnog zou uitnodigen met het gezelschap mee te eten.

'Eén goede raad, Boachi, zoek een vrouw. Dat maakt alle verschil. Ze hoeft niet knap te zijn. Niet slim ook. Dat heb ik allebei gehad en, heus, daar gaat het niet om. Lief is zelfs onbelangrijk. Als ze maar aan je gewaagd is. Iemand die je zo volkomen doorheeft dat het zinloos wordt je nog ergens voor te schamen, bij wie je je op je gemak voelt, ongeacht waar, ongeacht hoe. Verdomd ja, onbeschaamdheid, daar koopt een mens meer voor dan voor al die liefde.'

'Bestaan er zulke vrouwen?'

'Laten we het hopen, Boachi. Laten we het hopen.'

Ik onderzocht de Billiton-zaak en gaf advies een nieuwe mijn te slaan in de buurt van Tandjong Pandan. Cornelius liet dat werk zonder slag of stoot aanvangen, waarna de winning op dat eiland langzaam maar zeker winstgevend werd. Later hoorde ik dat hij een derde vrouw had gevonden, maar ook zij heeft hem niet overleefd.

*

Eindelijk kreeg ik in '62 bericht dat de overheid mij een stuk land op Zuidoost-Java, groot duizend bouws (zevenhonderdtien hectaren), in erfpacht gaf, en wel voor het planten van koffie. Dat laatste werd gebracht als een privilege, aangezien koffieteelt een monopolie van de regering was. Ik liet mijn bezittingen verkisten en vertrok vol ongeduld. Oponthoud was er alleen te Djokja, waar een overenthousiaste beambte van het sultanaat erop stond mij in de kraton te ontvangen. Trots toonde hij mij een galerij met portretten van de sultan en zijn familie, alle van de hand van Raden Saleh. Ik haastte mij, zodra de wellevendheid dat toeliet, naar Madioen.

Daar vond ik aan de voet van een steile bergkom, half tegen de rotsen, een woestenij, grotendeels overwoekerd door het oerwoud. Er stond een klein huis van planken dat reeds lang moest zijn verlaten. Delen waren door de inlanders gesloopt en hergebruikt of opgestookt. Een deur was er niet, en tussen de vloerdelen drong de natuur binnen. Op zoek naar een bank of bed of iets om in te slapen, verstoorde ik een loewak, die met hoge staart zijn bunzingstank verspreidde, zodat ik bijna dankbaar was voor de gaten in het dak.

De eerste uren, waarin ik mij door de dichte ondergroei worstelde, was ik in de veronderstelling dat men mij verkeerd gewezen had, tot ik navraag deed bij de opzichter van Doengoes, de opiumverkoopplaats die bij de omliggende papavervelden hoorde. Verslagen keerde ik terug, maakte een vuur om het ongedierte te verjagen en sliep in een geleende hangmat op de veranda.

De volgende dagen ontdekte ik tussen de ravage sporen van oude aanplant, wild en ongeregeld. Deze had de grond gebroken en uitgeput. Ik begreep meteen, zelfs met mijn beperkte kennis, dat mijn land volledig zou moeten worden kaalgeslagen, omgeploegd, geëgaliseerd en verrijkt, waarna alles opnieuw diende te worden uitgezet. Tot overmaat van ramp bleken de waterleidingen dichtgeslibd en de voetpaden waren, zelfs met een kapmes, vrijwel onbegaanbaar.

Overzicht van het terrein kreeg ik pas toen ik een pad blootlegde dat langs een van de bergwanden omhoogvoerde. Vandaar was goed te zien dat beneden overal drabbige dijken lagen, die als reusachtige donkerrode vingers mijn eigendom volledig in hun greep hielden. Deze modder, die van de helling stroomde, drong met elke regen verder op. Hij sleurde alles mee en had de opzet van de oude gouvernementstuinen volledig doorbroken. Stuk voor stuk moesten deze aardverschuivingen worden afgegraven. Eén had echter al mijn huis bereikt en drukte zo zwaar tegen de achterwand dat die onder het gewicht uit het lood geraakt was, moest worden afgebroken en herbouwd. Ook ontdekte ik nog drie onbruikbare ravijnen, allemaal van mij, met daartussen drie, vier redelijk open veldjes, die door hun ligging echter zouden moeten afvallen, als niet over elk afzonderlijk een brug zou worden geslagen. Ik stond het vele werk te overpeinzen en twijfelde of ik dit immense karwei ooit kon financieren met mijn beperkte traktement, toen een rookkolom mij wees op de aanwezigheid van een kleine kampong in de verte.

Alle inwoners zagen mij de hutten naderen, maar geen van hen hurkte voor mij neer. Wel was er veel hilariteit, en na het eerste ongeloof dat mijn aanblik bij hen opriep, werd ik vriendelijk ontvangen, al hielden de kleinsten angst en bleven de oudsten op een afstand. Zes gezinnen woonden er, die alle werk vonden in de opiumteelt. Sommigen antwoordden op mijn vragen, maar alle aandacht bleef op mijn uiterlijk gericht. Ik kocht een kip en nam een van de ouderen als opziener in dienst.

Deze man, Boedi, had de plantage als kind nog gekend, voor zij door het gouvernement werd afgeschreven. De grond was volgens hem ongeschikt voor de koffiesoort Robusta door de droge, verstikkende hitte, die in de zomer tussen de bergwanden bleef hangen, terwijl deze in de regentijd juist elke wolk vingen en vasthielden, zodat het de rest van het jaar te nat was voor een redelijke oogst van de Arabica-variant. Hij wees mij ook op andere problemen, zoals het ontbreken van opslagruimte, het gebrek aan mankracht in deze afgelegen streek en de ontoegankelijkheid van het dal, wat de aanvoer van materieel en de afvoer van de oogst zou bemoeilijken. Desalniettemin gaf ik hem de opdracht mensen te zoeken die mij konden helpen bij de ontginning, desnoods tot in Solo. Hij nam zijn geld en vertrok zonder te groeten, waarna ik tevergeefs probeerde de kip te slachten.

Gedurende enkele maanden had ik zo'n man of acht in dienst. Soms meer, soms minder. Zij kwamen en gingen zonder enig bericht of regelmaat, en wanneer ik me daarover beklaagde, haalde Boedi zijn schouders op. Het werk vorderde te langzaam. Aanvankelijk werden mijn opdrachten met gemor ontvangen, later maakte hun onvrede plaats voor onverschilligheid. Op alles wat ik zei knikten ze, zoals je een kind zijn zin geeft, waarna ze erop uittrokken om precies te doen waar ze zin in hadden. Hoe sterker ik aandrong, hoe openlijker ik werd genegeerd. Wanneer ik te streng was, liepen ze weg en wanneer ik te laks was, liepen ze over me heen. Een enkele maal werd ik zo kwaad dat ik de eerste de beste zijn bijl uit handen griste en zelf op het oerwoud inhakte om ze eens te tonen hoe een echte man werkt. Het enige resultaat was dat ze bij de maaltijd het grootste plezier hadden, waarna de anderen mij probeerden uit te lokken in mijn drift ook een deel van hún werk over te nemen.

Aanvankelijk weet ik hun onwil aan het feit dat ik niet gewend was leiding te geven. Ik dacht dat zij zich privileges toe-eigenden omdat ik niet genoeg kon betalen en zij wisten dat er toch geen andere mankracht te vinden was.

Uiteindelijk liep het zo uit de hand dat ik Boedi erover onderhield. Ik liet een maaltijd voor ons beiden serveren in mijn kamer, de enige in het huis die bewoonbaar was gemaakt. Ik stemde hem gunstig met enkele kleine geschenken voor zijn familie en nam hem in vertrouwen door openheid van zaken te geven. Ik legde hem uit dat mijn middelen beperkt waren en dat mijn overleven als planter afhankelijk was van een spoedige eerste oogst. Ik had inmiddels zaailingen van de Arabica Bourbon besteld bij een bedrijf te Buitenzorg, dat zich hierin specialiseerde ten behoeve van land als het mijne, dat te arm is om zelf zaad te kiemen. Deze bestelling was door hen uitgezet en opgekomen, en de datum waarop ik haar zou ontvangen naderde snel. Ik vroeg Boedi op de man af hoe ik de werkers moest aanpakken om de grond in elk geval zover gereed te hebben dat er kon worden gepoot. Ik toonde hem mijn wanhoop, maar hij zag het probleem niet.

'Zij werken zo hard zij kunnen, toean.'

'Dat is niet waar, Boedi, dat weet je.' Hij zweeg. 'Vooruit, ik heb je hulp nodig. Ik vraag het je als vriend.'

'Maar wat moet ik? Dit is wat zij doen. Meer doen zij niet.'

'Zijn zij ook zo laks als ze op Doengoes werken?' vroeg ik.

Boedi keek me aan. Ongegeneerd. Hij vond het niet eens nodig eromheen te draaien. 'Mijnheer de eigenaar van Doengoes, hij is Hollander.'

'Ik ben óók een Hollander.'

'Nee toch, toean.' Er kwam zelfs een lach op zijn gezicht, zo echt Javaans, een vuile spot die zich laf verschuilt achter een verontschuldiging.

Vanaf die dag werd ik strenger, ik dreigde met inhouding van loon en met ontslag, hoewel ik me niet kon veroorloven zelfs maar één man te missen. Zelf werkte ik van zonsopgang tot zonsondergang mee, hoewel mijn lichaam zich tegen dergelijk werk verzette. De houding van de anderen verbeterde daardoor niet.

Toch waren in de week dat de zaailingen arriveerden mijn velden van het huis tot aan het ravijn kaalgeslagen en doorploegd. Een wonder, waarvoor ik zonder na te denken allen die eraan hadden meegewerkt beloonde met een bonus. Ik schilderde een naambord en timmerde het tegen een paal langs de weg: Soeka Radja. Het Plezier van de Prins.

Op de ochtend dat de plantjes kwamen, stonden mijn mannen de karren uit Buitenzorg bij de toegang van het terrein op te wachten, en toen de weg verdere voortgang verhinderde, aarzelden zij niet te helpen uitladen. Sommigen sprongen op de wagens en anderen vormden een keten. Ik begaf mij uiteraard onder hen, geroerd door het idee dat ik ze met volharding eindelijk voor mij en mijn zaak had weten te winnen. Korte tijd later stonden honderden kratten langs de weg. Ik stuurde mijn mannen met de menners en begeleiders van het transport, een man of tien, naar mijn huis, waar ik door de vrouwen van Doengoes een uitgebreide maaltijd had laten bereiden om deze mijlpaal te vieren.

Zelf bleef ik bij de scheutjes, die ik kist voor kist begon te inspecteren. Ze waren teer en kleiner dan ik had gedacht, maar hun stengels waren stevig en vol sap en de allereerste blaadjes waren al flink en groen. Ze teerden nog op de laatste rijke aarde, die rond hun wortels klontte, en ik betrapte mezelf op een schietgebedje, zo bezorgd was ik of ze in mijn grond wel genoeg voeding zouden vinden.

Ik woog zo'n stel broze sprieten in mijn hand en probeerde me voor te stellen hoe daaruit iets kon groeien dat mij vele jaren zou omgeven. Ik voelde in mijzelf de kracht van dit nieuwe leven, van een nieuw begin. Nooit zou ik mij meer hoeven aanpassen aan grond waarop ik door anderen was neergezet. Voor het eerst stond ik op het punt mijn eigen omgeving te scheppen!

Ik liet mij zo meedrijven op mijn geluk dat ik niet weet hoe lang ik al werd gadegeslagen, maar op een gegeven moment merkte ik dat Boedi achter mij stond. Op enige afstand hadden zich mijn werklui verzameld.

'Zijn jullie nu al klaar?'

'Met eten, ja,' zei hij, waarna hij schroomde om verder te gaan, en dat was ik niet van hem gewend. Hij keek even achterom alsof hij steun zocht. Twee van de werkers traden schoorvoetend naar voren.

'Mooi zo. Heeft het gesmaakt?'

'Wij hebben overlegd,' begon hij, 'de mannen en ik.'

'Overlegd?' Ik had nog geen idee en lachte in mijzelf om de term die hij op Doengoes moest hebben opgepikt. 'En wat hebben jullie dan wel *overlegd*?'

'Er wacht veel werk, ja?'

'Veel werk. Ja. We moeten vandaag direct een begin maken, denk je niet?'

'Ik denk het niet, toean.'

'Ik weet het wel zeker, Boedi. Alles moet binnen enkele dagen de grond in.'

'Het is daarom...'–hij verzekerde zich er nog eens van dat de mannen achter hem stonden–'...wij denken, wij moeten nu met u spreken.'

'Spreken? Waarover?'

'De voorwaarden, toean, u begrijpt. Veel werk. Zwaar werk. Alles gauw gauw.'

Toen drong pas tot me door, waarom zij die ochtend zo enthousiast uitgeladen hadden: alleen om het moment te versnellen waarop ik volstrekt van hun welwillendheid afhankelijk zou zijn. Ik hoorde hun eisen aan. Het ging ze niet alleen om meer geld, maar zelfs om een deel van het land dat ze ten eigen bate wilden bewerken.

'Geen denken aan,' zei ik zo kalm mogelijk. 'Maar ik beloof je dat de mannen bij de allereerste oogst opslag kunnen krijgen. Niet meer dan gebruikelijk, maar naar de norm die geldt op alle plantages.'

'Ach, toean, die andere plantages, daar werken wij graag.'

'En hier niet?'

'Elke man werkt liever voor zichzelf, ja toch? Maar voor de meester daar. Hij is van Holland, ach, dat zijn wij nu gewend. Deze hier, wanneer zij werken voor u, hoe denkt u dat zij thuis worden ontvangen?'

'Ik weet het niet.'

'Geplaagd worden zij natuurlijk! Hun vrouwen, zij hebben geen respect. De mensen lachen hen uit. En daarom, toean, zij schamen zich.'

'En waarvoor?' vroeg ik nijdig. 'Vertel mij eens, Boedi, waarvoor zij zich dan schamen.'

'Ajo, begrijp dan toch. Zij hebben ook hun trots. Mannen als zij, die gehoorzamen aan een mijnheer als u.'

'Als ik?'

'Zwart, ja?'

Misschien was het die grijns van hem die ik al zo haatte, misschien was het gewoon dat ik niet verdroeg mijn dromen opnieuw doorkruist te zien. Hoe dan ook, ik rende met mijn volle gewicht tegen die kleine kerel aan, zodat hij achteroverviel. Ik drukte mijn knie in zijn borst en begon op zijn gezicht te slaan. Hij maaide met zijn armen om mij af te weren.

De omstanders wilden ingrijpen, maar bedachten zich toen zij mij in de ogen zagen. Ik rolde alleen met Boedi over de grond, maar in het stof dat opwoei, meende ik het plotseling tegen een hele bende te moeten opnemen. Ik zweer dat ik op dat moment een kluwen van lijven voelde. En daartussen woof naar mij de hand van mijn vader, en Kwame zwom door die branding, en Sophie wervelde daar in rond, en al die tijd had ik mijn handen om de keel van Cornelius, die glunderde van trots omdat ik zijn lessen eindelijk in praktijk bracht.

Al snel bood Boedi geen weerstand meer. Ik hijgde na, stond op en greep hem bij zijn haar, trok mijn riem los en begon hem daarmee af te tuigen, hard en steeds harder, doof voor zijn smeekbeden. Een oude man.

Op het hulpgeroep kwamen nu ook de vrouwen aangerend, die in mijn huis hadden gekookt, en in hun kielzog de sjouwers uit Buitenzorg. Zij bleven in een kring staan kijken, zwijgend.

Die stilte bracht mij tot rede. Plotseling, als het ware van een afstand, alsof ik tussen de anderen in stond, keek ik naar mijzelf, mijn riem geheven in de lucht, klaar om nog eens te knallen. Alsof ik het striemen op mijn eigen huid voelde, liet ik alles los. Geschrokken, ja in paniek, hielp ik de stakker overeind.

'Vergeef me,' zei ik tegen hem. 'Vergeef me!' riep ik naar de rest, maar iedereen bleef stil. Een van de vrouwen durfde naderbij te komen. Zij nam Boedi bij een arm en liep met hem naar de kampong. De anderen draaiden zich van mij af en volgden, zwijgend. De sjouwers uit Buitenzorg klommen op hun wagen en reden weg. Als verlamd stond ik daar. Uiteindelijk liet ik mij op mijn knieën vallen en verborg mijn gezicht in mijn handen. Zo bleef ik liggen, diep de lucht van omgewoelde aarde ademend.

Het was op dat moment dat ik een hand op mijn schouder voelde.

Een tel dacht ik dat men zich op mij kwam wreken. Ik keek op. Het was een van de Buitenzorgers, die achter was gebleven. Hij stond over mij heen gebogen, met de zon in zijn rug.

'Wel, toean besar, veel stelt het niet voor, die plantage van u.' Niet zozeer zijn stem kwam mij bekend voor, als wel de impertinentie.

'Ja zie!' lachte hij. 'U kent hem nog. Ik wist dat wel.' In plaats van zijn hand uit te steken en mij overeind te helpen, kwam hij naast me zitten alsof wij oude vrienden waren. Ik schermde mijn ogen af tegen de zon en herkende de huisjongen uit Amboina, ouder maar niet wijzer.

'Ahim! Ahim! U kan hem niet vergeten.'

Hij ging zijn gang, alsof hij thuis was en wij vanouds gewend waren samen in een open veld te zitten. Hij droeg om zijn bovenlijf een doek, waarin enige bezittingen waren gewikkeld. Daaruit haalde hij een sirihdoos die hij opende. Hij kneusde op zijn gemak enkele bladeren op zijn hand, snoof eraan en liet ook mij even ruiken. Scherp en rins. Daarna ging hij in de weer met pinangnoot, een veegje kalk, tabak en gambirextract. Gedurende dit hele ritueel keek hij mij niet aan, alsof hij mij de tijd gunde te wennen aan zijn aanwezigheid. Zijn kalmte werkte aanstekelijk en ik herstelde enigszins van mijn verwarring. Ten slotte bood hij mij een plukje aan, dat ik met een vies gezicht afsloeg, waarna hij het zelf in zijn mond stopte. Hij sloot zijn ogen en begon te kauwen tot het sap, rood als bloed, tussen de stompjes van zijn afgezaagde tanden door sijpelde. Hij genoot.

Ahim was na onze eerste ontmoeting in dienst van Douwes Dekker gebleven tot de familie met verlof naar Nederland vertrok. Daarna had hij op tientallen plaatsen werk gevonden, maar nooit voor lang. Dat verbaasde mij niet. Toen Dekker eind '55 in Indië terugkeerde in afwachting van herplaatsing, had Ahim hem weten te vinden, eerst in Batavia, daarna opnieuw in Buitenzorg. Beide keren werd hij weggestuurd met het verzoek niet terug te komen voordat Dekker wist welk ambt hij waar zou gaan bekleden. Om deze periode te overbruggen had Ahim voor een halfjaar werk aangenomen, zo dicht mogelijk bij zijn eerste werkgever in de buurt, en wel op de kwekerij te Buitenzorg. Ahims werktijd daar was nog niet afgelopen toen Dekker in januari '56 naar Lebak afreisde, en vóór hij hem kon volgen was Dekkers betrekking alweer beëindigd, zodat Ahim in de kwekerij bleef hangen. Toen mijn naam daar nu opdook op de bestellijst, en nog wel als eigenaar van een koffieplantage, had hij zich geen moment bedacht.

'Daar ben ik mooi klaar mee,' zei ik. 'En jij ook. Je hebt verkeerd gegokt, vriend. Deze onderneming is ten einde. Je hebt het gezien.'

'Alles heb ik gezien.' Hij keek me aan met een blik, die schaamte bij me afdwong.

'Goed,' zei ik. 'Je kan dus meteen weer vertrekken.' Ik wachtte tot hij op zou staan, maar hij deed of hij niets gehoord had. Ahim is nu eenmaal net een zwerfhond: onbetrouwbaar als je hem aanhaalt, maar zodra je hem wegstuurt, verdomt hij het te gaan.

'Triest, ja,' zei hij, 'zo trots Javanen zijn. Van u nemen zij niets aan.'

'Je meent het!' beet ik hem toe.

'Maar als u nu een onderhandelaar zou hebben... Niet zwart. Niet wit. Iemand die niet boven ze staat, maar naast ze, terwijl hij ze toch doorziet. Als nu zo iemand eens met hen zou soebatten. Iemand, bescheiden en toch zeer slim...' Hij glimlachte zo breed dat de sirih uit zijn mondhoek kwijlde.

'Het is jammer,' zei ik met opzet, 'dat ik niemand ken die zelfs maar een beetje slim is.'

Ahim stond op.

'Morgen zal ik nieuwe mensen voor u vinden. Ziet u, er is te weinig tijd, Raden. U hebt geen keus.' Hij liep naar de kisten, nam er een armvol zaailingen uit, wandelde het veld op en begon ze uit te zetten.

'Zo kneus je de wortels, stommeling!' riep ik. Ik schoot overeind en vloog op hem toe. 'En poot ze niet zo ver uiteen!'

Kortom, alles wat hij deed, moest ik nog eens overdoen, maar voor de avond viel, hadden we samen toch twaalf rijen van het eerste veld staan.

Java 1900

Buitenzorg, 9 september

'Heb niet het hart mij met een of ander aardigheidje te verrassen. Ik wil dat niet. Ik ben te oud om te plezieren.'

'Dat weet ik toch, toean, beter dan een ander.'

'Ik meen het,' zei ik, 'bezorg me een surprise en ik blijf ter plekke dood, uit puur venijn, alleen om het je af te leren.'

Ja zeker, dat was mijn ontwaken! Het eerste wat ik zag toen ik vandaag mijn ogen opendeed, was Ahim, klaar om op reis te gaan.

'Ik vraag een ochtend vrij, meer niet.'

'Uitgerekend vandaag?'

'Wanneer heb ik u eerder ooit vrijaf gevraagd?'

'Nooit. Dat is het juist. En nu is het te laat om er nog mee te beginnen!'

'Ik ga toch.'

'Dat zal wel, laat mij maar creperen!'

'Er staat een koude maaltijd in de keuken, en ik heb fruit en water op uw kamer gebracht.'

'Wat kan het jou ook schelen of dit de grote dag is van mijn jubileum?'

'En ik hoor al maandenlang dat u daar niet aan hecht?'

'Nee, maar het wordt een mens nu eenmaal opgedrongen. En dat een oude man tegen zulke poespas dan misschien opziet en op zo'n dag wat afleiding kan gebruiken van zijn sentimenten, nee, daar sta jij niet bij stil omdat jij altijd alleen maar aan jezelf denkt.'

'Zo is het. Ik ben kort na de middag terug, tot straks!'

Het kreng trok de deur van mijn slaapkamer stilletjes achter zich dicht. Alsof ik nu nog weer in zou slapen! Die partij begint in stijl, dacht ik, het is nauwelijks licht of Ahim opent de festiviteiten met het verraden van zijn weldoener. Heus, de ondank van die man kent geen grenzen!

Eerst nam ik me voor de hele dag niet op te staan, maar langzaam woelde zich een zorg bij mij naar boven toen ik de avond overdacht die mij te wachten stond. Ik zag mijzelf het brandpunt van alle blikken, zonder iemand die ik genoeg vertrouwde om mij aan vast te klampen.

Ik kleedde me – probeer dat maar eens zonder hulp – en liep naar de kampong. Wayeng was reeds in alle vroegte op de velden, maar Lasmi trof ik met Quamina bij de wasplaats. Ik vertelde haar van de festiviteiten en vroeg haar, met Wayeng, mijn eregast te willen zijn. Zij sloeg haar ogen neer en zei dat zij in gedachten zeker bij mij zou zijn. Toen ik aandrong, vroeg ze hoe zij zich als eenvoudige vrouw in een vooraanstaand Hollands gezelschap kon begeven. Ik gaf haar geld, genoeg om voor hen beiden passende kledij te kopen, en zei ronduit dat ik zelf niet naar het feest zou gaan als zij niet aan mijn zijde zouden kunnen zijn. Dat bracht haar in verlegenheid, maar ze moest er wel om lachen. Ik tilde haar kin op en nog wilde ze me niet aankijken. Zij gaf me het geld terug, en toen ze eindelijk opzag en de verbazing van mijn gezicht las, kwam met het grootste plezier het hoge woord eruit. Adeline Renselaar was weken terug al langsgekomen om hen uit te nodigen, nota bene mét de kinderen. Na haar eerste bezoek kwam ze nog tweemaal om culinaire wensen en details te regelen en ten slotte heeft ze iedereen op háár kosten nieuwe kleding laten uitzoeken. Dit alles is in het striktste geheim gebeurd om mij vanavond met hun aanwezigheid te kunnen verrassen. Daar heb je het nou al, zei ik tegen mezelf, God alleen weet wat Adeline nog meer in petto heeft om mij straks een doodsschrik te bezorgen. Zulke achterbaksheid! Daar heb ik nu steeds mijn hart voor vastgehouden.

Toen Lasmi mijn chagrijn zag, kreeg ze spijt dat ze haar mond voorbij had gepraat. Dat was mijn bedoeling niet. Ik beloofde dat het verder ons geheimpje zou blijven en ik deed haar voor wat voor gezichten ik vanavond zal trekken, oh! en ah!, als zij straks in vol ornaat opduikt. Zo liet ik haar en ook Quamina lachen tot ze er pijn van in hun zij kregen. Hierna ging Lasmi verder met haar werk. Mijn kleine meid was door het dolle heen en stond erop dat wij verstoppertje zouden spelen. Toen ik dat moe werd, nam ik haar op schoot. Ze zong een lied voor me, dat ze pas geleerd had, over kantjil, die op een grote steen in de rivier is gesprongen. Voor die ene sprong heeft hij al zijn moed verbruikt, zodat hij er nu niet meer af durft.

Ik voelde een enorme liefde voor haar en voor mijn andere kinderen, en het speet mij dat ik mijzelf al zo lang zulk vertrouwen niet meer toesta. Toen ze klaar was, vroeg ze of ik ook liedjes kende. Ik zei haar dat ik nooit zong. Ze wilde weten of dat kwam doordat niemand mij dat vroeger geleerd had. Ik drukte haar dicht tegen me aan, dicht, dicht, zonder dat zij begrijpen kon waarom. Ik antwoordde dat ik een heleboel liedjes had geleerd van haar grootmoeder in Afrika, maar dat ik er veel was vergeten, eigenlijk allemaal, op één na. Dat ene wilde ze graag leren. Ik begon met het klappen van het onderliggende ritme. Hoewel dit volledig anders is dan het monotone slaan zoals ze dat van de gamelan kent, had Quamina het snel te pakken. De oude cadans zonder moeite van haar kleine handjes te horen opspringen, vervulde mij met trots en liefde, maar toen ik de melodie wilde inzetten, kon ik de juiste toon niet pakken. Ik probeerde het nog eens en bracht het er niet veel beter af. Ik onderbrak het ritme en wilde haar dan maar eerst de tekst bijbrengen: 'Wij zijn de kinderen van de spin Anansi en de hele wereld is ons web...' Daar bleef het bij. Ik dacht dat de tekst, die ik mijn hele leven bij me had gedragen, wel zou terugkomen zodra ik er niet te krampachtig naar zocht. Uit alle macht probeerde ik aan iets anders te denken. Uiteraard lukte dat niet. Ten slotte neuriede ik iets dat op de melodie moest lijken, maar het duidelijk niet was. 'Wij zijn de kinderen van de spin...' De woorden lieten zich niet dwingen. Geërgerd gaf ik er de brui aan.

'Nou, pak Raden,' zei Quamina, 'mooi hoor, maar wel erg kort zingen zij, die Ashanti.'

Voor het te warm werd, was ik thuis, en de rest van de morgen bleef ik met die melodie bezig. Ik hoorde haar telkens in mijn hoofd, precies zoals ze zijn moest, maar zodra ik mijn mond opende, verdomde ze naar buiten te komen. Telkens opnieuw moest ik mezelf ertoe zetten aan andere dingen te denken.

Daarbij werd ik geholpen door de schrik, toen tegen twaalven Adeline Renselaar ineens voor mijn neus stond met een pannetje soep.

'Een kleine versnapering,' zei ze, en lichtte het deksel op, zodat een zure erwtenlucht op mijn goeie goed sloeg. 'Ik wil niet dat u honger lijdt, nu u Ahim eventjes moet missen.'

'Ik dacht wel dat u daarachter zat! Sinds wanneer commandeert u andermans personeel?'

'Alleen vandaag, prinslief, en enkel voor het goede doel.' Ze gaf me een lepel en ging tegenover me zitten om toe te zien hoe ik, voor mijn fatsoen, wat van het bocht naar binnen werkte.

'Niet te gulzig!' zei ze ook nog. 'Bewaar uw trek wat voor vanavond bij de gouverneur.'

'Hoor eens, ik wil nu eerst precies weten wat me daar te gebeuren staat.'

'Een groot diner. En verder zwijg ik.'

'Wie komen er, wie zegt er iets, wat moet ik uit welke hoek verwachten?'

'Ontspan, feestvarken, en laat u toch verrassen. Iedereen houdt van u en doet zijn best.'

'Ik wil alles weten. En detail, en nu meteen. En anders gaat het hele feest niet door.'

'Nou vooruit' – ze zag dat ik het meende – 'zal ik het dan verklappen? Ik heb met de dames van de eurythmie een kleine dansexpressie ingestudeerd. Wij treden op tijdens de tweede sorbet, die tussen de vis en het vlees gepland is, en wij noemen het: "De prinsen van Ashanti". Daar, het is eruit, bent u nu tevreden?'

'Tevreden is nauwelijks het woord,' zei ik en keerde me kokhalzend van haar soepje af.

Adeline schoof haar stoel naar achteren en nam de ruimte. 'Het begint met het verdriet van de kinderen wanneer ze uit Afrika worden weggevoerd.' Ze stak haar armen in de lucht en begon de hele kamer door te tandakken. 'Dan hun angst voor het onbekende wanneer ze arriveren in Delft. Angst! Angst!' Ze deinsde achteruit. 'Maar uiteindelijk ontdekken ze de warme schoot van ons Oranjehuis. Blij! Blij! Als climax verbeelden we uw triomf – hosanna! – wanneer u als volwassen man de Nederlandse Leeuw omhelst.' Hierbij klauwde ze in de lucht en gromde als een wild beest. Toen viel ze hijgend in mijn leunstoel, gooide haar benen op mijn voetenbank en straalde of ze een compliment van me verwachtte.

'En is dat alles?' vroeg ik.

'Ja, vooruit, hoe vindt u het?'

'Het is, wat zal ik zeggen, op zijn minst... opmerkelijk. Maar wat heeft Ahim hiermee te maken? Godbewaarme dat die er ook nog achteraanhuppelt.'

Adeline reageerde niet. Ze zweeg en bleef maar zitten. Toen het me te gek werd, zei ik: 'Op mijn leeftijd is zo'n diner een hele opgave. Ik had me eigenlijk voorgenomen om tot het zover is alleen te zijn.'

Ze ging naar buiten, maar kwam even later terug met een grote kan orangeade en twee glazen.

'U en ik zijn altijd al alleen,' zei ze. 'Dit is onze dag. Vandaag zijn we met ons tweeën.'

Nog geen halfuur later werd het mij duidelijk dat Adeline niet om mijnentwil bleef rondhangen. Zodra Ahim – nota bene met een rijtuig – aankwam, besprong ze hem bij het tuinhek. Ze bekonkelden daar iets. Toen ik op de veranda verscheen, dook Ahim snel de keuken in om mij alsnog zijn koude liflafjes op te dienen. Ik riep dat mijn maag voorlopig geen voedsel meer verdroeg en beval hem te vertellen waar hij was geweest. Hier kwam Adeline, die nog almaar bij het rijtuig rondhing, hem te hulp.

'Gaat u even zitten,' riep ze, 'er is iemand voor u.'

Aan Adelines arm kwam een oud kereltje aangeschuifeld. Er zaten vegen op zijn hemd. Als hij niet mijn hand gegrepen had en me niet zo lang en zoekend had aangekeken, had ik Van Drunen nooit herkend. Hij was maar half geschoren en ging gekleed als een arbeider. Zijn ogen lagen diep in hun kassen verscholen. De een of andere ziekte was bezig hem uit te mergelen. Ik wilde hem in een stoel helpen, maar hij stond erop dat ik bleef zitten. Hij deed twee passen terug, boog voor mij zijn kale hoofd en, zover dat ging, ook nog zijn rug. Zo had hij zich dat kennelijk voorgenomen. Toen bewees hij me eer, zoals bij onze eerste ontmoeting, door mij aan te spreken met mijn volledige Ashantijnse titel. Dit raakte mij alleen omdat het hemzelf zo duidelijk ontroerde.

Adeline schoof hem op een stoel en Ahim voorzag ons van water, vruchtensap en versnaperingen. Ik wist niet beter of zij hadden al deze moeite ondernomen om een vergeten kennis mijn feest te laten bijwonen. Voor zij zich terugtrokken, vergaf ik ze hun complot.

Van Drunen sprak met zwakke stem. Zijn inademing raspte. Midden in zijn zinnen pauzeerde hij soms om weer op sterkte te komen. Soms ook dwaalden in zo'n intermezzo zijn gedachten af, zodat de strekking van zijn woorden verloren ging. Ik leunde naar hem over om hem beter te kunnen volgen. De huid van zijn gezicht was aangetast door de zon, als bij iemand die op het land werkt, en droge bruine vlekken groeiden op zijn neus en voorhoofd. Zijn blauwe blik was grijs geworden en zijn pupillen schenen door, alsof ze aan de randen loslieten. Zevenentachtig! Ik pakte zijn hand, waarmee ik hem uit een van zijn adempauzes terugbracht tot de werkelijkheid. Daarbij keek hij me aan, alsof hij me toen pas duidelijk herkende.

'De kleine prins...' zei hij alsof hij een kind voor zich had '...zo in de grote wereld.'

Ik vroeg hem hoe hij leefde.

De bescheiden batikindustrie die Van Drunen rond 1860 te Semarang onder de 'blanda itams' had opgezet, bracht korte tijd een levendige handel op gang met hun stamgenoten aan de Goudkust. De Javaanse motieven werden aangevuld met Afrikaanse, waarna de nieuwe dracht binnen enkele jaren op veel plaatsen de traditioneel West-Afrikaanse verdrong.

Rond '75 echter ontdekte de Haarlemse Katoen Maatschappij tot haar verbazing de populariteit van wasdruktextiel op de Afrikaanse kusten. Zodra deze grote fabrieken, waarvoor de afzet van Hollandse batik in Java steeds moeilijker werd, de concurrentie openden, gaf de markt zich gewonnen. Sindsdien hult West-Afrika zich in Haarlemse kledingdoeken. De vraag naar het oorspronkelijke wasdruktextiel van de Javaanse 'blanda itams' viel volledig weg. De laatste twintig jaar leeft hun gemeenschap in armoede.

Van Drunen woont, zelfs nu zijn gezondheid het nauwelijks meer toelaat, nog altijd in hun kampong. De Hollandse gemeenschap ziet hem als zonderling en hij bezoekt haar alleen om werk te vragen voor de kinderen, halfbloedjes, geboren uit een Afrikaanse vader en een Javaanse moeder.

'Zoals mijn eigen kinderen,' zei ik, waarop Van Drunens ogen oplichtten. Het deed hem zichtbaar plezier dat ik me had voortgeplant, hoewel de ouderdom waarop ik daar nog mee bezig was hem even uit het veld sloeg. Ik zond Ahim weg om mijn kroost te verzamelen.

'Bij ons...' zei Van Drunen, 'ziet alweer de volgende generatie het licht. Zo snel. Mannen die ik uit Afrika heb weggehaald. Zij worden nu grootvader. Vorige maand. Er werd een jongetje geboren met een huid zo licht.' Even mijmerde hij, toen herstelde hij zich en voegde er triomfantelijk aan toe: 'Jan!'

Ik keek hem aan zonder hem te begrijpen.

'Ze noemen het Jan.' Hij glom zo trots dat ik hem begreep.

'Is dat uw voornaam?' vroeg ik.

Hij tekende over zijn eigen gelaat met onvaste vingers de lachende ronde toet van zijn naamgenoot.

'Johannes!' Zijn hangrimpels blies hij tot twee bolle appelwangen.

'Uw voornaam heb ik nooit geweten.'

'O nee?'

'Wij waren kinderen. Voor ons was u *mijnheer*.'

Alle plezier zakte met een schok van zijn gezicht. Hij knikte.

'Kinderen.' Ditmaal zonk hij zo diep in gedachten weg dat ik bang was dat hij zou vergeten door te ademen.

'Ik probeer ze te helpen,' verzuchtte hij uiteindelijk. 'Deze kinderen zijn geboren uit mijn schaamte.' Zijn blik hechtte zich aan de mijne, alsof hij iets van mij verwachtte. Eindelijk begon het me te dagen dat hij niet gekomen was om feest met mij te vieren. Ik keek rond, maar Adeline, noch Ahim was in de buurt.

'Ik heb een oude brief gelezen,' begon ik, 'waarin u ontslag aanvroeg uit overheidsdienst.' Van Drunen knikte. 'Ik heb daaruit niet opgemaakt dat u uw carrière heeft afgebroken met het doel werken van barmhartigheid te gaan verrichten.'

'Nee. Dat idee kwam later. Het werd uit nood geboren.'

'Toch hebt u zelf voor de armoede gekozen.' Mijn zakelijke toon bracht hem tot leven. Hij ging rechtop zitten en zocht naar een rustige, diepe ademhaling. Het was alsof hij zijn krachten had gespaard om mij zonder onderbreking het verhaal te kunnen doen waarvoor hij was gekomen.

'Met de brief, die u hebt ingezien, deed ik afstand van mijn positie en al haar vooruitzichten. Eerst hield mijn superieur mijn schrijven tegen. Hij probeerde mij tot rede te brengen. Mijn medewerkers verklaarden mij voor gek: een man die zijn invloed, tijdens lange rijksdienst opgebouwd, zonder conflict of procedure opgeeft. Men bracht mij zelfs bij een arts, die mij onderzocht op malaria, heimwee en tropenkolder, maar ik volhardde.

Mijn traktement werd stopgezet en ik verloor mijn lopende krediet. Ik verspeelde mijn recht op pensioen en arrondissering van fortuin. Mijn rang werd mij afgenomen, evenals mijn dienstwoning, waardoor ik niet langer werd ontvangen in bepaalde kringen. Mijn besluit, waarvan ik niemand ooit de oorzaak heb verteld, wekte argwaan bij mijn vrienden en bracht hen in een moeilijk parket. Om hen niet te compromitteren, zocht ik ze niet langer op. De verloving die ik na lange aarzeling in Holland voor mijzelf had geregeld, werd schriftelijk ontbonden. Ja, zelfs de kleding waarvoor ik een toelage had ontvangen, werd door de Staat teruggevorderd, zodat mij slechts twee oude kostuums restten, die ik om beurten liet verstellen. Mijn rijtuig moest ik eveneens inleveren, waarna mij niets overbleef dan wat spaargeld. Dat gaf ik uit aan een sterk paard, want zodra ik alles had verloren, verlangde ik vooral mij volledig vrij te kunnen bewegen.

Ik zocht dus geen kosthuis, maar verkocht mijn inboedel en alles wat mij aan mijn oude functie herinnerde. Dat beetje geld hield mij anderhalf jaar in leven. Zolang trok ik rond over de archipel. Ik sliep onder de hemel, at met de inlanders. In niets stond ik meer boven hen. Evenmin verviel ik in mijn oude fout te denken dat ik hun gelijke kon worden. Ik was eenvoudig anders en werd als zodanig door hen geduld.'

Hier pauzeerde hij en dronk wat. Toen bette hij zijn hals en hoofd, vouwde zijn zakdoek en borg hem terug in zijn binnenzak.

'U,' ging hij verder, 'u doorziet mij, ben ik bang, beter dan een ander. Toen ik na anderhalf jaar terugkeerde in Batavia vond ik zelfs de laatste deuren voor mij gesloten. Wanneer ik de zaak probeerde uit te leggen in brieven aan mijn familie thuis, dezelfde waarin ik hun vroeg geld te zenden voor mijn onderhoud, was het eenvoudig mijn neergang een nobele wending te geven. Toen een neef van mij eens suggereerde dat ik tot mijn noodlottige besluit gekomen was omdat ik, als een Douwes Dekker, niet langer het onrecht kon aanzien, heb ik hem niet tegengesproken. Maar de waarheid is het natuurlijk niet. Hoewel een onrecht wel de aanleiding was tot mijn daad, was mijn drijfveer louter zelfzuchtig.'

'In welke zin?'

'In dezelfde zin waarin ook Dekker niet onbaatzuchtig heeft gehandeld. Niemand offert zijn toekomst, als hij niet hoopt zijn eigen ziel ermee te redden.'

'Maar wat wás dan die oorzaak?'

'De ware oorzaak? Dat was u.'

Eindelijk keek hij me dan aan. Er verscheen een lach om zijn mond, waaraan zijn ogen niet meededen. Het lukte me niet mijn oude genegenheid voor de man terug te roepen.

'Ja,' herhaalde hij, 'dat allemaal om u.'

'Werd u geplaagd door schuldgevoel?' vroeg ik ronduit. Dat wond hem op. Al sprak hij beheerst, ik zag zijn neusvleugels trillen.

'Waaraan ik schuld heb, dat krijg ik snel genoeg te horen van Hem die daar staat van heeft opgemaakt. Als mijn Heer mij vraagt waarom ik u en uw neef uit uw vaderland heb weggevoerd, zal ik Hem antwoorden dat ik op dat moment niet domweg gehandeld heb uit opdracht, maar uit overtuiging. Wanneer u verwacht dat ik hierheen gekomen ben om u te vragen om vergeving, hebt u het lelijk mis. Ik was in Afrika een jongeman. Het was mijn eerste reis. Ik was met de wereld en haar wegen onbekend. Ik trof u aan, halfnaakt en ongeletterd. Ik wist niet beter of er wachtte u in Nederland iets beters, ja zelfs een redding van het leven dat u leidde in een land waar ik op een avond ben gestruikeld over afgehakte mensenhoofden. Toen ik u onder mijn hoede nam, was het omdat ik meende Hem er een genoegen mee te doen.'

'Lijkt mij alweer niet onzelfzuchtig,' zei ik, want zijn toon begon mij nu te irriteren. Verwijten die ik hem nooit eerder had gemaakt, kwamen boven. Om niet onvriendelijk te worden, stond ik op alsof het onderwerp mij niet bijster interesseerde en tuurde het pad af. Ik verlangde naar de terugkeer van Ahim. Die slaagt er altijd in met zijn onbeschaamdheden mijn somberingen over het verleden te onderbreken. Even meende ik zelfs die oude paljas in de schaduwen te zien en ik gebaarde al, zonder dat Van Drunen het kon merken, dat hij zich een beetje moest haasten, maar het was alleen de zon die achter in de tuin een pisangblad bescheen.

'Dat alles wil niet zeggen,' ging het achter mijn rug verder, 'dat ik mij niet verantwoordelijk voelde. De dag dat ik met u uit Kumasi wegreed werd ook mijn levensloop bepaald.'

'Verwacht u sympathie?' vroeg ik.

'Geen dag bent u uit mijn gedachten. Geen nacht, geen uur.' Zijn stem zakte. 'De dood van prins Kwame heeft mij geslagen alsof het mijn eigen kind betrof. Schampert u? Dat is uw recht. Het is maar het verhaal van een man die minder heeft verloren dan uzelf, en daarbij eentje die, zonder het te weten, een hand in uw verlies gehad heeft. U kunt mij geloven of niet, maar laat mij uitvertellen.

De dood van uw neef heeft mij de ogen geopend, maar nog weigerde ik de waarheid in te zien. Omwille van mijn zielenrust ontvluchtte ik Holland. Ik vroeg overplaatsing aan naar Nederlands-Indië. Ik hoopte het vuur en het geloof terug te vinden, waarmee ik de eerste maal naar de tropen was gereisd. Pas hier, waar de maatschappelijke verhoudingen onder druk worden uitvergroot, ontdekte ik de werking van de machine waarin ik zelf een radertje was.

Ik was nog geen vol jaar in Batavia werkzaam toen u mij in '52 voor de eerste maal op kwam zoeken. Ik was gelukkig u terug te zien, een man, afgestudeerd, in overheidsdienst! U stond alleen in het leven, maar sterk en levenslustig. Zo, zei ik tegen mijzelf, kan dus ook de uitkomst van onze onderneming zijn! In het bijzonder de manier waarop ik met u herinneringen op kon halen aan uw neef, deed mij veel goed. Dat ik met u lachen kon en huilen om momenten waaraan ik tot op die dag niet had durven terugdenken! Uw komst werkte als zo'n medicijn dat de Bantammers tegen een koliek gebruiken: de oorzaak van het lijden wordt niet weggenomen, maar alle organen worden gesmeerd en weer in werking gezet. U zette mij aan het denken.

Ik was in die dagen juist wat aan het nieuwe land gewend. Eenmaal aangepast, kreeg ik tijd voor de gedachten die ik tot dan toe had verdrongen. Ons gesprek bracht Kwame bij mij terug op een manier die ik niet voor mogelijk had gehouden. Ik overdacht niet langer zijn dood, maar juist zijn leven. Ik begreep niet waarom u wel en hij niet had kunnen slagen. Als ik meende een rol in uw geluk te hebben gespeeld, waarom dan niet in zijn ongeluk? De vraag of ik schuld droeg, stelde ik soms rechtstreeks aan hem. In nachten dat ik de slaap niet kon vatten, was hij bij mij in mijn kamer. Zo maalde ik, die altijd nuchter en zakelijk was. Op een dag kwam hij in mijn dromen op de rand van mijn bed zitten en stelde mij gerust dat ik in dit spel slechts een pion geweest ben.'

'En dat kwam u natuurlijk niet ongelegen.'

'Daarna keerden mijn waanbeelden niet terug. Ik meende rust te hebben gevonden. Toen zocht u mij in '54 een tweede maal op. Voor u goed en wel binnen was, zag ik het al. Het ging u slecht. Zeer slecht. En in gedachten riep ik: Nee, mijn god, dat niet, niet hij ook! Ik hoorde uw eenzame strijd aan. Met de belofte mij in uw zaak te verdiepen, zond ik u weg, zakelijk zoals mijn aard is. Maar vanbinnen leefde ik op, alsof God zelf een beroep op mij deed. Begrijp het of niet, maar uw lijden was mij veel meer dan een verdriet. Een uitdaging. Een roeping. Ja, het was mij eerder nog een vreugde, want hier bood u mij de kans om iets te ondernemen. Ik nam mij voor dit keer vanuit mijn positie alles voor u te doen wat nodig was. Maar nog bleef ik de Staat trouw. Mijn god, als ik toen toch had geweten, wat ik zou ontdekken...'

Van Drunen stokte, alsof hij opzag tegen de rest van zijn verhaal. Hij schudde zijn hoofd en nam wat water, zocht toen in zijn zakken naar een papier dat hij midden op tafel tussen ons in legde, en hij begon zich opnieuw het zweet uit zijn hals te wissen. Het document was in zijn handschrift.

Uitgerekend op dat moment kwam Ahim, die er nooit is als je hem nodig hebt en altijd als je hem niet kan gebruiken, vrolijk aangehuppeld met mijn kinderen aan de hand. Zij begroetten de oude heer beleefd zoals ik ze geleerd heb, en ik geloof werkelijk dat het hem ontroerde mijn trekken in hen terug te vinden. Ik was echter meer geïnteresseerd in zijn verhaal, dat ik door alle gehups en tralala naar de achtergrond van zijn bewustzijn weg zag glippen. Ik beet Ahim toe dat hij ongelegen kwam en droeg hem op de kinderen te vermaken tot wij ons gesprek hadden beëindigd. Nog stond de ezel erop ons eerst vers fruit te brengen, maar uiteindelijk ging hij in de tuin tussen mijn kroost op de grond zitten, waar zij hem hielpen van afval een klein vuur te stoken.

Al die tijd had het papier op tafel gelegen. Nu pakte Van Drunen het weer op. Hij vouwde het open en weer dicht, hield het even in zijn vingers, waar het trilde als een riet. Juist toen ik zijn getalm zat was en mijn hand uit wilde steken om het hem af te pakken, begon hij.

'De eerste stap was eenvoudig. Ik vroeg een gesprek aan met gouverneur-generaal Duymaer van Twist. Hij was met uw zaak bekend. Hij had al eerder klachten over De Groots gedrag ten opzichte van u ontvangen. Die hadden, stelde hij mij gerust, geresulteerd in een officiële reprimande. Ik protesteerde dat ik u te hoog achtte, zowel qua status als opleiding, om onder De Groot te dienen. Ik stelde voor u geheel aan zijn macht te onttrekken en u de zelfstandige bevoegdheid te geven die u was beloofd. Op dit punt weigerde hij in te gaan, en toen ik aandrong, brak hij het gesprek af, tactvol maar onverbiddelijk.

Nog dezelfde dag vroeg ik, zoals binnen mijn bevoegdheid lag, van personeelszaken uw archief ter inzage. Ik verwachtte enkele verslagen, maar tot mijn verbazing bracht men een lijvige portefeuille op mijn bureau. Hoewel zij nauwelijks vier jaar besloeg, was de documentatie over u zo uitgebreid dat zij door twee man werd gedragen.

Naast de gebruikelijke conduitestaten, traktementslijsten en kwartaalrapporten trof ik rapportages aan, waarin uw dagelijkse gangen nauwkeurig waren bijgehouden. De Groot maakte niet alleen melding van alle dienstreizen die u met hem maakte, maar ook van elk privé-bezoek waren datum, uur en duur vastgelegd. Daartussen bevonden zich addenda van derden, vaak met suggesties van een dergelijk intieme aard dat ik ze, tegen mijn ambtelijk besef en diepste wezen in, verwijderde en vernietigde voor ik uw dossier terugbezorgde.

Ik werd mij de ernst van uw situatie bewust, toen ik bij de gouverneur en zijn naaste medewerkers omzichtig navraag deed naar de reden van zoveel observaties. Ik stuitte slechts op onwil. Uiteindelijk merkte ik dat deze heren elkaar van mijn komst en onderzoek op de hoogte stelden en hadden afgesproken tegen mij te zwijgen.

Eind januari '55, nadat ik enkele weken in uw zaak had rondgewroet, gebeurde er iets eigenaardigs. Op een avond bracht een inlandse jongen mij een mondelinge boodschap van een bevriend collega, die mij naar het zich liet aanzien dringend nodig had. Ik vertrok onmiddellijk. Op het adres te Molenvliet aangekomen bleek mijn vriend zonder enige zorg in bed te liggen. We lachten om het misverstand. Ik keerde onverrichter zake naar de hoofdweg terug om er een riksja aan te houden, toen ik door enkele bedelaars werd aangevallen. Ze sloegen mij neer en beroofden mij van mijn kleingeld, mijn zakhorloge en een meerschuimen pijp. Ik hield mij bewusteloos en vervloekte mijn onoplettendheid in een buurt waar zulke overvallen niet ongewoon zijn. Plots echter hoorde ik een van de mannen tegen een kornuit mijn naam noemen, die hij onmogelijk kon weten.

Uitgerekend de volgende ochtend bracht niemand minder dan uw superieur, Cornelius de Groot, een bezoek aan mijn afdeling, zogenaamd voor een boorvergunning. Mijn ongeval kwam hem ter ore en hij toonde zich bezorgd over mijn verwondingen. Vriendelijk waarschuwde hij dat ik me ook niet in buurten moest begeven waar ik niet thuishoorde. Hij nam plaats als een oude bekende en verzekerde mij dat hij zich mij bijzonder goed herinnerde van een bezoek dat ik aan u te Delft had gebracht toen u allebei nog jong was. Hij vertelde dat hij u beschouwde als een vriend en een beschermeling met wie hij, ondanks enkele aanvaringen, grootse plannen had gehad. Helaas, zei hij, vroeg u nu overplaatsing aan naar Holland, naar hij meende uit heimwee.

Ik opperde dat uw verzoek mogelijk voortkwam uit de ongelijkheid tussen zulke "oude vrienden" als u beiden. Cornelius gaf toe dat dit onfortuinlijk was, maar nu eenmaal onvermijdelijk *gezien de voorbeschikking*. Hij weigerde deze te preciseren en beriep zich op zijn ambtsgeheim. Ik drong niet aan en wij spraken verder over bestuurszaken. Nog geen twee dagen later werd ik verbonden aan een militaire missie naar Borneo, waarvoor ik driekwart jaar van huis zou zijn.

Ik verzekerde mij ervan dat uw overplaatsing in behandeling was, en omdat zo'n verzoek op dergelijke gronden nimmer werd geweigerd, vertrok ik naar Borneo, geheel gerust over uw toekomst. Toen ik oktober '56 terugkeerde, hoorde ik dat uw situatie onveranderd was, en dat u nu verlof vroeg om in Nederland uw zaak te gaan bepleiten.'

Ik hield zolang Van Drunen aan het woord was vooral mijn kinderen in de gaten. Het vuur dat Ahim had gestookt, laaide door de wind af en toe op. De jongste schrok ervan en begon stilletjes te huilen, maar Ahim stelde hem meteen gerust en leidde zijn aandacht af. Van oud papier vouwde hij vlinders en vogels, heel kunstig. De kinderen mochten die op de hete lucht laten opstijgen en wegvliegen, hoewel de meeste in de werveling van de lucht raakten, schroeiden en in vlammen naar beneden stortten. Toen het Aquasi's beurt was, keek hij om of ik wel zag wat een vlucht zijn vogel nam. Ik zwaaide naar hem.

'Op dat moment,' ging Van Drunen voort, 'werd mijn departement geteisterd door de nasleep van de affaire-Lebak. Tegen mei '55 veroorzaakte de wisseling van gouverneurs een chaos op kantoor. Duymaer van Twists vertrekken werden geruimd en op orde gebracht voor de komst van Pahud. In deze drukte kreeg ieder een eigen taak en verantwoordelijkheid toegewezen, zonder toezicht van hogerhand. Ik zette alles op het spel en vervalste een doorlatingsbevel, dat mij toegang verschafte tot de geheime stukken. Daar vond ik enkele verbalen en een briefwisseling uit 1850 tussen de toenmalige gouverneur-generaal Rochussen en minister van Koloniën Pahud, die ons dus als nieuwe gouverneur te wachten stond. Daarin werd uw lot bezegeld. Ik heb de belangrijkste passages toen gekopieerd.' Van Drunen legde het vel papier waaraan hij al die tijd had zitten frummelen weer op tafel.

'De 22ste werd Pahud als onze nieuwe gouverneur-generaal geïnstalleerd. Ik meldde mij ziek, zo worstelde ik met mijn geweten. Twee dagen later zou ik Duymaer van Twist uitgeleide doen. Aangezien u op hetzelfde schip naar Holland voer, had ik u mijn ontdekking kunnen overhandigen, zonder dat onze ontmoeting iemand zou zijn opgevallen, maar ik durfde niet.'

Ik pakte het vel papier en vouwde het open. Plotseling haastte Van

Drunen, alsof hij meende dat ik nog altijd niet voorbereid zou zijn op wat daar zwart op wit over mij werd afgeroepen.

'Ik was bang,' zei hij, 'dat deze kennis u zou ontmoedigen, juist op het moment dat u naar Holland ging om voor uzelf op te komen. U moest sterk zijn en geloven in uw missie. Wat heeft een man aan de wetenschap dat hem zijn zelfstandigheid ontnomen is? Wat rest hem dan? Bovendien, en dat vooral, zag ik een gruwelijke overeenkomst tussen uw situatie en die waarin zich uw neef had bevonden, voorafgaand aan zijn laatste daad. Beiden zat u gevangen, was u schaakmat gezet van hogerhand. Ik vreesde dat u, als die gelijkenis u opviel, zijn voorbeeld wel eens zoudt kunnen volgen. Dat had ik zelf niet overleefd.' Even zweeg hij. Toen keek hij me aan en voegde eraan toe: 'Nee, alwéér niet onbaatzuchtig.'

Omdat het voor hem van zulk belang was, liet ik mijn ogen even over het papier gaan. Ze vielen op enkele woorden van Pahud uit een verbaal van 24 juli 1850.

'Het principe van noblesse de peau, de verhevenheid van de blanke huid boven een andere, en van de morele en intellectuele superioriteit van het witte ras boven het bruine, waarop onze overheersing in Indië berust, zou een ernstige klap worden toegebracht, wanneer Aquasi Boachi zou worden aangesteld in een aan blanken voorbehouden functie met welke bevoegdheid dan ook...'

'Noblesse de peau!' schamperde ik.

'Noblesse de peau!' herhaalde Van Drunen gelaten en ik voelde dat hij mijn reactie nauwlettend volgde. Ik legde de brief voor me op tafel en vouwde hem eenmaal in de lengte.

'Hierna verdroeg ik het eenvoudig niet onder Pahud, die dit alles had aangericht, te blijven werken. Ik nam mijn ontslag en vond in mijn "blanda itams" de kans alsnog datgene te doen, waarin ik de eerste maal tekort was geschoten.' Hij boog naar mij over. 'Vroeger, toen ik u en Kwame bij uw ouders had weggehaald, heb ik u de Nederlandse staat als nieuwe moeder voorgesteld. Ik had geen idee dat zij alleen haar eigen kinderen voedt en die van anderen te vondeling legt.'

Inmiddels vouwde ik van de brief twee hoeken terug naar buiten.

'Uw nieuws, mijnheer,' zei ik, 'is vijftig jaar oud.' Ik gaf het document twee vleugels en een staart, mikte secuur en tot mijn grote plezier raakte het Ahim precies tegen het achterhoofd. Gestoken keek hij om en toen hij mij zag lachen, lachte de onnozelaar mee. Ik stak mijn tong uit en zwaaide naar hem met twee handen. De kinderen, blij dat ik eindelijk mee begon te spelen, stortten zich op het papier. Quamina kreeg het te pakken en wierp het op de warme luchtstroom. De woorden vlinderden omhoog, wentelden, vielen, schroeiden even aan de vlammen, maar schoten toen de lucht weer in, waar ze een tijdje bleven hangen op de rook.

Ik excuseerde mij en liet Van Drunen met mijn kinderen achter, omdat ik een en ander in mijn dagboek wilde schrijven. Daarna sliep ik kort en begon mij toen in alle rust voor te bereiden op het feest. Voor de grote spiegel op mijn kamer oefende ik het dankwoord dat ik had voorbereid. Of nee, een dankwoord was het niet. Ik voel geen dank en ben te oud om nog te veinzen. Hooguit een paar zinnen om de mensen niet teleur te stellen. Ik had mij alleen voorgenomen – en Adeline was overenthousiast – om als aardigheid een herinnering aan Afrika op te halen: die paar klanken van dat kinderliedje, die altijd zijn blijven hangen. Ik begon het ritme te slaan, daarna probeerde ik de melodie te neuriën, uiteindelijk zette ik gewoon in, maar na drie woorden kwam er niets meer. Er restte slechts de zachte, wiegende beweging.

Zo trof Ahim mij een ogenblik geleden aan, voor de spiegel, zwaaiend van een been op het andere. Hij vertelde dat mevrouw Renselaar net is gearriveerd in een open calèche om mij af te halen. Zij heeft een fotograaf bij zich, die zo meteen eerst een portret wil maken van mij met mijn kinderen. Aquasi moet van haar zijn fluwelen kniebroek aan en Quamina haar nieuwe kraag. Al die soesa! Heeft een mens dan zelf niets meer in te brengen?

Ahim kleedde mij uit, schoor en waste me. Hij knipte mijn nagels en puntte mijn baard. Mijn goede kleren legde hij voor mij neer, hees mij in mijn broek, mijn hemd en mijn frontje, bond mijn schoenen en strikte mijn vlinderdas. Hij gaf mij mijn handschoenen en spuugde twee keer op mijn hoge hoed, eenmaal voor geluk en eenmaal om hem meer te laten glimmen. Alles zat strak en stijf en oncomfortabel, maar Ahim negeerde mijn gebrom en zette me opnieuw voor de spiegel, terwijl hij maar met zijn oude kop over mijn schouder stond te glunderen.

'Misschien was dat hele zingen van u niet zo'n goed idee,' fluisterde hij in mijn oor om mij te troosten. Je begrijpt gewoon niet waar zo'n Kees Kwijl zijn brutaliteit vandaan haalt! Toen hij ook nog suggereerde hoe ik mijn toespraakje af zou kunnen ronden, beloofde ik hem voor zijn impertinentie een week loon te verbeuren.

'Op niets kan niemand korten,' gniffelde hij, en voor ik hem een trap kon verkopen, had hij zich al uit de voeten gemaakt. Toch was zijn idee niet slecht. Ik denk zelfs dat ik het zal doen. Waarom ook niet? Vanavond zal ik eens vertellen hoe van de *kuma*-boom twee takken werden afgebroken.

Nawoord

Je ontmoet iemand, raakt geboeid en wordt verliefd. Alles wil je over je geliefde te weten komen. Je laat hem vertellen. Je hoort hem uit: wie was hij, wat dacht hij, wat deed hij voordat je hem tegenkwam? De volgende avond vraag je hem het hele verhaal nog eens te vertellen, van voren af aan, want wie weet heeft hij de eerste keer iets overgeslagen of heb je een detail gemist. Telkens krijg je hetzelfde verhaal te horen en toch lijk je er elke keer iets nieuws in te ontdekken. Uit al die informatie vorm je je een beeld van degene die in je leven is gekomen. Dat beeld hoeft niet precies samen te vallen met de werkelijkheid. Je ziet de ander zoals je hem wilt zien. En altijd blijft er iets te raden. Dit houdt de liefde levend.

De zwarte met het witte hart kruiste mijn pad op een avond halverwege de jaren tachtig. Een oude vriend, die juist uit Ghana terugkwam, vertelde over een wonderlijke geschiedenis die hij had opgevangen, over twee Afrikaanse prinsjes, Kwasi en Kwame, die in de negentiende eeuw in Delft zouden zijn opgevoed. Hij wist nog niet zo heel veel meer, maar wel dat de een alles deed om zich aan te passen en dat de ander probeerde vast te houden aan zijn wortels. Terwijl hij sprak voelde ik een zekerheid in mij opwellen die alles overstemde: dit verhaal, wist ik, moest ik vertellen! Hoe dat zou moeten, daarvan had ik nog geen idee, en waarom ik degene was die dat moest doen, begreep ik pas later, veel later, toen het boek al af was.

Mijn eerste zoektocht voerde me naar Delft. Daar waakt het gemeentearchief over het weinige wat rest van Kwasi Boachi's persoonlijke bezittingen. Tegenwoordig komen er veel mensen om ze te bekijken en even vast te mogen houden, maar toen toonde zelden iemand interesse, zodat alles nog bijeen zat in een eenvoudige archiefdoos. Het eerste wat ik in die schatkist vond, boven op de stapel, was een hard met vloeipapier omwonden voorwerp. Ik pakte het uit en vond een daguerreotypie, een vroege fotografie uit 1848. Op die verzilverde plaat staat Kwasi's afbeelding ingebrand: een knappe jonge student, die doet alsof hij even opkijkt uit zijn boek. Het was de eerste keer dat ik zo'n daguerreotypie in handen hield en ik was onbekend met de negatiefwerking. Ik zag Kwasi zwart tegen zijn zilverwitte achtergrond. Maar zodra ik de plaat bewoog, heel even maar, werd hij wit tegen een zwarte achtergrond. Zo zat ik lange tijd en bewoog het portret heen en weer: zwart, wit, zwart, wit. Niet alleen zag ik op dat moment Kwasi voor het eerst in de ogen, maar tegelijk kreeg ik het dilemma te zien waarmee hij zijn leven lang geworsteld heeft.

Daaronder lag het schriftje waarin Kwasi de toespraak tot zijn medestudenten aan de Delfste Academie had neergeschreven. Dit is een schokkend document, waarin goed te lezen valt hoe hij moet hebben geworsteld met zijn identiteit en met hoeveel weerzin hij over zijn volk sprak. Had ik er eerder nog over gedacht het verhaal van de prinsen van Ashanti op toneel, hetzij als klassiek noodlotsdrama, hetzij als opera, of vanwege de vele visuele aspecten als speelfilm te vertellen, het lezen van de woorden die Kwasi aan de Ashanti wijdde, liet mij achter met dringende vragen waarop ik geen antwoord zou kunnen vinden als ik niet *in* Kwasi's hoofd zou kunnen kruipen. Ik vroeg me af wat iemand moet hebben meegemaakt voor hij zijn hele verleden zo pijnlijk af kan zweren: zijn volk, zijn geloof, zijn ouders, zijn taal. De enige vorm waarin ik alle vragen van binnenuit zou kunnen beantwoorden, begreep ik, was door een roman te schrijven met Kwasi als verteller.

Hierna dook ik in de Nederlandse archieven, met name het Algemeen Rijksarchief in Den Haag, waar het merendeel van de officiële stukken te vinden is in de archieven van het ministerie van Koloniën 1814-1849 en 1850-1900, het archief van het Kabinet des Konings en het archief van de Nederlandse bezittingen ter kuste van Guinea.

Vaak tref je in het ene archiefstuk na het andere hetzelfde of soortgelijk materiaal aan. Nu heb ik weinig geduld en meer fantasie dan concentratie. Rond ieder feit dat ik boven tafel krijg construeer ik een mogelijk scenario en na twee uur in een studiezaal stijg ik langzaam op uit mijn stoel en drijf ik weg naar het plafond. Toch verlangde ik telkens, geheel tegen mijn natuur, naar het volgende archiefstuk, zoals de verliefde elke avond opnieuw luistert naar het verhaal van zijn geliefde, in de hoop ergens te midden van alles wat bekend is een nieuw detail op te merken.

Zodra ik meende gedaan te hebben wat ik kon, ging ik aan mijn schrijftafel zitten en begon aan een roman. Ik schreef er drie, vier, misschien wel vijf maanden aan. Toen werd ik overvallen door een onverwachte schaamte. Het ontzag voor de levens die ik mij aan het toe-eigenen was verpletterde mijn overmoed. Dit zijn echte mensen geweest, maalde het door mijn hoofd. Wie ben ik om te zeggen waar ze waren of wat zij dachten zolang ik daar niet absoluut zeker van ben? Op dat moment begreep ik dat er niets anders op zat dan verder onderzoek plegen, net zolang tot ik elk feit dat er te vinden was boven tafel had.

Zo begon de eerste tocht waarbij Kwasi mij over de wereld voerde. Na opnieuw en dieper in de reeds genoemde archieven te zijn gedoken, vond ik verdere hulp bij mijn onderzoek in de Anna Amalia Bibliothek in Weimar, het Sächsiches Bergarchiv in Freiberg, het Sächsiches Hauptstaatsarchiv in Dresden, het Hochschularchiv van de Freibergse Bergakademie, het Rijksmuseum voor Volkenkunde in Leiden, het Koninklijk Instituut voor de Tropen in Amsterdam en The Asante National Archives in Kumasi, Ghana.

Dat niet alle schrijvers hun leven op een zolderkamertje doorbrengen en dat onderzoek minder saai is dan de mensen denken, bleek toen ik kort na mijn bezoeken aan Kumasi en Elmina werd gekidnapt en in de buurt van Accra enige tijd om losgeld werd vastgehouden. Mijn ontvoerders, geloof het of niet, luisterden naar de namen Kwasi en Kwame.*

Terug in Holland besloot ik het bezoek te brengen dat ik tot het laatst had uitgesteld, aan Kwasi's kleindochters, mevrouw De Gruy-

*Zie ook mijn verhalenbundel *De vierde wand* en *The New York Times*, januari 2001.

ter en mevrouw Van Heumen. Die dag vertrok ik vroeg naar het oosten van het land want het zou, vermoedde ik, een lange dag worden waarin ik alles te horen zou krijgen wat in geen enkel archief te vinden is: de kleine persoonlijke herinneringen en anekdotes. Tot mijn verbijstering bleek er in de familie amper iets bekend te zijn. Men wist van de Afrikaanse wortels en bepaald koninklijk bloed en van een onrecht, maar daarover geen details. Ik heb hun alles verteld wat ik te weten was gekomen, zodat het alsnog een innige en emotionele dag werd. Aan het eind daarvan vroeg ik hoe het nu mogelijk was dat er binnen de familie zo weinig was overgeleverd.

'Ach,' sprak mevrouw Van Heumen, de dochter van het kleine meisje op de foto met de bejaarde Kwasi, die zij opa noemt, 'wanneer ik mijn moeder weleens naar opa vroeg, dan antwoordde zij: "Kind, ik heb tranen gehuild... Geen gewone tranen, maar tranen van bloed!" En dan kon mijn moeder niet meer spreken. Ik heb haar nooit verdriet willen doen door verder te vragen.'

Hierna nam ik opnieuw plaats aan mijn bureau met de stukken die ik had verzameld*. Ik begon de feiten te ordenen in de hoop dat daaruit toch een beeld zou ontstaan van een mens wiens dramatische

* Zo bestaan er van Verveers reis naar Kumasi bijvoorbeeld twee ooggetuigenverslagen. Het ene is van Van Drunen, het andere werd opgetekend door J. Doorman. Alle feiten over die tocht, zelfs de meest onwaarschijnlijke, staan hierin vermeld. *Ancient Ashanti Chieftaincy* van E. Obeng, *The Akan of Ghana* van D. Warren, *The Akans of Ghana* van N. Kyeremateng, *The Fall of the Asante Empire* van R. Edgerton, *De oorsprong van de wasdruktextiel op de kust van West-Afrika* van W. Kroese en *The Language of Adinkra Symbols* van A. Quarcoo hebben bijgedragen tot een beter begrip van de Ashanticultuur. René Baesjou van de Rijksuniverstiteit Leiden was zo vriendelijk mij zijn aantekeningen ter hand te stellen en mijn vragen te beantwoorden. Datzelfde deed professor Larry Yarak van het George Willams College, Texas, wiens studie *Kwasi Boakye and Kwame Poku; Dutch educated Asante Princes* een belangrijk houvast bood. Anekdotes over de reacties in Weimar op Kwasi's huidskleur komen uit de archieven van de Bergakademie en uit prof. dr. ing. C. Schiffners *Aus dem Leben alter Freiberger Bergstudenten.* Soortgelijke verhalen uit Nederland en persoonlijke observaties staan in een uitgebreid in memoriam door Kwasi's studievriend Hendrik Linse.

beslissingen ik kon begrijpen, en die mij duidelijk zou kunnen maken waarom en hoe hij was geworden wie hij was.

Wie op die manier een geschiedenis probeert te reconstrueren, stuit onvermijdelijk op talloze hiaten. Om de haverklap zie je dat er een omslag heeft plaatsgevonden, dat er een beslissing is genomen, dat er iets ingrijpends is voorgevallen, zonder dat je kunt achterhalen wat dit nu precies was, welke gevolgen het had of hoe het heeft ingegrepen in het leven dat je bestudeert. Zo eindig je elke avond met meer vragen dan waarmee je 's ochtends begon.

Op dat moment gebeurt er iets wonderbaarlijks. Je hebt zoveel jaren als het ware samengeleefd met de figuur naar wie je op zoek was, je hebt je zoveel jaren in hem verplaatst, je hebt zoveel over hem gehoord en gelezen, je hebt zoveel van zijn brieven gezien, je kent zoveel van zijn angsten en zijn dromen, je hebt kortom zoveel van hem begrepen, dat de rest van je werk op onverwachte wijze wordt verlicht. Zodra je op zo'n lege plek in het levensverhaal stuit en je jezelf afvraagt: wat is hier of daar gebeurd wat heeft jou, Kwasi, tot dit of dat gedreven?, dan is er – geloof het of niet – eenvoudigweg een stem die antwoord geeft. Ik weet heel goed dat dit mijn eigen stem is, samengesteld uit de kennis die ik heb vergaard, aangevuld met mijn persoonlijke ervaringen en geleid door mijn intuïtie, maar toch... Het personage is een op zichzelf staand iets geworden, als het ware buiten de schrijver zelf. (Lange tijd heb ik gedacht dat deze eigenaardigheid voortkwam uit mijn verleden als acteur. Een toneelspeler moet immers ook uit beperkte informatie een figuur tot leven wekken. Maar Hella S. Haasse verzekerde me op een dag dat ook zij dit procédé uit eigen ervaring kent.)

Kwasi had dus een stem gekregen. Die kon ik raadplegen wanneer ik zelf geen antwoorden had. Dit gaf mij – jaren na mijn eerste poging – alsnog de zekerheid dat ik zijn levensverhaal in romanvorm zou kunnen en mogen vertellen.

Tien jaar verstreken tussen mijn eerste kennismaking met Kwasi en de voltooiing van de roman.

'Wat is dat nou in zo'n verhaal,' vroeg mijn toenmalige uitgever toen ik het manuscript inleverde, 'dat je daar tien jaar van je leven aan geeft?'

'O,' flapte ik eruit, zonder er bij na te denken, 'dat is dat isolement van die twee jongetjes!' Toen pas, en het is moeilijk te geloven, maar niet eerder dan toen begreep ik werkelijk waarom hun verhaal mij de avond dat ik het hoorde zo had gegrepen dat het mijn leven kon veranderen. Plotseling, alsof ik het mijzelf pas toestond nadat het werk geklaard was, zag ik de parallellen tussen het leven van de prinsen van Ashanti en dat van mijzelf. Ik heb elders al uitgebreid beschreven en verteld hoe en waarom ik, toen ik zo oud was als zij, uit lijfbehoud dagelijks werd gedwongen soortgelijke afwegingen te maken tussen aanpassing aan en afwijzing van mijn omgeving. Tijdens het schrijven had hun geschiedenis mij de kans geboden beide standpunten te extrapoleren, van nature kon ik ze echter beide navoelen. Op een bepaalde manier kan ik *De zwarte met het witte hart* dan ook lezen als een autobiografie, maar dat kan alleen ik. Gelukkig kwam dit besef pas ná voltooiing van de roman, zodat ik nooit in de verleiding kwam mijn persoonlijke ervaringen er al te nadrukkelijk in te schrijven, wat menigeen zou hebben afgeschrikt, terwijl het waarschijnlijk juist deze onbewuste persoonlijke invalshoek is die het nu mogelijk maakt dat zoveel en zulke uiteenlopende mensen zich met de prinsjes identificeren. Ja, misschien is het zelfs wel de sleutel tot alles wat het boek na publicatie te wachten stond...

De roman werd in mei 1997 voor het eerst gepubliceerd. De ontvangst was uitstekend en de verkoop ging voor een boek van een onbekende schrijver niet onaardig. Ik voelde mij dus voor mijn inspanningen allang beloond toen na de zomer de verkoop ineens begon te stijgen. Mensen hadden het gelezen tijdens hun vakantie, raadden het elkaar na terugkeer kennelijk aan en maakten er met zijn allen een bestseller van. Kort hierna belandde de titel op de shortlist van de Generale Bank Literatuurprijs, de eerste in een reeks bekroningen, waaronder de Lucy B. en C. W. van der Hoogtprijs der Nederlandse Letteren, de ECI-prijs, de Halewijnprijs, de Linschotenpenning en een onderscheiding van de Nederlandse Taalunie. Dit alles hield het boek in de aandacht en bracht de verkoop op een niveau waar het eigenlijk sindsdien vrijwel onveranderd is gebleven.

Ondertussen begon het tot mij door te dringen dat er naast de literaire erkenning misschien nog iets anders aan de hand was. De reacties van de mensen die mijn lezingen over de roman bijwoonden bleken verrassend emotioneel en persoonlijk. Niet alleen bleken velen zich in Kwasi en Kwame te herkennen, allochtoon en autochtoon in gelijke mate, maar ook trokken sommigen zich de geschiedenis van de prinsjes zo bijzonder aan dat meteen al tijdens de allereerste bijeenkomst een oudere dame zich zo opwond over de wandaden van de romanfiguur Cornelius–'O, als ik die kerel eens in handen kreeg!' –dat zij onwel werd. Naast schaamte over de Nederlandse koloniale houding, buiten de persoonlijk verhalen van nakomelingen van de *blanda itams* uit Purworedjo en op Elmina verkochte slaven, waren en blijven er lezers die mij even terzijde nemen om mij een persoonlijke element uit hun leven te onthullen dat zij in het boek herkend hebben alsof ik daar enkele alinea's of bladzijden lang hun persoonlijke geschiedenis geschreven heb.

Alsof dit alles al niet genoeg was bleek er voor mij naast de erkenning en de herkenning een nog mooiere beloning voor mijn inspanningen te bestaan, namelijk de erkenning voor Kwasi. Tijdens mijn eerste bezoek aan Freiberg, toen nog Oost-Duitsland, had ik een geschilderd portret van Kwasi gezien, dat ik daar na de hereniging van Duitsland niet meer terug kon vinden. Mijn Duitse uitgever had het echter opgeduikeld in een depot, ik meen nabij Berlijn, waarheen het na de *Wende* was vervoerd. Ik kreeg er een foto van. Die wilde ik laten vermenigvuldigen en naar alle vertalers sturen die de roman inmiddels onder handen hadden, zodat zij Kwasi op hun bureau zouden kunnen zetten en hem tijdens het vertalen van zijn 'biografie' in de ogen zouden kunnen zien. Ik wandelde naar de dichtstbijzijnde fotohandel, geen speciaalzaak, maar een onderdeel van een grote keten. In de winkel werkte een jonge jongen. Hij had zo te zien zijn school niet afgemaakt en oogde evenmin als iemand die voor zijn plezier een boek openslaat. Ik legde Kwasi's portret op de toonbank, een onbekende afbeelding van een man die honderdvijftig jaar vergeten is geweest. De jongen, die met een andere klant bezig was, viel midden in een verkooppraatje stil. Hij draaide de foto naar zich toe. Zijn gezicht klaarde op.

'O,' zei hij zonder aarzeling, 'maar dat is die beroemde prins!'

Dit was de eerste in een reeks grote en kleine voorvallen die tot op de dag van vandaag voortduren en die mij alsnog sterken in het idee dat mijn keuze voor de romanvorm een juiste is geweest. Hierdoor zijn Kwasi en Kwame voor meer mensen gaan leven dan wanneer ik louter de historische feiten zou hebben vermeld. In dat geval zouden enkele historici kennis hebben kunnen nemen van het leven van de prinsen van Ashanti, waarna zij zouden zijn teruggestopt in de archieven. Wanneer ik nu een ansichtkaart zie waarop zij staan afgebeeld of een restaurant dat naar hen vernoemd is, of hoor dat er in Delft een 'Kwasi-route' bestaat of dat zij zijn opgenomen in de rondleidingen van Paleis het Loo, voel ik een opwinding en een dankbaarheid die door geen onderscheiding te evenaren is.

Even overweldigend was het om te merken dat het mogelijk is de waarheid te verzinnen. Sinds de publicatie duikt met enige regelmaat nieuw materiaal op. Meestal bevestigt het feiten die ik al kende, maar af en toe ook zaken die ik had verzonnen. Zo bedacht ik bijvoorbeeld tijdens mijn allereerste bezoek aan Elmina dat het voor de opbouw van de roman goed zou zijn wanneer Kwasi en Kwame een zelfmoord zouden bijwonen van een Nederlandse soldaat. Later pas bleek dit tijdens hun aanwezigheid ook zo gebeurd te zijn. Nog frappanter is de frenoloog die ik opvoerde omdat ik me wilde voorstellen hoe vreemd en vernederend frenologisch onderzoek voor de betrokkenen moest zijn geweest. Onlangs, ruim vijf jaar na publicatie, dook bewijs op dat deze onderzoeker werkelijk heeft bestaan. Zijn naam was Jan van der Hoeven (1802-1868), hoogleraar natuurlijke historie. Het berekenen van de schedelinhoud van negers vormde een belangrijk deel van zijn onderzoek en hij beschrijft Kwasi en Kwame in een werk uit 1848. Daarbij toont hij ter illustratie van ieder van de jongens een getekend zijaanzicht en van Kwame de rechterhand, van boven en van onderen, om aan te tonen dat het vel tussen de vingers van Afrikanen verder doorgroeit dan bij blanken. Bij dit materiaal werd ook een gipsafdruk gevonden van Kwasi's gezicht!

Naarmate er in meer landen vertalingen verschijnen verspreidt de geschiedenis van de prinsjes zich over de wereld en in het ene land na het andere blijkt het effect zich te herhalen. Los van de grachtengordel kunnen de reacties een nog hogere vlucht te nemen. Zo besprak *The New York Times* het boek maar liefst tweemaal om er daarna week in week uit op te blijven attenderen.

Waarheen ik ook reisde met Kwasi en Kwame in mijn koffer, overal leken de mensen hetzelfde te reageren. In zalen van Paramaribo tot Tiflis, van Los Angeles tot Istanbul, van Stavanger tot Napels, zonder uitzondering houden de toehoorders op dezelfde momenten hun adem in. Ongeacht de taal lachen zij om dezelfde wendingen. Zakdoeken komen steevast tijdens dezelfde zinnen te voorschijn en de verhalen die na afloop bij lezers loskomen over hun ervaringen zijn nauw aan elkaar verwant. Voor de identificatie met Kwasi en Kwame blijkt het tot mijn verrassing niet nodig dat lezers kennis hebben van de sociale of historische context. Steeds opnieuw is het de persoonlijke herkenning die de ontroering teweegbrengt.

Iets bijzonders gebeurde er in Washington. De overwegend Afro-Amerikaanse studenten van Howard University stonden tot buiten op de gang om mee te luisteren door de openstaande deuren. Ik deed mijn verhaal. De reacties kwamen bij dit gehoor op dezelfde momenten als in de rest van de wereld, maar werden hier anders geuit. Heviger. Nóg emotioneler. Wanneer ik een onrecht noemde dat Kwasi overkomen is, schudden de jongeren hun hoofden. Sommigen wiegden heen en weer, niet ongelijk aan het deinen tijdens de dienst die ik kort tevoren bijwoonde in de Brooklyn Tabernacle.

Kort hierop ontving ik een brief van een lezeres uit het midden van de Verenigde Staten die zei dat ze mij als eerste en enige blanke een plaats had gegeven in haar bibliotheek van zwarte schrijvers.

De eerste jaren heb ik volgehouden dat het succes van *De zwarte met het witte hart* mij op geen enkele manier veranderd heeft. Dat is natuurlijk niet waar. De belangrijkste ontdekking deed ik ergens onderweg, terwijl Kwasi en ik na onze eerste wereldreis, op zoek naar zijn bronnen, nu samen voor de tweede keer over de wereldbol rondtrokken.

Ineens merkte ik bij mezelf dit: vroeger voelde ik me op reis toerist, toen reiziger. Onderhand ben ik geen van beiden meer. Ik moet ergens zijn. Ik ga en kom aan, dat is alles. De wereld is van mij, maar ik ben van nergens. Alle plaatsen zijn anders, maar ik ben overal dezelfde.

Dit komt allemaal door Kwasi.

Hij wilde niets liever dan ergens thuishoren. En nu ontdek ik dankzij hem wat hijzelf niet kon inzien: het tegenovergestelde van *nergens* is niet *ergens*, maar *overal.*

Eind 2001 reisde ik naar Ghana. Daar zouden, gekoppeld aan het bezoek van onze minister-president en de minister voor Ontwikkelingssamenwerking, enkele honderden exemplaren van *The Two Hearts of Kwasi Boachi* (de Engelstalige versie van *De zwarte met het witte hart*) worden uitgedeeld aan scholen, bibliotheken en de universiteit.

Zodra ik bij Elmina in de verte het witte fort weer zag liggen vanwaar Kwasi en Kwame naar Nederland vertrokken, realiseerde ik me hoe zij in mijn leven hebben ingegrepen. Toen ik twaalf jaar eerder op dezelfde plek stond, zag ik een indrukwekkend gebouw, een monument voor de slavenhandel, een studieobject waarover ik meer te weten wilde komen. Ditmaal echter belette emotie mij het spreken. Daar hebben ze gezeten, dacht ik alleen maar. Daar hebben mijn prinsen gelopen en gespeeld en moegehuild zijn ze er in slaap gevallen! Het fort is een deel van mijn leven geworden. *Zij* zijn een deel van mijn leven geworden. Ineens begreep ik wat ik in Ghana kwam doen. Ik kwam Kwasi thuisbrengen.

Des te groter mijn verbijstering toen bleek dat een groot aantal Ghanezen mijn boek al kende. Overal circuleerden exemplaren die mensen hadden gekocht in Londen of Parijs. De voormalige burgemeester van de hoofdstad was bezig het op de officiële leeslijst van de scholen te krijgen en het Ghana National Theatre was al begonnen een grote toneelbewerking te maken.

Enkele maanden later reisde ik, kort voor de allereerste opvoering van het toneelstuk, in aanwezigheid van kroonprins Willem Alexander en prinses Máxima opnieuw naar Accra. In het grote, goedgeoutilleerde National Theatre zag ik de generale repetitie waarin meer dan tweehonderd acteurs, zangers en dansers Kwasi en Kwame tot leven brachten.

'Nu we zien dat het je zo raakt,' zeiden de makers, voor wie ik mijn ontroering niet had kunnen verbergen na afloop , 'vragen we je wat we eigenlijk niet durfden: zou jij tijdens de eerste opvoering Kwasi willen spelen?'

'Maar hoe zou dat kunnen?' sputterde ik tegen. 'Hij was Afrikaan en ik...?'

'Jij hebt hem in je boek tot leven gebracht en nu willen we graag dat je dat op toneel nog eens voor ons doet.'

Uiteindelijk bereikten we een compromis waarbij ik de openingsmonoloog hield, daarna het toneel overliet aan de hoofdrolspeler en later nog enkele verbindende teksten sprak. Desalniettemin was het een vervreemdende ervaring om in de zaal en nog eens tijdens het staatsbanket naar voren te lopen en hardop te verkondigen dat ik de eerste tien jaar van mijn leven niet zwart was geweest. Hierna pauzeerde ik, maar niemand leek gek van mijn woorden op te kijken. Deze avond was mijn stem niet van mijzelf maar van Kwasi Boachi en dat voelde en klonk volstrekt vanzelfsprekend.

Gelijktijdig met de publicatie van deze gebonden editie van *De zwarte met het witte hart* wordt in Ghana het Elmina-Java Museum geopend, gewijd aan de Afrikaanse soldaten die in het Nederlands Oost-Indisch leger hebben gediend en wier verhaal zal worden verteld aan de hand van de levensloop van Kwasi Boachi en Kwame Poku.

In de zes jaar die sinds de eerste publicatie zijn verstreken heb ik niet alleen regelmatig afstammelingen van deze blanda itams ontmoet, maar ook achter- en achter-achterkleinkinderen van vrijwel alle historische figuren uit mijn boek. Samen spannen zij een waar web van Anansi van bloedlijnen over de wereld. Kwasi's eigen familie heeft zich wijd vertakt, zoals ik merkte toen ik voor een lunch in the Houses of Parliament in Londen werd uitgenodigd door Paul Boateng, sinds 2002 de eerste zwarte minister van het Verenigd Koninkrijk, die mij vertelde dat zijn grootmoeder een Boachi was.

Inmiddels heeft ook de huidige Asantehene van Ashanti een bezoek aan Nederland gebracht om Kwasi Boachi's kleindochters te bezoeken.

'Maar ik kan met die man niet communiceren!' zei mevrouw Van Heumen tegen mij, terwijl wij stonden te wachten op onze audiëntie.

Dit weerhield haar echter niet: samen beklommen wij de marmeren trappen van het Tropenmuseum naar het bordes waar de koning van Ashanti omringd zat door de groten van zijn rijk. Minutenlang bleef de bejaarde vrouw voor zijn troon staan.

'Wij spreken met onze ogen,' zei ze.

Daarop beeldde een jonge Ghanese danser zijn verdriet uit. Hij hief zijn hand en volgde met een vinger de loop van tranen over zijn wang.

Zo blijft de liefde levend en leeft Kwasi door, niet alleen in mijn leven, maar ook in dat van mijn lezers. Altijd weer duiken er mensen op met nieuwe informatie, meer brieven, zelfs een schilderij waarop beide prinsjes staan afgebeeld kwam te voorschijn. Nog altijd staan er vertalingen te verschijnen en ook in andere vormen van kunst leven de prinsen van Ashanti voorlopig door. Behalve de Ghanese voorstelling is er mijn eigen toneelbewerking van het boek die in 2002/2003 gespeeld wordt, evenals een voorstelling speciaal voor kinderen die gepland staat voor het seizoen daarna. Een grote speelfilm is in de maak en ook een opera, die in 2006 in première zal gaan.

Onlangs reisde de componist van die opera, Jonathan Dove, naar Nederland. Ik dacht dat mij inmiddels alles over Kwasi wel gevraagd was, maar hij wist me te verrassen.

'Hoe klinkt Kwasi eigenlijk? Is hij tenor of bariton?'

Ik weet het.

Ik hoor hem.

Luister.

Arthur Japin
januari 2003